HUGO VON HOFMANNSTHAL

# GESAMMELTE WERKE

IN ZEHN EINZELBÄNDEN

FISCHER TASCHENBUCH VERLAG

# HUGO VON HOFMANNSTHAL

## DRAMEN II

1892–1905

FISCHER TASCHENBUCH VERLAG

Herausgegeben von Bernd Schoeller
in Beratung mit Rudolf Hirsch

Fischer Taschenbuch Verlag
Januar 1979
Ungekürzte, neu geordnete
um einige Texte erweiterte Ausgabe der 15 Bände
*H. v. H. Gesammelte Werke in Einzelausgaben,*
*herausgegeben von Herbert Steiner*
*S. Fischer Verlag GmbH, Frankfurt am Main*

Umschlagentwurf: Jan Buchholz/Reni Hinsch
Satzherstellung: Otto Gutfreund & Sohn, Darmstadt
Druck und Bindung: Clausen & Bosse, Leck
Papier: Scheufelen, Lenningen
Printed in Germany
1680-ISBN-3-596-22160-9

# DRAMEN II
1892–1905

# INHALT DER ZEHN BÄNDE

GEDICHTE
DRAMEN I
1891–1898

DRAMEN II
1892–1905

DRAMEN III
1906–1929

DRAMEN IV
Lustspiele

DRAMEN V
Operndichtungen

DRAMEN VI
Ballette · Pantomimen
Bearbeitungen · Übersetzungen

ERZÄHLUNGEN
ERFUNDENE GESPRÄCHE UND BRIEFE
REISEN

REDEN UND AUFSÄTZE I
1891–1913

REDEN UND AUFSÄTZE II
1914–1924

REDEN UND AUFSÄTZE III
1925–1929
AUFWENDUNGEN

# INHALT

# ASCANIO UND GIOCONDA

## TRAUERSPIEL

[*Fragment*]

*Dramatis Personae*

ASCANIO BUONDELMONTE
GIOCONDA, eine junge Amidei
BERTUCCIO AMIDEI, ihr Oheim
GALASSO AMIDEI
FERRANTE AMIDEI
MICHELOTTO AMIDEI
GAETANA, eine Witwe aus dem Hause der Donati
FRANCESCA, ihre Tochter
IPPOLITO CORTESE
VALERIO CORTESE
BALDASSARO PIERLEONI
MARIO MORONE
GIANANTONIO UBERTI
ROSSO BINDO, MARIO CELSO, DON JUAN TENORIO AUS SEVILLA,
GODEFROY DE BOURGOING
MELUSINA, die Amme der Gioconda

# I. AKT

## ERSTE SZENE

*Stiegenhalle im Haus der Amidei; Abenddämmerung. In der Mitte des Hintergrundes, über dem Eingangstor, balkonartig, der Treppenabsatz des ersten Stockwerks. Im Erdgeschoß Fenster gegen den Garten, rechts zwei Zimmertüren, durch Vorhänge geschlossen. Die linke Seite der Bühne erfüllen die zehn letzten Stufen der Treppe, mit mächtigem Marmorgeländer, unten Löwen als Wappenhalter.*
*Zwei Diener schließen die Erkerfenster und zünden Fackeln in Eisenhaltern, grotesken Tiergestalten, an den Wänden und eine Ampel in der Mitte an.*
*Bertuccio Amidei kommt, bloßen Kopfs, im Hauskleid, aus einem der unteren Gemächer.*

BERTUCCIO *zu einem der Diener*
Wess ist der Page, der am Brunnen sitzt
Und mit den Pfauen spielt? Dich frag ich da.
ERSTER DIENER
Des Herrn Ascanio Buondelmonte, Herr.
BERTUCCIO
So ist sein Herr bei uns?
ERSTER DIENER Beim Fräulein, Herr.
BERTUCCIO
Schon lange Zeit?
ERSTER DIENER Hübsch lang.
BERTUCCIO Was gehts dich an!
Wie lange, mein ich. Kurz und gut, du rufst –
ERSTER DIENER
Ihr wollt ihn sprechen, Herr, ich hol ihn her?
BERTUCCIO
Jetzt störst du nicht! Dem Pagen sagst du nur,
Sobald sein Herr das Haus verlassen will,
So mög er einen Augenblick verziehen:
Ich ließ' ihn bitten, auf ein kurzes Wort.

ERSTER DIENER *abgehend*
Ich sags dem Pagen.
BERTUCCIO Gut.
*Im Begriff, hineinzugehen, zum zweiten Diener*
Du bringst mir 'nen Krug Wein ins Zimmer.
*Er dreht sich noch einmal um* Wer
Von meinen Söhnen, von den jungen Herrn
Ist denn zu Hause? Weißt du's?
ZWEITER DIENER Ja; die Junker
Galasso und Ferrante. Hinterm Garten.
Sie richten junge Hunde ab zur Jagd. *Ab.*
*Bertuccio schließt den Vorhang an seiner Tür. Die Bühne bleibt einige Augenblicke leer. Dann kommt Ascanio die Stiege herunter.*
GIOCONDA *oben; sie beugt sich, umschauend, über das Geländer.*
St! Ascanio! Gute Nacht, Messer.
ASCANIO *auf der Stiege stehen bleibend.* Madonna,
Ich wünsch Euch wohl zu ruhn.
GIOCONDA Wart auf mich!
Ich geh mit dir noch bis zur Gartentür.
*Sie gehen langsam nebeneinander den letzten Treppenabsatz hinunter, fast auf jeder Stufe stehen bleibend.*
Und eh du gehest, sag mir noch ein Wort,
Das mir die öden Pulse dieser Nacht
Mit gutem warmem Wein des Lebens füllt.
Sonst stellt sich an mein schlaflos banges Bette
Die Müdigkeit des leeren Lebens hin
Und sieht mich schweigend, eisernäugig an.
Sag etwas, was du der Geliebten nicht
Zu sagen brauchtest und der Freundin darfst.
Du darfst mir schmeicheln, denn ich bins gewohnt
Mich selbst zu quälen hart.
ASCANIO So glaub mir dies:
Daß Güte dir und Anmut so vereint
Im Wesen, daß die Anmut Güte scheint
(die sonst leichtsinnig lacht und lächelnd lügt)
Und daß die Güte wieder Anmut ward

Wie sie an der Madonna Bildern ist
Und an den Blumen.
GIOCONDA Gut? Ich bin nicht gut.
Was in sich selbst den Sinn des Lebens trägt
Und selbstverständlich – stille Harmonie:
Der stumme Teich, der Bäume leises Keimen,
Der Wind, der nächtig weht und webt und weht:
Die sind wohl gut. Mir aber graut vor mir.
Ich bin wie ausgestoßen, losgelöst
Von meines Wesens Wurzeln und verworren.
Ich bin zu ruhelos, um gut zu sein,
Und allzuvieler Dinge wirr bewußt.
Und Anmut... Anmut ist das Höchste, glaub ich:
Erfüllt mit stiller, innerer Musik
In priesterlichem Schweigen hinzugehn
Von einem reinen Dämon fromm durchleuchtet
Und allen schönen Dingen anverwandt
Und fähig, ihre Sprache zu verstehen
Und alle diese Dinge nicht zu kennen:
Wie blasse Wut, ohnmächtiges Verzerren,
Heimtücke, Haß und schrille Selbstverklagung
Und Häßlichkeit von Angst und Schmerzen. Nein.
Ich bin zur Anmut nicht gesund genug,
Und allzu arm an innerer Musik.
[Du mußt mir schlichter schmeicheln lernen, Freund,
Sonst paßt der Mantel nicht und kleidet schlecht,
Und wärmt auch nicht, wenns einen einsam friert.
*Sie hat sich auf das Steingeländer der Stiege gesetzt, Ascanio lehnt am Fuß der Treppe.*
Auch unter vielen Menschen ist man einsam:
Da lieb ich einen Mantel um mich her
Aus kühlem Mißtraun und hochmütgem Schweigen
Und stummem Blick, der sagt: »Ich bin wohl anders,
Versteh Euch nicht und will Euch nicht verstehn.«
Das nehmen sie mir übel. O ich weiß.
Doch frag ich nicht danach und laß sie reden.]*

* [...] in der Handschrift gestrichen.

GALASSO *im Hintergrunde, halb im Schatten stehend.*
Gioconda! ist es nötig, daß du hier
Im Dunkel auf der Stiege sitzend redest
Was unsre Dirnen und Bedienten reden,
Den Wasserkrug beiseite stellend und
Mit ihm den Anstand, abends.

GIOCONDA Schweig, Galasso!
Du weißt nicht, hoff ich, was du trunken sprichst.

GALASSO *hervorgehend*
Du bist es, Buondelmonte. Nun, du weißt:
Ich hab dich nie gemocht. Und Gott sei Dank,
Ich brauch auch keinen Liebesdienst von dir.
Dich aber heiß ich auf dein Zimmer gehn.
Dort magst du tun und flüstern, was du willst,
Ich bin nicht neidisch und nicht eifersüchtig,
Galante Base. Nur vor allem Tun,
Das zu Gerücht und Nachred weiter reizt,
Nimm dich in acht. Denn ich vertrüg es nicht,
Daß ich beim Namen einer Amidei
Das Lachen hörte, das... Du rührst dich nicht?
Zu reich an falschem Hochmut, oder wohl
Zu arm an echter Scham –

ASCANIO Galasso! Du
Vergißt.

GIOCONDA *sich aufrichtend*
Dir ziemt es nicht zu sprechen, Herr,
Nur zu verzeihn, daß man dich hören läßt,
Was anzuhören dir schon schlecht geziemt.
Du aber, wenn du schamlos mich geschmäht
Und adeligen Anstands ganz entbehrend,
So hast du nur die rechte Frucht genannt
Von einem irren Leben ohne Sinn:
Beraubt der Eltern, jeder Kindlichkeit
Und leichten Lust des Seins: mit Menschen rings,
Von denen keiner wußte, was ich wollte
Und brauchte, bis ich endlich elend ward.

GALASSO
Du warst es nie, verstandest du zu sein,

Wie andre Mädchen sind. Doch so wie du
Macht man sich selber elend: allzuschwer
Das Leichte, allzuleicht das Schwere achtend,
Und findet sich im Leben nie zurecht,
Den andern lästig und sich selbst zur Qual:
Allein und schweigsam, wo Gesellschaft frommte,
Verschlossen, wo Gespräch, gerührt, wo Lachen,
Hochmütig, wo Gefälligkeit am Platz,
Und zu gefällig wohl, wo Rückhalt ziemt.

GIOCONDA
So weißt du, was man schwer zu achten hat,
Was leicht im Leben? Wie ich dich beneide.

GALASSO
Doch viel zu lange hat man zugesehn!

GIOCONDA
Wobei? Gib Antwort! Und zu welchem andern
Als zuzusehen hättest du ein Recht,
Ja eines Rechtes Schatten?

GALASSO Ah, Gioconda,
Sprich nicht so laut und nicht in diesem Ton
Zu einem Mann!

BERTUCCIO *der, schon zuhörend, an seiner Tür gestanden, jetzt hervortritt* Ei, du sprich nicht so laut
Und nicht in diesem Ton zu einem Weib!
Was hast du hier zu schaffen und zu schmähen?
Ists deine Sorge, was das Mädchen tut?
Nein. Also schweig. Und nimm dich du in acht.
Lern dich benehmen wie ein Edelmann,
Eh du das große Wort zu führen wagst
Für Haus und Ehre. Sage mir, seit wann
Man bei den Amidei die Frauen schmäht
Und roh beschimpft, die Gegenwart von Gästen
Zu Zank und unverschämtem Toben nützt?
Geh in den Garten, junge Hunde prügeln!

GALASSO
Herr Vater!

BERTUCCIO *sich abwendend*
Schweig. Verzeiht, Herr Buondelmonte,

Was hier geschah und sich ein zweites Mal
Wohl nicht ereignet, trägt mich noch der Stock
Und trag ich ihn durchs Haus der Amidei
Als Haupt und Herr. Und du

GIOCONDA *sie reicht ihm die Stirn zum Kuß, dann wendet sie sich ab.* Ich bitte, Ohm,
Man spricht am besten nicht von manchen Dingen,
Sind sie einmal vorbei.

BERTUCCIO Du gehst, Galasso.
*Galasso geht.*
Ich sprech Euch noch, Messer; für jetzt, vergebt,
Laß ich mit meiner Nichte Euch alleine:
Denn, wenn ihr Gast, so seid Ihr auch der meine.
*Ab. Pause.*

GIOCONDA
Wie häßlich ist das Leben und wie traurig!
Er hat ganz recht: ich lern es nie verstehen.
Und bleibe stets geängstigt und verwundert,
Wie kleine Kinder sind in dunklen Stuben.
Wie arm an Glück ist jede Gegenwart,
Und wie verklärt nur die Entbehrung alles!
[Wie sind doch einzig nur die Schmerzen wahr
Und Schall und Schatten jedes andre Ding...
Von außen weht uns Unverständnis an,
Gewalt, der stete Anblick fremden Leids
Als Reif und Rost für unsre jungen Seelen.]*
Und in uns selber, sind wir klug und gut,
So wechselt lächelnde Entsagung ab
Mit Selbstbetrug und matter Traurigkeit.
[Und tief im Dunkeln, aber ohne Schlaf,
Liegt böse Regung, eine dumpfe Welt:
Ein stummes Tier, ein grausam stummes Tier
Mit Lust am Leid, mit Trieben ohne Sinn,
Hilfloser Angst in wilder Einsamkeit
Das nicht verstehn kann, nicht verstanden werden.]*
Wie kommt es, daß wir leben können Herr,

* [...] in der Handschrift eingeklammert.

Und solches wissen? wie ertötet nicht
Erkennen seiner selbst ein solches Leben,
So wie sie sagen, daß sein Spiegelbild,
Erkannt, den Basilisken töten muß?
Mich dünkt, du mußt nicht in dem Leben stehen,
Mich dünkt, darüber, als ein Überwinder:
Du weißt viel mehr als ich und lächelst noch.

ASCANIO

Gioconda, auch in Schönheit läßt sichs leben,
In selbstgeschaffener

GIOCONDA Ein künstlich Dasein!

ASCANIO

Nenns immer künstlich. Hat uns nicht die Kunst
Die Seele dieses dumpfen Seins erschlossen,
Und gibt es höhre Kunst als Kunst zu leben?
Und sind nicht alle Dinge da, zu dienen?
Mit Duft und Klang, mit vieler Formen Prunk;
Ist nicht die Stadt erfüllt mit Reiz und Nahrung
Der hellen Sinne, nicht das Land, das Meer
Mit reizender Gefahr, vielfält'ger Lust?
Und ist das Leben nicht sein eignes Ziel?
Gegeben, daß man lebe, lebe, lebe!

GIOCONDA

Du sprichst zu keinem Mann, der ist wie du.
Mein Leben ist gelähmt und unnütz. Arm,
Bestimmt zu betteln um sein eignes Blut,
Um Saft und Sinn: ein Frauenleben, Herr.
*Nach einer Pause:*
Wenn ich ins Leben schaue, zeigts mir oft
Das grauenvolle, totenhafte Bild,
Das ein Gesicht im Spiegel manchmal hat,
Wenn der belebte Blick und Spiel der Mienen
Erstirbt: es bleibt ein totes ödes Ding
Nicht menschlich mehr, so ohne Seele...
Und nicht so schnell wie bei dem Spiegel kehrt
Mir der vertraute, selbstverständliche
Beruhigende Ausdruck lächelnd wieder...
Gibts keinen Zauber, der ihn immer hält?

Auch Männer wissen keinen, kluge Männer
Mit überlegnem Lächeln?

ASCANIO Nein, Gioconda.
Wir wissen keinen. Wenn du ehrlich fragst –?

GIOCONDA
Wie kann man solche Dinge anders fragen?
Herr, ich versteh dich nicht.

ASCANIO Verzeih, Gioconda.
Ich war zerstreut. Verzeih. Auch ists ganz gut
Und selbstverständlich, daß du nicht verstehst.

GIOCONDA *aufstehend*
Mich dünkt, ich halte dich zu lange auf.
Du hast bei den Donati zugesagt
Für heute abend?

ASCANIO Nein.

GIOCONDA Das war nicht recht.
Die Kleine ist sehr schön.

ASCANIO Sehr blond.

GIOCONDA Sehr schön.
Mit wunderbar goldfarbnen Augen.

ASCANIO So?

GIOCONDA
Du kennst sie doch.

ASCANIO Ach kaum.

GIOCONDA Doch, doch, ich weiß.
Wart nur, wie Taufe bei Uberti war
Bei Marcantonio Uberti; nicht?
Da war sie deine Nachbarin.

ASCANIO Ja ja.
Und deiner war ihr Vetter, der Cortese,
Er sieht dich manchmal lange schweigend an
Mit solchem eigentümlich dunklen Blick.
Er hat dich nie geliebt?

GIOCONDA Ich weiß es nicht.
Er hat es mir zumindest nie gesagt.
Dafür bin ich ihm dankbar jedenfalls.
Er hat mir vieles Peinliche erspart. Vielleicht
Hat er verstanden, daß es Frauen gibt,

Die dies Geständnis ängstigt, nicht erfreut.
Was siehst du mich so eigentümlich an?

ASCANIO
Weil du von Dingen eigentümlich sprichst.

GIOCONDA
Die doch entsetzlich klar sind und gewöhnlich.

ASCANIO
Gewöhnlich nicht.

GIOCONDA
Zumindesten verständlich
Wenn man sehr jung ist und sehr müd wie ich.
's gibt in Florenz ein hübsches Liebeslied,
Es singts das Volk im Sommer in den Gärten:
So ungefähr:
»Warum denk ich an dich, wenn der nächtige Wind
Durch die Äste der Bäume geht
Und große laue Tropfen still
Und duftend niederweht?
Warum denk ich an dich, wenn der plätschernde Teich
Verträumt an die Stiege schlägt,
Und rosig gelbe Abendluft
Den Schall von Geigen trägt...«
Und weiter ähnlich wohl.
*Sie sieht ihn ernst an*
Warum denk ich an niemand, Ser Ascanio?
Doch haben alle andern Dinge Duft
Und Glanz und Glut für mich, wie für die Dirnen,
Die dieses Lied in Sommernächten singen.
Antwortet nicht. Ihr könnts ja kaum. Und dann
Wozu? Die Zeit hat Kinder vielerlei.
Doch ich bin müd und soll wohl schlafen gehen.
So, gute Nacht, Ascanio.

ASCANIO
Gute Nacht.
Wann darf ich wiederkommen?

GIOCONDA
Wann du willst.
Wozu die Frage zwischen uns?
*Sie geht die Stiege hinauf, Ascanio durch die Mitteltür. Bertuccio, aus seinem Zimmer, bald darauf Ascanio zurückkommend.*

BERTUCCIO
Ich hab Euch bitten lassen, Ser Ascanio.
*Er geht einmal verlegen auf und nieder.*
ASCANIO
Erlaubt, daß ich den Anfang mache, Herr.
Ich seh, er wird Euch schwer. Ihr wollt mich fragen,
Nein, fragen ists wohl nicht; Ihr wollt mir sagen,
Nein sagen wollt Ihrs nicht, sonst schwiegt Ihr nicht;
Andeuten wollt Ihr mir auf gute Art
Und wie sichs unter Edelleuten ziemt,
Daß ich Euch recht und sehr willkommen bin
In Eurem Jagdhaus, bei dem Trinkgelag,
Das Eure Söhne halten in der Halle,
Wo immer und wann immer; doch daß mein
Verkehr mit Eurer Nichte mehr ist als…
BERTUCCIO
Wohl. Als mit Ruh und Leumund sich verträgt
Von eines adelig gebornen Fräuleins Namen.
Ganz wohl. Ich dank Euchs, kommt Ihr mir entgegen.
ASCANIO
Doch bin ich ihr verwandt durch ihre Mutter.
BERTUCCIO
Nicht nah. Der halbe Adel von Florenz
Ist so verwandt
ASCANIO Und auch nicht nah genug
Um zu entschuldgen was – Ihr sagt es selbst –
Entschuldgung nicht erheischt: die Art Verkehr
Vertraulich wohl, doch ohne Heimlichkeiten?
BERTUCCIO
Vergeßt nicht, daß wer fremd und abseits steht
Die Dinge anders sieht und schlimmer nennt.
Vergeßt nicht, was wir unserm Namen schulden.
Ich weiß, Ihr seid wohl eher stolz darauf
Als mißvergnügt, es wiederholt zu hören,
Was ganz Florenz…
ASCANIO Ich danke, ich versteh.
Man schmeichelt mir, ich habe zum Beruf
(Wie Michel Steno, in Venedig, sagte)

Das Trösten junger Witwen mir erwählt,
Solange ihre toten Männer noch
Ganz unbegraben durch die Straßen laufen.

BERTUCCIO
Man sagt dergleichen, Ser Ascanio.

ASCANIO
Gleichviel, gleichviel. Doch ich verstehe nicht,
Was das mit unserm Fall zu schaffen hat.
Man hat mir nie gesagt, daß der Beruf
Zur Falkenjagd, zum Trunk, zum Würfelspiel,
Zum Dichten von Sonetten, zur Musik,
Zur Führung beim maskierten Reigentanz
Und zur Beratung in der Signorie
Untüchtig macht. Warum gerade hier?
Warum unfähig, abends hie und da
Mit einem Mädchen, das zufällig klüger
Als wohl die meisten Männer in Florenz,
Vom Titus Livius und Macchiavell
Und von der Hyazinthenzucht zu plaudern,
Von Farbenwahl für meines neuen Pagen
Livrei – sie meint: mattgold und dunkelgrün,
Ich aber dunkelbraun und blasses rot –
Von neuen Bildern und von was weiß ich...!
Zu plaudern um des Plauderns willen, um
Der guten Kunst des leichten Plauderns willen,
Das in Florenz bald niemand mehr versteht:
Anmutig, dilettantenhaft, so wie
Die guten Herren und graziösen Damen
Messer Giovan Boccaccios.

BERTUCCIO
Alles gut!
Sehr gut und schön gesagt! ein wenig rasch
Doch gut und schön gesagt. Allein, Messer,
Dies ist der Punkt: wer bürgt denn mir dafür,
Daß Eure Laune, wie sies heute tut,
Auch morgen also klüglich unterscheidet:
Hier meine Nichte, klug und jung und hübsch;
Gespräch: von Titus Livius, Macchiavell,
Bis zur Musik und Zucht von Hyazinthen;

Und hier die andern Damen, Damen, die...
Nun kurz und gut: nicht minder jung und hübsch,
Doch das Gespräch ein andres, ganz ein andres,
Bei weitem anders, wesentlich verschieden,
Ich möchte sagen: ganz das Gegenteil.
Wer bürgt, daß Eure Laune unterscheidet,
Wo die Natur den Unterschied vergaß?

ASCANIO

Mich dünkt, sie hat ihn nicht vergessen, Herr.
Ich will versuchen, daß Ihr mich verstehet.
In allen andern fand ich, seht ihr: »Dinge«.
Bei der – der Liebe tiefes, durstges Wissen
Mit schwülem, schwerem Duft des ganzen Wesens;
Bei jener übermütge Laune und
Des leichten Lachens Reiz auf frischen Lippen,
Wie leichter Wein und Blüten im April;
Bei einer dritten wohlerzogne Grazie,
Altkluge Anmut, adeligen Gang
Und hübsche Art, für alle herb und herrisch,
Für einen weich zu sein und voller Demut.
Kurz: hübsche Gaben, Züge, »Dinge« sagt ich.
In diesem Mädchen ist Vereinigung
Von alle dem und eine ganze Seele.
Nicht die, nicht jene Saite, nein, ein Spiel,
Ein ganzes gutes reiches Saitenspiel!
Voll süßer Schwermut, traumbefangnen Leiden,
Und wildem Glanz und Duft, aus tiefem Dunkel
Wie Wetterleuchten webend. Solch ein Wesen
Ward wenig Frauen.

BERTUCCIO Nun? Ihr seid zu Ende.

ASCANIO

Ja, wenn Ihr mich verstandet. Solch ein Wesen
Ward wenig Fraun. Ich fand es niemals.

BERTUCCIO Nun?

ASCANIO

Man freut sich, wenn mans trifft, und ist ihm Freund.
Sonst nichts. Die andern, die man liebt, sind anders.
Gemeiner, und – versteht mich – reizender.

Denn ein Gemeines ists, das wir begehren,
Ein reizendes Gemeines.

BERTUCCIO Seid Ihr dess
So sicher, Ser Ascanio?

ASCANIO Man bezahlt
Dergleichen Wissen, glaub ich, allzu teuer.
Allein man hat es endlich. So, Messer.
Seid Ihr beruhigt? Dann die beste Nacht.
Ihr braucht mich nicht und es ist spät geworden. *Ab.*

BERTUCCIO
Er spricht zu gut, um nicht manchmal zu lügen:
Doch was ich glauben darf, darf mir genügen. *Ab.*

*Zwischenvorhang.*
*Verwandlung.*

ZWEITE SZENE

*Bei den Donati. Madonna Gaetana, an der Tür im Hintergrund, nimmt von einer großen Gruppe von Gästen Abschied. Francesca mit Ippolito Cortese, Gianantonio Uberti und Baldassaro Pierleoni steht vorne; sie hat einen Strauß loser Blumen in der Hand.*

FRANCESCA
So wollt Ihr auch schon gehn? Seid Ihr denn schläfrig,
So wie die alten Herren, oder matt
Vor steifgeschnürtem Sitzen, Langeweile
Und Eifersucht und Neid, so wie die Damen?
Nein, nein, ich weiß: Ihr geht noch gar nicht schlafen:
Vor Morgengraun verbietet das die Ehre:
Ihr seid ja aus der Buondelmonte Schule.
Nur leider Schatten, wo er Wesen ist:
Die Zieler seines kühlen, sichern Wurfes
[Zufrieden zu markieren, was er lebt...]*.

* [...] In der Handschrift eingeklammert.

Weil man erzählt, daß ihm die Gartentüren
Der Nachtwind willig öffnet, seidne Leitern
Für ihn aus dunklen Fenstern dienend fallen,
So schleicht Ihr nächtlich durch die Straßen, starrt
Verschlossne Fenster an, schaut von der Brücke
Verschwiegnen Gondeln nach, die durch das Dunkel
Mit Blumenduft und leisem Lachen gleiten,
Und geht dann still nach Hause oder trinken
In eine der Tavernen, wo gemeine
Handwerker mit betrunknen Schiffern sitzen
Und um die Gunst zerlumpter Dirnen raufen:
Da seid Ihr große Herrn und leichte Sieger.

IPPOLITO
Sag, Base, wer erzählt dir alles dies?

FRANCESCA
Du bist nicht so, mein Vetter; nicht so leer,
Nicht ganz so leer und hohl wie diese da.
Du denkst und fühlst doch manchmal irgendetwas.
Ich weiß sogar ein Zauberwort, das wirft
Auf deine Stirne und in deinen Blick
Seltsame Schwermut und ein flackernd Feuer:
Du wirst dann anders, mehr ein Mann und seltsam
Vertieft, mit bösen, klugen, dunklern Blicken
Und heißeren und wilderen Gedanken.
Ich seh dich gerne so und sprech es aus:
*Sehr leise, kaum hörbar*
Gioconda!
*Nun laut* Gioconda Amidei!

IPPOLITO *indem er sie mit einer halb unwillkürlichen heftigen Bewegung am Handgelenk packt*
Francesca! schweig und spiele nicht mit mir.

FRANCESCA
Nein, ernsthaft. Ich beneide sie.

UBERTI
Madonna,
Ihr wißt zu wohl, wie gut der Spott Euch kleidet.

PIERLEONI
Die Jugend von Florenz liegt Euch zu Füßen,
Wie niemals einer Frau und Ihr beneidet!

Beneidet eine blasse Amidei
Mit großen dunklen Augen und sonst nichts.

FRANCESCA
Was ist mehr wert, (auf Heller und auf Pfennig
Berechnet, wies beim Rätselspielen heißt):
Solch ein Triumph, wie meiner, anerkannt
Mit Huldigung von Euch und Euresgleichen,
Mit süßen Reden und verrückten Schwüren:

PIERLEONI
Nun?

FRANCESCA
Oder solch ein Sieg wie dieser hier:
Von einem herben Mann, verschwiegnen Wesens,
Schweratmend eingestanden, nicht mit Worten
Die bunt, bequem das Kaumgefühlte kleiden:
Mit stummer Sprache, die nicht lügen kann:
Mit Huldigung des ganz gebannten Seins.
Was ist mehr wert? Allein bemüht Euch nicht.
Recht gute Nacht Euch beiden, gute Nacht.
Verkühlt Euch nicht im Freien, es ist feucht.

IPPOLITO
Es möchten sonst die schönsten Zierden fehlen.

UBERTI
Das nicht, doch wohl die treuesten Vasallen
Am Hofe der Tyrannin Schönheit.
*Uberti und Pierleoni ab.*

IPPOLITO
Base,
Ich bitte, sprich nicht künftig vor den Leuten
Dergleichen Dinge

FRANCESCA
Vetter Ippolito,
Solange du dich wie ein kleines Kind
Beträgst, wie ein Nachtwandler und ein Narr

IPPOLITO
Ahnst du denn nicht, Francesca, welche Qual
Es ist, ein Leben hinzuschleppen so:
In knabenhafter Sehnsucht brütend; hilflos,
Zu feige, hinzugehn und sie zu fragen:
»Sag, bist du eine, die man lieben kann,
Demütig lieben kann, und keiner lacht?«

FRANCESCA
Du sprichst von einem adeligen Fräulein,
Und ich versteh dich nicht.
IPPOLITO Ich spreche von
Der Dame, die sie die Geliebte nennen
Des Herrn Ascanio Buondelmonte.
FRANCESCA Vetter,
Wer sagt das?
IPPOLITO Alle. Mit verschiednen Worten.
Sag Braut. Das findet sich. Die alten Herren
Der beiden Häuser tuen sich zusammen;
Und was mit einer offnen Kammertür
Begonnen, endet mit vermählten Wappen
Und einer lahmgebornen Ehe, wo
Der ekle Rost des Elends ihre Schönheit
Von innen giftig wühlend welkt und tötet,
Die langsam sickernd meines Wesens Kern
Und jede feinste Faser hat durchtränkt
Und so erfüllt mit glühendem Begehren
Wie Purpursaft und Glut die grüne Traube
In stillem Schwellen und verschwiegnen Schmerzen.
Die Möglichkeiten hab ich durchgedacht
Und ausgesogen ihren Saft und Sinn
Und hin und hergewendet ruhelos,
Daß mich das wundgeriebne Denken schmerzt.
Und alle meine Sinne taumeln, schwindlig
Von allzulangem Schaun nach einem Ziel.
Ich war nie leicht erregt: den zahmen Rausch
Der von Musik und Luft des Frühlings lebt
Verlach ich: mich erfüllt ein fressend Fieber:
Ich hab den Sinn für Zeit und Ort verloren:
Und meine Worte schlagen an mein Ohr
Wie fremde. All mein Selbstbewußtsein ist
Ein martervoller öder Wellenschlag
Von unaufhörlich gleichen heißen Bildern.
*Er geht fort.*
*Madonna Gaetana hat die letzten Gäste in den Vorsaal hinausgeleitet, wo man sie Abschied nehmend stehen sieht. Francesca*

*sieht Ippolito lange nach und geht dann, halblaut singend, an ein Fenster rechts, das sie aufmacht.*

MAD. GAETANA *zurückkommend*

Bist du zufrieden? nun?

FRANCESCA Es war sehr hübsch,

Fast ganz so hübsch wie ich es mir gedacht.
Im Garten namentlich die bunten Lichter
– Da löschen sie gerad das letzte aus –
Sehr hübsch. Und die Musik.

MAD. GAETANA Und das ist alles?

FRANCESCA

Ja was denn sonst? hab ich denn was vergessen?
*Nach einigem Nachdenken.*
Drei alte Herren haben mir gesagt,
Daß ich sehr schön bin. Piero Morone
Beteuerte beim Tanz, er wolle sterben
Wenn ich ihn nicht erhörte. Ganz dasselbe
Flüsterte mir Uberti zu, im Garten.
Und wie Musik war, stand ich dort am Fenster
Mit Mario Ferrucci: er war blaß,
Und seine Stimme bebte, und er sprach
Von seiner Liebe. Nun, ich ließ ihn reden
Und sah ihn ruhig an: da schrie er auf
»Soll ich mich in den Teich dort unten werfen,
Und wollt Ihr es dann glauben, was ich leide?«
Und schwang sich auf die Brüstung.

MAD. GAETANA Nun?

FRANCESCA Ich glaub

Er hätts getan. Er sah entschlossen aus.
Ich hielt ihn an der Hand und lächelte
Und redete ihm zu, wie einem Kind
Und dann, beruhigt, schickt ich ihn nach Haus.
Jetzt weißt du aber wirklich alles, Mutter.

MAD. GAETANA

Du wirst nie mehr als spielen.

FRANCESCA Um so besser.

Die taugen zu nichts besserm als zum Spielzeug:
So wie Gitarrspiel, Federball, ein Spiegel,

Ein kleiner Hund, ein Buch mit Liebesfabeln,
Ein neues Kleid und Mondlicht auf dem Teich:
Ein jedes gut für eine halbe Stunde.
Das ist doch nicht das ganze Leben, Mutter?

MAD. GAETANA
Mein Kind, was andres bringt das Leben nicht.
Ich find es so ganz hübsch. Was willst du mehr?
*Kleine Pause*

FRANCESCA
Ascanio Buondelmonte war nicht hier.
Warum?

MAD. GAETANA
Er schrieb, es wär der Jahrestag
Von seiner Mutter Tod.

FRANCESCA Er will nicht kommen.
Was bin ich ihm, daß er auch kommen sollte?!
Was weiß denn er davon, daß ich am Fenster,
Vor Unruh zitternd, Tag für Tag erwarte,
Bis er vorüberreitet, achtlos grüßend?
Daß ich mit zugepreßten Lippen flüchte,
Um nicht laut aufzuschreien, wenn sein Name
Genannt wird – und wer nennt den Namen nicht? –
Dann wieder suche, um ihn auszusprechen
Mit lautem Herzen, kindischem Erröten,
Gespräch mit dem geringsten seiner Freunde –
Was weiß denn er davon, was er aus mir
Gemacht? Und wüßt' ers auch, was wär es ihm?
Zu viele Frauen hat er so gesehn.

MAD. GAETANA
Kind, und von alledem hat deine Mutter
Bis heute nichts gewußt?

FRANCESCA Ich glaube, Mutter,
Du bist zu jung und wohl zu sehr mit dir
Beschäftigt, sonst verstünd ich nicht, wies kommt,
Daß du so wenig weißt, was in mir ist.
So hilf mir jetzt, wo ich es dir gesagt!
Wenn ich so schön bin, wie sie alle sagen;
Wenn sie mich mit der Helena vergleichen,

Nach der die alten Männer trunken schauen;
Wenn nicht dies Flüstern lügt, das hinter mir,
Wie meines Kleides Rauschen, immer geht:
Warum hat er allein für mich nicht Augen?
Warum für irgend eine Amidei
Und nicht für mich?
*Sie bricht in Tränen aus.*

MAD. GAETANA Traust du dirs zu, Francesca,
Ihn zu gewinnen, daß er sie vergißt,
Wenn er dir einmal Rede stehen muß?

FRANCESCA *aufsehend*
Ich glaube: ja. Wenn diese Amidei
Ein Mädchen ist, wie ich und andre sind:
Nicht seichter, noch auch tiefer, heißer nicht,
Noch heiliger, mit keinem bösen Zauber
Und Bann im Blick: dann trau ich mir es zu.
Sie sagen, daß mein Wesen seltsam ist:
Voll Reiz des nie vorhergesehnen Wechsels:
Voll Lebensfieber, trunkenem Verlangen
Nach vielerlei und Tanz von tollen Launen:
*Am Fenster lehnend*
Wo eitles Lachen mit sehnsüchtgem Weinen,
Und Spott mit Wehmut, kindisch wildes Treiben
Mit bittrer Klugheit, voll Enttäuschung, wechselt;
Ich weiß oft nicht
*Sie hält plötzlich inne*

MAD. GAETANA Was hast du? was erschreckt dich?

FRANCESCA
Mich dünkt, ich seh dort an der Gartenmauer,
Im Schatten jetzt, mit seinem Fackelträger
Den Buondelmonte gehen. Bitte, Mutter,
Sieh hin; denn meine trügerischen Augen
Sind so gewöhnt, ihn überall zu sehen,
Ich traue ihnen nimmer. Doch er ists:
Jetzt fällt ein flackernd Licht auf seine schmalen
Hochmütgen Lippen.

MAD. GAETANA Bleib im Dunkeln stehen,
Bis er ganz nah ist. So. Jetzt beug dich vor

Und wirf ihm deine Blumen vor die Füße.
Vielleicht ist uns der Zufall günstig. Nun?
Was ist?

FRANCESCA Sie fielen vor dem Pagen hin.
Der hebt sie auf und gibt sie seinem Herrn.
Er sieht herauf. Kann er mich sehn?

MAD. GAETANA Er soll.
Was tut er jetzt?

FRANCESCA Er flüstert mit dem Pagen.
Sie gehen weiter. Oh, sie gehen fort.
Wie töricht und wie elend bin ich, Mutter!

MAD. GAETANA
Sst. Was war das? Sie schlagen an das Tor.

FRANCESCA
Glaubst du, er ist es? Mutter, glaubst du, er?
Glaubst du, er will herein? um meinetwillen?
Er wird nur kommen, um zu spotten, um
Hochmütig lächelnd meiner Qual zu spotten.
Ich bitte, laß mich auf mein Zimmer gehn.
Ich habe Angst. Mir schwindelt. Laß mich, laß!

DIENER
Messer Ascanio Buondelmonte steht
Am Tor: er läßt Entschuldigung erbitten
Für so unzeitigen Besuch: doch sei er
Nicht ohne Ursach.

MAD. GAETANA Gut. Doch sag ihm nicht,
Wer ihn empfängt. Ist auf der Stiege Licht?

DIENER
Die Ampel brennt.

MAD. GAETANA So führ ihn hier herauf.
*Diener ab.*
Ist das dein ganzer Mut, mein kleines Mädchen?
Sei unbesorgt, dich kleidet auch die Angst.
Still, still. Ich lasse dich allein. Ich weiß
Mich einzufinden, schickt sichs, daß ich komme.
*Sie geht; fast gleichzeitig tritt Ascanio ein, geht auf Francesca zu und überreicht ihr mit einer leichten Verbeugung die Blumen.*

ASCANIO
Madonna, Blumen fallen nie von selbst
Aus offnen Fenstern.
FRANCESCA Nie. Ganz recht, Messer.
Erlaubt Ihr, möcht ich Euch, bevor Ihr geht
Mit meinem Dank und Bitte um Vergebung,
Für eine Laune, die mich sehr beschämt,
Erklären, wie es kam, daß diese fielen:
Man hat mir oft erzählt, daß Ihr es liebt,
Bei Nacht die Straßen zu durchstreifen und,
Gelockt durch irgend...: einen Schrei, ein Weinen,
Ein halbverwehtes Lied und was noch sonst
Die laue Nachtluft Rätselhaftes trägt,
Halboffne Türen leise aufzustoßen
Und das vertrauliche Gespräch der Menschen,
Ihr hüllenloses Treiben zu belauschen,
Und also lauschend vielerlei zu fühlen
ASCANIO
Wer hat Euch alles das von mir gesagt?
FRANCESCA
Gleichviel. Man hat mir auch von Euch erzählt,
Daß Ihr in fremden Ländern Freunde viel
Gewonnen habt durch wunderbare Art
Auf einen fremden Menschen zuzugehn
Und ihm zu sagen: »Du bist so und so...«
Mit solchem tiefen Blick in tiefstes Wesen
Und so anmutger Gabe, drin zu lesen,
Daß stets Vertrauen Euch entgegenkam
Und bald ergebne Neigung. – Diese Dinge
Hab ich in müßgen Stunden viel bedacht
Mit anderem, was ich von Euch erfahren:
Ich weiß nicht viel von Euch, doch was ich weiß
Ist mir statt eines Buches, halb verträumt,
Wie junge Mädchen pflegen, drin zu blättern:
– – – –
Und als das ungeschickt verzerrte Bild
Von Eurer Laune nehmt die meinige
Und diese Sehnsucht, die mit Blumen wirft

Nach fremden Menschen in der stillen Nacht,
Weil sie nicht durch die Straßen streifen kann,
Wie Ihr, dem alles dienend offen steht.

ASCANIO

Sagt das noch einmal, so wie Ihr's gesagt:
Daß Ihr in müßgen Träumen meiner denkt:
Es klang so schön und ging so schnell vorbei!

FRANCESCA *mit bewußter Koketterie*

Ich bitt Euch sehr, Messer, verlaßt mich jetzt:
Ich habe, hoff ich, Euch genug gesagt,
Was ich verfehlte, zu entschuldigen:
Und mehr zu sagen, wäre neuer Fehl.
Ich bitt Euch, geht. Und nehmt nicht meiner Scham
Und kindischen Verwirrung Bild mit Euch
In diese schöne stille Nacht hinaus,
In dieses laue violette Dunkel
Mit weißem Blütenleuchten, stillem Rauschen
Und wachem Wind, durch das Ihr heimwärts geht.

ASCANIO

Von Eurem Bild empfinge diese Nacht,
Ging' ich jetzt, Eurer Schönheit trunken, fort,
Glorreichen Glanz und lachende Musik.
*Er ergreift ihre Hand.*
Von Euren Worten käme lauer Duft
Und süßes Schauern in den wachen Wind
Und fiebernd Beben in die Blumenkelche
Und weicher trunkner Tanz in alles Dunkel:
Doch wäre alles nicht der Reiz der Nacht:
Es wäre Euer Reiz in meinen Sinnen,
Auf schale, tote Dinge ausgegossen.
*Zu ihren Füßen.*
*Madonna Gaetana tritt ungesehen aus der Türe links.*
Denn sieh: was du in mir entzündet hast,
Das ist der heiße Wein des Lebens: Liebe:
Der durch das ganze Denken quillt und glüht
Und alles füllt mit Farbe, Lust und Leben.
Francesca, zu den Träumen rufe ich,
Die du von mir geträumt, ... Francesca, sag:

Wir wollen sie mit wachem Leben tränken
Mit funkelndem und rauschendem Erwachen!
Francesca! sag: »ich will«!

FRANCESCA *ihn aufhebend* Ich will, Ascanio.

MAD. GAETANA *zu ihnen tretend*
Wie soll ich mir dies deuten, Buondelmonte?
Zu meiner Tochter Füßen, schwürestammelnd
Der Bräutigam seit gestern der Madonna
Gioconda Amidei!

ASCANIO Was sagt Ihr da,
Madonna Gaetana? Welches Wort?

MAD. GAETANA
Ich glaube kein Geheimnis zu verraten,
Erzähl ich Euch, was alle Welt von Euch
Mit hübschen Einzelheiten sich erzählt.

ASCANIO
Mit Einzelheiten?

MAD. GAETANA Nun, das Zwiegespräch
Von Euch und Ser Bertuccio, eines Abends,
Vor wenig Tagen, und was darauf folgte:
Wie Euch Bertuccio und des Fräuleins Vettern
Galasso und Ferrante auf der Treppe
Mit vorgehaltnem Dolch und Degen fragten,
Ob Ihr es vorzieht, als ein toter Mann
Die Nacht im Straßengraben zuzubringen.

ASCANIO *aufschreiend*
Ah!

MAD. GAETANA
Oder als verlobter Bräutigam
Des Fräuleins Amidei daheim Bette.
Drauf Eure Antwort, Euer Schwur: worauf
Die Klingen ihre Scheiden suchten, Ihr
Den Heimweg

ASCANIO *maßlos erstaunt*
Ich?

MAD. GAETANA als glücklicher Verlobter.

ASCANIO *hochmütig*
Und diese schlechterfundnen, tollen Lügen

Betrunkner Schufte habt Ihr glauben können?
Ihr glauben vom Ascanio Buondelmonte?
*Er nimmt sein Barett vom Boden auf und verbeugt sich tief vor den Frauen*
Madonna, Ich bedauere Euch.
*Dann wendet er sich langsam zum Gehen.*
*Francesca und Gaetana tauschen einen schnellen Blick.*

FRANCESCA Ascanio!
Bleib da und gib mir meinen Kuß zurück
Und sag mir laut, damits die Mutter hört,
Daß du mich liebst, daß du der Lügen lachst
Und bleibst und mich unsagbar selig machst!
*Sie läuft ihm entgegen, er kehrt um und schließt sie in seine Arme.*

*Ende des ersten Aktes*

## II. AKT

*Ascanio und Ippolito kommen aus dem Garten*

IPPOLITO

So meinst du, ganz undenkbar wär es nicht
Daß sie mich lieben lernte? Zwar du sagst...

ASCANIO

Ehrlich gestanden, Freund, ich weiß es nicht,
Ob sie vermag, was Leute lieben nennen.
Mißhör mich nicht: wohl ist sie liebenswert
Und jedes zartesten Empfindens, ja
Des überzarten überreiche Herrin.
Die schattenhaften Tiefen liebt ihr Geist,
Wo alles Fühlen wurzelt, und er wühlt
Mit Fieberfingern gern in diesen Gründen,
Wo Sinne stumpf und Worte sinnlos werden.
Und weil ich selbst, du kennst mich, ähnlich bin
Und einfach fühlen – allzufrüh! – verlernte
Und frühe abgestreift von Leid und Lust
Das bunte Kleid der Unbefangenheit,
So reizte mich des Mädchens müde Art
Und herbe Hoheit, so enttäuschten Sinns
Bei solcher Jugend.
Sieh, bei der Liebe gibt es solch ein Ding,
Bei allzuviel und allzu heißer Liebe
Da kommt ein Tag – ein jeder hats erfahren –
Wenn überwach das Denken schmerzlich bebt
Vom Übermaß erregender Betäubung
Und tastend sucht nach irgendeinem Sinn
Und neuen Duft des Daseins. Solches Beben
Und Tasten, solches fieberhafte Suchen
Trägt die verschwiegne Seele dieses Mädchens,
Das nichts von jenen Dingen kennt, in sich.

IPPOLITO
Ich danke dir, daß du sovieles sagst.
Doch dünkt mich, weißt du allzuviel, Ascanio.

ASCANIO
Sei ruhig. Ich versteh. Doch hast du Unrecht.
Man kennt sie kaum, wenn man sie kennt wie ich,
Zumindest kennt man sie nicht allzu nah.
Wie feuchtes, flutendes Gewand den Leib,
Verrät ihr Wesen jeder Atemzug
Der Seele. Ein kristallenes Gehäuse
Zeigt des Empfindens Trieb- und Räderwerk
Für jeden, dem sie gut ist und vertraut.

IPPOLITO
Und anderes war niemals zwischen Euch
Als Gutsein und Vertraun, Ascanio?

ASCANIO
Nichts anderes war jemals zwischen uns
Und was da war, wird ewig bleiben dürfen.

IPPOLITO
Ich hab dir vieles abzubitten, Freund,

ASCANIO
Du sollst mir, hoff ich, viel zu danken haben.

IPPOLITO
Die Ausgeburten mancher bösen Nacht
Die, kaum geboren, jetzt ersticken sollen;
Mir selber abzubitten manchen Tag
Der sinnreich ausgedacht sinnlose Qual.
Doch das ist nun vorbei.

ASCANIO Und einmal später
Solls uns erfreun, daran zurückzudenken.
[Denn überwundenen Leids Gedenken freut.]*

MELUSINA
So meinst du nicht, daß ein Gewitter kommt?

* [...] In der Handschrift eingeklammert.

GIOCONDA
Ich weiß'.
MELUSINA Wer sagts?
GIOCONDA Mein Haar, das knistert so.
Ich weiß, es kommt.
MELUSINA Ja, ja, kann sein.
*Pause.*
GIOCONDA Du sag,
Sag, ist das wahr, daß du die Zeichen kennst
Auf Sommerblumen und auf dem Gesicht
Der Menschen...?
MELUSINA Was für Zeichen, Kind?
GIOCONDA Den Tod.
Die Zeichen frühen Todes. Ja, ich weiß,
Du sprichst nie mehr davon. Allein, als Kind,
Da hatt ich viel zu große Augen, nicht?
Nicht viel zu große, dunkle, heiße Augen?
MELUSINA
Ja, ja. Als Kind.
GIOCONDA *plötzlich aufstehend*
Sei still.
MELUSINA Was ist?
GIOCONDA
Nichts, nichts; mir war nur so. Es war der Wind.
*Pause.*
GIOCONDA
Wie schwül es ist.
MELUSINA Und doch schon dunkel.
GIOCONDA Fast.
Hast du den Herrn Ascanio angesehn?
Der hat auch schöne Augen.
MELUSINA Nicht so schön
Wie deine
GIOCONDA Nicht so groß?
MELUSINA Nein, nicht so groß...
GIOCONDA *zusammenzuckend*
Es wetterleuchtet
MELUSINA Hast du Angst?

GIOCONDA Jetzt nicht.
Im Dunkeln hab ich Angst.
MELUSINA Wovor?
GIOCONDA
Ich weiß nicht. Vor dem Sterben. Oder nein,
Vor irgendetwas, schlimmer als der Tod,
Viel schlimmer, grauenhafter, wie die Angst,
Die man am schwülen Mittag manchmal hat,
Wenn alles still ist; wo man laufen will,
Und kann nicht; schreien, und der Laut versagt.
*Pause*
GIOCONDA
Erzähl mir was. Von meiner Kinderzeit.
Es liegt ein rätselhafter süßer Reiz
Auf dem Vergangnen, der Gleichgültges selbst
Mit Duft verklärt. So muß das Heimweh sein,
Mit solch wehmütig rätselhaftem Reiz.
In meiner Kindertruhe fand ich neulich
Die kleinen bunten Kleider, – weißt du noch? –
Das eine mit dem grellen, roten Gelb,
Und dann das andre, dunkelgrün und gold...
MELUSINA
Ja freilich weiß ichs. Kind, was warst du schön!
Unheimlich schön!
GIOCONDA Unheimlich, ja, das ists
Ein stilles, blasses, hexenhaftes Kind...
MELUSINA
Nicht hexenhaft: davor bewahr uns Gott!
Nicht boshaft, aber wohl verwunderlich
Und klug, mit Fragen über deine Jahre.
*Pause*
GIOCONDA *nach einigem Nachsinnen, wie suchend*
Solang die Eltern lebten, war nicht da
Im Hause oft Musik?
MELUSINA Ja, freilich, wohl.
Auch dess entsinnst du dich? Ein Dutzend, mehr,
Der besten Musikanten, ausgesucht,
Die Geiger von Cremona, aus Paris

Die Oboisten, der den Cymbel schlug
Ein ungarischer Mann, ein halber Heide.
Das weißt du nimmer, nicht?

GIOCONDA Das nicht, allein
Wenn ich die Geigen und die Becken seh,
Die in der Halle hängen, weht mich an
Wie ein Erinnern an erstorbenes
Und ganz ersticktes andres Sein in mir.
Mir ist, als müßt ich mich besinnen können
Auf irgendetwas: einen Rausch: ein Glück,
Das ich entbehre und drum elend bin.

MELUSINA
Du sollsts dem Ohm Bertuccio sagen, Kind,
Man hört bei uns auch wirklich keinen Ton.
Es würde dich erheitern, manchesmal
Ein Madrigal im Garten anzuhören,
Galant gestimmt zur Geige und zur Flöte.

GIOCONDA
Mir frommt kein Madrigal und keine Geige.
Mir ist Musik im Innersten verwandt,
Die aus den Tiefen, die wir nicht verstehn,
Das ruhelose Sehnen wehend holt
Und tiefe Angst des Lebens...
Denn so ist meine Seele selbst erfüllt:
Mit Sehnsucht und dem Bann der Bangigkeit,
Aus Tiefen webend, die ich nicht versteh.
*Pause*

MELUSINA
Ich glaube, Kind, es wäre Schlafenszeit.

GIOCONDA
Geh schlafen, wenn du willst, und laß mich hier.

MELUSINA
So wartest du?...

GIOCONDA Auf niemand.

MELUSINA Nun ich meinte:
Der Herr Ascanio kommt wohl nicht so bald.

GIOCONDA
Du willst mir sagen, daß der Ohm für gut

Gefunden hat, um meinen Ruf bekümmert,
So liebevoll bekümmert! [Oh ich weiß,
Du brauchsts nicht wiederholen]* mir die letzte,
Die kleine arme Freude zu verstören,
Die manchem dieser farblos öden Tage
Noch einen blassen müden Schimmer lieh
Wie kühle Abendsonne; doch genug,
Um dran zu denken, wenn man früh erwachte,
Beim Schlafengehn mit halbgeschlossnen Augen
Zurückzusinnen... Sag mir, gute Amme:
Warum erwach ich, steh vom Bette auf
Und kleid mich an? 's wird wohl Gewohnheit sein.
Du hast mich doch, wenn ich mit Puppen spielte,
Und mich nicht trennen wollte, überredet
Zum Schlafengehn? und später, wenn ich abends
Noch in den Garten lief mit heißen Schläfen,
Vom Duft der Nacht berauscht und ihren Tönen,
Da wars wohl Mühe, mich zu Bett zu bringen?
Jetzt weiß ich nicht, für was ich wachen sollte,
Als höchstens: weil die Nacht noch banger ist.
*Pause*

MELUSINA
Ich hatte einen andern Grund gemeint
Weshalb der Herr Ascanio

GIOCONDA Welchen? Was?

MELUSINA
Sie sagen, er sei nah daran

GIOCONDA Nun, nun?

MELUSINA
Sich zu verloben.

GIOCONDA *ganz ohne Erregung*
Man erzählt wohl auch
Mit wem?

MELUSINA Mit einem schönen Fräulein der
Donati.

GIOCONDA So. Francesca?

* [...] In der Handschrift eingeklammert.

MELUSINA Ja, Francesca.

GIOCONDA

Erbauliches Gerede! Vor drei Tagen
Hat er sie nicht gekannt, das sag ich dir.

MELUSINA

Ich kann nichts anders tun als wiederholen,
Was mir die Carla heute früh erzählte,
Die Zofe der Madonna Gaetana,
Die ich am Rückweg von San Stefano
Zufällig sprach. Wir kamen eben beide
Vom Hochamt, und wir kennen uns seit lange.
Sie rühmte, wie galant der Herr Ascanio
Mit Huldigung von ausgesuchter Feinheit
Dem kleinen Fräulein schmeichle. Wie Francesca
Die jungen Herrn der allerbesten Namen
Vordem zurückgewiesen, aber diesmal

GIOCONDA *nur gelangweilt*

Ich bitte, Amme, schweig und mache Licht.
*Die Amme zündet eine mattsilberne Öllampe an und stellt sie auf den Kamin; sie erleuchtet das Gemach mit halbem unsicherem Schimmer.*
Was kümmert dich das alles und was mich?
Mich dünkt, will Herr Ascanio sich verloben
Und will er, daß wirs wissen, du und ich,
So kommt er wohl erst selber und erzählts.
So, gute Nacht.

MELUSINA Ich meine.

GIOCONDA Gute Nacht.

MELUSINA *im Abgehen*

Nun, meinetwegen... Fräulein, gute Nacht. *Ab.*

GIOCONDA *indem sie langsam quer über die Bühne an ein Fenster geht.*

Zwar, daß sie ihm gefällt, ist nicht undenkbar...
*Nach einigem Nachsinnen*
Ob er dann kommen wird?
Wie sonderbar,
Daß ich zum ersten Mal unruhig bin...
Wenn er sie liebt – ich glaubs nicht – aber wenn:

Käm er drum minder? Kommt er nicht hieher
*Der Ton wird schmerzlich-bitter.*
Wie er zu irgendeinem Freunde ginge,
Gleichgültig freundlich, ob er liebt, ob nicht?
*Nach einer Pause, mit ausbrechender Erregung.*
Ich will nicht, daß an mir das ganze Leben
So lieblos und mit fremdem, kaltem Lächeln
Vorübergeh, wenn ich die Hände bettelnd
Ausstrecke so! Ich will auf mich vergessen,
Ertrinken in dem Leben, Leben fühlen
Wie andre tun, die leicht und lachend leben.
Ich will nicht dieses seelentötende
Verstehenwollen, das mit Fingern blutend
An einer großen Eisentüre scharrt.
[Ich will die leichten, lächelnden Gebärden
Der Menschen, die im Leben glücklich sind.]*
*Sie kniet an ihrem Betstuhl, im Hintergrund, im Halbdunkel. Hastig*
Madonna, gib, daß mir dein hölzern Bild
Zu nicken scheine, daß der Duft der Nacht
Mich trunken mache, daß ich lieben kann
Und einem andern Leib und Seele geben
Und ganz vergessen auf mich selber. Soll
Dies nicht geschehn, so lösch mein Leben aus
So wie der Wind der Nacht die schlechte Kerze.
*Es klopft an der kleinen Seitentür. Sie steht auf und steht einen Augenblick wie betäubt. Es klopft von neuem, stärker. Endlich ruft sie.*
»Die Tür ist offen.«
*Ascanio tritt ein. Sie geht ihm entgegen, ängstlich, schnell:*
Du bist schlecht gelaunt?
Du kommst nicht gern, Ascanio?

ASCANIO Warum?

GIOCONDA

Ich fürcht, ich kenns an deinem Blick und Gruß...

* [...] In der Handschrift eingeklammert.

ASCANIO
Ich wär auch ohne deinen Brief gekommen.
GIOCONDA *sehr freudig*
Gewiß? O dann ist alles gut, Ascanio.
Sag, steht dein Fackelträger an dem Pförtchen?
Dann schick ihn fort
ASCANIO Ich bin allein gekommen
Ich dachte...
GIOCONDA Gut. Ich dank dir. Ich verstehe.
Dann bitte, schließ die Tür, durch die du kamst.
Die Lampe flackert so.
ASCANIO *schließend* Ein schwüler Wind
In irren Stößen.
GIOCONDA *an einem Fenster*
Und es wetterleuchtet.
ASCANIO *auch am Fenster*
Die Zweige zittern.
GIOCONDA Wie im Fieber. So.
*Sie setzen sich beide in die Nähe der Lampe.*
Ich will die Augen schließen, wenn du sprichst.
ASCANIO
Wie schön du bist, Gioconda, mit dem Schimmer
Der Lampe auf dem Haar.
GIOCONDA Das sollst du mir
Nicht sagen, Herr. Wenn du mir was erzählst,
Flecht ich mirs auf, dann spielt der Wind damit,
Der aus dem Garten kommt; das tut mir wohl.
ASCANIO
Ich hab dir viel zu sagen, was nicht leicht
Zu sagen ist.
GIOCONDA Nicht leicht, von dir zu mir?
Was wäre da nicht leicht zu sagen, Herr?
ASCANIO
's ist eine Botschaft. Eine Werbung fast.
GIOCONDA
An mich?
ASCANIO An dich.
GIOCONDA Von wem?

ASCANIO Von einem Freund.

GIOCONDA *sieht ihn an*

Du bist ihm gut, dem Freund?

ASCANIO *ohne zu verstehen* Ich will ihm wohl.

*Kleine Pause*

Er liebt dich.

GIOCONDA Hat er mir es schon gesagt?

ASCANIO

Mit Worten nicht. Er scheut die abgegriffnen
Entweihten Worte, deren Seele tot ist.
Allein mit Blicken wohl

GIOCONDA *wieder aufsehend* Mit dunklen Blicken
Ins Innre seltsam tastend und...

ASCANIO Du kennst ihn?

GIOCONDA *herzlich* Nun
Ich glaub ihn zu erraten.

ASCANIO Dann bedarfs
Der Werbung nicht, nur deiner Antwort, mein ich.

GIOCONDA *langsam, nach dem Ausdruck suchend*

So glaubt er, daß ich Liebe geben kann?
Ascanio, glaubt er das? Und – irrt er nicht?
*Einfach*
Was kann ich geben, ohne süßen Kern
Des Innern, ganz nur Schale, wie ich bin,
Gefüllt mit nimmer ruhendem Verlangen
Von namenloser Sehnsucht bebend? Nein,
Er irrt. Das sag ihm. Denn ich kann nichts geben.

ASCANIO *warm, eindringlich*

Er sieht nicht nur durch seiner Wünsche Augen,
Auch durch die meinen sieht er dich, Gioconda,
Wie ich seit deiner Kindheit dich gesehn:
In einer wunderbaren, fremden Sprache
Mit dem gemeinen Leben redend. Anders
Als andre. Reicher. Dunkelglühender.
Mit feinern Fäden der Empfindung bebend,
Wie Pflanzen, wenn sie träumen. Und mit großen
Erschrocknen Augen schauend in das Leben
Wie in ein wildes, ängstigendes Märchen:

*Sie hat das Haar aufgeflochten und lehnt am Kamin, die Hände hinter dem Kopf, die halbgeschlossnen Augen auf ihn gerichtet.*

So sieht er dich, und du bist schön, Gioconda,
Verwirrend schön, wenn so dich einer sieht.
*Ruhiger fortfahrend*
Nicht wie ein Knabe, leicht erregt, verlangt,
Begehrt er dich, nein, wie ein Mann begehrt,
Mit tiefem, langsam reifendem, verschämtem
Begehren der erwachsnen starken Seele.
– – – –
Welch eine Antwort bring ich ihm, Gioconda?

GIOCONDA *nach einer Pause, ruhig und klar*
Es ist wohl gut, daß du mich liebst, Ascanio,
Und mir es so gesagt. Zwar nicht der Larve,
Der fremden Maske hätt es nicht bedurft
*Bewegung Ascanios, die sie mit der Hand abwehrt*
Doch ists gesagt. Und also antwort ich:
*Mit wachsender Bewegung*
Ich lieb dich auch. Und wie auch sollt ich nicht?
Hast du mir nicht gegeben, was ich bin
Mich ganz erfüllt mit deinem Wesen? sag:
Sprech ich ein Wort zu dir, das dir nicht klingt
Wie eitles Echo deiner eignen Worte?
Wenn du mich nimmst, so nimmst du nur was dein,
Zu tuen, was dir gut scheint.
Sprich jetzt nicht.
Denn alle Worte klängen wohl entweiht
Und ohne Seele. Und ich spreche nur,
Weil ich dir einmal alles sagen muß:
Ein kleines Saitenspiel in deiner Hand
Sind meiner Seele Saiten. Wenn du willst
So lachen meine Augen und mein Mund
Wie Kinderaugen und ein Kindermund;
Und wieder wild und traurig kann ich sein,
Wenn du es willst, mit offnem heißem Haar,
Wie eine schwarze Flamme; wenn du willst
So will ich hegen hohe Harmonien
Und schön sein wie der Marmor; wenn du willst

Mit frommen Lippen und verklärter Stirn:
Denn nur dein Wille, sonst ist nichts in mir:
Ich bitte sage mir, daß du mich liebst,
Mit Worten, die berauschen und betäuben:
Die sollen wie ein großes Wasser sein,
Darin die Öde und die Angst ertrinkt,
Und dieser Wahnsinn, der mein Wesen war:
Daß sich zwei Menschen niemals etwas sein,
Sich nie verstehen können, nie berühren,
Gebannt in grenzenlose Einsamkeit:
Den Wahnsinn sollst du töten. Sprich zu mir.
Nicht, nicht so nah, noch nicht. Erst sag es laut:
Ich will die Worte trinken. Flüsternd dann
Und immer wieder, bis ich weinen kann.

ASCANIO *vor ihr am Boden*
Gioconda! o Gioconda!

GIOCONDA *aufschreiend* Ascanio!
*Weinend* Ascanio!
*Während sie sich weinend an ihn klammert,*
*löscht er mit der Hand die Lampe aus.*

*Der Vorhang fällt.*

# ALKESTIS

## EIN TRAUERSPIEL NACH EURIPIDES

*Personen*

HERAKLES
APOLLON
DER TOD
ADMET
ALKESTIS
DER KLEINE EUMELOS
PHERES
STIMME
DER ALTE SKLAVE
DIE ALTE SKLAVIN
EIN JÜNGLING
EIN EDLER
EIN SKLAVE
MÄNNER
FRAUEN
SKLAVINNEN

*Szene: Vor der Königsburg.*

## PROLOG

STIMME *auf der Gartenmauer, von einer leisen Musik begleitet, halb Gebet, halb Lied*

So liebst du nicht mehr dieses gastliche Haus,
Phöbos Apollon?
Und liebtest es doch und hast einst nicht verschmäht,
Phöbos Apollon,
hier dienend im Hause, ein weidender Hirt,
zu führen die Herde auf Heide und Hald
und mit tönendem Rohr zu berauschen den Wald,
Herr, Phöbos Apollon!
Da kamen die Lüchse und weideten mit,
da folgten die Löwen dem Klang und dem Schritt
in feuerfarbenem Rudel,
gebunden von süßer Gewalt,
um deine Zither die bunten Reh
hintanzten und ließen für deine Näh
den dunklen, schweigenden Wald!
Vergißt du, Apollon, so bald,
die sterblichen Menschen so bald?

APOLLON *während des Liedes von links aufgetreten, geht langsam gegen das Haus zu, blickt durch das Tor ins Innere*

Sie rufen mich und singen, daß ich einst
in diesem Königshaus, obwohl ein Gott,
als Hirte an dem Tisch der Knechte saß.
Nicht ungern, fast mit Wehmut denk ich dran,
weil immer doch Vergangnes lieblich ist…
So kam es: meinen Sohn erschlug mir Zeus
mit bösem Blitz; da ging ich hin und schlug
ihm die Kyklopen, seine Knechte, tot,
des Blitzes Schmiede; dafür zwang mich er,
zu dienen einem Sterblichen, Admet,
dem König, der in diesen Gauen herrscht.
Das ist vorbei: doch ich gewann ihn lieb,

den Menschen, meinen Herrn, und weil sie so
am Leben hängen, diese Sterblichen,
so ging ich zu den Schicksalsgöttinnen
und bat für ihn, und die gelobten mir,
er mag dem Tode, der ihm droht, entfliehn,
wenn einen andern er hinunterschickt
statt seiner, aber einen, der so will.
Da bebt' er zwischen Scham und Todesangst
und fragte; und die Frage, kaum getan,
gereut' ihn, und er wäre lieber tot...
Die alten Eltern hatten ihn gehört,
allein sie schauerten und schwiegen still. –
Da trat sein junges Weib lautlos vor ihn
und sagte: »Herr, ich sterbe gern für dich,
ich flehe, anstatt deiner gib mich hin!«
Da wars erfüllt, und Todesgötter, die
unsichtbar, grauenvoll, auf stummen Flügeln
mit Todesaugen hingen in der Luft,
hörtens und wehten ihren jungen Leib
mit leisem Schauer an, und als er wild
in Angst die Arme um sie klammerte,
umschlang er eine Todgeweihte schon.
Sie stirbt, eh diese Sonne sinkt, und ich
muß dieses Haus vermeiden, ich, ein Gott,
eh noch der Hauch des Todes mich entweiht.
Denn schon durchs Gartenpförtchen tritt er dort,
der Grauenvolle, ein, der Todesgott,
der diese Frau die dunklen Wege führt.
*Er wendet sich nach rückwärts zum Abgehen.*

DER TOD *von links auftretend, ein Schwert in der Hand*
Ha! Phöbos, immer wachsam, immer da,
wos eines andern Tun zu stören gilt!
Das ist dir nicht genug, daß dem Admet
sein Schicksal du verwandelt, nein, die Frau,
die zum Ersatz mir hingegeben wird,
die mir zu rauben, hast du sicherlich
den Bogen und den Köcher umgetan!

APOLLON
Ich tu nicht unrecht. Aber dieses Mannes
Elend geht mir zu Herzen. Freilich, dich,
dich dazu bringen...

DER TOD *abschneidend*
Bringen, daß ich tu,
was meines Amtes? Dazu kam ich her.

APOLLON
Nein, daß du einen Alten, der zu lang
im Leben säumt, ein wandelnd Schattenwesen,
hinnähmest statt der Jungen.

DER TOD
Schweig. Auch ich –
merk! – freu mich meiner Macht. Ich freu mich, junge
und schöne Menschen hinzustrecken so!

APOLLON
So red ich ganz umsonst?

DER TOD
Umsonst.

APOLLON *ganz nahe, ausbrechend*
Du Hund!
Die Menschen und die Götter hassen dich!

DER TOD *kalt*
Laß sie mich hassen, stärker doch bin ich.

APOLLON
Auch dieses hat ein Ende. Ja! Der Held
Herakles kommt – und bald! – die Straße hier
gezogen, klopft um Gastrecht an dies Tor
und kommt dann über dich und ringt mit dir
und reißt dir aus den Armen dieses Weib!

DER TOD *indem er langsam, mit lautlosen Schritten ins Haus geht*
Du redest, redest, aber sehr umsonst.
Dies Weib geht heut hinab in Hades' Haus
mit mir. Jetzt geh ich dir zum Trotz hinein
und rühr ihr Haupthaar an mit diesem Stahl,
unsichtbar, stumm. Dann ist sie mir verfallen.

*Er verschwindet im Haus. Apollon durch die Mitte nach rechts.*
*Pause*
*Von der Landstraße, rückwärts links, kommen in kleinen Gruppen Edle von Pherä mit ihren Frauen und treten in den Vorhof. Ein paar Männer reden.*

ERSTER MANN
Unheimlich still ists.
ZWEITER MANN
Stumm, als ob die Luft
den Atem einhielte.
DRITTER MANN
Totenstill.
ZWEITER MANN
Wie sagt Ihr? Ein schlimmes Wort!
ERSTER MANN *laut, gegens Haus*
Ist hier kein Mensch, kein Freund?
Kein Diener, der uns etwas sagen kann?
Wir wissen nicht, ob unsre Königin
lebt oder tot ist.
*Pause. Große Stille.*
*Einige Frauen reden.*
ERSTE FRAU
Mich graut. Mir ist, als wär die Luft voll Stöhnen
und voll Geräusch von Händen, die sich regen.
ZWEITE FRAU
Hört! Klagen sie nicht drin, als wärs geschehn?
*Alle lauschen. Tiefe Stille.*
ERSTER MANN
St!
ZWEITER MANN
Kein Schritt! Kein Mensch!
DRITTER MANN Kommt denn kein guter Gott
und wehrt dies Elend ab?
ERSTER MANN Ich meine, wär
sie tot, so blieb' es eben nicht so still…
ERSTE FRAU
Auch seh ich kein Weihwasser vor dem Tor,
wie's Brauch vor Türen von Verstorbenen…
ZWEITE FRAU
Und Klageweiber müßte man doch hören!
ERSTER MANN
Und doch ist heute der Entscheidungstag!
*Alle flüstern.*

ERSTER MANN
Heut muß sie hinab.
*Die Frauen kreischen leise auf.*
ZWEITER MANN
Schweig! Du zerreißt einem das Herz. Die Frau!
Solange Leben lebt, ist Hoffnung da.
ERSTE FRAU
Nein, die ist nimmer, alles ward versucht,
auf allen Straßen dampfen die Altäre
vom Blut der Opfer. Da ist keine Hilfe.
ZWEITE FRAU
Schaut! eine alte Sklavin!
DRITTE FRAU Weh, sie weint!
*Eine alte Sklavin tritt aus der Haustüre.*
ERSTE FRAU
Lebt unsre Königin?
ZWEITE FRAU Weh! ist sie tot?
SKLAVIN
Ihr könnt sie lebend nennen oder tot,
ist alles gleich.
ERSTER MANN Was solls?
SKLAVIN Sie atmet, freilich,
wenn ihr das für des Lebens Zeichen nehmt,
dort hart am Tod, ja, ringend mit dem Tod!
ERSTE FRAU
Der arme Herr!
ZWEITE FRAU
So rettet niemand?
SKLAVIN Nein, das ist Geschick!
ZWEITE FRAU
Das Übliche natürlich ist bereit,
die Bräuch, der Schmuck, worin ihr sie begrabt?
ERSTE FRAU
Das eine kann sie wissen: keine Frau
Der Welt war gut wie sie.
SKLAVIN Das streitet heilig
dir niemand ab. Denn wie sollt eine sein?
Wie zeigte eine größre Lieb und Treu,

als wenn sie willig für den Gatten stirbt!
Das weiß in Pherä jeder Mensch. Allein
hört, wie sie diesen letzten Tag verbracht:
Sie wußte wohl, daß es der letzte war,
machte kein Hehl daraus und schauerte nicht.
Nur ihre Stimme – wenn man so sie kennt
wie ich – war eigentümlich herb und fremd,
als hätte sie Entsetzliches versenkt
in ihrer Brust und hätte Angst davor,
sich selbst zu rühren mit gewohntem Klang.
Heut morgen ging sie an den Fluß und wusch
die weißen Glieder, nahm Gewand und Schmuck
aus Zedernschränken, tat sich zierlich an
und trat zum Altar Hestias und betete:
»O Göttin, da der Tod mich nehmen will,
bitt ich, behüt die kleinen Waisen mir,
gib meinem Sohn ein liebes Weib, der Tochter
gib einen edlen Mann. Und beide, o
laß sie nicht sterben vor der Zeit wie mich,
die Mutter, sondern laß sie glücklich leben
ganz bis zum Ende und im Vaterland.«
Dann trat sie hin zu jedem Altar im
Palast, bekränzt' ihn, flehte zu dem Gott,
nicht weinend, ohne Seufzer, und der Tod,
der hinter ihr, sie fast berührend, stand,
verfärbte nicht ihr leuchtendes Gesicht.
Dann ging sie in ihr ehlich Schlafgemach,
und vor dem Bett brach sie in Tränen aus
und sagte: »Bette, wo ein halbes Kind
ich mich zuerst dem Manne ganz ergab,
für den ich jetzt mein Leben geb, leb wohl.
Ich zürn dir nicht, bringst du doch mir allein
Verderben, weil ich dir und ihm
jetzt sterbe. Dich gewinnt ein andres Weib,
kaum reiner, doch wohl glücklicher als ich.«
Sie beugte sich und grub sich küssend in
das Bett und weinte so. Und ausgeweint
ging sie vom Lager weg, den Kopf gesenkt,

und kehrte immer wieder um und warf
von neuem schluchzend auf das Bette sich.
Die Kinder hingen sich an ihr Gewand
und weinten auf. Sie nahm sie in den Arm,
eins um das andre küssend, vor dem Scheiden.
Die Diener alle weinten mit, und jedem
gab sie die Hand und sah ihn freundlich an,
und keiner war ihr da zu schlecht, daß sie
nicht hörte, was er sprach, und ihm ein Wort
nicht sagte.
*Pause*
Solches Elend trifft Admet.
Wär er gestorben! Freilich, er wär hin:
und jetzt? er floh den Tod, der aber warf
dem Fliehnden in den Rücken einen Dolch:
die Wunde schwärt ihm fort, solang er lebt!

JUNGE FRAU *(Dritte)*
Besser sterben, den Strick um den Hals, als das erdulden!

ALTER MANN *(Zweiter)*
Du redest, du bist jung, du weißt nicht, wie schwer der Tod ist!

SKLAVIN
Sie atmet nur mehr leise. Aber sie
will noch einmal heraus ans Sonnenlicht:
Ich geh euch anzumelden: es tut wohl,
in solcher Stunde nicht allein zu sein.
*Sie geht ins Haus.*
*Stille.*

ERSTE FRAU
Mir ist, es kommt niemand. Wir sehn sie nimmer!

ZWEITE FRAU *mit ausgebreiteten Armen*
O Gott, heilender Gott!
Mach unsres Herren Not ein Ende!
Gewähre, Gott, gewähre!
Du hast ja früher Rat gefunden,
gehört, wenn wir zu dir um Hilfe schrien…

MEHRERE *leise*
Schaut hin, schaut, sie kommt.

ANDERE *leise*

Auf seinen Arm gelehnt. Er trägt sie fast!

*Aus dem Haus kommt Alkestis, an Admet gelehnt. Die Kinder. Dienerinnen. Auf den Stufen wird Alkestis auf Polstern und Decken niedergelassen. Die übrigen treten nach links.*

ALKESTIS

Die Sonne, schau. Sie streichelt meine Hände.
– – – – – – – – – – – – – – – – – – – – – – – –
Und Wolken! wie sie gleiten, gleiten! weh!
*Schauernd*
Die kommen auch nicht wieder.

ADMET *vor sich hinbrütend*

Da stehen wir in diesem ganzen Glanz,
der keinen Sinn hat, zwei Unglückliche,
die nicht den Göttern taten, was den Tod
verdient.

ALKESTIS *sinnend*

Wenn ich da schau, wie sich das abhebt,
das dunkle Dach vom Himmelsblau, da fällt
mir etwas ein... nein... eine Menge! – –: Du!
Von meiner Eltern Haus, wo ich daheim,
wo mein Brautbette stand...

ADMET

Gib nicht so nach,
Alkestis, sei doch gut! laß mich nicht so
allein! Hilf mir die Götter um Erbarmen
anflehn.

ALKESTIS Ich sehs! ich sehe schon das Boot!
Der Totenfährmann steht am Steuer und ruft:
»Was säumst du? Schnell! so eil dich doch!
Bereit ist alles zu der Fahrt! Komm! Komm!«
*Schauernd*
Ich habe Angst! Admet!

ADMET *für sich* Nein, das geht nicht!
Das trägt kein Mensch!
*Er beugt sich zu ihr* Was für ein Boot, mein Kind?

ALKESTIS

Er holt mich. Weißt du nicht? Er führt mich ja
ins Haus der Toten, düster schaut er her!

*In wachsender Angst*
Der mit den schwarzen Flügeln, der! der Herr
der Toten, Hades! Laß mich! Laß mich Arme!
Laß mich! Ich will nicht diese Wege gehn.

ADMET
Alkestis, hör mich!

ALKESTIS *sanft* Laß mich, laß mich jetzt!
Ja, lehnt mich an. So. Dank! Ich bin so schwach!
Das ist der Tod. Die Augen werden so
voll Dunkelheit! Ah! Kinder! Kinder!
Die Mutter kann euch nicht mehr sehen. Freut
euch an der hellen Sonne, meine Kinder!

ADMET *halblaut*
Das Wort ist bittrer als der Tod. – Ich fleh
dich bei den Göttern an, verlaß mich nicht!
Bei den Kindern, die du als Waisen läßt,
bleib bei uns!
Denn stirbst du, leb auch ich nicht mehr,
mein Leben bebt in deinem Herzschlag mit.

ALKESTIS
Lieber Mann!
Mein Los ist nun einmal gefallen. Aber
du hör, bevor ich sterb, noch meinen Willen:
Da her! Ganz nah! Du Lieber! Daß du lebst!
Ich geb so gern das eigne Leben drum
und sterbe willig, könnt ich leben auch
und wen ich wollte freien und mit ihm
hier in dem schönen Hause wohnen. Nein!
Mich lockt kein Leben losgetrennt von dir,
mit vaterlosen Kindern! Nein. Viel lieber
streif ich dies liebe Leben schauernd ab
und werf mich in den dunkeln kalten Strom.
Dein Vater und die Mutter,
die freilich taten schlimm an uns: den Alten
geziemte wohl, für dich sich hinzugeben,
dein junges, starkes Leben so erkaufend.
Du bist ihr einziger, doch kein zweites Kind
statt deiner können sich die Alten hoffen.

Dann dürft ich leben, und du weintest nicht
und brauchtest keine Waisen aufzuziehen.
Doch all das hat gewiß ein Gott gefügt.
So denk an das, was ich für dich getan,
und was ich jetzt dich bitten will, gewähr!
Du hast die Kinder ja so gern wie ich,
so zieh sie auf zu Herrn in deinem Haus
und führ nicht eine zweite Frau herein,
die, schlimmer als die arme Alkestis, neidisch
die Hand an deine und meine Kinder legt.
Das tu nicht, ich beschwör dich, nur nicht das!
Stiefmütter sind den ersten Kindern gram,
ja, unbarmherzig wie die kalten Schlangen sind.
Nicht um den Buben ist mirs bang, der hat
an dir den starken Schutz, allein die Tochter!
Was wird aus der, wenn irgendeinem Weib
der Vater sich vermählt, die bösen Ruf
auf ihren Namen bringt und jeden Freier
dem jungen Ding verscheucht. Du armes Kind!
Ausstatten wird dich nicht die Mutter einst,
und in der schweren Stunde, wo nichts nötiger
als eine Mutter, bin ich nicht bei dir.
Denn sterben muß ich, sterben, heute! hier!
In dieser Stunde sagt ihr noch: »Sie war.«
– – – – – – – – – – – – – – – – – – – – – – – –
Lebt wohl. Du darfst dich rühmen, lieber Mann,
daß du die beste Frau erlesen hast,
und ihr wohl eine gute Mutter, Kinder!

ADMET

O sorg dich nicht, daß alles so geschieht!
Du warst die meine lebend, und im Tod
bleibst du allein mein Weib, und keine Frau
trägt diesen Namen, noch der Königin
Stirnreif und goldnen Gürtel hier im Land.
Der Gürtel und der Reif, die bleiben leer,
leer wie mein Herz, wie meine Arme leer,
Goldfassung ohne Sinn und ohne Wert,
daraus der Dieb den Diamanten brach!

– – – – – – – – – – – – – – – – – – – – – –

Die mich geboren, haß ich! Meinen Vater
will ich nicht ansehn. Ihre Liebe ist
ein Wort im Wind, die deine Öl und Wein,
nein, Blut, vergossen, meinen Durst zu löschen,
aus deinem Herzen deiner Jugend Blut!
Wie Vater nicht und Mutter nicht hast du
an mir getan! Meinst du, ich traure drum
ein Jahr um dich? Was kümmert mich die Zeit!
Solang ich leb, ist Trauer meine Herrin,
setzt sich mit mir zu Tisch, geht hinter mir
und steht des Nachts an meinem leeren Bette
und sieht mich an mit eisernen Augen, stumm.
Und manches Mal schlaftrunken wähn ich dann,
du stündest da, und strecke meine Arme
nach ihr und schlafe selig lächelnd ein,
bis sie mir ihre kalte Hand aufs Herz
hinlegt und schauerlich der Wahn zerrinnt.

– – – – – – – – – – – – – – – – – – – – – –

Sonst war mein Haus mit Fackeln, Flötenschall
und Blumenkränzen tönend angefüllt,
und seine Fugen bebten von Musik!
Jetzt steht es hohl und tot, ein Sarg der Lust,
wie Früchte innen voller Moderstaub!
O komm im Traum nur manches Mal zu mir!
Hätt ich des Orpheus wilden, süßen Mund,
hätt ich sein Saitenspiel, drauf Herzenslust
und Sehnsucht und Verführung und Genuß
anstatt der Saiten aufgezogen sind,
daß ich, den Schattenkönig und sein Weib,
Persephoneia, rührend, aus der Nacht
dich rettete! Ich stieg' hinab, und keiner
von den Dämonen sollte mir verwehren,
dich heimzutragen an das Licht, Geliebte!
So bleib ich hier am öden Ufer stehn,
ohnmächtig winselnd, bis der Tod mich holt
Und dir entgegenführt zum zweitenmal!

ALKESTIS
Habt ihr verstanden, Kinder, wie der Vater
gelobte, daß er nie ein andres Weib,
mein Flehn mißachtend, euch zur Mutter gibt?

ADMET
Ich schwör es abermals und heilig dir.

ALKESTIS
Jetzt mußt du ihnen auch die Mutter sein.

ADMET
Wohl haben sie mich nötig, dein beraubt.

ALKESTIS
Ich sollte leben, Kinder, und ich muß
hinunter!

ADMET Was beginn ich ohne dich!

ALKESTIS
Ein Toter ist ja nichts! Ein wenig Zeit,
und alles dies ist dir so fern und fremd!

ADMET
O verlaß die Kinder nicht!

ALKESTIS
Ich muß fort, Kinder, Kinder! Lebt wohl!

ADMET
Was willst du denn! was willst du denn!

ALKESTIS
Fortgehn. Leb wohl.
*Sie sinkt zurück.*

ADMET Alkestis! Tot!

DIE MÄNNER UND FRAUEN
Tot!

DER KLEINE EUMELOS
Vater, die Mutter macht so große Augen,
sie hat so starre Finger. Mutter, hör doch!

ADMET
Sie sieht dich nicht, sie hört dich nicht, wir sind
sehr elend, Kinder: arm ist euer Vater!

EIN EDLER
Mein König, tragen heißt die schlimme Not.
Wir alle leiden diesen großen Schmerz.

ADMET

Das weiß ich ja. Nicht plötzlich ists gekommen:
dies namenlose Leid, ich ahnte es
seit langem schon, und manchmal in der Nacht
beugt ich mich über sie in solcher Angst,
als müßt ich plötzlich, wie die Kerze lischt,
ihr Leben mir im Arm auslöschen sehn.
So grauenvoll ist, wenn man es bedenkt,
das Leben. Also jetzt muß ich hingehn
und diese Tote da begraben. Ihr
bleibt nur indessen, laßt sie nicht allein,
und singt ein frommes Lied dem Gott, den Flehen
nicht rührt. Doch ganz Thessalien, soweit
mein Speer gebietet, trauere mit mir!
Die süßen Flöten, die sie aus dem Holz
des Lotosbaumes schneiden, sollen schweigen.
Ich will nicht, daß sie mich vergessen lehren!

*Er geht ins Haus. Die Frauen schmücken die Leiche und bahren sie rechts unter dem vorspringenden Dach auf. Die Männer treten in den Hintergrund.*

DER KLEINE EUMELOS

Was legen sie die Mutter auf die Trage?
Kann sie denn nicht mehr gehn, hat sies verlernt?
Was ziehn sie ihr die schönsten Kleider an?
Was geben sie ihr goldne Spangen um?
Ist doch kein Fest?

*Die alte Sklavin nimmt ihn auf den Schoß
und redet mit ihm leise.*

DER KLEINE EUMELOS

Ein fremder Mann? wann bringt er sie denn wieder?

DIE ÄLTEREN FRAUEN *an der Bahre, rezitativisch*

Es pflücken die Menschen die Früchte des Lebens,
die Wunder der Weite, die Wunder der Nähe.
Sie saugen den Zauber der Töne aus Flöten
und Königsgedanken aus Träumen der Nacht.
Sie fahren im hohen Wagen des Lebens
mit stolzen Stirnen den Wunderweg,
da springt gegen sie mit eichener Keule
und schlägt sie nieder das stumme Geschick.

DIE JÜNGEREN FRAUEN
Wir dürfen nicht fragen, wir könnens nicht fassen!
O brechet die Früchte, umschlinget einander,
beladet mit Leben die fliehenden Stunden,
mit Lachen und Liebe, mit Herrschaft und Lust!
Was frommen die duftenden, goldnen Sandalen,
was frommen die Spangen, was frommen die Blumen,
um nieder ins Dunkel zu folgen dem Tod?
*Sklavinnen heben die Bahre auf, und der Zug geht, singend von allen Frauen geleitet, durch die gewölbten Gänge rechts vorne langsam ab.*

GESANG DER SKLAVINNEN
Nicht des Geiers Schwingen schlage
ihr ums Haupt, die wilden, Tod,
flieg ihr auf den Mund, ein Falter,
schwarz und still im Abendrot!
Führ sie nicht die schlimmen Wege
zu der blutigen Schatten Schar,
laß sie gehn auf Dämmerwiesen,
Träumerei und Mohn im Haar!
*Einer von den Männern am Tor zeigt den andern etwas. Bewegung, wachsende Unruhe.*

EINER *oder* MEHRERE *rufen*
Er ist es! Von Nemea ists das Fell!
Die Keule ists! Der Held Herakles ists!

HERAKLES *in den Torweg tretend*
Geh ich hier recht zur Schwelle des Admet?
Treff ich den König, euren Herrn, daheim?

EIN JÜNGLING
O laß mich sie anrühren, Herr, die Keule!

EIN ÄLTERER
Meinst du, es müßte was hinüberzucken
vom wilden Feuer der Lernäischen,
vom Löwenkampf und von Kentaurenschlachten?

EIN SEHR ALTER MANN
So hab ich noch den Herakles gesehn,
bevor ich starb, und kann im Schattenland
davon erzählen, wenn mich einer fragt!

HERAKLES *lächelnd*

Da hast du gar was Großes, alter Mann!
Staunst du auch jedesmal, wenn du den Blitz
in alte Bäume fahren siehst? Und doch,
der schlägt viel stärker zu als ich und kommt
viel weiter her.

EIN JUNGER MANN

Der Blitz hat nur noch nie mit uns geredet!
Du aber, wenn du nur den Mund auftust,
ist einem doch, als wüchsen alle Sterne,
als würden alle Wasser feuerfarb,
so läuft ein Wind von Wundern vor dir her!

DER JÜNGLING

Und sag, Herakles, wohin gehst du jetzt,
daß du an unsrer Stadt vorüber mußt?
Damit ich, wenn ich künftig dieses Tal
und die vertrauten Wege seh, mir sag:
Auch hier bist du so gut im Märchenland
als irgendwo, nur wie der Floh im Pelz;
was kümmerts ihn, ob Löwe oder Hund?

HERAKLES

Zum König Diomedes geht mein Weg.

DER ALTE MANN

Da mußt du über öde, düstre Berge,
wo alles Leben starrt und alles Licht
von grundlos tiefen Weihern stumm verschluckt wird.

DER JÜNGLING

Doch was entreißen willst du diesem König?

HERAKLES

Kein schönes Weib, dein Auge blitzt umsonst:
nur seine Rosse brauch ich.

IRGENDEINER

Weh! die wilden!
Die aus den Nüstern Feuer sprühn und denen
statt Heu lebendge Menschen in die Krippe
zu grauenvollem Fraß geworfen werden!…

HERAKLES

Die eben locken meinen Herrn, Eurystheus,
den König, dem ich diene. Ich begreifs,

daß, wer die Hesperidenäpfel hat
und wer der Amazonenkönigin
knirschenden Gürtel seiner jungen Tochter
zum Zierat um die Hüfte legen kann,
daß der im Stall gerade nur die Rosse
des Diomedes will.

STIMMEN Der König kommt!

ADMET *in Trauerkleidung, tritt aus dem Hause*
Ich grüße dich, Herakles, Sohn des Zeus.

HERAKLES
Heil sei dir, König!

ADMET *bitter* Wohl, das wünscht ich sehr.
Vergib. Mein ganzes Haus ist dir zu Dienst
mit Trunk und Schatten, Lager, Herd und Knecht:
mich selber nur entlaß, mir ist die Seele
wie mohnbetäubt von traurigen Gedanken:
in meinem Haus steht eine Totenbahre.

HERAKLES
Dem Trauernden will ich nicht lästig sein.
Daß du um einen Nahverwandten weinst,
ich wußt es früher nicht, jetzt freilich geh ich
und suche mir ein andres Haus zur Rast.
*Er wendet sich zum Gehen.*

DER KÖNIG *sieht ihm teilnahmslos nach; plötzlich besinnt er sich, richtet sich auf und sagt stark*
Herakles, nur dies eine tu mir nicht,
daß du, ein Gast, umkehrst auf meiner Schwelle!

HERAKLES
Entlaß mich, und ich dank dirs tausendmal.

ADMET
Ich lasse dich zu keines andern Herd;
eh ließ ich meine Toten unbegraben!
Ward meine Art so ganz unköniglich,
daß ich den fortscheuch, den ich ehren soll?
Und dafür solch ein Opfer! Pfui! Die schönsten
Früchte bringt man wohl den Gartengöttern,
damit der wilde Wind in Sommernächten
die schlechte Vogelscheuche uns verschone?

Nein! daß er nicht die edlen Äste breche,
die Träger goldner Frucht! – Um einen König,
um einen milden König über Männer
und Land und Flüsse, einen reichen König
hat diese sterben dürfen, nicht um einen,
der eines Königs Puppe. Hör, Herakles:
mir starb kein Nahverwandter, nein, ein Weib,
zwar nötig hier im Haus, doch eine Fremde.
Sie blieb nach ihres Vaters Tod als Waise
bei uns. Gleichviel. Tot sind die Toten. Geht,
schließt auf die Fremdenhallen. Du lauf hin
und heiß sie Speisen bringen für den Gast,
nur hinter ihm verschließt die Tür, ihn soll
es nicht im Schmausen stören, wenn sie hier
die Totenlieder singen, wie sich ziemt.
*Er schließt mit schwankender Stimme*
Geh... jetzt... hinein... verzeih... Du siehst mich...
Später!
*Diener öffnen die Tür der Halle rechts vorne und führen den Herakles hinein.*

DER KÖNIG *im Begriff ins Haus zu gehen, wendet sich nach den untereinander murmelnden Edlen zurück und sagt stark*
Wer mich hier nicht versteht, wer fragen will,
wie dieses Tun zu solcher Trauer stimmt,
wem alles dies umziemlich scheint und hart,
der schweige und bedenk: der König tats.
*Eine Stufe heruntersteigend*
Ihr schautet doch zu meinen Vätern auf
und dachtet: »Wenn uns der durchs Feuer führt,
ists gut, trägt er doch Helm und Schild von Göttern,
und tötet er, so kommts als wie ein Blitz,
nur mittelbar, aus eines Gottes Faust.«
Ich aber hab viel größeres Geschenk
und Gabe, die mich über Menschen hebt,
als Schwerter, die vom Himmel fielen, Rosse,
die reden, Flammen um die Stirn und Stimmen
aus Bäumen tönend: mir ist auferlegt,
so königlich zu sein, daß ich darüber

vergessen könne all mein eignes Leid!
Der schöne Leib der jungen Königin
ward in die Erde eingesenkt als Same:
nun sollen Wunderbäume Zweige spreizen,
von Taubenschwärmen rauschend; alle Flüsse
in meinem Lande sollen kühner rollen
in lauterem Triumph und rollend spiegeln
den Schatten wundervoll erhöhten Lebens;
und Zaum und Zügel aller dieser Wunder
will ich wie diesen Stab in meiner Hand
beherrschend halten und mein Leid vergessen!
Meint ihr, der Mann wär über meine Schwelle
getreten, wenn er wüßte, daß das ist,
was ich ableugnete? Und dieses Haus
soll nicht zum erstenmal ungastlich heißen!
*Er wendet sich, um ins Haus zu gehen. Unter dem Eingang kommt ihm die Bahre mit der Toten entgegen, von Spielleuten, Fackelträgern und Sklavinnen umgeben.*

ADMET *vor der Bahre zurückweichend*
So kommt ihr mir entgegen, habts so eilig,
sie aus dem Haus zu tragen, fort, hinaus!
Wo wilde Winde laufen übern Weg,
dort müssen wir dich liegen lassen, müssen
zurück ins Haus wie Knechte, wenn der Herr
sie aus der Kammer jagt, indessen du
daliegst und ihn erwarten mußt, den Herrn,
der deine Hände anrührt, und du stehst
dann auf, und in der Dämmrung führt er dich
den Weg, den keiner kennt!... Ohnmächtges Denken!
Was red ich denn! ich kanns nicht hemmen!
*Von draußen kommt ein Sklave und tritt zu Admet.*

DER SKLAVE Herr!
Dein Vater, der fast hundertjährige,
mit kindischem Kopf, kommt mühsam gegangen,
und seine Diener halten in Händen
den Schmuck, daran sich die Toten freuen.

ADMET
Auch das. Es wird mir nichts erspart. So setzt
die Bahre nieder.

*Mit Anstrengung freundlich*
Vater, kommst du auch
und klagst? Nicht wahr, sie war so gut, so schön!

PHERES *hinter ihm Diener, die Kranz, Schleier und Totenblumen tragen. Pheres ist uralt, fast phantastisch.*
Mein Sohn, ich fühle tief mit deinem Schmerz:
Ein züchtig edles Weib begräbst du da.
Nimm hin denn diesen Schmuck, mein Töchterchen,
du holde kleine Frau, die nicht geduldet,
daß ich hinleben sollte, kinderlos,
und dein beraubt, mein Sohn.

ADMET *mit bemeisterter Ungeduld* Ich bitte, Vater,
machs kurz!

PHERES So möge dir es wohl ergehn,
du armer Schatten, an den schwarzen Wassern,
indessen wir uns hier am süßen Leben freuen,
Denn wir,
*Er kichert* wir leben und sind frisch.

ADMET *zu sich selbst*
Es ist der Vater, denk, es ist der Vater!
Wie grauenvoll, daß bloße Zeit dies wirkt,
dies ganz unwürdig hilflos Häßliche,
fast wie das Alter selber hassenswert!

PHERES *zu den Umstehenden*
Der Männer Glück sind solche Frauen, ja!
Und sind sie anders, soll man sie verachten!
*Admet nimmt leise den Schmuck von der Leiche und läßt ihn mit einer halbunterdrückten Gebärde des Ekels fallen.*

PHERES
Ei! nimmst du ihr den Schmuck, den ich ihr gab?

ADMET
Ja, Vater, sei nicht bös, mich dünkt, sie braucht
ihn nicht, und mir ist wohler, seit er fort!

PHERES
Sohn, du denkst viel an dich, hast wenig Mitleid
mit ihr, die doch um deinetwillen starb.

ADMET
Dein Mitleid! Mitleid hätte dir geziemt,

als fürchterlich auf meines Hauses Schwelle
der Totenäugige stand und auf mich schaute!
Da krochest schaudernd du in dich und schwiegst!
Soviel an dir lag, bin ich tot!

PHERES Du freust
dich doch des Lebens, und ich sollt es nicht?
Kurz dauerts wohl, ist aber süß.

ADMET Sehr süß
dünkts dir, das merk ich.

PHERES Und dir nicht? So warsts
nicht du, der damals schamlos sich gesträubt
und seine junge Frau hinabgestoßen!
Rückst du mir Feigheit vor, du Allerfeigster!
Und dich hat doch ein schwaches Weib besiegt,
die sich dem schönen Knaben opfern ging!
Du wirst ja noch unsterblich, findest du
nur jedesmal ein Weib gewärtig, dir
zulieb, zum Dank für manche süße Lust,
zu sterben.

ADMET *schreiend*
Vater, solche Worte sprich
du lieber nicht, so ohne Scham und Scheu!

PHERES
Daß keiner doch die Wahrheit hören mag!
Die
*Auf die Bahre zeigend*
freilich war nicht schamlos! aber töricht!

ADMET
Ich lud dich nicht, ich hieß dich nicht willkommen!
Ich will dich nicht! Geh fort und laß die Tote
mich doch begraben. Schweig! und geh! geh! geh!

PHERES
Ich geh. Was brauch ich mich hier schmähn zu lassen
von einem frechen Burschen. Bin ich etwa
ein Sklave? Bin ich nicht ein König, he,
so gut als er ein König? Kommt, wir gehn.
*Pheres mit seinem Gefolge ab.*

*Der Leichenzug ordnet sich, Admet hinter der Bahre. Man hört Herakles in der Halle singen und lärmen.*
*Von dem Trauerzuge löst sich am Tor ein alter Sklave ab und bleibt zurück. Mit dem verhallenden Gesang des abgehenden Zuges vermischt sich das ungefüge, nicht deutlich verständliche, trunkene Singen des*

HERAKLES

Weiberarme, Weinreben
umschlingen das Leben,
sonst lägs schon in Stücken,
wer sollt sich drum bücken?!

DER ALTE SKLAVE *dann und wann unwillig auf das Gejohle des Herakles horchend*

Ja, lärm nur, roher Bursch! Wahrhaftig, ich
hab manchen Fremden hier im Haus bedient
mit Trank und Speise, aber keinen schlimmern
als den da drin. Tritt trotzig in das Haus,
obwohl er unsern Herrn in Trauer sieht!
Nimmt – keineswegs bescheiden – was man ihm
an Gastgeschenken bietet, ja wenn wir
ihm etwas nicht von selber bringen, treibt
er uns drum fort! Und setzt sich hin und säuft
der schwarzen Reben ungemischten Saft,
bis ihm der Wein den viereckigen Kopf
erhitzt! Dann kränzt er sich die Stirn
mit Myrtenzweigen und beginnt ein Lied
zu brüllen, daß es ungefügen Schalls
in unsre frommen Totenlieder dröhnt.
Und ich steh ihm zu Diensten, schafft der Herr!
Wahrhaftig, übertriebne Gastlichkeit!
*Gegen die Halle*
Du Straßenräuber, du! du schlauer Dieb!
Dir zu gefallen muß gerade ich
wegbleiben, nicht der Herrin letzten Gang,
nicht sehen, wie sie Fackeln ihr zu Haupt
und schöne Krüge ihr zur Seite stellen
und Zaubersprüche murmeln zur Musik!
Da gehn sie und sind alle so gerührt

und weinen um die gute Frau, nur ich,
als wär ich nichts, gehörte nicht zum Haus,
muß abseits stehn, nicht besser als ein Hund!

HERAKLES *ist aus der Tür der Halle getreten, steht im Gang; er ist erhitzt; er trägt den Kranz um die Stirn, den efeubekränzten Becher in der Hand*

He! trübsinniger, lächerlicher Knecht!
Was guckst du dort dem toten Weibe nach
und läßt mich dürsten, den lebendgen Gast!
Bist mürrisch gegen einen Freund des Herrn
und nur bekümmert um die Fremde dort?
Laß die in Ruh, der Tod läßt sein Geheimnis
nicht fallen, wie der Apfelbaum die Frucht:
warum er Menschen ausbläst und die Lampen
daneben ruhig weiterbrennen läßt!
Komm her, merk auf, daß du gescheiter wirst,
und bring mir mehr vom dunklen Saft der Mutter!
Im Rausch begreifst du alles, auch den Tod!
– Ich würgte einmal einen Riesen tot,
weiß nicht mehr wo, der war der Erde Sohn
und prahlte, durch die Sohlen ströme Kraft
ihm auf, wie durch die Wurzeln in den Baum.
Ich hob ihn in die Luft und würgt ihn dort!
Nüchterne Menschen sind wie der arme Narr,
und zappelnd sehnen alle sich zurück
nach ihrem Muttergrund, der Trunkenheit!
Göttliche Art der Trunkenheit vielleicht
ist, was wir Totsein heißen!
Weintrunkne und Verliebte, die Berauschten
der Kypris, schaun mit solchen sonderbaren
Augen auf einen, als ob sie, aus Dämmrung
voll Wundern, zwinkernd ins Alltäglich-Grelle
einträten –: kämen aber Tote wieder,
sie hätten noch viel wundervollre Augen,
so vollgesogen innerlich mit Wundern –
mit riesenhafter Lust, mit schwarzen Flammen,
und was noch sonst im Herzen träumt der Erde –
wie Diamanten, die vom Licht des Tags,

dem eingeschluckten, nachts unmäßig strahlen!
Ja, irgendeine schlechte, blöde Magd
käm aus dem Tor des Todes so zurück,
wie ihr erschauernd eine Göttin träumt,
mit bösem, süßem Mund und dunklem Blick!
Noch immer mürrisch? He, das schickt sich nicht!

DER SKLAVE
Der Tag ist nicht danach, daß es sich schickt,
zu lächeln.

HERAKLES Etwa wegen dieser Fremden?
Des Hauses Herren leben, daran denk.

DER SKLAVE
Die leben? du kennst nicht des Hauses Leid?

HERAKLES
Wohl, wenn mich dein Gebieter nicht belog.

DER SKLAVE
Mein König, allzu gastlich ist dein Sinn!

HERAKLES
Soll ich der Fremden halber unbehaglich
mirs machen?

DER SKLAVE Fremd! Das ist das rechte Wort!

HERAKLES
So hat Admet das Rechte mir verhehlt?

DER SKLAVE
Entlaß mich, Herr, uns kümmert unsres Herrn
Geschick.

HERAKLES *betreten*
So klagt man nicht um fremdes Weh!

DER SKLAVE
Dann hätt ich dir dein Johlen nicht verdacht!

HERAKLES
So hat mein Gastfreund falsch an mir getan!

DER SKLAVE
Zu keiner guten Stunde kamst du, Herr!
Wir haben Trauer. Schau: geschornes Haar
und schwarze Kleider.

HERAKLES Ist der Vater, red,
dem Herrn gestorben? von den Kindern eines?

DER SKLAVE

Herr, es ist unsre Frau, die Königin!

HERAKLES

Was? und trotzdem verhehlt ers, nahm er mich
so auf?

DER SKLAVE

Weil er dich nicht fortweisen wollte,
weil er sich scheute.

HERAKLES

Wohl, er sah so drein,
so ganz verstört wie einer, neben dem
der Blitz in Boden fuhr – Ich wollte nicht
herein, allein ich überwands, weil er
mich bat – Und da bin ich gesessen
und hab getrunken, ja ich sang, mir scheint.
*Er legt den Kranz ab, stellt den Becher weg*
Du, du bist schuld, warum hast du mirs nicht
gesagt.
*Er schüttelt ihn an den Schultern*

DER SKLAVE

Er wehrte mirs, Herr, er verbot
mir, nur mit feuchten Augen dir zu nahen.

HERAKLES

Du, das ist schön! Das ist viel mehr als Trunk
und Gastgeschenk, wie's Könige wohl geben.
Wenn solche Sitte in den Menschenköpfen
jetzt wüchs, da würde vieles seltsam anders:
Der nahm mich in sein Haus und lächelte,
obwohl er innen wilden Jammer trug!
Der schweigt wohl auch, wo er der Stärkre ist,
und läßt den Schwächern prahlen! – Mann, ich will
mich nicht vor dir so was wie schämen! Mann,
ich geh und hole dir dein Weib zurück!...
*Ungeduldig, da der Sklave seine Raschheit nicht begreift*
Der Platz, wo er sie hingelegt, dem Tod
zur Beute?

DER SKLAVE Herr, du siehst, dort wo den grauen
Olivenhain die weiße Straße schneidet.

HERAKLES

Drei Pinien beugen sich –

DER SKLAVE – auf einen Weiher,

ein altes heiliges Wasser.

HERAKLES Und der Weg?

DER SKLAVE

Der nächste übern Kamm des nackten Hügels.

HERAKLES

Hin stürm ich, leg mich in den Hinterhalt,
und kommt der schwarzbeschwingte Schleicher Tod,
mit gierigen Lippen Blut den schwarzen Lämmern
aus ihrem Hals zu schlürfen, werf ich mich
auf ihn und drück ihn hart und würg ihn wild,
und keine Macht der Welt entreißt ihn mir,
eh ich die Tote ihm. Allein, verfehl
ich ihn und kommt er nicht zum blutigen Mahl,
so steig ich nieder zu des Hades Haus
im sonnenlosen Land und bitt sie los,
ich führ Alkestis in des Freundes Arm
zurück! Er soll nicht sagen, wohlgetan
hab er, der Edle, einem schlechten Mann!

*Herakles ab, der Sklave ins Haus.*
*Die Bühne bleibt eine Weile leer.*
*Dann kommt Admet, auf seinen Stab gestützt,*
*hinter ihm die Männer.*

ADMET

Aus leeren Augenhöhlen starrst du her,
mein Haus! Öd streicht die Luft durch Leeres hin,
die Bäume brüten häßlich, stumm ist alles!
Gebt einen Mantel, mir ist kalt.

*Er hüllt sich ein und setzt sich dumpf brütend auf den Steinsitz rechts vorne; die Männer stehen links zurück*

Als Kind
in Winternächten, wenn ich allzu schwer
den satten Glanz des Lichts, lebendiges Wasser
und andres Sommerglück entbehrte, da
hielt ich die magern Hände vor ein Licht
und freute mich am Purpur meines Bluts:

das war doch schön und blieb doch immer mein!
Das andre kommt und geht, so eingekernt
in stumpfe Schalen, so unwesentlich
so sich entziehend, während es sich gibt!
*Er hält seine Hand gegen den Himmel, wie um durchzuschauen*
Das Licht ist schon zu matt, es glüht nicht durch!
Und doch bebt deines Herzens Herz, Alkestis,
hier drin, und solcher Aufschwung, solche Träume,
die ohne dich in dieses Blut nie kamen...

EIN JÜNGLING *tritt hinter ihn, beugt sich über seines Sitzes Lehne und sagt*
So wie vor heilgen Quellen, Götterbäumen
und andern Wohnungen der Himmlischen,
so beten wir vor unsrer Herrin Grab:
»Heil, Holde, dir, gewähr uns Gutes, Herrin!«
Und wenn sie dran vorübergehn, sagt einer:
»Sie starb um ihren Herrn, nun ward sie Göttin,
ja, Kinder, selge Göttin, nicht geringer
als andre, die der Adler aufwärtstrug
oder der Erde heilger Mund verschlang!«
Kanns dich nicht trösten, König, hörst du das?
*Admet starrt teilnahmslos vor sich hin, ohne auf ihn zu achten.*

ADMET
Kämst du im Traum nur manches Mal zu mir...
das wär mir mehr, als ich begreifen kann.
Nein, gäben meines Bluts Atome nur,
was sie von dir umschlossen halten, frei,
dann träumt ich fort von dir und wüßte drum!
So aber träum ich dumpf in solchen Tiefen
der Seele, draus nur Ahnung Kunde gibt
von dir, wie von den andern Göttlichen,
den Göttern oder Bäumen oder Quellen:
denn alles dies lebt irgendwo in uns:
da saugt die dunkle Wurzel unsrer Kraft
wie blinde Hündlein an der Mutter Zitzen!
*Er wiederholt halb unbewußt*
Wie Vater nicht und Mutter nicht hast du
an mir getan!

*Pause*

Tot! Tot! Kann denn das sein?
Nicht da! nicht dort! und kommt nie mehr herein!

*Er sagt die Worte vor sich hin, als verstünde er sie gar nicht; erst nach einer Weile scheint er sie zu fassen und bricht in Schluchzen aus; wie er den Kopf hebt, sieht er vor dem Tor ein paar Frauen vorübergehen; fast schreiend*

Ich trag den Anblick eurer Weiber nicht!

*Er steigt die Stufen im Hintergrund zur Mauer empor*

Das Land ist fürchterlich! die Wiesen reden
von ihr, die Teiche sehnen sich nach ihr!
Die Bäume sind, als ob sie weinen wollten,

*Stöhnend*

seid lieber häßlich, starr und stumpf als so!

*Pause*

*Aufschreiend*

Zu mir, Adrast, zu mir! schaut hin! schaut hin!
Mich dünkt, ich seh den Tod mit meinem Weib!
Der Mann, dort! dort! dort! dort! er führt ein Weib!

IRGENDEINER *am Tor hinausspähend*

Herakles, Herr, dein Gast ists, Herr! der tritt
mit einem fremden Weib jetzt aus dem Hohlweg.
Erkennst ihn nicht? Er kommt ja auf uns zu!

*Herakles kommt zurück, eine vollständig verschleierte Frau (Alkestis) an der Hand führend.*

HERAKLES

Soll ich frei reden, Herr, zum Freunde frei?
Als ich in deinem Leid dir nahte, da
hätt ich mich gern als Freund erprobt, doch du
verschwiegst mir deinen Kummer, nahmst mich auf,
als wärens fremde Leiden nur, die dich
bekümmerten. Und ich bekränzte mich
in deinem Unglückshaus und trank und sang!
Das tadl ich, tadle, daß mir das geschah.
Allein genug davon. Nicht Vorwurf noch
will ich zu deinem Leiden häufen, Freund.
Weshalb ich wiederkomme, hör, Admet!
Bewahre mir dies Weib in deinem Hause,

bis ich den König Diomed erschlug
und wiederkehre mit den wilden Rossen.
Doch trifft mich, was fern bleibe, halte sie
als mein Geschenk im Haus als Dienerin.
Nicht leicht erwarb ich sie, der Kampfpreis wars
in einem harten Ringen, doch davon
erzähl ich dir ein andermal. Vielleicht
lobst du mich dann sogar für meinen Kampf:
Bewahr sie gut, Admet, sie ist mir wert.

ADMET

Du mußt nicht falsch verstehn, warum ich dir
mein unglückselig Los verbarg; es wäre
ja nur zum alten neues Leid gekommen,
scheucht ich dich von der Schwelle, und genug
hatt ich zu tragen schon an dem, was war.
Doch dieses Weib, ich bitte, wenn es angeht,
heiß einen andern Gastfreund dir bewahren,
der nur gerade nicht mein Leid erfuhr.
Ich könnte dieses Weib nicht sehn im Haus
und ohne Tränen bleiben!...
*Mit wachsender Erregtheit*
Die dumpfe Starrheit meines Innern löst
in Sehnsucht qualvoll ihre Gegenwart,
vergeßne Dinge weben durch mich hin,
ein Schauer von Alkestis rührt die Fibern,
und grauenhafter spüren sie das Leere!
Zwischen zu Boden sehn und sie anschaun
durchleb ich neu das Wissen des Verlusts,
den Blitz, den Wahn, als wär es nur ein Traum,
und abermals Hinfallen in das Nichts.
Das ist zu viel. Mir ist mein Gram genug.
Dann: sie ist jung, ich sehs an diesem Schmuck:
zu viele Männer hab ich hier im Haus,
und wahren möcht ich doch des Freundes Gut.
Und meiner toten Frau Schlafkammer ihr
einräumen? Nein, Herakles! Sieh, und wenn
ichs tät, die Menschen reden ließ und schmähn:
»Vergessen hat er seine Retterin

und ruht in eines fremden Weibes Arm!«
Auch das, auch das! allein ich kann doch nicht,
nicht wahr, ich kann doch nicht! die Tote kränkts;
ich hasse, es zu denken! Aber du,
*Von ihrem Anblick unwillkürlich ergriffen*
wer immer, Frau, du bist, Alkestis gleichst du,
das wisse... zwar du weißt nicht, was im Grund...
*Er bricht ab*
Ah! bei den Göttern! schaff mir aus den Augen
dies Weib, o quäle mich Gequälten nicht!
Wenn ich sie sehe, glaub ich mein Gemahl
zu sehn, ja mehr, mein Leben kommt zurück!
Mein Schmerz und alles Fühlen fällt von mir!
Und lautlos wie ein Schleier löst sich ab
vom nackten Ich das bunte Schicksalskleid.
*Mit innerem Schauer*
Als trüge mich der Adler in die Luft
und unter meinem Fuß versänken die
verlaßnen Lebensfluten dieser Welt!
Ein Schauder geht von dieser Fremden aus,
als wär sie aus dem Herzen aller Dinge
ans Licht getreten! Weh! ans Licht! Die Toten,
die kommen auch nicht wieder! Herber Kummer,
den ich da wieder kosten muß.

HERAKLES
O hätt ich
die Macht von Zeus, aus Hades' dunklem Haus
dir dein Gemahl zurückzuführen, könnt ich
dir diesen Liebesdienst erweisen!

ADMET
Wohl,
allein du ahnst ja nicht, wie schwer es ist!

HERAKLES
Es frommt ja gar zu nichts, das neue Seufzen!
Das Wort der Klage ist verlorner Atem!

ADMET
Das weiß ich selber, aber Sehnsucht schreit
in mir und fragt mich nicht und macht mich elend,
elender, als ich sagen kann!

HERAKLES Dein Kummer
ist neu, allmählich lindert ihn die Zeit.

ADMET
O ja, die bringt ihn schließlich auch zur Ruh,
bringt sie doch einmal mir den Todestag!

HERAKLES
Es heilt ein Weib und neuer Ehe Lust
den Jammer.

ADMET Schweig! Das hätt ich nicht gedacht
von dir!

HERAKLES Wie? willst du ewig Witwer sein?

ADMET
An meiner Seite ruht kein zweites Weib!

HERAKLES
Meinst du vielleicht, das nützt der Toten was?

ADMET
Ich will sie ehren, wo sie immer sei!

HERAKLES
Das ist sehr schön, doch töricht, nimmt mans recht.

ADMET
Werd ich der Toten untreu, an dem Tag
will ich auch sterben!

HERAKLES Alles gut und schön.
So nimm das Mädchen hier an deinen Herd.

ADMET
Niemals! Bei deinem Vater Zeus, verschon mich!

HERAKLES
Schwer wirst du fehlen, tust dus nicht.

ADMET Und wenn
ichs tu, so schaff ich mir die ärgste Pein!

HERAKLES
So tus, Herr, mir zuliebe! Freundesdienst
frommt sicher, so begehrt und so gewährt!

ADMET
O hätt er die im Kampf sich nie gewonnen!

HERAKLES
Ich siegte nun einmal und du mit mir!

ADMET
Schön, schön. Allein, das Weib heiß von dir gehn.
HERAKLES
Nun, wenn sie gehn muß, geht sie. Überlegs.
ADMET
Sie soll schon müssen, zürnst nur du mir nicht.
HERAKLES
Ich wünsche, Herr, ich bitte, nimm sie auf!
ADMET
So habe deinen Willen; ehrlich, Freund,
mir tut das alles wenig wohl von dir.
HERAKLES
Du sollst uns schon noch loben, folg nur jetzt.
ADMET
Führt sie hinein, ich muß sie dann wohl nehmen.
HERAKLES
Herr, deinen Knechten überlaß ich nicht
dies Weib.
ADMET So führ sie selber, wenns beliebt.
HERAKLES
In deine Hände, König, geb ich sie.
ADMET
Ich rühre sie nicht an, sie trete nur
ins Haus.
HERAKLES Ich werde deiner rechten Hand
sie anvertrauen, keinem andern sonst!
ADMET
Du zwingst mich, widerwillig muß ichs tun.
HERAKLES
Streck aus die Hand, Admet, und rühr sie an.
ADMET
Wohl aber so, als wärs der Gorgo Haupt.
*Er rührt sie mit abgewendetem Gesicht an.*
HERAKLES
Du hast sie?
ADMET Ja!
HERAKLES So wahre sie.
*Er nimmt ihr den Schleier vom Gesicht*

Du rühmst
dereinst: ein edler Gastfreund sei der Sohn
des Zeus. Schau dieses Mädchen an, mich dünkt
sie gleicht Alkestis, deiner toten Frau!

ADMET *wendet sich um*
O Götter! Was? was soll ich sagen? bist
du mein Gemahl?
*Sich gewaltsam zurückhaltend*
Nein, nein, du bist
ein Spuk von irgendeinem bösen Gott,
um mich zu quälen, boshaft ausgeheckt.

HERAKLES
So schau sie an!

ADMET
O wär es nur kein Schatten aus dem Hades,
wärs nur lebendig! Rede doch mit mir!
Herr, steht hier wahrhaft meine Frau vor mir?
Herr, darf ich sie berühren? Herakles!
Red ich sie an?

HERAKLES
Admet, nicht Schatten führt ein Freund empor,
an der Lebendigen erfreue dich!

ADMET *zweifelnd*
O meiner Liebsten Aug und Leib! Ich hab
dich wieder, die ich nimmermehr gehofft
zu sehn?

HERAKLES Du hast sie: fern sei dir der Neid
der Götter!

ADMET *ohne auf ihn zu achten*
Weh! Mich faßt ein Schauer an!
Warum so lautlos steht mir diese da?
Was ist da Fürchterliches um sie her,
daß sie so steht und schweigt und daß sich lechzend
die Seele aus weitoffnen Augen legt?

HERAKLES
Solang die Totenweihen nicht von ihr
genommen sind, solange bleibt sie stumm.

Drei Tage schweigt sie, bis die Lebenslust
aus ihrer Seele nimmt, was übermenschlich-
unsäglich ihren innern Sinn erfüllt
und wie im tiefsten Traum gebunden hält:
So führe sie hinein und nenn sie dein;
ausschöpfen kannst du nie den Sinn davon:
Des Lebens Früchte geben sich nicht uns,
sie lassen allenfalls sich nehmen: diese
gab sich dir hin und gibt sich dir aufs neu
so ganz, wie kaum dir selber du gehörst.
Sei stets den Fremden hold, du weißt doch nie,
wer dir, ein Heiland, wandeln übern Weg
und aus dem Herzen aller Dinge kommen
und wiederbringen kann, was sich verlor.
Und, König, übe stets Gerechtigkeit:
wie der Granatapfel die vielen Kerne
hält, die in sich die Keime alles Guten –
Leb wohl, Admet.

ADMET So bleibst du nicht bei uns
und setzt dich an den Herd mit unserm Glück,
Herakles?

HERAKLES Nein, zum wenigsten nicht jetzt.
Zu Diomedes muß ich, meinem Herrn
die Rosse rauben. Doch vielleicht, daß ich
*Leise Musik.*
am Rückweg wiederkomme; kann auch sein,
nie mehr. Lebt wohl!

ADMET Leb wohl und sei gesegnet!
*Er führt sie ins Haus; beide bleiben auf den Stufen stehen und sehen dem langsam abgehenden Herakles nach.*

*Vorhang*

# DAS BERGWERK ZU FALUN

*Personen*

ELIS FRÖBOM
DER ALTE TORBERN
DIE BERGKÖNIGIN
DER KNABE AGMAHD
FRAU JENSEN, Wirtin
ILSEBILL
REGINE
KATHRINE
PETER
KLAUS
PORTUGIESER } Matrosen
DER ALTE FISCHER
SEINE FRAU
SEIN SOHN
PEHRSON DAHLSJÖ
CHRISTIAN, sein Sohn
ANNA, seine Tochter
DIE GROSSMUTTER
DAS KIND
HANDWERKSBURSCH
EIN BURSCH
ERSTE MAGD
ZWEITE MAGD
KNECHT
DIE HOCHZEITSGÄSTE

## ERSTER AKT

*Der Meeresstrand einer kleinen Hafenstadt. Rechts Fischerhütten. Zwischen ihnen Netze zum Trocknen ausgespannt. Zur Linken eine ärmliche Matrosenschenke, davor Tische und Bänke. Hie und da spärliches Buschwerk. Im Hintergrund ist ein Fischerboot halb an den Strand gezogen. Jenseits der Meeresbucht in der Ferne blaue Bergketten.*
*Der alte Fischer, nachher seine Frau, treten aus der vordersten Hütte.*

DER FISCHER *tut ein paar Schritte gegen das Wirtshaus hin, murmelt*
’s ist niemand da.
*Kehrt wieder um.*
DIE FRAU *in der Tür ihrer Hütte stehend*
Nu, hast du ihrs gesagt?
Hast du sie angeredet um den Dienst?
FISCHER
Sie hat ja doch kein Mannsbild in der Wirtschaft.
Wir lassen ihn. Ist alles eins.
FRAU Drei Mädel
Sind drin.
FISCHER Kein Mensch!
FRAU Drei junge starke Mädel,
Ich weiß doch! Jesus, geh doch, red sie an!
FISCHER *geht gegen die Schenke, kehrt wieder um*
Von woher sollten denn drei Mädel da sein,
Wer sollten denn die sein?
FRAU Zwei städtische,
Und eine ist die Ilsebill vom Schneider.
FISCHER
Für was sind die daher?
FRAU Na, Vater.
FISCHER So.
Nu ja. Ei so. Mit Branntwein und mit Bier
Macht sie nicht viel Geschäft, die Jensen.

FRAU Nein,
's ist gar zu abgelegen. Aber so,
Das bringt schon dann und wann Matrosen her.
Die trinken dann halt besser in Gesellschaft.
So bitt sie doch, jetzt ist die Luft so schön.
Er möchte besser atmen.

FISCHER Das ist so
Das Ganze, was er hat: wenn das nicht wär,
So möcht man ihn grad in die Grube legen,
Und wär kein Mord. Denn wo kein Leben ist,
Ist auch kein Mord.

FRAU Na, geh jetzt, Vater, geh,
Und red dich nicht hinein.

FISCHER *kehrt wieder um* Sie hat uns erst
Den Branntwein geben. Ich mag nicht schon wieder...

FRAU
So geh doch. Soll er ganz verkümmern drin
In der stinkigen Kammer? Und du bringst ihn
Doch nicht heraus mit deinem Arm.

FISCHER Du, Alte,
Was Glück ist so, das haben wir schon nicht:
Bei mir ein Tau, der halbe Arm... schön, schön!
Bei ihm die Rah... der Kopf. Da liegt er so,
Lebt nicht und stirbt nicht.

FRAU JENSEN *tritt aus der Schenke*
Nun, was macht der Sohn?

FISCHER
Der Sohn, der macht nicht viel. Er liegt halt so.
Wir möchten Sie schön bitten, wegen... weil
Ich ihn nicht tragen kann.

FRAU Wir möchten ihn
Ins Schiff hinlegen, daß er doch die Luft
Einatmet.

FISCHER 's ist das einzige, was er hat.

FRAU JENSEN
Wir tragen ihn heraus. Geh, Ilsebill,
Und eine von den Fischermädeln; welche
Ist denn die stärkere?...

EINE STIMME *aus dem Hause links*

Geh du!

ANDERE STIMME Ich mag nicht!

ERSTE

Ich hab nicht Zeit!

ZWEITE Ich kämme mir mein Haar!

ERSTE

Sie lügt, sie liegt im Bett!

ILSEBILL *tritt aus der Schenke. Sie ist blond und voll, noch jung, doch mit Spuren des Verblühens. Sie geht hinüber gegen die Fischerhütte. Ruft nach rückwärts*

So kommt ihr doch!

DAS EINE MÄDCHEN *aus dem Fenster*

Hast du uns zu befehlen?

ILSEBILL *stampft zornig auf* Komm, du Hex!

*Vor Mitleid aufgeregt*

Er schaut aus wie ein Totes!

STIMME DER ZWEITEN *aus dem Haus*

Du, ich geh,

Ich möcht ihn sehn.

ERSTE *tritt vom Fenster zurück*

Nein, ich!

ZWEITE *drinnen* Jetzt will ich gehen!

ERSTE *drinnen, schreit*

Sie riegelt mir die Tür!

ZWEITE Sie will mich schlagen!

ILSEBILL *an der Tür der Fischerhütte*

Kommt ihr einmal! Wär ich ein Bursch, ich schlüg euch!

*Die beiden Mädchen, ziemlich hübsch, verwahrlost, treten aus der Schenke, gehen hinüber.*

*Ilsebill und das größere Mädchen tragen den Fischerssohn aus der Hütte in das rückwärts liegende Boot. Das kleine Mädchen geht neugierig hinterher. Der alte Fischer hilft mit dem linken Arm tragen.*

DES FISCHERS FRAU *zu Frau Jensen; rechts vorne*

Zehn Tag liegt er nun so: seit in der Früh

Am letzten Mittwoch.

FRAU JENSEN Er steht schon noch auf.

FISCHERSFRAU

Zehn Tag, zehn Nächte liegt er so: kein Bissen

Im Mund, kein Tropfen Wasser durch die Kehle.
Sein Puls geht schwach, ein ungebornes Kalb
Im Mutterleibe drin hat stärkern Herzschlag.

FRAU JENSEN
Nu, schlägt doch fort.

FISCHERSFRAU Am Mittwoch in der Früh
Seh ich ihn stehn und reden: da genau,
Wo Ihr nun steht, mit einem fremden Herrn.
Mutter, sagt er, ich fahr den Herrn hinüber,
Und zeigt über die Bucht, dann geht der Fremde
Ein bißl weg, und er tritt her an 'n Zaun
Und sagt: muß ein Engländer sein, drei Taler
Krieg ich, sagt er und lacht, und geht zum Schiff
Und richtet dem ein Kissen her zum Sitzen.
's geht Landwind. Nun, was denn? vor Sonnenaufgang
Was soll da gehn? Er bückt sich: da auf einmal
Schlägt der Wind um und packt von draußen her
Das Segel wie mit Fäusten, schlägt die Rah
Ihm dröhnend auf den Schädel; ohne Taumeln,
Eh ich aufschreien kann, fällt er ins Schiff...

DER ALTE FISCHER *ist dazugetreten*
Und seitdem geht der Wind vom Meer herein,
Nicht eine Mütze voll geht umgekehrt,
Bald stark, bald schwach. Ich sitz an dreißig Jahr
Hier an dem Ufer, in den dreißig Jahren
Hab ich das nicht erlebt, Ihr merkt das nicht,
Ich merks, und was es ist... 's ist nicht natürlich!

*Der Fischer und seine Frau gehen in ihre Hütte, Frau Jensen in die Schenke. Die Mädchen stehen im Hintergrund und betrachten flüsternd den Regungslosen.*

*Von rechts her treten auf: der kurze Peter, der faule Klaus, der Portugieser, einer hinter dem andern, dann Elis Fröbom. Peter umschauend. Klaus tabakkauend, Elis den Blick starr zu Boden gerichtet.*

PETER
Hier sind wir.

PORTUGIESER Hier?

PETER Zur Stelle.

*Frau Jensen tritt aus der Schenke. Peter geht auf sie zu, schüttelt ihr die Hand. Die andern stehen hintereinander: Klaus phlegmatisch, der Portugieser neugierig, Elis den Blick zu Boden.*

FRAU JENSEN *knicksend*

Vielleicht, die Herren treten hier herein,
Wenns so gefällig sein wird...

*Die drei stehen verlegen.*

PETER Geht! Die hol ich!

*Springt nach rückwärts zu den Mädchen. Er bringt die Kathrine und Regine nach vorne. Indessen stehen Klaus und der Portugieser unbeweglich.*

ELIS *hat sich auf eine der Bänke vor dem Wirtshaus gesetzt, ohne sonst auf jemand zu achten.*

PETER *bringt die beiden Mädchen zu den Matrosen.*

KLAUS *nimmt Kathrine am Kinn.*

KATHRINE *schlägt nach seiner Hand*

Pfui, Tran!

FRAU JENSEN *weist auf Elis*

Was ist mit dem? Gehört der nicht zu euch?

PETER *halblaut*

Das ist ein Neriker, laßt den in Ruh.
Wo der her ist, da scheint die Sonne nicht,
Da füllt ein blasses Licht, dem Mond vergleichbar,
Höhlichte Täler, dran das Elchwild äst,
Da sitzt der Nöck am Wassersturz und singt.
Schau sein Gesicht nur an, ists nicht so schleirig
Wie Eulen ihrs? Sein Vater war grad so,
War Steuermann und hatt ein zweit Gesicht
Und wanderte in Moor und Bergesklüften,
Indes sein Leib bei uns an Bord umherging.
Nun kommt er heim und findt die Mutter tot:
Das hat ihm ganz den schweren Mund verschlagen.

*Sie wenden sich alle, ins Haus zu gehen.*

PETER *im Abgehen zu Frau Jensen, die inzwischen Elis einen Becher auf den Tisch gesetzt hat*

Ach! neunzehn Wochen kein vernünftiger Hafen!

*Alle treten in die Schenke. Elis bleibt auf seinem Platz. Nach einer Weile tritt Ilsebill geräuschlos aus dem Hause und stellt sich vor Elis hin.*

ILSEBILL
Kennst mich noch, Elis?
ELIS *nickt* Bist die Ilsebill.
Da, trink.
ILSEBILL Ich dank dir schön.
*Setzt sich neben ihn, trinkt.*
*Pause*
ELIS *gleichgültig* Wie lebst?
ILSEBILL *schiebt den Becher zurück* Ich dank dir, gut.
*Steht auf*
Ich stehl dir deine Zeit.
ELIS Ich brauch sie nicht.
Ich wart auf einen, der ja so nicht kommt.
Auf Niels, den Sohn vom frühern Kirchspielschreiber.
ILSEBILL
Sagst du mit Fleiß den Namen da vor mir,
Damit du mir was tust? Dann geh ich fort.
ELIS
Was ist mit dir und dem?
ILSEBILL Es ist gar nichts.
Es war nur was.
*Mit abgewandtem Gesicht*
Ein Kind hab ich gehabt
Von ihm. Der arme Wurm ist tot.
Ich leb. Und jetzt geht mich der Niels nichts an.
ELIS
So, so.
ILSEBILL Es ist gar lang her, daß du fort warst.
ELIS *mit künstlicher Gelassenheit*
Ja, ja. Die Mutter muß jetzt so was sein,
Wie da an meinem Stiefel hängt. Und ist
Nicht etwa schnell gestorben...
ILSEBILL *nickt* Deine Mutter.
ELIS
Und da wir gingen, war sie aus dem Zeug
Wie du und ich, nur besser. Ihre Augen
So rein, ihr Mund viel frischer wie der deine.
Drei Jahr sind freilich eine lange Zeit.

ILSEBILL
Und du hasts nicht gewußt?
ELIS *anscheinend gleichmütig, mit der Ironie tiefsten Schmerzes*
Nein, nein, o nein.
Erst beim Anklopfen. Erst hab ich gemeint,
Es ist ein falsches Haus. Es steht ein Ofen,
Wo sonst ihr Bette stand; und wo ihr Leib
Erkaltete im Tod, da wärmt ein Hund
Den seinen. Und dem Kirchspielschreiber Niels
Hab ich geschrieben, daß er mir das Amt
Ansagt, wo ich die Sachen holen kann,
Wenn was geblieben ist, wie man so schreibt:
Nach Abzug der Begräbniskosten.
*Starrt vor sich hin.*
ILSEBILL *wischt sich die Augen* Elis!
Laß deine Hand anschauen, nein, die andre.
Weißt du noch, was das ist?
ELIS Die Narbe da?
Das ist ja alles nicht mehr wahr. Wann war das?
ILSEBILL
Elis, wir gingen aus der Sonntagsschule,
Da tratest du mir in den Weg.
ELIS Ach ja...
Und fragte dich...
ILSEBILL Du fragtest nicht, du sprachst:
Was ich jetzt tu, das tu ich zum Beweis,
Daß ich dich liebhab und damit dus glaubst:
Sonst will ich nichts.
ELIS Und schnitt mich da hinein?
ILSEBILL
Du bücktest dich, da lag ein roter Scherben
Von hartem Ton, und damit fuhrst du dir
Wild über deine Hand, daß schweres Blut
Aufquoll.
ELIS Ich schnitt beinah die Sehnen durch.
*Lacht trocken.*
ILSEBILL *bückt sich auf den Tisch und drückt die Lippen auf seine Hand.*

ELIS *zieht die Hand weg, rückt mit dem Stuhl fort.*

ILSEBILL

Zudringlich bin ich.

*Pause*

Elis!

ELIS *sieht sie an.*

ILSEBILL *mit ängstlich flehendem Blick*

Gar nichts mehr?

ELIS *zuckt die Achseln, klopft seine Pfeife aus.*

ILSEBILL *zögernd*

Wenn du nicht wüßtest, wo du wohnen solltest...
Weil ja die Mutter tot ist, hätt ich nur
Gemeint, du könntest ja bei mir...

ELIS

Schön Dank.
Ich schlaf an Bord.

ILSEBILL *sieht vor sich hin.*

ELIS *sucht in seinen Rocktaschen, nimmt ein buntes Tuch, zieht aus der Geldkatze zwei Goldstücke, wickelt sie ins Tuch, schiebt es hin, wo es ihre Hand berührt*

Das Tuch da nimm und trags,
Ist indisch Fabrikat. Wers kennt, erkennts.

ILSEBILL *wickelt die Goldstücke aus und schiebt sie ihm wieder hin*

Sei schön bedankt fürs schöne Tuch. Dein Geld
Behalt. Das will ich nicht. Das wär mir nichts,
Von dir Geld nehmen. Dein Geld brauch ich nicht.
Ich schwimm im Gelde, wie man spricht. Ich habs
Nicht nötig.

*Lacht, näher dem Weinen.*

DER PORTUGIESER *sieht aus dem Fenster der Schenke*

Blas doch nicht immer Trübsal, Elis, trink
Und laß das Mädel trinken.

ELIS *hält Ilsebill den Becher hin, sie schüttelt den Kopf; er trinkt den Branntweinbecher aus, atmet tief auf und lehnt sich zurück*

Schön warst du freilich. Nun ich trunken hab,
Kommt mirs zurück. Die Züge scharfgezackt
Wie die Korallen, die tief drunten wachsen,
Blaß das Gesicht, allein so rot die Lippen...
So schön warst du, wo hast dus hingetan?

Hör auf mit Weinen. Kann auch sein, du bist
Nicht gar so anders. Ich hab andre Augen.
Den Star hat mirs gestochen, und mir kehrt
Das Leben wie ein Wrack sein Eingeweide zu.
Wenn ich dich anschau, fest, so seh ich deutlich
Zwei Augen, glasig Zeug, gefüllt mit Wasser,
Zwei Lippen, rund wie Egel, auch geformt,
Sich festzusaugen. Was steckt da dahinter,
Was denn für große Lust? Und dann nachher
Was für ein Schmerz? was weiter für ein Schmerz?
Was ist daran so viel?
*Schlägt sich an den Kopf*
Wie konnt ich träumen
Und danach hungern, immerfort danach!
Es ist doch über alle Maßen schal!
*Er streift seine Ärmel auf*
Da trag ich auch so was. Die küßte mich
Und bohrte ihre kleinen Zähne ein:
Ein javanesisches Geschöpf: ihr Reden
Verstand ich so, wie ich ein Tier versteh;
In ihren Augen war was Bittendes,
Wie Hunde bitten, und sie wollte immer,
Daß ihrer Zähne Spur mir nicht verginge –
Denn ihre Lippen freilich waren weich
Wie Blumenblätter – da brannt ich mir das
Als Zeichen ein, damit mirs immer bliebe.
Da lachte sie vor Freude... vor dem Spiegel
Hab ichs gemacht, mit Nadeln macht man das
Und reibts mit Pulver ein.

ILSEBILL
Das bleibt dir nun.

ELIS
Die Haut ist freilich zäh.
*Nach einer Pause*
Der arme Hund, das Mädchen, wollt ich sagen,
Von Java... einmal stieß ich so nach ihr,
Wie man nach Hunden stößt... denselben Abend
Dacht ich an dich: mir war, der Unterschied
Wär riesengroß: ich seh, es ist gar keiner:

So schal bist du mir nun wie damals die.

ILSEBILL *dumpf*

Elis!

ELIS Den Namen wußte die dort auch.
Denselben Abend...
*Starrt vor sich.*

ILSEBILL Elis!

ELIS ... ist mein Vater
Verbrannt. Allein der Hund blieb ganz gesund,
Der Schiffshund, ja. Er schlief mit ihm in einer
Kabine. Die Kabine brannte aus,
Mein Vater mit. Der Hund lief heil heraus,
Mein Vater schlief. Er hatte ein Gesicht
Drei Tage früher.
*Starrt vor sich.*

ILSEBILL *ängstlich* Elis!

ELIS *in sehr hartem Ton, abweisend*
Liebes Mädchen,
Verstehst du,
*Er steht auf, geht auf und ab*
meines Vaters Sohn zu sein,
Das war kein Kinderspiel. Er war nicht hart,
Allein sein Wandeln war stille Verzweiflung.
Tief war sein Sinn. Er lebte in der Furcht.
Er hatte ein Gesicht, ehdem er starb,
Und wußte seinen Tod drei Tage vorher,
und ging so hin, der alte Mann, und schwieg.
...
Gleich nachher kam die Sehnsucht über mich,
Nach ihm nicht, nach der Mutter!
*Setzt sich wieder, flüstert* 's war ein Auftrag
Von ihm, drum kams so plötzlich über mich:
Sie geben solchen Auftrag, die dort unten.
Mir fuhr das Schiff zu langsam: in den Adern
Quoll mir das Blut wie schweres glühndes Erz
Und drückte mich zur Nacht: da ward aus mir
Jedwede andre Sehnsucht ausgeglüht:
Dies einzige Verlangen fraß die andern

Im Finstern auf; wär ich im Krampf erstarrt
Und so gestorben, auf den Lippen hätte,
Den starren, jedes Aug den Laut gelesen,
Mit dem du anhebst, wenn du Mutter sagst.
*Er steht auf*
Die war schon unten, als ich kam. Die Reden,
Die mir im voraus von den Lippen trieften,
Wie Wasser aus des gierigen Hundes Lefze,
Die schlugen sich nach innen. Mir ist übel,
Die Landluft widert mir, mir widert Seeluft.
*Setzt sich wieder*
Mir ist das Bett verleidet und der Becher;
Wenn ich allein bin, bin ich nicht allein,
Und bei den andern bin ich doppelt einsam.

ILSEBILL
Dein Blut ist schwer. Dich hat der große Kummer
Tiefsinnig werden lassen. Geh mit mir.

ELIS
Ich könnte stundenlang auf meine Hände
Hinunterstarren und den fremden Mann
Mir träumen, dem die zwei gehören können.

ILSEBILL *legt ihr Gesicht auf seine Hände.*

ELIS *seine Hände wegziehend, rauh*
Hab ichs nicht schon gesagt, ich schlaf an Bord.

ILSEBILL *nickt unterwürfig, schleicht sich lautlos fort.*

ELIS *sitzt allein.*
*Die andern drinnen lärmen und singen. Der faule Klaus und der Portugieser kommen ans Fenster.*

PORTUGIESER *beugt sich aus dem Fenster zu Elis*
Wo bist du wieder?

ELIS *spricht über die Schulter, ohne sich umzusehen*
Ich, ja, Portugieser,
Ich bin hinüber.

PORTUGIESER Was?

ELIS Ei ja. Herum
Ums letzte Kap und schwimm mit nackten Masten
Und ohne Steuer in der großen Drift,
Der großen Drift, dort drunten, von woher
Kein Schoner wiederkommt und keine Brigg.

PORTUGIESER

Er redet wie ein Pfarrer!

KLAUS Sauf und schweig!

*Gehen vom Fenster weg.*

ELIS *vor sich*

Ich bin heruntergekommen. Ich war jung,
Da war mir nur ums Fahren. Einen Fußtritt
Gab meinem Kahn der Vater, und die Mutter
Blies ihren letzten Atem in die Leinwand,
Da kam ich gleich hinüber. Und da ist
Die Drift, die große, totenhafte Drift.

PORTUGIESER *wieder am Fenster*

Komm doch herein und iß jetzt einen Bissen!
*Geht wieder weg.*

ELIS *vor sich hin*

Sagt einer ›guten Bissen‹, so sag ich:
Den besten essen doch die Würmer, freilich...
Sagt einer: ›Schau, das Mädel, schöne Brüste‹,
Sag ich: ein Stein wär besser. Diese Steine,
*Er stößt mit dem Fuß gegen den Erdboden*
Die sind doch auch herum ums große Kap,
Die haben ausgespielt, die spüren nichts.

*Er versinkt in ein finsteres Hinträumen. Die drinnen singen. Der alte Fischer schleicht aus seiner Hütte zu dem Ohnmächtigen hin, betrachtet ihn traurig, geht mit gesenktem Kopf wieder nach Hause.*

*Frau Jensen, die beiden Mädchen und der Peter kommen aus der Tür herausgetanzt, einander umschlungen haltend.*

KATHRINE

Wo ist dein Mann?

REGINE

Wo ist dein Mann?

ALLE DREI

So sind wir halt drei Witwen dann!

KATHRINE

Der meine wollte mich verkaufen
Und's Geld versaufen,
Da bin ich fortgelaufen!

REGINE
Mir lief der meine selber fort!

FRAU JENSEN
Der meine sitzt an einem Ort,
Da möcht er gern und kann nicht fort.

ALLE DREI
Ach Gott, mir ist das Herz so schwer!
Wo nehm ich schnell einen andern her?

REGINE *setzt sich dicht zu Elis*
Ich möcht einen Mann!

PETER
Eine Maultrommel nimm und marschier voran!

PORTUGIESER *ist mit Klaus auch herausgetreten; sie stehen auf den Türstufen*
Wo solls denn hin?

PETER
Meint ihr, wir verhocken den Abend hier?
Ich möcht ein bißl noch was andres haben
Als fades Bier und die paar Mädel da.
Ich weiß euch ein Lokal: ein Keller ists,
Hui, wenn du da hinabkommst, weißt du nicht,
Ob du nicht gar im Meer bist: nichts als Licht
Und Spiegel vorn und hinten, daß dich schwindelt.
Du schiebst dich weiter, und in eine Höhle
Trittst du, da ist kein Licht, kein Öl, nicht Kerzen;
Die ganzen Wände leuchten wie Karfunkel,
Und Bänke stehen drin von rotem Samt,
Da sitzen dir zwei, drei, die können singen!
Du meinst, es wäre künstlich, nicht natürlich!
Und wenn sie dann gesungen haben, wenn sie
Sich zu dir setzen, weißt du gar nicht erst,
Was du mit einer solchen reden sollst:
Dir nimmts den Atem, wie sie nach Vanille
Und Rosenwasser riecht. Und willst du trinken,
Greifst in die Wand der Höhle, wo du willst,
So faul du kannst, das Mädel auf den Knien,
Drehst einen Hahn, hältst unter, rot und grün
Kommt ein Getränke, stark und süß zugleich,

Wie Feuersirup, und die Mädel, du...
*Geht auf Elis zu, schüttelt ihn an den Schultern*
Du willst nicht mit? Du bist ja gar kein Seemann,
Hätt ich ein Schiff, mir tät es grausen, grausen,
Dich mitzunehmen, dich.

ELIS *sieht einen Augenblick ihm ins Gesicht, dann zu Boden*
Das kann wohl sein,
Daß ich kein Seemann mehr bin, kurzer Peter!

PETER *zornig, daß ihm Elis nicht widerspricht*
Ein Maulwurf bist du, weiter nichts!
*Links vorne ist unscheinbar der alte Torbern aufgetreten. – Er ist ein kräftiger, etwas gebeugter Mann, dem Ansehen nach kaum siebzig. Trägt altertümliche Bergmannstracht, völlig abgetragen und verschossen. Hat blutumränderte merkwürdige Augen. Steht dort in der linken Ecke, an den Zaun gelehnt, von niemandem beachtet, und läßt seine Augen auf Elis ruhen.*

ELIS *sieht Peter groß an* Ja, Peter,
Das kann schon sein. Mir ist, du hast ganz recht.
Das ist nicht dumm, was du da sagst. Mir wär
Sehr wohl, könnt ich mich in die dunkle Erde
Einwühlen. Ging es nur, mir sollt es schmecken,
Als kröch ich in den Mutterleib zurück.
*Er steht auf, fährt mit den Händen wie staunend an seinem Leib herab*
Mir löst sichs jetzt, daß dieser hier mein Leib
Nur ein Geköch ist aus lebendigen Erden,
Verwandt den Sternen auch. Wär das nicht so,
Wär nicht gewaltsam nur die Nabelschnur
Zerrissen zwischen mir und den Geschöpfen,
Den andern, dumpfen, erdgebundenen:
Wie dränge mir ans Herz des Hirschen Schrei?
Wie möchte dann der Linde Duft mein Blut
Bewegen? wie verschlänge mich die Nacht
In schwere Träume? wie gelüstete
Mein Leib, die Gleichgeschaffnen zu berühren?
*Tut ein paar schwere, gleichsam gebundene Schritte nach vorwärts; spricht gegen den Boden*
Du tiefes Haus, was streben wir von dir,

Wir sinnentblößt Wahnwitzigen aufs Meer,
Dem Lügensinn, dem Aug allein gehorchend,
Der uns vorspiegelt, was für ewig uns
Verborgen sollte sein, die bunte Welt,
Die wir doch nie besitzen!
Seht, die Unke,
Das tagblinde verborgene Geschöpf,
Ist strahlend gegen unsre Finsternis
Und winkt mir mit bediademtem Haupt:
Denn ihr ist noch Gemeinschaft mit der Erde!

REGINE *schreiend*
Nimm dich in acht, es hört dir einer zu!
*Springt weg, schlägt ein Kreuz über ihn.*

TORBERN *ist einen Schritt näher getreten.*

DIE ANDEREN *stehen rechts rückwärts beisammen, im Begriff, wegzugehen.*

KLAUS
So war sein Vater, wenns ihn überfiel!

PETER
Laßt ihn allein. Nachher wird er wie immer.
*Sie wenden sich zum Gehen.*

ELIS *an dem Busch, der vorne steht; immer gegen den Erdboden sprechend*
Haus, tu dich auf! gib deine Schwelle her:
Ein Sohn pocht an! auf tu dich, tiefe Kammer,
Wo Hand in Hand und Haar versträhnt in Haar
Der Vater mit der Mutter schläft, ich komme!
Entblößt euch, ihr geheimnisvollen Adern,
Ausbluten lautlos sich die meinen schon!
Mein Haar sträubt sich vor Lust, bei euch zu sein,
Ihr Wurzeln, die ihr an dem Finstern saugt,
Euch funkelnd nährt aus jungfräulicher Erde!
Mein Herz will glühn in einem Saal mit euch,
Blutrote Funkelsteine, hocherlauchte,
Schlaflose Lampen, täuscht mich nicht, ich seh euch,
Ich seh euch glühen wie durch fahles Horn,
Versinkt mir nicht, ich halt euch mit der Seele!
*Tiefer gebückt, wild atmend.*

DIE ANDEREN *sind fort.*
TORBERN *steht vor ihm, hüllt ihn in seinen Blick.*
ELIS *auffahrend, in völlig verändertem Ton*
Wer bist du, der mir zuhört? Was hab ich
Geredet? Wer bist du? Die Worte brachen
Aus mir hervor...
*Stark* Das hast du mir getan!
TORBERN
Und wie?
ELIS *ohne ihn anzusehen*
Das frag ich mich. So warst dus nicht?
Du warsts! Du sprachst ein Zauberwort.
TORBERN *sehr laut* Sprach ich?
*Kleine Pause*
*Flüsternd*
Bedurft es dessen auch? Entquoll den Lippen
Von selber nicht das rechte Wort? Entglomm
Dem Aug von selber nicht der starke Strahl?
ELIS
Mir war, ich sähe in den Grund. Mein Blut
Macht mir was vor.
TORBERN Du blöder Tor, gib acht.
ELIS
Zuerst so leise, nun so überlaut!
Willst du betrügen?
TORBERN *sehr leise* Meiner Stimme Klang
Bin ich entwöhnt.
ELIS Wo kamst du her?
TORBERN Von dort.
Wo du hin willst.
ELIS *zurücktretend* Ich weiß nicht, was ich sprach.
TORBERN *leise*
Doch sinds der Seele tiefgeheimste Wünsche,
Die sich dem unbewußten Mund entringen.
ELIS
Wer seid denn Ihr?
TORBERN
Ein Bergmann. Hast du keinen noch gesehn?

ELIS
Der Mutter Vater war ein Bergmann auch.
Sein Kleid war ähnlich, doch auch wieder anders.
Was wollt Ihr von mir?

TORBERN Nur den Weg dir zeigen.
Ich kam, weil du mich brauchst.

ELIS Ich brauch dich nicht.

TORBERN
Du brauchst mich, wie ich dich.

ELIS Ich bin ein Seemann…

TORBERN *lacht.*

ELIS *stutzt; fährt dann fort*
Zurück aus Indien und nehm nächstens Handgeld
Nach Grönland. Guten Abend.
*Will gehen.*

TORBERN *hält ihn sanft.* Elis Fröbom…

ELIS
Wir haben miteinander nichts zu schaffen,
Als… etwa… da…
*Will ihm Geld geben* Was hältst du meine Augen
Mit deinem Blick?
*Macht sich los* Ei, geht und laßt mich gehn.
*Er geht einige Schritte, wird langsamer, bleibt stehen.*

TORBERN *sieht ihm nicht nach, bückt sich, betrachtet einen Kiesel*
Ich halt Euch nicht.

ELIS *geht, wie gezogen, wieder zu ihm zurück.*

TORBERN *richtet sich jäh auf.*

ELIS
So ists ein Auftrag, den du hast an mich?

TORBERN
Nenns immer so. Mir ist es aufgetragen,
Daß ich den Weg dir zeig, und dir…

ELIS *fieberhaft* Und mir?

TORBERN
Daß du ihn gehst.

ELIS *wie verloren* Ich wollte jetzt fortgehn.

TORBERN
Doch kamst du wieder.

ELIS Wußtest dus voraus?
*Pause*
Womit bezwingst du mich?
TORBERN *rasch* Mit deinem Willen.
ELIS
Der war, zu gehn!
TORBERN Der ist: mit mir zu gehn
Nach Falun und ein Bergmann dort zu sein.
ELIS *tonlos*
Zu werden?
TORBERN Keiner wird, was er nicht ist.
*Eine starke Pause*
ELIS
Was hält mich hier?
*Er spricht mehr zu sich als zu dem andern*
Was soll ich mir gewinnen
Und was der Preis, womit ichs zahlen soll?
Hier steh ich, Elis Fröbom, ein Matros
Und eine Waise: wenn dies hier die Falltür
Der Hölle ist, und der des Teufels Bote,
Und meine Seele das, worauf er ausgeht,
So gib mir du, an den mein Flehn sich klammert,
Ein Zeichen, dran ich mich ermannen kann!
*Pause*
Wenn ich mich zwingen wollte und es lügen:
Die Zunge bäumt sich gegen meinen Willen,
Und sie bekennt: in mir geht etwas vor!
*Er befühlt sich*
Was immer nun dies sei, ich kann nicht anders!
Die Knie werden schwer…
TORBERN Denn es verlangt sie
Hinabzusteigen.
ELIS Wolken droben, Bäume,
Sie werden fahl…
TORBERN Dein Aug will Schönres sehen!
ELIS
Mich faßt aus Klüften ein gewaltiger Hauch…

TORBERN

Dir widert Landluft, Seeluft widert dir.

ELIS

Der Boden wankt!

*Klammert sich an den Busch.*

TORBERN Steh! Seemann, schwindelt dich?

ELIS *schon im Versinken*

Ich sinke ja! es nimmt mich ja! ich muß!

*Er versinkt völlig.*

*Rasche Verwandlung*

*Im Innern des Berges. Ein nicht sehr großer Raum, rechteckig, dessen Wände aus dunklem, fast schwarzem Silber. Zwischen Pfeilern rechts ein Ausgang, von Finsternis völlig verhangen, zu dem drei runde Stufen aufsteigen. Die Decke flach gewölbt. Alles aus dem gleichen, prunkvoll finsteren Stoff gebildet.*

ELIS *steht mit dem Rücken an die linke Seitenwand gelehnt, die Augen weit aufgerissen; das Weiß seiner Augen ist im Anfang das einzige Helle in dem finsteren Raum, auf dem die Schwere undurchdringlicher Wände lastet*

Ich hab geträumt! Jetzt lieg ich wach! Ich lieg
In meiner Koje. Nein, ich steh. Ich bin
Ganz angezogen. Hier ist Hartes: Stein.
So bin ich blind! Ich fiel: doch schmerzt mich nichts.
Ich fiel endlos durch rötlich schwarze Schlünde.
Ich bin nicht blind. Ich sehe meine Hände!
Ich bin allein in einem finstern Raum.
Nein, nicht allein! Da! da! da! da!

*Die Bergkönigin ist zwischen den finstern Pfeilern rechts hervorgetreten und steht auf der obersten der drei dunklen Stufen. Vom Scheitel bis zur Sohle ist sie in ein schleierhaftes Gewebe gehüllt, dem ein sanfter Glanz, das gedämpfte Leuchten ihres Körpers, entströmt. Am stärksten leuchtet ihr Scheitel, wo ein fast glühender Reif in funkelndem Haar den Schleier zusammenhält. Die lautlose Gestalt, die unmerklich bebt wie eine hochstielige Blume, strömt in den ganzen Raum eine mäßige Helle aus, und die finstern Silberwände blinken manchmal auf.*

ELIS *auf die Gestalt hinstarrend* Ich träum
Und träum nur, ich bin wach.

KÖNIGIN Nein, Elis Fröbom,
Nun träumst du nicht.

ELIS Es spricht zu mir.

KÖNIGIN *ohne sich zu regen* Er meint,
Er liegt im Traum. Bring ihm zu trinken, Agmahd.

*Der Knabe Agmahd kommt lautlos die Stufen herab. Er ist völlig schwarz gekleidet. Sein Kopf ist hell, mit weichem blondem Haar. Er hat meergrüne Augen, die seltsam ins Leere zu starren scheinen. Er trägt auf silberner Schüssel einen silbernen Becher, aus dem schwaches Leuchten steigt. Lautlos gleitet er auf Elis zu und bleibt vor ihm stehen, den Becher aufwartend.*

ELIS
Du liebliches Gesicht, wo kommst du her?
Laß mich dein Haar anrühren! Kennst du mich
Nicht mehr? Ich bins, der bei dir lag, so oft, so oft,
Dort bei den Palmen, dort am stillen Fluß.
Weißt dus nicht mehr? wie ich dich lehrte, dich
Zu spiegeln hier in meinen beiden Augen,
Und wie ich mir dein Zeichen in den Arm
Einschnitt? Sieh mich doch an, weißt du nichts mehr?
Wie? Trinken soll ich, weil die dort es will.
*Er nimmt den Becher und trinkt*
Es glüht und schäumt und schüttert durch mein Innres hin.
Bieg mir dein Antlitz her! Verfärbst du dich?
Wie anders scheinst du nun! Du bist kein Mädchen...
Du bist es, du Ertrunkener, lieber, lieber!
Nicht wahr, wir waren Freunde! Daß du starbest!
Wir zogen dich heraus, da lagest du:
Dein Leib war hell und kühl wie Elfenbein:
Ich kaufte ein geweihtes Licht und saß
Die ganze Nacht bei dir, es drückte mich,
Daß ich nicht weinen konnte, und ich sah dich an.
Kommst du jetzt, mir das danken? Bleib doch hier!
Was schwankst du fort? Laß mich nicht hier allein.

*Der Knabe Agmahd hat sich von ihm entfernt, ist plötzlich im Dunkel der Wände wie verloschen.*

ELIS

Und du! Du bebst! Bebst du vor Ungeduld?
Sinnst du auf meinen Tod? Du! du!

KÖNIGIN

Ich acht auf dich.

ELIS

Mir grauts vor dir.

KÖNIGIN

Warum? Du kennst mich nicht!

*Sie wirft mit einer ungeduldigen Bewegung die Arme nach rückwärts und faltet die Hände im Nacken, so daß die weiten Ärmel zurücksinken und die wundervollen Hände sichtbar werden.*

ELIS

Den Händen, die du hast, entblüht ein Glanz,
Mir ist, als trät mein Blut aus mir ins Freie,
Wenn ich hinseh.

KÖNIGIN *streckt die Rechte aus*

Tritt her und rühr sie an.

ELIS *unbeweglich an seinem Platz*

Ich kann nicht. Wir sind nicht aus einer Welt.
Ich kanns nicht fassen, daß ich hier steh, ich!
Warum denn ich? Droben sind Tausende!
Warum denn ich? Mich schauderts bis ins Mark.

KÖNIGIN

Und ich hab mich so lang nach dir gesehnt.
Wohl hundert Jahr. Was zuckst du? Grauts dich so?
Sieh, ich kann doch für dich nicht fremder sein,
Nicht unbegreiflicher als du für mich.
Mich schauderts nicht. Und glaub mir, manches, was ich weiß
Von euch da droben, ist wohl schauerlich.
Ich weiß, ihr kennt das Angesicht des Wesens,
Das euch geboren hat. Ihr nennt es ›Mutter‹,
Wohnt unter einem Dach mit ihm, berührt es!
Das macht mich grauen, wenn ichs denken soll.
Ich weiß, ihr schlummert niemals lang, doch wenn
Ihr euch hinlegt zu einem langen Schlaf,
So seid ihrs schon nicht mehr: der Erdengrund,

Der mich mit klingendem Gehäus umschließt,
Euch löst er eure Glieder auseinander,
Und Bäume wachsen auf aus eurer Brust,
Und Korn schlägt seine Wurzeln euch im Aug.
Und die dann droben leben, die ernährt,
Was also aufkeimt aus der Brüder Leib.
Mich dünkt, ich stürb vor Graun, müßt ich so leben
Hervor aus einem Leib, hinab zu Leibern.
Und wenn ich eurer einen atmen seh,
Werd ichs nicht los, mir ist, als müßt an ihm
Noch hängen Ungewordnes und Verwestes,
Als wär er nie allein, wo er auch geht und steht.
Und dennoch lieb ich dich und will dich halten!
*Ringt ungeduldig die Hände*
Graut dir, daß ich schon war, bevor du warst?
Macht dich das zornig, daß ich schlafen kann,
So lang und rein und tief? Daß ich allein bin,
Nur spielend mit Geschöpfen, die mir dienen?
Gib mir doch Antwort, steh nicht stumm und hart!
Sieh: euch da droben flutet ohne Halt
Die Zeit vorüber, doch mir ists gegeben,
In ihren lautlosen kristallnen Strom
Hinabzutauchen, ihrem Lauf entgegen
Und ihren heiligen Quellen zuzugleiten!
Heft nicht so dumpf den starren Blick auf mich!
Begreifst du nicht: das uralt heilige Gestern,
Ruf ich es auf, umgibts mich und wird Heut:
Und Dunkelndes und Funkelndes vergeht,
Und Längstversunknes blüht und glüht herein.
*Indem die Wand des Hintergrundes durchsichtig wird, tut sich eine tiefe Landschaft auf. Über hellgelb leuchtende Gewässer neigen sich ungeheure Bäume, bald von glühenden, bald von zarten Farben. Im fernen Hintergrunde werfen mächtige dunkle Abgründe und Felsenwände einander geheimnisvollen metallischen Schein zu.*
Und wieder tauch ich auf und laß dies alles
Hinunterrollen in die ewigen Tiefen!
*Indem sie so weiterspricht, ohne sich im geringsten zu wenden,*

*steht rückwärts wieder die finstere, dann und wann aufblinkende Wand von dunklem Silber.*

Ahnst du denn nicht, wie mächtig Geister sind,
Und bist doch einer! Wirst du immer bleicher?
Vielleicht ist dies Musik vor deinem Ohr!

*Schlägt in die Hände. Der alte Torbern steht plötzlich da, das Gesicht ihr zugewendet, in dem von ihr ausgehenden Lichte regungslos wie ein ehernes Standbild.*

KÖNIGIN

Sprich zu ihm, Torbern. Hilf mir du, ihn fassen!
Dich wird er hören, weil du auch ein Mensch.

TORBERN

Mich ekelt seine Dumpfheit. Königin,
Ist dies das letztemal, daß ich dich sehe?

KÖNIGIN

Ich weiß nicht.

TORBERN Wohl, ich weiß! Und er steht da,
Wo ich einst stand!

KÖNIGIN Sprich nicht davon!
Sag ihm, wie über aller Menschen Lose
Dein Los anschwoll. Wie du verlernen durftest,
Zu messen dich mit ihrer Zeiten Maß.
Wie dir zu Dienst das wogende Gewässer
Vor deinen Füßen starrte, dich zu tragen.
Wie dich die Kraft, die in dir wuchs und wuchs,
Hin über Klüfte riß, wie ihre Sterne
Herniederstürzten, deinem Pfad zu leuchten.
Sag ihm...

ELIS Nun, wie geschah dies, Torbern, wie?

TORBERN

Vom Anfang soll ich reden, nun das Ende
So nah? Entkräftend faßts mich an wie fahle Träume.
Es ist so lange her. Die nun im Sarge liegen,
Damals stand noch der Baum in jungem Saft,
Der später, später gab das Holz zu ihren Wiegen.
Verlernen durft ichs, mich mit ihrem Maß zu messen.
Verlernen durft ich alles, was sie meinen.
Die ganze Welt, die sie mit dumpfem Sinn

Aufbaun, brach mir in Stücke. Ob ein Mensch,
Ich ward ein Geist und redete mit Geistern.
Von ewiger Luft umwittert, ward ich schnell
Dem dumpf umgebend Menschlichen entfremdet:
Mir galt nicht nah, nicht fern: ich sah nur Leben.
*Er tut einen tiefen Atemzug*
Da droben waren welche, die mit Armen
Und Lippen klammernd als an einem Teil
Von ihrem Selbst an mir inbrünstig hingen:
Ich schüttelte sie weg von meiner Brust.
Mein Herz schwoll auf und redete bei Tag
Und Nacht mit den Abgründen und den Höhen,
Und meinem seligen Aug entblößte sich
Die Schwelle deines Reichs...

KÖNIGIN *schnell* Nichts davon, Torbern,
Hier steht er ja und weiß nicht, wie ihm ist!
Nun geh.

TORBERN Muß ich?

KÖNIGIN Hast du noch nicht gelernt
Zu fühlen, was du mußt?

TORBERN
So schwank ich denn im Kreis dem Anfang wieder zu,
Und so begegn ich dem, der nach mir kommt.

KÖNIGIN
Er wird dich rufen.

TORBERN Mag er folgen,
Wo er mich schreiten sieht, doch stumm, mich ekelt
Gespräch der Menschen. Mag er sich von Zeichen
Zu Zeichen tasten, endlich trifft er her.
Und ich – er soll schnell kommen! – in mir flackerts
Und zuckts und will verlöschen! Jahre glitten
An meinen Wimpern ab wie leichter Duft
An Felsenwänden... und nun zehrt der Hauch
Von einer einzigen Nacht mit Wut an mir;
Und wo ich ruhe, mein ich schon zu sinken.
*Er verschwindet.*

ELIS
Ihn treibt ein ungeheurer Geist umher,

Er kam zu dir und durfte bei dir wohnen,
Die Jahre hatten ihm nichts an, er hing
An deinem Aug, an deinem Leib... Erbarm dich meiner:
Er trat heran, er durfte dich berühren,
Er! er! doch ich! wie ich?

KÖNIGIN Du bist wie er.

ELIS
Die Stimme, die du hast, greift mir ins Innre.
Ich will mit dir sein können!

KÖNIGIN Bist dus nicht?

ELIS
Dies Grauen...

KÖNIGIN Wirfs von dir!

ELIS Wie konnt ich kommen?

KÖNIGIN
Fragst du aufs neu? Weil du ein Geist wie ich.
Dein Mund sprach mächtige Worte aus.

ELIS Doch wann?

KÖNIGIN
Du sehntest dich herab, den Boden schlug
Dein Fuß, unwillig trugst du, zornig atmend,
Den Druck der irdischen Luft, dein Blick durchdrang
Die Niedrigkeit, dein Mund verschmähte sie,
Ein ungeheurer Strahl entglomm dem Aug,
Und das Gewürme floh, die Finsternis
Trat hinter sich, so wie sies tut vor mir!

ELIS
Wie kam es über mich!

KÖNIGIN Es schläft in euch.
Doch ahnt ihrs nicht. Du warst zu Tod erstarrt,
Dein Mund verhangen, deine Augen öd.
Da trats in dir empor, und wie im Traum
Griffst du mit Aug und Mund nach Strahlendem,
Gebunden wie ein Kind, und doch ein Zauberer!
Und halb noch dunkel, halb wie Geister leuchtend,
Ergriffs dich, unbewußt herabzusteigen!
War dir, du fielest? war dir nicht, du flogest?
Und fühltest nicht, wie ich im Dunkel stand
Und bebte?

ELIS
So darf ich hingehn und dein Antlitz sehn?
KÖNIGIN
Tritt her!
ELIS *tritt zu ihr.*
KÖNIGIN *steigt die Stufen herab, ihm entgegen, hebt mit der Linken den Schleier von ihrem Antlitz, so daß sein Gesicht, von unten ihr entgegengehoben, ganz von ihrem Abglanz überflutet wird.*
ELIS *schreit auf*
Ah!
*Duckt sich, geblendet, gegen den Boden.*
KÖNIGIN *läßt den Schleier wieder zufallen, richtet sich auf, spricht sanft*
Sinn ich auf deinen Tod? Wirst dus ertragen,
Mit mir zu sein? Wirst du die ganze Welt
Bei mir vergessen können?
ELIS *vor ihren Füßen, seiner Stimme nicht mächtig*
Sprich langsamer. Dein Antlitz funkelt so
Vor meinen Sinnen!
KÖNIGIN Elis!
ELIS Wie?
KÖNIGIN Merk auf!
Du darfst nicht bleiben.
ELIS Wie?
KÖNIGIN Du mußt hinauf
Und wiederum herab. Komm bald! komm bald!
Du!
ELIS *schwach, völlig vor ihr liegend*
Ich muß sterben, wenn du mich verhöhnst.
KÖNIGIN
Hör mich: es muß so sein.
ELIS Wie?
KÖNIGIN Hör mich, Lieber.
Ich darf dich noch nicht halten. Ich kann dir
Noch nicht gehören. Deine Sinne sind
Mit Sehnsucht vollgesogen noch nach denen
Da droben.
ELIS Wie?

KÖNIGIN Dir ist es nicht bewußt.
Doch hab ichs wohl gesehn. Der Knabe Agmahd,
Ein schwankend wesenlos Gebilde ists:
Ein Spiegel. Jedem zeigts, was heimlich ihm
Am Herzen ruht. Du stießest sie von dir,
Die droben, aber etwas lebt von ihnen,
Noch etwas lebt in dir. Du mußt hinauf...

ELIS *schwach*
Ja.

KÖNIGIN
Und ein Bergmann sein. In Einsamkeit
Tief eingewühlt in Dunkel. Immer näher...

ELIS
Ja.

KÖNIGIN
Geh dem Alten nach, er weiß den Weg,
Ob widerwillig auch, er zeigt ihn dir.

ELIS
Ja.

KÖNIGIN *berührt ihm leise die Schulter*
Auf, mein Zauberer!

ELIS Weh, du wirst mir bleicher!
*Die Gestalt der Königin wird undeutlicher, endlich unsichtbar.*
Ich seh dich nicht! Erbarmen! Gib mir Antwort!
Sag noch ein einzig Wort zu mir!

STIMME DER KÖNIGIN Komm bald!

*Verwandlung*

*Die Szene wie zu Anfang des Aufzuges.*

ELIS *taucht aus dem Erdboden empor, liegend, mit geschlossenen Augen. Es dunkelt. Die Fenster der Schenke, die nun geschlossen sind, blinken noch einmal auf, erblinden dann.*

ELIS *schlägt die Augen auf, richtet sich jäh auf*
Dorthin! dorthin! Nun zeig den Weg! Wo bist du?
*Läuft ans Fenster der Schenke, schlägt daran, versucht hineinzusehen.*

FRAU JENSEN *aus der Schenke tretend*
So kommt Ihr wieder? Nun, mir war nicht bang.
ELIS *ohne Atem*
Der Alte, wo?
FRAU JENSEN Der da war, der? der Bettler?
ELIS
Ein Bettler, er, der Könige machen kann!
Weib, wo er ist?
FRAU JENSEN Ja, was weiß ich?
ELIS Vernichtung!
*Besinnt sich*
Hier, nehmt Euch selbst.
*Wirft ein Geldstück hin* Und nun ist Eins zu sorgen.
Ich muß nach Falun.
FRAU JENSEN Wos hinuntergeht
Ins Innere des Berges?
ELIS Recht! Und das
Sogleich, eh diese Nacht zu Ende geht.
FRAU JENSEN
Wie wollt Ihr das?
ELIS *seine Geldkatze in der Hand*
Ich reit ein Pferd zu Tod
Und kauf ein neues, wo das erste fiel.
FRAU JENSEN
Nicht in drei Tagen und dazu drei Nächten
Trägt Euch ein Saumtier durch die Pässe hin,
Zu Wasser aber...
ELIS Also denn zu Wasser.
Hier wohnen Fischer, schaukelt doch ein Boot,
Des Menschen ist es wohl, der drinnen schläft:
Ich weck ihn denn!
FRAU JENSEN *hält ihn*
Den rührt nicht an, der schläft nicht irdischen Schlaf:
Wo der liegt, ist die Schwelle schon zum Jenseits!
ELIS
Die will mein Fuß betreten: Er soll aufstehn
Und mir den Weg nicht sperren!
*Des Fischers Sohn richtet sich auf und tritt aus seinem Boot ans Land*

FRAU JENSEN *aufschreiend* Gott im Himmel!
*Fliegt an des Fischers Haus*
Alt-Fischer, Fischer-Mutter, Euer Sohn!
DER ALTE FISCHER *läuft heraus, reißt die Mütze vom Kopf.*
SEINE FRAU *hinter ihm.*
DER ALTE FISCHER
Mutter, Mutter, still!
DES FISCHERS SOHN *ein großer, starker, blondbärtiger Mann, geht ruhig auf Elis zu, macht einen Kratzfuß, sagt*
Das Schiff wär fertig, wenn der Herr jetzt will.
*Fischer und Frau kommen von der Seite, betrachten den Sohn mit scheuer Ehrfurcht.*
DER ALTE FISCHER *nimmt mit gespreizten Fingern den Sohn bei der Hand, mit zitternder Stimme*
Mein Sohn, mit dir hat sich ein großes Wunder
Begeben!
DER SOHN *ruhig*
Mutter, führ den Vater weg:
Er hat schon trunken, eh die Sonne auf ist.
Ich hab nicht Zeit, ich muß den Fremden führen.
Nach Falun will der Herr!
DER ALTE FISCHER Mein Kind, erkennst
Denn nicht, die Sonn ist unter, Nacht bricht an!
DER SOHN
Laß, Vater, wir sind eilig, und der Landwind
Ist stark und gut. Grad hat er mir die Rah
So hinters Ohr geschlagen, wie zum Zeichen,
Daß ich mich nicht versäumen soll.
DER ALTE FISCHER *feierlich* Der Landwind,
Der ist verschwunden seit zehn Tagen, Sohn.
*Ein starker Windstoß.*
DER SOHN
Und da sollt Abend sein!
DER ALTE FISCHER *erregt* Mein Sohn, mein Sohn!
DER SOHN *zur Mutter*
So führ ihn weg! Er redet nicht Verstand.
*Zu Elis, munter*
Das ist der rechte Wind auf Falun zu.

Der Herr wird wohl zufrieden sein. Geh, Mutter,
Bring mir die Mütze noch. Gleich, Herr, sogleich!

*Er geht zum Schiff, tut noch die letzten Handgriffe. – Der Wind wird stärker, der Himmel immer dunkler. Das Folgende rufen die beiden einander zu, indem sie die Hände schallverstärkend an den Mund heben. – In der Ferne, über den blauen Bergen, die nun nicht mehr sichtbar sind, fällt ein Stern.*

ELIS

Du! du! Fiel nicht ein Stern?

DER JUNGE FISCHER

Ja, Herr, grad über Falun hin!

ELIS

Der tote Mann stand auf zu meinem Dienst,
Die Sterne stützen, meinem Pfad zu leuchten,
Und wenn dies Boot zerscheitert unter mir:
Die grüne Woge starrt und wird mich tragen.
Mein Innres schaudert auf, und fort und fort
Gebierts in mir ihr funkelnd Antlitz wieder...
Und was mir widerführ, nun sterb ich nicht,
Denn dieser Welt Gesetz ist nicht auf mir.

*Er springt ins Boot, das sogleich vor dem Wind liegt.*

*Der Vorhang fällt.*

## ZWEITER AKT

*Die große Stube in Pehrson Dahlsjös Haus. Die linke Wand der Stube wird von der Felswand des Berges gebildet, an den das Haus angebaut ist. Nur ganz vorne links ist der Raum für eine kleine Tür, die in einen schmalen Gang führt. Rechts zwei Fenster in den freundlichen Garten. In der Mitte des Hintergrundes eine Tür ins Vorhaus, daneben links eine kleine Tür zu Annas Kammer. Rechts vorne eine Tür zu Dahlsjös Stube. Im Hintergrund rechts von der Ausgangstür noch ein Fenster in den Garten: hier werden alle zuerst sichtbar, die ins Vorhaus und von dort in die Stube treten. Mitten ein schwerer eichener Tisch, links vorne ein altertümlicher Lehnstuhl für die Großmutter. In der linken natürlichen steinernen Wand an Haken allerlei altertümliches Berggerät: Bergeisen, Spitzhämmer, Handfäustel, Grubenlampen.*
*Pehrson Dahlsjö steht an der Tür im Hintergrund. Vor ihm der Knecht, der ein mäßig großes Felleisen hält. Christian vorne, reisefertig, seine Kappe in der Hand, steht zwischen der Großmutter, die in ihrem Lehnstuhl sitzt, und Anna, die seine linke Hand in ihren beiden hält.*

DAHLSJÖ *zum Knecht*
Die Lis ist krumm? So spann den Falben ein
In Gottes Namen. Acht auf das Felleisen,
Sind gute Kleider drin, daß es nicht naß wird.
*Der Knecht mit dem Felleisen ab.*
DAHLSJÖ *am rückwärtigen Fenster, weist ihm noch etwas.*
CHRISTIAN
Schwester, leb wohl; du weinst nicht, du bist brav.
Es ist auch nicht zum Weinen. Wer ein Mann
Will heißen, muß die Welt gesehen haben.
Was seh ich hier? Das Tal ist eng und klein.
Nein, schöner, schöner – weiß ich – ist es nirgends!
Allein, müßt ich hier bleiben immerfort,
Mich täts ersticken. Du verstehst das nicht,
Weil du ein Mädel bist.

ANNA O ich versteh dich.
Wär ich ein Bub, wie gern ging ich mit dir,
Schlief jede Nacht in einem andern Bett,
Säh jeden Tag was Fremdes.
CHRISTIAN Darum ists nicht.
Ich spür es nun einmal, ich muß hinaus.
Da drunten in den großen Städten, wo wir
Die Handelsfreunde haben, muß ich wohnen,
Muß mich umtun, muß sehen, wie sies treiben.
Hier rollt im alten Gleise alles fort,
Und was geschieht, mir ist, als wär es nichts.
Ich will gehorchen lernen und befehlen,
Ertragen was ich soll, und wagen was ich darf,
Will sehn, wies zugeht dort, wo Bettelbuben,
Emporgewühlt vom blinden Ungefähr,
Fürstliche Töchter heuern, wo verfallne
Berühmte Männer, die ein Flugblatt schildert,
Sich irgendwo in einem finstern Stall
Mit Hund und Katz um einen Knochen balgen,
Wo alles zu gewinnen ist und alles
Der Preis kann werden, den man zahlen muß,
Wo tausend Falltür'n lauern, wo – was weiß ich!...
DAHLSJÖ *hinzutretend*
Laßt ihn nur gehn. Ihn leidets nicht bei uns.
Er hat ganz recht. Da ist ein zu eintönig Leben.
Da ist ein Vater, der einsilbig wird,
Ein Bergwerk, dessen Adern allgemach
Versiegen, alles das schleppt sich so hin,
Dann kommt ein Tag, da wird es stocken. Laßt ihn:
Er ist so eine von den klugen Ratten:
Er geht rechtzeitig seines Weges, laßt ihn!
CHRISTIAN
So bitter, Vater, du! und, Kleine, dein Gesicht
Auch blaß und bebend vom verhaltnen Weinen?
Großmutter, so hilf du mir, sag es ihnen:
Was nütz ich hier dem Werk, wenn ich gleich bleib.
Ich will was lernen, ich will durch die Welt,
So wie dein Vater: triebs den nicht zu uns

Durch Gott weiß wieviel Königreich' und Länder?
Von drunten aus dem Venezianischen
Kam er, als hätte ihn ein Stern geführt,
Hierher in unser Tal. Sags ihnen doch!
In manchem Menschen steckts so wie in jungen Bäumen,
Daß er umgraben werden muß, auf daß
Die Wurzeln ihm im Boden nicht verwesen.
Wie gern wär ich schon wieder da, nur laßt mich!

GROSSMUTTER

Ja, ja, laßt ihn den Weg gehn, den er will,
Zwängt ihr zu bleiben ihn, er könnte sich
Auch wachend schwerer Träume nicht erwehren.
Ein Etwas treibt ihn vorwärts: laßt ihn gehn,
Ausschütten all sein Finstres in die Welt!
Kehrt er zurück, wie hell ist ihm das Tal,
Wie gern umarmt er die, die dann noch da sind.

DAHLSJÖ *hat inzwischen aus der Stube rechts vorne einen gefüllten Lederbeutel gebracht, den er Christian zusteckt.*

CHRISTIAN *halblaut*

Vater, das ist mehr, als die Abred war.
So haben wirs doch nicht.

DAHLSJÖ Laß gut sein, Christian,

Du wirst es brauchen. Nein, nicht viele Worte!
*Er tritt mit Christian etwas nach rechts, von den Frauen weg.*
Ob deines Vaters Haus ein gutes Haus war,
Das wirst du draußen, kann sein, innewerden.
Christian, wirf dich nicht weg: bleib lieber durstig,
Als daß du trinkst, wo dich der Becher ekelt.
Es schwindet alles, alles gleitet hin,
Dein Leib bleibt dir nicht treu, kaum bist dus noch,
Doch daß du deine Lippe hast befleckt,
Das bleibt, und wär die Lippe weggeschwunden.
*An der Türe rechts vorne*
Komm her, schau noch einmal hinein: da drinnen
Steht deiner Mutter Bette und das deine:
Da drin bist du geboren und die Anna,
Und deine Mutter starb da drinnen.
*Leise* Christian,

Eh dir ein Weib was wird, so frag dich selber,
Ob sie dir gut genug wär, da hinein
Mit ihr zu gehn. Die's nicht ist, rühr nicht an!
Jetzt geh, mach schnell.

ANNA Ich fahr mit dir im Wagen
Bis zu der Mühle, dann lauf ich zurück.
Ich wollt, ich wär ein Bub, sei lustig, Bruder!

CHRISTIAN
Du, bis ich wiederkomm, vielleicht –

ANNA
Nein, nein, nein!
*Will lachen, muß aber weinen, läuft zur Tür hinaus, ihr Weinen zu verbergen.*

CHRISTIAN *umarmt die Großmutter.*

ANNA *ruft durchs Fenster herein*
Schnell du, der Falbe scharrt schon!

CHRISTIAN Vater, Vater!

DAHLSJÖ
Leb wohl.
*Christian geht, man sieht ihn und Anna rasch am Fenster vorbeikommen.*

DAHLSJÖ *nachdem er durchs Fenster nachgesehen, tritt nach links vorne in die Nähe der Großmutter; seine Stimme klingt gepreßt.*
Da geht er fort: mir ist recht schwer ums Herz.
Die Kinder, das ist wahr, die stürmen hin
Und wissen nicht, was in den Eltern vorgeht.
Und öfter wärs mit einem Fremden leichter
Zu reden als mit ihnen. Mutter, hörst du mich?

GROSSMUTTER
Ja, mein Kind, ja.

DAHLSJÖ Es steht nicht, wie es soll,
Mit uns. Und ich glaub, ich bin schuld daran.
Ich hab das Bergwerk wohl geerbt vom Vater,
Allein das andre hab ich nicht geerbt.

GROSSMUTTER
Was denn?

DAHLSJÖ Die große Kraft und Ständigkeit,
Die Macht. Siehst du: sie waren andre Leute.

Der Vater, der Großvater, ihnen wär
Nicht widerfahren, was mir widerfährt.
Wo sie den Balken legten, stand der Fels
Und drängte nicht herab; wo sie dem Wasser
Ein Wehr hinbauten, duckte sich das Wasser;
Wo sie die Knappen hießen Licht hintragen,
Da floh der Dunst und fraß das Licht nicht auf.
Wo ich mein Bergwerk führ, frißt mich das Wasser,
Das Wetter schlägt, der Felsen drückt mich tot.
Weich ich zurück und bleib, wo sie mirs bauten,
So weicht das Erz vor mir in seinen Adern
Nach rückwärts. Mutter, hörst du, was ich sag?

GROSSMUTTER *nickt.*

DAHLSJÖ
Manchmal, wenn ich im Bett lieg und nicht schlafe,
Ist mir, ich seh sie aus der Nische treten
Und hör sie leise reden über mich.
Da sagt der Vater zum Großvater – beide
Deuten auf mich –: »Das ist ein schwacher Herr,
Der wird das Haus vertun, das wir ihm bauten.«
Da überläufts mich siedendheiß, ich mach
Ein Licht und geh umher im Haus und alles,
Mein ich, sieht mich mit stillem Vorwurf an.

GROSSMUTTER
Komm, setz dich her zu mir.

DAHLSJÖ *setzt sich zu ihr* Ja, Mutter, alles
Sieht mich so an: das Bett, drin meine Frau
Im Wochenfieber starb, die Türen, hinter denen
Die Kinder schlafen, dieser Stuhl da, der,
In dem der Vater immer saß, das alles!
Mutter, könnt ich dir in die Augen schaun!

GROSSMUTTER *streichelt seinen Kopf*
Mein Sohn! bist mehr als fünfzig und so weich!
Dein Vater war wohl anders...

DAHLSJÖ Nicht wahr, Mutter!

GROSSMUTTER
Allein darum bist du nicht schlimmer. Hast du
Noch nicht gefühlt, wie alles sich verzweigt?

Wer ist denn stark, wer ist denn schwach? Mein Sohn,
Sieh, wie ich jung war, dünkt mich jetzt, ich war
Ganz Sehnsucht, nichts als ein beseeltes Auge.
Mit meinen Augen sog ich wie im Traum
Die Welt in mich hinein, von innen trat
Die Seele an dies Fenster, und dein Vater
Liebte mich um nichts andres auf der Welt.
Nun starben mir die Augen ab – und ich
Bin drum nicht minder ganz: im Innern drängt
Sich ein Gewinde, ein Gewühl empor,
Verbunden alles wie in Blumenketten.
Dich und die Kinder und die nicht mehr sind,
Ihr aller Schicksal fühle ich in Einem,
Wie wenn die Hände Blüten und Gezweige
Von einem Strauch betasten. Alles blüht!
Aufwachsen laß die Kinder, häng dein Herz
Nicht an dein Haus, hängs nicht an dein Gewerb:
Du kannst das Glück nicht in verschlossnen Höhlen
Dir halten, denn es atmet nur im Flug!

DAHLSJÖ

Mutter, wie leicht muß dir die Seele sein!
Ich kann mein Herz nicht auftun, auf mir lastets!
*Er steht auf.*

GROSSMUTTER

So geh nur deinen Sorgen nach. Bald, bald
Wechselt auch das. Ich hab so viel, so viel
Schon wechseln sehen. Wie der Christian sagte:
»Der Anna ihr Gesicht ist blaß«, da dacht ich:
So ist sie wieder anders: ein Jahr her,
Da wurde sie noch kindisch rot vom Weinen.
Hörst du die Amsel draußen? Die sitzt jetzt
Beim Singen nicht mehr, wo sie früher saß:
Wie schön das alles ist, auch wenn mans nicht sieht!
Hörst du die Anna kommen? Wie sie springt!
Sie ist doch noch ein rechtes Kind. Geh, geh,
Dein Bergwerk kommt auch wieder in die Höh.

DAHLSJÖ

Wüßt nicht, wie das geschehen sollte, Mutter,

Es stiege denn der Vater aus dem Grab
Und stieß mich weg und legte seine Hand an.
*Er geht durch die Türe rechts hinaus.*

ANNA *kommt mit der fünfjährigen Rigitze rückwärts herein*
Ich hab mir die da mitgebracht vom Nachbarn,
Daß ich Gesellschaft hab. Da, geh hinein
Und hol dir eine Puppe aus der Kammer.
*Nimmt aus einem Schrank an der rechten Wand Tischzeug und fängt an, aufzudecken.*

KIND *geschäftig bei ihr*
Ich helf dir.

ANNA Bin schon fertig.

KIND So erzähl mir!

ANNA
Was?

KIND Von der Königstochter.

ANNA Welcher?

KIND Die
Hat gehen müssen und dem fremden Mann…

ANNA
Du weißts ja so.

KIND *wichtig* Der Mann war ein Soldat!

ANNA
Was hat sie müssen?

KIND Ihn bedienen, alles:
Stiefel ausziehen, Zimmer kehren.

ANNA Nun?

KIND
Warum hat sie ihm dienen müssen?

ANNA Weißts ja!

KIND
Weil er die Lampe angezündet hat?
Ja? Sag!

ANNA Die Lampe freilich.

KIND Von der Hexe die?

ANNA *indem sie den Tisch deckt*
Da zog es sie, sie mußte hin zu ihm
Und hatte beide Augen halb geschlossen
Und wußte nichts von sich und diente ihm.

KIND

Gibts solche Lampen, Anna? Sag mir, Anna!
*Zupft sie.*

ANNA *singt halblaut, indes sie Messer und Gabel zu jedem Gedeck legt*

Er blickte ihr ins Herz hinein:
Du mußt mir ganz leibeigen sein!
Den Willen mach dem meinen gleich,
So wird mein Herz so freudenreich.

*Indessen trippelt das Kind in die rückwärtige Kammer, deren Tür links von der ins Vorhaus führenden größeren Tür.*

ANNA

Da leg ich für den Christian ein Besteck!
Der Platz bleibt heute leer. Nun wein ich doch!
*Nach einer Pause*
Daß unsereins die Welt so gar nicht kennt!
Es gibt so viele schlechte Menschen, heißt es.
Wie die nur sind? Mit Absicht schlecht, Großmutter?
*Eine kleine Pause*
Ob er zu solchen kommen wird, die ihn
Darum nicht leiden mögen, weil er fremd ist?
Ob er manchmal auf seinem Bett wird sitzen
Und gar nichts um sich haben, was ihm lieb ist,
Nichts Heimliches, nichts Zutrauliches fühlen
Als seine eigenen zwei armen Hände
Vor dem Gesicht! Großmutter, wird das sein?
*Eine kleine Pause*
Großmutter, schläfst du?

GROSSMUTTER Nein, ich denk und seh
Den Christian in einem fremden Haus.

ANNA

Und wie denkst du dirs aus? Sind sie ihm freundlich?
*Eine kleine Pause*
Großmutter, wenn zu uns ein fremder Mensch
Tät hereintreten, wär er häßlich auch
Und rauh und gäb er uns kein freundlich Wort,
Ich mein: wärs einer, der die Menschen haßt,
Vielleicht, weil sie ihm unrecht tun, verstehst du,

Solch ein Verfolgter, wie man manchmal hört…
Ich kann mir gar nichts so wie du ausdenken,
Ich bin recht dumm. Allein, ich mein, wir müßten
Gut sein zu ihm, nicht wahr?

GROSSMUTTER *aufstehend* Ja freilich, Kind.

ANNA
Gehst du in Garten?

GROSSMUTTER *die kleine Tür links vorne aufdrückend*
Nein, in meine Kammer.

ANNA *summt vor sich hin, indem sie mit dem Aufdecken zu Ende kommt.*

KIND *in der rückwärtigen Kammer, schreit kläglich.*

ANNA
Das Kind! Was ist mit dir, Rigitze, was?

KIND *läuft auf sie zu, preßt den Kopf an sie.*

ANNA
Was ist? Ich bin bei dir!

KIND *mühsam* Ich fürchte mich!

ANNA
Warum denn? Sag mir doch, warum!

KIND Am Fenster…

ANNA
Am Fenster ist kein Mensch, schau hin! kein Mensch!

KIND *stockend*
Er war am Fenster, draußen…

ANNA Wer?

KIND *von Angst geschüttelt* Der Torbern!
Der alte Torbern! Ich hab ihn gesehn!
*Verbirgt den Kopf.*

ANNA *küßt sie*
Wer hat dir denn von dem erzählt?

KIND Der Pehr,
Und auch der Onkel, Anna!

ANNA *nimmt sie in den Arm* Kind, mein Kind:
Der alte Torbern lebt ja längst nicht mehr!

KIND
Ja, ja! Er ist ein Zauberer! Der wars!

ANNA
Warum muß ers gewesen sein?
KIND
Er hat so ausgeschaut.
ANNA
Wie denn?
KIND Mit blutigen Augen, und der Hals
So lang und nackt!
ANNA Rigitze, jetzt merk auf:
Der Torbern war einmal ein weiser Bergmann,
Den hat der Berg verschüttet, und das ist
Zweihundert Jahr jetzt her.
KIND Zweihundert Jahr?
Das ist sehr lang?
*Nickt* Er ist sehr alt.
ANNA Mein Kind,
Kein Mensch kann so lang leben.
KIND Gar kein Mensch?
Warum?
ANNA Weil alle früher sterben müssen.
KIND
Warum?
ANNA Halt, wenn sie alt sind. Manche auch
Schon früher.
KIND Mußt du auch bald sterben? Sag!
*Klammert sich an sie.*
ANNA
Merk auf: jetzt gehen wir hinein ins Zimmer,
Und ich näh deiner Puppe für den Sommer
Ein weißes dünnes Hemd.
KIND *ängstlich* Nein, nicht hinein!
*Eine Pause*
KIND *aufs neue furchtsam*
Sie haben doch gesagt, er geht herum!
ANNA
Wer denn?
KIND Der Torbern.
ANNA Früher hat man das
Geglaubt.

KIND Erzähl mir, was?

ANNA Daß er herumgeht…

KIND *fürchtet sich*
Ja, ja!

ANNA Nein, nein, nicht hier: im Land da draußen.
Und wenns an Bergleuten gefehlt hat hier,
So hat er neue hergeschickt.

KIND So alte?

ANNA
Nein, junge.

KIND Hergeschickt?

ANNA *gleichmütig* Aus den Seestädten,
Und sonst vom Land.

KIND *ängstlich* Fehlts jetzt an Leuten, Anna?
Ich fürcht mich!

ANNA Hör doch auf, wir gehn in Garten
Und holen Petersil.

KIND *läuft ihr voraus, am rückwärtigen Fenster in den Garten spähend, schreit es* Da! da!

ANNA *läuft hinzu.*

KIND *bei ihr* Ein Mann!
Ein fremder Mann! Er kommt! Er ist im Garten!

ANNA
Der ist ja jung! Wie einen du erschreckst!
Schau selber!

KIND *den Kopf in Annas Schoß versteckt*
Kommt er? Hat er blutige Augen?

*Elis wird am rückwärtigen Fenster sichtbar.*

ANNA
Wie du und ich!

KIND *weint.*

ANNA Du Ding, gib Ruh, ein Fremder
Wirds sein, der sich vergangen hat.

KIND *an ihr hängend* Nicht gehn!

ELIS *tritt durch die Eingangstür, unschlüssig, die Klinke nicht loslassend*
Verzeiht, nicht in die Stube wollt ich treten,
Auch nicht ins Haus. Es führt ein Weg wohl durch…

ANNA
Wie?
ELIS An den Berg.
ANNA Ein Pfad?
ELIS Ja, durch den Garten,
Wohl hinterm Haus.
*Sieht sich um.*
ANNA *schüttelt den Kopf*
Kein Pfad führt hinterm Haus.
ELIS
So trat er hier herein?
ANNA Wer trat herein?
Wen sucht Ihr?
ELIS Den, der eben vor mir kam.
ANNA
Hier kam
*Stockend* kein Erdenmensch vorbei.
KIND Der Torbern!
ELIS
Was sagt das Kind?
ANNA *sieht ihn groß an*
Das Kind ist schreckhaft.
ELIS *zwischen Tür und Angel*
Ja, verzeiht, ich geh.
*Unschlüssig, vor sich*
Doch hab ich ihn gesehn: er sah sich um
Und zögerte am Kreuzweg, schritt dann links
Und deutete... Der Weg führt durch den Garten?
ANNA
Ins Haus, nicht weiter.
ELIS Aber an den Berg?
ANNA *zeigt auf die Wand links*
Der Berg ist hier. Er springt uns hier ins Haus.
ELIS *geht mechanisch hin, befühlt die steinerne Wand, schüttelt den Kopf, wendet sich, fortzugehen*
Ei ja. Ich geh. Schön guten Abend.
ANNA *plötzlich, fast heftig* Nein, sitzt nieder.
Ihr seid ermüdet, ich bring Euch zu trinken.
Ich fühl, Euch dürstet. Setzt Euch! Hier, ans Fenster.

Ihr seht die Straße, und der, den Ihr sucht,
Wird wiederkommen – nicht? – nach Euch zu sehen!
Ich bitt Euch, ruht Euch aus!

ELIS *steht an der Tür* Was ist die Uhr?
*Sieht nach der Wanduhr, für sich*
Noch sieben nicht. Gestern um diese Zeit
Da wars noch nicht.

ANNA *zutraulich* Der Vater kommt auch bald,
Er ist im Berg.

ELIS *tut einen Schritt auf sie zu*
Er dient im Berg, nicht wahr?

ANNA
Der Schacht, in dem er anfährt, ist sein eigen.
Wollt Ihr nicht sitzen, ich hol Euch schnell was.

ELIS *läßt sich an der untern Schmalseite des Tisches auf einen Stuhl nieder, halb umgewandt, daß er das Fenster rechts im Auge behält und auf die Straße achten kann.*

KIND *kommt zutraulich auf ihn zu*
Ich weiß ein Sprüchel!

ANNA *die links rückwärts am Schrank kniet*
Quäl den Herrn doch nicht!

ELIS *streichelt das Kind, halb zerstreut*
So sags nur, du.

KIND
Seeleut sind lustige Leut,
Bauersleut sind geizige Leut,
Stadtleut sind schlechte Leut,
Bergleut sind rechte Leut.

ANNA *kommt nach vorne, stellt einen Krug und ein Brot vor Elis. Eine kleine Pause*

ELIS
Seeleut sind nicht so lustig, wie sie meint.

ANNA
Ihr seid auch einer?

ELIS *nach einer kleinen Stille*
Wo ich geboren bin, da sind auch Berge.
Dann zogen wir hinab.

ANNA Da ists wohl anders.

ELIS
Mit dreizehn kam ich auf ein Schiff.

ANNA
So jung!

ELIS
Nun ists mir wie im Traum, daß ich einmal
Im Herbst des Hirschen Schrei gehört, im Sommer
Des Kuckucks Ruf, und Lindenduft geatmet!

ANNA
Wir haben auch drei Linden, da.
*Zeigt durchs Fenster.*

ELIS *blickt hinaus* Und drüben
Laubbäume viel.

ANNA Ja, dort den Bach entlang.

ELIS
Mit Vögeln in den Kronen? Sterne blinken
Durchs Laub?

ANNA Zuweilen sind so schöne Nächte,
Doch lebt man immer hier, man achtets kaum.
*Sie lehnt sich an den Tisch, zutraulich plaudernd*
Mit vierzehn, fünfzehn, da lief ich herum,
Bis dunkel war, und tief hinein in Wald.
Manchmal schlugs mir den Atem ein, mir war,
Es käm des Nöcken Singen durch die Luft,
Den ich erlösen müßte, ich allein.
Dann wieder triebs mich in den Büschen fort,
Und wie der Kuckuck rief und rief, so riefs
In mir, es war kein Wünschen, süßer wars
Als Sehnsucht, so beklommne Fülle wars
Und süße Leere, und er rief und floh
Und rief... bis alles um mich dunkelte
Und durch das Laub die feuchten Sterne drangen.
Und wie sie winkten, da und dort um mich
Im stillen Bach aufblinkten und am Rand
Der dunklen Berge ruhten still wie Lämmer,
Da fing ich an zu zählen, aus dem Bette
Stieg ich im Dunklen und ich zählte sie,
Und die ich mir gezählt, die waren dann
Mir untertan und mußten mir einmal
Wünsche erfüllen. Gar wenn einer fiel!

Wie einem das entschwindet. Wenn nun Nacht ist
Und sie aufziehen droben ohne Zahl:
Ich mag gar nicht hinaufschaun, mich verwirrts.
Ja, gestern wie wir baden, weißt, Rigitze,
Im Dämmer, da fiel einer nah von uns,
So nah, daß ich mich unters Wasser duckte,
Denn er erhellte wie ein Wetterleuchten
Die Uferstauden rings. Ich red vor Euch
Schon alles! Was Ihr nur Euch denken müßt.

KIND *eifrig*
Die Puppe war auch mit im Bad.

ANNA *verlegen* Ja, ja.

ELIS *zerstreut, nach einem suchenden Blick durchs Fenster, wieder zu ihr gewandt*
Ein Wetterleuchten? Und Ihr ducktet Euch?

ANNA
Nein doch, ein Stern, der fiel. Ihr macht mich rot.

ELIS
Ich sah Euch auf den Mund und gab nicht acht.
Ein Stern, habt Ihr gesagt? ein Stern, der fiel?
Im Abenddämmern? fiel? Hier fiel mein Stern!
*Steht auf, vor sich*
Es sind nicht Träume, oder dieses All
Träumt mit. Hier ist das Ende meines Weges.
Von hier muß ich hinab.

ANNA Seid Ihr unruhig,
Daß Euer Freund nicht kommt? Ihr seht verstört.
Wüßt ich nur ein gescheites Wort zu sagen.
Wollt Ihr nicht essen? Sagt, kommt Ihr weither?

ELIS
Wenn, Anna, du einmal wirst meiner denken,
So wird es sein, als wie an einen Gast,
Der dir herabkam flüchtig, schattengleich
Von einem Stern, von einem funkelnd roten,
Des ganze Lebensluft ein schwindliges Gemisch
Von Wonne und Entsetzen. Niemals geht
Ein zweiter dir vorbei mit gleichem Schicksal.

ANNA *sieht ihn mit großen Augen an*
Ich weiß nicht, was für ein Geschäft das sein mag,

Das Euch hierhertrieb. Draußen in der Welt
Muß vieles sein, das unsereins nicht ahnt.
Allein Ihr seid noch jung und sprecht so wild
Und blickt so scheu um Euch, und Eure Augen
Sind überwacht. Ich bitt Euch, bleibt bei uns:
Wir sind zu drei; der Vater ist so gut,
Und wohnt Ihr hier bei uns, so kann Euch niemand
Was anhaben. Seht, hier ist ein Platz leer
An unserm Tisch, der Bruder ist heut fort
Für lang, und seine Kammer steht auch leer.

ELIS *für sich*

Mit vielen Zeichen weisest du den Weg!

ANNA *indem sie den in sich Versunkenen leise anrührt, wie Kinder tun*

Die Kammer ist nicht groß, doch licht und rein.
Merkt: – wenn Ihr aufsteht, morgen in der Früh,
So tretet leise auf, daß Ihr das Kind
Nicht weckt. Sie schläft mir dann nicht wieder ein:
Ich hab sie öfters über Nacht bei mir,
Und Eure Kammer ist der unsern über.
Hört Ihr? Nicht wahr, Ihr bleibt? Wärs auch für kurz!
*Das Kind hat sich weggestohlen, ist in Annas Kammer gegangen und hat die Türe hinter sich angelehnt gelassen.*

ELIS

Jetzt steht die Tür von deiner Kammer offen:
Da wirst du leben drin und deine Tage,
Die werden kommen und vorüberrinnen
*Anna geht, indessen er redet, leise hin und macht die Türe zu.*
So wie der Brunnen draußen, hör nur, hör.
Und Nächte auch, erst solche wie bisher,
Dann eine, wo du liegst und glühst im Dunkeln,
Weil der im Dunkeln steht, dem du gehörst...
Doch vorher noch so viel: des Kuckucks Ruf
Wird durch den Abend dringen, weit herab,
Weit hin, nur nicht hinunter, Stürme werden
Am Fenster rütteln, sanfte Regenbogen
Aufsteigen aus den Schluchten, immer wirst du
Die Glocken läuten hören, Anna, Anna –,
Ich will nicht ganz vergessen sein hier oben!

ANNA
Gott sei uns gnädig! Wollt Ihr denn ins Grab?
ELIS *die gefalteten Hände beschwörend vor seinen Mund erhoben*
Du bist so schön und gut, du mußt mich fassen!
Nimm, ich blieb lange hier, heroben, hier,
Bei euch im Haus, du sähst mich Tag um Tag…
Dann käm ein Etwas und das zwänge dich,
An einem Morgen, einem Abend etwa,
Seis früher, später, einmal käms dich an
Und zwänge dich, mit einem andern Blick
Mich anzusehen: das käme so, das ist so:
Ich weiß vom Schiff, da war ein Junge drauf,
Ein halb Jahr aßen wir an einem Brett
Und schliefen in demselben Raum, ich sah ihn
Und sah ihn nicht, er war mir wie ein Holz,
Die Katz im Schiffsraum gab mir mehr zu denken. –
Bis einmal – er ist tot, er fiel von Bord –
Einmal, da lag er da und schlief, da kam ich
Und streift ihn und er schlug die Augen auf
Und zog den Kopf so zu der Schulter, da,
Da konnte ich ihn sehn, ich sah durchs Auge
Bis in sein Herz hinein, und von dem Tag
Half ich ihm bei der Arbeit, und des Abends
So setzten wir uns mit verschlungnen Fingern
In einem Winkel auf gerolltes Tau
Und sahen eins das andre an und schwiegen,
Und die uns spotten wollten, sagten: »Brautleut!«
Nimm, ich blieb lange hier, so käm der Tag,
Da du mich sehen könntest, wie ich bin…
Allein, auch so, du hast nicht Ursach, freilich,
Allein so denk, du sitzest da im Garten
Und riechst zu deinen Blumen, und da tut
Der Grund sich auf und schlingt vor deinen Augen,
Der grüne Rasengrund, der dich sanft trägt,
Schlingt mich hinunter und im Sinken spräch ich
Zu dir, du fingst den letzten Seelenblick,
Der aus den schon verdrehten Augen schießt,
Mit deinen Augen auf, und eh die Erde
Den Mund mir füllte, rief' ich noch zu dir:

Du blasse rote Blume, wo du mein
Vergessen kannst, so hab ich nie gelebt,
Denn nichts bleibt auf der Welt, das mein gedenke.

ANNA

So hast du keine Heimat, armer Mensch?

ELIS *faßt sie an*

In dir! Denn du sollst meiner denken, sollst!

ANNA *tritt einen Schritt zurück*

Weiß ich doch deinen Namen nicht einmal,
Nicht, wo du herkommst, nicht, wohin du gehst.

ELIS

Und wenn ich dorthin geh, wo keiner rückkehrt?

ANNA

Du willst dir Leid antun! Was ist auf dir?

ELIS *sanft*

Nicht fragen, wenn ich geh, wo keiner rückkehrt,
Nimm, wenn ich ginge, Liebe, hör mir zu:
Wenn sie – und brächten dir die Botschaft wieder:
Er kommt nicht, darf nicht, kann nicht mehr zurück:
*Dicht an ihr*
Sie brächten dir die Botschaft hier herein,
Und du im Dämmer stündest da und wüßtest,
Nicht dächtest – wüßtest: der kommt nie mehr wieder,
Nie, nimmer, nimmermehr, sag, Anna, sag,
Wie denn geschäh dir? Anna, wär dir weh?

ANNA *schweigt.*

ELIS

Nicht wahr, du sagtest dir: was er mir war,
Eh ich ihn sah, das ist er mir nun wieder,
Kann sein, ich träumte auch am hellen Tag.
So sprächest du und schütteltest den Schauder
Von deinem Leib, wie nach dem Bad im Bach?
*Er streckt die Arme gegen sie aus und schlägt dann die flachen Hände bittend wie ein Kind zusammen.*
Nicht so? Nicht diese Rede? Anna, sag!

ANNA

Was quält Ihr mich?

ELIS Du sollst mirs sagen, Anna!

ANNA
Ich kann Euch doch nicht fassen, Eure Rede
Springt um, so wie ichs beim Großvater sah,
Bevor er starb. Du lieber Gott im Himmel,
Was kann ein Mann erleben, das ihm so
Den Sinn zerrüttet!
Ihr sprecht von mir, von Euch, vom Gehn, vom Bleiben,
Und wie Ihrs ausspricht, ängstet mich ein jedes.
Ich bitt Euch, sagt, wie ich Euch helfen kann.
Um welches Ding auf Erden tratet Ihr
In dieses Haus?

ELIS *sich völlig zusammennehmend*
Sei ruhig, gutes Mädchen.
Weil ich ein Bergmann werden will, darum.
Weil ich in deines Vaters Dienst will einstehn.

ANNA
Nein, so dürft Ihr nicht zu mir sprechen, Herr.
Ich weiß, ich bin jung und nicht klug, doch nicht
Gewohnt zweideutige und schlechte Rede.
Das, was Ihr sagt, so viel versteh ich schon,
Daß Ihrs nicht meinen könnt.

ELIS Bei Gott, ich mein es.

ANNA
Warum dann tratet Ihr mit einer Lüge
Herein, als wärt Ihr auf der Wanderung,
Als wär ein Freund vorauf, und was noch alles!
Sprecht lieber nicht mit mir. Kann sein, Euch liegt
Nicht viel daran, Ihr nehmts für einen Scherz...
Mit mir spricht niemand so und mich verwirrts.
Es brächt mich um mein Zutraun zu den Menschen.

ELIS *tritt dicht vor sie*
Sieht so die Lüge aus?

ANNA Ich möcht Euch gern,
So gerne alles glauben, wie nur?

ELIS Anna, hör mich:
Der mich geführt hat, wird nicht wiederkommen:
An Zeichen hab ich erst erkennen müssen,
Daß ich am Ziel bin, daß ich her hab müssen
In euer Haus.

ANNA An Zeichen?

ELIS Sinn nicht nach.

Sinn nicht darauf. Du sinnsts nicht aus.

ANNA

Das muß wohl sein. Und doch ist mir... Nein, nein.
Ich möchte fragen. Nein, ich frag Euch nichts.
Mich schauderts an und ich begreif es nicht,
Und für Euch ist es Wirklichkeit, es ist.
Sie haben oft gesagt, ich bin so kindisch,
Ich faß nur, was ich mit den Händen greif:
Könnt ich denn das erfassen, was Ihr meint?
Ihr dürft nie lügen, Ihr, mit Worten nie
Und anders nie, ich bitt Euch. Denn wenn das
Geschäh, verlör ich allen Halt. Mir ist schon jetzt,
Als wär ichs nicht. Es gleitet alles so.
Mir scheint, da trat der Vater schon ins Haus,
Und wir stehn da. Sagt mir, was soll ich sagen?
*Sie rührt ihn leise an*
Weiß ich doch Euren Namen nicht einmal.

ELIS

So sag ihm, daß ich Elis Fröbom heiß
Und fahren will in seinen Schacht, weils mir
Zu fahren nicht mehr taugt auf weitem Meer.

ANNA

Ich will ihm sagen, du heißt Elis Fröbom
Und willst einstehn als Knapp in seinen Dienst,
Ja?
*Sie gibt ihm die Hand, ihn in des Vaters Kammer zu führen.*

ELIS

Wie kalt jetzt deine Hand ist, kalt wie Stein.

ANNA

Acht nicht darauf, mir kann ein Kindermärchen
Das Blut erstarren machen. Elis Fröbom,
Nicht wahr, so heißt du? Mir ist wie im Traum.
*Sie führt ihn an die Türe rechts, dort horcht sie einen Augenblick, klopft dann an die Tür.*

*Vorhang.*

## DRITTER AKT

*Die Landstraße vor Dahlsjös Haus. Links steigt die Straße in einem steilen Hohlweg den bewaldeten Berg empor. Rechts setzt sie über eine kleine Brücke talab. Den Hintergrund nimmt das Haus ein, mit Stall und Schuppen, in den Berg eingebaut. Rechts schließt ans Haus ein freundlicher bäurischer Garten, den das tiefe Bette des Baches durchschneidet. Rechts von der Haustür läuft unter den ebenerdigen Fenstern ein Rasenstreif mit blühenden Georginen. Ein an Gitterwerk gezogener Obstbaum greift an der Wand bis unter den hölzernen freien Gang, der in Stockhöhe ums Haus läuft. Abendsonne.*
*Anna und die Großmutter treten aus dem Pförtchen im Gartenzaun auf die Landstraße heraus.*

ANNA
Riechst du den guten Duft vom frischgeschlagnen Holz?
Spürst du, wies kühl vom Wald herüberkommt?
Dort dämmerts schon, hier atmets noch im Licht,
Du, ich, die Georginen, unser Bach,
Und alles glänzt so sehr.

GROSSMUTTER
Ich spür schon etwas Welkes in der Luft:
Es muß jetzt bald ein Jahr sein, daß der Christian
Fort ist von uns.

ANNA
Und weißt du noch, Großmutter,
Den gleichen Tag – ist das nicht wunderbar? –
Den gleichen Tag wars, daß der Elis kam.
*Eine kleine Pause*
Ich kanns kaum denken: heut vor einem Jahr,
Da kannten wir den Namen noch gar nicht.
Wie alles zugeht!
*Eine kleine Pause. Anna heraußen, die Großmutter ruht am Gartenzaun aus.* Alles ist so schön.
Nun wird es Nacht, nun kommen sie bald heim!

Da fliegt die Schwalbe in die Stalltür, siehst du?
Ach nein, du kannsts nicht sehen, sei nicht bös!
Allein wenn dann die vielen Sterne aufziehn
Und du die Hände ausstreckst, spürst du auch
Ihr feines Licht herniederrieseln, nicht wahr?
Und wenn der Mond ums Haus geht und den Glanz
Zwischen den wilden Wein legt und die Laube
Mit weichem Schatten anschwillt und der Bach
In halbem Schlaf so rauscht und wieder wegsinkt
Und wieder stärker rauscht, und über einem
Gehn Schritte in der Kammer – Großmutter,
Was sinnst du so und schaust so her auf mich?

GROSSMUTTER *schweigt.*

ANNA
Ich bin so froh, daß über mir die Kammer
Nicht eine einzige Nacht hat leerstehn müssen.
Denn wie der Christian fortging, hab ich mich so sehr
Gefürchtet: ich wars so gewohnt, ihn gehn
Zu hören, so unheimlich wärs gewesen!
Da kam der Elis und wohnt seitdem drin.
*Eine kleine Pause*
Sag mir, woran du denkst?

GROSSMUTTER Ich hör dich reden,
Und denk mir, wie du aussiehst, daß die Stimme
So anders klingt.

ANNA Wie denn?

GROSSMUTTER So anders, anders
Als früher. Sonst wars so ein kleines Ding,
Das lief umher und sprach.

ANNA Und nun, Großmutter?
Ich bin nicht anders worden, geh, Großmutter.
*Eine kleine Pause*
Großmutter, hörst du nichts? Du hörst doch gut.
Sie kommen.

GROSSMUTTER Wer?

ANNA Sie kommen aus dem Berg.
's ist Feierabend. Willst du, gehen wir
Hinauf: sie sehn uns nicht, wir sehen alle

Und hören, was sie sprechen. Ja, Großmutter?
*Anna und Großmutter treten durch das Pförtchen zurück und verschwinden im Garten.*

DAHLSJÖ *tritt mit dem Knecht aus der Stalltür*
Ein schöner Kerl, der neue Hengst. Was, Karl?
Der Spiegelglanz am Hals, die starke Krupp:
Sie haben keinen solchen in der Landschaft.
*Dahlsjö kommt nach vorne, der Knecht ist in den Stall zurück.*
Herr Gott, wär jetzt der Christian noch heim,
Wie schön stünd mir mein Haus da!
*Sieht mit beschattetem Aug nach rechts in die Weite*
Ich bau dem Bach ein neues Wehr, und längshin
Setz ich Birnbäume an, und wenn ich alt bin,
Wie jetzt die Mutter, eß ich ihre Frucht
Und denk an das merkwürdige Jahr des Glücks.
*Wendet sich gegens Haus zu*
Du altes Dahlsjö-Haus, nun siehst du nicht mehr
Mit stillem Vorwurf auf mich her, nun glänzt
Dein alter First, und aus den Fenstern dämmernd
Drängt sichs wie liebe Seelen still hervor.
Seid ihr da droben, ihr!
*Anna und die Großmutter sind oben sichtbar, Anna am Geländer vorgelehnt, die Großmutter dahinter, im Halbdunkel.*

ANNA *von oben*
Vater, mir hat heut nacht vom Christian geträumt!

DAHLSJÖ
Was denn?

ANNA Es ging ihm gut.

DAHLSJÖ Das gebe Gott.
*Tritt näher hinzu, spricht zu ihr hinauf*
In mir will manchesmal solch ein Gedanke
Nicht schweigen, als ob sichs an ihm da draußen
Müßt strafen, daß es uns hier allzu gut geht.
Als müßt ers zahlen irgendwie, Gott weiß,
Daß uns der Elis solch ein Glück ins Haus bringt.

ANNA
Geh Vater, sicher kommt ein Brief bald wieder.
Was du dich quälst! Komm doch herauf zu uns.

DAHLSJÖ
Ich muß was schreiben, dann komm ich zu euch.
*Tritt ins Haus.*

ANNA *abwechselnd vornübergeneigt, dann zur Großmutter zurücksprechend*
Jetzt kommen unsre Bergleut schon, Großmutter.
Der Vater? Nein, der ist ins Haus gegangen.
*Es kommt ein Trupp Bergleute den Hohlwewg herunter und am Haus vorbei. Dann noch ein paar einzelne.*

ANNA
Der Elis ist noch nicht da. Da! ich seh ihn!
Jetzt decken ihn die Bäume zu, Großmutter.
Wenn ich nur wüßt, wie du ihn dir vorstellst!
Wie du dir vorstellst, daß er aussieht. Wie?
Jetzt seh ich ihn schon deutlich. Wie die Menschen
Sich an ihn hängen! Immer, alle drängen
Ihm nach, wo er nur geht und steht. Ein Alter!
Was will denn der von ihm? Er hält ihn auf!
Nein, eine arme Frau ist das: er spricht
Mit ihr, jetzt streichelt er das Kind. Großmutter,
Die Kinder hängen alle so an ihm!
Jetzt könnt er hier sein! Jetzt ist er schon da:
Da treten wieder zwei ihm in den Weg!
*Elis tritt links aus dem Hohlweg hervor.*
*Der Handwerksbursch und sein Bruder treten aus dem Gebüsch ihm in den Weg. Der Handwerksbursch hat rotbraun struppiges Haar und Bart, vorgequollne Augen. Sein Bruder hält sich hinter ihm, ist hager, jung, bartlos, von scheuem Ausdruck, mit dunklen Augen.*

HANDWERKSBURSCH
Herr Fröbom!

ELIS Woher weißt du meinen Namen?

HANDWERKSBURSCH
O den weiß hier herum ein jedes Kind.
Ihr seid es doch, der Sonn und Regen macht
Im Bergbetriebe hier.

ELIS Was solls? was solls?

HANDWERKSBURSCH
Wir möchten Arbeit haben hier bei Euch.
Im Förderschacht etwa.
ELIS Seid ihr vom Handwerk?
HANDWERKSBURSCH
Ich bin ein Hufschmied.
ELIS Was dann suchst du hier?
HANDWERKSBURSCH
Ihr war't auch kein Gelernter, Herr, ich weiß wohl:
Matros war't Ihr.
ELIS Ei ja, und da meinst du,
Du mußt mirs nachtun, mußt vom Handwerk laufen...
HANDWERKSBURSCH
Man geht halt hin, wo man sich besser steht.
ELIS
Meinst du? Ich aber mein, man liebt sein Handwerk
Und freut sich dran: denn auf der weiten Erde
Dem Manne bleibt nichts Bessres, sich zu freuen.
Und wie er viel sich müht und sich sein Leib
In dumpfer Glut fast löst in den Gelenken
Und ihn Vergessen seiner selbst befällt –
Da regt sichs im Gestaltlosen um ihn,
Das Mächtige gibt auf den Widerstand,
Und er... Auf Euch gehts nicht, was ich da red.
Allein seit sichs verbreitet hat im Land,
Es geht uns wohl, wir fördern viel, und Gott
Mag wissen was auch sonst für Lügenrede,
Seitdem da schwankts und schlürfts und stolperts her.
Wer hieß Euch hier heraufgehn, ich hab Bergleut
So viel ich brauch. Geht Eurer Wege, Mensch.
HANDWERKSBURSCH
Es werden auch nicht lauter Heilige
In Euren Gruben schürfen.
*Er geht widerwillig die Straße rechts ab.*
ELIS *zu dem Jüngeren, der sich anschickt, langsam fortzugehen*
Und du, wer bist denn du?
DER BURSCH Ich bin sein Bruder.

ELIS
Und wolltest?

DER BURSCH Ihr habts schon gehört! Ich geh.
*Wendet sich zum Gehn.*

ELIS *tritt auf ihn zu*
Bleib stehn. Du wolltest Arbeit haben hier?

DER BURSCH
Ihr gebt mir keine und ich geh. Gleichviel.
Es ist ganz gleich.
*Sieht immer zu Boden.*

ELIS Kannst du dein Aug nicht heben?

DER BURSCH
Ich sag Euch, laßt mich lieber gehen, Herr.
Ich bring kein Glück ins Haus.

ELIS Bist du so bitter?
Willst du dem Bruder nach?

DER BURSCH Der mag auch gehn
Wohin er will. Denn mir ist nichts gemein
Mit ihm.

ELIS So bist du ganz allein?

DER BURSCH Freuts Euch,
So viel zu fragen? Oder kann ich gehn?

ELIS
Nein, denn ich heiß dich bleiben, denn ich will
Dich so anfassen, daß du dich ermannst,
Und diese Starrheit will ich von dir schütteln.
Komm, armer Bursch, komm.

DER BURSCH Nun, Herr, wenn Ihr wollt.
*Elis geht an das Fenster rechts neben der Haustür, klopft an die Scheibe.*

DAHLSJÖ *indem er das Fenster halb aufmacht, von drinnen*
Ich schreib was, Elis, gleich komm ich hinaus.
*Schließt wieder.*

ELIS *setzt sich auf die Bank links von der Haustür.*

DER BURSCH *steht scheu mit niedergeschlagenem Blick vor ihm.*

ANNA *oben*
Ich kann nicht hören, was er spricht mit diesem.

ELIS *halb für sich*

Da steht so einer da und starrt in Boden
Und beißt die Zähne zu und will nichts von der Welt.
Glaub mir, es löst sich auch der schwerste Krampf,
Und auch der tiefste Kerker tut sich auf.
Dann bist dus und erkennst dich selber kaum,
Im Duft von Nacht und Schauder, der um dich
Verfließt im Tag, dein Aug ist dir gelöst,
Du weißt nicht, wie du herkamst, doch es ist
Als wär zu atmen dir nur hier gegeben!
Zwar: hier... vielleicht auch anderswo, allein
Wos ähnlich ist, wie hier. Wos hell und still ist,
Wo solch ein Bach ist, solch ein kleiner Garten
Sich an die Schwelle schmiegt von einem Haus,
Und wo du sitzen darfst am Abend, hören,
Wie sie drin auf- und niedergehn und droben,
Und wo der Hund dann herkommt, sich an dir
Zu wärmen, weil er weiß, du bist vom Haus:
Nicht fremd und flüchtig, wie das wilde Wasser,
Nicht starr und finster, wie der Fels da drüben!

DAHLSJÖ *tritt aus der Haustür.*

ELIS *vor ihm aufstehend*

Herr Dahlsjö, ich hab einen neuen Knappen
Auf sein Gesicht gedungen, scheltet Ihr?
Der Bursch da ists.

DAHLSJÖ Es war nicht anders, Elis,

Daß ich dich selber nahm. Kann ich da schelten?
*Zu dem Burschen*
Geh hier ins Haus und setz dich zum Gesinde.
*Der Bursch tritt ins Haus. Dahlsjö legt seinen Arm um Elis' Nacken. Sie kommen nach vorne gegangen.*

ELIS

Es kommen ihrer viel jetzt hergestrichen.
Man muß sich wahren. Der war jung und scheu.
Ich weiß nicht, was mich trieb. Er gab kaum Antwort.

DAHLSJÖ

Es ist wie meine Mutter immer sagt:
Acht auf den Fremden, der die Schwelle tritt:

Es ist ein Baum, darauf von Höll und Himmel
Dir Früchte wachsen können.

ELIS *nachdenklich* Sagt sie das?

ANNA *oben, zurücktretend*
Großmutter, ist dir kühl? Wir gehn hinein.
*Anna und Großmutter verschwinden.*
*Es dunkelt merklich.*

ELIS
Ich wußte nicht, daß Eure Tochter hier war!

DAHLSJÖ *indem er einen Blick hinaufwirft*
Mir gibt es einen Stich, wenn ich dran denk,
Daß die Zeit kommt, wo ichs auch lernen muß,
Die Stimme zu entbehren.

ELIS Wie, Herr Dahlsjö?

DAHLSJÖ *indem er von dem lebendigen Gartenzaun Raupen abnimmt, sich hie und da gegen Elis umwendet*
Es kommt doch wohl der Tag, daß ich sie muß
Vermählen wo im Land. – Ein Raupenjahr!
Da hängen sie in ganzen Nestern gleich. –
Es müßte denn sich manches seltsam fügen,
Wie sich schon manches seltsam hat gefügt.
*Eine kleine Pause*
Seht Ihr, da drüben will ich Birnen setzen.
*Eine kleine Pause*
Man muß die Maulwurfsfallen wieder stellen,
Ist alles aufgewühlt.
*Eine kleine Pause* Doch meine Art
Ists nicht, zu lauern.
Man muß die Menschen lassen, wandelt doch
Gerad ihr Gutes wie im Traum dahin.

ELIS
Herr Dahlsjö, sind die Worte, die Ihr redet,
Ein Hauch nur, den die Ruh des schönen Abends,
Der Anblick Eures Gartens und der Zufall
In Euch aufweckt, so bitt ich, heißt mich fortgehn!
Denn meine Ohren saugen sich an ihnen
Mit einem Etwas voll, das schwindeln macht.
Das war die Meinung nicht, nicht wahr, Herr Dahlsjö?

DAHLSJÖ *immer an dem Zaun geschäftig*
Siehst du, ich kenn mein Kind, und kenn sie nicht.
Auch ist es mir so widrig und verhaßt,
Wenn man nichts unberedet lassen kann:
Als hätt nicht grad das Beste auf der Welt
Gar keinen Namen, weils zu körperlos.
Wir wollen nun zum Essen gehn, nicht, Elis?
Es war mein ewig sorgend sinnend Herz,
Das anhub, vor dir von dem Kind zu reden.
Und wie gesagt, ich kenn sie, kenn sie nicht…

ELIS *vertritt ihm den Weg*
Und mich?
Wißt Ihr denn, wer ich bin?

DAHLSJÖ *legt ihm die Hand auf die Schulter*
Ich denk, ich weiß es, Elis.

ELIS
Der Unstete bin ich, der Heimatlose,
Der eines Abends eintrat hier zu Euch,
An Zeichen her sich tastend, was für Zeichen!
Der lang sein Brot an Eurem Tische brach
Und keinem wagte ins Gesicht zu schaun,
Im Innern grauenvolle Zwiesprach führend.
Der Finstre, dem der Hofhund winselnd auswich…

DAHLSJÖ
Nun aber folgt er dir und weint um dich,
Wenn du nicht da bist. Sind das deine Zeichen?

ELIS
Was aber trieb mich her? welch ein Geschäft?

DAHLSJÖ
Wärs zu verhehlen, riefst du es nicht auf!
Es kommt der Tag, da du es gern erzählst.

ELIS *zur Seite sehend*
Der Tag kommt nicht. Zumindest lang noch nicht.

DAHLSJÖ *lächelnd*
Du findest etwa hier, was dich vergessen lehrt.
Wie, oder nicht?

ELIS
Herr Dahlsjö, habt Erbarmen!

DAHLSJÖ

Wir wollens haben mit den warmen Speisen,
Die brennen wohl schon an. Komm, Elis, komm.
*Es ist fast völlig dunkel geworden.*

ELIS

Hinein? zu ihnen, in die stille Stube?
Mir geht die Brust als ob sie springen sollte,
Und mich hinsetzen? reden dies und das?

DAHLSJÖ *lächelnd*

Ist doch ein Abend wie die andern alle.

ELIS

Oh, nun nicht mehr! Es wuchs in mir, es wuchs,
Und drunten bei der schweigend dunklen Arbeit,
Da fiels mich an, da ward mir heiß, da warf ich
Den Mantel ab, vom innern Feuer glühend.
Seht Ihr: ich hab ihn nicht. Auch heut! noch heut!
Und nun brauch ichs zu bändigen nicht in mir,
Darfs nennen vor mir selbst, vor Euch, vor ihr!
Ich kann jetzt nicht hinein, laßt mich den Weg
Dort laufen, Worte ohne Sinn hinstammeln,
Die Augen, prahlend wie ein Trunkner tut,
Aufwerfen zu den Sternen! Ich will gleich,
Gleich wieder da sein. Ich find einen Grund:
Ich sag: ich lief mir meinen Mantel holen,
Wahrhaftig ja, das tu ich, er liegt dort
Wo wir das Werkzeug bergen, sicherlich,
Dort liegt er, und ich find ihn schnell, und schneller
Spring ich zurück, denn ich bin federleicht!
*Springt weg, den Hohlweg aufwärts. Dahlsjö tritt ins Haus. Eine Pause. Übers Dach fällt Mondlicht auf die Straße.*

ANNA *kommt aus dem Garten*

Kommt ihr noch nicht herein? Sie sind nicht da!
*Sieht sich um, ist unschlüssig, ob sie ins Haus gehen soll, tut ein paar Schritte gegen den Stall, singt vor sich hin*

Er sah ihr in ihr Herz hinein:
Willst du mir ganz leibeigen sein?
Den Willen mach dem meinen gleich,
So wird dein Herz so freudenreich!

*Bleibt stehen*
Das Lied hab ich vom Christian. Wo der ist?
Und auch das Lied kommt mir verändert vor,
Als wie ein Kind, das recht gewachsen wär.
Ja so, ja so! ich denk doch nichts: das heißts:
*Mit völlig verändertem Ton*
Den Willen mach dem meinen gleich,
So wird dein Herz so freudenreich!

DAHLSJÖS STIMME *aus dem Hause*
Anna!

ANNA *vor sich*
Das will das Lied! Wie oft hab ichs gesungen
Und nicht verstanden: nun versteh ichs gut,
So gut, nun sing ichs nur, wenn ich allein bin.
Ich schäm mich fast: 's ist so herausgesagt.

DAHLSJÖ *tritt aus dem Hause.*

ANNA
Vater, seid ihr schon drin, du und der Elis?

DAHLSJÖ
Der Elis ist noch einen Sprung in Berg.

ANNA
Im Berg? allein? jetzt bei der Nacht? im Berg?

DAHLSJÖ
Zum Eingang nur vom Stollen. Seinen Mantel
Will er sich holen und ist gleich zurück.
Gehn wir hinein?

ANNA *schmeichelnd* Nein, Vater, hier ists gut.
Spürst du schon etwas Welkes in der Luft?
Die Großmutter sagt, daß sies spürt. Ich nicht.

DAHLSJÖ *hat sich auf die Bank vor dem Haus gesetzt.*
*Eine kleine Pause*

ANNA *die ungeduldig nach dem Hohlweg späht*
Da!

DAHLSJÖ
Was denn?

ANNA Nein, das war ein Schatten überm Weg,
Und nicht der Elis. Wie der Weg herleuchtet
Zwischen den Bäumen. Vater, komm ein Stück:
Wir gehen ihm entgegen!

DAHLSJÖ Ei, er kommt schon.

ANNA
Wo? Siehst du ihn?

DAHLSJÖ Er weiß doch, was die Zeit ist.
Wir sprachen eben was, da sprang er fort,
Und rief: »Gleich bin ich wieder da!«

ANNA Nun, siehst du,
Und ist nicht da! Man sieht ja fast bis hin!
Und er kommt nicht! Das war noch keinen Abend.

DAHLSJÖ *lächelnd*
Vielleicht liegt ihm was andres heut im Sinn
Als andre Abende.

ANNA Weißt du, was, Vater,
Sag!

DAHLSJÖ
Bist du so neugierig?

ANNA Vater, sag mir,
Sprachst du das nur so hin?
*Nach einer Pause* Er kommt nicht, kommt nicht!
Im Stollen ruhts doch jetzt, was tut er dort?
Wir gehen ihm entgegen, Vater, ja?
Und zeigen ihm, daß es besorgt uns macht.
Er tuts dann einen andern Abend nimmer!

DAHLSJÖ
Doch bin ich nicht besorgt.

ANNA So bin denn ichs.

DAHLSJÖ
Und zeigst ihms so?

ANNA Wozu denn ihms verbergen?

DAHLSJÖ *aufstehend, zu ihr gehend*
Bist du so weit mit ihm?

ANNA Wie meinst du, Vater?

DAHLSJÖ
Verstehst du nicht, wie ich das meine, Anna?

ANNA
Ich glaub wohl, ich versteh dich: du meinst so:
Da ich ein Mädchen bin, kein Kind doch mehr,
Und ohne Mutter, so für mich allein,
So müßt ich... Ich hab oft schon nachgedacht,

Wie andre Mädchen sind: die sind wohl anders.
Ich kanns nicht finden, wie ichs halten müßt.
Es quält mich oft. Allein, wenn ich um ihn
Mich ängstige, verbergen sollt ichs? tuen,
Als wär mir nichts? Und dreht sich mir doch alles,
Wenn ich den Weg dort seh und seh ihn nicht!

DAHLSJÖ *sieht ihr in die Augen*
So seid ihr – Anna, ich bin ja nicht bös,
Sags nur! – so seid ihr beiden einverstanden?

ANNA
Vater, du meinst, ich rede was mit ihm
Von solchen Dingen? meinst, ich red mit ihm,
Wie ich zu ihm steh? Aber, Vater, nein,
Nein, nein. Wie ich mich das getraute, Vater!
Allein ich seh ihn doch und früh und spät
Denk ich an ihn. Wenn er nicht da ist, hör ich noch,
Was er geredet hat, ich lauer wo
Und sehe was er tut, und der Großmutter,
Die ihn nicht sehen kann, erzähl ichs dann.
Weil er den Pflock dort einschlug an der Brücke,
Sitz ich gern dort und lehn den Kopf daran.
Seitdem er ober mir wohnt in der Kammer,
Hab ich das ganze Haus viel lieber, nachts
Horch ich manchmal wie die Großmutter atmet
Und freu mich, daß sie lebt, und in der Früh
Seh ich der Schwalbe zu, die hat ihr Nest
Von außen an der Wand, an der er schläft.
Ich acht, wie er mit allen Leuten spricht,
Danach sind sie mir mehr und minder lieb,
Und du und alles – Vater, alles, alles
Erzähl ich dir, so viel du willst, nur jetzt –
Ich kann nicht denken, ich seh immer nur
Die Bäume, zwischen denen er nicht kommt!
Tu mirs zulieb, wir gehen beide, beide
Entgegen, und bevor wir völlig dort sind,
Begegnet er uns schon, nicht wahr? Komm, Vater!
Siehst du, er kommt ja nicht, hab Mitleid, Vater!

DAHLSJÖ *bei ihr*
Mit deiner Angst! Das kenn ich nicht an dir!

Er ist ein Mann, kennt jeden Schritt und Tritt!
Wär er im Berg, was sollt ihm denn geschehn?

ANNA

Das Fürchterliche, Vater, das was ich
Nicht weiß und immer spür, komm, Vater, komm!

DAHLSJÖ

Du Kind!

ANNA *fieberhaft erregt*

Den ersten Abend, wie er kam…

DAHLSJÖ *schnell*

Er war verstört, ihn schüttelte ein Fieber.

ANNA

Nein, nein. Du weißt es nicht. Wir standen da
Im Dämmer und da faßte er mich an
Und sprach: »Wenn sie an einem Abend kämen
Und brächten dir die Botschaft hier herein:
Er kommt nie mehr zurück, nie, nimmer, nie!«
Dort drinnen wars, am ersten Abend, Vater,
Sprach ers zu mir, mir war er fremd, ich wußte
Noch seinen Namen nicht, da griff ein Etwas
In mich und tat mir heimlich einen Schmerz an,
Und davon hab ich etwas Dumpfes, Wehes
Nie aufgehört zu spüren, aber heut
Greift es in mich hinein wie eine Hand.
Weißt du denn nicht mehr, Vater, wie er herkam?
Siehst du, ich trag ihn ganz in mir und kann
Nichts, nichts vergessen, wollt ich noch so gerne!
Da war ein Etwas, das sich um ihn wob,
Das sich anzeigte, das im Dunklen winkte:
Vater, wenn sie… und klopften an die Tür,
Und wir, wir wüßten: er kommt nicht zurück!
Vater, wir müssen schnell gehn, alle Leute,
Die wir begegnen, müssen mit, die schlafen,
Die müssen aufstehn, alle müssen leuchten
Und rufen alle, damit wir ihn finden!
Vater, ich seh ihn noch nicht! Vater, Vater!

*Sie zieht in ihrer fieberhaften Hast den Vater hinter sich her, den Hohlweg hinauf.*

*Schnelle Verwandlung*

*Ein Stollen im Bergwerk, gestützt mit gewaltigen Balken, auf die eine ungeheure Wucht finsteren Gesteins von allen Seiten hereinzudrängen scheint. Der Stollen verläuft nach rechts hin in undurchdringliches Dunkel. Links mündet ein anderer, um einige Stufen höher geführter Querstollen. Alles niedrig, luftlos, in Finsternis gehüllt.*

ELIS *kommt die Stufen herab, in der Hand sein Grubenlämpchen, dessen unsicherer Schein über die finster lastenden Wände hinhuscht. Seiner Stimme Ton ist harmlos fröhlich.*
He, Grubenwächter! hört mich niemand rufen?
Ich möchte meinen Mantel, ich hab nicht
Viel Zeit, im Finstern hier herumzukriechen!
Heda, ihr die nicht schlafen dürft! he! auf!
Mantel, wo steckst du? Mantel, Mantel, Mantel!
*Er späht herum.*
*Aus dem Dunkel rechts schiebt sich, vom Hals bis über die Knöchel in den dunklen Mantel gehüllt, eine Gestalt hervor, deren helles Haupt Annas Züge trägt: der Knabe Agmahd.*

ELIS
Herr Gott! du dort im Mantel, wer bist du?
Wer bist du, der so lautlos auf mich zukommt?
Nun bleibst du stehn, nun schütt ich dir mein Licht
In dein Gesicht. Du, du, du! Anna! Anna!
Herr meiner Seele, wie kommst du hierher?
Du, Anna, Liebste, Kind, was kommst du her?
Stehst da, von scheuer Schönheit blaß und funkelnd,
In meinen finstern Mantel eingewickelt,
Stumm wie ein Bettelkind, du Süße, Liebe!
Nein, du hast recht, gib mir nicht Antwort, nicht
Wie immer dus erklärst, ob dus dem Vater
Hast abgeschmeichelt, ob dich heimlich her-
Gestohlen wie ein kleines Kätzchen, nichts
Ist so, wie daß du da bist, wundervoll!
So weißt du, Liebste, alles ohne Worte
Und drängst dein Alles, weils zu viel für Worte,
Zusammen in dies lieblich süß wortlose

Dastehen, in dies unbegreifliche!
Weißts immerfort und tatest keinen Blick
Und keinen Wink, der zeigte, daß dus wußtest?
Weißt, daß um dich in diesen kalten Klüften
Glutwell um Well durch meinen Leib sich wühlend
Wie Fieber mich aus diesem Mantel trieb,
Und nimmst ihn auf und bringst in ihm mir dar
Dein Selbst, den jungen seelenfrischen Leib,
Vielmehr die Seele, die vor Staunen bebt
Ob ihrer eignen nackten Lieblichkeit,
Und zuckt im Licht, und schwankt, und Finsternis
Mit beiden Armen fester um sich wickelt.
*Wie er dichter an die Gestalt herantritt, weicht diese lautlos zurück.*

ELIS

Weich nicht zurück! Nur wie der Mantel dich
Umschlägt, so schauert Langgebändigtes
Aus mir wie dunkles Feu'r um deine Glieder.
Weich nicht zurück, bieg mir dein Antlitz her,
Nicht meinen Lippen, meinen Augen nur!
Licht, zuck nicht so, sei ruhiger als ich!
Nun, Anna, sprich ein Wort, nun doch, dies Flackern
Entzieht dem Auge alles was es gab:
Du schwankst mir so, sprich nur ein Wort, das Ohr
Ist solch ein treuer Sinn und bringt so liebe Botschaft!
Willst du nicht sprechen, Anna? Du erbleichst mir!
Soll ich dich halten? Nicht daß ich den Arm
Um dich will legen, aber sag doch, Anna!
*Die Gestalt hält ihm einen Schlüssel hin.*

ELIS

Dies soll ich nehmen? dies? den Schlüssel da?
Wie gern! Sind deine Hände auch so kalt,
Wie der? Er schaudert mich. So sprich doch, Anna.
Du weichst ins Dunkle? Sprich doch, hat die Angst
Dich überkommen, schwindelt dich auf einmal
Vor deinem süßen unerhörten Tun?
Dein Antlitz ist wachsbleich, hörst du mich nicht?
Soll ich weggehen und die Lampe hier
Dir stehen lassen, daß du ruhen kannst?

Ists Scham, die dir das Blut treibt aus dem Herzen?
Ich möchte bitten, flehen: Schäm dich nicht…
Doch wag ichs nicht! So soll ich gehen, Anna?
Du sinkst mir ja!
*Er läuft hin, die Gestalt sinkt rechts an der dunklen Wand zusammen.*

ELIS Blendwerk und Grausen! Niemand!
Der Mantel leer! Das war der Knabe Agmahd,
Das wesenlose greuliche Gebild,
Auf den goß ich die süßen ersten Worte,
Die lieblichen, die niemals wiederkehren.
Mir grausts vor mir! Schlag, Finsternis, herein!
*Seine Lampe erlischt*
Bist du schon da! So kommt ihr alle, alle,
Umstrickt mich wieder! Wer rief euch? wer? wer?
Ich war euch los, von Leib und Seele hatt ich
Euch weggeschüttelt.
*Der Schlüssel in seiner Hand zuckt und leuchtet.*
Bin ich nicht allein?
Was streicht Lebendiges so an mir hin,
Drückt mir die Hand? Ei du, was treibst du, Schlüssel,
Was drängst du mir für Unruh in den Arm!
Ich will dich von mir werfen und ich tus nicht,
Ich kanns nicht, er schlägt Wurzel ja in mir
Und ist ein Teil von meinem Selbst und drängt und glüht,
Ganz durch mich wühlt sichs hin, es hat mich wieder!
*Aus einem Spalt im Gestein, nicht größer als ein Schlüsselloch, im Hintergrund, bricht ein starker Lichtstrahl.*

ANNAS STIMME *aus großer Entfernung, von oberhalb*
Elis!

ELIS
Sie rufen droben, meine Erdenträume!
Mich aber reißts, den Zauberer, den funkelnden,
An eine Tür, da! da! und da der Schlüssel!

ANNAS STIMME *näher*
Elis!

ELIS *zieht es nach dem Lichtstrahl, an die geheimnisvolle Tür. Er schlägt den Schlüssel ein. Die Tür springt auf. Blendender Glanz schlägt heraus.*

ANNAS STIMME *sehr nahe, flehend*
Elis!
ELIS *an der leuchtenden Schwelle der Tür, zurückhorchend*
Wer? Einmal noch es hören! und dann fort!
*Die Tür schlägt zu, ein fahler Blitz zuckt durch den Raum hin. Elis liegt am Boden. Völliges Dunkel.*
DAHLSJÖS STIMME *aus dem Querstollen, gleichzeitig von dort Schein von Fackeln*
Zurück die Fackeln! Schlagend' Wetter sinds!
ANNA *die Stufen herabsteigend*
Nein! her die Fackeln! Ich will sehen! sehen!
*Tastet sich vorwärts*
Ich tret auf ihn, er liegt! Hier! Vater! Vater!
DAHLSJÖ *und Bergleute mit Grubenlampen*
Mein Kind, er atmet!
ANNA *Elis' Kopf aufrichtend*
Aber wie, wie schwer!
Er schlägt die Augen auf!
ELIS *schlägt die Augen auf* Nicht dieses Blendwerk –
Geh weg, du gräßlich spiegelndes Gebild!
Laßt jeder Welt, was ihr gehört! Nehmt mich!
*Läßt seinen Kopf sinken.*
ANNA *bei ihm kniend*
Er schließt die Augen, er will mich nicht sehen!
Doch hält er meine Hand mit seinen Fingern –
Wie fest!
ELIS *matt, halbaufgerichtet*
Bist dus denn wirklich, diesmal wirklich?
DAHLSJÖ
Er redet irr! Hinauf, nur schnell, nur schnell!
ANNA
Faßt ihn nicht heftig!
ELIS *indem die Bergleute ihn aufheben, Dahlsjö leise anfassend, mit weitaufgerissenen Augen*
Das war kein Abend wie die andern alle!
*Sie tragen ihn, Anna geht an ihn geschmiegt.*

*Vorhang.*

## VIERTER AKT

*Der Garten. Im Hintergrund links, bergauf, das Haus, dahinter der Berg. Rechts, bergab, das Bette des Baches, von Weiden verdeckt. Den Hintergrund schließt der Zaun, dahinter eine schmale Landstraße, jenseits Buschwerk. Der ganze Garten ist ein grasbewachsener Abhang, auf dem unregelmäßig Obstbäume stehen. Abendsonne.*
*Elis liegt auf dem Boden, auf dem von der tiefstehenden Sonne durchwärmten Rasen. Sein Kopf ruht auf einem weißen Bettpolster. Seine Augen sind geschlossen. Großmutter und Anna stehen hinter ihm, Anna über ihn geneigt.*

ANNA
Siehst du, Großmutter, wie er nun sanft atmet?
Stell dich hierher, Großmutter, und ich will
Die Hand vorhalten, daß die Sonne ihm
Nicht auf die Lider scheint. Versteckt sie sich?
Wie gut! Das war die erste Nacht im Leben,
Die ich gewacht hab. So kommt alles einmal.
Zuerst warf er sich wild herum und sprach so wirr,
Dann nahm er wieder meine Hand in seine...
Großmutter, später wenn ich seine Frau bin –
Großmutter, weißt du, daß es morgen sein soll?
Daß so etwas so wird! Kannst dus denn fassen?
Auf einmal war es da, war ausgesprochen!
Er liegt und hält mir fest die Hand in seiner,
Und mitten in sein schwaches Augen-Auf-
Und wieder Zuschlagen, da spricht der Vater
Als wie im Scherz und halb, ihn zu erfreuen,
Ein Wort und er, halbaufgestemmt im Bette,
Drängt seinen Blick in mich und dann zum Vater
Und »morgen« sagt er, »laßt es morgen sein«,
So ängstlich innig erst, dann noch einmal
Befehlend heftig und doch flehend »morgen!«

Dann sank er hin und nahm auch mein Blut mit,
Daß ich kaum hörte, was der Vater... Du,
Du sprachst dann noch, das gab den Ausschlag, du!
Und morgen! Die Verwandten werden kommen,
Den Vater freuts, nicht wahr, Großmutter? Sag!
Er gönnt mich ihm. Es hätt ja doch nicht anders,
Nicht wahr, es hätt nicht anders kommen können?
Sprech ich zu viel? Meinst du, ich weck ihn auf?
Ich kann nicht schweigen, schwieg ich doch die Nacht
Zu Tod beklommen, und vorher dies alles,
Es drückt mich tot, wenn ich nicht reden darf!
Großmutter, wenn ich seine Frau bin, weißt du,
Und er mein Mann... Großmutter, wohin gehst du?

GROSSMUTTER *auf ihren Stock gestützt, im Begriff, gegen das Haus hinaufzusteigen*
Ich geh hinein und laß den großen Schrank
Auftun, der lang nicht offen war, den hohen:
Da hängt der Anzug, den der Großvater
Zu deines Vaters Hochzeit trug: er trug ihn
Nur dieses eine Mal, die Knöpfe dran
Sind schwere Silbertaler, den soll morgen
Der Elis antun, und du legst mein Kleid an,
Das her ist noch von meiner Mutter selig.

ANNA
Das fremdartige, das ich mir als Kind
Nicht genug sehen konnte, wenns im Schrank hing?
Paßt das für mich?

GROSSMUTTER Für den Tag paßt es wohl,
Und daß der Elis von Statur fast gleich ist
Wie dein Großvater, hab ich wohl bemerkt
Im Stehn und Sitzen, wenn er mit mir sprach.
*Sie entfernt sich.*

ANNA *neben Elis niederkniend*
Ihr müßt ihm alles tun, daß er nicht merkt,
Wie nichts an mir ist, wie er da nichts hat!
Nun sind wir ganz allein. Wär ich was Andres,
Was mehr, was Schönres! Daß er sich nach mir
Verlangt! Wenn ich es denken will, verwirrts mich.

Er hat mich ja schon ganz, was kann ich ihm noch geben?
Mir ist, als hätt ich niemals was gespürt,
Was sich nicht schon versteckt auf ihn bezog.
Sprang ich aus meinem Bett, die Stern zu zählen,
So wars um ihn, und zogs mich in den Wald,
Ich weiß, es war um ihn.

ELIS *richtet sich auf*
Du sitzt bei mir! So ist es wahr, sag, Anna!
Sag: morgen! sag mir, daß es wirklich ist!
Und daß dus warst, die ganze Nacht du, wirklich...

ANNA
Nicht fragen!

ELIS *plötzlich verfinstert*
Doch vorher!

ANNA
Was denn vorher?
Denk nicht daran: du gingst um deinen Mantel,
Da faßte dich der böse schwere Dunst
Und schlug dich nieder.

ELIS *schüttelt den Kopf.*

ANNA
Elis, ich weiß jetzt,
Was ihr vorher gesprochen habt, ihr beide...

ELIS *angstvoll aufgerichtet*
Wir beide?

ANNA *völlig harmlos*
Nun, du und der Vater, Elis.

ELIS
Doch drunten dann die lieblich ersten Worte
Vergeudet, statt an dich! Kannst dus verzeihen?
Mich grausts, wenn ich es denk!

ANNA
Sag, welche Worte?

ELIS
Es kam aus seinem Dunkel auf mich zu
Und hatte dein Gesicht.
*Bedeckt sich die Augen.*

ANNA
So wars ein Nichts!
Und ausgebrütet von der bösen Luft
Und Finsternis. Ich hatt einmal ein Fieber
Und war noch klein, da meint ich immerfort,

Ich sähe eine Hand an meinem Bett,
Und wie das Fieber fort war, wars auch fort.
Denk nicht mehr an die Träume, nun ists hell,
Und wirds auch dunkel, sind wir beieinander.
Und künftig, wenn ich merk, du träumst so finster,
Und wenn du mirs erlaubst, so weck ich dich,
Dann plaudern wir, und wie du merkst, daß ichs bin,
Die dir gehört und die lebendig ist,
Besinnst du dich auf alles, und die Träume
Huschen so weg.

ELIS
Du Liebe, in der Kammer,
In der du bist und mir gehörst, da brauch ich
Nicht Sonne und nicht Mond.

ANNA
Nicht laut es sagen!

*Eine kleine Pause*

ELIS *einen Gedanken verfolgend*
So weißt du denn, wie alles kam?

ANNA
Geh, freilich:
Ich sah dich fort und fort und hatte dich
Ja lieb vom ersten Abend an!

ELIS
Nicht so,
Ich meins nicht so! Ahnst nicht, ist nichts in dir,
Das ahnt, wie alles dies zusammenhängt?

ANNA
Ich kann dich nicht verstehn, jetzt gar nicht, Elis.
Daß mich auch du anfingest liebzuhaben?
Du lieber Gott, freilich begreif ichs nicht!
Sag, meinst du das? Ists denn auch wirklich wahr?
Könnt ichs nur glauben! Zwar ich spürs, ich trau mich
Nur nicht zu glauben, daß es das auch ist,
Was ich so spür. Verstehst du, wie ichs mein?

ELIS *ohne auf sie zu achten*
Ich mein, ob du begreifst, wie ich herkam,
Was mich herführte, hier zu euch, zu dir?

ANNA
Was gehts mich an, wie du mir kamst, ich hab dich!

ELIS *stärker erregt*
Du mußt mich hören! Das, was mich hierhertrieb,

Das, dünkt mich, war im Dunkeln irgendwie
Drauf abgesehn, dich zu verderben!

ANNA *hält ihm den Mund zu* Elis!

ELIS *macht sich frei, liegt aufgestemmt; immer erregter. Sie kniet neben ihm.*

Nein, laß mich reden. Es muß an den Tag.
Habt ihrs euch nie gesagt? Wer bin denn ich,
Daß ich, ich, der verlaufene Matros,
Hinunterfahren mocht in euren Schacht
Und eure alten Bergleut wie im Traum
Dahin und dorthin weisen, alles lenken,
Und euch reich machen, wie kein Mensch hier ist.
Habt ihr euchs nie geträumt, daß irgendwie
Ein Preis dafür gezahlt müßt worden sein?
Nahmt ihrs, wie ihr die Birnen nehmt vom Baum?

ANNA

Ein Fürchterliches willst du mir jetzt sagen:
Dir im Gesicht arbeitet schon der Schein,
Dens voraus wirft. Elis, erbarm dich, schnell!

ELIS

Hör mich: Ich, der hierherkam, hier zu wohnen,
Hier ging und stand und aß und schlief bei euch:
Ich durfte das nicht tun.

ANNA Was denn, mein Lieber?

ELIS

Ich richtete manchmal bei Tisch die Rede
So halb an dich, daß du wohl fühlen konntest,
Mir wars um dich, ob ich nun sprach, ob schwieg!

ANNA

Mir war, als wärs so.

ELIS Abends setzt ich mich
Dort hin, wo du vorübergehen mußtest?

ANNA

Ja, Elis, oder nicht?

ELIS Und einmal nahm ich,
Einmal, am Zaun dort, dich bei deiner Hand?

ANNA

Ja freilich. Das ist schon zwei Monat her.

ELIS
Von meinem Vater und von meiner Mutter
Erzählt ich dir, und als du weintest, sprach ich...
Was denn?
ANNA Ja hast dus denn vergessen, Elis?
ELIS
Und überhaupt, hier oder dort und früh
Und spät drängt ich mich in dein Denken ein,
Wollt wissen, was dir lieb war, fragte dich
Um alles aus mit sehnsuchtsvollem Atem.
Wie? Oder nicht?
ANNA Nicht mehr mich fragen, Elis!
Was siehst du so auf mich? Verdrieß ich dich?
ELIS
Dies alles, alles, alles durft ich nicht!
ANNA *sanft*
Du darfst an mir so tun, wie dir gefällt!
ELIS *wilder*
Ich durft es nicht!
*Dumpf* Ich warb und durfte nicht!
ANNA *springt auf*
Ich fleh dich an, verschon mich nicht, sag alles!
Du hast ein Weib in einem andern Land?
ELIS *aufgestemmt auf dem Rasen wie ein Kranker im Bett*
Kein Weib auf Erden, das zu mir gehört!
Mißhör mich nicht, komm näher her zu mir!
Ich selber, ich, bin so beschaffen, Anna,
Daß ich nicht mehr daheim sein kann auf Erden:
Mir widerfuhrs einmal, daß mich ein Etwas
Hindrängte an den Rand, dann zog es mich
Hinüber, ich gehör nicht mehr hierher,
Ich bin ein Gast, ein schauerlicher Gast!
Bitt nicht mit deinen Augen, daß ich schweige:
Es muß heraus, begreif mich!
ANNA Du bist krank.
ELIS
Versteh mich doch. Es ist nicht bloß in mir:
Gemeinschaft hats mit Anderem, das draußen!

Ist eine Welt wie eure, stärker, größer:
Die Sterne sind ihr untertan, die Zeiten.
Zu der gehör ich. Sieh, ich meinte auch,
Ich wähnte ja, man könnte ihr entrinnen.
Allein sie legt den Körper und den Geist
An ihre Ketten. Wollt ich ihr Geheimnis
Hinunterschlingen, es zerfleischte mir
Mein Inneres und bräch aus seinem Käfig.
Könnt ichs vergessen, mirs vom innern Aug
Wegblenden, sieh, dann wär ich selber nichts,
Gar nichts mehr, dies war alle meine Macht:
Was dich verfing an mich, war dieser Zauber,
Er sitzt in allen Fibern meines Wesens,
Und liebst du mich, so liebst du mich um Dinge,
Die mehr als Tod hinhauchen über dich.
Ich wollt es ja vergessen, wollte atmen
An dir, bei dir nur diese süße Luft.
Es ließ mich auch, es ließ mich, aber gestern
Sprangs aus dem Dunkel vor und nahm mich wieder
Und drückte mir den Schlüssel in die Hand...
*Er schaudert.*

ANNA
Hab Mitleid mit dir selber! Welchen Schlüssel?

ELIS
Den, der die erste äußre Tür aufschließt.
Und drinnen stehts im Dunkel, bebt und schimmert
Und wartet... Anna, bieg dein Ohr zu mir,
Ich will dir alles sagen, doch von innen
Schnürts mir die Kehle zu, von außen kommts,
Unsichtbar reckt sichs zwischen uns und saugt
Das Wort mir von den Lippen!

ANNA *umschlingt ihn und küßt ihn rasch auf die Lippen*
Elis, mich!
Fühl meine Lippen! Sieh, zum erstenmal,
Es kann nichts zwischen uns, ich halte dich.
Glaub mir, dies alles ist nichts, du bist krank.
Gibts nicht geheimnisvolle Krankheiten?
Greif her, wie kalt jetzt meine Hände sind:

Dies ist, weil ich mich ängstig, wie du redest.
Siehst du, selbst ich, gesund und frisch und töricht,
Werd gleich etwas wie krank aus Einbildung.
Nun du! was kocht und schafft in dir nicht alles!
Das fällt dich nun auf einmal an, siehst du,
Und fürchterlich zuckts zwischen Geist und Leib
Dir hin und her, dich schwindelts, von den Lippen
Fällt dir die Rede wild, die Augen starren.
Ich aber rühr dich an und hab nicht Furcht:
Auch deine Krankheit graut mich nicht, weil sie
Von dir ein Teil. Glaub mir, fast bin ich froh.
Nun hab ich doch, was ich dir tuen darf,
Und hab das erste, was ich tragen muß
Um deinetwillen. Nun ists Angst nur halb,
Halb etwas Liebes. Um dich darf ich nun
Herumschleichen und fort und fort dich ansehn
Und schwätzen und dich nicht in Ruhe lassen,
Bis dies vorbei ist. Sinkst du so in dich
Wie jetzt und starrst so vor dich, Elis, Lieber,
So darf ich bitten: mich sieh an, nur mich!
Und keine Stelle, nirgends, nicht im Haus
Und nicht im Garten, wo dein Blick hinfällt,
Soll leer sein von Erinnerung, daß ich
Auch dort und da und dort und überall
So vor dir lag, ob nichtig auch, doch dein!
*Sie hält einen Augenblick inne, sein Blick ruht auf ihr und scheint doch über sie hinauszustarren.*
Und öfter war mir so, du sehntest dich
Danach ein wenig und ich würd es nicht
So vor dir sagen können, und nun kann ichs.
Bleib sitzen, bleib bei mir, was jagt dich auf?

ELIS *reißt sich und zugleich Anna, die sich an ihn klammert, vom Boden auf*
Er kommt auf uns zu!

ANNA Elis, bleib bei mir!

TORBERN *ist aus den dämmernden Weiden rechts unten hervorgetreten, barhaupt, noch verfallener als früher. Er steigt mit gewaltigen Schritten den Rasenhang hinauf, grüßt Elis im Kommen, mit der knochigen Hand schlenkernd.*

ELIS

Was grinsest du auf mich, was wälzest du
Auf die und alles deinen Blick!

ANNA *drückt sich an Elis, fast sinnlos vor Furcht.*

TORBERN

Wieder seh ichs!
Den Anfang wieder, nun das Ende da!
*Er steht etwas oberhalb und hinter den beiden, wie ein im Vorübergehn Stehengebliebener*
Hier wars wohl etwa, hier, und solch ein Haus
Und solch ein Weib. Die Züge sind entschwunden,
Allein es schwankt ein Bild heran und gleicht
In etwas diesem... Ob sie jung verstarb?
Ob alt, was die alt nennen – beides sinkt
Gleich weit zurück, ein Dunst trinkt alles auf.
Ich bin zu alt, mich hier noch zu erinnern.

ELIS

Du fürchterlicher Knecht, was führtest du
Mich her, hier her? Konnt ich nicht diese Frist
In der Einöde hausen? Konnt ich nicht
Mich aus der Wildnis dort hinunter wühlen?
Was mußt ich her und dies Geschöpf verderben?

ANNA *zitternd an ihn gedrückt*

Elis, ich kann nicht hinschaun, deck mich zu!

TORBERN

Ja, ja, ich brachte dich hierher. Mich freuts,
Wie stets dein Schicksal nur das meine äfft.
Triebs mich nicht auch aus solchen Armen weg!
Tritt nach, tritt nach. Weißt du noch, wie du saßest
Am Strand da drunten, wie aus deinem Mund
Der Ekel troff und Fluch auf diese Welt,
Wie dir sichs löste, daß es unsersgleichen
Gegeben ist, sie hinter sich zu lassen
Und ihre Niedrigkeiten abzutun?
Wie dir das Weib so schal war als ein Tier
Und jedes irdische Geschöpf mit Grauen
Trat hinter sich vor dir und deinem Blick...
Da kam ich recht, da sogest du gewaltig

Den Hauch, da rissest du in dich die Macht,
Die mir aus Antlitz und Gebärden quoll.
Mich trieb ein Geist, er springt auf dich hinüber,
Tritt nach, Zeit ists, ich fahre hin wie Rauch.

ANNA *ohne aufzusehen*

Was spürt er noch umher und streut den Tod
Auf alles! Hab doch Mitleid, heiß ihn gehn!

TORBERN *umherblickend*

Habt ihr auch Kinder? Ist mir nicht, mir hingen
Auch Kinder um die Knie? Nun stehn sie auf,
Die letzten Tage! oder warens Jahre?
Ich witter einen Duft, der sie zurückbringt,
Die Zeit, die vor dem großen Weggehn war.
Da kämpft verworren eins gegen das andre,
Im dumpfen Herzen würgt sich Wunsch und Wunsch,
Und die empörten Teile lösen fast
Das Ganze auseinander – Tod ist nah.
Da bricht ein ungeheurer Morgen an,
Da stehst du auf, sie schlafen rings um dich,
Das Weib und deine Kinder, und dein Blick
Streift über sie und achtet ihrer kaum:
Den Hund, die Katze streift dein Blick, und sie,
Gleichmütig, ungerührt, von innen funkelnd:
Denn vor ihm, dem erlösten Adlerblick,
Entblößt sich die geheime Schwelle wieder.
Spürst du den Morgen herwehn, Elis Fröbom?
Ich aber spür den Morgen, der mich nimmt.
*Er wendet sich zu gehen.*

ELIS *dumpf*

Wo gehst du hin?

TORBERN Heißt du mich immer reden,
Und schon dies Denken saugt an meinem Mark.
Zu sterben geh ich, einen Wassersturz
Find ich wohl wieder, Bäume liegen dort,
Die brach ein Sturm der Nacht, die riesigen.
Dort leg ich mich, dort ziemt es mir zu liegen.
Dort fängt ein Mondstrahl sich im starren Aug
Und läßt es funkeln als einen Rubin,

Nachtvögel kreisen durch den offnen Mund.
Es ziemt sich nicht, daß unsereiner sterbe,
Wo Menschen um ihn sind, denn da wir lebten,
Teilhaftig eines Bessern, stießen wir
Das Menschliche mit Füßen, redeten
Mit Höhn und Tiefen und genossen Glück
Von einem Leib, vor dem die Zeiten knien
Und dem die Sterne ihren Dienst erweisen.

ANNA *fast wimmernd*

Elis, ich will nicht hören, was er redet.

TORBERN

Ich will dich nicht mehr sehn. Es zehrt an mir,
Daß du anhebst zu leben, da ich ende.

*Er geht mit großen schweren Schritten aufwärts, schief durch den Garten, tritt rückwärts auf die Straße hinaus, verschwindet drüben in der Dämmerung.*

*Eine Weile schweigen beide.*

ANNA *sich aufrichtend*

Weh, grausam, grausam. Und du ganz wie er!
Du seinesgleichen, du! Vorbei. Ganz aus.
Aus, alles aus, zu Ende, tot, vorbei.
Nicht Träume, wirklich wie dies Herz das schmerzt.
Sprich nicht, ich hab alles verstanden, alles!
Ich weiß wohl, wer er war. Ich weiß, er ließ
Sein Weib, ich weinte, als sie mirs erzählten.
Ich weinte doch, und hielt es für ein Märchen.
Nun sah ich ihn, den seit zweihundert Jahren
Kein Auge sah, und sah, wie er zu dir
So redet, wie der Gleiche zu dem Gleichen.
An mir ist nichts, das zweifelt. Eine Hand
Griff fest in mich hinein und hielt mich in die Höh,
Daß ich nicht umfiel, und so wie ein Totes
Starr sein, und alles gleich begreifen konnte.
Nun glaub ich nicht mehr, daß es Träume sind.
So hat ein jedes Ding sein Recht zu leben:
Das fürchterliche Unbegreifliche
Grad so wie Liebes, Gutes. Hast du das
Immer gewußt? Und konntest doch so sein,

So sanft, so lieb, so gut, so fröhlich, Elis,
Als wie du manchmal warst! Das faß ich nicht.

ELIS

Bleib nah bei mir und küsse mich!

ANNA Du Lieber,

Hast dus denn nicht gehört, es kommt ein Morgen –
Wie bald! Hast dus denn nicht gehört: er saß
In seinem Bett und wälzte seinen Blick
Über sein Weib: sie war ihm wie ein Tier,
Er stieß nach ihr, wie man nach Hunden stößt,
Und lechzte in die Nacht mit glühnden Augen,
Nach der im Dunkel Stehenden, nach der,
Von der ein unsichtbarer Hauch Gewalt hat
Über dein Blut viel mehr, viel mehr als ich,
Ob ich mich lebend an dich häng, ob sterbend!

ELIS

Anna, ich bin bei dir! Fühlst du mich nicht?
Bin nah und in mir ist kein Tropfen Blut,
Der sich nicht lechzend sehnt in dich hinein!

ANNA *sieht ihn traurig an*

Du, du! Dich ganz zu haben, daß ichs wähnte!
Daß ichs nicht besser spürte, wer du sein mußt!
Als du eintratest, ganz von ihr erfüllt:
Die Augen da, die Lippen, alles drängte
Dorthin! Ich rührte dich, weil ich noch dastand
Am Rand der Welt, von der dein Weg sich löste.
Da faßtest du mich an, da wars um mich getan.

ELIS *hastig, fieberhaft*

Komm mit mir weg von hier, wir gehn hinunter
In die Seestädte, wo ich früher war.

ANNA

Wir machen uns nicht los, du warst doch drunten,
Da zog es dich herauf: warum nur hierher?
Ich war so jung, so ohne Arg. So hast du
Dich doch an mir gefreut, solangs gegeben war?

ELIS

Wir sinds noch! Alles ist!

ANNA *schüttelt den Kopf* Er sah dich ja
Schon einmal, ich habs wohl gehört, er sah dich,
Da stießest du ein Weib von dir zurück:
Sie war dir schal als wie ein Tier, die Arme!
Nun kommt mein Tag, weil ich die Zweite bin.
Du kommst herum um mich auf deinem Weg.

ELIS *wie von einem plötzlichen Krampf verzerrt*
Was für ein Wort du redest, Anna! Anna!
Gib acht, sprich nicht! Wie wirst du mir auf einmal?
Du scheinst mir so verwandelt, du verbleichst so!
So sag doch, daß dus bist!

ANNA *demütig* Ich bin ja nichts,
Als was du machst aus mir. Nein, Elis, nein:
Das weiß ich wohl, daß ich mit meiner Lieb
Und meinem Leib und allem, was ich bin,
Dich niemals halten kann, dich nie, für den
Dies Leben hier nicht alles ist, wie mir.
Ist dir, du hättest Lust an mir? Da träumst du!
Die Augen hier, der Leib, den alles schüttelt,
Was kanns dir sein, der maßlos wünschen darf?
Ich müßt in deinem Arm vergehn vor Scham:
Mit dem enttäuschten Blick an mir hinwühlend,
Zerstörst du deine Lust und mich zugleich.
Was sollt ich tun, was lassen, dich zu halten?
Wahnsinnig müßt ich werden, stieg' mein Denken
Aus meinem Herzen auf in diesen Kopf!
Nichts bleibt mir, nichts, als Scham und Qual und Not.
Stehst du noch immer da und siehst mich an?

*Dahlsjö und die Großmutter kommen aus dem Hause langsam den dämmernden Garten herab.*

ANNA
Daß dus nicht bist! Daß du noch anders bist!
Und wer du seist und wie du mich zerstörst,
Solang du hier willst bleiben, bin ich dein.
Mein Herz zerreißt, doch niemand soll es wissen.
Da kommen die. Willst du mich küsssen, Elis?
Sie sollen es nicht sehen, daß ich starb.

*Sie biegt ihm ihr Gesicht hin. Ihn treibt ein Schauder zurück und er weicht aus.*

DAHLSJÖ *nahe herangekommen*
Elis, die Mutter will dir ein Wort sagen.

ELIS *wirft den Kopf zurück, steigt den Abhang hinauf zu der Großmutter.*

DAHLSJÖ *geht zu Anna. Diese wandelt langsam vor ihm her, nach vorne, dann von rechts gegen links vorne, so daß er ihr Gesicht nicht sehen kann.*

DAHLSJÖ
Mein Kind, ich tät dir gern was sagen, Anna.
Weil heut doch ein besondrer Abend ist.
Heut geht dir recht die Mutter ab, nicht wahr?

ANNA *schweigt.*

DAHLSJÖ
Gibst du nicht Antwort, ist dir über Reden?
Ist mir doch selber Weinen nah, so viel
Geht durcheinander in so einer Stunde.

ANNA
Ich kann nicht reden, Vater, und nicht weinen.

DAHLSJÖ
Als ich die Mutter freite, wars mir nicht
So feierlich als nun, da's wiederkommt.
Nicht wahr, obs auch der Weg zur Freude ist,
Es macht doch einen dumpfen Schmerz, nicht wahr?

ANNA
Doch stürb man dran, nicht wahr, so ging ich nicht
Hier neben dir…

DAHLSJÖ Wie meinst du denn das, Anna?

ANNA
Laß, Vater, laß. Wir gehen nun ins Haus.
*Sie steigen an der linken Seite zum Haus hinauf. Elis, die Großmutter an der Hand führend, kommt an der rechten Seite herabgestiegen.*

GROSSMUTTER
So freuts Euch, daß Ihr meinem Mann sein Kleid
Anlegen werdet für den Ehrentag?
Einhergehn unter allen Anverwandten,
Als wär der Angesehene, der Gute
Ein Auferstandener in ihrer Mitte.

ELIS *läßt ihre Hand los, bleibt vor ihr stehen*
Ich will Euch Antwort geben, Frau, merkt auf.
Ihr habt ein altes Herz, das hat viel Leid
Erfahren und gelernt, viel zu begreifen.
Und da Ihr blind seid, müßt Ihr sehn ins Innre!
Merkt auf: die Hochzeit, die Ihr da ausrichtet
Für Euer Kind und mich, den Elis Fröbom,
Die wird ein Märlein, das nach hundet Jahren
Die Mägde sich erzählen, wenn es dunkelt.
Die Braut tritt hin, der Bräutigam ist nicht da:
Sie trägt den Kranz und klopft an seine Kammer,
Er ist nicht da, er gibt ihr keine Antwort.
Da reißt sie sich den Kranz aus ihrem Haar,
Ihr Aug verdreht sich und sieht durch den Grund:
Da sieht sie, wie ihr Bräutigam Hochzeit hält:
Da sieht sie stehen eine andre Braut:
Der ihrer Hand entblüht ein solcher Glanz,
Davon er blaß und rot wird wechselweis;
Wie die den Mund auftut, da schwillt sein Blut
Und tausend Sterne tanzen um ihn her;
Wie die den Schleier aufhebt, schwinden ihm
Die Sinne, fremd wird ihm sein eigner Leib
Und strahlend wie der neugeborne Tag!
Das sieht die droben und dann fällt sie hin.
Schweigt, alte Frau: eh wart Ihr blind und redend,
Nun macht ich Euch sehend, nun seid stumm!
Zwingt Euer Herz, Zeit kommt, dann tut den Mund auf!
*Indem er die Großmutter, die schwankt, als wenn sie umsinken wollte, ergreift, sie gegen das Haus zu führen,*

*fällt der Vorhang.*

## FÜNFTER AKT

*Die Dekoration (große Stube) des zweiten Aktes. Grauender Morgen. Anna aus ihrer Kammer, in Strümpfen, die Zöpfe herabhängend. Sie horcht nach oben, ringt die Hände.*

ANNA

Es trieb ihn auf und ab in seiner Kammer
Die ganze Nacht. Mir wars, er sprach vor sich.
Ich stand und lag und stand und horchte hin.
Das ist mein Hochzeitsmorgen. Weh, ich Arme!
*Am Fenster rückwärts*
Ob er nun ruht? Knarrt da nicht seine Tür?
Er kommt herunter. Unter seinem Tritt
Stöhnt jede Stufe leise wie mein Herz.
Wie anders war es sonst, wenn ich ihn hörte.
Und doch, daß ich ihn doch noch hören kann!
Ich muß hinein. Käm er, wie säh ich aus!
*Schlüpft in ihre Kammer, läßt die Tür angelehnt.*

ELIS *macht die Eingangstür auf, tritt herein, wirft einen langen Blick, wie abschiednehmend, umher.*

ANNA *aus ihrer Tür*
Ich trags nicht! Elis, sprich zu mir!

ELIS *einen fremden Glanz in den Augen* Ich geh nun.
Ich muß nun gehen. Zeit ist da. Starr nicht
So voller Graun auf mich. Denn ich bin fröhlich.
Hast du die Nacht geachtet, wie da alles
So voller Geheimnis war? Der Wind kam her,
Rührte mich an und wich wieder zurück,
Verneigend sich vor mir, weil ich ein Wunder.
Die Sterne wußtens auch. Der Berg erbebte.
Da wußte ich: nun ist die Zeit erfüllt,
Und alle Zeichen zogen noch einmal
Durch meinen Sinn: Der Vater mußt hinab,
Die Mutter mußte fort sein, da ich kam,

Damit auf meinen Lippen ein Geschmack
Vom Tode säße so bei Tag wie Nacht,
Und Seeluft mir zum Ekel würd und Landluft.
Dann mußt ich einsam sitzen an dem Strand
In meinem Elend: da glitt ich hinab
Und durfte sie anschaun zum erstenmal.
Doch mußt ich noch herauf für eine Frist.
Und Botschaft über Botschaft sandte mir
Die Liebste, zu der ich nun eingehn soll.
Der tote Mann stand auf zu meinem Dienst,
Hinflog der Stern und wies mir meinen Pfad,
Ich fand den Tisch bereitet und das Bette,
Ich fuhr in Berg, der Berg gehorchte mir,
Ich wuchs und wuchs und diente meine Frist,
Bis daß der Alte herkam seines Weges,
Der mächtige, und seinen letzten Atem
Auf mich hinhauchte, mich, den Unbelehrten,
Und ich begriff, wie eins das andre zwingt.
Und nun die Zeit erfüllt, die sie mir setzte,
Die Botschaft über Botschaft mir gesandt...

ANNA
Er spricht zu mir und weiß nicht, daß ichs bin.

ELIS
Ich hab dich nicht vergessen: auch in dir
Ward mir ein Zeichen übern Weg gesandt.
Mein Herz war noch nicht leer von irdischer Sehnsucht,
Noch sog ein Etwas dumpf an dieser Welt:
Sie weiß dies alles wohl, ein wundertätiger Spiegel
Verrät ihr, was im Herzen heimlich ruht.
Da mußtest du hier stehn, als ich hereintrat,
Anfassen mußt ich dich und alle Sehnsucht
Und alle dumpfen unbewußten Wünsche
Ausschütten hier auf dich. Wir mußten spielen
Das süße, das verworrne Spiel. So tief
Mußt eins ins andre sich verstricken, atmend
Bald nicht mehr wissen, welches atmete,
Eins in des andern Duft und Hauch verfangen.
Wie arm war ich vorher: da ward ich reich!

Denn mein ward deine Lust und auch dein Schmerz
Und alle Höhn und Tiefen.

ANNA *sinkt in sich zusammen, vor seine Füße hin.*

ELIS Sinkst du mir
An mir herab? So bist du auch ein Stern,
Der lieblichste, lebendigste, der letzte,
Der fallen mußte, meinem Pfad zu leuchten.
Denn eine Sehnsucht über alle Sehnsucht
Nach dir hat ausgeglüht aus meinem Innern
Jedwedes unbefangne dumpfe Trachten.
Das Aug, die Lippen wurden noch einmal
Verführt, sich an ein Etwas anzuklammern:
Der letzte Erdentraum nahm noch Gestalt,
Allein des Wunsches angespannte Sehne
Zerriß, sobald das Ziel getroffen war,
Und wie ein leerer finstrer Mantel sank
Die liebliche Gestalt im Dunkel hin:
Ich hatte dich, da warst du nicht mehr viel.
Wie dich, so schüttle ich die ganze Welt
Von meinem Fuß, und bin schon nicht mehr hier!
In meinem Ohr erklingt ein süßer Ton,
Der heißt: Komm bald! So komm ich denn, und bald!
Denn was ist ihr, vor der die Zeiten knien,
Die Frist, die ich mich unstet hier verweilte.
*Er geht fort.*
*Es ist nun heller Tag.*

ANNA *steht auf und schleppt sich in ihre Kammer.*
*Gleich darauf kommen zwei Mägde und klopfen an Annas Tür.*

ERSTE MAGD *an der Tür*
Jungfer, seid Ihr schon auf?

ANNAS STIMME Komm nur herein.

ERSTE MAGD *geht hinein.*

ZWEITE MAGD *wartet vor der Tür.*

ERSTE *tritt wieder heraus*
Sie will ihr Kleid. Sie sieht so seltsam aus,
Als hätt sie keinen Tropfen Blut. Komm jetzt.
Wir müssen zu der alten Frau, die hat
Den Schlüssel.

ZWEITE Welchen Schlüssel?
ERSTE Den zum Schrank,
In dem das Kleid ist.
ZWEITE Trine, dann will ich
Auch mit hineingehn und ihr anziehn helfen.
Du!
*Zeigt der andern die Großmutter, die, lautlos erschienen, in der kleinen Tür links steht.*
ERSTE Frau, die Jungfer will ihr Hochzeitskleid!
GROSSMUTTER *tritt an Annas Tür*
Anna, tritt her zu mir.
*Horcht* »Großmutter«, sagt sie,
»Großmutter, sprich jetzt nicht mit mir.«
*Horcht abermals* »Schick mir
Mein Kleid nur her, ich will mich jetzt anziehn.«
*Richtet sich auf, gibt der Magd einen Schlüssel aus ihrem Schlüsselbund. Die Mägde gehen.*
GROSSMUTTER *steht vor Annas Tür*
Wär eines jünger, nun vermöcht es nicht
Zu schweigen. Ich vermags und steh und warte.
Und wie die Toten heut in mir sich rühren!
Mein erster Sohn hebt seinen Kinderkopf
Auf aus dem stillen Bach, drin er ertrank:
Den zog ein Wasser mit gelassner Unschuld
In seinen frühen Tod, er war verträumt,
Da winkte ihn sein eigner Traum hinab.
Und über die da drinnen kommt es nun:
Sie ging so unbefangen hin, es trieb sie
Von Busch zu Busch dem Vogelsingen nach:
Es war kein Wünschen, süßer wars als Sehnsucht,
Des unberührten Herzens dumpfes Trachten,
Sich früh und rein und maßlos hinzugeben.
Da sog sie sich aus wolkenloser Luft,
Sehnsüchtig schuldlos Zauberkreise atmend,
Ein blaues Feuer nieder, das sie schnell verzehrt.
Wird jedem das, worauf sein Trachten geht.
Mir graut nicht mehr: dazu bin ich zu alt,
Durchsichtig wird mir alles wie ein Glas.

DAHLSJÖ *kommt aus der kleinen Tür links*
Mutter, ich such dich schon, wo ist die Anna?
Sie schien mir gestern abend so verstört.
Ist doch nichts zwischen den beiden, Mutter?
KNECHT *ruft durchs Fenster herein*
Herr, treten Gäst ins Haus und Anverwandte.
DAHLSJÖ
Ich komm, ich komm. Sorg du um Pferd und Wagen.
ANNA *tritt aus ihrer Tür, angetan mit dem fremdartigen Kleid*
Geh, Vater, nur. Geh nur die Leut empfangen.
Wir warten hier.
DAHLSJÖ *zärtlich* Nichts mehr zu sagen?
ANNA Nein.
DAHLSJÖ *geht.*
ANNA
Großmutter, was siehst du so her auf mich?
Spürst du an mir was Fremdes? 's macht das Kleid.
Wie schön es ist! Was schön ist, hab ich immer
Recht liebgehabt. Den Wald! die Regenbogen!
Wie ich ein Kind war, einmal, war ein Jahr,
Da waren gar so viele und so nah,
Ich glaubte, daß sie aus dem Garten wüchsen.
Großmutter, acht nicht so auf meine Stimme,
Tu nicht die Lippen auf, jetzt ist nicht Zeit.
Fehlt noch etwas an mir? Ach ja, der Kranz.
Da muß ich vor den Spiegel, das gehört sich.
*Geht in ihre Kammer.*
DAHLSJÖ *durch die Eingangstür*
Wo ist die Anna? Alle sind schon da.
Soll ich den Elis rufen?
GROSSMUTTER *lehnt, wachsbleich, an der Tür links*
Ruf nicht, ruf nicht!
DAHLSJÖ
Anna! die Gäste.
ANNA *tritt heraus, einen schönen Kranz im Haar*
Ich bin fertig, Vater.
*Durch die Eingangstür und durch die Tür links treten die Gäste ein: ernste Männer, stattliche Frauen, Mädchen, junge Männer,*

*Kinder, füllen die ganze rechte Seite der Bühne mit steifer Feierlichkeit. Ganz vorne sind Rigitze und ein kleiner Knabe, ihr Bruder, beide mit Blumensträußen.*

DAHLSJÖ *gibt Anna die Hand. Sie verneigt sich.*

DIE GÄSTE *flüstern*

Die Braut! die schöne Braut!

ANNA *zu Dahlsjö*

Ei ja, die Fraun mit ihren Männern alle.
Siehst du, die haben eins das andre immer
Bei Tag und Nacht, bis in den Tod. Nicht, Vater?
Sie tuen sich auch Leid an, aber doch:
Es ist gar nicht das Leid, es ist noch Leben,
Das fürchterliche Andre ist es nicht,
Das, was mit einemmal alles verzehrt.

DAHLSJÖ

Willst du nicht hingehn und mit ihnen reden?

ANNA *tritt vor, Dahlsjö dicht hinter ihr. Anna kniet bei den beiden Kindern nieder*

Ihr da? Rigitze und dein kleiner Bruder!
Ihr bringt mir Blumen! Habt ihr mich denn lieb?
*Sie schiebt die Kinder heftig von sich weg und steht auf*
Ich mag die Kinder nicht. Ich mag die Blumen nicht.
Ich kann nichts mehr gernhaben in der Welt.
Er hat mich ganz vernichtet.
*Tritt taumelnd nach links.*

DIE BERGLEUTE *draußen im Garten, fangen hier an zu singen und singen während des Folgenden*

Der Bergmann fährt in finstern Schacht,
Daraußen läßt er Weib und Kind.
Es rühren ihn an mit großer Macht
Die Kräfte, so im Dunklen sind.
Herr! nimm ihn Du in Deinen Schutz –
Sonst ist ihm schnell sein Sinn verwirrt –,
Daß er, ein Mensch, mit Ehr und Nutz
Dem Finstern wiederum entwird,
Daß er an seines Hauses Schwell
Sich nicht erst lang besinnen muß,
Mit unverstörter Seele schnell
Sich freu an Menschenblick und -kuß.

ANNA *sowie sie anfangen*

Nun singen sie. Das Singen ist für nichts.
Es zieht ihn nicht zurück!
*In der Ferne Glockenläuten.* Nun läuten sie.
Das Läuten ist für nichts. Er kommt nicht wieder.
Der Vater hat die Augen voller Tränen.
Mir ist nicht leid um ihn. Ich fühl nichts mehr.
*Sie steht eine Weile, hört dem Singen zu*
Nun werden sie den Mund auftuen alle
Und werden fragen.
*Sie schwankt* Vater, führ mich fort.

DAHLSJÖ *will sie auffangen, sie hält sich noch einmal und bleibt stehen.*

DIE GÄSTE *flüstern*

Wo bleibt der Bräutigam? wo bleibt der Bräutigam?

ANNA *wendet sich gegen die Leute*

Der Bräutigam, der hätt nicht werben sollen.
Allein er tats, er trat herein im Dämmer:
Da faßte er mich an, da wars um mich getan.
Er nahm mich bei der Hand, er küßte meinen Mund
Und wars nicht, den ich zu umfassen meinte.
Ein Fremder wars, die Scham trieb mir das Blut
Empor, da wurde mir das Herz ganz kalt,
Die Hände kalt wie Stein. Nun klopf ich an –
*Sie kehrt sich gegen die steinerne Wand*
Die Tür ist auch von Stein und er steht drinnen
Im Finstern und er funkelt wie ein Licht:
Rührt er mich an, so werd ich wieder warm!
*Sie sinkt um, ehe der Vater sie auffangen kann.*

DIE GÄSTE *drängen hin.*

DIE BERGLEUTE *draußen singen die letzte Strophe zu Ende.*

*Vorhang.*

# ZU ›DAS BERGWERK ZU FALUN‹

## FRÜHE FASSUNG EINER SZENE

*Das Innere des Berges. Höhlen und Gänge, die in einen hohen gewölbten Raum zusammenlaufen. Weiter rückwärts scheinen größere Höhlen hinzustreichen. Von dorther fällt durch Klüfte und Tore ein fahles dämmerndes Licht. Der vordere Raum ist fast völlig von Finsternis verhangen.*
*Elis steht, den Leib noch vom Herabsinken durchschüttert, an der Höhlenwand. Seine weit aufgerissenen Augen suchen das Dunkel zu durchdringen.*
*Im Vordergrund bewegt sich eine Gruppe von Gestalten gegen den rückwärtigen Ausgang der Höhle. Sie tragen das Gepräge von Menschen einer längstvergangenen Zeit. Ihre Kleidung und ihre harten einfachen Gesichter erinnern an das niedere Volk auf den Bildern früher deutscher und altniederländischer Meister. Ihre Tracht ist aus grobem Stoff; die meisten sind barfuß. Sie gehen lautlos und fast alle mit eingebogenen Knien.*

ELIS *vor sich ins Dunkel starrend*
Ich hab geträumt. Jetzt lieg ich wach. Ich lieg
in meiner Koje. Nein: ich steh. Ich bin
ganz angezogen. Hier ist Hartes: Stein!
So bin ich blind. Ich fiel. Doch schmerzt mich nichts.
Ich fiel endlos durch rötlich schwarze Schlünde.
Ich bin nicht blind. Ich sehe meine Hände.
Ich bin in einem großen finstern Raum,
und noch welche sind da. Der alte Bergmann,
der hats getan! He! sprich zu mir: ich höre!
*Die sieben oder acht über die Bühne Wandernden bleiben lautlos stehen. Es sind ältere Männer, dann zwei ältere Frauen, ein Bursch.*
DIE WANDERNDEN *durcheinander flüsternd*
Was hat er uns gefragt?
EINE EINZELNE STIMME Was hat er uns gefragt?
ELIS *indem er seine Stimme übermäßig erhebt*
Ihr dort! ist Tag? ist Nacht? wo bin ich? wo?

EINE STIMME *flüsternd*

Laßt ihn! das ist von droben einer!
gebt ihm nicht Antwort!

ELIS Wie sie lautlos gehn!

*Die Gestalten wandern weiter. Der Bursch zupft den vor ihm Gehenden am Gewande, alle bleiben wieder stehen.*

*Neue Gestalten treten von links her auf: fünf Männer, vier jung und groß, einer weißhaarig. Alle mit bloßen Schultern, bloßen Füßen.*

EINE STIMME *in der ersten Gruppe*

Die Fischer kommen auch!

EINE ANDERE *unter den Neugekommenen*

Da sind die Gärtner!

EINER UNTER DEN FISCHERN

Wer hat es euch gesagt?

EINER UNTER DEN GÄRTNERN

Seit wann wißt ihrs?

EIN FISCHER

Es wissens alle. Hinter uns die Wege
sind voll von denen die noch kommen.

EIN GÄRTNER Niemand
weiß welchen Weg sie nehmen wird?
Auch von euch niemand?

VIELE STIMMEN Niemand.

DER ALTE FISCHER Aber dort,
dort muß die Richtung sein. Das sagen auch,
die von den Bergeshalden niedersteigen:
das ist die Richtung!

EIN PAAR STIMMEN Also weiter, weiter!

*Es kommen hinzu: zwei hochgewachsene Burschen, die eine Bahre tragen.*

EIN GÄRTNER

Wo kommt ihr beiden her?

DER ÄLTERE *indem sie die Bahre niederstellen*

Wir kommen weither.

EIN FISCHER

Was bringt ihr da getragen?

DER JÜNGERE Unsre Mutter.

DER FISCHER
Sie rührt sich nicht.
DER ÄLTERE Ihr Leib ist bleich und starr
wie Helfenbein. Allein ihr Geist ist reg.
Sie hört das stete Wachsen der Kristalle,
und wie sies hört, so funkeln ihre Augen
vor Lust und Andacht.
DER JÜNGERE Wenn die Königin
vorübergeht, so wollen wir die Mutter
an ihren Weg hinlegen, daß der Glanz
der Königin auf sie fällt. Meint ihr nicht,
daß sie dann springen wird als wie ein Junges?
EIN ALTER GÄRTNER
Das kann wohl sein. Allein wer weiß, wer weiß,
ob wir dort stehen werden, wo sie zieht!
Ihr Reich ist groß. Nicht sicher ist die Kunde.
*Aus dem Geklüfte zur Rechten treten drei Alraunen, einander umschlungen haltend. Ihr Gang ist kühn, ihr Haar fällt wild über die entblößten Schultern.*
STIMMEN
Da kommen drei.
Seht die!
Die wissen viel!
EIN FISCHER *zu den drei Alraunen*
Ihr! wißt ihr, welchen Weg sie nehmen wird?
DIE ÄLTESTE ALRAUNE *groß, verwittert*
Wir saßen im Geklüft, da kam ein Hauch:
Die Nüstern blähten sich, wir sogens ein!
DIE JÜNGERE *üppig-schlank*
Das Erz in seinen Adern schwoll vor Sehnsucht:
Die Tiefe dröhnte und wir sprangen auf!
DIE JÜNGSTE *hager, mit kindischer Stimme*
Wir fühlen, daß sie kommt! fühlt ihrs denn nicht?
Mir sprengts die Brust, vor ihrem Fuß zu liegen,
mich unter ihres Kleides Saum zu wühlen,
und tritt sie mich, so wein ich auf vor Lust!
*Sie reißt die mittlere mit sich fort, diese die Alte, nach rückwärts, wo ein dämmernder Gang sich auftut. Das Schreiten der drei gleicht einem wilden Tanz.*

ELIS

Was ich erleb! was ich erleb! mir ist
so reich wie wenn ich am Ertrinken wär!

STIMMEN

Seht welchen Weg sie gehen! bleibt bei ihnen!
laßt sie nicht aus den Augen!

DIE MUTTER AUF DER BAHRE *sich jäh aufrichtend*

Meine Söhne!
sie kommt! hört ihr denn nicht! hört ihr denn nicht!

*Die Söhne tragen sie weg. Alle drängen lautlos nach dem rückwärtigen Ausgang.*

ELIS *allein*

Ich bin nicht tot und bin unter der Erde!
Mir graut nicht mehr, mir lacht das Herz im Leib!
Ob ich es bin?

*Er fährt an seinem Leib herab*

Wohl, meine Stiefel sinds.

*Läßt den Blick auf dem Boden*

Erzadern blühn im Boden! Amethysten!

*Hinter ihm teilt eine Gestalt lautlos das aufglühende Gestein. Von oben, von unten, von rückwärts hat sich ein bebendes Klingen erhoben, wie die innerste Stimme der Metalle: schwellend und wieder abklingend.*

*Elis wendet sich, betrachtet das Näherkommen der Gestalt mit sprachlosem Staunen.*

*Die Königin steht im Geklüft, den Blick auf ihn geheftet. Sie ist in ein schleierhaftes Gewand gehüllt von Kopf zum Fuß. Von ihrer Gestalt geht ein Leuchten aus, schwellend und abklingend wie jener geheimnisvolle Ton. Auch ihr Gesicht ist verhüllt, nur ihr Scheitel blinkt wie glühendes Metall.*

ELIS

So bist du dieses Reiches Königin!
Wie kam ich her? wie ich, gerade ich?
Droben sind Tausende! Daß ich es bin!
Wie kam ich her?

DIE KÖNIGIN *unter dem Schleier hervorsprechend*

Du sprachst ein Zauberwort!

ELIS

Wie konnt ich das?

DIE KÖNIGIN Es quoll dir aus der Seele.

ELIS

Darf ich dein Antlitz sehn?

DIE KÖNIGIN Tritt her, mein Freund.

*Elis zu ihr.*

*Königin schlägt ihren Schleier zurück, beugt sich über ihn. Doch bleibt ihr Angesicht dem Zuschauer unsichtbar.*

ELIS *schreit bei ihrem Anblick auf*

Ah!

*Bleibt geblendet.*

KÖNIGIN *verschleiert sich wieder, richtet sich leuchtend auf*

Willst du in meinem Reich auf immer wohnen?

*Elis blickt zu ihr auf wie betäubt.*

KÖNIGIN

Mein Reich ist groß, es hat auch freie Räume,
Gelände hats und Seen, drin spiegelt sich
die Purpurfinsternis des herrlichen
Gewölbes, das uns statt des Himmels ist:
Abhänge werfen spiegelnd tausendjährig
geheimnisvollen Schein einander zu,
und was dir blüht und glüht, verwelkt dir nie:
erkennst du deiner stillen Sehnsucht Land?

ELIS

Wie kam ich her, wie konnte mirs geschehn?

KÖNIGIN

In Tausenden der Tausend lebt nur einer
der so gemischt wie du.

ELIS Was hast du, Herrin,
an mir?

KÖNIGIN Dein lieber Mund sprach Zauberworte.

ELIS

Wann denn?

KÖNIGIN Als dir das Leben schal erschien,
das Leben droben. Als du nicht mehr Lust
an Liebe hattest und nicht Lust am Freund.
Als du dein Schiff verschmähtest und die Unke

erhobest, die in Höhlen lebt; als du
die Blicke wühltest in den Grund, mein Reich
zu spüren mit der Seele.

ELIS Weißt du alles?
und kanns dich freuen, dich, was unsereinem
vom Munde fällt?

KÖNIGIN In meiner Einsamkeit
hab ich mich hundert Jahr nach dir gesehnt!
*Rings an den dämmernden Wänden der Höhle, von rückwärts, von den Seiten, von oben, aus allen Spalten und Klüften drängen sich spähende Gestalten, aufgerissene Augen, atemlose Gesichter.*

ELIS
Ich sah dich schon: du kamst weither, langsam:
auf einmal warst du da: träum ich denn nicht?

KÖNIGIN
Hier gilt nicht nah, nicht fern.

ELIS Ich fiel herab
durch jähe Schlünde. Andre wären tot,
nicht wahr? Doch ich blieb ganz und heil. Wer ich?
Der Elis Fröbom. Dieser Name schließt
die ganze Welt nun ein. Der luftige Hauch
trägt auf durchsichtgen Flügeln mir vorüber
Vater und Mutter und die Häuser droben,
das weite leere Meer, und Schiffe drauf,
und alles! Wenn ich ihn vergessen könnte,
dann wär der alte Elis Fröbom hin, der nun
hier kniet und atmet, und nicht einmal schaudert!
*Welche von den Gestalten kommen tiefgebückt lautlos nähergekrochen; der vorderste ist der alte Torbern; sein Kopf ist am tiefsten gebückt, sein weißes Haar hängt in wirren Strähnen.*

ELIS
Sieh alle die! Die Wände starren rings
von aufgerissnen Augen!

KÖNIGIN Acht sie nicht,
mein Freund.

ELIS *flüsternd* Das ist der Alte!

DER ALTE TORBERN *wagt sich näher, fast zur Erde gebogen*
Königin!

Sprich nur ein einzig Wort zu deinem Knecht!
Ein Wort! ich seh dich nicht! ein einzig Wort!
Ich kanns nicht länger tragen.

VIELE STIMMEN HINTER IHM Königin!

*Königin schweigt, in ihrer verhüllten Gestalt liegt etwas Drohendes.*

*Elis sieht angstvoll zu ihr auf.*

*Eine kleine Pause. Die Gestalten entfernen sich demütig und lautlos. Überall verschwinden die spähenden Gesichter.*

ELIS

Nun sind sie fort.

KÖNIGIN *hart* Frag nichts!

ELIS Ich kann nicht denken.
Dein Antlitz funkelt noch vor meinem Aug.
Wann werd ichs wiedersehn?

KÖNIGIN *sanft* Ei, wenn du kommst.

ELIS

Wie, bleib ich nicht? bleib ich denn nicht bei dir?
Ich kann nur atmen wo du bist. Das Droben
war nur ein wüster Traum. Bei dir zu sein,
das ist das Leben. Heute fing es an.
Wie, oder hätts auch anders kommen können?
Wenn ich das denk, dreht sich mein Hirn herum.
Sag, daß es mußte, da 's geschah, und daß
es nun auch bleiben muß!

KÖNIGIN *indem ihr Schein blässer wird*

Wenn du so sprichst, so mußt du ja den Weg
auch wieder finden.

ELIS Bin ich denn nicht da?

KÖNIGIN

Du mußt hinauf, und wiederum herab:
den rechten Weg! den Weg, der Menschen ziemt!
o geh ihn schnell!

ELIS Du wirst mir bleicher, Herrin!

*Die Gestalt der Königin hängt nur mehr wie ein fahler Schatten zwischen ihm und der Felswand.*

Erbarmen, welchen Weg?

KÖNIGIN *fast unsichtbar* Du wirst ihn finden!

Nur hab nichts allzu lieb, was du auf ihm
begegnest, sonst versagen deine Augen
*Ihre Stimme dringt aus dem Felsen*
und dann wirst du die Pforte nicht erkennen!

ELIS *taumelnd*
Die nackte Felswand spricht mit mir Unseligem!

*Schnelle Verwandlung*

# ELEKTRA

## TRAGÖDIE IN EINEM AUFZUG
## FREI NACH SOPHOKLES

*Dramatis Personae*

KLYTÄMNESTRA

ELEKTRA } Töchter

CHRYSOTHEMIS }

ÄGISTH

OREST

DER PFLEGER DES OREST

DIE VERTRAUTE

DIE SCHLEPPTRÄGERIN

EIN JUNGER DIENER

EIN ALTER DIENER

DER KOCH

DIE AUFSEHERIN

DIE DIENERINNEN

*Der innere Hof, begrenzt von der Rückseite des Palastes und niedrigen Gebäuden, in denen die Diener wohnen. Dienerinnen am Ziehbrunnen, links vorne. Aufseherinnen unter ihnen.*

ERSTE *ihr Wassergefäß aufhebend*
Wo bleibt Elektra?
ZWEITE Ist doch ihre Stunde,
die Stunde wo sie um den Vater heult,
daß alle Wände schallen.
*Elektra kommt aus der schon dunkelnden Hausflur gelaufen. Alle drehen sich nach ihr um. Elektra springt zurück wie ein Tier in seinen Schlupfwinkel, den einen Arm vor dem Gesicht.*
ERSTE
Habt ihr gesehn, wie sie uns ansah?
ZWEITE Giftig
wie eine wilde Katze.
DRITTE Neulich lag sie
und stöhnte –
ERSTE Immer, wenn die Sonne tief steht,
liegt sie und stöhnt.
DRITTE Da gingen wir zuzweit
und kamen ihr zu nah –
ERSTE Sie hälts nicht aus,
wenn man sie ansieht.
DRITTE Ja, wir kamen ihr
zu nah. Da pfauchte sie wie eine Katze
uns an. »Fort, Fliegen!« schrie sie, »fort!«
VIERTE
»Schmeißfliegen, fort!«
DRITTE »Sitzt nicht auf meinen Wunden!«
und schlug nach uns mit einem Strohwisch.
VIERTE »Fort,
Schmeißfliegen, fort!«

DRITTE »Ihr sollt das Süße nicht
abweiden von der Qual. Ihr sollt nicht schmatzen
nach meiner Krämpfe Schaum.«

VIERTE »Geht ab, verkriecht euch«,
schrie sie uns nach. »Eßt Fettes und eßt Süßes
und kriecht zu Bett mit euren Männern«, schrie sie,
und die –

DRITTE Ich war nicht faul –

VIERTE Die gab ihr Antwort!

DRITTE
Ja: »Wenn du hungrig bist«, gab ich zur Antwort,
»so ißt du auch«, da sprang sie auf und schoß
gräßliche Blicke, reckte ihre Finger
wie Krallen gegen uns und schrie: »Ich füttre«,
schrie sie, »mir einen Geier auf im Leib.«

ZWEITE
Und du?

DRITTE »Drum hockst du immerfort«, gab ich
zurück, »wo Aasgeruch dich hält und scharrst
nach einer alten Leiche!«

ZWEITE Und was sagte
sie da?

DRITTE Sie heulte nur und warf sich
in ihren Winkel.
*Sie sind mit dem Schöpfen fertig.*

ERSTE Daß die Königin
solch einen Dämon frei in Haus und Hof
sein Wesen treiben läßt.

ZWEITE Das eigne Kind!

ERSTE
Wär sie mein Kind, ich hielte, ich – bei Gott! –
sie unter Schloß und Riegel.

VIERTE Sind sie dir
nicht hart genug mit ihr? Setzt man ihr nicht
den Napf mit Essen zu den Hunden?
*Leise* Hast du
den Herren sie nie schlagen sehn?

FÜNFTE *eine ganz junge, mit zitternder erregter Stimme*
Ich will
mich vor ihr niederwerfen und die Füße
ihr küssen. Ist sie nicht ein Königskind
und leidet solche Schmach! Ich will die Füße
ihr salben und mit meinem Haar sie trocknen.

AUFSEHERIN
Hinein mit dir!
*Stößt sie.*

FÜNFTE Es gibt nichts auf der Welt,
das königlicher ist als sie. Sie liegt
in Lumpen auf der Schwelle, aber niemand,
*Schreiend*
niemand ist hier im Haus, der ihren Blick
aushält!

AUFSEHERIN
Hinein!
*Stößt sie in die offene niedrige Tür links vorne.*

FÜNFTE *in die Tür geklemmt*
Ihr alle seid nicht wert,
Die Luft zu atmen, die sie atmet! O
könnt ich euch alle, euch, erhängt am Halse,
in einer Scheuer Dunkel hängen sehen
um dessen willen, was ihr an Elektra
getan habt!

AUFSEHERIN *schlägt die Tür zu, stellt sich dann mit dem Rücken dagegen* Hört ihr das? wir, an Elektra!
die ihren Napf von unserm Tische stieß,
als man mit uns sie essen hieß, die ausspie
vor uns und Hündinnen uns nannte.

ERSTE Was?
Sie sagte: keinen Hund kann man erniedern,
wozu man uns hat abgerichtet: daß wir
mit Wasser und mit immer frischem Wasser
das ewige Blut des Mordes von der Diele
abspülen –

DRITTE Und die Schmach, so sagte sie,
die Schmach, die sich bei Tag und Nacht erneut,
in Winkel fegen…

ERSTE Unser Leib, so schreit sie,
starrt von dem Unrat, dem wir dienstbar sind!
*Sie tragen ihre Gefäße ins Haus links.*

AUFSEHERIN *die ihnen die Tür aufgemacht hat*
Und wenn sie uns mit unsern Kindern sieht,
so schreit sie: nichts kann so verflucht sein, nichts,
als Kinder, die wir hündisch auf der Treppe
im Blute glitschend, hier in diesem Haus
empfangen und geboren haben. Sagt sie
das oder nicht?

DIE DIENERINNEN *schon von drinnen*
Ja! ja!

DIE EINE *von drinnen* Sie schlagen mich!
*Die Aufseherin geht hinein. Die Tür fällt zu.*
*Aus dem Hause tritt Elektra. Sie ist allein mit den Flecken roten Lichtes, die aus den Zweigen des Feigenbaumes schräg über den Boden und auf die Mauern fallen, wie Blutflecke.*

ELEKTRA
Allein! Weh, ganz allein. Der Vater fort,
hinabgescheucht in seine kalten Klüfte.
*Gegen den Boden*
Wo bist du, Vater? hast du nicht die Kraft,
dein Angesicht herauf zu mir zu schleppen?
Es ist die Stunde, unsre Stunde ists!
Die Stunde, wo sie dich geschlachtet haben,
dein Weib und der mit ihr in einem Bette,
in deinem königlichen Bette schläft.
Sie schlugen dich im Bade tot, dein Blut
rann über deine Augen, und das Bad
dampfte von deinem Blut, dann nahm er dich,
der Feige, bei den Schultern, zerrte dich
hinaus aus dem Gemach, den Kopf voraus,
die Beine schleifend hinterher: dein Auge,
das starre, offne, sah herein ins Haus.
So kommst du wieder, setzest Fuß vor Fuß
und stehst auf einmal da, die beiden Augen
weit offen, und ein königlicher Reif
von Purpur ist um deine Stirn, der speist sich

aus deines Hauptes offner Wunde.
Vater!
Ich will dich sehn, laß mich heut nicht allein!
Nur so wie gestern, wie ein Schatten, dort
im Mauerwinkel zeig dich deinem Kind!
Vater! dein Tag wird kommen! Von den Sternen
stürzt alle Zeit herab, so wird das Blut
aus hundert Kehlen stürzen auf dein Grab!
So wie aus umgeworfnen Krügen wirds
aus den gebundnen Mördern fließen, rings
wie Marmorkrüge werden nackte Leiber
von allen ihren Helfern sein, von Männern
und Frauen, und in einem Schwall, in einem
geschwollnen Bach wird ihres Lebens Leben
aus ihnen stürzen – und wir schlachten dir
die Rosse, die im Hause sind, wir treiben
sie vor dem Grab zusammen, und sie ahnen
den Tod und wiehern in die Todesluft
und sterben, und wir schlachten dir die Hunde,
weil sie der Wurf sind und der Wurf des Wurfes
von denen, die mit dir gejagt, von denen,
die dir die Füße leckten, denen du
die Bissen hinwarfst, darum muß ihr Blut
hinab, um dir zu Dienst zu sein, und wir,
dein Blut, dein Sohn Orest und deine Töchter,
wir drei, wenn alles dies vollbracht und Purpur-
gezelte aufgerichtet sind, vom Dunst
des Blutes, den die Sonne an sich zieht,
dann tanzen wir, dein Blut, rings um dein Grab:
und über Leichen hin werd ich das Knie
hochheben Schritt für Schritt, und die mich werden
so tanzen sehen, ja, die meinen Schatten
von weitem nur so werden tanzen sehn,
die werden sagen: einem großen König
wird hier ein großes Prunkfest angestellt
von seinem Fleisch und Blut, und glücklich ist,
wer Kinder hat, die um sein hohes Grab
so königliche Siegestänze tanzen!

CHRYSOTHEMIS *die jüngere Schwester, steht in der Haustür. Sie sieht angstvoll auf Elektra, ruft leise*
Elektra!
*Elektra fährt zusammen, wie der Nachtwandler, der seinen Namen rufen hört. Sie taumelt. Ihre Augen sehen um sich, als fänden sie sich nicht gleich zurecht. Ihr Gesicht verzerrt sich, wie sie die ängstliche Miene der Schwester ansieht.*
*Chrysothemis steht an die Türe gedrückt.*

ELEKTRA
Ah, das Gesicht!

CHRYSOTHEMIS Ist mein Gesicht dir so verhaßt?

ELEKTRA
Was willst du? Rede, sprich, ergieße dich,
dann geh und laß mich!
*Chrysothemis hebt wie abwehrend die Hände.*

ELEKTRA Was hebst du die Hände?
So hob der Vater seine beiden Hände,
da fuhr das Beil hinab und spaltete
sein Fleisch. Was willst du, Tochter meiner Mutter?

CHRYSOTHEMIS
Sie haben etwas Fürchterliches vor.

ELEKTRA
Die beiden Weiber?

CHRYSOTHEMIS Wer?

ELEKTRA Nun, meine Mutter
und jenes andre Weib, die Memme, ei
Ägisth, der tapfre Meuchelmörder, er,
der Heldentaten nur im Bett vollführt.
Was haben sie denn vor?

CHRYSOTHEMIS Sie werfen dich
in einen Turm, wo du von Sonn und Mond
das Licht nicht sehen wirst.
*Elektra lacht.*

CHRYSOTHEMIS Sie tuns, ich weiß es,
ich habs gehört.

ELEKTRA Mir ist, ich hätts gehört.
Wars nicht bei Tisch, so bei der letzten Schüssel?
Da hebt er gern die Stimm und prahlt, ich wette,
es nützt seiner Verdauung.

CHRYSOTHEMIS Nicht bei Tisch.
Nicht um zu prahlen. Er und sie, allein
bereden sies.

ELEKTRA Allein? Wie hast dann du
es hören können?

CHRYSOTHEMIS An der Tür, Elektra.

ELEKTRA
Mach keine Türen auf in diesem Haus!
Gepreßter Atem, pfui! und Röcheln von Erwürgten,
nichts andres gibts in diesen Kammern. Laß
die Tür, dahinter du ein Stöhnen hörst:
sie bringen ja nicht immer einen um,
zuweilen sind sie auch allein zusammen!
Mach keine Türen auf! Schleich nicht herum.
Sitz an der Erd wie ich und wünsch den Tod
und das Gericht herbei auf sie und ihn.

CHRYSOTHEMIS
Ich kann nicht sitzen und ins Dunkel starren
wie du. Ich habs wie Feuer in der Brust,
es treibt mich immerfort herum im Haus,
in keiner Kammer leidets mich, ich muß
von einer Schwelle auf die andre, ach!
treppauf, treppab, mir ist, als rief' es mich,
und komm ich hin, so stiert ein leeres Zimmer
mich an. Ich habe solche Angst, mir zittern
die Knie bei Tag und Nacht, mir ist die Kehle
wie zugeschnürt, ich kann nicht einmal weinen,
wie Stein ist alles! Schwester, hab Erbarmen!

ELEKTRA
Mit wem?

CHRYSOTHEMIS
Du bist es, die mit Eisenklammern
mich an den Boden schmiedet. Wärst nicht du,
sie ließen uns hinaus. Wär nicht dein Haß,
dein schlafloses unbändiges Gemüt,
vor dem sie zittern, ah, so ließen sie
uns ja heraus aus diesem Kerker, Schwester!
Ich will heraus! Ich will nicht jede Nacht

bis an den Tod hier schlafen! Eh ich sterbe,
will ich auch leben! Kinder will ich haben,
bevor mein Leib verwelkt, und wärs ein Bauer,
dem sie mich geben, Kinder will ich ihm
gebären und mit meinem Leib sie wärmen
in kalten Nächten, wenn der Sturm die Hütte
zusammenschüttelt! Aber dies ertrag ich
nicht länger, hier zu lungern bei den Knechten
und doch nicht ihresgleichen, eingesperrt
mit meiner Todesangst bei Tag und Nacht!
Hörst du mich an? Sprich zu mir, Schwester!

ELEKTRA
Armes
Geschöpf!

CHRYSOTHEMIS
Hab Mitleid mit dir selber und mit mir.
Wem frommt denn diese Qual? Dem Vater etwa?
Der Vater, der ist tot. Der Bruder kommt nicht heim.
Du siehst ja doch, daß er nicht kommt. Mit Messern
gräbt Tag um Tag in dein und mein Gesicht
sein Mal, und draußen geht die Sonne auf
und ab, und Frauen, die ich schlank gekannt hab,
sind schwer von Segen, mühen sich zum Brunnen
und heben kaum den Eimer, und auf einmal
sind sie entbunden ihrer Last und kommen
zum Brunnen wieder und aus ihnen selber
rinnt süßer Trank, und säugend hängt ein Leben
an ihnen, und die Kinder werden groß –
und immer sitzen wir hier auf der Stange
wie angehängte Vögel, wenden links
und rechts den Kopf, und niemand kommt, kein Bruder,
kein Bote von dem Bruder, nicht der Bote
von einem Boten, nichts! Viel lieber tot,
als leben und nicht leben. Nein, ich bin
ein Weib und will ein Weiberschicksal.

ELEKTRA
Pfui,
die's denkt, pfui, die's mit Namen nennt! Die Höhle
zu sein, drin nach dem Mord dem Mörder wohl ist;
das Tier zu spielen, das dem schlimmern Tier

Ergetzung bietet. Ah, mit einem schläft sie,
preßt ihre Brüste ihm auf beide Augen
und winkt dem zweiten, der mit Netz und Beil
hervorkriecht hinterm Bett.

CHRYSOTHEMIS Du bist entsetzlich!

ELEKTRA
Warum entsetzlich? Bist du solch ein Weib?
Du willsts erst werden.

CHRYSOTHEMIS Kannst du nicht vergessen?
Mein Kopf ist immer wüst. Ich kann von heut
auf morgen nichts behalten. Manchmal lieg ich
so da, dann bin ich was ich früher war,
und kanns nicht fassen, daß ich nicht mehr jung bin.
Wo ist denn alles hingekommen, wo denn?
Es ist ja nicht ein Wasser, das vorbeirinnt,
es ist ja nicht ein Garn, das von der Spule
herunter fliegt und fliegt, ich bins ja, ich!
Ich möchte beten, daß ein Gott ein Licht
mir in der Brust anstecke, daß ich mich
in mir kann wiederfinden! Wär ich fort,
wie schnell vergäß ich alle bösen Träume –

ELEKTRA
Vergessen? Was! bin ich ein Tier? vergessen?
Das Vieh schläft ein, von halbgefreßner Beute
die Lefze noch behängt, das Vieh vergißt sich
und fängt zu käuen an, indes der Tod
schon würgend auf ihm sitzt, das Vieh vergißt,
was aus dem Leib ihm kroch, und stillt den Hunger
am eignen Kind – ich bin kein Vieh, ich kann nicht
vergessen!

CHRYSOTHEMIS Oh, muß meine Seele immer
von dieser Speise essen, die ihr widert,
die ihr so widert! die zu riechen nur
sie schaudert, die sie nie und nimmer hätte
anrühren sollen, nie und nimmer wissen,
daß es so etwas Grauenvolles gibt,
nie wissen! nie mit Augen sehn! nie hören!
Das Fürchterliche ist nicht für das Herz

des Menschen! Wenn es kommt, wenn es sich anzeigt,
so muß man flüchten aus den Häusern, flüchten
in die Weingärten, flüchten auf die Berge!
und steigt es auf die Berge, muß man wieder
herab und sich verkriechen in den Häusern:
nie darf man bei ihm bleiben, nie mit ihm
in einem Hause sein! Ich will hinaus!
Ich will empfangen und gebären Kinder,
die nichts von diesem wissen, meinen Leib
wasch ich in jedem Wasser, tauch mich tief
hinab in jedes Wasser, alles wasch ich
mir ab, das Hohle meiner beiden Augen
wasch ich mir rein – sie sollen sich nicht schrecken,
wenn sie der Mutter in die Augen schaun!

ELEKTRA *höhnisch*
Wenn sie der Mutter in die Augen schaun!
Und wie schaust du dem Vater in die Augen?

CHRYSOTHEMIS
Hör auf!

ELEKTRA Ich wünsch dir, wenn du Kinder hast,
sie mögen an dir tun, wie du am Vater!
*Chrysothemis weint auf.*

ELEKTRA
Was heulst du? Fort! Hinein! Dort ist dein Platz.
Es geht ein Lärm los. Stellen sie vielleicht
für dich die Hochzeit an? ich hör sie laufen.
Das ganze Haus ist auf. Sie kreißen oder
sie morden. Wenn es an den Leichen mangelt,
darauf zu schlafen, müssen sie doch morden!

CHRYSOTHEMIS
Hör auf. Dies alles ist vorbei. Hör auf!

ELEKTRA
Vorbei? Da drinnen gehts aufs neue los!
Meinst du, ich kenn den Laut nicht, wie sie Leichen
herab die Treppe schleifen, wie sie flüstern
und Tücher voller Blut auswinden.

CHRYSOTHEMIS Schwester!
geh fort von hier.

ELEKTRA Diesmal will ich dabei sein!
Nicht so wie damals. Diesmal bin ich stark.
Ich werfe mich auf sie, ich reiß das Beil
aus ihrer Hand, ich schwing es über ihr –

CHRYSOTHEMIS
Geh fort, verkriech dich! daß sie dich nicht sieht.
Stell dich ihr heut nicht in den Weg: sie schickt
den Tod aus jedem Blick. Sie hat geträumt.
*Der Lärm von vielen Kommenden drinnen, näher.*
Geh fort von hier. Sie kommen durch die Gänge.
Sie kommen hier vorbei. Sie hat geträumt:
ich weiß nicht, was, ich hab es von den Mägden
gehört, ich weiß nicht, ob es wahr ist, Schwester:
sie sagen, daß sie von Orest geträumt hat,
daß sie geschrieen hat aus ihrem Schlaf,
wie einer schreit, den man erwürgt.

ELEKTRA Ich! ich!
ich hab ihn ihr geschickt. Aus meiner Brust.
hab ich den Traum auf sie geschickt! Ich liege
und hör die Schritte dessen, der sie sucht.
Ich hör ihn durch die Zimmer gehn, ich hör ihn
den Vorhang von dem Bette heben: schreiend
entspringt sie, aber er ist hinterdrein:
hinab die Treppen durch Gewölbe hin,
Gewölbe und Gewölbe geht die Jagd.
Es ist viel finsterer als Nacht, viel stiller
und finstrer als im Grab, sie keucht und taumelt
im Dunkel hin, doch er ist hinterdrein:
die Fackel schwingt er links und rechts das Beil.
Und ich bin wie ein Hund an ihrer Ferse:
will sie in eine Höhle, spring ich sie
von seitwärts an, so treiben wir sie fort,
bis eine Mauer alles sperrt, und dort
im tiefsten Dunkel, doch ich seh ihn wohl,
ein Schatten, und doch Glieder und das Weiße
von einem Auge doch, da sitzt der Vater:
er achtets nicht und doch muß es geschehn:

vor seinen Füßen drücken wir sie hin,
da fällt das Beil!

*Fackeln und Gestalten erfüllen den Gang links von der Tür.*

CHRYSOTHEMIS

Sie kommen schon. Sie treibt die Mägde alle
mit Fackeln vor sich her. Sie schleppen Tiere
und Opfermesser. Schwester, wenn sie zittert,
ist sie am schrecklichsten, geh ihr nur heut,
nur diese Stunde geh aus ihrem Weg!

ELEKTRA

Ich habe eine Lust, mit meiner Mutter
zu reden wie noch nie!

*An den grell erleuchteten Fenstern klirrt und schlürft ein hastiger Zug vorüber: es ist ein Zerren, ein Schleppen von Tieren, ein gedämpfes Keifen, ein schnell ersticktes Aufschreien, das Niedersausen einer Peitsche, ein Aufraffen, ein Weitertaumeln.*

CHRYSOTHEMIS Ich wills nicht hören.

*Stürzt ab durch die Hoftür.*

*In dem breiten Fenster erscheint die Gestalt der Klytämnestra. Ihr fahles, gedunsenes Gesicht, in dem grellen Licht der Fackeln, erscheint noch bleicher über dem scharlachroten Gewand. Sie stützt sich auf eine Vertraute, die dunkelviolett gekleidet ist, und auf einen elfenbeinernen, mit Edelsteinen geschmückten Stab. Eine gelbe Gestalt, mit zurückgekämmtem schwarzem Haar, einer Ägypterin ähnlich, mit glattem Gesicht, einer aufgerichteten Schlange gleichend, trägt ihr die Schleppe. Die Königin ist über und über bedeckt mit Edelsteinen und Talismanen. Ihre Arme sind voll Reifen, ihre Finger starren von Ringen. Die Lider ihrer Augen scheinen übermäßig groß, und es scheint ihr eine furchtbare Anstrengung zu kosten, sie offen zu halten.*

*Elektra steht starr aufgerichtet, das Gesicht diesem Fenster zugewandt.*

*Klytämnestra öffnet jäh die Augen, zitternd vor Zorn tritt sie ans Fenster und zeigt mit dem Stock auf Elektra.*

KLYTÄMNESTRA *am Fenster*

Was willst du? Seht doch, dort! so seht doch das!
Wie es sich aufbäumt mit geblähtem Hals
und nach mir züngelt! und das laß ich frei

in meinem Hause laufen!
Wenn sie mich mit den Blicken töten könnte!
O Götter, warum liegt ihr so auf mir?
Warum verwüstet ihr mich so? warum
muß meine Kraft in mir gelähmt sein, warum
bin ich lebendigen Leibes wie ein wüstes
Gefild, und diese Nessel wächst aus mir
heraus, und ich hab nicht die Kraft zu jäten!
Warum geschieht mir das, ihr ewigen Götter?

ELEKTRA
Die Götter! bist doch selber eine Göttin!
bist, was sie sind.

KLYTÄMNESTRA Habt ihr gehört? habt ihr
verstanden, was sie redet?

DIE VERTRAUTE Daß auch du
vom Blut der Götter bist.

DIE SCHLEPPTRÄGERIN *zischend* Sie meint es tückisch.

KLYTÄMNESTRA *indem ihre schweren Lider zufallen*
Mir klingt das so bekannt. Und nur als hätt ichs
vergessen, lang und lang. Sie kennt mich gut.
Doch weiß man nie, was sie im Schilde führt.
*Die Vertraute und die Schleppträgerin flüstern miteinander.*

ELEKTRA
Du bist nicht mehr du selber. Das Gewürm
hängt immerfort um dich. Was sie ins Ohr
dir zischen, trennt dein Denken fort und fort
entzwei, so gehst du hin im Taumel, immer
bist du als wie im Traum.

KLYTÄMNESTRA Ich will hinunter.
Laßt, ich will mit ihr reden. Sie ist heute
nicht widerlich. Sie redet wie ein Arzt.
Die Stunden haben alles in der Hand.
Ein jedes Ding kann ein erträgliches
Gesicht uns zeigen nach dem gräßlichen.
*Sie geht vom Fenster weg und erscheint in der Tür, die Vertraute an ihrer Seite, die Schleppträgerin hinter ihr, Fackeln hinter ihnen.*

KLYTÄMNESTRA *von der Türschwelle aus*
Warum nennst du mich eine Göttin? Sprichst du
aus Bosheit so? Nimm dich in acht. Es könnte
der letzte Tag sein, daß du dieses Licht
da siehst und diese freie Luft einatmest.

ELEKTRA
Wahrhaftig, wenn du keine Göttin bist,
wo sind dann Götter! Ich weiß auf der Welt
nichts, was mich schaudern macht, als wie zu denken,
daß dieser Leib das dunkle Tor, aus welchem
ich an das Licht der Welt gekrochen bin.
Auf diesem Schoß bin ich gelegen, nackt?
Zu diesen Brüsten hast du mich gehoben?
So bin ich ja aus meines Vaters Grab
herausgekrochen, hab gespielt in Windeln
auf meines Vaters Richtstatt! Du bist ja
wie ein Koloß, aus dessen ehernen Händen
ich nie entsprungen bin. Du hast mich ja
am Zaum. Du bindest mich, an was du willst.
Du hast mir ausgespieen, wie das Meer,
ein Leben, einen Vater und Geschwister:
und hast hinabgeschlungen, wie das Meer,
ein Leben, einen Vater und Geschwister.
Ich weiß nicht, wie ich jemals sterben sollte –
als daran, daß du stürbest.

KLYTÄMNESTRA
So ehrst du mich? Ist etwas noch von Scheu
in dir?

ELEKTRA Viel, viel! Mir geht zu Herzen, was
auch dir zu Herzen geht. Siehst du, mich kränkt
zu sehen, daß Ägisth, dein Mann, die alten Mäntel
von meinem, wie du weißt, verstorbnen Vater,
dem frühern König, trägt. Es kränkt mich, wahrhaft:
ich finde, daß sie ihm nicht stehn. Ich finde,
sie sind ihm um die Brust zu weit.

DIE VERTRAUTE Sie redet
nicht, wie sies meint.

DIE SCHLEPPTRÄGERIN Ein jedes Wort ist Falschheit.

KLYTÄMNESTRA *zornig*

Ich will nichts hören. Was aus euch herauskommt,
ist nur der Atem des Ägisth. Ich will nicht
an allem nörgeln. Wenn sie zu mir redet,
was mich zu hören freut, so will ich horchen,
auf was sie redet. Was die Wahrheit ist,
das bringt kein Mensch heraus. Niemand auf Erden
weiß über irgendein verborgnes Ding
die Wahrheit. Gibts nicht welche in den Kerkern,
die sagen, daß ich eine Mörderin
und daß Ägisth ein Meuchelmörder ist?
Und wenn ich nachts euch wecke, redet ihr
nicht jede etwas andres? Schreist nicht du,
daß meine Augenlider angeschwollen
und meine Leber krank ist, und daß alles
nur von der kranken Leber kommt, und winselst
nicht du ins andre Ohr, daß du Dämonen
gesehen hast mit langen spitzen Schnäbeln,
die mir das Blut aussaugen? zeigst du nicht
die Spuren mir an meinem Fleisch, und folg ich
dir nicht und schlachte, schlachte, schlachte Opfer
und Opfer? Zerrt ihr mich mit euren Reden
und Gegenreden nicht zu Tod? Ich will nicht
mehr hören: dies ist wahr und das ist Lüge.
Wenn einer etwas Angenehmes sagt,
und wär es meine Tochter, wär es die da,
will ich von meiner Seele alle Hüllen
ablösen und das Fächeln sanfter Luft,
von wo es kommen mag, einlassen, wie
die Kranken tun, wenn sie der kühlen Luft,
am Teiche sitzend, abends ihre Beulen
und all ihr Eiterndes der kühlen Luft
preisgeben abends, und nichts andres denken,
als Linderung zu schaffen. So will ich
einmal anfangen, selbst für mich zu sorgen.
Laßt mich allein mit ihr.

*Ungeduldig weist sie mit dem Stock die Vertraute und die*

*Schleppträgerin ins Haus. Diese verschwinden zögernd in der Tür. Auch die Fackeln verschwinden, und nur aus dem Innern des Hauses fällt ein schwacher Schein durch den Flur auf den Hof und streift hie und da die Gestalten der beiden Frauen.*

KLYTÄMNESTRA *nach einer Pause*

Ich habe keine guten Nächte. Weißt du
kein Mittel gegen Träume?

ELEKTRA *näher rückend* Träumst du, Mutter?

KLYTÄMNESTRA

Hast du nicht andre Worte, mich zu trösten?
Laß deine Zunge los. Ich träume, ja.
Wer älter wird, der träumt. Allein es läßt sich
vertreiben. Warum stehst du so im Dunkel?
Man muß sich nur die Kräfte dienstbar machen,
die irgendwo verstreut sind. Es gibt Bräuche.
Es muß für alles richtige Bräuche geben.
Wie man ein Wort und einen Satz ausspricht,
darauf kommt vieles an. Auch auf die Stunde.
Und ob man satt ist, oder nüchtern. Mancher
kam um, weil er ins Bad gestiegen ist
zur unrichtigen Stunde.

ELEKTRA Denkst du da
an meinen Vater?

KLYTÄMNESTRA Darum bin ich so
behängt mit Steinen. Denn es wohnt in jedem
ganz sicher eine Kraft. Man muß nur wissen,
wie man sie nützen kann. Wenn du nur wolltest,
du könntest etwas sagen, das mir nützt.

ELEKTRA

Ich, Mutter, ich?

KLYTÄMNESTRA Ja, du! denn du bist klug.
In deinem Kopf ist alles stark. Du redest
von alten Dingen so, wie wenn sie gestern
geschehen wären. Aber ich bin morsch.
Ich denke, aber alles türmt sich mir
eins übers andre. Und ich tu den Mund auf,
da schreit Ägisth, und was er schreit, das ist mir
verhaßt, aufbäumen will ich mich und stärker

als seine Worte sein – und finde nichts,
Ich finde nichts! ich weiß auf einmal nicht,
ob er das heut gesagt hat, was vor Wut
mich zittern macht, ob heute oder einmal
vor langer Zeit; dann schwindelts mich, ich weiß
auf einmal nicht mehr, wer ich bin, und das ist
das Grauen, das heißt mit lebendigem Leib
ins Chaos sinken, und Ägisth! Ägisth
verhöhnt mich, und ich finde nichts, ich finde
die fürchterlichen Dinge nicht, vor denen
er schweigen müßte und bleich wie ich selber
ins Feuer starren. Aber du hast Worte.
Du könntest vieles sagen, was mir nützt.
Wenn auch ein Wort nichts weiter ist! Was ist denn
ein Hauch! und doch kriecht zwischen Nacht und Tag,
wenn ich mit offnen Augen lieg, ein Etwas
hin über mich, es ist kein Wort, es ist
kein Schmerz, es drückt mich nicht, es würgt mich nicht,
es läßt mich liegen, wie ich bin, und da
an meiner Seite liegt Ägisth und dort,
dort ist der Vorhang: alles sieht mich an,
als wärs von Ewigkeit zu Ewigkeit:
nichts ist es, nicht einmal ein Alp, und dennoch,
es ist so fürchterlich, daß meine Seele
sich wünscht, erhängt zu sein, und jedes Glied
an mir lechzt nach dem Tod, und dabei leb ich
und bin nicht einmal krank: du siehst mich doch:
seh ich wie eine Kranke? Kann man denn
vergehen, lebend, wie ein faules Aas?
kann man zerfallen, wenn man gar nicht krank ist?
zerfallen wachen Sinnes, wie ein Kleid,
zerfressen von den Motten? Und dann schlaf ich
und träume, träume! daß mir in den Knochen
das Mark sich löst, und taumle wieder auf,
und nicht der zehnte Teil der Wasseruhr
ist abgelaufen, und was unterm Vorhang
hereingrinst, ist noch nicht der fahle Morgen,
nein, immer noch die Fackel vor der Tür,

die gräßlich zuckt wie ein Lebendiges
und meinen Schlaf belauert.
Ich weiß nicht, wer die sind, die mir das antun,
und ob sie droben oder drunten wo
zu Hause sind – wenn ich dich stehen sehe,
wie jetzt, so mein ich, du mußt mit im Spiel sein.
Allein wer bist denn du? Du weißt nicht einmal
ein Wort zu reden, wenn man auf dich hört.
Wem könnt es so viel nützen oder schaden,
ob du lebst oder nicht? Warum siehst du
so starr auf mich? Ich will nicht, daß du mich
so ansiehst. Aber diese Träume müssen
ein Ende haben. Wer sie immer schickt:
ein jeder Dämon läßt von uns, sobald
das rechte Blut geflossen ist.

ELEKTRA Ein jeder!

KLYTÄMNESTRA
Und müßt ich jedes Tier, das kriecht und fliegt,
zur Ader lassen und im Dampf des Bluts
aufstehn und schlafen gehen wie die Völker
der letzten Thule in blutrotem Nebel:
ich will nicht länger träumen.

ELEKTRA Wenn das rechte
Blutopfer unterm Beile fällt, dann träumst du
nicht länger.

KLYTÄMNESTRA *näher zu ihr tretend*
Also wüßtest du, mit welchem
geweihten Tier –

ELEKTRA Mit einem ungeweihten!

KLYTÄMNESTRA
Das drin gebunden liegt?

ELEKTRA Nein! es läuft frei.

KLYTÄMNESTRA *begierig*
Und was für Bräuche?

ELEKTRA Wunderbare Bräuche,
und sehr genau zu üben.

KLYTÄMNESTRA Rede doch!

ELEKTRA
Kannst du mich nicht erraten?
KLYTÄMNESTRA Nein, darum frag ich.
Den Namen sag des Opfertiers.
ELEKTRA Ein Weib.
KLYTÄMNESTRA *gierig*
Von meinen Dienerinnen eine, sag!
ein Kind? ein jungfräuliches Weib? ein Weib,
das schon erkannt vom Manne?
ELEKTRA Ja! erkannt!
das ists!
KLYTÄMNESTRA
Und wie das Opfer? welche Stunde?
und wo?
ELEKTRA An jedem Ort, zu jeder Stunde
des Tages und der Nacht.
KLYTÄMNESTRA Die Bräuche sag!
Wie brächt ichs dar? ich selber muß –
ELEKTRA Nein. Diesmal
gehst du nicht auf die Jagd mit Netz und Beil.
KLYTÄMNESTRA
Wer denn? wer bringt es dar?
ELEKTRA Ein Mann.
KLYTÄMNESTRA Ägisth?
ELEKTRA *lacht*
Ich sagte doch: ein Mann!
KLYTÄMNESTRA Wer? gib mir Antwort.
Vom Hause jemand? oder muß ein Fremder
herbei?
ELEKTRA *zu Boden stierend, wie abwesend*
Ja, ja, ein Fremder. Aber freilich
ist er vom Haus.
KLYTÄMNESTRA Gib mir nicht Rätsel auf.
Elektra, hör mich an. Ich freue mich,
daß ich dich heut einmal nicht störrisch finde.
Wenn Eltern hart sind, ist es stets das Kind,
das sie zur Härte zwingt. Kein strenges Wort
ist ganz unwiderruflich, und die Mutter,

wenn sie schlecht schläft, denkt lieber sich das Kind
im Ehebett als an der Kette liegen.

ELEKTRA *vor sich*

Da gehts dem Kinde umgekehrt: das dächte
die Mutter lieber tot als in dem Bette.

KLYTÄMNESTRA

Was murmelst du? Ich sage, daß kein Ding
unwiderruflich ist. Geht denn nicht alles
vor unsern Augen über und verwandelt
sich wie ein Nebel? Und wir selber, wir!
und unsre Taten! Taten! Wir und Taten!
Was das für Worte sind. Bin ich denn noch,
die es getan? Und wenn! getan, getan!
Getan! was wirfst du mir da für ein Wort
in meine Zähne! Da stand er, von dem
du immer redest, da stand er und da
stand ich und dort Ägisth, und aus den Augen
die Blicke trafen sich: da war es doch
noch nicht geschehn! und dann veränderte
sich deines Vaters Blick im Sterben so
langsam und gräßlich, aber immer noch
in meinem hängend – und da wars geschehn:
dazwischen ist kein Raum! Erst wars vorher,
dann wars vorbei – dazwischen hab ich nichts
getan.

ELEKTRA

Nein, die dazwischen liegt, die Arbeit,
die tat das Beil allein.

KLYTÄMNESTRA Wie du die Worte
hineinbringst.

ELEKTRA Nicht so tüchtig, noch so flink
wie du Axthieb auf Axthieb.

KLYTÄMNESTRA Davon will ich
nichts hören. Schweig. Wenn mir dein Vater heute
entgegenkäme – so wie ich mit dir
da rede, könnt ich mit ihm reden. Zwar
kann sein, mich schauderte, doch kann auch sein,
ich könnte zärtlich zu ihm sein und weinen,
wie wenn zwei alte Freunde sich begegnen.

ELEKTRA *vor sich*
Gräßlich, sie redet von dem Mord als wärs
ein Zank vorm Nachtmahl.
KLYTÄMNESTRA Sag du deiner Schwester,
sie soll nicht so wie ein verschreckter Hund
vor mir ins Dunkel flüchten. Heiß sie, freundlich,
wie sichs geziemt, mich grüßen, und gelassen
mir Rede stehn. Dann weiß ich wahrlich nicht,
was mich verhindern könnte, dich und sie
vor Winter zu vermählen.
ELEKTRA Und der Bruder?
Läßt du den Bruder nicht nach Hause, Mutter?
KLYTÄMNESTRA
Von ihm zu reden hab ich dir verboten.
ELEKTRA
So hast du Furcht vor ihm?
KLYTÄMNESTRA Wer sagt das?
ELEKTRA Mutter,
du zitterst ja!
KLYTÄMNESTRA Wer fürchtet sich
vor einem Schwachsinnigen.
ELEKTRA Wie?
KLYTÄMNESTRA Es heißt,
er stammelt, liegt im Hofe bei den Hunden
und weiß nicht Mensch und Tier zu unterscheiden.
ELEKTRA
Das Kind war ganz gesund.
KLYTÄMNESTRA Es heißt, sie gaben
ihm eine schlechte Wohnung und die Tiere
des Hofes zur Gesellschaft.
ELEKTRA Ah!
KLYTÄMNESTRA *mit gesenkten Augenlidern*
Ich schickte
viel Gold und wieder Gold, sie sollten ihn
gut halten als ein Königskind.
ELEKTRA Du lügst!
Du schicktest Gold, damit sie ihn erwürgen.

KLYTÄMNESTRA
Wer sagt dir das?
ELEKTRA
Ich sehs in deinen Augen.
Allein an deinem Zittern seh ich auch,
daß er noch lebt. Daß du bei Tag und Nacht
an nichts denkst als an ihn. Daß dir das Herz
verdorrt vor Grauen, weil du weißt: er kommt.
KLYTÄMNESTRA
Lüg nicht. Was kümmert mich, wer außer Haus ist.
Ich lebe hier und bin die Herrin. Diener
hab ich genug, die Tore zu bewachen,
und wenn ich will, laß ich bei Tag und Nacht
vor meiner Kammer drei Bewaffnete
mit offenen Augen sitzen. Was du redest,
das hör ich nicht einmal. Ich weiß auch nicht,
wer dieser ist, von dem du redest. Sehen
werd ich ihn nie: was kümmerts mich, zu wissen,
ob er am Leben oder nicht. Ganz einfach,
ich bin es satt, von ihm zu träumen. Träume
sind ungesund, sie zehren an den Kräften,
und ich will leben und die Herrin sein.
Ich will nicht solche Anwandlungen haben,
mich herzustellen wie ein Hökerweib
und dir von meinen Nächten zu erzählen.
Ich bin so gut wie krank, und Kranke schwatzen
von ihrem Übel, das ist alles. Aber
ich will nicht länger krank sein. Und aus dir
*Sie hebt den Stock drohend gegen Elektra*
bring ich so oder so das rechte Wort
schon an den Tag. Du hast dich schon verraten,
daß du das rechte Opfer weißt und auch
die Bräuche, die mir nützen. Sagst dus nicht
im Freien, wirst dus an der Kette sagen.
Sagst dus nicht satt, so sagst dus hungernd. Träume
sind etwas, das man los wird. Wer dran leidet
und nicht das Mittel findet, sich zu heilen,
ist nur ein Narr. Ich finde mir heraus,
wer bluten muß, damit ich wieder schlafe.

ELEKTRA *mit einem Sprung aus dem Dunkel auf sie zu, immer näher an ihr, immer furchtbarer wachsend*
Was bluten muß? Dein eigenes Genick,
wenn dich der Jäger abgefangen hat!
Er fängt dich ab: doch nur im Lauf! Wer schlachtet
ein Opfertier im Schlaf! Er jagt dich auf,
er treibt dich durch das Haus! willst du nach rechts,
da steht das Bett! nach links, da schäumt das Bad
wie Blut! das Dunkel und die Fackeln werfen
schwarzrote Todesnetze über dich –
*Klytämnestra, von sprachlosem Grauen geschüttelt, will ins Haus. Elektra zerrt sie am Gewand nach vorn. Klytämnestra weicht gegen die Mauer zurück. Ihre Augen sind weit aufgerissen, der Stock entfällt ihren zitternden Händen.*
Du möchtest schreien, doch die Luft erwürgt
den ungebornen Schrei und läßt ihn lautlos
zu Boden fallen, wie von Sinnen hältst du
den Nacken hin, fühlst schon die Schärfe zucken
bis in den Sitz des Lebens, doch er hält
den Schlag zurück: die Bräuche sind noch nicht erfüllt.
Er führt dich an den Flechten deiner Haare,
und alles schweigt, du hörst dein eignes Herz
an deinen Rippen schlagen: diese Zeit
– sie dehnt sich vor dir wie ein finstrer Schlund
von Jahren – diese Zeit ist dir gegeben,
zu ahnen, wie es Scheiternden zumut ist,
wenn ihr vergebliches Geschrei die Schwärze
der Wolken und des Tods zerfrißt, die Zeit
ist dir gegeben, alle zu beneiden,
die angeschmiedet sind an Kerkermauern,
die auf dem Grund von Brunnen nach dem Tod
als wie nach der Erlösung schrein – denn du,
du liegst in deinem Selbst so eingekerkert,
als wärs der glühende Bauch von einem Tier
von Erz – und so wie jetzt kannst du nicht schreien!
Und ich steh neben dir: du kannst den Blick
nicht von mir wenden, immer krampft es dich,
daß du von meinem schweigenden Gesicht

ein Wort ablesen willst, du rollst die Augen,
willst irgend etwas denken, willst die Götter
heruntergrinsen aus dem Nachtgewölk:
die Götter sind beim Nachtmahl! so wie damals,
als du den Vater würgtest, sitzen sie
beim Nachtmahl und sind taub für jedes Röcheln!
Nur ein halbtoller Gott, das Lachen, taumelt
zur Tür herein: er glaubt, du triebest Scherze
zur Schäferstunde mit Ägisth, allein
sogleich bemerkt er seinen Irrtum, lacht
lautgellend auf und ist im Nu davon.
Da hast auch du genug. Die Galle träufelt
dir bitter auf das Herz, verendend willst du
dich auf ein Wort besinnen, irgend eines
noch von dir geben, nur ein Wort, anstatt
der blutgen Träne, die dem Tier sogar
im Sterben nicht versagt ist: da steh ich
vor dir, und nun liest du mit starrem Aug
das ungeheure Wort, das mir in mein
Gesicht geschrieben ist: denn mein Gesicht
ist aus des Vaters und aus deinen Zügen
gemischt, und da hab ich mit meinem stummen
Dastehn dein letztes Wort zunicht gemacht,
erhängt ist dir die Seele in der selbst-
gedrehten Schlinge, sausend fällt das Beil,
und ich steh da und seh dich endlich sterben!
Dann träumst du nimmermehr, dann brauche ich
nicht mehr zu träumen, und wer dann noch lebt,
der jauchzt und kann sich seines Lebens freuen!

*Sie stehen einander, Elektra in wildester Trunkenheit, Klytämnestra gräßlich atmend vor Angst, Aug in Aug. In diesem Augenblick erhellt sich der Hausflur und die Vertraute kommt herausgelaufen. Sie flüstert Klytämnestra etwas ins Ohr. Diese scheint erst nicht recht zu verstehen. Allmählich kommt sie zu sich. Sie winkt: Lichter! Es treten Dienerinnen mit Fackeln heraus, stellen sich hinter Klytämnestra. Sie winkt: Mehr Lichter! Es kommen mehr heraus, stellen sich hinter sie, so daß der Hof voll von Licht wird und rotgelber Schein an den Mauern flutet.*

*Nun verändern sich die Züge der Klytämnestra allmählich, und die Spannung des Grauens weicht einem bösen Triumph. Sie läßt sich die Botschaft abermals zuflüstern und verliert dabei Elektra keinen Augenblick aus dem Auge. Ganz bis an den Hals sich sättigend mit einer wilden Freude, streckt sie die beiden Hände drohend gegen Elektra. Dann hebt ihr die Vertraute den Stock auf und, auf beide sich stützend, eilig, gierig, an den Stufen ihr Gewand aufraffend, läuft sie ins Haus. Die Dienerinnen mit den Lichtern, wie gejagt, hinter ihr drein.*

ELEKTRA *währenddessen*

Was sagen sie ihr denn? sie freut sich ja!
Mein Kopf! Mir fällt nichts ein. Worüber freut sich
das Weib?

*Chrysothemis kommt, laufend, zur Hoftür herein, laut heulend wie ein verwundetes Tier.*

ELEKTRA Chrysothemis! Schnell, schnell, ich brauche
Aushilfe. Sag mir etwas auf der Welt,
worüber man sich freuen kann!

CHRYSOTHEMIS *schreiend* Orest!
Orest ist tot!

ELEKTRA *winkt ihr ab, wie von Sinnen*
Sei still!

CHRYSOTHEMIS *dicht bei ihr*
Orest ist tot!

*Elektra bewegt die Lippen.*

CHRYSOTHEMIS

Ich kam hinaus, da wußten sies schon! Alle
standen herum, und alle wußtens schon,
nur wir nicht.

ELEKTRA Niemand weiß es.

CHRYSOTHEMIS Alle wissens!

ELEKTRA

Niemand kanns wissen: denn es ist nicht wahr.

*Chrysothemis wirft sich auf den Boden.*

ELEKTRA *reißt sie empor*

Es ist nicht wahr! ich sag dir doch! ich sag dir,
es ist nicht wahr!

CHRYSOTHEMIS
Die Fremden standen an der Wand, die Fremden,
die hergeschickt sind, es zu melden: zwei,
ein Alter und ein Junger. Allen hatten
sies schon erzählt, im Kreise standen alle
um sie herum und alle wußtens schon.

ELEKTRA
Es ist nicht wahr.

CHRYSOTHEMIS Nur uns erzählt mans nicht!
An uns denkt niemand. Tot! Elektra, tot!

EIN JUNGER DIENER *kommt eilig aus dem Haus, stolpert über die vor der Schwelle Liegende hinweg*
Platz da! wer lungert so vor einer Tür?
Ah, konnt mirs denken! Heda, Stallung! he!

DER KOCH *kommt rechts aus der Tür*
Was gibts?

DER DIENER Nach einem Stallknecht schrei ich mir
die Lunge aus, und wer aus seinem Loch kriecht,
das ist der Koch.

EIN ALTER DIENER *finsteren Gesichts, zeigt sich an der Hoftür*
Was solls im Stall?

DER JUNGE Gesattelt
soll werden, und so rasch als möglich! hörst du?
ein Gaul, ein Maultier, oder meinetwegen
auch eine Kuh, nur rasch!

DER ALTE Für wen?

DER JUNGE Für den,
der dirs befiehlt. Da glotzt er! Rasch, für mich!
Sofort! für mich! Trab, trab! Weil ich hinaus muß
aufs Feld, den Herren holen, weil ich ihm
Botschaft zu bringen habe, große Botschaft,
wichtig genug, um eine eurer Mähren
zutod zu reiten.
*Der Alte verschwindet.*

DER KOCH Was für Botschaft? rede
ein Wort!

DER JUNGE Mit einem Wort, mein guter Koch,
wär dir wahrscheinlich nicht gedient. Auch könnte

man schwerlich, was ich weiß und an den Herren
zu melden hab, so kurzweg in ein Wort
zusammenfassen: laß es dir genügen,
wenn man dir sagt, daß eine Botschaft ist
von höchster Wichtigkeit soeben hier
im Hause eingetroffen, eine Botschaft,
– wie lange solch ein alter Knochen braucht
um aufzusatteln! – die, als treuen Diener
der Herrschaft, dich zu freuen hat: ob du
sie kennst, ob nicht, ganz gleich, sie hat dich zu
erfreuen.
*In den Hof brüllend*
Eine Peitsche, Schuft! was, meinst du,
ich werd ihn ohne Peitsche reiten? Du,
du läßt mich warten und nicht ich den Gaul!
*Zum Koch, schon auf dem Sprunge abzugehen*
Und kurz und gut: der junge Bursch Orest,
der Sohn vom Haus, der immer außer Haus war
und drum so gut wie tot: kurz dieser, der
schon eh und immer sozusagen tot war,
der ist nun sozusagen wirklich tot!
*Springt ab.*

DER KOCH *gegen Elektra und Chrysothemis hin, die aneinandergedrückt daliegen, wie ein Leib, den das Schluchzen der Chrysothemis schüttelt und über den sich das totenbleiche schweigende Gesicht der Elektra hebt*
Eh! jetzt hab ichs heraus! Die Hunde heulen
beim Vollmond, und ihr heult, weil jetzt für euch
auf immer Neumond ist. Die Hunde jagt man,
wenn sie die Hausruh stören. Gebt ihr acht,
sonst gehts euch ebenso.
*Geht wieder hinein.*

CHRYSOTHEMIS *halbaufgerichtet*
Gestorben in der Fremde! tot! begraben
dort in dem fremden Land. Von seinen Pferden
erschlagen und geschleift! Ach, sein Gesicht
unkenntlich, sagen sie. Wir habens nie
gesehen, sein Gesicht! Wenn wir ihn denken,

so denken wir ein Kind. Und er war groß.
Ob er vor seinem Sterben nicht nach uns
verlangte! Ich hab sie nicht fragen können:
es standen alle ringsherum. Elektra,
wir müssen hin und mit den Männern sprechen.

ELEKTRA *vor sich*
Nun muß es hier von uns geschehn.

CHRYSOTHEMIS Elektra,
wir wollen hingehn: es sind zwei, ein Alter
und ein viel Jüngerer, wenn sie erfahren,
daß wir die Schwestern sind, die armen Schwestern,
so sagen sie uns alles.

ELEKTRA Was frommt noch
zu wissen? daß er tot ist, wissen wir.

CHRYSOTHEMIS
Daß sie uns nichts, nicht einmal eine Locke,
nicht eine kleine Locke mitgebracht!
Wie wenn wir gar nicht auf der Welt mehr wären,
wir beiden Mädchen.

ELEKTRA Darum müssen wir
jetzt zeigen, daß wirs sind.

CHRYSOTHEMIS Elektra?

ELEKTRA Wir!
Wir beide müssens tun.

CHRYSOTHEMIS Elektra, was?

ELEKTRA
Am besten heut, am besten diese Nacht.

CHRYSOTHEMIS
Was, Schwester?

ELEKTRA Was? Das Werk, das nun auf uns
gefallen ist, weil er nicht kommen kann
und ungetan es ja nicht bleiben darf.

CHRYSOTHEMIS
Was für ein Werk?

ELEKTRA Nun müssen du und ich
hingehen und das Weib und ihren Mann
erschlagen.

CHRYSOTHEMIS
Schwester, sprichst du von der Mutter?

ELEKTRA
Von ihr. Und auch von ihm. Ganz ohne Zögern
muß es geschehn.
*Chrysothemis sprachlos.*
ELEKTRA Schweig still. Zu sprechen ist nichts.
Nichts gibt es zu bedenken, als nur: wie?
wie wir es tun.
CHRYSOTHEMIS Ich?
ELEKTRA Ja. Du und ich.
Wer sonst? Hat unser Vater andre Kinder,
die wo im Haus versteckt sind und zu Hülfe
uns kommen könnten? Nein, soviel ich weiß.
CHRYSOTHEMIS
Wir beide sollen hingehn? Wir? wir zwei?
mit unsern beiden Händen?
ELEKTRA Dafür laß
du mich nur sorgen.
CHRYSOTHEMIS Wenn du auch ein Messer –
ELEKTRA *verächtlich*
Ein Messer!
CHRYSOTHEMIS
Oder auch ein Beil –
ELEKTRA Ein Beil!
Das Beil! das Beil, womit der Vater –
CHRYSOTHEMIS Du?
Entsetzliche, du hast es?
ELEKTRA Für den Bruder
bewahrt ich es. Nun müssen wir es schwingen.
CHRYSOTHEMIS
Du? diese Arme den Ägisth erschlagen?
ELEKTRA
Erst ihn, dann sie; erst sie, dann ihn, gleichviel.
CHRYSOTHEMIS
Ich fürchte mich. Du bist wie außer dir.
ELEKTRA
Es schläft niemand in ihrem Vorgemach.
CHRYSOTHEMIS
Im Schlaf sie morden, und dann weiterleben!

ELEKTRA
Es handelt sich um ihn, und nicht um uns.

CHRYSOTHEMIS
Kämst du zu dir, den Wahnsinn einzusehn!

ELEKTRA
Wer schläft, ist ein gebundnes Opfer. Schliefen
sie nicht zusamm, könnt ichs allein vollbringen.
So aber mußt du mit.

CHRYSOTHEMIS *abwehrend*
Elektra!

ELEKTRA Du!
denn du bist stark!
*Dicht an ihr* Wie stark du bist! dich haben
die jungfräulichen Nächte stark gemacht.
Wie schlank und biegsam deine Hüften sind!
Du windest dich durch jeden Spalt, du hebst dich
durchs Fenster! Laß mich deine Arme fühlen:
wie kühl und stark sie sind! Wie du mich abwehrst,
fühl ich, was das für Arme sind. Du könntest
erdrücken, was du an dich ziehst. Du könntest
mich, oder einen Mann mit deinen Armen
an deine kühlen festen Brüste pressen,
daß man ersticken müßte! Überall
ist so viel Kraft in dir! Sie strömt wie kühles
verhaltnes Wasser aus dem Fels. Sie flutet
mit deinen Haaren auf die starken Schultern!
herunter!

CHRYSOTHEMIS
Laß mich!

ELEKTRA Nein: ich halte dich!
Mit meinen traurigen verdorrten Armen
umschling ich deinen Leib, wie du dich sträubst,
ziehst du den Knoten nur noch fester, ranken
will ich mich rings um dich und meine Wurzeln
in dich versenken und mit meinem Willen
das Blut dir impfen!

CHRYSOTHEMIS Laß mich!
*Flüchtet ein paar Schritte.*

ELEKTRA *wild ihr nach, faßt sie am Gewand*
Nein!
CHRYSOTHEMIS Elektra!
laß mich!
ELEKTRA Ich laß dich nicht. Wir müssen so
verwachsen ineinander, bis das Messer,
das meinen Leib von deinem reißen wollte,
auch gleich den Tod uns gibt, denn nun sind wir
allein auf dieser Welt.
CHRYSOTHEMIS Elektra, hör mich.
Du bist so klug, hilf uns aus diesem Haus,
hilf uns ins Freie.
ELEKTRA *ohne sie zu hören*
Du bist voller Kraft,
die Sehnen hast du wie ein Füllen, schlank
sind deine Füße, leicht umschling ich sie
mit meinen Armen wie mit einem Strick.
Ich spüre durch die Kühle deiner Haut
das warme Blut hindurch, mit meiner Wange
spür ich den Flaum auf deinen jungen Armen:
Du bist wie eine Frucht am Tag der Reife.
Von jetzt an will ich deine Schwester sein,
so wie ich niemals deine Schwester war!
Ich will mit dir in deiner Kammer sitzen
und warten auf den Bräutigam, für ihn
will ich dich salben, und ins duftige Bad
sollst du mir tauchen wie der junge Schwan
und deinen Kopf an meiner Brust verbergen,
bevor er dich, die durch die Schleier glüht
wie eine Fackel, in das Hochzeitsbett
mit starken Armen zieht.
CHRYSOTHEMIS *schließt die Augen*
Nicht, Schwester, nicht.
Sprich nicht ein solches Wort in diesem Haus.
ELEKTRA
O ja! weit mehr als Schwester bin ich dir
von diesem Tage an: ich diene dir
wie deine Sklavin. Wenn du liegst in Wehn,

steh ich an deinem Bette Tag und Nacht,
wehr dir die Fliegen, schöpfe kühles Wasser,
und wenn auf einmal auf dem nackten Schoß
dir ein Lebendiges liegt, erschreckend fast,
so heb ich dirs empor, so hoch! damit
sein Lächeln hoch von oben in die tiefsten
geheimsten Klüfte deiner Seele fällt
und dort das letzte, eisig Gräßliche
vor dieser Sonne schmilzt und dus in hellen
Tränen ausweinen kannst.

CHRYSOTHEMIS O bring mich fort!
Ich sterb in diesem Haus!

ELEKTRA *an ihren Knieen* Dein Mund ist schön,
wenn er sich einmal auftut um zu zürnen!
Aus deinem reinen starken Mund muß furchtbar
ein Schrei hervorsprühn, furchtbar wie der Schrei
der Todesgöttin, wenn man unter dir
so daliegt, wie nun ich: wenn man auf einmal
erwacht und wie die Todesgöttin dich
zu Häupten findet! wenn man unter dir
gebunden liegt, und so an dir hinaufsieht,
an deinem schlanken Leib mit starrem Aug
emporschaun muß, so wie Gescheiterte
emporschaun an der Klippe, eh sie sterben.

CHRYSOTHEMIS
Was redest du?

ELEKTRA *aufstehend*
Denn eh du diesem Haus
und mir entkommst, mußt du es tun!
*Chrysothemis will reden.*

ELEKTRA *hält ihr den Mund zu* Dir führt
kein Weg hinaus als der. Ich laß dich nicht,
eh du mir Mund auf Mund es zugeschworen,
daß du es tun wirst.

CHRYSOTHEMIS *windet sich los*
Laß mich!

ELEKTRA *faßt sie wieder* Schwör, du kommst
heut nacht, wenn alles still ist, an den Fuß
der Treppe.

CHRYSOTHEMIS
Laß mich!
ELEKTRA *hält sie am Gewand*
Mädchen, sträub dich nicht!
es bleibt kein Tropfen Blut am Leibe haften:
schnell schlüpfst du aus dem blutigen Gewand
mit reinem Leib ins hochzeitliche Hemd.
CHRYSOTHEMIS
Laß mich!
ELEKTRA Sei nicht zu feige! Was du jetzt
an Schaudern überwindest, wird vergolten
mit Wonneschaudern Nacht für Nacht –
CHRYSOTHEMIS Ich kann nicht!
ELEKTRA
Sag, daß du kommen wirst!
CHRYSOTHEMIS Ich kann nicht!
ELEKTRA Sieh,
ich lieg vor dir, ich küsse deine Füße!
CHRYSOTHEMIS *ins Haustor entspringend*
Ich kann nicht!
ELEKTRA *ihr nach* Sei verflucht!
*Vor sich, mit wilder Entschlossenheit*
Nun denn allein!
*Sie fängt an der Wand des Hauses, seitwärts der Türschwelle, eifrig zu graben an, lautlos, wie ein Tier. Hält inne, sieht sich um, gräbt wieder.*
*Orest steht in der Hoftür, von der letzten Helle sich schwarz abhebend. Er tritt herein. Elektra blickt auf ihn. Er dreht sich langsam um, so daß sein Blick auf sie fällt. Elektra fährt heftig auf, zittert.*
ELEKTRA
Was willst du, fremder Mensch? was treibst du dich
zur dunklen Stunde hier herum, belauerst,
was andre tun! Kann sein, du selber hast
im Sinne, was von andern nicht belauscht
du wünschest. Also laß auch mich in Ruh.
Ich hab hier ein Geschäft. Was kümmerts dich!
Tritt ab und laß mich an der Erde wühlen.

Verstehst du, was man redet? oder läßt
die Neugier dich nicht los? Ich grab nichts ein,
ich grab was aus. Und nicht das Totenbein
von einem kleinen Kind, das ich vor Tagen
verscharrt hab. Nein, mein Bursch, ich gab kein Leben,
so braucht ich auch kein Leben zu ersticken,
noch zu vergraben. Wenn der Leib der Erde
einmal aus meinen Händen was empfängt,
so ists woraus ich kam, nicht was aus mir kam.
Ich grab was aus: kaum wirst du aus dem Licht sein,
so werd ichs haben und es herzen und
es küssen, so wie wenns mein lieber Bruder
und auch mein lieber Sohn in einem wäre.

OREST
So hast du nichts auf Erden, was dir lieb ist,
daß du ein Etwas aus der Erde scharren
und küssen willst? bist denn du ganz allein?

ELEKTRA
Ich bin nicht Mutter, habe keine Mutter,
bin kein Geschwister, habe kein Geschwister,
lieg vor der Tür und bin doch nicht der Wachhund,
ich red und stehe doch nicht Rede, lebe
und lebe nicht, hab langes Haar und fühle
doch nichts von dem, was Weiber, heißt es, fühlen:
kurz, bitte, geh und laß mich! laß mich! laß mich!

OREST
Ich muß hier warten.

ELEKTRA Warten?

*Eine Pause*

OREST Doch du bist
hier aus dem Haus? bist eine von den Mägden
des Hauses?

ELEKTRA Ja, ich diene hier im Haus.
Du aber hast hier nichts zu schaffen. Freu dich
und geh.

OREST Ich sagte dir, ich muß hier warten,
bis sie mich rufen werden.

ELEKTRA Die da drinnen?

Du lügst. Weiß ich doch gut, der Herr ist nicht zu Haus.
Und sie, was sollte sie mit dir?

OREST Ich und noch einer,
der mit mir ist, wir haben einen Auftrag
hier an die Frau.

*Elektra schweigt.*

OREST Wir sind an sie geschickt,
weil wir bezeugen können, daß ihr Sohn
Orest gestorben ist vor unsren Augen.
Denn ihn erschlugen seine eignen Pferde.
Ich war so alt wie er, und sein Gefährte
bei Tag und Nacht; der andre, der mit mir ist,
ein alter Mann, der war der Aufseher
und Pfleger, den wir hatten.

ELEKTRA Hab ich dich
noch sehen müssen! hast du dich hierher
in meinen traurigen Winkel schleppen müssen,
Herold des Unglücks! Kannst du deine Botschaft
nicht austrompeten dort, wo sie sich freun!
Du lebst – und er, der besser war als du
und edler tausendmal, und tausendmal
so wichtig, daß er lebte – er ist hin!
Dein Aug da starrt mich an und seins ist Gallert.
Dein Mund geht auf und zu und seiner ist
mit Erde vollgestopft. Könnt ich den deinen
mit Flüchen stopfen! geh mir aus den Augen.

OREST
Was willst du denn? sie nehmens hier im Haus
mit Freude auf. Laß doch den Toten tot sein.
Laß den Orest. Orest ist nun einmal
gestorben, und das alles mußte kommen,
so wie es kam. Er freute sich zu sehr
an seinem Leben, und die Götter droben
vertragen nicht den allzu hellen Laut
der Lust, ein allzu starkes Flügelschlagen
vor Abend widert sie, sie greifen schnell
nach einem Pfeil und nageln das Geschöpf
an seines dunklen Schicksals finstern Baum,

der ihm im stillen irgendwo schon längst
gewachsen war. So mußte er denn sterben.

ELEKTRA

Wie er vom Sterben redet, dieser Bursche!
Als hätte ers geschmeckt und wieder aus-
gespien. Doch ich! doch ich! da liegen, und
zu wissen, daß das Kind nie wiederkommt,
daß die da drinnen leben und sich freuen,
daß dies Gezücht in seiner Höhle lebt
und ißt und trinkt und schläft und sich vermehrt,
indes das Kind da unten in den Klüften
des Grausens lungert, und dem Vater nicht
sich in die Nähe wagt. Und ich hier droben
allein! wie nicht das Tier des Waldes einsam
und gräßlich lebt.

OREST Wer bist denn du?

ELEKTRA Was kümmerts
dich, wer ich bin. Hab ich gefragt, wer du bist?

OREST

Ich kann nicht anders, als zu denken: du
muß ein verwandtes Blut zu denen sein,
die starben, Agamemnon und Orest.

ELEKTRA

Verwandt? ich bin dies Blut! ich bin das hündisch
vergoßne Blut des Königs Agamemnon!
Elektra heiß ich.

OREST Nein!

ELEKTRA Er leugnets ab.
Er bläst auf mich und nimmt mir meinen Namen.
Weil ich nicht Vater und nicht Bruder hab,
bin ich der Spott der Buben! Wer des Wegs kommt,
stößt mit dem Fuß nach mir, sie lassen mir
auch meinen Namen nicht!

OREST Elektra muß
zehn Jahre jünger sein als du. Elektra
ist groß, ihr Aug ist traurig, aber sanft,
wo deins voll Blut und Haß. Elektra wohnt
abseits der Menschen, und ihr Tag vergeht

mit Hüten eines Grabes. Zwei, drei Frauen
hat sie um sich, die lautlos dienen, Tiere
umschleichen ihre Wohnung scheu und schmiegen
sich, wenn sie geht, an ihr Gewand.

ELEKTRA *klatscht in die Hände* Recht! recht!
Erzähl mir noch was Schönes von Elektra.
Ich werd ihrs wiedersagen, wenn ich sie
*Mit erstickter Stimme* sehe.

OREST
So seh ich sie? ich seh sie wirklich? du?
*Schnell*
So haben sie dich darben lassen oder –
sie haben dich geschlagen?

ELEKTRA Wer bist du
mit deinen vielen Fragen?

OREST Sag mirs! sag mirs!
Sag!

ELEKTRA
Beides! beides! beides! Königinnen
gedeihen nicht, wenn man sie mit dem Wegwurf
vom Zugemüse füttert, Priesterinnen
sind nicht geschaffen, daß man nach der Peitsche
sie springen läßt und in so kurzen Lumpen
statt eines wallenden Gewandes. Laß
mein Kleid, wühl nicht mit deinem Blick daran.

OREST
Elektra!
Was haben sie gemacht mit deinen Nächten!
Furchtbar sind deine Augen.

ELEKTRA *verbissen* Geh ins Haus,
drin hab ich eine Schwester, die bewahrt sich
für Freudenfeste auf!

OREST Elektra, hör mich.

ELEKTRA
Ich will nicht wissen, wer du bist, du sollst mir
nicht näher kommen. Ich will niemand sehen!
*Kauert sich, das Gesicht gegen die Wand.*

OREST

Hör zu, ich hab nicht Zeit. Hör zu. Ich darf nicht
laut reden. Hör mich an: Orestes lebt.

*Elektra wirft sich herum.*

OREST

Gib keinen Laut von dir. Wenn du dich regst,
verrätst du ihn.

ELEKTRA So ist er frei? wo ist er?

Du weißt es, wo? ist er versteckt? er liegt
gefangen! irgendwo in einem Winkel
gekauert wartet er auf seinen Tod!
Ich muß ihn sterben sehn, sie haben dich
geschickt, um mich zu foltern, meine Seele
sollst du aufziehn an einem Strick, und wieder
zu Boden schmettern!

OREST Er ist unversehrt

wie ich.

ELEKTRA

So rett ihn doch! bevor sie ihn
erwürgen. Kannst du ihm kein Zeichen geben?
Ich küsse deine Füße, daß du ihm
ein Zeichen gibst. Bei deines Vaters Leichnam
beschwör ich dich, so schnell du laufen kannst,
lauf hin und bring ihn fort! das Kind muß sterben,
wenn es die Nacht in diesem Haus verbringt.

OREST

Bei meines Vaters Leichnam! dazu kam
das Kind ins Haus, damit noch diese Nacht
die sterben, welche sterben sollen –

ELEKTRA *von seinem Ton getroffen* Wer

bist du?

*Der alte finstre Diener stürzt aus dem Hof lautlos herein, wirft sich vor Orest nieder, küßt seine Füße, rafft sich auf, angstvoll um sich schauend, und stürzt lautlos wieder ab.*

ELEKTRA *kaum ihrer mächtig*

Wer bist du denn? Ich fürchte mich.

OREST *sanft*

Die Hunde auf dem Hof erkennen mich,
und meine Schwester nicht?

ELEKTRA *schreit auf* Orest!

OREST *fieberhaft*
Wenn einer dich im Haus gehört hat, der
hat jetzt mein Leben in der Hand.

ELEKTRA *ganz leise, bebend* Orest!
Es rührt sich niemand. O laß deine Augen
mich sehen! Nein, du sollst mich nicht berühren!
Tritt weg, ich schäme mich vor dir. Ich weiß nicht,
wie du mich ansiehst.
Ich bin nur mehr der Leichnam deiner Schwester,
mein armes Kind. Ich weiß, es schaudert dich
vor mir. Und war doch eines Königs Tochter!
Ich glaube, ich war schön: wenn ich die Lampe
ausblies vor meinem Spiegel, fühlte ich
mit keuschem Schauder, wie mein nackter Leib
vor Unberührtheit durch die schwüle Nacht
wie etwas Göttliches hinleuchtete.
Ich fühlte, wie der dünne Strahl des Monds
in seiner weißen Nacktheit badete
so wie in einem Weiher, und mein Haar
war solches Haar, vor dem die Männer zittern,
dies Haar, versträhnt, beschmutzt, erniedrigt, dieses!
Verstehst dus, Bruder! diese süßen Schauder
hab ich dem Vater opfern müssen. Meinst du,
wenn ich an meinem Leib mich freute, drangen
nicht seine Seufzer, drang sein Stöhnen nicht
bis an mein Bette? Eifersüchtig sind
die Toten: und er schickte mir den Haß,
den hohläugigen Haß als Bräutigam.
Da mußte ich den Gräßlichen, der atmet
wie eine Viper, über mich in mein
schlafloses Bette lassen, der mich zwang,
alles zu wissen, wie es zwischen Mann
und Weib zugeht. Die Nächte, weh, die Nächte,
in denen ichs begriff! Da war mein Leib
eiskalt und doch verkohlt, im Innersten
verbrannt. Und als ich endlich alles wußte,
da war ich weise, und die Mörder hielten –

– die Mutter mein ich, und den, der bei ihr ist, –
nicht einen meiner Blicke aus!
Was schaust du ängstlich um dich? sprich zu mir!
sprich doch! Du zitterst ja am ganzen Leib!

OREST
Laß zittern diesen Leib. Meinst du, er würde
nicht noch ganz anders zittern, könnt er ahnen,
was ich für einen Weg ihn führen werde?

ELEKTRA
Du willst es tun? Allein? Du armes Kind.
Hast du dir keine Freunde mitgebracht?

OREST
Laß, sprich nicht viel davon. Mein alter Pfleger
ist mit. Doch der es tuen wird, bin ich.

ELEKTRA
Ich hab die Götter nie gesehn, allein
ich weiß, sie werden da sein, dir zu helfen.

OREST
Ich weiß nicht, wie die Götter sind. Ich weiß nur,
sie haben diese Tat mir auferlegt,
und sie verwerfen mich, wofern ich schaudre.

ELEKTRA
Du wirst es tun!

OREST Ja, ja. Müßt ich der Mutter
nur nicht vorher in ihre Augen schaun.

ELEKTRA
Sieh mich doch an, was sie aus mir gemacht hat.
*Orest sieht sie traurig an.*

ELEKTRA
Du Kind! du Kind! du kommst, verstohlen bist du
gekommen, von dir selber redest du
als wie von einem Toten, und du lebst!

OREST *leise*
Gib acht!

ELEKTRA Wer bin denn ich, daß du auf mich
so liebe Blicke heftest? Sieh, ich bin
gar nichts. Ich habe alles, was ich war,
hingeben müssen. Auch die Scham, die süßer

als alles ist, die, wie der Silberdunst,
der milchige, beim Mond, um jedes Weib
herum ist und das Gräßliche von ihr
und ihrer Seele weghält! Meine Scham
hab ich geopfert, so wie unter Räuber
bin ich gefallen, die mir auch das letzte
Gewand vom Leibe rissen! ohne Brautnacht
bin ich nicht, wie die Jungfraun sind, die Qualen
von einer, die gebärt, hab ich gespürt
und habe nichts zur Welt gebracht, und eine
Prophetin bin ich immerfort gewesen
und habe nichts hervorgeholt aus mir
und meinem Leib wie Flüche und Verzweiflung.
Nachts hab ich nicht geschlafen, hab mein Lager
mir auf dem Turm gemacht, und hab geschrieen
im Hofe und gewinselt mit den Hunden.
Verhaßt bin ich geworden und hab alles
gesehen, alles hab ich sehen müssen
so wie der Wächter auf dem Turm, und Tag
ist Nacht, und Nacht ist wieder Tag geworden,
und an der Sonne nicht und an den Sternen
hab ich mich nicht gefreut, denn alles war mir
um seinetwillen nichts, es war mir alles
nur Merkzeichen, und jeder Tag war nur
ein Merkstein auf dem Weg!

OREST O meine Schwester.

ELEKTRA
Was willst du?

OREST Schwester, ob die Mutter nicht
dir ähnlich sieht?

ELEKTRA *wild* Mir ähnlich? Nein. Ich will nicht,
daß du ihr ins Gesicht siehst. Wenn sie tot ist,
dann wollen wir zusammen ihr Gesicht
ansehen. Bruder, sie warf unsrem Vater
ein weißes Hemde über, und dann schlug sie
auf das, was vor ihr stand, auf das, was hilflos,
was ohne Augen war und sein Gesicht
nicht nach ihr wenden konnte, was die Arme

nicht freibekommen konnte – hörst du mich? –
auf das schlug sie mit hochgehobnem Beil
von oben zu.

OREST Elektra!

ELEKTRA Ihr Gesicht
hat sie von ihren Taten.

OREST Ich wills tun,
ich will es eilig tuen.

ELEKTRA Der ist selig,
der tuen darf! Die Tat ist wie ein Bette,
auf dem die Seele ausruht, wie ein Bett
von Balsam, drauf die Seele ruhen kann,
die eine Wunde ist, ein Brand, ein Eiter
und eine Flamme!

*Der Pfleger Orests steht in der Hoftür, ein starker Greis mit blitzenden Augen.*

ELEKTRA Bruder, wer ist dieser?

DER PFLEGER *hastig auf sie zu*
Seid ihr von Sinnen, daß ihr euren Mund
nicht bändigt, wo ein Hauch, ein Laut, ein Nichts
uns und das Werk verderben kann –

ELEKTRA Wer ist das?

OREST
Kennst du ihn nicht? Wenn du mich liebhast, dank ihm.
Du dankst ihm, daß ich bin. Dies ist Elektra.

ELEKTRA
Du! du! o nun ist alles wirklich! alles
knüpft sich zusammen! Laß mich deine Hände
dir küssen! Ich weiß von den Göttern nichts,
ich weiß nicht, wie sie sind, drum küß ich lieber
dir deine Hände.

DER PFLEGER Still, Elektra, still!

ELEKTRA
Nein, jubeln will ich über dich, weil du
ihn hast hierhergetrieben. Als ich haßte,
da schwieg ich reichlich. Haß ist nichts, er zehrt
und zehrt sich selber auf, und Liebe ist
noch weniger als Haß, sie greift nach allem

und kann nichts fassen, ihre Hände sind
wie Flammen, die nichts fassen, alles Denken
ist nichts, und was aus einem Mund hervorkommt,
ist ohnmächtige Luft, nur der ist selig,
der seine Tat zu tuen kommt! und selig,
wer ihn anrühren darf, und wer das Beil
ihm aus der Erde gräbt, und wer die Fackel
ihm hält, und wer die Tür ihm auftut, selig,
wer an der Türe horchen darf.

DER PFLEGER *faßt sie rauh und drückt seine Hand gegen ihren Mund*
Schweig still!
*Zu Orest in fliegender Eile*
Sie wartet drinnen. Ihre Mägde suchen
nach dir. Es ist kein Mann im Haus. Orest!
*Orest reckt sich auf, seinen Schauder bezwingend.*
*Die Tür des Hauses erhellt sich, und es erscheint eine Dienerin mit einer Fackel, hinter ihr die Vertraute. Elektra ist zurückgesprungen, steht im Dunkel. Die Vertraute verneigt sich gegen die beiden Fremden, winkt, ihr hinein zu folgen. Die Dienerin befestigt die Fackel an einem eisernen Ring im Türpfosten. Orest und der Pfleger gehen hinein. Orest schließt einen Augenblick, schwindelnd, die Augen, der Pfleger ist dicht hinter ihm, sie tauschen einen schnellen Blick. Die Tür schließt sich hinter ihnen.*

ELEKTRA *allein, in entsetzlicher Spannung. Sie läuft auf einem Strich vor der Tür hin und her, mit gesenktem Kopf, wie das gefangene Tier im Käfig. Plötzlich steht sie still und sagt*
Ich habe ihm das Beil nicht geben können!
Sie sind gegangen, und ich habe ihm
das Beil nicht geben können. Es sind keine
Götter im Himmel!
*Abermals ein furchtbares Warten. Da tönt von drinnen, gellend, der Schrei der Klytämnestra.*

ELEKTRA *schreit auf wie ein Dämon*
Triff noch einmal!
*Von drinnen ein zweiter Schrei.*
*Aus dem Wohngebäude links kommen Chrysothemis und eine Schar Dienerinnen heraus.*
*Elektra steht in der Tür, mit dem Rücken an die Tür gepreßt.*

CHRYSOTHEMIS
Es muß etwas geschehen sein.

EINE Sie schreit
so aus dem Schlaf.

ZWEITE Es müssen Männer drin sein.
Ich habe Männer gehen hören.

DRITTE Alle
die Türen sind verriegelt.

VIERTE Es sind Mörder!
Es sind Mörder im Haus!

ERSTE *schreit auf* Oh!

ALLE Was ist?

ERSTE
Seht ihr denn nicht, dort an der Tür steht einer!

CHRYSOTHEMIS
Das ist Elektra! das ist ja Elektra!

ZWEITE
warum spricht sie denn nicht?

CHRYSOTHEMIS Elektra,
warum sprichst du denn nicht?

ERSTE Ich will hinaus
und Männer holen.
*Läuft rechts hinaus.*

CHRYSOTHEMIS Mach uns doch die Tür auf,
Elektra!

MEHRERE
Elektra, laß uns in das Haus!

ERSTE *durch die Hoftür zurückkommend, schreit*
Zurück!
*Alle erschrecken.*

ERSTE
Ägisth! Zurück in unsre Kammern! schnell!
Ägisth kommt durch den Hof! Wenn er uns findet
und wenn im Hause was geschehen ist,
läßt er uns töten.

ALLE Schnell, zurück! zurück!
*Sie verschwinden im Hause links.*

ÄGISTH *am Eingang rechts*
Ist niemand da, zu leuchten? Rührt sich keiner
von allen diesen Schuften? Kann das Volk
mir keine Zucht annehmen!
*Elektra nimmt die Fackel aus dem Ring, läuft hinunter, ihm entgegen, neigt sich vor ihm.*

ÄGISTH *erschrickt vor der wirren Gestalt im zuckenden Licht, weicht zurück*
Was ist das für ein unheimliches Weib?
Ich hab verboten, daß ein unbekanntes
Gesicht mir in die Nähe kommt!
*Erkennt sie, zornig* Was, du?
Wer heißt dich, mir entgegengehen?

ELEKTRA Darf ich
nicht leuchten?

ÄGISTH Nun, dich geht die Neuigkeit
ja doch vor allen an. Wo find ich denn
die fremden Männer, die das von Orest
uns melden?

ELEKTRA Drinnen. Eine liebe Wirtin
fanden sie vor, und sie ergetzen sich
mit ihr.

ÄGISTH Und melden also wirklich, daß er
gestorben ist, und melden so, daß nicht
zu zweifeln ist?

ELEKTRA O Herr, sie meldens nicht
mit Worten bloß, nein, mit leibhaftigen Zeichen,
an denen auch kein Zweifel möglich ist.

ÄGISTH
Was hast du in der Stimme? Und was ist
in dich gefahren, daß du nach dem Mund
mir reden willst? Was taumelst du so hin
und her mit deinem Licht!

ELEKTRA Es ist nichts andres,
als daß ich endlich klug ward und zu denen
mich halte, die die Stärkern sind. Erlaubst du,
daß ich voran dir leuchte?

ÄGISTH Bis zur Tür.
Was tanzest du? Gib Obacht.

ELEKTRA *indem sie ihn, wie in einem unheimlichen Tanz, umkreist, sich plötzlich tief bückend* Hier! die Stufen,
daß du nicht fällst.

ÄGISTH *an der Haustür*
Warum ist hier kein Licht?
Wer sind die dort?

ELEKTRA Die sinds, die in Person
dir aufzuwarten wünschen, Herr. Und ich,
die oft durch freche unbescheidne Näh
dich störte, will nun endlich lernen, mich
im rechten Augenblick zurückzuziehen.

ÄGISTH *geht ins Haus. Eine kleine Stille. Dann Lärm drinnen. Sogleich erscheint Ägisth an einem kleinen Fenster rechts, reißt den Vorhang weg, schreit*
Helft! Mörder! helft dem Herren! Mörder, Mörder!
Sie morden mich!
*Er wird weggezerrt* Hört mich denn niemand? hört
denn niemand?
*Noch einmal erscheint sein Gesicht am Fenster.*

ELEKTRA *reckt sich auf*
Agamemnon hört dich!

ÄGISTH *wird fortgerissen* Weh mir!
*Elektra steht, furchtbar atmend, gegen das Haus gekehrt.*
*Die Frauen kommen wild herausgelaufen, Chrysothemis unter ihnen. Wie besinnungslos laufen sie gegen die Hoftür. Dort machen sie plötzlich halt, wenden sich.*

CHRYSOTHEMIS
Elektra! Schwester! komm mit uns! so komm
mit uns! es ist der Bruder drin im Haus!
es ist Orest, der es getan hat!
*Stimmengewirr, Getümmel draußen.*
Komm!
Er steht im Vorsaal, alle sind um ihn,
sie küssen seine Füße, alle, die
Ägisth im Herzen haßten, haben sich
geworfen auf die andern, überall
in allen Höfen liegen Tote, alle,
die leben, sind mit Blut bespritzt und haben

selbst Wunden, und doch strahlen alle, alle
umarmen sich –
*Draußen wachsender Lärm, die Frauen sind hinausgelaufen, Chrysothemis allein, von draußen fällt Licht herein.*
und jauchzen, tausend Fackeln
sind angezündet. Hörst du nicht, so hörst du
denn nicht?

ELEKTRA *auf der Schwelle kauernd*
Ob ich nicht höre? ob ich die
Musik nicht höre? sie kommt doch aus mir
heraus. Die Tausende, die Fackeln tragen
und deren Tritte, deren uferlose
Myriaden Tritte überall die Erde
dumpf dröhnen machen, alle warten sie
auf mich: ich weiß doch, daß sie alle warten,
weil ich den Reigen führen muß, und ich
kann nicht, der Ozean, der ungeheure,
der zwanzigfache Ozean begräbt
mir jedes Glied mit seiner Wucht, ich kann mich
nicht heben!

CHRYSOTHEMIS *fast schreiend vor Erregung*
Hörst du nicht, sie tragen ihn,
sie tragen ihn auf ihren Händen, allen
sind die Gesichter ganz verwandelt, allen
schimmern die Augen und die alten Wangen
von Tränen! Alle weinen, hörst dus nicht?
Ah!
*Sie läuft hinaus.*
*Elektra hat sich erhoben. Sie schreitet von der Schwelle herunter. Sie hat den Kopf zurückgeworfen wie eine Mänade. Sie wirft die Kniee, sie reckt die Arme aus, es ist ein namenloser Tanz, in welchem sie nach vorwärts schreitet.*

CHRYSOTHEMIS *erscheint wieder an der Tür, hinter ihr Fackeln, Gedräng, Gesichter von Männern und Frauen*
Elektra!

ELEKTRA *bleibt stehen, sieht starr auf sie hin*
Schweig und tanze. Alle müssen
herbei! hier schließt euch an! Ich trag die Last

des Glückes, und ich tanze vor euch her.
Wer glücklich ist wie wir, dem ziemt nur eins:
schweigen und tanzen!

*Sie tut noch einige Schritte des angespanntesten Triumphes und stürzt zusammen.*

CHRYSOTHEMIS *zu ihr. Elektra liegt starr. Chrysothemis läuft an die Tür des Hauses, schlägt daran*
Orest! Orest!

*Stille*

*Vorhang.*

# ZU ›ELEKTRA‹

# TEXTERWEITERUNGEN IM OPERNBUCH

Das für Richard Strauss redigierte Opernbuch (1908) ist gegenüber dem Drama an manchen Stellen gekürzt, an dreien erweitert. In der Rede der Elektra »Was bluten muß?« (S. 209) heißt es nach der Bemerkung *der Stock entfällt ihren zitternden Händen:*

Hinab die Treppe durch Gewölbe hin,
Gewölbe nach Gewölbe geht die Jagd –
Und ich! ich! ich, die ihn dir geschickt,
ich bin wie ein Hund an deiner Ferse,
willst du in eine Höhle, spring ich dich
von seitwärts an, so treiben wir dich fort –
bis eine Mauer alles sperrt und dort
im tiefsten Dunkel, doch ich seh ihn wohl,
ein Schatten und doch Glieder und das Weiße
von einem Auge doch, da sitzt der Vater:
er achtets nicht und doch muß es geschehn:
zu seinen Füßen drücken wir dich hin –
Du möchtest schreien,

S. 225, nachdem Orest sich zu erkennen gegeben, nach dem Schrei der Elektra:

Orest! Orest! Orest!
Es rührt sich niemand! O laß deine Augen
mich sehen, Traumbild, mir geschenktes
Traumbild, schöner als alle Träume!
Hehres, unbegreifliches, erhabenes Gesicht,
o bleib bei mir! Lös nicht
in Luft dich auf, vergeh mir nicht,
es sei denn, daß ich jetzt gleich
sterben muß und du dich anzeigst
und mich holen kommst: dann sterbe ich

seliger, als ich gelebt! Orest! Orest!
*Orest neigt sich zu ihr, sie zu umarmen.*
*Heftig*
Nein, du sollst mich nicht umarmen!

Schließlich S. 233, nach den Worten der Chrysothemis: »Sie tragen ihn auf den Händen«:

ELEKTRA *springt auf, vor sich hin, ohne Chrysothemis zu achten*
Wir
sind bei den Göttern, wir Vollbringenden.
*Begeistert*
Sie fahren dahin wie die Schärfe des Schwerts
durch uns, die Götter, aber ihre
Herrlichkeit ist nicht zuviel für uns!

CHRYSOTHEMIS
Allen sind die Gesichter verwandelt, allen
schimmern die Augen und die alten Wangen
vor Tränen! Alle weinen, hörst dus nicht?

ELEKTRA
Ich habe Finsternis gesät
und ernte Lust über Lust.
Ich war ein schwarzer Leichnam
unter Lebenden, und diese Stunde
bin ich das Feuer des Lebens und meine Flamme
verbrennt die Finsternis der Welt.
Mein Gesicht muß weißer sein
als das weißglühende Gesicht des Monds.
Wenn einer auf mich sieht,

CHRYSOTHEMIS
Gut sind die Götter! Gut!
Es fängt ein Leben
für dich und mich und
alle Menschen an.
Die überschwenglich guten Götter sinds,

muß er den Tod empfangen oder muß
vergehen vor Lust.
Seht ihr denn mein Gesicht?
Seht ihr das Licht, das
von mir ausgeht?

die das gegeben haben.
Wer hat uns je geliebt?

Wer hat uns je geliebt?

CHRYSOTHEMIS
Nun ist der Bruder da und Liebe
fließt über uns wie Öl und Myrrhen, Liebe
ist Alles! Wer kann leben ohne Liebe?

ELEKTRA *feurig*
Ai! Liebe tötet! aber keiner fährt dahin
und hat die Liebe nicht
gekannt!
*Chrysothemis läuft hinaus.*

CHRYSOTHEMIS
Elektra!
Ich muß bei meinem
Bruder stehn!

# SZENISCHE VORSCHRIFTEN ZU ›ELEKTRA‹ (1903)

*Die Bühne.* Dem Bühnenbild fehlen vollständig jene Säulen, jene breiten Treppenstufen, alle jene antikisierenden Banalitäten, welche mehr geeignet sind, zu ernüchtern als suggestiv zu wirken. Der Charakter des Bühnenbildes ist Enge, Unentfliehbarkeit, Abgeschlossenheit. Der Maler wird dem Richtigen eher nahekommen – andeutungsweise –, wenn er sich von der Stimmung, die der bevölkerte Hof eines Stadthauses an einem Sommerabend bietet, leiten läßt, als wenn er irgend das Bild jener konventionellen Tempel und Paläste in sich aufkommen läßt. Es ist der Hinterhof des Königspalastes, eingefaßt von Anbauten, welche Sklavenwohnungen und Arbeitsräume enthalten. Die Hinterwand des königlichen Hauses bietet jenen Anblick, welcher die großen Häuser im Orient so geheimnisvoll und unheimlich macht; sie hat sehr wenige und ganz unregelmäßige Fensteröffnungen von den verschiedensten Dimensionen. Das Haus hat eine Tür, die offensteht, aber verschließbar ist. Sie ist um einige Stufen über dem Erdboden erhaben. Links von dieser ist ein niedriges aber sehr breites Fenster. Nach unten links nochmals ein ziemlich großes Fenster, hier scheint im Hause ein Gang zu laufen, den man luftig wünscht. In den höheren Stockwerken sind nur hie und da ein paar verstreute Fensterluken, denen die Kraft des Malers jenes Lauernde, Versteckte des Orients geben wird. Links und rechts sind niedrige Sklavenwohnungen an das Haupthaus angebaut. Rechts ein gedrückter häßlicher Bau mit vier ganz gleichen Türen, wie Zellen nebeneinander, jede mit einem braunen Vorhang geschlossen. An diesen kleinen Bau, der schief von rückwärts nach rechts vorn vorläuft, schließt sich in der Mitte der rechten Seitenwand ein offenes Tor, das in einen anstoßenden Hof führt; von dem Tore bis in die rechte vordere Ecke läuft eine Mauer. Das Gebäude links hat mehrere sehr schmale Fenster, unregelmäßig, und eine einzige große, schwere Tür. Vor diesem Gebäude steht eine Zisterne. Über das niedrige Dach des Hauses rechts wächst von draußen her ein riesiger, schwerer, gekrümmter Feigenbaum, dessen Stamm man nicht sieht, dessen Masse unheimlich geformt im Abendlicht wie ein halbaufgerichtetes Tier auf dem flachen Dach auflagert. Hinter diesem Dach steht die sehr tiefe Sonne, und tiefe Flecken von Rot und Schwarz erfüllen von diesem Baum ausgeworfen die ganze Bühne.

*Die Beleuchtung.* Anfänglich so wie bei Beschreibung des Bühnenbildes angegeben, wobei der große Wipfel des Feigenbaumes rechts das Mittel ist, die Bühne mit Streifen von tiefem Schwarz und Flecken von Rot zu bedecken. Das Innere des Hauses liegt zunächst ganz im Dunkel, Tür und Fenster wirken als unheimliche schwarze Höhlen. Diese Beleuchtung ist am stärksten während des Monologes der Elektra, und auf der Mauer, auf der Erde scheinen große Flecken von Blut zu glühen. Während der Szene Chrysothemis-Elektra nimmt die Röte ab, der ganze Hof versinkt in Dämmerung. Der Zug, welcher der Klytämnestra im Innern vorangeht, erfüllt zuerst das große Fenster, dann das zweite Fenster links von der Tür mit Wechsel von Fackellicht und schwarzen vorüberhuschenden Gestalten. Klytämnestra erscheint mit ihren zwei Vertrauten im breiten Fenster, ihr fahles Gesicht, ihr prunkendes Gewand grell beleuchtet – fast wie ein Wachsfigurenbild – von je einer Fackel links und rechts. Der Hof liegt im Dunkel. Klytämnestra tritt in die Tür, zwei Fackelträger hinter ihr in den dunklen Hof, auf Elektra fällt flackerndes Licht. Klytämnestra entläßt ihre Begleiterinnen, diese gehen ins Haus, die Fackelträger verschwinden gleichfalls, nur ein sehr schwaches flackerndes Licht fällt aus einem inneren Raum durch den Hausflur in den Hof. Die eine Vertraute kommt wieder, die Fackel hinter ihr, auf Klytämnestras Ruf mehrere Fackelträger, es wird für einen Augenblick ganz hell. Sie gehen ab, nun Dunkel im Hof, der Abendhimmel aber rechts, soweit er sichtbar ist, noch hell in den wechselnden Tönen. Es ist ein Element der Stimmung, daß es in diesem traurigen Hinterhof finster ist, während es *draußen* in der Welt noch hell ist. Der hellste Fleck ist das offene Tor rechts. In diesem offenen Tor erscheint die dunkle Gestalt des Orest. Alles spielt nun bei zunehmender Dunkelheit, die Dauer des Stükkes ist genau die Dauer einer langsamen Dämmerung, bis die Vertraute erscheint, um Orest ins Haus zu rufen. Hinter ihr ist eine Sklavin mit einer Fackel, diese Fackel steckt sie in einen Ring links von der Haustür, wo sie steckenbleibt, bis Elektra sie ergreift, um dem Ägisth damit entgegenzugehen. Dann bleibt die Fackel in dem Ring, erleuchtet flackernd den Hof bis zum Schluß.

*Die Kostüme* schließen gleichfalls jedes falsche Antikisieren sowie auch jede ethnographische Tendenz aus. Elektra trägt ein verächtliches elendes Gewand, das zu kurz für sie ist. Ihre Beine sind nackt, ebenso ihre Arme. Die Gewänder der Sklavinnen bedürfen keiner Anweisung, als daß sie getragen erscheinen müssen, abgenützt: es handelt sich um keinen Opernchor. Die Aufseherin der Sklavinnen trägt blaue Glasperlen ins Haar gewunden und eine Art Stirnreif. Sie hat einen kurzen Stock in der Hand. Klytämnestra trägt ein prachtvolles grellrotes Gewand. Es sieht aus, als wäre alles Blut ihres fahlen Gesichtes in dem Gewand. Sie hat den Hals, den Nakken, die Arme bedeckt mit Schmuck. Sie ist behängt mit Talismanen und Edelsteinen. Ihr Haar hat natürliche Farbe. Sie trägt einen mit Edelsteinen besetzten Stab. Ihre Schleppträgerin hat ein hellgelbes Gewand. Sie hat ein bräunliches Gesicht, das schwarze Haar straff zurückgenommen wie die Ägypterinnen, sie ist sehr groß und hat die biegsamen Bewegungen einer aufgerichteten Schlange. Die Vertraute, auf die sich Klytämnestra stützt, hat ein violettes oder dunkelgrünes Gewand und gefärbtes Haar mit Goldbändern durchflochten und ein geschminktes Gesicht. Es kommt sehr darauf an, daß der Maler diese drei Gestalten als Gruppe sieht und den furchtbaren Gegensatz zu der zerlumpten Elektra. Orest und der Greis, sein Pfleger, sind als wandernde Kaufleute gekleidet. Daß sie einem fremden Volke angehören, als Fremde wirken, muß deutlich sein. Ihr Kostüm muß sich, ohne zu sehr zu befremden, von den konventionellen, pseudo-antiken entfernen und darf an die Stimmung orientalischer Märchen anklingen, aber in finsteren, wenn auch keineswegs toten Farben.

# DAS GERETTETE VENEDIG

## TRAUERSPIEL IN FÜNF AUFZÜGEN

*Nach dem Stoffe eines alten Trauerspiels*
*von Thomas Otway*

*Dramatis Personae*

Der Senator PRIULI
Der Senator DOLFIN

| | |
|---|---|
| Kapitän PIERRE, aus dem Dienst der Republik entlassen<br>ANTONIO JAFFIER, ein Untertan der Republik, ehemals Fähnrich | Freunde |

BELVIDERA, des letzteren Frau, Priulis Tochter
Deren Kinder
Marques BEDOMAR, der spanische Gesandte in Venedig
RENAULT, angeblich ein Kaufmann
Dessen Schwester
BERNARDO CAPELLO, ein verkommener Patrizier
AQUILINA, Kurtisane
Eine Mulattin, ihre Dienerin

| | |
|---|---|
| ELLIOT<br>BRAMBILLA<br>CUYP | Offiziere der entlassenen Soldtruppen |

Der Haushofmeister des Senators Priuli
Ein altes Weib
Ihr Sohn, ein Lakai ohne Dienst
Eine Dirne
Ein Gerichtsvollzieher
Ein Offizier der Sbirren
Ein Schiavon
Abgedankte Offiziere und entlassene Beamte. Gerichtsdiener. Häscher. Die Lakaien der Aquilina. Die Lakaien des Senators Priuli

*Venedig 1618.*

## ERSTER AUFZUG

*Jaffiers Wohnung. Ein geräumiges Zimmer, um ein paar Stufen tiefer gelegen als die Straße, so daß die Ausgangstür und das kleine Fenster, beide rechts, beträchtlich über dem Boden. Zur Tür führen Stufen; um das Fenster zu erreichen, steht ein Stuhl dort. Links Tür in eine Kammer. Im Hintergrund, mehr links, ein Alkoven, verhängt. Vermischt ärmlicher und besserer Hausrat.*
*Belvidera steht links, an sie gedrückt die beiden Kinder. – Der Gerichtsvollzieher, hinter ihm die drei Gerichtsdiener, alle vier die Mützen auf dem Kopf, in der Mitte des Zimmers.*

VOLLZIEHER *die Vollmacht in der Hand*
Wohnt hier Messer Jaffier, ein Edelmann
aus der Provinz Treviso, Untertan
der Republik, doch ohne Würde, Amt
oder Beruf, und dessen Ehefrau,
gewesne Tochter des gebietenden
Senators Priuli?
BELVIDERA Gewesne Tochter?
So ist mein Vater tot?
VOLLZIEHER Vielmehr ganz wohl.
Er präsidierte gestern dem Gericht,
und diese Schrift trägt seinen Namenszug.
BELVIDERA
Wie dann gewesne Tochter?
VOLLZIEHER Fragt Euch selbst
und stört nicht.
BELVIDERA Sprechen die so rauh zu Armen
und stehn so frech und mit bedecktem Haupt!
VOLLZIEHER *liest* Weswegen und auf Grund des Obigen mit diesem der Gerichtsbeschluß ergeht zu Gunsten obgenannter Gläubiger auf den gesamt-beweglichen Besitz gedachten Jaffiers, und zwar, nominatim, Einrichtung seiner Wohnung, Silberzeug, Juwelen, Teppich', Spiegel, Tru-

hen, Vorrat an Kleidern, Leinen, Spitzen oder Stoffen – mit Ausnahme der unentbehrlichsten Geräte, die zur Lebensfristung dienen, als: Kochgeschirr, Bettzeug und nötige Kleidung – Beschlag zu legen.

*Zu den Dienern*

Vorwärts! so wie immer.

*Die Diener schleppen den Hausrat auf die Straße.*

GERICHTSDIENER

Vier Leuchter.

*Weist sie vor.*

DER KNABE Mutter, sind das Räuber?

VOLLZIEHER

Nein, Bursche, das sind Herren vom Gericht,
die einen säumigen Zahler strafen kommen.

DER KNABE

Die Sachen aber sind des Vaters, den
darfst du nicht strafen!

BELVIDERA Ruhig! siehst du nicht,
daß ich ganz still bin.

GERICHTSDIENER

Ein prächtiges Bett ist da aus teurem Holz,
zweischläfrig, drüber auf geschnitzten Säulen
ein ganzes Zeltwerk aus Damast, das Ganze
so schwer, daß es nicht von der Stelle rückt:
ein rechtes Lotterbett!

VOLLZIEHER Nehmts auseinander.

DER KNABE

Mutter, sie wollen dein und Vaters Bette
zerschlagen!

BELVIDERA Still!

DAS MÄDCHEN Ich fürchte mich.

BELVIDERA Sei still!

*Gerichtsdiener lachen.*

BELVIDERA

Fort!

VOLLZIEHER

Fort mit dem Spiegel!

BELVIDERA Ja! und fort mit dir!

VOLLZIEHER
Was? Hütet Euch! Beleidigt nicht mein Amt!
BELVIDERA
Das tut Ihr, wenn Ihr schändlich es vollzieht.
VOLLZIEHER
Da sind zwei Ringe.
*Weist die Gerichtsdiener auf ihre zornig ausgestreckte Hand.*
BELVIDERA *reißt die Ringe herab und wirft sie hin*
Fort damit!
VOLLZIEHER *umherspionierend* Und da
ein Kettchen!
BELVIDERA Wo?
VOLLZIEHER Hier! hier! Am Hals des Kindes!
*Zieht es hervor.*
BELVIDERA *vor sich*
Das ist von meiner Mutter. Eh sie starb,
hing sie mirs um.
VOLLZIEHER Legts zu dem andern dort.
*Es schauen Leute bei der Tür herein: alte Weiber, ein alter Mann, Kinder, ein junger Mensch, eine geschminkte Dirne.*
Packt an und helft, ihr Leute, dem Gericht.
*Geht ab. Die Gerichtsdiener schleppen das Bettgestell aus dem Alkoven, und anderes.*
DER KNABE
Gelt, Mutter, wär der Vater dagewesen,
der hätte sie geschlagen und verjagt?
*Die Nachbarsleute haben den Gerichtsdienern geholfen, die Möbel zur Tür hinauszutragen. Bei Belvidera, die mit den Kindern links steht, bleibt nur eine fette angejahrte Frau zurück; sie ist nicht ohne Spuren von Schminke; ihr Anzug ist vernachlässigt, ihre Frisur übertrieben, desgleichen Ohrringe und Armbänder.*
DIE NACHBARIN Brav, brav, junger Herr! Das ist die Sprache für den Enkel eines Senators! Ein rohes Volk! Einer Dame so mitzuspielen, einer Dame! einer Dame, die nur den kleinen Finger auszustrecken brauchte, um einen Beschützer zu finden? Einen? nein, zehn an jedem Finger!
BELVIDERA *nur mit den Lippen, man hört nicht, was sie sagt* Was ist denn das?
*Sie tritt zurück, zieht ihre Kinder dicht an sich.*

DIE NACHBARIN *sich umsehend* Es dreht sich einem das Herz im Leib um, wenn man diesen Jammer sieht und bedenkt, daß es Senatoren gibt, die es sich zweihundert Dukaten im Monat kosten lassen, eine Kreatur, die der Teufel nicht mit der Feuerzange anrühren möchte, in Seide und Spitzen zu wickeln. – Wenn aber einer wüßte, daß er eine solche Hand küssen dürfte, eine Hand wie Wachs, eine Hand von Zukker, eine Hand wie diese...

*Sie ergreift Belvideras Hand, die sie ihr schnell entzieht; sie hat aber schon einen Kuß darauf gedrückt. – Wie für sich, in Ekstase* Nur ihn hereinführen, wenn ich dürfte! Einen so gut aussehenden Herrn! einen so konservierten, reichen, noblen Herrn! ein standesgemäßer Verkehr sozusagen für eine Senatorstochter. Und verliebt ist er in Euch! Wenn ich ihm von Euch spreche, zittern ihm die Knie, anhalten muß er sich am Kamin, und mit einer Glut und einer Leidenschaft packt er mich bei der Hand – da so –

*Sie will Belvideras Hand fassen.*

BELVIDERA *leichenblaß* Hinaus! hinaus! hinaus!

*Auf einmal sind an der Tür wieder ein paar Gestalten, dann werden es sieben oder acht.*

DIE NACHBARIN *rot vor Zorn im Gesicht* Was denn? wer hat Euch was getan? wer hat sich vergangen gegen Euch? Ich? ich vielleicht? Das ist der Dank, den man für seine Güte hat.

BELVIDERA Hinaus aus diesem Zimmer! fort mit Euch!

*Von denen an der Tür stehen nun vier oder fünf neugierig lungernd im Zimmer, darunter ein junger Bursch, halb lakaienhaft, halb verlumpt, am Arm einer nicht mehr jungen Person, die in einen braunen Schal gewickelt ist, bleich aussieht, mit übermäßig viel Haar um das hagere Gesicht, mit roten Flecken auf den Wangen.*

DIE NACHBARIN *mit immer frecherer Komödie, ermutigt durch die Zuhörer* Was da passiert ist? Ja, wahrhaftig, das möchte man glauben, daß da etwas passiert ist! So umzugehen mit einer honnetten alten Frau, die an Asthma leidet! Wär Euer Mann zu Haus, er würde Euch zur Räson bringen! Entschuldigen würde er sich tausendmal, die Hand würde er mir küssen! Zorzi! gib deiner Mutter den Arm! hierher!

*Der Bursch tut nichts dergleichen.*

Was ich ihr getan habe? Meinen Beistand angeboten! unter die Arme hab ich ihr greifen wollen, der hochgebornen Hungerleiderin! Man sollte glauben, eine junge Person könnte so etwas von einer erfahrenen Frau mit kniefälligem Dank annehmen! Da, schau sie dir an, Zorzi! Du warst ja in ihren Häusern: du hast ja einige solche großen Damen in der Nähe gesehen! Du warst ja Leiblakai, du hast ihnen ja die Schokolade ins Bett servieren dürfen zum Frühstück! benehmen sie sich so? ich glaube nicht. Ich glaube, so benimmt sich hochmütiges Bettelvolk, mit Respekt zu sagen! Daß aber so etwas, eine solche Beschimpfung, eine solche Roheit der Tod für eine alte Frau sein kann, die an Asthma leidet, das weiß Gott!

*Sie stürzt ab; der Bursch läßt nun doch die Dirne aus und läuft der Mutter nach.*

BELVIDERA *bleich bis in die Lippen* Fort mit euch andern! fort mit euch!

DIE DIRNE *Sie war schon im Begriff zu gehen*

Wo Platz für den, da ist auch Platz für mich –
Jetzt aber geh ich schon, ich gehe, gehe –

DER KNABE *fast so blaß wie seine Mutter, mit geballter Faust* Geht fort! die Mutter will nicht, daß ihr da seid!

*Belvidera zieht ihn an sich, drückt die Köpfe beider Kinder eng an sich.*

DIE DIRNE *dreht sich um und weist Belvidera und den Kindern bös die Zähne* Tut Ihr das wegen mir, daß Ihr den Kindern die Augen zuhaltet? damit sie mich nicht sehen sollen? Ja? Bin ich die Antwort nicht wert? Seht nicht so durch mich durch, als wär ich leere Luft. Ich bin aus Fleisch und Bein gemacht wie Ihr! Arme Leute essen aus einer Schüssel miteinander, und Ihr habt nun einmal keinen Türsteher! Ihr habts nicht, daß Ihr Euch an mir die Schuhe abwischen dürft! auch nicht mit den Blicken! Da lebt Ihr – und da leb ich, da schlaft Ihr, mit wem es Euch gefällt, und hinter der Wand schlafe ich, mit wem es mir gefällt, und spreizt Ihr Euch weg und drückt Ihr Euch in der Hausflur zur Seite, um nicht an mich zu streifen, Ihr dürft Euch nicht dünken, daß Ihr was anderes seid, – Ihr habts nicht, Ihr habts nicht! Ihr seid blank und bloß hinten und vorn, und wenn Ihr wollt, daß Eure Kinder wo sitzen sollen, wo kein Wind ungebeten hereinbläst und kein Nachbar ohne Eure Erlaubnis hereinschaut, so müßt Ihr sie wieder hineinnehmen in Euren Leib! Hier raußen sind sie was andrer Leute Kinder sind, und müssen anstreifen an jede Kreatur, die Gottes Sonne bescheint.

*Sie fährt den Kindern übers Haar*

Bekreuzt Ihr Euch vor mir, bekreuz ich mich vor Euch, zeigt Ihr mir die Zähne, zeig ich sie Euch, und gegen jeden Fingernagel, der sich Euch zusammenkrallt, hab ich auch eine Kralle, denn Ihr habt nichts vor unsereinem voraus, nicht so viel, nicht so viel!

DER JUNGE MENSCH *auf der Schwelle* Komm endlich.

*Sie hat ihn in ihrem Keifen nicht gehört. Er tritt ins Zimmer. Zu Belvidera, halb lakaienhaft, halb unverschämt*

Soll ich Euch Ruh verschaffen? Sprecht ein Wort.

*Es sind unterdessen auf der Schwelle wieder ein paar Figuren erschienen.*

*Belvidera regt sich nicht.*

DER JUNGE MENSCH Gemacht. Ab. Marschiert. Packt Euch.

*Er nimmt die Dirne am Handgelenk mit sich.*

DIE DIRNE *sich sträubend* Da seht ihr ihn vor der Senatorstochter sich spreizen! seht den Lumpen, der von mir sich füttern läßt!

DER JUNGE MENSCH *bringt sie durch die Tür hinaus* Still, oder –

*Es ist niemand mehr im Zimmer, niemand auf der Schwelle, niemand an dem Fenster.*

DER KNABE *läuft von Belvidera weg*

Ich hör den Vater kommen!

*Läuft hinaus, ist aber gleich wieder zurück.*

BELVIDERA Wie? wars nicht der Vater?

DER KNABE *dicht bei ihr, ängstlich*

Der Vater will nicht mit mir sprechen, Mutter!
Er hat mich fortgestoßen, er ist böse!

*Jaffier kommt, den Hut ins Gesicht gedrückt.*

BELVIDERA *ihm entgegen*
Ah! du, du, du?
*Erstarrt* Wie?
JAFFIER Nichts.
BELVIDERA *angstvoll* Wie?
JAFFIER *gegen die Wand* Frag mich nicht.
*Er wird die Verwüstung gewahr*
Da, was ist das? Ich frage, was ist das?
BELVIDERA *tonlos*
Die waren da.
JAFFIER *bleckt die Zähne gen Himmel*
Gottlob!
BELVIDERA Wie?
JAFFIER Nun, ich sage
Gottlob!
*Pause*
BELVIDERA Du hast nicht mit ihm sprechen können?
JAFFIER
Doch, doch.
BELVIDERA *starrt ihn angstvoll an*
Sprich doch zu mir.
JAFFIER *mit erkünstelter Kälte* Dein Vater ist ein
*Knirschend*
– Senator.
*Er kehrt sich gegen die Wand.*
BELVIDERA *flehend*
Sprich zu mir.
JAFFIER *ohne sie zu achten* Warum, du Himmel,
hast du mich so geschaffen, wie ich bin!
Wozu denn Zartheit mir! Gefühl! Geschmack!
Wozu aus feinem Stoff den Prügelknaben
des Schicksals? warum keinen Klotz aus mir,
mit eines Lastträgers Gehirn und Nerven,
der Wucht zu trotzen, die du auf mir lädst!
War das gerecht?
DER KNABE *ängstlich* Mit wem spricht da der Vater?
BELVIDERA
Geht da hinein und spielt. Antonio, still!

Nur vor den Kindern still! sie hören dich.
*Sie schiebt die Kinder in die Kammer links und schließt die Türe.*

JAFFIER
Die Kinder werden sich gewöhnen müssen!
Denn es wird schlimmer kommen, und sie werden
den Vater öfter weinen sehn –

BELVIDERA Antonio!

JAFFIER
Und wenn sies nicht ertrügen, oder 's fiele dir
zu hart, so müßte man sich eben trennen –

BELVIDERA
Wie trennen?

JAFFIER – und ich müßte irgendwo
in fremdes Land allein, da wird sich schon
für diese Hände eine Arbeit finden
und wärs Holz hacken –

BELVIDERA Sprich nicht: du allein!
Ertrügest du es denn, von mir zu gehn?

JAFFIER
Ertrügest dus, mit mir zu gehn, du armes
Geschöpf?

BELVIDERA Mit dir?

JAFFIER
Ja, ja; doch wenn das Fürchterliche kommt,
das Häßliche! wenn wir im fremden Land,
umhergetrieben zwischen rauhen Menschen,
gejagt vom Sturm der bitterkalten Nacht,
in einem Bett von Stroh zusammenkriechen
und, schaudernd, mit den hartgewordnen Lippen
einander nicht mehr spüren! wirst du dann
so zu mir sprechen? so dich an mich schmiegen?

BELVIDERA
O dann erst recht! und wenn mich die Vernunft
verließe und mein Sinn zerrüttet würde,
so kämen Stunden, wo mein Herz sich los
aus allem Wahnsinn machte, und zu dir
käm ich gekrochen, und wär nackte Erde
dein Bette, machte ich aus diesem Arm

ein Kissen dir. Und wenn du finster lägest,
schwer atmend, bittre Not auf deiner Brust,
so hauchte ich auf meinen Knien bei dir
mein ganzes Ich in dich, gleich einem Balsam,
bis daß du schliefest, und dann hätt ich dich
in meinem Schoß, und dankte unsren Göttern
und wachte bis zum Morgen über dir.

JAFFIER
Wie du das sagst!

BELVIDERA O könnt ichs mehr als sagen,
könnt ich dirs geben, es in dich hinein
mit meinen Augen drängen –

JAFFIER *zur Seite tretend, den Blick gesenkt*
Als ich dort
vor dem – Senator stand, war alles fort.
Aus meinem Innern alles ausgelöscht.
Mir war, als wäre alles nicht mehr wahr,
was ich von dir und unsrer Liebe sprach.
Ich sprach ihm von den Kindern, und ich konnte
sie gar nicht denken. Unter seinem Blick
in seinem Vorsaal stand ich, rings umstellt
von Wänden, wie ein Tier, wie eine Ratte,
die nicht ihr Loch kann finden, sich zu bergen.
Nur Mauern, Mauern rings – wo warst da du?
Ich war allein, so grauenvoll allein –
*Belvidera atmet schmerzlich.*

JAFFIER
Merk nur! er ließ mich nicht ein in sein Gemach:
Im Vorsaal hießen sie mich warten, lange!
umlauert von den höhnischen Bedienten.
So stand ich da, bis der Senator kam.
Und langsam kam er, sprach noch in der Tür
mit einem, der sich neigte, und dann – endlich! –
als hätt er nur dem Hunde nachgesehn,
der mit hochmütger Neugier mich beroch –
fiel einmal der verachtungsvollen, halb-
geschloßnen kalten Augen Blick auf mich.

BELVIDERA

Dafür ist seiner Tochter Seligkeit,
auf ihren Knieen deine Hand zu küssen!

JAFFIER

Er stand nicht, mich zu hören, was ich sprach:
fortwährend ging er nur an mir vorüber!
Der Hochmut seines Mantels streifte mich,
und ich, mit kleinen Schritten seitwärts tretend,
folgt ich ihm so und bettelte! o Hölle!

BELVIDERA

Dafür ist seine Tochter Tag und Nacht,
ob du ihr winkst, ob nicht des Blicks sie würdigst,
mit Leib und Seele deines Willens Sklavin!

JAFFIER

Und als er in die Gondel stieg und zehn
dienstfertge Schufte, ihm den Mantel raffend,
mich von der Treppe fast ins Wasser stießen,
und dies: »Ich habe keine Tochter mehr«,
dies letzte Wort so in der Luft vor mir
stahlhart herblinkte wie die Hellebarde
an seiner Gondel, und ein lässig Zeichen
von seiner Hand, auf der die Ringe blitzten,
mich mit dem Ufer rückwärts bleiben hieß,
indes der Hund zu ihm sprang auf die Polster,
da – neigt ich mich vor ihm! ich neigte mich
vor ihm! zugleich mit den Lakaien bog
ich meinen Rücken. Lachen möchte man
darüber – oder weinen!

BELVIDERA *aufschreiend* Mein Geliebter!

JAFFIER

Ich neigte mich vor ihm.
*Pause*

JAFFIER Ich möchte mich
verkriechen. Warum starrst du mich so an?
Seh ich verändert? ja? Es könnte sein,
daß dieses Äußre nicht mehr länger heuchelt
und zeigt, wie's innen zugeht.
*Er geht an die Zwischenwand vor dem Alkoven*

Wie, der Spiegel
auch fort?
*Er reißt den Vorhang vor dem Alkoven auf*
Da alles fort?
*Sieht sie an; sie schweigt.* vor deinen Augen?
Du ließest es geschehn?
*Belvidera zuckt traurig die Achseln.*

JAFFIER Und ich nicht da!

BELVIDERA *tonlos*
Was hättest du –

JAFFIER Ich hätte, o ich hätte, –
ich hätte, beim lebendgen Gott, noch Mittel
und Wege noch gefunden, dieses Letzte
zu wehren, wärs mit Zähnen und mit Nägeln.
Der Bettler hätte um sein Bett gekämpft
und um die Decke, nachts sich einzuwühlen.

BELVIDERA *tonlos*
Die ließen sie.

JAFFIER Und du, du standest da
und ließest es geschehn!

BELVIDERA *stumpf* Ich war allein
da mit den Kindern.

JAFFIER Ah! vor deinen Augen!
Du sahest, wie sies auseinanderrissen,
das Bett, darin du mir zum erstenmal
dich gabst, das Bette unsrer süßen Nächte!
wie war dir denn?

BELVIDERA *unfähig, ihn so reden zu hören*
Du hast es ja gewußt.

JAFFIER
Gewußt? Man weiß gar viel. Doch wenn es dann
in scheußlich wirklicher Gestalt hereinbricht,
dann, ja dann zeigt sich, ob man aus dem Stoff,
der taugt, auf den Galeeren an ein Ruder
geschmiedet auszuhalten, – oder ob man
aus dem verfluchten Stoff, der nicht geschaffen,
es auszuhalten – oh, ich will nichts sehen!
*Er kehrt sich gegen die Wand.*

*Belvidera heftet den Blick auf ihn, geht dann heftig, mit jähem Entschluß, an die Tür links.*

JAFFIER

Wo gehst du hin?

BELVIDERA Die Kinder bring ich fort.

JAFFIER

Ja, wohl. Die müssen fort. Die dürfen nicht
dabei sein, wenn wir unsern finstern Weg
antreten. Oh, wir müssen uns verstellen:
auf ihre zarten Seelen darf der Schatten
nicht fallen. Wenns um uns her noch so finster
wie Kerkermauern lastet, muß für sie
ein Widerschein von irgendeiner Sonne,
die Gott weiß wo, Gott weiß für welche Menschen
erstrahlt, zu sehen sein, siehst du, wie dort
der goldne Glanz auf dieser alten Mauer.
Allein wohin mit ihnen! ja?

BELVIDERA Ich weiß,
wer mir sie nimmt.

JAFFIER Du weißt?

BELVIDERA Die alte Anna.

JAFFIER

Wer?

BELVIDERA

Sie war meiner Mutter Kammerfrau
vor langen Jahren…

JAFFIER

So bring die Kinder zu der alten Anna.
Ich will indes hier sitzen und das Grab
von unsrem Glück behüten.

BELVIDERA Nein, du wirst
so tuen, wie du gestern abend sagtest:
in alten Briefen suchen, die du hast:
du hattest manchen Freund, da oder dort
lebt einer in den fremden Ländern etwa,
im Bündischen, in Frankreich, wo auch immer,
der ein Geschäft treibt oder sonst sich fortbringt:
der kennt das Leben in der fremden Stadt

und hilft uns auch. Hab ich doch oft gehört,
der Anfang nur von allem Neuen sei
das Schwere. Einen findest du, ich fühls.
Ja. Denn eh wir zusammen waren, weiß ich,
kamst unter vielen Menschen du herum
und viele hingen sich an dich und vielen
warst du der liebste Mensch. Als du Soldat warst
und Fähnrich dann, da war auf deinem Schiff
so mancher, hast du mir erzählt, der nachts
für dich die Wache hielt, ja einer war
verliebt in dich, daß er um deinetwillen,
wie um ein Weib, den andern, den Wallonen,
lahmschlug, wie, oder – schoß?

JAFFIER Ja, das war Pierre.
Das war mein Freund Pierre. Wie kommst du auf den?
Was bringt dich heut auf den?

BELVIDERA Was, Lieber?

JAFFIER Diesen
Pierre hab ich heut gesehen. Heute. Jahre,
ich weiß nicht wie viel, aber viele Jahre
sah ihn mein Auge nicht. Und heute, heute,
als ich dort stand, die Hölle in der Brust,
dort unter den Lakaien, dort wo er,
dein Vater, in die Gondel war gestiegen,
dort, wo er mir –, ich wills nicht denken! will nicht!
was er für Worte mir und wie sie hinwarf!
dort fühlte ich Pierres Blick auf mir. Ich fühlte
den Blick, der oft und oft mich eingehüllt,
nachts auf dem Deck, wenn wir im Monde lagen
und ich was sang, und wiederum im Lager
über das Feuer hin traf mich der Blick –
und oft wars die Trompete nicht, es war
der Blick, der früh mich weckte: dann stand Pierre
an meinem Bett... und wie ich lag am Tod
an viertägigem Fieber, – die Baracke,
die andern, die dort starben, alles andre
ist mir entschwunden, nur den Blick, den seh ich,
der auf mir brütete, und fühle noch,

wie Pierre ein frisches Kissen mir, ein kühles
unter den Nacken schiebt. Was Pierre zu mir war,
das gibts vielleicht nur im Soldatenstand.

BELVIDERA
Und heute meintest du –?

JAFFIER Nicht, daß ichs meinte:
Er wars. In einer kleinen Fischerbarke
fuhr er langsam vorbei, und mit dem Hut
die Augen sich beschattend, sah er starr
auf mich und bog sich lange noch zurück.

BELVIDERA
Und du?

JAFFIER Was sollt ich tun?

BELVIDERA Du mußt ihn suchen.

JAFFIER
Und mich an ihn mit meinem Elend hängen?
Er ist ein armer Kerl. Ich denk, er haust
mit den Holländischen und andern Fremden,
die der Senat entlassen hat, die draußen
in den Kasernen lungern.

BELVIDERA Such ihn doch,
da er dein Freund.

JAFFIER Ja, das wahrhaftig war er.
Und morgen, oder wann ein Weg mich hinführt,
will ich ans Arsenal und nach ihm fragen.

BELVIDERA *öffnet die Tür zur Kammer links*
Kommt, Kinder, nun. Ihr geht zur alten Anna.
*Die Kinder kommen heraus. Sie schleppen ein altes Kissen.*

DER KNABE
Wir spielen böse Männer vom Gericht.

BELVIDERA
Kommt her und laßt euch kämmen.

JAFFIER Ja, ihr Kinder!
Wenn ihr 'nes Schurken Kinder wärt, so trügt ihr
Kleider von Genuesersamt und rolltet
auf dicken seidnen Kissen euch umher!
Anständigkeit! das ist das Prunkgezelt,
das du aufrichtest! das die golddurchwirkten

Tapeten, die du aushängst!
*Er schlägt mit der flachen Hand an die Mauer*
das dein Bette!
Es gibt so viele Wege, die heraus
aus diesem Kehricht führen: pfui dem Esel,
der stützig ist und keinen treten will!

BELVIDERA

Die fürchten sich! – Der Vater macht nur Spaß.

JAFFIER

Kein Spaß! Entsinnst du den Jeronimo?

BELVIDERA

Den alten tückischen? der an den Vater
verriet, daß wir uns schrieben? der das Ärgste
uns angetan? Ich wollt, ich könnte ihn vergessen!
ihn und das andre! Doch vor allen ihn!
Die fürchterlichen Tage waren das,
da meine Mutter starb. Drin lag die Mutter,
und da stand ich und horchte, und du immer
in meiner Näh, mit deinem Blick so angstvoll
auf mich geheftet, und da warst du noch
so wie der Sohn im Haus, und dann auf einmal
wußte der Vater alles und sprach weiter
zu mir, wie wenn nichts wäre, aber dich
beachtete er nicht, doch standest du
drei Schritte nur von ihm, da fühlte ich:
mein Vater hatte zwischen sich und dir
den Abgrund aufgetan, der meinen Vater
von seinen Dienern trennt. Und dann warst du
nicht da, auf einmal über Nacht warst du
weg aus dem Hause, und ich hatte nicht
den Mut, zu fragen; da schlich dieser Mensch,
dieser Jeronimo, mir nach: im Haus,
im Garten, ja er war da hinter mir,
wenn ich vor der Madonna auf den Knien
in der Kapelle lag – da war er da
und hatte Worte, hatte einen Blick! –
und sprach von dir, und wollte wissen, wollte
wissen – und ich in meiner Angst um dich,

in meiner gräßlichen Verlassenheit,
ich ließ ihn reden, ah! das Tier, den Lumpen,
den schmutzigen Bedienten ließ ich auf
zwei Schritte vom Leibe, halb und halb vertraulich
im Flüsterton sich zu mir neigen, ließ ihn
die Hand mir küssen, und er legte etwas
von Nähe, von Vertraulichkeit, ich weiß nicht,
von was! in seinen Handkuß –

JAFFIER
Der alte Narr!

BELVIDERA *so blaß in der Erinnerung wie früher, als das Gesindel wie eine Meute sie umstellt hielt.*
Warum trittst du nicht mit dem Fuß nach ihm!
Man muß sie jagen! ihre Tiergesichter
voll gieriger Gemeinheit sind zu frech,
wenn nicht von Zeit zu Zeit einmal der Brand
auf eins gedrückt wird, und mit ihrem Atem
gehn sie zu nah an uns heran, wenn nicht
die Peitsche immer da ist, sie vom Leib
zu halten! Oh, daß man auf die Galeeren
sie koppelt, daß man sie in schmutzige Kerker
zusammenpfercht, das braucht die Welt! das ist
das einzige, was sie nötig hat, sonst muß
man ja ersticken!
Und du sprich nicht, du
sprich nicht mit einem wie Jeronimo!
Sie sind wie trunken, diese Bestien, wenn sie
begreifen, daß wir arm sind, ihre Frechheit
läßt sie dann denken, wir sind ihresgleichen –
sprich nicht mit ihm!

JAFFIER Ich spreche nicht mit ihm.
Meinst du, daß ich vergesse, wer ich bin
und wer er ist? Er schleicht um mich herum.
Wenn ich im Dämmern zu den Juden ging,
ein Stück versetzen, da ist er zuweilen
in einem finstern Gäßchen neben mir,
und kehr ich ihm den Rücken, hängt er sich
an mich, geht hinter mir, dicht wie mein Schatten,
und flüstert mir ins Ohr –

BELVIDERA *verächtlich* Was? was?

JAFFIER Es drücke
das Herz ihm ab, daß er an unserm Unheil
teilweise schuld sei. Darum hab er auch
des Vaters Haus verlassen.

BELVIDERA Weggejagt
hat ihn mein Vater!

JAFFIER Und er sieht dich öfter
von weitem, und es martert ihn, wie elend,
wie abgehärmt du aussiehst. Wenn er denkt,
wie dus zu Haus gehabt! wie sie dein Bad
aus weichem Wasser mit den zartesten
Essenzen mischten in der schönen Wanne...
Und ich, was für ein Herr ich könnte sein,
mit welcher Miene meinen Degen tragen,
in jeden Laden treten und befehlen,
und Bilder kaufen, wenn sie mir gefielen,
und Schmuck für dich...

BELVIDERA Wozu denn alles das?

JAFFIER
Ich wiederhole nur, ich wiederhole,
was ich anhören muß: denn alles das
zu haben oder nicht zu haben, hinge
von meinem Willen, einzig und allein
von meinem Willen ab.

BELVIDERA Von deinem Willen?

JAFFIER
Was er da meint? er meint, daß fünfundzwanzig
von hundert, die in hübschen Häusern wohnen,
auf schönem Silber essen, Diener halten
und Stickerei auf samtnen Röcken tragen,
aus eigenem Vermögen ungefähr
so aussehn, wie wir aussehn, und das andre
aus einem Zuschuß, einer Art Pension
bestreiten, die aus der geheimen Kasse
der Republik so reichlich als wie lautlos
in tausend Hände fließt –

BELVIDERA Für Dienste doch?

JAFFIER
Gewiß für Dienste. Nur daß es der Dienste
verschiedne Arten gibt, von denen mancher
beinah kein Dienst, so leicht und mühelos.

BELVIDERA
Ich weiß nicht, was du meinst.

JAFFIER Ich meine gar nichts,
es ist Jeronimo, der meint, und ich
erzähle, ohne Wort für Wort zu glauben,
was er behauptet. Eines allerdings
weiß ich: es gibt mehr Leute in Venedig,
die fleißig im Besuchemachen sind,
als sich mit bloßer Freude an Gesellschaft
erklären läßt.
*Belvidera sieht ihn an.*

JAFFIER Und von den vielen, vielen
zuweilen zweifelhaften Edelleuten,
Domherren, Juden, Schreibern, Kupplern, Händlern,
die aus und ein in der Gesandten Häusern,
im Haus des Nuntius und bei den Patriziern,
deinen Herrn Vettern gehn, in den Gasthöfen
an jeden fremden großen Herrn sich hängen,
zu jedem Offizier und Söldner sich,
an jeder Kurtisane Bett und jeden
Spieltisch sich drängen – nun, von diesen, mein ich,
steht es so ziemlich fest, wer sie bezahlt.

BELVIDERA
Für das, was sie dort reden?

JAFFIER Nein, für das,
was sie dort reden hören.

BELVIDERA Pfui, wie häßlich!

JAFFIER
Allein sehr wichtig, wie es scheint, dem Staat.

BELVIDERA
So wichtig?

JAFFIER Was? viel wichtiger als alles!
Dem Staate teurer weit als alle seine
Botschafter und Gesandten. Wichtig ihm

als seines Lebens feinste, tiefstverzweigte,
geheimste Nerve--
*Flüsternd*
Glaubst du, daß die drei Staatsinquisitoren
nicht jeder noch im Haus der beiden andern
seine Spione hat? Glaubst du, es sind
Patrizier nicht darunter? nicht die Frauen
von Senatoren? nicht die schönsten Namen
des Adels? nicht, was weiß ich!--

BELVIDERA Doch wozu
das wissen, da es häßlich ist, und doch
nicht nützt, wenn man es weiß.

JAFFIER
Ich wüßte auch wahrhaftig nicht, wozu
es nützen könnte, derlei schmutziges
Gerede viel zu achten. Kommst du bald?
Komm mir bald wieder.

*Er küßt die Kinder. – Belvidera mit den Kindern ab. Jaffier, allein, will zum Spiegel, erinnert sich, daß der Spiegel fort ist, verzieht das Gesicht. Zieht einen Taschenspiegel heraus, richtet sich das Haar. Betrachtet finster den Alkoven, das zerstörte Bett.*

PIERRE *sieht durchs Fenster herein, ruft herein*
Wohnt hier ein Herr Jaffier?

JAFFIER *dreht unwillig den Kopf; wie er Pierre erkennt, breitet er beide Arme aus* Mein Pierre! mein Pierre!

PIERRE *eintretend*
Dein Pierre, mein Jaffier – wenn du ihn noch willst.
Was treibt, der meines Herzens Freund einst war?
was denn?

JAFFIER Ich denke nach, wie die verdammte
Gewohnheit, die wir Ehrlichkeit benennen,
sich in der Welt festsetzen konnte.

PIERRE Wie?

JAFFIER
Setz dich, wenn du noch einen Stuhl wo findest.
Ich bin gepfändet.

PIERRE Hm. Ich sah dich heute
am Morgen. Du warst sonderbar beschäftigt.

JAFFIER
Ha, mußtest du das sehn? Die Scham erwürgt mich.
Das war mein Schwiegervater.
*Lacht gewaltsam* Eine Szene
unter Verwandten.
*Pierre nickt.*

JAFFIER Hätte ich ein Gift,
daran sie alle, alle wie die Ratten
verreckten! Oh, auf jedem Düngerhaufen
Sollt ein Senator faulen!

PIERRE Ja? du auch?
du auch, mein sanfter Jaffier! Oh, das klingt
mir süß. Hast du es endlich auch
gelernt zu hassen, dies Geschlecht von Schurken,
gebläht von Hochmut, tückisch, ohne Herz,
für die ein anständiger Mensch nichts andres
als ihrer Füße Polster ist! die Hunde,
die nur mit diesem Stichwort: »ehrenwert«
uns arme Teufel, mit dem ganzen Blendwerk
von Ehr und Treue und Gesetzlichkeit,
wohin sie wollen, an der Nase führen,
indessen sie mit dem was wir erwerben
sich mästen, mit verderbter Polizei,
Gesetzen, nur zu ihrem Spaß ersonnen,
uns niederhalten, und zu unsern Weibern
ins Bette kriechen. Unsresgleichen hat
in einem Staat, verderbt wie dies Venedig,
nicht Schutz noch Fried noch Eigentum noch Atem:
Gerechtigkeit ist blind zugleich und lahm
und das Gesetz nichts weiter wie das Werkzeug
verdammter feiger tückischer Tyrannei!
*Er speit aus*
O mir nichts mehr von Ehr und Gewissen!

JAFFIER
Doch hast du beides, wett ich.

PIERRE Ich, Jaffier?
Kann sein, die Menschen glauben das von mir!
Allein sie täuschen sich. Ich bin ein Schuft,

so gut wie sie. Ein dreistgestirnter Schurke,
so wie du mich da siehst. Zwar meine Schulden
bezahl ich, möcht auch keine Gurgeln schneiden,
um Zutritt mir zu eines großen Herrn
Brieftasche oder einer Dirne Bett
auf die Art zu erkaufen; meinen Freund
verrat ich nicht, um ihn vom Platz zu drängen;
verschmäh es auch, geschwollner Schurkerei
zu schmeicheln und auf einen armen Teufel,
der unter mir, zu treten: und trotzdem
bin ich ein Schurke.

JAFFIER Du ein Schurke?

PIERRE Ja!
und ein gewaltiger! Daß ich das Leiden
so vieler Mitgeschöpfe anschaun kann
und nenn mich einen Mann; daß ich zusehe,
wie der Senat das Volk mit einem Anschein
von Freiheit narrt, die niemals es verkostet;
daß ichs ertrag und meine Suppe löffle,
indessen Tag um Tag haarsträubende,
zum Himmel schreiende Ungerechtigkeit
sich breitmacht; daß der Bissen mich nicht würgt,
daß ich aufs Bett mich abends werfen kann,
taub für den Schrei verstümmelter Natur:
die dieses und dergleichen mehr ertragen,
sind Schurken, und ich einer ihrer größten,
daß ich auf tausend Rufe meines Bluts
nicht auf mich raffe und ein Ende mache
dem Treiben, das ich seh.

JAFFIER Du hasts gekostet!

PIERRE
Du weißts? du weißt, daß ich die Gründe hab,
und Antrieb!

JAFFIER Deine schöne Aquilina!

PIERRE
Gestohlen mir! gestohlen und beschmutzt!
Du weißts! du weißt das ganze, mein Jaffier?

JAFFIER

Ich stand manchmal auf dem Rialto, wenn sie
darunter hinfuhr, ihren alten Narren
zu ihren Füßen, schöner als der Morgen.

PIERRE

Nicht wahr? es liegt etwas, Jaffier, auf diesem
Gesicht, wie ein durchsichtger Schatten, etwas
das so unsagbar schön ist, nicht wahr, Jaffier,
ich bin kein Narr?

JAFFIER Ich weiß kein schönres Weib.

PIERRE

Du kennst mich doch. Ich bin nur ein Soldat.
Es ist nicht viel an mir. Erziehung hab ich
so gut wie keine. Was ich Bessres, Schönres
da drinnen hab, daran bist an dem meisten
du schuld. Du. Du. Es kam so, daß du mir
das Größte, Meiste einmal bist geworden,
in diesen Jahren damals. Damals ging
das Herz mir gegen dieses ganze Leben
zum ersten Male auf. Und damals fand ich
die Aquilina.

JAFFIER Sie war damals kaum
so schön wie heut.

PIERRE Sie war schon schön genug,
und ich hing so mein Herz an sie, Jaffier,
daß ich nichts andres dachte, nichts begehrte,
als nur mit ihr, die meine einzge Lust,
mir meine künftigen Tage anzufüllen.
Wie ich dann fort war, hatt ich eine Art,
bei Tag und Nacht und wo ich ging und stand
in diese Zukunft mich hineinzuwühlen,
daß, wers nicht teilt, es mag für Wahnsinn halten.
Da – in der Reifestunde meiner Hoffnung,
da meine Wünsche hoch wie niemals gehn
und schon auf sie, die schäumenden, sich zitternd
mir niederstürzen wollen, sie umwinden:
da finde ich in meinem Neste hocken
dies faule Nachtgeflügel, diese Eule,

dies Aas eines Senators, dies Geschöpf
des Ekels!

JAFFIER Pfui, ich kenn den alten Burschen.

PIERRE
Was? ihn bei ihr – nein, ärger! sie bei ihm!

JAFFIER
Du jagtest ihn?

PIERRE Mit Stoß und Tritten trieb ich
das alte Tier hinaus. Das alte Tier
erhob vor seinesgleichen seine Klage.
Ich wurde eingezogen. Ich lag fünfzehn,
hörst du mich? fünfzehn Wochen im Verließ.

JAFFIER
Um was?

PIERRE Um schweren Bruch des Privilegs,
begangen an geheiligter Person
eines Senators, bis sich mir am Morgen
des hundertneunten Tags eine Tür
auftat und ich entlassen war, zu leben
oder zu sterben, wie es mir beliebte,
verlustig jedes Anspruchs auf Belohnung
für alle Dienste, die ich in sechs Jahren
zu Lande und zur See, in vier Kampagnen
der Republik erwiesen, ebenso
verlustig meines Anteils an der Beute
der türkischen Expedition, bei der ich
mit meinem Schiff dem Feinde zwei Galeeren
verbrannte, zweie nahm und eine Festung
auf Zypern stürmte. Von der Stunde an
eracht ich mich der Bande frühern Dienstes
für ledig und bin frei, ihr Feind zu sein,
so sehr als jemals ich ihr Freund gewesen.
Genug, und schon zuviel! Zu dir, mein Guter.
Wie stehts mit deiner Frau? wo ist sie?

JAFFIER Pierre,
sprich nicht von ihr, willst du nicht schwach mich sehn.
Allein hab ich ein Herz, um jede Unbill
des Schicksals zu ertragen; aber muß ich

sie leiden sehn, muß ich ihr zartes Herz
die Bitternis des Elends kosten sehen,
dann werd ich schwach, dann weiß ich zwischen mir
und einem Feigling nicht den Unterschied,
dann mußt du mich ertragen, wenn ich weine
und wie ein Bube mich an deinen Hals
mit Schluchzen hänge und mit meinem Jammer
dich überschwemme.

PIERRE Hör. Solang ich Blut hab
und Atem, solls den Deinigen und dir
an Hilf nicht mangeln. Über dies mein Herz
gebiete, denn du bist der Herr davon.

JAFFIER
Laß! es liegt ein geheimer Stolz darin,
sich zu verkriechen und zugrund zu gehn
ganz im Verborgnen.

PIERRE Ratten kriechen so
in Löcher, um zu sterben, Hunde schäumen
und werden toll, doch Männer wissen, mein ich,
ein beßres Mittel gegen ihren Jammer,
und mit den Göttern haben sies gemein:
Vergeltung ist sein Name.

JAFFIER Wüßt ich Flüche,
die töten!

PIERRE Dolche töten! Dolche! Dolche!

JAFFIER
Ja –

PIERRE
Dolche! Dolche!

JAFFIER Doch wo sind sie, Pierre?

PIERRE *pfeift eine Fanfare*
Kann sein, man wüßte sie zu finden.

JAFFIER Ach,
ich habe keinen Freund, der einen Dolch
in diese Hand drückt.

PIERRE Keinen?

JAFFIER Ich muß fort
und schnöden Dienst in fremdem Land mir suchen.
Ach wäre ich allein auf dieser Welt!

PIERRE
Geh, deine Frau wird noch das Lächeln lernen.

JAFFIER
Doch nicht mit mir.

PIERRE
Mir dir. Wir alle werden
noch miteinander fröhlich sein. Indessen
nimm dies.
*Gibt ihm eine Börse.*

JAFFIER
Was soll das?

PIERRE
Nimm, ich bitte dich.
Es ist ein Nadelgeld. Der Ehestand
ist kostspielig.

JAFFIER
Almosen, Pierre?

PIERRE
Nichts, nichts.
Denk, es ist nicht von mir. Denk dir, es kommt
aus deines Schwiegervaters Kasse.

JAFFIER
Scherze!
Mein Schwiegervater ist –

PIERRE
– ein Hund. Erschieß ihn.

JAFFIER
Von Herzen gern. Heb die Gesetze auf
für eine Nacht.

PIERRE *faßt Jaffiers beide Hände*
Hör mich. Es könnte sein,
daß du mehr Freunde hast und bessre Freunde
hier in Venedig, als dir ahnte, Freunde,
die dein erlittnes Unrecht dir zu Freunden
gemacht hat.

JAFFIER
Ach, wo wären die!

PIERRE
Sie sind!
Freunde, des Namens wert. So wahr du der bist,
den ich mir aus dem Wust der ganzen Welt
herausgeklaubt als meines Herzens Bruder,
schwör, daß du treu sein willst, treu in den Tod
dem, was nun über meine Lippen kommt!
Und daß, wenn ich dir anvertraut, was Göttern
und wen'gen göttergleichen Männern nur
bewußt ist, dir kein Wechsel des Geschicks

es jemals reißen wird aus deiner Brust!
Still! jemand öffnet!
*Sie horchen. Stille* Nichts. Wir sind allein.

PIERRE *dicht vor ihm*
Ich will dir was verraten: es sind Geister
am Werk, zu jeder mitternächtgen Stunde.
*Geht wieder von ihm weg.*

JAFFIER
Du spielst mit mir.

PIERRE Wüßt ich, ob du ein Mann –

JAFFIER
Steht was vom Schurken, Narren oder Feigling
in dem Gesicht?

PIERRE Wahrhaftig, nein, mein Lieber.

JAFFIER
Wenn nicht, so wage ich zu hoffen, Pierre –

PIERRE
So schwör –

JAFFIER Bei was?

PIERRE Bei deinem lieben Selbst –
Schwör nicht! umarme mich! O straf nicht Lügen,
was in mir für dich spricht und jeden Schwur
mich dir erlassen heißt.
*Leiser* In einem Haus
wird diese Nacht ein Rat gehalten werden,
des Gegenstand – kennst du die höllischen Strafen, Mensch,
die in Venedig stehn auf Hochverrat?

JAFFIER
Ich kenne keine schlimmre Qual als leben,
wie ich jetzt lebe.

PIERRE Unsres Rates Tagung
geht auf Vernichtung dieses mächtigen Staats.
Du zitterst –

JAFFIER Vor Begierde, mehr zu hören.

PIERRE
In diesem Rat, erhabener als je
noch ein Senat, führ ich vielleicht einmal –
vielleicht einmal dich ein.

JAFFIER *nach einer betroffenen Stille, wie aus dem Wasser auftauchend, keine Luft in der Brust*

Mein Bruder Pierre!
Was aber wird aus uns, wenn es gelingt?
Wenns in der ersten Nacht gelingt, was dann?

PIERRE

Denkst du schon weiter? Ich hätt lieb gehabt,
wenn du dein Denken nur so weit geschickt,
bis wo auf seines Hauses blutiger Schwelle
der alte Priuli mit offner Kehle
daliegen wird, indessen du, mit uns,
lautschreiend, über hingestreckte Leichen
zu neuem Morde springst und deine Frau
in sicherem Versteck, vor Lust erzitternd,
die offnen Arme dir entgegenstreckt,
wenn Feuerschein und Blut zum Gott dich färben!
*Er schweigt einen Augenblick verdrossen*
Gleichviel. Der Handstreich geht auf Rechnung Spaniens.
Spanien hat Mailand, Spanien hat Neapel
und wird auch dies Venedig noch verdauen.
Allein zuvor – und das ist ausbedungen –
zuvor wir Stadt und Insel und Geschütze
an Spanien übergeben, wofür Spanien
jedwedem unsrer Brüder ein Kommando
in seinen eignen Heeren oder Flotten
zusichert, – hörst du mich? – zuvor, mein Bruder,
sind wir drei Tage und drei Nächte Herren
in diesem Nest, so ist es ausgemacht.
Du kennst Geschichte, hast du nicht gelesen,
wie der Soldat von Zeit zu Zeit einmal
den Maulkorb, dran wie einen zahmen Bären
sie ihn die Landstraß zerren, losbekommt?
weißt du, wer in dem römischen Altertum
die Peitsche überm Kaiser schwang? ja? weißt du,
vor wem der Papst Clemens der Siebente
sich in die Engelsburg verkroch? ja? weißt du,
wem das Gestirn, das über dies Jahrhundert
regiert, das Regiment der Welt verheißt?

Dem da!
*Er schlägt auf seinen Degen*
Genug. Du bist der einzige Mensch,
der mich um Auskunft angehn darf: Doch hoff ich,
du hast nun Auskunft. Ja?

JAFFIER Mit dieser Stunde
jag ich aus meiner Brust jedwede zarte
von einer schwachen Mutter eingesogne
und süße Regung, mache meinen Blick
hart wie des Basilisken und will nichts
bei meiner Frau mehr suchen, als der Mörder,
der gut gedungne, der an seinem Opfer
den Fleck sich schon ersehen hat zum Stich,
beim Becher Branntwein sucht: ein Frösteln zu vertreiben,
bis ihn die Mitternacht ans Werk befördert.
*Ein Geräusch an der Tür. Sie sind still.*

JAFFIER
Meine Frau.
*Belvidera kommt zurück.*

JAFFIER
Dies ist mein Pierre, von dem wir sprachen, Liebste.
*Belvidera errötet, neigt sich.*

PIERRE *sieht sie ernst an*
Wenn Ihr so gut als schön seid, seid Ihr wert,
von dem die Frau zu sein.

BELVIDERA *verlegen* Die Kinder lassen
dich küssen.

PIERRE *zu Jaffier, abseits*
Sie hat wundervolle Arme,
das sind der Liebe stärkste Ketten; wirst du
in denen mir nicht schwach sein, mein Jaffier,
wenn ich dich ruf, und wärs um Mitternacht,
zu einem großen Werk?

JAFFIER Ruf mich, wohin
du willst, ich komme.

PIERRE Einen Zettel schick ich,
der abends oder nachts dich hinbestellt,
wo wir uns unsrem traulichen Gepräch
ganz geben können.

*Er drückt Jaffiers Hand an seine Brust*
Und jetzt laß ich euch.

BELVIDERA
Nicht länger? ich vertreibe Euch?

PIERRE
Für heute
so kurz. Bald aber hoff ich Euch auf länger –
nicht wahr, Jaffier, es gibt so viel, worüber
zwei alte Freunde einer in des andern
verschwiegner Brust die schönste Tröstung finden.
*Er geht.*
*Jaffier geht auf und nieder, murmelt, lächelt.*

BLEVIDERA
Wie glücklich, daß er kam. Du siehst so anders.

JAFFIER *murmelt*
Dolche!
*Er blickt Belvidera an*
Ja, Kleinmut ists, der Hunde aus uns macht.
Doch laß den Hund an einem göttlichen
Gedanken lecken, so wirst du ihn schnell
zurückverwandelt sehn, und kriegt er mehr
von dieser Speise – wird er ein Genosse
der Götter wieder sein.
*Er setzt sich, zieht Belvidera auf seinen Schoß*
Bin ich ein Schuft?
ein niedriger Verführer, ein Bedienter,
der seinen Herrn bestahl –

BELVIDERA
Laß mich den Mund
verschließen, der das auszuatmen wagt.

JAFFIER
O Belvidera!
ich habe einen himmlischen Gedanken
gekostet, der mir meine ganze Mannheit
wiedergegeben hat. Ich bin nicht länger
die Maus, für die dies herrische Venedig
die Falle ist. O nein! Mir sind auf einmal
verborgne Hintertüren aufgesprungen,
durch die mein Geist mit einer eignen Lust
hier aus- und einfliegt. Und ich hab Gedanken,
die Könige unter ihresgleichen sind.

BELVIDERA
Laß mich sie wissen.
JAFFIER
Sie sind noch zu stolz
für Worte, Kind. Sie blitzen mir im Hirn
wie große Sterne, trächtig mit dem Glanz
und Purpur unsrer Zukunft.
BELVIDERA
Also will ich
die Stirn mir küssen, hinter der sie wohnen!
JAFFIER *drückt sie an sich*
Und glücklich?
BELVIDERA *ihn sanft abwehrend*
Still, ich möchte beten: Gib,
daß ich, anschauend diese kahlen Wände,
beraubten Truhn, dies weggerißne Bette,
die Spuren rings, womit gemeine Hände
zu foltern meinen, und den Sitz des Glücks
so wenig treffen als ein Wütender,
der mit dem Dolche sticht in leere Luft –
*Jaffier preßt sie heftig an sich, sie verwirrt sich.*
BELVIDERA
Laß mich zu Ende beten: gib, daß ich
*Ihre Stimme erstickt in Zärtlichkeit*
mich des zu großen Glücks nicht überhebe.
*Sie hebt noch einmal den Kopf*
Laß deine Lippen zu den meinen kommen,
daß sies zusammen beten...

*Vorhang.*

## ZWEITER AUFZUG

*Ein abgelegener Teil der Stadt. Im Hintergrund von links bis zur Mitte die öde Lagune. Rechts die Mauer eines Klostergartens. Rechts vorn ein unbewohntes, halbzerfallenes Haus, darin im Erdgeschoß ein einziges, bewohnbares Zimmer, Pierres Wohnung. Links das Haus Renaults. Einige Stufen führen zur Haustür empor. Ein finsteres, enges Gäßchen läuft links in die Kulisse, eins rechts vorn, eins zwischen dem Haus rechts und der Gartenmauer, eins links hinter Renaults Haus, zwischen dessen Rückwand und der Lagune. Spät abends. Dunkel. In Renaults Haus ein Licht. Zwei halbwüchsige Mädchen, in schwarze Tücher gehüllt, barfuß, kommen eilig aus dem Gäßchen links, wollen über den Platz.*

DIE KLEINERE Hier fürchte ich mich.
*Zieht die Größere am Umhängetuch.*
DIE GRÖSSERE Vor was?
DIE KLEINERE Hier ist es gottverlassen. Es sind die Häuser, die leerstehen seit der Pest.
DIE GRÖSSERE Da ist doch Licht in einem.
DIE KLEINERE Wer weiß, was für welche da wohnen. Komm schnell.
DIE GRÖSSERE Komm, da.
DIE KLEINERE Dort durchs Gäßchen! Nicht an der langen todesstillen Mauer hin.
DIE GRÖSSERE Narr, das ist der Garten vom Waisenhaus.
*Will sie führen.*
DIE KLEINERE *reißt sich los* Weißt du, was das für ein Wasser ist?
DIE GRÖSSERE Die Lagune.
DIE KLEINERE Hier heißts Zu den unschuldigen Kindern. Hier ertränken sie, die was angestellt haben. Siehst du nichts?
DIE GRÖSSERE Es kommt ja kein Mensch.
DIE KLEINERE Eben darum, komm, komm!
*Laufen fort durchs Gäßchen rechts.*

RENAULT *kommt aus seinem Haus mit einer Laterne. Sieht sich um, stellt das Licht in der Tür auf, so daß es auch die zwei Stufen beleuchtet.*

*Ein alter Herr tritt aus der Tür.*

Hier, Exzellenz, zwei Stufen.

DER ALTE HERR *ganz in schwarz, tastet sich mit dem Stock die Stufen herab* Ich sehe.

RENAULT *schaut um die Ecke* Exzellenz sind ohne Dienerschaft?

DER ALTE HERR Werd ich sie zu dir mitbringen?

*Er flüstert ihm etwas zu, geht links.*

*Renault will ihm nach.*

*Der alte Herr winkt ihm heftig ab, verschwindet links. Über dem Tor öffnet sich ein Fenster, darin Gesichter, undeutlich.*

RENAULT *ruft gedämpft hinauf* Habt ihr ihn gesehen?

*Einer zeigt sich da undeutlich.*

Der Marques Bedomar! – In eigener Person. – Dieser Besuch ist eine große Sache. Ihr werdets zu bezeugen haben, daß ihr ihn gesehen habt.

*Das Fenster oben schließt sich. Renault geht über den Platz, rüttelt an Pierres Tür, ruft ins Fenster*

Pierre, bist du zu Haus?

*Keine Antwort. Renault geht in sein Haus zurück, mit seiner Laterne. Eine kleine Stille. Pierre kommt von rechts rückwärts. Schließt sein Zimmer auf. Schlägt sich drinnen Licht. Hantiert mit Pistolen. Der Schiavon kommt von rechts vorne, in seinen Bauernmantel gewickelt bis ans Kinn. Ein dumpfes, gleichsam unbehauenes junges Gesicht. Er blickt um, orientiert sich. Bleibt fünf Schritt vor Pierres Tür stehn, wartet. Pierre sieht durchs Gitterfenster. Der Schiavon neigt sich tief, die Arme über der Brust gekreuzt.*

PIERRE *tritt heraus, schließt hinter sich zu* Hast du dich hergefunden? Gut. Ist gut.

SCHIAVON Wo du mich haben willst, dort find ich hin.

PIERRE

Die Botschaft ist besorgt?

SCHIAVON Die Herren Offiziere

werden herkommen. Und der andere Herr,

der in der Stadt wohnt, auch.

PIERRE *sieht ihn an* Was noch? Was willst du?

SCHIAVON *nach einem Zögern*
Herr, wenn du gehst, so geht dir einer nach.
Du bleibst hier stehn, er steht schon dort – und immer
sind Mauern, in der Stadt, immer sind Winkel
und Häuser, daß du ihn nicht siehst.

PIERRE Du bist
ganz sicher?

SCHIAVON Sicher.

PIERRE Aber jetzt.

SCHIAVON Jetzt ist er
nicht da. Vielleicht, wenn wir fortgehen werden,
wird er da sein.

*Pierre denkt nach.*

SCHIAVON Wär er jetzt hier, wär gut.

PIERRE
Warum?

SCHIAVON Weil da ein solches Ufer ist,
gepflastert, und kein Haus da. Gingest du,
ging er dir nach. Und ich ihm nach. Hier ist
kein Mensch, der sehen kann, wenn man etwas
hinunterstößt ins Wasser.

PIERRE Hast du denn
gegessen?

*Schiavon schüttelt den Kopf.*

PIERRE Also geh.

SCHIAVON Ich muß nichts essen.
Ich muß achtgeben. Ich weiß, wie er aussieht,
du weißt es nicht.

PIERRE Das kannst du später tun.
Jetzt klopf da an die Tür – dort – sag, daß du
zu mir gehörst, und laß dir Essen geben.

SCHIAVON
Wo aber wirst du sein?

PIERRE Wenns nötig sein wird,
so ruf ich dich.

SCHIAVON Das mußt tu tuen, Herr.

*Er hebt beschwörend beide Hände gegen ihn auf, mit einer fremden, eindringlichen, einfältigen Gebärde*

Und rufst du einmal, und ich komme nicht,
so weißt du: er ist tot. Denn wäre etwas
an ihm lebendig, und die Hände ihm
und Füße abgehauen, käm das Etwas,
das noch lebendig ist, auf blutigen Stümpfen
gekrochen, wenn du rufst.

PIERRE *sanft* Jetzt geh, ich brauch nichts.

*Er zeigt ihm: dort hinein, in das finstere Gäßchen, links vorn. Der Schiavon geht.*

*Jaffier kommt von rechts rückwärts, als wie unsicher, ob er am rechten Ort.*

PIERRE *wendet sich, mustert ihn*

Nun? Abgekühlt seit unserm mutigen
Gespräch?

JAFFIER Wie, Pierre?

PIERRE Nun, es sind schon drei Tage.
Hat sich die Welt nicht etwa reformiert?
Gibts kein Wunder? Hat das alte Herz
des Priuli sich nicht erweicht? Versucht er
nicht vor dem Tod noch schnell, kein Schuft zu sein?

JAFFIER *zwischen den Zähnen*

Die Pest auf ihn!

PIERRE Auf ihn allein? man könnte
den Fluch ausdehnen und so gut den ganzen
Senat verfluchen als den einen Schurken,
so gut den ganzen Adel als die paar
armseligen Senatoren.

JAFFIER Alle! Alle!

PIERRE

Sprach ich dir neulich nicht von Dolchen?

JAFFIER Dunkel –
von tausend Dolchen, blinkend in den Händen
von tausend kühnen ehrenhaften Männern –
wo sind sie, Pierre?

PIERRE So stürmisch, sanfter Jaffier?

JAFFIER
Was soll der kalte Blick? mißtraust du mir?
verhöhnst du mich?
PIERRE Wahrhaftig, nein, mein Lieber.
JAFFIER
Wenn nicht, so wage ich zu hoffen, Pierre:
es ist kein kleines Werk, dran teilzunehmen
du mich um diese Mitternacht beriefst.
PIERRE *nach einem Zögern*
So sei ein Mann! Du mußt vor Männer treten,
die Manns genug sind, diese Welt aus Frieden
und Schlaf zu peitschen und sie zu bezähmen,
wenn sie am wildesten sich bäumt.
JAFFIER Ich dank dir,
mein Bruder Pierre. Ich will als einen Mann
mich euch beweisen, und ich trag dir auf:
wenn sich in diesen Zügen Feigheit malt,
mir aus der Brust hervor das Herz zu reißen,
und es auf deinen Dolch gespießt zu zeigen
als eines Schurken Herz.
*Nach kleiner Stille* Hörst du mich, Pierre?
PIERRE *sieht in sein Notizbuch*
Schön, schön. Du sprichst französisch?
JAFFIER Ganz geläufig.
PIERRE
Auch spanisch?
JAFFIER So zur Not.
PIERRE Und kannst in jeder
der beiden Sprachen ein Konzept aufsetzen?
JAFFIER
Wenns des bedarf.
PIERRE Es wird. Ich zähl auf dich.
Wahrhaftig, keine Faser ist an dir,
auf die ich nicht sehr große Hoffnung setze
für große Dinge. Nun geh hier hinein.
*Er öffnet Jaffier die Tür zu seiner Kammer, läßt ihn hinein, schließt zu*
Kommt deine Zeit, schließt diese Hand dir auf.

RENAULT *aus seinem Haus, mit einer Laterne*
Pierre!
PIERRE Was?
RENAULT Mir war, ich hab dich sprechen hören.
Bist du allein?
PIERRE Ist jemand da?
RENAULT Capello
ist drin und schreibt.
PIERRE Ich hör zwei oder drei
die Gasse kommen.
RENAULT Halt sie an.
*Hebt die Blendlaterne.*
PIERRE *sieht nach rechts* Brambilla
und Cuyp.
CUYP *auftretend*
Erwartet ihr noch viele?
RENAULT Später
noch andre. Jetzt nur noch den Hauptmann Elliot
und den Geschützmeister.
CUYP Was denn für einen?
RENAULT
Den Ungar.
CUYP Den, der, wenn er zornig wird,
mit dem Gesicht so zuckt?
RENAULT Denselben.
CUYP Soll
der alles wissen?
PIERRE Ohne Artillerie
geht nichts. Auch weiß ich und verbürge mich:
der Mann ist gut.
CUYP Hast du ihn in der Hand,
dann ist mirs recht. Wenn du uns sagst, du hast ihn,
so kümmerts uns nicht weiter.
PIERRE Sind die Verzeichnisse zur Hand?
*Tritt zur Laterne, an den Stufen zum Haus.*
RENAULT *reicht Papiere hin* Bei den Listen der Arsenalarbeiter und Aufseher sind die rot unterstrichen, die uns etwas in die Hand gegeben haben, seis Wachsabdrücke von Schlüsseln, Pläne oder gewisse Mengen Pulvers.

BERNARDO CAPELLO *ist aus dem Haus getreten. Die Tür bleibt nun offen, und es fällt ein flackerndes Licht aus dem Flur. Capello ist ein hübscher, blasser Mensch von unbestimmbarem Alter. Auf seinem Gesicht ist ein immer gleiches Lächeln, das auch bleibt, wenn der Zorn seine Züge verzerrt. Er reicht mit schönen, gepflegten Händen über den Lichtschein der Laterne hin ein Blatt* Das ist das Verzeichnis der Senatoren.

PIERRE Gut.

*Will es an sich nehmen.*

BERNARDO *zieht es zurück* Laß mich das behalten. Ich habe bei jedem die Frauen und die Kinder dazugeschrieben.

PIERRE Wozu soll das?

BERNARDO *lächelnd* Damit das Abzählen leichter ist, wenn wir sie zu Schiff bringen.

PIERRE Zu Schiff?

BERNARDO *mit dem gleichen Lächeln* Ich habe mir das ausgedacht: wir verladen sie auf die großen Obstkähne, ihrer dreißig, vierzig auf einem; die schleppen wir, an die Galeeren getaut, hinaus in die Lagune. Die Kähne bohren wir vorher an, nicht zu viel, nicht zu wenig, und gerade bis wir im Offnen sind und die Taue gekappt sind, haben sie Wasser genug gezogen und gehen hinunter – mit ihrem Obst.

*Pierre sieht ihn verachtungsvoll an.*

BERNARDO *mit leicht verzerrtem Gesicht* Oder nicht? Oder meinst du – sie sollen mit der Pike –? denn hinwerden muß doch die ganze Brut? Oder etwa nicht? stehe ich etwa vereinzelt da mit dieser Gesinnung?

*Wird noch blässer vor Wut.*

*Pierre kehrt ihm brüsk den Rücken, geht nach rechts, wo zwei nun aufgetreten sind, Elliot und der Geschützmeister.*

CUYP *tritt aus dem Schatten zu Renault und Capello* Guten Abend, Herr Capello!

*Brambilla tritt auch dazu.*

BERNARDO *langsam, fast geziert* Lieben Freunde, wenn ihr mir einen Gefallen tun wollt, so nennt mich nicht mehr Capello, nennt mich Catilina. Das war der größte Mann von Rom, und es sind reaktionäre Hunde, die ihn verkleinert haben. Catilina will ich heißen, und als Catilina laß ich mir den großen goldenen Thron des Dogen auf die freie Treppe stellen und lasse sie mir vorführen, einen nach dem andern, wie ich sie da habe auf meiner Proskriptionsliste. Dein Name? frag ich – und er antwortet aus dem zahnlosen, hochmütigen Maul: Corner oder Morosin, oder Tiepolo, oder Priuli, oder Badoar, oder Contarin – oder Capello, wenn es einer von meinen Herren Oheimen ist. Dein Name, dein Verbrechen. Du mußt sterben! antworte ich, kurz, lapidar, römisch. Und Catilina winkt, und die zwei, die den Herrn Senator vorgeführt haben, stoßen ihn die paar harten, glatten Stufen hinunter in den Hof. Da stehen ihrer fünf oder sechs mit Piken –

*Verbindlich*

der oder der oder der, oder wem es Spaß macht – und indessen ihr ihn niedersticht, wird mir oben schon wieder ein neuer vorgeführt. Dein Name, dein Verbrechen, du bist verurteilt, sag ich wieder und so –

*In ganz leichtem, fast scherzendem Ton*

glaub ich, wir werden sie in zwei bis drei Vormittagen erledigen.

*Eine Stille*

CUYP Laß das Verzeichnis ansehen.

BERNARDO *lächelnd, entfaltet es* 264 Senatoren, 190 Frauen, 559 eheliche Kinder derselben.

CUYP Und wie schön Ihr das geschrieben habt. Mit Schnörkeln.

Es sieht aus wie ein Meßbuch.

BERNARDO Es ist mein Brevier. Ich les nichts anderes.

PIERRE *heftig dazutretend*

Wir sind zusammengekommen, denke ich,
für etwas anderes. Es sind, ich glaube,
andre, und wichtigere Instruktionen
zu geben oder zu nehmen, solche, denk ich,
die besser für ein Unternehmen passen,
dessen Soldaten sich und Offiziere
und nicht Banditen unterwinden. –

RENAULT *eilig dazwischen, den Ton, in dem Pierre spricht, fürchtend* Richtig!
Sehr viel ist zu besprechen. Vieles kann
noch heut erledigt werden. Da ist eines:
es braucht nun einen, der sich hinsetzt, Pierre,
sofort und die drei Punkte spanisch aufsetzt,
die wir dem Streifkommando müssen, jenem
das von der Brenta her uns stützen soll,
zu wissen tun. Des ferneren muß einer,
der des Französischen mächtig ist, hinaus,
ans Kloster der Armenier, wo sechshundert
Franzosen liegen. Ohne die ist nichts
zu machen, denn das Kloster ist ein Stützpunkt,
und ferner haben sie die sieben schwersten
Geschütze. Der dort hingesandt wird, dieser
muß den Franzosen spielen und muß einen
gewissen – halt – Le Champenois – der dort
*Denkt nach*
angeblich krank im Lazarette liegt,
vorgeben zu besuchen. Diesen muß er
befragen, ob er ihm nichts Schriftliches
zu übergeben hat. Der Mann muß klug,
verläßlich sein und einer, den die Wachen
nicht kennen.

PIERRE
Den Mann für diese beiden Dienste hab ich.

RENAULT
So instruier ihn.

PIERRE Ja, das will ich. Hört mich.
Ich will euch eine Schwachheit eingestehn.
Ich habe einen Freund.
*Unruhe.* Solch einen, hört mich!
daß gegen ihn – ob ich ihn täglich sah,
ob jahrelang ihn mißte, doch mein Herz
sich nie verschloß. Nein, wartet, hört mich an!
Er kennt den Umfang unsrer Unternehmung –

CAPELLO *bleich*
Was?

PIERRE *ruhig, stark*

– und er billigt sie und liebt sie innig.
Wir haben einen Schwur getauscht, zusammen
zu leben und zu sterben, und er ist
hier bei der Hand, ihn einzulösen.

CAPELLO Hört ihrs?

Verraten! Wie ein Bube alles, alles
verraten!

PIERRE *ruhig*

Nein. Kein jüdisches Geschäft.
Ein mehr als christliches. Ich gab mein Alles
darein in den gemeinsamen Besitz.
Ich hab ihn mitgebracht, und mit euch allen
will ich ihn teilen. Nehmt ihn auf in Liebe.
Wo nicht – wo ihr ihn unser und der Stunde
nicht wert erfindet – hört mich! – meine Zunge
hat dieses unser furchtbares Geheimnis
ihm in die treue Brust gesetzt: dort will ich
mit diesem Dolch, wenns sein muß, es heraus
mir wieder holen und euch Ruhe schaffen.
Nun komm hervor, mein einziger Besitz.

*Er öffnet, läßt Jaffier heraus. Dieser tritt hervor, einen bloßen Dolch in der Hand.*

CAPELLO *halblaut*

Ein allzu hübscher Bursch!

JAFFIER Ihr seht auf mich

und wundert euch, ich fühls, ihr wundert euch
wie ich es wage, diesem schicksalsvollen,
furchtbaren Rate mich zu nahn. Wie frech
ein unerprobtes Herz und eine Klinge,
die Blut nicht kennt, sich stiehlt in diesen Kreis.
Wollt ihr den Stahl, den hier ich zücke, ruhig,
so heißt ihn in die eigne Brust mich stoßen. –
Dann bin ich abgetan und lieg vor euch,
ein Bündel von schmerzlos gewordenen Qualen.
Doch haltet ihr den Dolch da wert, die Kehlen
von Schurken zu durchstoßen, die in Purpur
stolzieren, nun, so schickt mich morgen früh

in den Senat, da wird er mir nicht zucken,
und käm ihm auch so etwas wie ein Vater
vor seine Schneide.
*Er hält inne.*

ELLIOT
Er sagt das gut.

JAFFIER *ermutigt* Beim Himmel, nicht bloß sagen:
ich will das tun! Allein ich sehe Mißtraun
in euren Mienen.
*Er hält inne. Eisiges Schweigen.*
Kurz und gut, ihr nehmt mich
für einen Schurken? Ja, es ist verflucht,
beim ersten Sehen einen Fremden so
von Dingen reden hören – siehst du, Pierre!
Wenn sie mich kennten, oh, wenn sie es wüßten,
wie ich mit tödlichen Entschlüssen so
beladen wie sie selber –
*Tödliche Stille; er fühlts* Ja, was nun?

BERNARDO CAPELLO *zischend zu seinem Nachbar*
Ein Schwätzer oder Schlimmres, sag ich euch.
*Brambilla geht auf Jaffier zu, mißt ihn von oben bis unten, dann kehrt er ihm verächtlich den Rücken.*

JAFFIER
Darauf, mein Pierre, war deine Seele nicht
bereitet, daß sie dir mit solchen Augen
den Freund anschauen würden. Doch sei ruhig,
ich habe, was auch sie zur Ruhe bringt,
ich habs.
*Er wirft seinen Dolch unter sie, ist mit einem Sprunge aus ihrer Mitte, mit einem Sprunge in dem dunklen Gäßchen rechts verschwunden.*
*Brambilla springt ihm nach, sieht an der Ecke, er erreicht ihn nicht mehr, gibts auf.*
*Die Zurückbleibenden sind zuerst verblüfft, dann umringen alle mit Heftigkeit Pierre.*

RENAULT
Was soll uns die Komödie?

ELLIOT Achtung, Pierre,

daß du uns nicht auf eine Sandbank steuerst
mit deinem Herzensfreund.

RENAULT *schafft sich Gehör, sehr laut* Ich kenne diesen Menschen. Er ist im Hause des Senators Priuli als so etwas zwischen Bedienter und Pflegesohn aufgewachsen. Er hat dann dem Alten die einzige Tochter verführt und ist mit dieser aus dem Haus geworfen worden, lebt mit dieser Senatorstochter, wovon ist unbekannt, und steht demnach in dringendem Verdacht vertrauter Beziehungen zur Staatspolizei.

PIERRE
Wer das sagt, lügt. Er war zwei Jahr Soldat!
Er war mit mir zu Schiff, ich steh für ihn.

CAPELLO *dicht an Pierre* Hätt ich einen leiblichen Bruder, und wär er so dagestanden und hätte mit einem solchen Abgang sich verzogen, ich wär ihm nach und hätte ihm dort an der Ecke ein gutes Messer von oben her in den Rücken gestoßen und –
*Mit erhobener Stimme*
wer von uns hätte weniger getan?

PIERRE
Bin ich das Ding, auf das du zielst? bin ich
dir ein Verräter?

RENAULT Wie dem immer ist,
gleichviel durch wen, der Mann muß schleunig sterben.

CAPELLO
Er muß noch einmal her in dieses Haus,
dann schneide jeder sich ein Teil aus ihm
und Pierre mag seitwärts stehn –

PIERRE *schreit* Wer will ihn töten?
Wer will das Blut vergießen, das mir teuer?
Antwortet keiner?

RENAULT *zu den andern*
Nun ist nicht die Zeit,
mit unsrer Sicherheit zu scherzen, mein ich.

PIERRE *immer wütender*
Nein? Dann will ich euch ein Geheimnis sagen:
Allzuviel Mißtraun ist bei mir das Merkmal
des Feiglings.

RENAULT Ja?

PIERRE Ja, Renault! Ja, Capello!
Euch ins Gesicht! Des Feiglings oder dessen,
der selber gern im Trüben fischt, der selber
sein Fleisch in mehr als einem Topfe kocht –
indessen andere –

RENAULT Auf wen geht das?

PIERRE
Auf dich, du großer Handelsmann! Auf dich,
Goldhändler, Sklavenhändler, der Geschäfte
zu machen denkt mit unsrem Blut.

RENAULT Du lügst!

PIERRE
Schweig, du armenisches Gesicht, schweig still,
du levantisches Gewissen!

RENAULT Ruhig,
betrunknes Offizierchen!
*Pierre faßt ihn an.*

ELLIOT Laßt ihn, Pierre!
Denn er hat recht. Du schaff uns diesen Jaffier,
eh er uns an den Galgen liefert.

PIERRE *zurückspringend, gegen alle Front machend, wie der Eber gegen die Hunde* Ja?

ELLIOT *besonnen*
Wollt ihr auf offner Straße brüllen, Leute,
von Galgen und Schafott? Geht doch ins Haus.

CAPELLO
Ins Haus? In die Mausfalle? Bist du auch
von Sinnen? Du, Kapitän Pierre, kannst du
zwei Worte hören? Hast du die Vernunft,
zwei Worte anzuhören?
*Pierre sieht ihn an.*

CAPELLO Dieses Haus
ist eine Mausfalle für dich und jeden,
solang der atmet, dem du die Gesichter
gezeigt hast und den Weg gewiesen hast
und vor dies Haus ihn hergeführt, damit er
nur weiß, wo er uns alle fassen kann.

– Ich sage nicht, daß er dich schonen wird. –
Roll deine Augen, wie du willst, doch hör mich.
Der Mensch war ein Lakai, – nenns Sekretär,
Stallmeister, alles gleich, – er hat das Brot
des Priuli gegessen und die Tochter
des Priuli, die er frisierte oder
zu Pferd begleitete oder französisch
parlieren lehrte, warf sich weg an ihn.
Der Vater kommt dahinter, und da liegen
die beiden in der Gosse, machen Kinder
und hungern, und er trägt zum Pfandleiher
den Ohrring und das Kettchen. Aber endlich
muß er sich umtun – und der Mann hat Glück!
Der Mann aus ehmals priulischem Dienst
ist jedenfalls nicht ungeschickt. Er sucht
zumindest sein Geschäft auf einem Weg,
der nicht alltäglich ist. –

PIERRE *nicht mehr sehr laut* Er ist mein Freund.
Verstehst du mich? Er ist mein Freund.

CAPELLO Das eben nenn ich
Glück haben. Nun noch sagen können: er
sei dir zuerst ins Netz gegangen. Das
ists ja, was ihm die goldnen Brücken baut!

PIERRE
Gemein und feig gedacht! Ich will mein Leben
wegwerfen wie ein schmutziges Hemd, bevor
ichs lebt und dächt wie ihr.

RENAULT Wirf deines weg,
wohin du willst. Das unsre nicht. Das unsre nicht!
Verstehst du? Jetzt stehts so, daß wir die Nacht
zusammenkommen müssen. Und daß dies
mein Haus des Teufels ist, solang dein Freund
umhergeht in Venedig. Schaff du Rat.

ELLIOT
Ja, schaff du Rat, wohin mit uns. Die andern
sind herbestellt. Es müssen Boten laufen.
Schaff einen andern Ort.

BRAMBILLA Verfluchtes Nest,

gebaut ins Wasser! Keine öde Heide,
kein Wald, kein Fleck, wo nicht Spione hocken.
Du hast die Suppe eingebrockt, du mußt
Rat schaffen, Pierre.

PIERRE Ich schaff euch Rat und nehms
auf mich, daß in dem Haus, wo ich euch hinführ,
die Wände keine Ohren haben. Das
nehm ich auf mich. Was sonst noch drum und dranhängt,
das kümmert keinen. Renault, hast du Buben
im Haus, die laufen können mit der Botschaft?

RENAULT
Gibs ihnen schriftlich.

PIERRE Gut denn. Ich bestelle
die andern hin und euch. Knapp eine Stunde
vor Mitternacht, nicht früher. Für das Haus
steh ich.

RENAULT Wo ist das Haus?

PIERRE *zögernd* Was sonst noch dranhängt,
das kümmert niemand! Hinter San Cassian
lebt eine, die die mehrsten von Euch kennen
vom Ansehn. Aquilina heißt sie. Ich –
ich war einmal mit ihr. Das ist vorüber.
Allein ich seh sie noch zuweilen. Sie
und ihre Leute kennen mich, und achten
nicht viel drauf, wen ich mitbring! Frührer Zeit
bracht ich zum Spiel zuweilen Offiziere
und andere hinauf. Es fällt nicht auf,
wer aus und ein geht in dem Haus. Fürs andre
steh ich euch ein. Ists euch genehm zu kommen?

MEHRERE
Wir kommen! Aquilina!

PIERRE *in den Schein der Laterne unter die Haustür tretend*
So geh, Renault, und fertig' Zettel aus
mit nichts als Stund und Ort. Sie dürfen nur
unter vier Augen übergeben werden,
und in die eigne Hand.

*Renault geht hinaus, mehrere mit ihm. Die andern stehen alle oben an der Tür, so daß der Platz leer bleibt. Von rechts kommt Jaffier, hinter sich Belvidera führend, die kaum angekleidet ist; sie hat ein braunes, großes Tuch umgeworfen. Ihr Haar ist halboffen, notdürftig aufgesteckt. Er läßt sie im tiefen Schatten rechts am Gemäuer stehen und tritt nach links an das Licht.*

JAFFIER *laut, so daß die oben an der Haustür sich nach ihm umwenden*

Ich hoff, ich habe niemand warten lassen.

*Pierre und die bei ihm stehen sehen betroffen auf Jaffier.*

JAFFIER *auf die im Dunkel Stehende deutend*

Da ist das Pfand, das ihr verlangen dürft.
Es ist nichts weiter, als mein ganzes Leben.
Da habt ihr meine Frau –

*Es sind Pierre und mehrere die Stufen heruntergestiegen, oben in der erleuchteten Tür ist gerade Renault herausgetreten,*

nehm einer sie,
nehmt Ihr,

*Zu Renault*

mein würdiger Herr, sie in Verwahrung,
der Ihr der ältste seid. Ich kannt Euch lange
von Sehen, nahm Euch stets für einen Kaufmann,
heut lernt ich, Ihr seid mehr. Ich glaub, Ihr liehet
zuweilen schon auf Pfänder; wahrt mir dies
nicht schlechter als wie eine Perlenschnur
oder ein kostbar und zerbrechlich Glas,
bis daß die Herren mir erlauben werden
es einzulösen.

PIERRE *steht links vorne, jubelnd*

Da seht ihr ihn! Da seht ihn! Hört ihn an!

*Capello beugt sich von oben weit vor, die im Dunkel Stehende zu erkennen.*

JAFFIER *nimmt Renault, der herabgestiegen ist, bei der Hand, führt ihn nach vorne*

Irgendwo am Boden,
wenn Ihr die Mühe nehmen wollt, muß hier
mein Dolch noch liegen, damit könnt Ihr ja
an ihr vollstrecken, wessen etwa – Herr,
versteht Ihr mich? ahnt Ihr, was in der Brust

des Mannes vorgeht, dem Ihr mit dem Blick
die Ehre abgesprochen habt?
*Er tritt zu Belvidera, führt sie nach der Mitte*
Mein Kind, du gehst mit diesem
sehr würdigen Herrn. Er wird dich mir bewahren.
Frag nichts. Du siehst mich morgen oder später.
*Pierre und die Offiziere stehen links, dicht zusammen, Jaffier und Belvidera in der Mitte, mehr rechts. Renault zwischen den zwei Gruppen, etwas zurück. Zu ihnen tritt, die Stufen herab, Capello. Er hat die Laterne in der Hand; er läßt, indem er sie mit der Hand abblendet, ihren ganzen Schein auf Jaffier und noch mehr auf Belvidera fallen.*

CAPELLO *an Renaults Seite, indessen Jaffier leise eindringlich auf Belvidera einspricht*
Es ist die Priuli! siehst du den Hochmut
in ihren Lippen! siehst du dieses Etwas,
das über alles Elend triumphiert?
wie man sie hassen muß, die so dastehen!
Schau hin, dies Fleisch, das durch die Nachtluft funkelt,
ist kostbarer als die gehüteten
Juwelen von Sankt Markus und gewohnter
kniefällige Huldigung als die Reliquien
vom heiligen Kreuz. Seht ihr die Priuli!
Ihr Brüder, solches sind die Löwinnen,
die wir vorspannen wollen morgen nacht
dem Wagen unseres römischen Triumphes!

BELVIDERA *angstvoll zu Jaffier*
Antonio, träum ich denn, hast du mich denn
nicht aufgeweckt? Hierher geführt? Ist alles
nicht wahr? sind wir zu Hause? Träum ich nur?
bring ich die Augen nur nicht auf, Antonio?

JAFFIER
Wach bist du. Alles hier ist wach und wirklich.
Du mußt in dieses alten Mannes Haus,
bis ich dich hole.

BELVIDERA *an ihn gedrängt*
Ich woanders hin
als du? Bei Nacht? Was ist mit uns geschehen?

Wo sind wir denn? Was wollen sie von dir?
Antonio!

JAFFIER Hör mich! Wenn mein Wohlergehen
dir lieb ist, geh mit diesem –

BELVIDERA Mein Geliebter,
es ist Gefahr! sie töten dich! Bei dir,
bei dir, laß mich bei dir!

JAFFIER Sei ruhig, hör mich!
Ich komme morgen mittag oder abend
und jeden Tag. Nur tus, um meinetwillen –

BELVIDERA
Um deinetwillen will ich alles tun,
nur laß mich zu mir kommen. Nur verlang nicht,
daß ich es so auf einmal –

JAFFIER Wie, Geliebte,
bist du auf einmal nicht, in einer Nacht
der Seligkeit, um diese gleiche Stunde,
aus einem Mädchen meine Frau geworden?
Gabst du mir damals nicht mit einem Schwur
und süßen Tränen in den Augen dich
und deine Seele, deinen Willen – alles
auf einmal ganz zu eigen? und wenn heute
– ich sag nicht, daß es ist – Gefahr mir drohte,
meinst du, die fürchterliche Wirklichkeit
hätt nicht die Kraft, auf einmal mich von dir
zu reißen.

BELVIDERA Still, ich gehe!

RENAULT *näher tretend* Gnädige Frau,
seid ohne Angst, ich bitt Euch. Wenn es Euch
genehm, mit mir zu gehn, mein Haus ist klein,
doch eine alte Schwester, die mirs führt –
*Ruft ins Haus*
Annina – zeig dich! – wird sich ganz Euch widmen
und Euch in Seide wickeln. Eure Schönheit
soll keinen Schaden leiden.
*In der Haustür erscheint eine Frauensperson.*

JAFFIER Geh mit ihm.

BELVIDERA *tonlos*
Ich geh!
*Sie folgt Renault die Stufen hinauf.*
PIERRE Die Füße müßtet ihr ihm küssen!
*Belvidera tritt ins Haus.*
*Jaffier steht unten, wie bewußtlos, sieht ihr nach.*
RENAULT *von oben, nochmals umkehrend, zu Jaffier.*
Ich bitt Euch, Herr, begleitet Eure Frau
bis auf ihr Zimmer. Ja? und sprecht ihr zu
*Jaffier geht zu ihm, die Stufen hinauf*
und heißt sie einem sechzigjährigen Mann
sich anvertraun, den ihre Sorg und Schönheit
im tiefsten rührt. Nehmt meine alte Hand:
ich hab Euch abzubitten, Herr Jaffier.
*Sie treten zusammen ins Haus.*
*Capello, der sich in seinen Mantel gehüllt, ist allein fortgegangen.*
*Pierre geht, wie in Gedanken, rechts auf und nieder.*
*Die Gruppe der Offiziere, sprechend, will sich auflösen. Elliot ist einen Augenblick links in dem Gäßchen verschwunden, tritt dann wieder zu den anderen.*
ELLIOT
Die Buben waren fort mit ihrer Botschaft
im Augenblick vorher. Der Ungar auch.
Es ist der Aquilina Haus nun allen
zum Stelldichein gegeben. Ändern läßt sich
nichts mehr, wir müssen hin.
BRAMBILLA Frag Pierre noch einmal.
*Elliot tritt zu Pierre, sagt ihm etwas.*
PIERRE
Gut. Ich bin eher dort. Und stellt sich etwas
uns in den Weg, so werdet ihr gewarnt,
eh ihr das Haus betretet.
ELLIOT *im Abgehen* Eine Stunde
vor Mitternacht.
*Indem sie nach verschiedenen Seiten durch das Gäßchen links, längs der Mauer rückwärts, durch den Schwibbogen rechts abgehen*

Aquilina! Aquilina!

*Der Schiavon steht, sichtbar, links im Schatten des Hauses. Pierre wollte schon rechts abgehen, besinnt sich, pfeift leise dem Schiavonen. Der Schiavon geht über die Bühne zu Pierre, stößt mit dem Fuß an Jaffiers weggeworfenen Dolch, hebt ihn auf, bläst im Gehen den Staub davon ab, steckt ihn ein, steht dann vor Pierre. Pierre zieht ihn rechts ins Dunkel, scheint ihm einen Auftrag zu geben.*

*Indessen ist der Vorhang gefallen.*

*Saal bei der Aquilina. Eine Flügeltür im Hintergrund, eine kleinere Tür links ins Schlafzimmer. Rechts Fenster und ein Balkon. Ganz vorne rechts eine Tapetentür.*

AQUILINA *auf einem Ruhebett, links*
Der Riemen drückt.
*Die Mulattin kniet vor ihr, haucht auf ihren Fuß, der nackt in Sandalen ist.*

AQUILINA So tut mirs wohl.

DIE MULATTIN So hauch ich,
als müßt ich deinen ganzen weißen Leib,
die süßen Knie, die schönen langen Hüften
und alles bis zum Rund der Schultern, alles
hervor aus meinen Eingeweiden holen,
heraus dich atmen, dich aus mir, du Weiße,
du Schimmernde, du Biegsame, du Schlanke,
aus meinem gelben, alten, bösen Leib.

AQUILINA
Und was ist das für eine Salbe da?

DIE MULATTIN
Die neue, die du wolltest, von der Jüdin,
die du begehrt hast.

AQUILINA Diese? Laß mich riechen.
*Stößt die Büchse wieder weg*
Verräterin und Hexe! Riecht nicht diese
wie alle andern? Ist sie nicht gemischt

aus namenloser Sehnsucht? Haucht sie nicht
die Raserei vergeblicher Erinnerung?
Schaff etwas mir, das duftet und nach vorwärts
ins Unbekannte lockt und nicht zurück
zu Pierre mich reißt, wenn du ihn mir nicht wieder
kannst geben! Willst du mich mit der Essenz
aus meiner eignen ungestillten Qual
beschmieren? Soll der Wahnsinn meiner Sehnsucht
von außen und von innen mich zerfressen?

DIE MULATTIN
Er kommt dir wieder, ich habs heut geträumt.

AQUILINA
Gibt das Gehirn sich auch mit Träumen ab?
Ich hab heut was geträumt, woran zu denken
mirs übern Rücken rinnt. Ich lag, so träumte mir,
in meinem Bett, darin ich wirklich lag.
Mein Zimmer, alles, sah ich, so wie wirklich:
Verändert war nur dies: ich schlief allein.
Auf einmal trieb mich etwas, aufzustehn.

DIE MULATTIN
Du standest auf?

AQUILINA Im Taum. Und hier herein
zu gehn mit einem Leuchter in der Hand.
Auch hier war alles, wie es ist. Nur dort
am Pfeiler hing ein Bild von Pierre, ein schönes:
es schien im Rahmen sich zu regen. Langsam,
die Blicke immer auf dem Bild, den Leuchter
gehoben, daß die Strahlen mir nur bald
und deutlich sein Gesicht mir zeigten, schritt ich
drauf zu und drängte meine ganze Kraft
in meine Augen, nur um zu erkennen,
ob sein gemalt Gesicht mir freundlich oder
so hart und finster wie das wirkliche.
Und wie ich starrte, immer lag ein Schatten
auf dem Gesicht, und näher hob ich zitternd
den Leuchter. Da auf einmal hör ich,
ich höre,
*Sie sieht ängstlich um sich*

daß die Tür dort und diese
von außen – bleib bei mir! – verriegelt werden.

DIE MULATTIN
Von wem?

AQUILINA Ich höre nur, daß Menschen dort sind
und wie die beiden Riegel vor sich schieben.
Ich dreh mich um, und in der Todesangst
faß ich den Leuchter an wie eine Waffe
und will durch diese Tür hinaus, zurück
in mein Schlafzimmer. Da – allmächtige Mutter!
bewegt sich nichts? – da treten aus der Tür
drei Männer, drei verlarvte, und der eine
hebt eine Schlinge, und sie sind auf mir –
da wach ich auf, in kaltem Schweiß gebadet,
und zittre, und die Zähne schlagen mir,
und möchte eine Brust, mich dran zu schmiegen,
dran zu verbrennen – herrlich! neben mir
liegt der Senator, und im grauen, alten
Gesicht bewegen gräßlich sich die Adern
sooft er atmet, der verfallne Greis.

DIE MULATTIN
Wenn du so träumst, trägt seine Nähe schuld.
Ein alter Mann ist wie ein offenes Grab,
draus kriecht der Hauch des Todes über dich.
Fort, wenn du leiden mußt und häßlich träumen,
fort, fort von dem Vampir. Ich mach zu Geld,
was geht, und fort nach Rom. Dann heißts: die große,
die römische Aquilina –

AQUILINA Schlange, du
hast mich an ihn verkuppelt! Leugnest dus?
Den Mund mir zugehalten, wenn ich schrie
nach meinem Pierre, mit deinen gelben Armen
die Füße mir umschlungen wie mit Stricken,
wenn ich zu ihm in seinen Kerker wollte,
daß er auf mir statt auf verfluchtem Stroh
sollt liegen im Verließ, und alles haben,
indes er so in seine Fäuste biß!

DIE MULATTIN
Du solltest beide haben, den Soldaten
und das Vermögen, und das schöne Haus
und Teppiche und Silber, alles, alles!
Der Alte stirbt, und du wirst ihn beerben.
Er stirbt! Er stirbt! Ich bete so darum,
so stark, daß mir zuweilen ist, ich seh ihn
schon taumeln und nach vorne überfallen.
Ich hab dich ja so lieb! Ich will dich ja
so reich, so schön und alle Männer, alle,
die wilden Bestien, unter deinen Füßen:
gepflastert soll dein Weg mit ihnen sein,
du Kaiserin, du weiße Aquilina –
o er wird sterben.

AQUILINA *finster* Ach, mir ist, zuvor
sterb ich, stirbt Pierre, stirbt diese ganze Welt.

LAKAI *meldet*
Des Herrn Senators Gnaden.

AQUILINA Was? Schon wieder!
Sag, ich bin nicht zu Haus. Sag ihm, ich schlafe.
In Kürze sag, ich will ihn heut nicht sehn.

LAKAI
Er ist schon hier. Er ist schon auf der Stiege.

AQUILINA
Sag ihm, ich bin im Bad. Sag ihm, du Schuft,
ich lieg im Bett mit Giacomo dem Stallknecht.

ZWEITER LAKAI
Er ist schon da, er folgt mir auf dem Fuß.

AQUILINA
So heiß ihn wieder gehn, verdammter Lümmel!
Wenn er nicht will, so steck das Haus an, daß ich
samt ihm verbrenne, denn ich will heut nacht
kein altes, kaltes Tier in meinem Bett.
*Senator Dolfin ist eingetreten, winkt den Lakaien zu gehen. Die Lakaien ab.*

AQUILINA *ohne Dolfin eines Blickes zu würdigen, schellt heftig mit einer Handglocke*
Lakaien!
*Die Lakaien treten wieder ein.*

AQUILINA
Hierher! Wenn ich es einmal noch erlebe,
daß irgend jemand vorgelassen wird,
den ich befohlen habe, abzuweisen,
ihr Diebsgesichter, laß ich euch vergiften!
Macht fort.
*Die Lakaien ab.*

AQUILINA *zur Mulattin*
Ich will zu Bett.
*Zu Dolfin* Soll ich Euch Bücher
herschicken mit französischen Kupfern, Herr?
Vielleicht auch eine Decke? Denn mir scheint,
Ihr wollt hier übernachten.

DOLFIN Aquilina!
*Eine Pause*
Du hast mich niemals zornig gesehen!

AQUILINA *tut als müßte sie lange nachdenken, zuckt dann die Achseln* Es gibt einige Merkmale gesteigerter Erregung, die ich niemals das Glück hatte, an Euch kennenzulernen.

DOLFIN Ich beherrsche mich.

AQUILINA Es ist nicht nötig.

DOLFIN Soll ich dir sagen, was ich heute abend für dich getan habe?

AQUILINA *gähnt* Nein.

DOLFIN Also höre!

AQUILINA Orsola, ich will zu Bett. Begleite mich.

DOLFIN Ich habe sondiert.

AQUILINA Und keinen Grund gefunden! Gute Nacht.
*Sie will ins Schlafzimmer.*

DOLFIN Ich habe mich einigen der einflußreichsten Senatoren ganz aufgeschlossen.

AQUILINA *auf der Schwelle* Die Armen!

DOLFIN Ich bin soweit gegangen, sie zu bitten!

AQUILINA *aufleuchtend, näher tretend* Und ich werde es erreichen? Du wirst es mir durchsetzen? Ich werde mit den Senatorenfrauen auf einer Tribüne sitzen, wenn der Patriarch die neuen Galeeren segnet? Auf einer Tribüne mitten unter ihnen! Oh, ich werde sie niederblitzen! Du wirst mich zu

meinem Sitz führen, und hinter dir und mir werden sie zischeln und blaß und grün werden und sich in sich zusammenschieben vor Neid?
Gasparo, wie du jung und mutig dastehst!
wie dieses Ja, das schwer errungen
aus allen deinen Muskeln zuckt und blitzt,
Gasparo –

DOLFIN Liebes Kind, es ist unmöglich,
unmöglich.

AQUILINA *versteinert sich, mißt ihn vom Kopf zum Fuß* Unmöglich! Das ist das Wort seines Herzens! Wozu es noch besonders auf die Lippen nehmen? Die ganze Kreatur spricht es unaufhörlich aus. Komm, Orsola, lassen wir Seine Gnaden den Herrn Unmöglich sich hier sein Nachtlager suchen – oder anderswo. Komm.
*Geht ins Schlafzimmer, kehrt aber nach einem Augenblick wieder zurück, fährt fauchend auf Dolfin los*
Unmöglich! Was? Wer bist du denn, du Schatten
eines Senators, wenn es dir unmöglich,
mich hinzusetzen unter eure Weiber,
eure geschnürten Dirnen, denn sie sind
nichts andres, nur die Feigheit sitzt auf ihnen
und heißt sie heucheln. Wär nicht eure Welt
durchtränkt von Heuchelei und Heimlichkeit,
voll von Spionen, Gift und Meuchelmord,
so hängten eure Weiber sich wie ich,
nein, gieriger, heißhungriger wie ich,
schamloser weit, an einen wilden, jungen
Soldaten! Denn ihr Herz steht nur danach!
Unmöglich, daß ich unter ihnen sitze?
Ja, Herr, wer bin denn ich? Rom schreit nach mir,
der große Kardinal Farnese läßt
durch seine Gärten eine Bresche legen,
damit mein Wagen, im Triumph gezogen,
einziehen kann – sie liegen auf den Knien
vor mir, und ich soll hier mit dem Gespenst
eines Senators diese Höhle teilen?
So wohnen des Farnese Hunde nicht!

Mich ekelt dies Venedig, die Spelunke
ohn Licht und Luft, von faulen Fischen stinkend!
Dies Mörderloch, wo hinter jedem Vorhang
Spione hocken, wo sie jeden Brief
erbrechen, jeden Atemzug erhorchen!
Ich will nicht mehr auf diesem Wasser fahren,
aus dem die starren Augen der Ertränkten
mich ansehn, daß der Atem in der Kehle
mir steckenbleibt, ich will nichts mehr von dir,
du Meuchelmörder! Denn wie du da stehst,
gesalbt und aufgestutzt und schlaff und kraftlos,
bist du ein Teil des fürchterlichen Ganzen,
ein Kopf der hundertköpfigen Bestie bist du,
die, fahl und feig und alt, doch so viel Kraft
zu morden hat, und Knebel in den Mund
Unglücklicher zu stopfen, und mit Eisen
lebendige, junge, mutige, schöne Leiber
an feuchte Gräber anzuschmieden, – Mörder,
eisgrauer Mörder! Heb dich weg von mir!

DOLFIN

Ach, Orsola, kannst du sie nicht beruhigen?

AQUILINA

Ich schlafe nicht mit Mördern und Verrätern,
eh ich das tue, wühl ich mich allein
in tote Kissen, und mit meinen Lippen
erwärm ich sie und nenne sie mit Namen,
und träume, daß bei mir ist, den ich liebhab
und mich erstickt in seinen wilden Armen.
*Sie wirft sich auf das Ruhebett.*
*Dolfin wartet verzweifelt.*

AQUILINA *richtet sich endlich wieder auf. Ihr Gesichtsausdruck ist ganz beruhigt*

Noch immer da? Mein lieber, kleiner Hund,
mein süßer Amadou, hat sterben müssen
so jung! Und solche Greise sitzen ewig
am gleichen Fleck –

DOLFIN Wie, meine Aquilina?
wirfst du mir vor, daß ich noch lebe? wie,

kann ich dir nicht so viel sein wie der Hund,
nicht bei dir sitzen, mit den Augen betteln,
am Mund dir hängen, meine Ohren spitzen?

AQUILINA

Mein gutes Tierchen, du vergißt dein Alter.

DOLFIN

Kann ich nicht schnuppern und das Plätzchen finden,
wo deine süßen Füße sind?
*Er küßt ihren Fuß.*

AQUILINA *steht auf* Du möchtest
ihn mir ersetzen? Du? Wärst du nur nicht
um so viel häßlicher wie er. War etwa
sein Haar gefärbt? Mußt er ein Mieder tragen?
War er voll Schmink und Salben? Herr, wodurch
wollt Ihr an einen solchen Freund erinnern?

DOLFIN

Durch meine Treue.

AQUILINA Pfui, die Blasphemie!
Die quoll aus seinem muntern, stummen Aug.
*Träumend*
Sein Aug war treu, sein Aug war jung...
*Plötzlich ganz umschlagend* Mein Herr,
ich wünsch Euch eine gute Nacht.
*Geht ins Schlafzimmer, macht die Tür fest zu, verriegelt von innen.*

DOLFIN Was soll das?
– Engel! Aquilina!
*Fassungslos, geht auf und ab. Dann aufleuchtend, geht an die Tür, rüttelt*
Mach auf! Mach mir doch auf! Laß es genug sein.
*Stille. Er sitzt einen Augenblick.*
*Rafft sich gewaltsam zusammen, geht.*
*Leer.*

AQUILINA *guckt heraus. Kommt heraus, läuft an die zweite Tür, sieht in den Vorsaal. Für sich*
Und nun zu Bett. Zum mindesten allein.
*Die Mulattin kommt aufgeregt aus dem Schlafzimmer.*
*Aquilina legt ihre Hand auf den Mund.*
*Die Mulattin flüstert ihr etwas zu.*

AQUILINA *verklärt sich; läuft zur Tür, horcht; läuft ans Fenster, späht hinab.*
*Zurück zur Mulattin*
Irrst du dich nicht? Kannst du dich denn nicht irren?
Will er herein? Will er zu mir? So lauf!
So bleib doch da! Bin ich nicht häßlich heute?
Lauf! Sag ihm doch – kein Wort! O Gott im Himmel,
ist er allein? Lauf hin: er soll die Stiege –
daß er den andern nicht – die kleine Stiege
führ ihn! Du Teufel, dort! es ist zu spät.

LAKAI *streckt den Kopf bei der Tür herein*
Darf man?

AQUILINA Wie? Ob man darf?
*Die Mulattin winkt dem Lakaien: ja! ja!*

AQUILINA Bleib doch bei mir.
Und wenn er kommt, geh dort hinein, mein Engel,
und wirf dich auf die Knie und bete! Bete!
Bis dir die Zunge schwillt, bis dir die Augen
aus ihren Höhlen treten, bete! Bete!
Daß er bei mir bleibt. Bete unaufhörlich!
Ich werd es wissen, ob du stark genug
gebetet hast! Ich hör ihn schon. Was soll
ich tun? Bin ich nicht blaß? Ich lege mich
dorthin: ich will so tun, als wär ich ruhig.
*Sie legt sich hin, springt wieder auf*
Ich kann ja nicht! Verstellung, blöde, fort!
*Wirft ihre Armbänder auf den Boden*
fort, ihr Gewichte!
Hörst du seinen Schritt?
Mir zittern ja die Knie? Bin ich denn krank?
Ich kann nicht stehn. Hinein und bete, bete.
*Die Mulattin gleitet lautlos ins Schlafzimmer. Pierre kommt durch die Mitteltür.*

AQUILINA *steht links vorne zitternd*
Kommst du mir wieder, du?

PIERRE *ohne ihr ins Gesicht zu sehen*
Was stehst du so vor mir?
Des alten Narren Atem ist auf dir.

Ich sehs. Er kriecht auf deiner einstigen Schönheit,
wie Dunst.
*Man spürt, wie es ihn zwingt, sie anzusehen; und wie dann wieder der Zorn ihn überwältigt*
Was die berühren, ist verderbt!
Ich koste keine Frucht, auf der die Hände
solch eines welken alten Narren lagern.
Ich spürs, für meine Augen haftet das.

AQUILINA *ihm einen Schritt nähertretend*
O schilt mich mehr!

PIERRE Was? Soll ich mehr dir sagen?
Du sagst dirs selber ja? Du bist ja klug,
vermagst in deinem Hirn ja Träumereien
und Witze auszuspinnen. Hätt ich Lust,
dir zuzuhören, du erzähltest mir,
was dir in seinen alten welken Armen
für schwarz- und weißgestreifte totenhafte
gespenstische Gedanken kommen, wie?
Zehnfache Dirne du!

AQUILINA *dicht vor ihm* Noch mehr! Noch mehr!

PIERRE
Soll dir mein Zorn den Kuppler machen, meinst du?
Genug. Ruf deine Farbige. Ich habe
mir Freunde herbestellt, mich hier zu treffen
heut abend. Sorge, daß man jeden vorläßt,
der meinen Namen nennt. Und wie du Wert legst
auf meine Freundschaft, so sehr gib du acht,
daß sich der alte Narr nicht hier herumtreibt.
Es könnten Hunde los sein diese Nacht,
die ihn zerbissen. Ruf mir die Mulattin.

AQUILINA
Was denn für Freunde? Darf ich nicht dabei sein?

PIERRE *lacht kurz*
Ein Weib! Und stellt mir Fragen außer Bett!
Zu dem Senator geh, frag ihn, was vorgeht
in seinen Ratsversammlungen. Er wird
dir nichts verbergen. Mich holst du nicht aus.
Heiß deine Leute tun, was ich gesagt,
und damit gute Nacht.

AQUILINA Nicht einen Kuß?
Muß ich so schlafen gehn? Lebt gar nichts mehr
da für die arme Aquilina?

PIERRE *sieht sie an* So
will ich der Dinge denken, je nachdem
du deinen alten Narren behandelst.

AQUILINA Ihn!
*Lacht.*

PIERRE
Und was die Freunde, die ich herbestellt hab,
betrifft –

AQUILINA Ich will nichts wissen!

PIERRE Es sind Männer,
die aus dem Dienst der Republik austreten
und eine Handelsunternehmung rüsten
nach dem Goldland Guyana. Und weil man
hier jedem Prügel in die Füße wirft,
der etwas unternehmen will, und weil
die Obrigkeit hier ihre Nas in alles
und jedes stecken muß, so machen wir
unsre Besprechung dort am liebsten ab,
wos niemand auffällt. Das ist alles. Und
durch dich kommts nicht heraus, das weiß ich ja.

AQUILINA
Was kümmerts mich, was diese sind und tun!
sie seien Räuber oder Meuchelmörder
und du ihr Hauptmann! Wenn nur du zu mir
nicht länger sprichst, als wäre leere Luft
hier, wo die Brüste sind, die von dir wissen,
der Nacken, der sich unter deiner Hand
wie unterm Hauch des Feuers winden will!
*Tritt einen Schritt näher*
Reiß mich an meinem Haar aus diesem Haus,
heiß nimmer michs betreten, nichts von hier
mitnehmen, heiß mich nackt wie eine Hündin
auf deine Laune harren, aber sprich
zu mir! Sag, daß dus spürst, wie du mit einem Blick
mich um und um kannst wühlen! Sieh mich an.
Sag, es wird sein wie früher –

PIERRE *mit an sich haltender finsterer Glut, hält mit der Faust die Lehne eines Stuhles umklammert*
Wenn dies Werk,
das dich nicht kümmert, das ich mit dem Mark
von meinen Tagen jetzt und Nächten füttre,
wenn dies zu seinem Ende ist gelangt –
dann werd ich kommen, und wenn du bereit bist,
wird alles sein wie früher.
*Aquilina atmet tief.*

PIERRE *den Blick gesenkt* Freu dich nicht.
Es sind gemeine Seelen, die zurück
wie Hunde gehn zu ihrem Ausgespie'nen.
*Er hebt den Blick auf sie, als zöge es ihm den Nacken nach rückwärts. Seine Stimme flackert wie ein Licht im Wind*
Es ist nur der ganz würdelose Teil
von meinem Selbst, der immer willig ist
dich in den Arm zu pressen, fortzutragen
gleichviel wohin, in eine Höhle, auf
ein Schiff, in einen Wald – und dort an dir –
in deinem Schoß – alles vergessen! alles
was früher war, was draußen ist, nichts wissen
von Sonn und Mond und nichts von mir und nichts
von niemand auf der Welt!
Allein ich hab –
ich hab das Tier an seiner Kette und –
und halten werd ich mich, bis das vollzogen
was ich mir vorgesetzt und vieles – vieles! –
zu Boden liegt, was jetzt noch aufrecht steht.
Dann hab ich meinen Teil getan, und niemand
hat was an mich zu fordern. Freu dich nicht:
Ich bin nur ein gemeiner Mensch: Der droben,
*Indessen er spricht, ist Jaffier leise eingetreten und an der Tür stehengeblieben.*
der mich erschuf, hat einen finstern starken
Soldaten haben wollen, weiter nichts. Das Schöne,
das was ein solches Licht gibt in der Welt,
ist nicht mein Teil. – Allein –
den Unterschied vermag ich doch zu fühlen,

der zwischen einem Burschen ist wie ich
und zwischen diesem Menschen, der da eintritt –
und daß ich so was noch erkennen kann,
mag leicht das Beste sein, was noch an mir ist.
Doch ich erkenns, erkenn auch, daß michs nicht
erniedrigt, nein, erhöht, wenn ich mich bücke,
so einem seine Hand zu küssen.
*Er tuts, ehe Jaffier sie ihm entziehen kann.*

JAFFIER Pierre!

PIERRE *richtet sich auf, ist nun wieder ein anderer, der gewöhnliche Pierre; zu Aquilina*
Nun sei so gut und laß uns. Meine Freunde
und ich wissen dir Dank.
*Aquilina geht in ihr Schlafzimmer. Pierre riegelt hinter ihr die Tür.*

JAFFIER Es ist ein Mann
dicht hinter mir. Der Tracht nach ein Schiavon.

PIERRE
Der Mann gehört zu mir. Wink ihm. Er darf
herein.
*Der Schiavon tritt ein, bleibt schweigend stehen.*

PIERRE Ist man mir wieder nachgegangen?

SCHIAVON
Die Gassen waren finster. Einmal war mir,
ich sah ihn stehn und um die Ecke schauen,
kann sein, er war es nicht, kann sein, er wars.

PIERRE
Ich hab verschiedne Herren herbestellt
in dieses Haus. Sie werden nach und nach
ankommen. Es wird nötig sein zu wissen,
ob jemand sich darum bekümmert.
*Der Schiavon tut einen Schritt, zu gehen.*
Warte.
Dies Haus ist unverdächtig, denn es gehen
hier öfter Männer ein und aus. Dort unten
*Am Fenster stehend*
ist eine kleine Schenke. Vor der Tür
stehn Bänke und Tische: wer dort sitzt, der sieht

die Tür von diesem Haus und diese Fenster.
Dort bleibst du sitzen. Warte noch. Der Wirt
hat einen Hund. Mit dem mach dir zu schaffen:
ein großes täppisches Tier. Im richtigen Augenblick
kriegst du ihn zwischens Knie und wirfst mit ihm
den Tisch um. Das macht Lärm genug, um uns
zu warnen. Was dann weiterhin geschieht,
läßt du geschehn. Wir sind gewarnt und werden
danach uns halten.
*Der Schiavon will gehn.*
Hast du Geld?

SCHIAVON
Nein, Herr.

PIERRE *gibt ihm Geld*
Wie willst du in der Schenke sitzen,
wenn du nicht zahlen kannst.

SCHIAVON
Du hast recht, Herr.
*Er geht.*

JAFFIER
Wer ist der Mensch?

PIERRE
Ein Mensch, der Gründe hat,
Venedig nicht zu lieben. – Sag, du sprichst
französisch?

JAFFIER
Du fragst schon zum zweitenmal.

PIERRE
Ja, richtig. Also setz dich hin und schreib
nach diesen Punkten
*Er zieht ein Notizbuch heraus*
ein Konzept.

JAFFIER
Zu einem Briefe?

PIERRE
Ja, dort hast du Schreibzeug.
*Jaffier trägt sich das Schreibzeug und einen Leuchter zu einem kleinen Tisch, den er ans Fenster rückt.*

PIERRE
Warum denn dort? Hier ist ja Licht.

JAFFIER
Ich bin
hier gut. Und dann –
*Sieht durchs Fenster.*

PIERRE Was noch?

JAFFIER Wenn dieser Mensch
das Zeichen gibt, es muß heroben einer
drauf achten –

PIERRE Gut. – Wenn er es gibt – ich denke,
er wirds nicht nötig haben –, stehst du auf
und sagst es mir, doch so, daß keiner was bemerkt.

*Es treten rückwärts nun zwei von den abgedankten Offizieren ein, Le Gay und Schomberg.*

PIERRE Guten Abend, Le Gay, guten Abend, Schomberg.

LE GAY Guten Morgen vielmehr.

PIERRE Aus welcher liederlichen Kneipe kommst du gekrochen, daß du so übernächtige Gefühle hast!?

LE GAY Im Ernst, es ist schon morgen früh. Es hat zwölf geschlagen, wie wir die Spezereigasse heraufgingen.

RENAULT *tritt ein, kommt gleich nach vorne, zu Pierre* Man kann hier sprechen?

PIERRE *munter* Es sind vielleicht die einzigen vier Wände, die keine Ohren haben, in Venedig.

RENAULT *zieht einen Brief hervor. Hinten kommt Capello, wirft einen Blick auf Jaffier, der am Fenster sitzt und schreibt, lehnt sich dann links an die Wand. Dann kommen die andern, alle die früher vor Renaults Haus versammelt waren, Elliot als der letzte. Zu Pierre, den er nach vorne genommen hat*
Kennst du den Namen Bissolo?

PIERRE Ich kannte
einen Barbier des Namens.

RENAULT Der ists nicht.

PIERRE
Auch einen Riemer, scheint mir.

RENAULT Dieser da,
mein Bissolo da, wäre zwar der Mann,
den Riemen uns zu liefern, mit dem man
auf ein gewisses Brett unterm Schafott geschnallt wird,
doch glaube ich, wir werden ihn – barbieren.
Der Mann ist Polizeispion und weiß –

PIERRE Und schreibt?

RENAULT
– und weiß um neun Uhr abends, daß um acht Uhr
des spanischen Gesandten Exzellenz
mein Haus verlassen hat.

PIERRE Und schreibt?

RENAULT Der Mann
weiß ferner, daß eine Korrespondenz
zwischen dem spanischen Kommando, das
unfern Verona steht, und dem Gesandten
durch meine Hände läuft –
*Pierre pfeift.* – und ferner, daß
unter den Offizieren, die entlassen
und in Verhandlung um rückständigen Sold
hier auf den Inseln liegen, ein Papier
kursiert mit bündigen Propositionen
des Vizekönigs von Neapel.

PIERRE Sonst
nichts? Und was schreibt dir noch der Mann, der alles
schon weiß?

RENAULT Nur Komplimente. Scheint der Sache
doch noch nicht sicher. Lest.

PIERRE *fliegt den Brief durch. Indessen bemerkt Renault den Jaffier, springt hin, begrüßt ihn lebhaft, springt wieder zu Pierre*
Mit andern Worten,
wenn ich recht lese, rechnet er darauf,
daß du den Preis ihm nennen wirst, um den
ein Blick zu tun in die Originale –

RENAULT *ruhig*
Er rechnet drauf.

PIERRE Ich gratuliere.

RENAULT Uns.
Der Mann ist morgen früh um zehn Uhr bei mir.
*Nimmt ihn beiseite nach rechts, spricht leise.*

CUYP *der nach vorn kam und schon länger wartete, mit Renault ein Wort unter vier Augen zu sprechen*
Renault! Renault! Ein Wort!
*Renault hört ihn nicht. Cuyp tritt wieder nach rückwärts.*

PIERRE *zu Renault, indem sie einen Schritt vortreten und wieder hörbar werden* Es ist nicht meine Sache,
von hintenher ermorden, wie du weißt.
Es ist nicht mein Geschäft.

RENAULT Still, still: ich hab mich
gewöhnt, von keinem Ding auf Erden das
zu sagen. Jedenfalls bist du um zehn
bei mir.

CUYP Ein Wort!

RENAULT Nun denn, was soll es wieder.
Doch keinen Vorschuß etwa?
*Sie gehn nach rechts, Pierre tritt zu der Gruppe im Grund.*

ELLIOT *reicht Pierre einen Plan, den er auseinanderfaltet* Da hab ich dir den Plan von Venedig gebracht mit der Lagune. Was da rot eingezeichnet ist, das sind die fünf Wege, wie ein Kriegsschiff oder ein schwergeladen bewaffnet Boot durch die Inseln und Untiefen steuern muß, um ins Herz der Stadt zu dringen. Alles so wie du mirs neulich vom Glockenturm gezeigt hast.

PIERRE *betrachtet entzückt die Karte. Mehrere sammeln sich um ihn, blicken ihm über die Schulter.*
Schön hast du das gemacht. Gibts etwas Schönres
für ein Soldatenaug, als so zu wissen:
hier dring ich ein und komm ich bis hierher,
so pflanz ich mein Geschütz und bin der Sieger!
Da liegt sie, unsern Griffen ausgeliefert,
die adriat'sche Metze! Schaut sie an,
wie sie auf ihren Inseln wie auf Kissen
sich windet und die Brüste und den Hals
preisgibt dem kühlen Meere, wie so offen
für jeden kühnen, wilden Stoß – Herrgott!
wärs lieber heut als morgen, daß wir die
Gewalt ihr antun, die schon in den Sternen
so gut verzeichnet ist als jeder Zugang
zu ihrem Leib auf dieser braven Karte.

JAFFIER *der immer hinunterspähte, springt jäh auf, stürzt an Pierres Seite, bleich; laut, daß es alle hören* Das Zeichen, Pierre! Er gibt das Zeichen, Pierre!

CAPELLO
Was für ein Zeichen?
RUFE *rückwärts* Was ist? Reden! Reden!
JAFFIER *allen gleichzeitig antwortend; in Hast*
Erst waren ihrer zwei, die lauerten,
dann riefen sie zwei andere herzu
und zeigten auf dies Fenster. Dann ging ihrer
ein Trupp im Dunkel um das Haus herum,
und dann gab der Schiavon das Zeichen.
CAPELLO *blaß, verzerrten Gesichts*
So sind wir, Gott verdamme dich, verraten?
*Allgemeiner Aufruhr.*
PIERRE *springt ans Fenster*
Ruhe! Ruhe!
CUYP *links* Ihr seid blaß, Brambilla.
BRAMBILLA *ebendort*
Ihr grün, guter Cuyp.
RUFE Löscht die Lichter aus!
*Man tuts. Einige werfen einen schweren Tisch um und verrammeln die Eingangstür. Einer beißt sinnlos seine Nägel. Mehrere laden ihre Pistolen.*
ELLIOT Seid ihr wahnwitzig? Wollt ihr euch im Dunkeln niedermachen lassen wie die Mäuse? Lebendig sollen sie uns nicht haben.
*Zieht sein Pistol.*
CAPELLO *nun am Fenster, mit mehreren*
Da stehen ihrer drei. Seht ihr, sie deuten
herauf!
PIERRE *in der Mitte vorn*
Zum Teufel! Ruhig. Hört, ich schwör euch,
Handwerker sinds, ich schwör es euch beim Teufel,
harmloses Volk, das in der warmen Nacht
umlungert, ehs zu seinen Weibern geht.
CAPELLO *gellend*
Du lügst, Verräter, ausgestellte Posten
der Sbirren sinds!
ALLE Pierre!

CAPELLO *Jaffier anfallend*
Was denn für Zeichen? Unglücksrabe, der
auf unser Dach geflattert ist, die Pest
auf uns zu streun und unsern Tod zu krächzen!
Was denn für Zeichen? Zwischen dir und dem
und zwischen Euch und draußen? Was für Zeichen?
*Nimmt die einzige noch brennende Kerze, leuchtet Jaffier ins Gesicht*
Da schaut euch an, wie ein Verräter weiß
im Dunkel schimmert, schaut dies Licht der Fäulnis,
bevor ich es ausblase –

PIERRE
Laßt doch die Lichter, aberwitzige Narren!
Seh ich wie ein Verräter aus? Wer steht hier,
der nicht im Feuer mich gesehen hat?
Nichts ist geschehen! Nichts bedroht uns! Nichts
als ein blutlos Gehirn, das Geister sieht.
Ich will euch die Gespenster da beschwören –
allein zuvor beschwör ich euch: seid ruhig!
Hier gibts nur Possen, Possen und Grimassen,
wir wollen lachen, eh wir schlafengehn,
merkt auf!
*Er geht durch die Tür zu Aquilinas Schlafzimmer.*

JAFFIER
Laß mich mit ihnen nicht allein! Sie wollen
mich morden!

CAPELLO *hängt sich an Pierre, gellend*
Er macht sich fort, er will das Zeichen geben!
*Pierre schleudert ihn zurück, geht hinein.*

RUFE
Erschlagt den Fremden! Wir sind hin!
Die Türen sind nichts nutz!

ELLIOT *in den Aufruhr hinein, allen entgegen*
Zum Teufel, ruhig! Waren wir nicht zehnmal
am Rand davon? Und hat das Glück uns nicht
durch hundert solcher Wirbel durchgeführt?
Ich hab bis jetzt geglaubt, wir sind Soldaten –

PIERRE *tritt wieder ein, Aquilina hinter sich ziehend, diese im Nachtgewand, mit offnem Haar*
Die Fenster auf! Den Vorhang weg! Und Lichter!
Daß die da drunten sehen, was die Geschäfte sind,
die wir hier treiben!
*Der Vorhang am Fenster wird zurückgezogen, Lichter wieder angezündet.*
Hinaus auf den Altan, und nimm dir einen,
der den Liebhaber vorstellt! Nimm dir zweie,
den Alten da und einen von den Jungen.
Und machs natürlich, spiel das gleiche Spiel
mit beiden, keinen laß zur Ruhe kommen!
Verstellung brauchts nicht, sei nur, was du bist.
Und ich will hier den Eifersüchtgen spielen
und brüllen wie ein angeschoßner Stier.
*Er drängt Aquilina, Renault und Le Gay auf den Altan heraus. Mehrere halten die Lichter hoch, diese drei grell zu beleuchten. Pierre aus dem Zimmer gegen den Altan hin schreiend*
Ah! Seht die Dirne! Seht sie mit dem Alten!
Mit dem betrügt sie mich! So ekler Kot
ist dieser Leib, der in der Nachtluft schimmert.
Seht ihr nicht seine Hand auf ihrem Nacken!
Ich muß sie morden! Alle beide muß ich
erwürgen! Aus dem Weg! Sie sind schon hin!
*Leise zu den Umstehenden*
Ihr müßt mich halten, müßt die Lichter schwenken,
müßt johlen! Seid ihr Memmen? Wart ihr nie
betrunken? Habt ihr nie dergleichen Auftritt
in liederlichen Häusern mitgemacht?
AQUILINA *auf dem Altan, schreit auf*
O Himmel, mein Soldat! Wir sind verloren!
*Sie flüchtet in die Ecke des Balkons, wirft einen Stuhl um, stößt an eine Vase, die klirrend niederfällt.*
ELLIOT *stumm. Endlich vom Fenster hinabspähend*
Sie lachen!
*Im Zimmer ängstlich gespannte Stille. Von unten Lachen, Händeklatschen, abgerissene Töne von Gitarre und Gesang, wie wenn eine Wirtshaustür aufgegangen wäre. Im Zimmer entspannen sich alle Gesichter.*

BRAMBILLA *am Fenster*
Da unten, straf mich Gott, in dieser dunklen
Sackgasse, ist denn das nicht die Taverne
zum Seekrebs? Sind das Eure Sbirren, Herr?

CAPELLO
Es waren ihrer mehr, es waren andre.
*Pierre führt Aquilina vom Balkon herein.*

AQUILINA *verneigt sich im Kreis*
Ihr Herrn, euch nicht zu kennen, tut mir leid,
doch ist der unter euch, den sich mein Herz
zum unumschränkten Herren hat gewählt.
So bin ich euer aller Dienerin
und wünsch euch gute Nacht.
*Sie geht in ihr Schlafzimmer. Pierre schließt hinter ihr die Tür. Auch die Mulattin, die während des Vorhergegangenen lauernd links gestanden, schlüpft hinein.*

PIERRE *wendet sich um zu den Männern, trocken*
Pfui, Pfui! Das sind, die sich vermessen haben,
die alte Welt aus ihrem Schlaf zu peitschen
und in die Nüstern ihr zu greifen, wenn sie
am wildesten sich bäumt. Das sind die Männer,
vor denen heut in achtundvierzig Stunden
dies uralte Venedig auf den Knien
sich winden soll, und winseln um Erbarmen!

ELLIOT
Im Zimmer nicht. Ich will nicht wie ein Vieh
geschlachtet werden. Stell mich wo im Feld –

PIERRE
Nein, nein, nichts mehr. Wir wollens überschlafen.
Ich bitt euch, geht nach Haus. Geht einzeln, nicht in Trupps.
Und lacht so laut ihr könnt, führt lose Reden
und laßt den Ernst in eurem Innern sein
wie Feur im Stahl.
*Die Offiziere gehn, zu zwein und drein. Jaffier steht links vorne, blaß.*

CAPELLO *wickelt sich in seinen Mantel, tritt dicht zu Pierre, zischt ihm ins Ohr* Und dennoch, Pierre, und dennoch!

Hier ist ein Messer, mit gemeinem Griff,
von Holz ein Messer, wie's die Fischer tragen,
ein Messer dessengleichen's tausend gibt,
und das drum nie verraten wird, von wem
es etwa in dem Rücken eines Toten
vergessen ward. Nun laß dir raten, Pierre,
ich schenk dir dieses Messer, nun geh hin,
such deinen blonden Freund, mach ihm ein Zeichen,
lock ihn aus seinem Haus, heiß ihn vor dir
hergehn, wos dunkel, still und einsam ist,
und stoß ihm dies in' Leib, eh es zu spät ist:
Der Bursche schweigt im Grabe oder nie!
Ich habe unsern Tod auf seinen Lippen
wie eine blaue Flamme sitzen sehen.

*Er wickelt sich fester in seinen Mantel und geht.*

*Renault kommt vor zu Pierre, drückt ihm die Hand, wirft einen langen verächtlichen Blick auf Jaffier. Cuyp und Brambilla nehmen in der gleichen Weise Abschied von Pierre, mit dem gleichen Blick auf Jaffier.*

*Jaffier und Pierre allein. Pierre geht lange mit starken Schritten auf und nieder. Dann bleibt er stehen, sieht Jaffier an.*

JAFFIER *ohne ihn anzusehen*
Was war das, Pierre?

PIERRE *hart* Ich frage, du gibst Antwort.
Was war das?

JAFFIER Pierre, er gab das Zeichen, und –

PIERRE
Wer fragt danach! Jetzt ist von dir die Rede.

JAFFIER
Von mir?

PIERRE Von dir. Davon, ob du ein Mann bist –

JAFFIER
Sie hassen mich und haben dich gelehrt,
mit ihres Hasses Auge mich zu sehen.

PIERRE *noch zorniger über diese Antwort*
Jaffier, wer bist du?

JAFFIER Ich? – du nanntest mich
wohl deinen Freund. Es scheint, du gehst sehr rauh
mit Freunden um.

PIERRE *schwer atmend*

Wir waren unser elf in diesem Zimmer,
der Posten draußen meldete Gefahr
und ich, dein Vorgesetzter, dein von dir
freiwillig selbstgesetzter Oberer,
ich hatte dir befohlen, ohne Aufsehn
zu mir zu treten und zu melden. – Du!
sinkst du nicht in die Erde! – Wie sie mich
ansahn, die braven Burschen!

JAFFIER Wie sie mich
ansahen! Hölle! Tod und Hölle! Pierre!
Nun bin ich wach! Nun bin ich aus dem Starrkrampf.
Ich dank dir für die Peitsche. Menschenworte
zwar hättens auch getan, doch langsamer
vielleicht –

PIERRE

Wie dieser Catilina, diese Spott-
gestalt sich frech mir nähern durfte, oh!

*Jaffier will sprechen.*

PIERRE

Stell dich ins Dunkel. Ich kann dein Gesicht
nicht sehn. Mir grauts vor dir.

JAFFIER *schreit*

So stich mich nieder!

*Pierre schweigt, finster, schweratmend. Es klopft rückwärts.*

PIERRE *horcht. Es klopft wieder.*

Sieh, wer draußen ist.

*Jaffier geht zur Tür, öffnet dem Schiavon.*

PIERRE *zu dem Schiavon*

Du bists! In Kürze, was ist vorgefallen?

SCHIAVON Herr,
was du getan hast, das war gut. Nun hast du
sie überlistet. Nun bist du –

PIERRE Nicht was ich
getan hab, will ich hören. Ich will hören,
was vorgefallen, das dich zwang, das Zeichen
zu geben.

SCHIAVON *stellt sich meldend vor ihn hin*
Herr, der gleiche wars wie immer.
Er war dir wiederum gefolgt. Er nahm
dort in der Schenke Platz und lauerte.
Er zählte, die ins Haus eintraten. Dann
verschwand er in des Wirtes hinterm Zimmer,
und flüsterte mit mehrern, die sich dort
verborgen hatten. Wie sie auf ihn hörten,
sah ich: es waren Untergebene
und ihm zu Dienst. Er sandte einen fort,
wie nach Verstärkung. Da warf ich mit Hilfe
des Hunds den Tisch zu Boden. Niemand hatte
es acht. Und kurze Zeit darauf kamst du
auf den Balkon mit einer, die im Hemd war,
und andre Herrn, die mit dir stritten. Alle
die in der Schenke waren, sahn hinauf,
und zu dem Alten, deinem Feinde, hört ich,
seine Gehilfen sagen: »Herr, nun siehst du,
daß wir dich recht berichtet und daß dort
nichts andres vorgeht als in andern Häusern,
wo solche Weiber wohnen.« – Herr, so hast du
sie überlistet.

PIERRE *finster* Für zwei Stunden.

SCHIAVON Herr,
den bist du los auf immer. Denn ich hab
erhorchen können, wie sein Name ist.
Man nennt ihn Bissolo.

PIERRE 's ist gut. Erwarte mich.

*Der Schiavon geht. Jaffier ist während des Vorigen nach vorne gekommen. Pierre geht wieder auf und nieder.*

JAFFIER
Ich wollt, ich wäre hin! Mein einziger Freund
auf dieser Welt verachtet mich! Ich wollt,
ich läge auf dem Pflaster, dieses Messer
in meiner Kehle. Dann wär es alles gut.

*Pierre schweigt.*

JAFFIER *tut einen Schritt auf ihn zu*
Hör zu. Du sollst mich nicht mehr sehen müssen.

Ich weiß, was ich zu tuen hab.
*Geht zur Tür.*

PIERRE Wohin?

JAFFIER
Es sind aus eurer Mitte etliche
von den Verwegensten durchs Los bestimmt
für einen Dienst, den man so etwas wie
verzweifelt nennen könnte.

PIERRE Wohin willst du?

JAFFIER
Mich einzureihn unter die ausgelosten
zum Handstreich auf die fünfzig Senatoren,
die morgen bei Grimani bankettieren
und deren Köpfe das Signal sein sollen
für unsres Unternehmens allgemeinen
glorreichen Anfang.
*Will gehen.*

PIERRE Bleib. Ich will nicht, daß du
hingehst. Es stellt mich bloß, wenn sie dich nun
nicht nehmen.

JAFFIER Was? Nicht nehmen? Einen mehr
nicht nehmen, wo sie ihrer fünfzehn sind
und im Vorzimmer dort allein an achtzig
Bediente, und die Straße Kopf an Kopf
voll Menschen – sei du ruhig, o sie werden
mich nehmen. – Was? Ich will der erste sein,
zwei Schwerter gürt ich um und durch die Tür,
wo sie servieren, bin ich drin. Ich seh sie
aufspringen jäh, die Stühle hinter ihnen
dröhnen zu Boden und dann ist es still.
Ganz totenstill. Sie starren alle fünfzig
auf mich, den einen. O sie haben Blicke
womit sie uns zu den Lakaien werfen:
jetzt aber stehen ihnen solche Blicke
nicht zur Verfügung. Alle starren sie
auf meine Waffe und auf meinen Mund:
und wie der Richter seinen Stab zerbricht,
so knick ich ihnen die hochmütigen Seelen,

daß ihre Kniee brechen und die Kiefer
zu schnattern anheben vor Todesangst.
Da kracht auch schon die andre Tür, und purpurn
vom Blute der Lakaien dringen die
Gefährten mir herein – und von da an
wird nicht mehr bankettiert, nicht mehr geblickt,
nicht mehr gewinselt, sondern nur gestorben.
Und wir auf den Balkon! Und vom Balkon
herab die Köpfe in das Volk und schon
von drüben loderts auf, von drüben dröhnts,
das ist dein Feuerzeichen, das sind deine
Geschütze, Pierre! – und dann kann sein, daß wir uns
in einer Straße irgendwo begegnen
wie Götter!
*Sein Ton wechselt*
Oder kann auch sein, sie bringen
dir den Jaffier getragen. Leb recht wohl.
*Will gehn.*

PIERRE *weicher*
Jaffier!Jaffier!
Bleib hier.
*Aquilina tritt lautlos aus ihrer Tür.*
*Jaffier steht.*

PIERRE Könnt ich ins Herz dir schauen!
Mit was für einem Blick sie dich und mich
ansahn. Zum zweitenmal! Spießruten laufen will ich
für dich. Nur das nicht noch einmal! Tu nicht
die Lippen auf! Beredt sind Huren! Pfui,
wer horcht auf sie! O mein Jaffier, nicht wahr,
dein Innres ist nicht von der Sorte? Komm,
komm mit! Ich laß dich nicht von meiner Seite.
Ich will dich lächeln sehen in Gefahren.
Das will ich sehen, ja! Gib keine Antwort.
Schwör nicht. Du hast schon allzu gut geredet,
als du vor ihnen standest.

JAFFIER Hast du ein
Geschäft für mich, das einen Mann verlangt,
hast du noch eines, Pierre?

PIERRE Mein Freund!

JAFFIER *sieht Aquilina* Sieh dort!

PIERRE *zieht ihn mit sich fort*
Dich will ich sehn, komm, komm!

AQUILINA *vor sich* Kein Wort für mich,
Auch nicht ein kleiner Blick?

PIERRE *mit Jaffier abgehend* Ich hab nicht Zeit!
*Sie gehen eilig.*

*Vorhang.*

## DRITTER AUFZUG

*Das Innere von Renaults Haus. Links läuft die hölzerne Treppe hinauf und mündet oben in eine Art Altan, von dem man in eins der oberen Zimmer tritt. Unten sind links und rechts Türen, und in der Mitte rückwärts auch eine Tür, die in ein Zimmer führt. In der rechten Ecke der Rückwand ist die Haustür ins Freie, schief gestellt. Der ganze Raum ist verfallen und verwildert. An den Ziegelmauern ist vielfach der Bewurf abgefallen. Unten links, hinter der Tür in dem Winkel unter der Holztreppe steht ein armseliger hölzerner Tisch und ein Stuhl dabei, dahinter ein Schrank; so ist dieser Winkel halb abgetrennt von dem übrigen Raum.*
*Renaults Schwester, ein Weib von vierzig Jahren, steht in unordentlichem Kleid, die Füße in Pantoffeln, ein Tuch umgeschlagen, vor der Tür rechts vorne und horcht.*
*Renault beugt sich oben aus einem Guckfenster, das mannshoch über der Tür in die Mauer gebrochen ist.*

DIE SCHWESTER
Sie antwortet mir nicht. Sie tut nicht auf.
RENAULT *kommt nach einer Weile oben auf den Altan heraus und steigt die Treppe hinunter. Er hat einen Schlafrock umgeschlagen, die Füße stecken in Pantoffeln; sein Gesicht sieht wüst aus, das Haar ist unordentlich*
Hörst du sie weinen?
DIE SCHWESTER Weint sie denn? Sie gibt
nicht einen Laut. Wüßt ich das Fenster nicht
vergittert, glaubte ich sie nicht mehr drinnen.
RENAULT
Steht sie nicht an der Tür?
DIE SCHWESTER Sieh selber zu,
daß du zur Ruh sie bringst, bevor ein andrer
ins Haus kommt.
RENAULT Sprich zu ihr.
DIE SCHWESTER Ich tu nichts andres,

seit Morgengrauen. Sie gibt keine Antwort.
Sieh selber zu.
*Sie geht die Treppe hinauf.*

RENAULT *tritt entschlossen an die Tür*
Ihr seid beleidigt worden.
Ich habe Euch beleidigt. Ich hab mich
vergangen gegen Euch. Reumütig hier
vor Eurer Tür, mit aufgehobnen Händen,
ein Mann mit grauen Haaren, bitt ich euch,
mir zu verzeihen!
*Horcht.* Hört Ihr?

DIE SCHWESTER *von der Treppe her*
Keine Wirkung,
wie's scheint.

RENAULT Ich bitt Euch, kommt heraus. Begebt Euch
in Euer Zimmer. Ich schwör Euch, bei allem
was heilig ist, wir beide schwören Euch:
Ihr werdet unbelästigt bleiben.
*Zu der Schwester* Sprich was.
Ich bin der Dolmetsch meiner Schwester, die
untröstlich ist; sie ist sehr krank, sie leidet
unsäglich unter diesem Unfall. Schmach
*Lauter*
und Schande, sagt sie, hab ich auf mein Haupt
und ihrs gehäuft. Sie flucht mir und sie hält mir
mit einem grauenvollen Fluch mein eignes
Bartmesser hin, daß ich ein Ende mache
mit meinem alten Leben, und wahrhaftig,
ich will es tun!

DIE SCHWESTER *von oben höhnisch, halblaut*
Noch immer keine Wirkung,
wie's scheint.

RENAULT *nach rückwärts*
Verdammte!
*An der Tür* Ha! Ich will Euch sehen!
das Weib noch einmal sehn, das meine Adern
mit Raserei erfüllt! noch einmal will ich
sie sehn, bevor ich eine Kugel mir
durch diese grauen Schläfen jage! auf!

ich schlag die Türe mit dem Kolben ein!
*Er schlägt mit der Faust an die Tür*
Wahnsinn macht stark! auch einen Greis! Ich schlage
die Tür ein.

DIE SCHWESTER *kommt halb herunter*
Rührt sie sich?

RENAULT *läuft die halbe Treppe hinauf; der Schwester ins Weiße der Augen* Ich rate dir,
sei mir behilflich!

SCHWESTER *geht an die Tür. Eine Pause; sie horchen.*
Nein, sie regt sich nicht.

RENAULT *drängt die Schwester weg, lehnt sich an die Tür, tückisch, nun mit wirklicher, nicht gespielter Wut*
Hört mich, gute Dame
Wollt Ihr nicht doch einmal ein Ende machen?
Es ist Euch nichts geschehn. In Wahrheit hat man
Euch nicht ein Haar gekrümmt. Ich rat Euch gut,
verschmerzt das kleine nächtliche Erlebnis.
Kommt Eurem Mann nicht viel damit, er hat
jetzt ernstre Sorgen. Liegt ihm nicht in Ohren
mit diesem Quark. Es möchte eine Sache,
in die er, hört Ihr mich, sich eingelassen,
ansonst kein gutes Ende nehmen. Er
– versteht Ihr mich? – ist für die nächste Zeit
auf meinen guten Willen angewiesen:
ein wenig abhängig von Eurem ganz
ergebnen Diener. Würdigt Ihr mich nicht
der kleinsten Antwort? Gut, ich laß Euch denn.
Und wünsch Euch besseren Verstand. Ich wünsch Euch,
es mög Euch nie was Ärgres wiederfahren,
als diese Nacht. Und somit Gott befohlen.
*Schlürft weg, nach links hin*
Dumm und verflucht! Wär ich fünf Jahre jünger,
hätt ichs nicht angefangen, oder hätts
zu einem andern End gebracht. Was will ich?
*Macht die Tür links in Gedanken auf, wieder zu*
Nun kommt ja der Jaffier, will sagen Bissolo –
und Pierre ist noch nicht da.

Müßt ichs allein besorgen? Mir ist nicht
recht wohl. Mir fehlt die alte Spannkraft. Auch
mein Puls –
*Er fühlt ihn* – nicht gut. Zu vielerlei Geschäfte!
*Er geht über die Bühne in das rückwärtige Zimmer.*
DIE SCHWESTER *an der Tür indessen*
Nun kommt. Ich hör Euch ja. Mein Bruder ist
nicht da. Wenn Ihr es wünscht, so kommt er Euch
nicht vor die Augen. Er ist ganz verstört,
bleich wie ein Fieberkranker. Alles schlottert
an ihm. Auch ich geh fort. Ich laß Euch jetzt
ein wenig Ruhe und bereite Euch
was Warmes. Ihr müßt halbverhungert sein.
Ich bring Euch was. Indessen schließt Ihr auf
und nehmts hinein. Und dann geht Ihr mit mir
zurück in Euer Zimmer.
*Sie geht die Treppe hinauf, verschwindet oben.*
PIERRE *tritt von draußen ein; eilig, wie wenn er sich verspätet hätte*
Renault! Renault!
RENAULT *kommt heraus*
Ist er
schon da?
RENAULT Wer denn? Jaffier?
PIERRE Zum Teufel, nein!
der Bissolo.
RENAULT Nein, und was soll mit ihm?
PIERRE
Wo ist das Zimmer?
RENAULT Welches Zimmer?
PIERRE Das,
wo du ihn hinführst und Papiere ihm
vorlegst.
RENAULT Hier, dies.
PIERRE Mach auf.
*Renault öffnet ihm die Tür.*
PIERRE *hineinblickend*
Wohin geht dieses Fenster?
RENAULT In den Hof.

PIERRE
Das andre?
RENAULT Ist vermauert.
PIERRE Hier die Tür
gepolstert?
RENAULT *eifrig*
Schlag darauf. Kein Laut. Hier alles
gepolstert!
PIERRE Wozu hast du solch ein Zimmer?
RENAULT *lacht*
Ach Gott, ach Gott! Man brauchts etwa einmal.
*Schließt die Tür.*
*Die Schwester erscheint oben mit einer Schale.*
RENAULT *winkt ihr ab; sie verschwindet. Nach einer Pause*
Erwartest
du deinen Freund, den Herrn Jaffier, nicht auch
heut morgen?
PIERRE Wie? Was kümmerts dich? Er hat
zu tun.
RENAULT Die Frau ist aufgeregt...
PIERRE Ich will
nicht hoffen –
RENAULT *heftig abwehrend*
Was nicht hoffen? Was denn? was?
PIERRE
Wenn er dann kommt –
*In Gedanken.*
RENAULT Jaffier?
PIERRE Nein, Bissolo, –
Führst du ihn hier hinein, legst ihm was vor.
RENAULT
Ein gleichgültiges Blatt? Ihr denkt ihn hinzuhalten?
Nichts von Bedeutung?
PIERRE Meinethalben auch
die Liste aller unsrer Namen. Denn
es ist ganz gleich, w a s d e r n o c h v o r h e r liest.
RENAULT
Ach so – Ihr schient mir gestern anders –

PIERRE Gestern.
Heut steht dies so. Der Mann – wo ist der Schlüssel?
steck ihn von außen an! – der Mann verläßt
dies Zimmer lebend nicht. Jetzt geh. Erwart ihn draußen.
Er möchte Mißtraun schöpfen. Und ich will
indessen da hinein.
*Geht nach der Tür rechts vorn.*

RENAULT *sieht ihm nach, hält ihn ab*
Nicht da! Dort drüben.

PIERRE *verwundert* Gleichviel.
*Geht in das Zimmer links vorn. Renault geht eilig zur Haustür hinaus.*

BELVIDERA *öffnet leise, unsäglich vorsichtig, die Tür rechts vorne. Sie ist totenblaß. Ihr Haar hängt herab. Sie steht in der Türspalte*
Kapitän Pierre! Kapitän Pierre! Pierre!
*Stille. Von draußen Geräusch. Sie tritt ins Zimmer zurück und schließt sich ein. Renault und Bissolo treten ein. Bissolo ist ein Mann von fünfzig, grau, ohne Bart.*

RENAULT *der vorausgeht*
Kein Mensch. Ihr seht: kein Mensch. Geht dort hinein.
*Öffnet ihm die Tür zu dem Zimmer rückwärts*
Nehmt Platz. Ihr bleibt vollkommen unbeachtet.
Ich steh Euch ein, mir muß dran liegen. Setzt Euch.
*Bissolo geht hinein.*

RENAULT *an der Tür*
Ich hol Euch die Papiere gleich. Indessen
werft einen Blick auf das, was auf dem Tisch liegt:
nur eine Abschrift, doch der Mühe wert.
*Schließt die Tür.*
*Pierre zeigt sich lauernd an seiner Tür links vorne.*
*Renault winkt ihm: der Weg ist frei.*
*Pierre tritt heraus, geht entschlossenen Schrittes auf die andere Tür zu, tritt ein, schließt hinter sich fest zu.*

RENAULT *geht die Treppe hinauf. Horcht von oben. Ruft dann laut, daß man ihn irgendwo draußen hören kann*
Annina! Häng mir an das vordere Fenster
den Spiegel! Ich will mich rasieren!
*Geht oben hinein.*

BELVIDERA *aus ihrer Tür, angstvoll umblickend*
Pierre!
Er wars. Da ist er. Das ist seine Stimme.
Er spricht mit einem andern. Er ist zornig.
*Näher der Tür rückwärts*
Den andern hör ich nicht. Ist es denn nicht
Jaffier?
Ganz sicher ists mein Mann, mit dem er
*Horcht angstvoll*
so zornig spricht. Er setzt ihm zu. Der andre
*Horcht wieder*
gibt keinen Laut.
*An der Tür* Jaffier! Ich bin bei dir!
Ich bin bei dir!
*Rüttelt an der Tür*
O Gott, es ist von innen
verriegelt. Etwas Gräßliches geht vor.
Er wirft etwas zu Boden.
*Von innen ein dumpfer Fall und inmitten dessen Belvidera aufschreiend* Ach, er tötet ihn!
*Schlägt in verzweifelter Angst an die Tür*
Jaffier! Jaffier!
*Eine Stille, die furchtbar lange scheint. Endlich tritt Pierre aus dem Zimmer. Sein Gesicht ist blässer als sonst und voll von furchtbarer Abgespanntheit. Belvidera steht vor ihm, vermag nicht zu sprechen.*

PIERRE *erkennt sie nicht sogleich*
Wer seid Ihr denn? Was wollt Ihr denn?

BELVIDERA
Mein Mann –
Mein Mann ist drin – ich will hinein.

PIERRE
Ihr seid es?
Seid Ihrs, die an die Tür geschlagen hat?

BELVIDERA
Mein Mann! Ich will zu ihm!

PIERRE
Seid Ihr von Sinnen?

BELVIDERA
Laßt mich hinein!

PIERRE *hält sie ab* Hier ist nichts, was Euch kümmert!

BELVIDERA

Laß mich hinein.

PIERRE *schließt die Tür hinter sich, steckt den Schlüssel ein*

Ich bitt Euch, kommt zu Euch.

Ich schwör Euch: Euer Mann –

BELVIDERA Blut ist auf Euch,

da, da!

PIERRE *reißt die Manschetten seines Ärmels, die voll Blut sind, ab und steckt die Fetzen ein*

Seid still! Ich schwör Euch: Euer Mann
ist wohl. Er ist nicht hier. Er kommt dann später.
Ich schwör Euch: er kommt her.

BELVIDERA Er kommt dann später?

*Sie bricht in krampfhaftes Schluchzen aus.*

PIERRE

Hör auf zu weinen. Zeigt nicht Eurem Mann
solch ein Gesicht.

BELVIDERA *ringt die Hände*

Pierre, was habt Ihr aus uns
gemacht?

PIERRE Was soll das?

*Belvidera schweigt.*

PIERRE *tritt an die Treppe* Renault!

DIE SCHWESTER *oben aus dem Guckfenster*

Was? Mein Bruder
ist nicht zu Hause. Er ist fortgegangen.

PIERRE

So ist Gregorio da?

DIE SCHWESTER Gregorio ist
nicht da. Es ist kein Mensch zu Haus.

PIERRE So sagt
dem Bruder, wenn ich ihn nicht eher sehe,
daß ich den Schlüssel zu der Kammer da
hab abgezogen und zu mir gesteckt.

DIE SCHWESTER

Sonst nichts! 's ist gut.

*Verschwindet. Pierre wendet sich.*

BELVIDERA *liegt lautlos vor ihm auf den Knien, hebt die gefalteten Hände zu ihm auf* Herr, sagt, daß Ihr sein Freund seid,
daß Ihr ihn liebt, daß Euch an seinem Leben
und Sterben etwas liegt.

PIERRE *verlegen, rauh* Steht auf, ich bitt Euch.
*Heftiger*
Steht auf. Ich bin sein Freund. Ob viel, ob wenig
ihm wert, müßt Ihr von ihm erfahren.

BELVIDERA *steht auf* Er
traut Euch so wie sich selbst.

PIERRE Das darf er –

BELVIDERA Ja?
Dann macht ihn los!

PIERRE Wovon?

BELVIDERA Von alledem.
Von all dem Gräßlichen, des Namen ich
nicht wissen will.

PIERRE So kennt Ihr das Geschäft,
mit dem er jüngst sich eingelassen?

BELVIDERA Dies,
wo Ihr ihn eingeführt, dies Unternehmen,
das unglückselig-heimliche, dies mein ich.
*Pierre knirscht mit den Zähnen.*

BELVIDERA
Habt Mitleid, sagt ihm nicht, daß ich mit Euch
davon zu sprechen anfing; denn um alles
fürcht ich ihn, wenn er zürnt, doch nicht um meiner,
um seiner willen, denn der Zorn zerrüttet
sein edles Wesen.

PIERRE Alles wißt Ihr? alles?
Gebt Antwort!

BELVIDERA *hastig* Daß Ihr eine Schiffahrt rüstet
nach einem Goldland, das Guyana heißt,
daß Ihr Soldaten werbt
und zwar im stillen,
weil Ihr ein streng Verbot des Rats der Zehn
bei solchem überschreitet, daß er Euch,
mein Mann, im Schreibgeschäfte dient und sonst
– und sonst auch wohl: daß Ihr zum Werben ihn,

zum mündlichen Verkehr mit vielen Menschen
ihn braucht, und seht, das ist es, was ich fürchte,
und darum lag ich auf den Knien vor Euch,
daß Ihr ihn losmacht –
– ich bin ja im Dunkeln,
ich weiß ja nichts: allein es muß,
es muß etwas Entsetzliches mit allem
vermengt sein: heute nacht, als er mich weckte,
kannt ich ihn nicht! sein Aug hat einen Blick
gelernt, als wünscht er sich den Tod herbei.

PIERRE *rauh*
Heut nacht? Man hat Euch aus dem Bett geholt.
Senatorstöchter sind mehr Zeremonien
gewöhnt.

BELVIDERA *ohne auf ihn zu achten*
Die wenigen abgerißnen Worte,
die gräßlichen! Die Hölle sitzt in ihm.
Doch eh ihm das geschieht, eh dieses Gift
die Seele ihm zerfrißt, daß seine Augen
die Kinder, mich, und alles nicht mehr sehn,
eh das geschieht: muß ich zu meinem Vater.

PIERRE *fährt auf*
Das hütet Euch!

BELVIDERA *richtet sich ganz auf*
So gebt mir ihn zurück!
Gebt meinen Mann mir wieder!

PIERRE
Seht mich an.
*Nach einer kleinen Pause*
Versteht Ihr
in eines Mannes Gesicht, der nicht der Eure,
zu lesen? So vertraut auf mich und haltet
Euch ruhig. Geht in Euer Zimmer. Ich
verlangs. Wo nicht – dann könnte sein, es ginge,
wie es nicht gehen soll. Doch alles das
sind Redensarten: so drück ich mich aus,
Euch zu beruh'gen. Ruhig sollt Ihr bleiben,
und ihn in Ruhe halten! ihn in Ruhe –
so wahr sein Leben – laßt mich! – nun, so wahr

sein Leben sich in keinerlei Gefahr
befindet. Laßt mich: ich muß fort, ich kann nicht
hier warten. Sprecht Ihr ihn, bevor er mich
getroffen hat, so sagt ihm: Pierre war hier
und läßt dir sagen: was in unsrer Sache
heute morgen vorgefallen, die Geschichte
mit dem Schiavonen, das sei nur ein kleiner
harmloser Zwischenfall und für das Ganze
von keinerlei Belang, – und daß ich hoffte,
ihn guter Dinge abends vorzufinden,
wo, das weiß er. Lebt wohl. Geht da hinein.
*Belvidera geht in das Zimmer rechts.*

PIERRE *nachdem er an der Tür rückwärts gehorcht, holt seinen Hut von dem Tisch links vorne und sagt im Abgehen, vor sich*
So hab ich seine Frau gedacht. Ich hätte
nicht sterben mögen, ohne zu erfahren,
daß es dergleichen gibt auf dieser Welt.
*Geht zur Haustür hinaus. Eine Stille*

BELVIDERA *öffnet ihre Türe. Kommt hastig heraus*
Vater! mir war, ich hört ihn meinen Namen
von draußen rufen. Vater, regst du dich
so stark in mir, wie lange, lange nicht?
Hat diese Nacht die tiefsten Grüfte auf-
gesprengt, und wandeln die Lebendig-Toten
nun auch bei Tag? Mein Vater, wenn es sein muß,
komm ich zu dir. Um meiner Kinder willen
komm ich zu dir. Wirst du die Türe
mir auftun, Vater?
*Jaffier tritt zum Haus herein. Er sieht Belvidera, die vorne links steht, zuerst nicht. Er sieht unendlich müde aus. Er will die Treppe hinaufsteigen.*

BELVIDERA *fährt zusammen, wendet sich jäh*
Du?

JAFFIER *wirr* Dich dacht ich nicht
zu finden. Bist du hier allein? Wo hast du
dein Zimmer?

BELVIDERA *bebend*
Du!

JAFFIER Es ist schon hoch am Tag,
allein ich hab gedacht, mich hinzulegen.

BELVIDERA
Du siehst so müde aus. Ich richte dir –

JAFFIER *nach vorn kommend*
Laß, laß, ich hätte nicht geschlafen. Besser
es nicht versuchen.

BELVIDERA Deine armen Augen
sind überwacht.

JAFFIER Mich schauderts. Hier ists kalt.

BELVIDERA
Du hattest diese ganze Nacht zu tun?

JAFFIER
Man kanns so nennen.

BELVIDERA Du warst in Gefahr?

JAFFIER
Nicht daß ich wüßte.

BELVIDERA Deine Augen sagens.

JAFFIER
Still, stand nicht jemand auf der Schwelle?

BELVIDERA Wer?

JAFFIER
Gleichviel.
*Er geht hin und verriegelt die Haustür*
Ich hatte drüben ein Geschäft.
Im Kloster der Armenier. Da liegen
zweitausend jetzt, Wallonen und Franzosen.
Mein Auftrag ging an einen, der verwundet
im Lazarett liegt, und indes wir sprachen,
starb der im nächsten Bett und spie sein Blut
und seine Seel in grauenhaften Flüchen
von sich.
*Sich zusammenraffend*
Was wollte ich erzählen? Als ich
herüberfuhr und ausstieg nah Sankt Anna,
wos abgelegen wie ein Friedhof ist,
ging schon die Sonne auf. Da standen zwei
im roten Dunst und zeigten sich die Barke,

auf der ich saß. Wir hatten schwer geladen
und eine Plache aus geteertem Zeug
verdeckte zwar die Ladung, doch die zwei,
die starrten her – auf mich und den Schiavonen,
der mit mir fuhr – als könnten sie die Plache,
die schwarzgeteerte, mit dem Blick durchdringen.
Sie haben einen argen Blick, ich konnte
ihn nicht ertragen, als ich da vorbei
an ihnen mußte.

BELVIDERA Konnten sie dir denn
was anhaben?

JAFFIER *nach einer Pause*
Sie konnten bloß die Plache
aufheben und die dünne Lage Stroh
beiseite tun, dann lagen die Gewehre
und Pulverfässer bloß.

*Belvidera: Bewegung der Angst.*

JAFFIER Man braucht auch derlei
zu einer Unternehmung wie die ist,
dran ich beteiligt bin. Doch tust du gut,
es über deine Lippen nicht zu lassen.

BELVIDERA
Doch gings vorbei?

JAFFIER *mehr zu sich selber als zu ihr*
Was diese zwei betrifft,
so ging es allerdings vorbei. Nur seltsam –
nein, etwas mehr als seltsam! – daß mir dann,
als ich mit Absicht einen krummen Weg
durch Höf und enge Winkelgassen wählte,
ein andrer Mensch auf dreißig Schritte nachging.
Und daß, als ich aufatmend eben meinte,
ich hätte den von meiner Spur gebracht,
ein andrer halbgedeckt in einem Flur
mit mehreren flüsterte, die hinter ihm
im Dunkel standen, daß in seinem Flüstern
mein Name vorkam und daß Schritte sich
dann rechts und links verteilten.

BELVIDERA Aber du?

JAFFIER

Die Füße trugen mich, allein mein Hirn
erstarrte, links und rechts verwirrte sich,
die Wirrnis legte sich wie eine Schlinge
um meinen Hals, Falltüren taten sich
ins Wasser auf, darin Ertränkte schwammen,
ich hielt mich an der Mauer, immer wieder
bog ich um eine Ecke, tausend Gassen,
die sich im Kreis verstrickten, keine breiter
als daß ein nackter Degen sie versperrt –
auf einmal schlug um Kopf und Mund und Augen
ein schweres Tuch, ich gab mich für verloren
und riß daran, mich loszuwickeln –

BELVIDERA *geschüttelt von Angst und Mitleid*

Liebster!

JAFFIER

Es war der dunkle Vorhang an der Tür
von einer Kirche – und ich stand im Frieden.
Dort blieb ich lang.

BELVIDERA Und jene Männer?

JAFFIER Still!

Vielleicht betrog ich sie. Ich blieb sehr lang
in dieser Kirche. Bänke waren da,
da ruhte ich, da hockt ich angeklammert –
*Er glaubt etwas zu hören, läuft an die Haustür, sieht durchs Guckloch, kommt wieder vor*
Da hockt ich angeklammert und erblickte
die Bilder meines Hasses. Funkelnd stand
wie eine Statue im Höllenfeuer
dein Vater vor mir, lang – da hab ich ihn
gehaßt wie nie! Da habe ich einmal
des Hassens Lust gekannt. Ich sah ihn liegen
in seines Bettes Prunk: er klingelte
den Dienern. Nicht an deinem süßen Bette
stand ich mit solchem Zittern je. Ich sah ihn
aufstehen, sah die Fratzen der Bedienten,
wie sie ehrfürchtig ihm die Kleider reichen,
und meines Hasses Sinne, so geschärft

wie tiefste Wollust, fühlten vor der Tür
im Vorgemach das unterdrückte Flüstern,
die Leibesnot, das Auf- und Niedertrippeln
der angstvoll Wartenden, indes herinnen
der lächelnde Barbier, sein ganz Gestelle
beglänzte Untertänigkeit, die Finger
um das hochmütige, glatte, harte Kinn
des Alten gleiten läßt. An diesem Kinn,
dem Vorgebirg, dran unser Leben scheitert,
hab ich mich sattgehaßt. Die Wirklichkeit
hat nicht den Augenblick, der solches aufwiegt.
Und müde, ausgehöhlt und traurig, wie
das Tier nach seiner Wollust, blieb ich liegen.

BELVIDERA
Mit was für Augen sah dein armes Herz
da in die Welt?

JAFFIER Nicht wahr, so toll wie Fieber?
Ja, ich beneide jeden um sein Hirn,
der keines hat. – Laß deine Augen nicht
sich so bewegen, laß sie nicht die stumme
Beredsamkeit von Marionetten haben,
die eine gräßliche Begebenheit
uns ohne Worte, nur mit Auf und Nieder,
und Knien und Hüpfen auf die Seele binden.
Laß deine Blicke anders sein, ich bitte!
Mach, daß sie mir wie sonst die kahlen Wände
mit Glanz bedecken. Setz dich her zu mir.
Laß mich so viel Behagen finden wie
die vielen andern Bettler in Venedig –
*Er lacht böse vor sich hin*
so viel als wie der lumpigste Lakai
in der Livree des Hauses Barbarigo,
der mir begegnet ist vor einer Stunde,
der vor sich hinpfiff und mit einem Aug
auf seinen Spitzenkragen niederschielte
und dann auf mich herüber, mit dem Blick,
den wohlbestallte Kettenhunde werfen
auf unbehauste Wanderer. Der Bursche

fühlt sehr wahrscheinlich Senatorisches
in sich, so viel, als ein Senator selber.
Ich wette: mehr! Er ist mit dickem Stolz
und grobem Wohlbehagen ausgestopft,
riecht nach Pomade, trägt gestohlne Wäsche
von seinem Herrn und lockt schon mit dem Schall
von seinen Stöckelschuhen alle Dirnen
an ihre Fenster: und bei Tag und Nacht
auf seines Amtes unverschämter Miene,
auf der Verdauung seines feisten Leibes,
auf seinen frechen Händen liegt der goldne
Abglanz der Macht: er wickelt sich im Schlaf
noch drein und hat in seinen schuftigen Träumen
die Oberhand und setzt auf einen Wurm,
wie ich bin, seinen Fuß, bis ich verzucke!
Allein – ich hab ja dich! ich hab mir ja
bei Nacht aus des Senators Haus das Kleinod
ergattert! Bist du mir nicht blaß geworden?
Versagte dir die Kehle nicht, sooft ich
die Hand auf deinen Nacken legte? nanntest
du nicht in süßen Stunden mich den Herrn
von deinem Leib und deiner Seele? lag ich
da nicht im Schoße ihrer Herrlichkeit?
Ich will mirs neu beweisen, daß ich dort,
wo der erhabne Quell des Lebens springt,
zu tausendmalen ihresgleichen war!
Nein, unter ihnen der Beseligte,
der Auserwählte, der gekrönte König
des Festes dieser Welt! – ich will dein Antlitz
so dicht an meinem sehen, als das Weib
nur einen leidet auf der Welt, ich will –
*Er zieht sie an sich*
Wie lange war ich nicht allein mit dir!
Was legt sich zwischen uns? Was kriecht herab
an deinen Zügen, gräßlich wie ein Schleier?
Was will heraus aus deinem Mund?

BELVIDERA *zurücktretend, mit Anstrengung*
Dein Pierre

war hier, – dein Pierre, auf dessen Rat
du gräßlich Tag aus Nacht zu machen lerntest,
dein Pierre war hier bei mir, und läßt dir sagen:
Du möchtest ruhig sein, so ruhig wie
zuvor, so ruhig, wie heut Nacht, so ruhig
Wie immer – warum zitterst du, wenn dich
Dein Pierre heißt ruhig sein?

JAFFIER Er hat dir mehr
gesagt!

BELVIDERA
Nur dies: Was heute vorgefallen
mit dem Schiavonen, das sei nur ein Nichts,
ein völlig Nichts –

JAFFIER *ohne Atem* Mit dem Schiavonen? ist
da etwas vorgefallen? ja? o Ahnung!
Das hat dir Pierre gesagt, mit dem Schiavonen
ist heute morgen etwas vorgefallen?

BELVIDERA
Er läßt dir sagen, daß es dich in nichts
anfechten soll.

JAFFIER In nichts, wahrhaftig!
*Fiebernd, vor sich* nur:
daß – wenn da etwas vorgefallen ist –
so ist es dies: sie haben ihn, er sitzt
gefangen, diesen Abend oder vor
drei Stunden oder jetzt, indem ichs denke,
wird er gefoltert, und der erste Name,
mit dem sein zuckend Fleisch sich Nachlaß kauft,
ist meiner! Oh, die Nerven eines Tieres,
zu gehn, zu stehn, zu essen und zu schlafen
und wissen, wie das steht! und immerfort
allein zu sein mit alledem! bei Tag
und Nacht allein!

BELVIDERA *ist ihm, der mehrmals die Stelle wechselt, so nahe gekommen, daß sie die letzten Worte hören mußte, krampfhaft auflachend* Und ich war nicht allein
heut nacht!

JAFFIER Was soll das heißen?

BELVIDERA *ihm nahe* Warum ward ich
heut nacht an einen Schurken ausgeliefert!

JAFFIER
Das ist nicht wahr!

BELVIDERA Warum ward ich geweckt
zu solcher Stunde? warum mußt ich dich
in Flüstern und vertrauter Heimlichkeit
beisammen sehn mit Schurken niedrer Art?

JAFFIER
Das sind sie nicht.

BELVIDERA Das sind sie.

JAFFIER Es sind Männer
von finstrem Schicksal. Es sind ehrenwerte
Verzweifelte und unter ihnen bin ich,
wenn irgend, unter meinesgleichen.

BELVIDERA Ich,
ich will dir sagen, was sie sind –

JAFFIER Ja? recht!
Mein Herz ist noch zu leicht – mein Kopf zu munter!
Ich brauche Grübelei, Verdächtigung!
man muß Verzagtheit in mich gießen! Hast du
nicht etwa einen bösen Traum getan?

BELVIDERA
Ja! Nur daß ich nicht schlief, als ich ihn tat.

JAFFIER
Das Chaos liegt auf mir, willst du die Last
dazu nicht etwa tun von einem Alp,
der dich die Nacht im ungewohnten Bette
belästigt hat?

BELVIDERA Ja! Des verfluchte Hände
mich faßten, dessen schnöder grauer Bart
sich an mich preßte, dessen frecher Atem,
heiß vor Begier, in meinem Nacken – hörst du?

JAFFIER
Was soll der Scherz?

BELVIDERA Ein Schurke, nein kein Schurke,
ein Tier, dem ich anheimgegeben ward,
hat seiner Nächte Scherz bei mir gesucht!

JAFFIER
Nein!
BELVIDERA
Als ich lag und weinte vor Verzagtheit
in meine Kissen – trat er ein im Dunkel –
Willst du es mich erzählen lassen?
JAFFIER
Dich –
mit seinen Händen – in der Dunkelheit?
du wußtest, daß ers war?
BELVIDERA
Ich schrie! Die Nacht
hats mich gelehrt! ich rang den Schrei hinab,
als mich der Vater aus dem Hause stieß.
Dies Haus hab ich erfüllt mit meinem Schreien,
die Stiege bin ich schreiend – da! – im Dunkeln
herabgetaumelt, an die Tür dorthin,
sie war versperrt, und da hinein –
*Sie zeigt die Tür, wo sie sich rettete.*
JAFFIER
Nichts hören,
ihn töten! ihn erwürgen!
*Will die Treppe hinauf.*
BELVIDERA
Er ist nicht
daheim!
JAFFIER Wie?
BELVIDERA Bleib bei mir: er ist nicht da.
JAFFIER
Was? Seinen Bart an deinen Nacken drücken!
Die Hände weidend, die verfluchten Hände,
die welken, an dem Zittern deiner Angst!
Dein Alles preisgegeben! Eingewickelt
in gleichen Dunkels Hülle mit dem Keuchen
seiner Begierde! Da, in seiner Wohnung,
dem Tier in seinem Käfig ausgeliefert!
Bezahlen sie mit meinem Weib den Abschlag
auf Diebsvorschüsse? Nehmen sie das Schänden
vorweg, weil aus dem andern nichts mehr wird?
Das Bild! O könnt ich seine alten Glieder
aufs Rad geflochten sehen, die um dich
sich ranken wollten! Könnt ich seines Leibes

langsame letzte Zuckung sehen! Könnt ich
sein Auge, sein herausgerissenes,
austreten mit dem Fuß!
*Er hält inne: sein Gesicht verändert sich furchtbar*
Nichts von dem allen!
Ganz straflos geht er aus. Was er, bin ich.
Wir ziehn am gleichen Karrn, und ein Schicksal,
viel wüster als der wüsteste der Träume,
hat mich und ihn zusammenwachsen lassen,
und würg ich ihn, so würg ich auch mich selber!
Was schüttelst du den Kopf, du armer Narr
und eines armen Narren Weib? Was meinst du?

BELVIDERA *mit einer andern Stimme*
Nun muß ich. Denn nun wankt die ganze Welt
und alles stürzt und möchte uns begraben –
nur was ich für des Kerkers dickste Mauer
gehalten, dran wir angeschmiedet sind,
bleibt stehn und rettet mich.

JAFFIER
Was willst du tuen?

BELVIDERA
Was mir übrigbleibt.

JAFFIER
Wo willst du hin?

BELVIDERA *nahe der Tür des Hauses*
Zu meinem Vater.

JAFFIER *furchtbar losbrechend* Geh!
Erzähl ihm alles! Und vergiß nur nicht,
zu melden wo ich bin, damit er gleich
den Henker schicken kann! Und wenn mein Kopf
vor deine Füße rollt, kannst du ihn küssen
und weinend in das kalte Ohr mir flüstern:
»Ich hab mich übereilt!«

BELVIDERA *ist mit einmal dicht bei ihm*
Was war das?

JAFFIER *kehrt ihr den Rücken* Geh!
Ich hab genug.
*Er wirft sich auf den Stuhl links, Gesicht und Oberleib über den Tisch. Eine kurze fürchterliche Stille*

BELVIDERA *hinter ihm*

Ich kann nicht schrein aus meiner Angst heraus.
Geschrien hab ich heut nacht, als ich entlief
vor einem Teufel, der mir antun wollte,
was ich nicht denken kann. Ich kann nicht knien
vor dir, gekniet bin ich vor Pierre – Du hast mir
die Hände abgehauen, die zu dir
ich heben möchte, aus dem Mund die Zunge
gerissen, da ich dich nicht bitten kann,
das Zucken meiner Augen hast du mir
verboten, und damit du sie nicht siehst,
kehrst du den Rücken mir –
*Sie starrt vor sich hin* Den Henker, ah!
Den Henker fürchtest du? Wer bist denn du?
wer sind denn diese, diese die ihr Wesen
hier treiben, hier, und hier – die voller Blut
aus allen Türen treten? Worauf steht
der sichre Tod? – Er hat doch nichts getan.
Getan? Es gingen ihm bloß Leute nach,
weil er Gewehre unterm Stroh, und Pulver –
*Jaffier will ihr den Mund mit der Hand verschließen.*

BELVIDERA *macht sich los, ihr Erraten der Wahrheit vollzieht sich sprungweise, unaufhaltsam*

Gewehre? In der Stadt? Für die Soldaten?
zu Hunderten! Und Fackeln, lauter Brände –
in alle Häuser Fackeln! Brände, Fackeln
ins Arsenal –

JAFFIER *nickt unwillkürlich, wie im Fieber; er ist aufgesprungen und geht in der Ecke links auf und nieder wie ein Tiger im Käfig*

Senatorstochter, lauf und hol den Henker!
Dein Vater steht zuoberst auf der Liste,
er liegt schon wie ein Fisch mit offener Kehle
auf blutigem Pflaster!

BELVIDERA *vor ihm zurückweichend*

Mörder! Mörder! Mörder!
Die grausenvollen Mörder, die wie Ratten
im angefaulten Untergrund der Dinge
bei Tag sich bergen, und bei Nacht hervor –

JAFFIER
Bei Tag! Bei Tag! Bei Tag! Glorreich bei Tag!
BELVIDERA
Bei Tag! o ja! bei Tag! Und ich will stehen
und sehen und vor Freude weinen, wenn man
die heiligen Kirchen, eine nach der andern,
anzündet, wo sich eine Mörderbande
hineingeflüchtet hat – und wenn sie schreien,
will ich so wenig mir die Ohren stopfen,
als wenn ein Wespennest im Feuer zischt;
dann liegen wir, die Frauen und die Mädchen,
auf unsern Knien und wissen das Geschick,
dem wir entronnen sind, und schneiden uns
das Haar mit Jubel ab und gebens hin,
wenn es an Stricken fehlt, die letzten, die
der stumpfgewordne Säbel übrigließ,
zu hängen wie die Hunde!
JAFFIER *die Zähne entblößt vor Zorn*
Wovon sprichst du?
BELVIDERA
Von dir! Von euch! Von euch! Das fürchterliche
Gericht ist über euch!
JAFFIER Du lügst! Du lügst!
Ich wills nicht hören! – Ich hab in der Nase
schon den Geruch des Pulvers, mit dem wir
sie abtun. Vor mir schwanken schon die Fackeln,
ich seh schon die Gesichter wie Hyänen,
die aus den Fenstern eurer Paläste
in Flammen niedergrinsen werden: Köpfe
auf Piken schwenken sie anstatt Standarten,
indessen ich mit meinen Freunden, herrlich!
über die Leichen schreite hin zu dir,
die lacht vor Lust.
BELVIDERA *wie um ihn zu wecken, schreit*
Antonio, rette mich
und dich!
JAFFIER Nicht nötig, denn wir sind die Sieger!

BELVIDERA *ihrer Vision folgend, wie er der seinigen*
Sie bringen dich, du hast die Hände auf den Rücken
gebunden, eine einzige Glocke läutet,
du taumelst, ihrer zweie stützen dich,
das sind des Henkers Knechte, und ich muß
es sehn, und fall nicht um, ich darf erst fallen
zugleich mit deinem Kopf –
JAFFIER Ich will nichts hören!
Für die Kanonen ist gesorgt! Nur ruhig!
Die Wächter werden schlafen, alle werden
betäubt sein, dafür ist gesorgt, das Volk
und alle Senatoren werden schlafen,
die Schiffe werden ihnen angebohrt,
die Kerker werden aufgemacht und alle
Gefangnen losgelassen, alles brennt,
und alle Glocken läuten! –
und uns kennt niemand, unsere Gesichter
sind schwarz von Pulver, Larven tragen wir,
und vor uns hüpft der Tod!
BELVIDERA
Jesus Maria! Daß er mich nur hört!
*Ganz dicht an ihm*
Spürst du denn nicht die Macht? Spürst du denn nicht
die Übermacht? Wie sie auf euch sich werfen?
wie ihr gedrückt seid an die Mauern, wie
die Kerker euch verschlucken, wie sie euch
an Pfähle binden, wie sie euch in Säcken
ertränken... wie sie alles sind und euch
erwürgen in der ersten Nacht –
JAFFIER *mit einer gräßlichen Veränderung*
Weißt du das auch?
Daß sie die Stärkeren sind? Ich weiß es immer –
in einem fort hab ichs im Leib, ich spiele
und spiele immer höher, heute nacht
hab ich dich eingesetzt, dann meinen Kopf –
und hab in einem fort gewußt, daß ich
verlieren muß.

*Er läuft wie gejagt in einer Ecke auf und nieder*

Ich weiß es, doch ich will
nicht dran erinnert sein: mit meinen Freunden,
mit meinen Brüdern will ich untergehn:
wir werden unter dem Schafott einander
zum letztenmal umarmen, Pierre wird heiter
wie immer sein, er wird mir seinen Arm
als Kissen unterschieben, und auf einmal
wird es vorüber sein.

BELVIDERA Du sollst nicht sterben!
Ich laß dich nicht, ich hänge mich an dich!

JAFFIER
Geh weg, ich will nicht, daß du zu mir sprichst. –

BELVIDERA
Ich kriech zu meinem Vater auf den Knien,
daß er mich läßt zu Haus in einem Keller,
im tiefsten Keller dich verstecken – dort
bleib ich mit dir und bin bei Tag und Nacht
zu willen dir, wenn du mir lebst! Wenn du
nur leben willst!

JAFFIER Zu spät. Den Knoten, der
an mich sie bindet, bringen deine Finger
nicht auf. Aus jedem Erdloch – außer aus
dem Grab – muß ich einmal hervor, und wären
sie alle längst geschlachtet und verfault,
man schickte mich Vergeßnen ihnen nach.
Für mich gibts keinen Ausweg, abgetrennt
von meinen Brüdern. –

BELVIDERA *ihm ins Weiße der Augen*
Deine Brüder? Der
heute nacht war auch dein Bruder?

JAFFIER *schreit auf* Davon nicht!

BELVIDERA *ihm nach, dicht an ihn*
Der mich ergriff –

JAFFIER Ich will das Bild nicht sehen!

BELVIDERA
Den Leib auf meinem Leib –

JAFFIER Ich will nichts wissen!

BELVIDERA
Er höhnte dich, den Mund an meinem Ohr.
JAFFIER
Ich sterbe nächstens, ich hab keine Zeit,
an andere zu denken!
*Will an ihr vorbei* Laß mich fort.
Ich will zu Pierre. Die warten, daß ich komme.
Die sind meine geschworenen Brüder.
BELVIDERA *vertritt ihm den Weg* Dieser
ist auch dein Bruder?
JAFFIER Ich will ihm ein Messer
in' Rücken stoßen. Ich will es den andern –
BELVIDERA *sieht ihm in die Augen*
Den andern?
*Jaffier sieht sie an.*
BELVIDERA Alle haben sies vielleicht
gewußt: mich dünkt, er hätt es nicht gewagt,
wärs nicht ein Spaß gewesen, abgekartet
mit der Gesellschaft.
JAFFIER Ah!
BELVIDERA Sie prüfen so
die Neulinge vielleicht.
JAFFIER Das hat die Hölle
dich sagen lassen! Wie sie auf mich grinsten,
war das dahinter! Pierre, wo bist du? Pierre,
wir müssen das ausfechten Aug in Aug!
Ich muß dich sehn – Warum das über mich?
Das da ist meine Frau. Wir wollen leben,
nur leben! Nichts als leben. Tausend, tausend
und tausend Menschen dürfen leben. Keinem
wird eine Schlinge um den Hals gelegt
wie mir. – Ich will nicht als ein wirrer Klumpen
zur Hölle fahren, dein und meinen Leib
verkrampft in eins mit einem eklen Tier,
dein Aug in meinem und in deine Lippen
die seinigen verbissen. Ich will sterben
in einem reinen Bette!

BELVIDERA *mit aller ihrer Kraft*
Komm mit mir!
Wir werden leben.
JAFFIER Ah, merk wohl, ich bin
nicht schwach, du bringst mich nicht, zu was du willst –
BELVIDERA
Wir werden leben. Du mit mir. Die Kinder.
Wir alle in des Vaters Haus. Der Vater
wird vor dir aufstehn. Alle Menschen werden
sich vor dir neigen. –
JAFFIER Weg! Du willst mich fangen!
Du willst benutzen, daß ich wild vor Zorn
und Ekel bin und willst mich plappern machen
vor Schurken von Beamten, vor Verbrechern
im Purpur. Wie die Ente treibt es dich
zurück in deinen Pfuhl, du willst am Faden
mich ziehn und eine Scheußlichkeit der Hölle
begehn mich lassen, weil du Senatoren
nicht liegen sehen willst mit blutiger Kehle
auf dem gemeinen Pflaster.
BELVIDERA *sieht ihm in die Augen*
Wessen Tod,
weißt du in Tiefen, wo dich nichts betrügt,
ist unabwendbar? Wessen Blutgerüst
hörst du in deiner Schläfe Pochen schon
seit heute nacht errichten? Gib mir Antwort!
Wer ist dem Tod verfallen, so und so,
und geht im Knäul zur Hölle, auf den Lippen
unflätige Worte, im verdrehten Aug
tierische Wut, in den geballten Fäusten
den Krampf des Meuchelmords? Gib Antwort! Antwort!
*Jaffier schweigt.*
BELVIDERA
Und er mit ihnen, den du retten kannst
in dieser Stunde.
JAFFIER Ja, ich will zu Pierre.
BELVIDERA
Zu Pierre? Er soll auf seinen Knien vor dir
nachher die Hände dir und Füße küssen –

JAFFIER
Nachher?
*Eine Pause. Jaffiers Blick, lange seitlich zu Boden geheftet, trifft endlich wieder ihren.*

BELVIDERA Wenn es geschehen ist –

JAFFIER O Gott!
Wird er es je verstehn, was ich auf mich
in dieser Stunde nehme, ihn zu retten!

BELVIDERA
Was zitterst du?

JAFFIER *indem er, schon von ihr gegen die Tür gezogen, wieder starr steht* Mir ist, ich tret auf Leiber
Gefolterter, die meine Freunde waren.
Wo drückst du dich denn hin?

BELVIDERA *mit dem Rücken an die Tür gedrückt*
Ich seh ihn immer
mit seinen Armen nach mir greifen. Hier
hinab die Stiege, hinter mir! sein Atem
in meinem Nacken, sein Gesicht –

JAFFIER *auf sie zu* Schließ auf!
*Sie sind auf der Schwelle. Sie sind hinaus. Die Tür fällt hinter ihnen ins Schloß.*

*Der Vorhang fällt.*

# VIERTER AUFZUG

*Im Haus des Senators Priuli. Ein Saal. Flügeltüren links und rechts. Im Hintergrund Fenster auf den Garten. Über jeder der beiden Türen breite niedrige Spiegel. Wachskerzen an den Wänden und auf dem Tisch. Der Tisch klein, reich gedeckt für zwei Personen. Auf dem Tisch ein Prunkstück: Nymphe und Satyr, die einen Fruchtkorb tragen, vergoldet. Im Hintergrund rechts eine Ansicht mit Silberschüsseln, schönen Gläsern, Obst.*
*Der Haushofmeister, vier Lakaien. Die Lakaien haben eben das Aufdecken beendet. Einer gießt wohlriechendes Wasser in das silberne Waschbecken. Einer macht sich an dem Tisch zu schaffen. Zwei zünden noch die letzten Wachskerzen an.*

DER HAUSHOFMEISTER *ruft den vom Tisch zu sich* Seiner Gnaden unserem gnädigen Herrn wird der spanische Wein nur hingestellt, daneben aber der leichte Valpolicella eingegossen, mit gekühltem Wasser stark gemischt. Seiner Gnaden dem Herrn Senator Dolfin wird der spanische Wein gewärmt und mit Ingwer versetzt.

*Der andere Lakai, der das silberne Becken gefüllt hat, lacht unterdrückt.*

DER HAUSHOFMEISTER *wirft diesem einen strengen Blick zu; dann mit erhobener Stimme* Langsam servieren. Aufmerksam! Tobia, daß mir keine Gabel fällt! Wenn die Hochgebietenden im Gespräch sind, zurücktreten, nicht dazwischenfahren mit der Schüssel. Dieses blöde bestialische Dazwischenfahren, das ist nicht à la mode, das ist eine Tölpelei, das ist gut für eine Bauernhochzeit. Wenn eine Pause im Gespräch eintritt, hin! Ruhig! Stehen!

*Zu dem, der früher gelacht hat*

Und wenn ein gnädiger Herr erzählt, daß er eben mit Vergnügen zugesehen hat, wie sie deine leibliche Großmutter splitternackt aufs Rad geflochten haben, und du zuckst nur mit dem Maul, so bist du kein Bedienter, sondern ein

Lump. Ein Bedienter ist das Gegenteil von einem Komödianten: wird der eine dafür bezahlt, daß er durchsichtig ist, so wirds der andere dafür, daß er es nicht ist, verstanden, Patron?

DER LAKAI *frech* Jawohl, Patron.

DER HAUSHOFMEISTER Und warum, Patron, hast du das Mittelstück umgedreht, so daß die Frauensperson, die von minder schöner Arbeit ist, dem Gast zugekehrt ist, während man dir expliziert hat, daß der Waldteufel das Meisterstück des Goldschmiedes ist und darum gegen den Ehrenplatz gekehrt sein soll?

LAKAI Das hab ich darum getan, Patron, weil die Frauensperson nackt ist, und weil ich öfter gehört habe, daß der Herr Senator Dolfin gern das Nackte in der Nähe sieht.

DER HAUSHOFMEISTER Soll ich dir eins hinter die Ohren hauen, Patron?

LAKAI Da brächtet Ihr mich schnell aus dem Haus, Patron.

DER HAUSHOFMEISTER Wohin denn, Patron?

LAKAI Unter die Soldaten, Patron.

DER HAUSHOFMEISTER Unter das Lumpenvolk, das marode, das auf dem Stroh verschimmelt?

LAKAI Ich hab gehört, sie haben mit dem Stroh was anderes vor, als darauf zu verschimmeln.

DER HAUSHOFMEISTER Was denn, Patron?

LAKAI Ein kleines Feuer damit zu machen, Patron.

DER HAUSHOFMEISTER Ein Feuer?

LAKAI Um den heiligen Markus damit auszuräuchern, wie man sagt.

DER HAUSHOFMEISTER *will ihm an die Kehle* Wer sagt das? wo hörst du diese revolutionären Reden, diese galgenwürdigen?

DRITTER LAKAI Laßt ihn doch, Sior Lunardo, er hat das Zeug in einer Schenke aufgeschnappt und redets nach.

DER HAUSHOFMEISTER Ich möchte aber wissen, in welcher Schenke es dergleichen aufzuschnappen gibt. Still! die Hochgebietenden!

*Die Flügeltüre rechts wird von außen aufgerissen. Der Haushofmeister, die Bedienten stehen regungslos an ihren Plätzen, zwei hinter den Stühlen, zwei an der Anrichte. Priuli tritt ein, Dolfin zu seiner Rechten.*

DOLFIN Drei Sbirren also nehmen den Schiavonen unauffällig fest. Zuerst geht er gutwillig mit ihnen, jammert nur nach Bauernart, daß ihm das geschehen sei, er habe nichts mit den Soldaten zu tun, er habe wahrhaftig nicht gewußt, daß es Pulverfässer wären, und so weiter. Vor dem Sekretär, der ihn verhört, jammert er auch in dieser Art. Darauf sagt er gutmütig: »Es muß ein jeder sein Kreuz tragen«, und läßt ihm, halb mitleidig, aber doch aus Vorsicht, Handschellen anlegen. Da fährt der Schiavon auf wie ein wütender Hund und faucht den Sekretär an in seiner häßlichen vermischten Sprache: »Wir werden Euch ein Kreuz zeigen, wir Euch, und eine Kerze dazu anzünden.« Das war deutlich genug, die Miene noch deutlicher als die Worte. Auf das wird er gefoltert, hält den ersten Grad aus, den zweiten, den dritten, preßt das Maul zusammen, daß man es mit einem Stemmeisen aufbrechen muß, und sagt kein Wort.

PRIULI So weiß man also nichts.

DOLFIN Man weiß nichts Bestimmtes, ich aber weiß, was ich weiß, und ich habs in allen Gliedern. Diese Soldaten, diese räudigen, verhungerten, verlaufenen Hunde, hätten wir sie draußen aus Venedig! Es sind Bestien unter ihnen, Kerle, die zu allem fähig sind. Ich kann eine Geschichte davon erzählen.

PRIULI Ihr hättet Euch in die Kommission wählen lassen sollen, die mit der Prüfung ihrer Forderungen an rückständigem Solde so viel Zeit verzettelt. Wir könnten sie seit einem Monat los sein. Ich wollte beinahe, daß sich eine solche Führung der Geschäfte einmal augenfällig strafte. Was macht man mit dem Schiavonen?

DOLFIN Man wird ihn heute abend im Waisenhauskanal ertränken, auf alle Fälle.

PRIULI *an den Tisch tretend* Nun verzeiht mir, Dolfin, wenn ich Euch bitte, zu meiner Linken zu sitzen. Nein, erlaubt mir, Euch den Grund zu sagen.

*Dolfin: Gebärde.*

PRIULI Das ist der große Tanzsaal.

*Deutet nach links*
Da sind an den Wänden die Fresken von Zuccharo, die den Triumph unseres Hauses vorstellen.

DOLFIN Erinnere ich mich doch an das Fest, als sie fertig waren, wie an den gestrigen Tag. Da lebte Euer Vater noch, und ich tanzte mit Eurer seligen Frau die große Pavane. Sie war schön wie ein Engel. Aber ein Stück von den Fresken ist ja beschädigt. Hat Euch das Wasser einen Streich gespielt?

PRIULI Nein. Ich habe es mit Tünche decken lassen. Es ist die Stelle, wo die Gestalt der Tugend war, zu der der Zuccharo die Züge meiner Frau genommen hatte.

DOLFIN *zerstreut* Und deswegen?
*Besinnt sich*
Aber, wie begreiflich, mein guter Priuli!

PRIULI Nein, nicht deswegen, weil es das Bild meiner Frau war, sondern darum, weil es in einer mir unerträglichen Weise die Erinnerung an eine andere Person hervorrief.

DOLFIN Eine andere Person?

PRIULI Welche leider die gleichen Züge hatte.

DOLFIN An Eure –

PRIULI *kurz* An eine Person, welche gleichfalls in diesem Hause existiert hat und von welcher hier nicht mehr gesprochen zu werden pflegt.

DOLFIN Und Ihr? Ihr habt sie seitdem nicht gesehen?

PRIULI Nein. Einmal war ich nahe daran, sie sehen zu müssen, aber die Gnade des Himmels ersparte mir diese Kraftprobe – die ich übrigens bestanden hätte.

DOLFIN Sie wollte kommen?

PRIULI Das nicht. Ich ging eines Abends aus der Kirche, da bemerkte ich, wie meine Leute, die vor mir gingen, zögerten, und wie mein alter Diener da erblaßte, und ich fand die Zeit, meinen Schritt zu verlangsamen und niemanden zu bemerken.

*Sie setzen sich zu Tisch, Priuli links, den Rücken gegen die Türe links. Dolfin in der Mitte. Es wird aufgetragen.*

PRIULI *nach einem Stillschweigen*
Nur keine Tochter haben! keine Tochter!

Von einem Mann das Gräßlichste erleben,
und wärs der eigne Sohn: nur das Geschöpf
nie kennenlernen, nicht am Herzen hegen,
mit Herzblut nähren, das die Larve trägt,
bemalt mit Engelszügen, und dahinter
des Tigers Herz, die Sinnlichkeit des Affen,
nein, eine schlimmre als des Affen, schlimmer,
weil dümmer, eine, die sich selbst betrügt
und störrisch, wie das Tier, sich selbst betrügen
und um sich her betrügen will, und ginge
die Welt darüber, ginge auch sie selber
zugrunde. – Ah, hört mir nicht zu. Verzeiht mir.
Ich bin sehr lächerlich. Ich bringe Euch
um alle Lust am Essen. –
Daß man nicht los von der Erinnrung kann!
daß man ein Bild da innen nicht mit Tünche
zudecken kann!

DOLFIN Das ist es, Priuli!
Das ist es! wie uns alles ringsum zwingt,
sie innerlich zu sehn. Wie jedes Pelzwerk,
wie Perlen, Spitzen, jeder Kram im Laden
von ihrem Leibe redet!
*Er rührt die goldenen Figuren des Prunkstücks an*
Wie solch ein Zeug aus Gold das Mehr als Gold,
aus dem Natur dergleichen Spielzeug schuf,
zu denken zwingt! Wie man die Messe nicht
kann hören, weil Musik nichts andres atmet!

PRIULI *seinen Gedanken nachhängend*
Sie haben keine Seele. Doch sie haben –
das ist so fürchterlich – in ihren Augen
die lügenhafte Spiegelung davon,
indes ihr Ganzes nur dem niedern Sinn
und der Verderbnis folgt.

DOLFIN *seine eigene Angelegenheit im Kopf*
O furchtbar, furchtbar!

PRIULI *ohne auf ihn zu achten*
So unzugänglich unsrem stummen Leiden!
So taub der namenlosen Qual.

DOLFIN *wie oben* O taub!
Auch wenn wir knieen! wenn wir knien und weinen!
PRIULI *sieht ihn an*
Dazu, sei Dank dem Himmel, kam es nicht!
Furchtbarer Stachel aber in der Wunde,
den widerlichen niedrigen Verführer
mitdenken müssen!
DOLFIN *wie oben* Einen Kerl, der sicher
sie prügeln wird! Zu denken, daß sie ihm
mit Lust sich gibt, wie eine Hündin. Freund,
ich bitt Euch, tut wie ich, sucht Euren Gram
im Portwein zu betäuben. Trinkt, ich bitt Euch.
PRIULI *versunken*
Und dennoch! Nur zu wissen, daß sie lebt:
das dumpfe Brennen in dem Eingeweide.
DOLFIN
O Gott, wie habt Ihr recht! Was kann der Wein!
Wie soll Betäubung gegen dieses Bild
ankönnen! Kann denn ganz Venedig an?
Von ihrer Schulter aus läuft eine Linie
und eine läuft vom Hals herab: wie die
sich treffen! das ist stärker als Venedig!
Macht mich Venedig zittern bis ins Mark?
Wirft mich Venedig um? Kehrt mir Venedig
mein Inneres nach außen? Priuli!
*Faßt ihn an.*
PRIULI
Was ist mit Euch? was habt Ihr?
DOLFIN *ausbrechend* Aquilina!
Sie hat mich fortgejagt wie einen Hund!
Mich alten Mann! um des Soldaten willen!
O Priuli!
Ihr wißt nicht, was ein Mensch in unsern Jahren
noch leiden kann, wenn er ein junges Herz hat!
*Er weint.*
PRIULI
Um eine Dirne! die sich Euch aus Bosheit
verweigert, stündlich feil für jeden Lumpen!
Um Gottes willen, hört mich an, Dolfin!

DOLFIN
Ich dank Euch –
PRIULI Aber eins, um Himmels willen,
muß doch unmöglich sein! Der Abhub des Geschaffnen,
das, was verlaufene Soldaten übrig-
gelassen haben, das, wofür ich Worte
nicht finde, das –
DOLFIN Ich dank Euch, Priuli!
Da habt Ihrs ausgesprochen! Wär sie niedrig,
gemein, wie andre etwa ihresgleichen,
längst wär ich los von ihr – nicht wahr? Man ist
doch schließlich, was man ist. Ihr nehmt das Wort
mir von der Zunge. Da ist etwas Großes
im Spiel, wofür die Worte Euch und mich
im Stiche lassen. Wie sie geht und steht!
Der wilde Hochmut, wenn sie zürnt! der Anstand,
mit dem ich keine Prokuratorsfrau
jemals gewähren und verweigern sah. –
PRIULI
Ich glaube, wir verstehen uns so schlecht,
Dolfin, so äußerst schlecht. –
DOLFIN O Priuli!
sagt das nicht, Vetter! Uns hat diese Stunde
einander so genähert! Kommt, ich bitt Euch,
nur eine Viertelstunde kommt mit mir,
sie sehen! Alles werdet Ihr begreifen!
Ihr werdet selber wünschen – eine Wette,
um was Ihr wollt! – Ihr werdet wünschen, sie
auf der Tribüne der Senatorsfrauen
zu sehen bei der Segnung der Galeeren. –
*Er steht vor Aufregung auf, wirft die Serviette weg*
Und darum gehts ihr ja! Ist das nicht schon
so groß an ihr, so über alles! – Ehre
ists, was sie glühend sich verlangt: vertrotzt sie
um Geld, um Bilder, Perlen, Porzellan,
Pelz oder Spitzen sich mit mir? Sie trotzt
um Ehre. Daß ich die ihr nicht erwirke,
das kränkt sie, seht, das setzt in ihren Augen

ihr meinen Wert herab und das vielleicht
ist der versteckteste und feinste Grund
von ihrem Zürnen. Oh, Ihr müßt mit mir!
Wenn Ihr beim Prokurator, Eurem Bruder,
wenn Ihr – daß der Gedanke nicht sogleich
mir kam! ich hätte Schreckliches erspart! –
wenn Ihr das Wort mir führt, der Würdige, Ihr,
der Cato unter uns, o dann ist alles
getan. – Allein Ihr gebt mir keine Antwort?
Ihr würdigt mich des Blickes nicht? Ihr starrt
so seltsam in die Luft? Ich bitt Euch, redet!
ist Euch nicht wohl? was seht Ihr dort im Spiegel?

PRIULI
Ich sehe meine tote Frau im Spiegel.
Sie steht im Saal. Sie fürchtet sich. Sie zittert.
Jetzt fällt sie auf die Knie. Sie hebt die Hände
auf gegen mich! sie kommt auf ihren Knien!
Gebild der Hölle oder Himmelbote,
nicht mir im Rücken!
*Er springt auf, wendet das Gesicht gegen die Tür links.*
*Belvidera erscheint auf den Knien, auf der Schwelle links.*

DER HAUSHOFMEISTER *schreit auf*
Unser gnädiges Fräulein!
*Dolfin steht sogleich auf, winkt den Bedienten, ruhig zu sein. Sie öffnen ihm die Flügeltüren rechts.*
*Priuli sieht sich nach Dolfin um, fast automatisch.*
*Dolfin verschwindet unter beschwörender Gebärde.*
*Haushofmeister hat die Bedienten hinausgeschoben, geht ab, schließt leise die Tür rechts.*
*Priuli, den Rücken an dem Tisch, sieht starr auf Belvidera.*

BELVIDERA *hebt die Hände zu ihm auf. Eine Stille.*
*Steht auf, richtet sich hoch auf*
Vater!
Es handelt sich jetzt nicht um mich. Du weißt
von nichts? Du weißt das Ungeheure nicht,
Vater?
Sie wollen die Soldaten auf Venedig
loslassen! brennen soll die Stadt! sie wollen

dir an das Leben! allen! dir und allen!
Sie haben Listen: alle Senatoren
mit ihren Fraun und Kindern wollen sie
erwürgen! Die Gefangnen, die Verbrecher
bekommen Messer in die Hand! sie lassen
die Hölle los auf uns! in jedes Haus:
hier' wären sie herein, sie hätten dich
aus deinem Bett gezerrt, sie hätten dich
geschlagen, mit den Piken hätten sie
nach dir gestoßen, dich gebunden, ah,
mit Stricken, deine Hände!
*Sie will seine starr herabhängende Hand küssen, er tritt zurück.*
*Belvidera mit wunderbarer Gelassenheit*
Nein, mein Vater,
ich will nicht die Gelegenheit erschleichen,
die Hände dir zu küssen. Nein, mein Vater,
auch ich bin eine Priuli. Und wenn
die Welt um uns zusammenstürzt, es bleibt
doch jeder, was er ist. Und was ich bin,
das bin ich auch geblieben, lieber Vater,
in jeder Stunde meines ganzen Lebens,
in jeder. Und es können keine schlechten
unwürdigen Kinder sein, die ich zur Welt
gebracht – obgleich du nie, in sieben Jahren
niemals! verlangt hast, sie zu sehen.
Vater,
seit ich das Furchtbare vor meinen Augen
gesehen hab, das Gräßliche, wovon
auch Tod noch nicht der ärgste Namen ist, seitdem
versteh ich das von dir ererbte Blut
und fühl es nah dem Herzen gehn und kommen.
Mir ist, ich atme eine Luft, die einst
mit Schaudern halb und halb mit Lust die Töchter
aus unserm Haus gewohnt zu atmen waren.
*Sie hält inne. Priuli schweigt. Sie richtet sich hoch auf*
Es mußte alles kommen, wie es kam,
mein Vater: weil ich deine Tochter bin,
war mirs unmöglich, halb zu sein und feige:

dem ich mich gab, gab ich mich ganz und gab mich
trotz allem, und das andre mußte kommen,
das Bittere, ich mußte lernen, leise
in meine Kissen weinen, eh der Morgen
anbrach, und leise mir die Augen waschen
vor Tag.
*Sie hält einen Augenblick inne*
Mein Mann hat von dem Plane dieses Mords
gewußt, weil er gesonnen war, sein Teil
zu haben an dem Werke dieser Nacht –

PRIULI *in ihre Rede hineinschneidend*
Da! stehlen ist zu wenig! einem Vater
die Tochter stehlen und mit ihr auf Stroh
zu liegen, ist nicht lustig! – Kinder machen
ein Zeitvertreib, der schal wird – irgendwoher
muß sich der Meuchelmord doch rekrutieren:
um eine ganze Stadt zu schlachten, braucht man
viel Hände, feige mörderische Schufte
in Masse, und woher die nehmen, alles
kann ja doch nicht von der Galeere kommen,
es können auch nicht lauter Ausgelernte,
es dürfen Lehrlinge für Meuchelmord
darunter sein, und derlei findet man
in jeder schmutzigen Höhle, zum Exempel
in meiner Tochter Bette.

BELVIDERA Vater!

PRIULI *mit schmerzlichem Hohn* Tochter?

BELVIDERA
Vater, die fürchterlichen Worte, Vater!
sie schlagen ja in mich wie Äxte, Vater!
Obwohl ich weiß, das alles ist nicht wahr,
worauf sie zielen! Denn Antonio hat ja
das andere getan, das Ungeheure –

PRIULI *messerscharf*
Was hat er denn getan?

BELVIDERA Er hat sich los-
gemacht, eh es zu spät war, schaudernd los
von ihnen.

PRIULI Ja? Daran erkenn ich diesen Herrn!

BELVIDERA *fliegend, ohne ihn zu hören*

Und jetzt steht er vor den Inquisitoren,
jetzt sagt er alles, was er weiß. Jetzt, Vater,
jetzt rettet er Venedig! Nicht wahr, jetzt
ist er dein Sohn, mein Vater? Jetzt wirst du
stolz sein, in deinen Armen ihn zu halten?
Jetzt wirst du mit mir gehn, die Kinder holen?
Jetzt dürfen sie im Haus hier wohnen, Vater!
Erschreckt dich denn das alles? kannst du denn
die Freude noch nicht fassen? Dein Gesicht
beängstigt mich! Du kommst nicht auf mich zu?
Hör, Vater: mir wirds dunkel vor den Augen!
wenn ich ohnmächtig werde, so erschrick nicht!
es hat solch einen schönen Grund: ich trage
ein drittes Kind in mir! Das ist das Ganze,
der ganze Grund von meiner Schwäche, Vater.
Ich bin so glücklich! Dieses Kind werd ich
noch lieber haben als die andern, Vater!
um dessen willen, was es schon erlebt,
bevor es aus mir kommt, um dessen willen,
daß es empfangen ward in Not und Jammer
und soll geboren werden in der Freude!
Wenn sies zur Taufe tragen, werden alle
aus ihren Häusern treten und sich neigen
und es einander zeigen: Seht das Kind
des Retters! Vater, du wirst Enkel haben,
auf deren kindischen Stirnen solch ein Glanz
wird liegen... Vater, hilf mir, sie behüten
vor allzu großem Hochmut. Laß sie nicht
zu viel dran denken, welch ein wundervolles
Geschick sie über alle andern hebt.
Laß ihre jungen Herzen nicht zu sehr
sich dran berauschen, denn es wird, es muß ja etwas,
etwas wie eine Legende draus werden,
aus allem, aus der fürchterlichen Nacht,
da er mich holen kam in diesem Haus
und wir in deinen Fluch und in die Nacht

umschlungen taumelten – und aus den Jahren,
den sieben Jahren, Vater!
da ich dich nicht hab sehen dürfen, und
aus diesem Abend, da ich wiederkam
und vor dir stand, und alles aufgelöst
in Purpur und Betäubung war – und das
ist jetzt!
*Eine Stille*
Warum ist dein Gesicht so dunkel?
Du kommst nicht auf mich zu? Wenn du mich jetzt
nicht in die Arme nimmst – so muß ein andres –
es muß noch irgend etwas... Vater, Vater!
verbirgst du mir etwas? Vater, so ist es möglich,
daß sie ihm die Bedingung nicht erfüllen,
die einzige? daß sie das Ungeheure
ihm antun? daß sie ihm den Eid nicht leisten,
den er verlangen muß? den Eid, der einem
das Leben sichert, einem, dessen Namen
er nennen wird! Ja, möglich hältst du das?
Das hat ja keinen Namen! – oder daß sie
den Eid ihm leisten und den Eid ihm brechen?
daß er mit ihnen zürnt, daß noch etwas
Entsetzliches geschehen kann? und du
stehst hier? So ruf doch deine Leute! nimm
doch deinen Mantel! Du bist ein Senator!
Du bist ja einer, ohne dessen Willen
in diesem Staate nichts geschieht! Du mußt
ja auch im ungeheuren Augenblick
dich ganz zu fassen wissen! du mußt wissen,
was da geschehen wird! so sags mir doch!
Ich hab genug vom Blut der Priuli
in mir zum Leben und zum Sterben, aber
in eure Schreibgeschäfte, in die Künste,
womit ihr euren Staat regiert, mein Vater,
weiht mich das noch nicht ein! Wenn es Gefahr bringt,
Venedig vor dem Untergang zu retten,
so muß ich erst von dir erfahren, welche?
was sich denn da vollzieht, wenn einer hingeht

und sagt: Da habt ihr euer Leben, da
das Leben von dreihundert Senatoren,
von ihren Fraun und Kindern, da Sankt Markus
bewahrt vor Fackeln, da das Haus des Dogen
gerettet, eh sies sprengen in die Luft –
*Dicht bei ihm*
bringt derlei hier Gefahr?

PRIULI *mit fürchterlicher Kälte*
Dergleichen bringt
zunächst den goldnen Judaslohn, den jede
Verräterei auf Erden bringt. Und den,
geborgen in den Bausch von seinem Mantel,
heiß deinen Mann, das rat ich dir, so schnell
ein Schiff ihn trägt, verflüchtigen aus Venedig.
Geh nach Korfu mit ihm, geh nach Neapel,
dort zehrt von eurem Gold, erlustigt euch,
setzt Kinder in die Welt: doch laß dir raten:
wenn du ihn wahren willst, an dem dein Herz
so hängt, so hüte ihn bei Tag und Nacht,
und nicht so sehr vor dem, der vor ihm ausspeit,
nicht vor dem Bäcker, der das Brot ihm weigert,
nicht vor dem Wirt, der von der Schwell ihn stößt,
nicht vor den Burschen, die auf offnem Platz,
wenn er sich blicken läßt, mit Steinen ihn
zu laufen zwingen, so als trüge er
das Wort »Verräter«, alle sieben Lettern
aus Scharlach ausgeschnitten, auf der Brust:
vor allen denen mußt du nicht so sehr
ihn hüten, als vor dem, der einmal kommt,
beim Trinken ihm Bescheid tut und mit ihm
auf eine Bank sich setzt und seinen Arm
um deines Gatten Nacken legt. Denn der –
und er wird kommen – der ist ausgesandt,
ihn aus der Welt zu schaffen.

BELVIDERA *schwach*
Ich kann dich nicht verstehn!

PRIULI
Venedig nutzt
zuweilen den Verrat, allein Venedig

liebt den Verräter nicht. Ich trag da innen
zehn oder zwanzig Fälle aufgezeichnet,
wie sich Venedig solcher Denunzianten
entledigt hat. Man läßt ihn ziehn. Man läßt
ein Jahr vergehn, vielleicht auch zwei, doch endlich
schickt man ihm einen nach, der ihn zu finden –
wärs in Paris, wärs in den Staaten, wärs
im fernsten Deutschland – ihn zu finden weiß.
Venedig liebt es nicht, daß solche Retter
spazierengehen in Europa: alt
und weise, wie es ist, gleicht es dem alten
und weisen König von Bithynien, der
zu kluge Ärzte, allzuwohl vertraut
mit seines Leibes heimlichen Gebrechen,
zu Lohn für ihre Kur in Barren Goldes
ersticken ließ.

BELVIDERA Mein Vater!

*Sie fällt lautlos zusammen.*
*Priuli wirft sich mit einem dumpfen, kaum mehr menschlichen Schrei über sie, küßt ihr die Stirne, die Hände, das Haar, die Wangen; dann richtet er sich auf, betrachtet sie auf den Knien lange. Dann steht er auf, geht schnell zum Glockenzug, läutet. Der Haushofmeister, Diener kommen eilig. Priuli steht über Belvidera gebeugt.*

DER HAUSHOFMEISTER Euer Gnaden werden
geholt in größter Eil und Heimlichkeit
zu einer außerordentlichen Sitzung
des Hohen Rats der Zehn.

PRIULI Siehst du sie liegen
und weinst nicht? bist du nur ein Augendiener?
bist du ein Tier? Um Ärzte! lauft um Ärzte!
sie sollen lautlos stehn an ihrem Bett,
den Puls ihr halten, doch – wo nicht Gefahr
in ihrem Schlaf – um aller Heiligen willn
sie nicht erwecken. Die Natur ist gütig
und wählt die Stunde, wo sie ihr Geschöpf
in Unbewußtsein hüllt.

*Die Bedienten haben Belvidera aufgerichtet.*

Hinweg die Hände!
Holt Frauen! Daß mir keiner sie berührt.
Die alten Dienerinnen! Kein Gesicht,
das sie nicht kennt.
*Frauen kommen und heben Belvidera auf.*
Da. Tragt sie auf ihr Bette,
hebt eure Köpfe, daß nicht euer Atem
die Luft ihr stiehlt. Mir meinen Mantel.
*Belvidera wird hinausgetragen. Priuli, indes die Diener ihm den scharlachroten Mantel umlegen, eilt, den Mantel halb nachschleifend, nochmals hin, hilft selbst, sie durch die Türe tragen. Dann nach vorne kommend, läßt er sich völlig in den Mantel hüllen und sagt, schon zum Abgehen bereit* Gott,
ich danke dir, daß ich, ein Mann und noch
kein Schatten, diesen Tag erleben durfte,
mit diesem Kleid von Purpur um die Schultern,
darin ich Teil von einem Herscher bin
und Arzt kann werden meinen schweren Leiden.
*Er geht.*

## FÜNFTER AUFZUG

*Bei Aquilina. – Abend. Es dunkelt.*
*Aquilina kauert links vorne auf dem Ruhebett, fast nicht mehr sichtbar. – Pierre geht im Zimmer unruhig auf und ab. Steht manchmal, trommelt am Fenster, starrt hinab. Geht wieder auf und nieder.*

AQUILINA
Du wirst dem alten Narrn, wie du ihn nennst,
nie mehr begegnen. Er wird dieses Haus
nie mehr betreten.
PIERRE So.
AQUILINA Nicht mehr als »so«?
Ich hab ihn fortgejagt. Mir träumte etwas,
heut morgen als du fortgegangen warst
mit deinem Freund. Mir träumte etwas Böses.
Und als ich aufstand, war der alte Narr
das erste, was mir in den Weg kam. Da
ertrug ich seinen Anblick nicht, und als
er winselnd meine Füße lecken wollte,
da schellt ich den Lakaien und befahl,
ihn aus dem Haus zu prügeln. Da verzog sich
der alte Iltis.
*Eine Stille* Was mir träumte, war:
ich kam nach Haus und fand die Tür und Treppe
besetzt von Sbirren, und in meinem Zimmer
da drin, auf meinem Bette, dich – erdrosselt.
PIERRE *ruhig, ohne sich nach ihr umzuwenden*
Du lügst. Das hast du nicht geträumt. Das sagst du,
zu sehen, was für ein Gesicht ich mache,
indem dus sagst.
AQUILINA *steht auf, geht in die Mitte des Zimmers. Die Gestalten verschwimmen. Sie heftet die Augen auf ihn*
Wenn du einmal in einer großen Not bist
auf deinem Schiff, das brennt und sinken will,

oder auf Stroh im Kerker, oder hier –
wenn dir kein Ausweg übrigbleibt, wenn nichts
als Todesschwärze um dich ist – dann will ich
dir noch einmal gehören.

PIERRE *getroffen von der finstern Feierlichkeit ihres Tones, wendet sich halb um* Was soll das?

*Da sie ihm keine Antwort gibt, kehrt er sich wieder ab. Eine Stille*

AQUILINA *hat sich wieder auf das Ruhebett gesetzt*
Darum hab ich den Alten fortgejagt,
daß ich bei dir sein kann…
damit ich diese Stunde nicht versäume.

*Pierre schweigt.*

AQUILINA
Dann wird das letzte Mal, mein Einziger,
so wie das erste sein. So wie das erste!
Weißt du die Nacht vom siebzehnten April?
Sie hatten uns mit Absicht gegenüber
gesetzt bei Tisch. Die andern waren alle
schon Paare. Du sahst immerfort auf mich.
Dein Blick hielt mich wie eine Zange, daß ich
nicht essen und nicht trinken konnte, ja
der Atem stockte mir. Dann ließen sie
auf einmal uns allein. Da schlugen Flammen
wie Scharlachfahnen, wie geblähte Segel
bei allen Fenstern jäh herein, die Gasse
war wie ein Feuerschlot. Kannst du begreifen,
daß wirs erst merkten, als es schon so weit war?
Zulietta sprang im Hemd herein, ihr Liebster,
dein Kamerad, mit stieren Augen hinter
ihr drein, und schreiend stürzten alle
hinab die Treppe. Da lag deine Hand
auf meinem Hals, so daß mein ganzes Blut
zu meinem Herzen trat und mir die Knie
versagten. Drunten warfen sich die Menschen
in den Kanal, an Tüchern ließen sie
die Alten und die schrei'nden Kinder nieder
ins Wasser, eine heiße rote Luft

warf sich auf uns, da rissest du den Gürtel
von meinem Kleid. Dicht über uns begann es
zu brennen im Gebälk, da nahmst du mich,
da nahmst du mich... Dann schlug ich meine Arme
um deinen Hals, du trugest mich hinab
und sprangst mit deiner nackten Beute, schreiend
wie ein Triton, ins feuerfarbene Wasser.
Da war ich nicht die einzige nackt, es sprangen
laut brüllend Frauen, nichts als eine Flamme
um ihren Kopf und Wahnsinn in den Augen,
zu uns herein, es wälzten sich die Lahmen
herab vom Ufer, krachend taumelten
die Heiligen vom glühnden Kirchendach –
und wie ich hoch auf deinen starken Schultern
hinglitt durch Tag und Nacht und Feur und Wasser,
so warfen sie Brokat und Perlenschnür
und goldene Gefäße aus den Fenstern,
wild läuteten die Glocken, und ein Schrei,
ein feuerfarbner, der nie abbrach, füllte
die Luft, und ich saß hoch auf deiner Schulter,
gebäumt auf deine Kraft, in meine Nacktheit
und Herrlichkeit gewickelt, und in Atem
des Feuers.
*Sie steht ganz auf*
Aber eine Nacht wird kommen,
die wird noch schöner sein, um so viel schöner,
so namenlos, so überschwellend herrlich,
wie alles Letzte – denn ich weiß, ich weiß
in mir, du wirst einmal gewaltsam sterben:
allein zuvor, in deiner Todesnacht
wirst du bei mir sein, und was niemals war
– auch in der ersten nicht –, das wird dann sein:
ringsum wird Tod und Nacht sein, doch wir werden
vor Jugend noch und vor Verlangen schimmern,
an mir wird alles glänzen, in den Gruben
von meinem Leib wird alles Leben sein,
das ganze Leben wirst du in dich saugen,
nichts wird dir fehlen, nichts wird ungestillt,

nichts wird verloren sein, du wirst das Ganze
hinuntertrinken, und die Augen werden
dir sinken –

PIERRE *halb in sich, dumpf*

Deine Stimme, wenn es still ist,
wühlt mich schon auf. 's ist wie bei einem Hund,
wenn er den Ton von seinem Herrn erkennt.
– – – – – – – – – – – – – – – – – – – – –
Heut hab ich eine so ganz andre Stimme
gehört, die ging auch tief in mich.

AQUILINA Wer war das?

PIERRE *vor sich hin, fast ohne ihrer zu achten*

Kann sein, das ists, was man Verhängnis nennt.
Kann sein, das sind die Stimmen der zwei Engel,
von denen man als Kind mir was erzählt hat.
Der eine, das ist der, dem er gefolgt ist...
Wie, oder warens nicht zwei Engel, war
der eine nur ein Engel, der gerade,
den er in seiner Todesstunde erst
zum ersten Male sah? Er setzte sich,
der Engel, wie ein Vogel über ihn
auf einen Baum, und seine Stimme sang
und in den Händen hielt er wie ein weißes
geheimnisvolles Kleid das andre Leben,
das der da unterm Baum nicht hatte leben wollen.
Wie? oder dürfen? Das verwirrt sich schon.
Man lernt auch im Soldatenstand das Denken
nicht recht. Man kann nichts fassen, wie mans möchte.

AQUILINA

Ich fürchte mich, ich fürchte mich vor etwas,
was ich nicht sagen kann. Ich hab dich nie
so sprechen hören, wie du diese Worte
gesprochen hast. Ich will nicht, daß du dort
im Dunkel stehst: mir ist, als wärst dus nicht mehr.
Ich will dich sehn.
*Zündet einen Armleuchter an*

Ich will dir ins Gesicht sehen.

*Man hört an beiden Türen von außen die Riegel vorfallen. Aquilina schreit auf*

Mein Traum von gestern Nacht!

*Aus der Schlafzimmertür springen drei Sbirren, mit Stricken und Messern. Hinter ihnen erscheint der Offizier, richtet sein Pistol auf Pierre. Aquilina hebt, sinnlos vor Angst, den Leuchter gegen sie wie eine Waffe.*

PIERRE *schreit*

Meine Pistolen! dort!

*Aquilina will zu dem Tischchen links, die Pistolen nehmen. Der Offizier packt sie am Arm und dreht ihr den Arm so um, daß sie aufschreit. – Die Sbirren haben Pierre überwältigt und ihm die Hände auf den Rücken gebunden.*

DER OFFIZIER Im Namen
der Republik, Kapitän Pierre, ergebt Euch.
Ihr seid um Meuterei und Hochverrat
hiermit verhaftet.

PIERRE Ja! ja! ja! ja! ja!
Ihr habt mich! Köpfen könnt ihr mich! erschießen,
nur hängen nicht, denn ich bin ein Soldat!
Nur eines! Eine letzte Bitte hab ich
doch frei? so peitscht die Hure da zu Tod.
Ihr dürft mich hängen auch, wenn ihr mir unterm Galgen
sie totpeitscht! peitscht ihr weißes Fleisch zu Fetzen
herunter, daß die Rippen nackend liegen:
Dann wird man sehen, daß sie Schlangen drin hat
anstatt der Eingeweide. Sie hat mirs
vorhergesagt, sie wollt ins Bett mich locken,
sie hätte sich zu mir gelegt und euch
geholfen, mich erdrosseln! Seid ihr Männer
und nicht Eunuchen? hört ihr das? so peitscht sie
zu Tod für ihr prophetisches Gehirn:
das ist ein Meisterstück, das macht die Huren
der ganzen Erde rein, wie die zehntausend
glorreichen Jungfraun! Schafft sie fort, den Unrat.
Die Feuerzange her und fort mit ihr,
sonst wird mir übel. Oh!

AQUILINA *schreiend* So sagts ihm doch!

Ihr Henker, sagt ihms doch, daß ichs nicht war,
so sagt ihms doch, ihr Teufel!

*Sie kriecht auf den Knien zu Pierre. Pierre wendet sich jäh und kehrt ihr den Rücken, tritt fast auf ihre Hand. Er kehrt sein Gesicht nach rückwärts. Die rückwärtige Tür wird aufgerissen, und Jaffier, ungefesselt, wird von zwei Sbirren, die ihn an den Armen halten, hereingeschoben. Dahinter erscheint ein Sbirre mit erhobener Pistole. Jaffier zittert, will nicht nach vorne. Sie zerren ihn. Pierre tritt jäh hinter sich, taumelt dabei, weil er die geschnürten Arme vergessen hatte. Der Offizier bleibt links vorne stehen. Aquilina hält sich rechts von Pierre, bebend, ihre Augen auf Pierre.*

PIERRE Ah! Du auch,
mein Freund! Wie sie dich halten, diese Hunde.
Mein Jaffier, Schicksal! Heb den Kopf, mein Freund.
Du hast die Arme frei, so komm und häng dich
an meine Brust. Pfui, zittern! nicht einmal,
wenn wir im Kerker ganz allein sein werden,
geschweige denn vor diesen Hunden da.
Lehn dich an mich. Wie? bin ich dir verhaßt,
mein einziger Freund, gibst du mir Schuld an allem?
Falsch! Da ist Schicksal drin, und, mein Jaffier,
in uns, wenn ich nicht irre, da ist etwas,
das stärker sein wird als dies Schicksal. Ja?
Hinauf den Kopf! Willst du mir deinen Blick
nicht geben? Freund, auf dieser weiten Welt
ist für uns zwei nur so viel Trost, als du
in meinem Auge findst und ich in deinem.
Ich bitte dich, ich will auf meinen Knien
dich bitten, sei ein Mann und laß uns nicht
wie Lumpen stehn vor diesen Schergen da!

DER OFFIZIER
Antonio Jaffier,
gebt an, ob dies das Haus, das Ihr bezeichnet,
als den Versammlungsort? ob dies der Mann,
den Ihr nebst einigen andern als das Haupt
des ganzen Anschlags den Inquisitorn
gemeldet –

PIERRE *furchtbar*
Was?
JAFFIER *will ins Dunkel zurückflüchten; sie halten ihn*
Ich habs getan! Ich – habs –
getan –
PIERRE
Noch einmal! läßt mir niemand Ader?
ich hab die Augen voller Blut.
*Befehlend* Führt mir
ihn her. Ich wills noch einmal hören.
JAFFIER *zerrt vor Angst die Schergen, welche ihn halten, nach links hinüber. Zu den Schergen* Niemand
darf mir Gewalt antun. Ich habs getan,
freiwillig hab ich es getan, um dich
und alle vor dem Tod zu retten, alle
vor unserm sichern Tod. Sie haben mir
geschworen, daß ihr alle leben werdet,
sie haben auf das Kruzifix geschworen,
daß dir kein Haar gekrümmt wird.
PIERRE *zu dem Offizier* Führt mich ab
und sorgt für eine Zelle, guter Freund,
wo ich aufs Stroh mich unbelästigt kann
von dem Gewürm dort werfen. Dem Senat
sagt dies von mir: ’s ist nicht das erste Mal,
daß ich um ihretwillen meinen Leib
auf hartes Lager strecke.
JAFFIER *nähert sich ihm auf den Knien, mit flehend aufgehobenen Händen* Hör mich, Pierre!
PIERRE
Was, dich noch hören? Nein, bespeien, da!
JAFFIER *auf den Knien*
Ich fleh um deine Gnade, hör mich an.
PIERRE
Merk: der Schiavon, ein armer Hund, den nichts,
beinahe nichts an unsre Sache band,
biß auf der Folter sich die Zunge ab
und schwieg. Das war ein Mann. Und was bist du?

JAFFIER

Ein unglückseliges Geschöpf, mein Pierre,
dem widerfahren ist, wovor der Himmel
mich hätte warnen müssen, gäb es einen!
Warum das Übermenschliche von mir
verlangen? just von mir, dem Ungeprüften!
Warum das Gräßliche von den vier Enden
der Welt in einem Augenblick loslassen
auf diese Eingeweide! Pierre, hab Mitleid
mit mir!

PIERRE *sich abwendend*

Verzieh dich, Heuchler! Mach die Luft
nicht ekel. Laß. Ich will nicht räudig werden.
Laß meine Füße. Fort. Ich kenn dich nicht.

JAFFIER *auf dem Boden, fast blöd*

Du mich nicht kennen, Pierre?

PIERRE

Wahrhaftig, nein.
Wer ist der Mensch?

JAFFIER

Du hast vor wenig Stunden
mich liebgehabt, mich deinen Freund genannt.
*Der Offizier sieht auf seine Taschenuhr.*

PIERRE

Du wärest der Jaffier, du wärest der,
den ich mir aus dem Wust der ganzen Welt
herausgeklaubt als meines Herzens Bruder?
Du lügst: der Mann, der diesen Namen trug,
war teuer meinem Aug, dem Herzen nah,
ihn anzusehn war Lust, ihm zu vertrauen
wohltuend wie ein edles Bad, darin
der Seele Starrheit einmal schmelzen durfte.

JAFFIER

Warum hast dus getan?

PIERRE

Doch wer bist du?
Ein niedrer falscher feiger Schuft, erbärmlich
bis in das Mark, ein Greuel anzusehn:
du widerst jedem Aug, du krampfst das Herz
durch deine Nähe, häng dich nicht an mich,
du ekles Etwas, das die innerste

Natur mit Grausen schüttert.
*Kehrt ihm den Rücken.*

JAFFIER *aufspringend* Du wirst leben!
und mir vergeben! Alles das sind Formeln,
womit uns der Senat erschrecken will!

PIERRE *dreht sich wieder halb gegen ihn*
Ich, leben? Vor dem schuftigen Senat
ums Leben betteln? Ich zu Kreuze kriechen?
Mich selber einen Schurken nennen, ja?
um was dafür zu kaufen? Die Vergünstigung,
dies Herz voll Zorn und Ekel noch zehn Jahre
herumzuschleppen kreuz und quer in dieser
verfluchten Stadt? Mein Leben noch zu fristen?
und es am End in einer Balgerei
zu lassen, wegen eines neuen Freundes
vielleicht, so falsch, verräterisch und feige
wie du gewesen bist. Ich hab genug.
Nein, diese feile Welt und ich, wir liegen
zu lang im Hader; mich von ihr zu trennen,
kommt keine bessre Frist als diese Stunde,
da hier zurückzubleiben niedre Schurken,
wie du, allein noch taugen. –

JAFFIER Eh du hingehst,
sag, daß du mir verzeihst.

PIERRE Ich tat dir nichts
als Gutes! Mitleid fühlte ich mit dir,
wie dus mit niemand je gefühlt. Mit Lügen
stahlst du dich in den Kreis von braven Männern.
Ich schäm mich in die Seele. Wie ein Geck
werd ich vor ihnen stehn, noch auf der Leiter
zum Blutgerüst schamrot bis an die Wurzel
des Halses, den der Henker mir entblößt,
vor meinen braven Freunden. Nicht genug
der Lügen, gabst noch ein nichtsnutzig Pfand
und stahlst es dir zurück.

JAFFIER Da weißt du nichts!
Sie haben mir mein Liebstes auf der Welt
gestohlen und beschmutzt. Auf meine Mannheit

gespieen haben sie, die Deinigen!
an die du mich geliefert hast! geliefert
wie ein gebundnes Vieh! wie deinen Schoßhund!
Sie haben mich dort streicheln wollen, wo ichs
am feinsten fühlen kann! verstehst du mich?
Verstehst du, Pierre? Sie haben meine Treue
mit Händen greifen wollen und danach
zu suchen angefangen zwischen Leinentuch
und Decke, unter der mein Weib im Schlaf lag!
Hörst du mich, Pierre, und kannst dus nicht verstehn,
wie's da in meinem Hirn zu gären anfing,
als sie von dort entlief und mir zurück
gelaufen kam und ihre Zuflucht suchte
und ihren Schutz bei mir! bei mir! bei mir!
dem Ausgelieferten! dem Prügelesel!
Ich bin der Schwache, gut, ich kann nicht dastehn
wie du jetzt dastehst, wie ein Mensch aus Eisen –
ich mußte denken, etwas da im Hirn
begann und wurde stärker als ich selbst –

PIERRE

Geschichten noch erzählen? bis ins kleinste
die Art von schmutzigen verlognen Huren!

JAFFIER *schreiend*

Sag, daß du einmal mir im Leben noch
verzeihen wirst! ich will von diesen Füßen
mich treten lassen! lieber Pierre, mein Freund!
mein Vater! sag, daß ich hab tuen müssen,
was ich getan! daß ich hab schützen müssen,
mein Anvertrautes, sag, daß du im Kerker
mich zu dir lassen wirst, mein Pierre, mein Pierre!
Sags!

PIERRE *kriegt eine Hand frei, schlägt ihn ins Gesicht*

Sei verdammt!

*Jaffier weicht weit zurück.*
*Pierre läßt sich ruhig von den Häschern wieder binden.*

AQUILINA *links zu dem Offizier hingleitend*

Herr Offizier, ich hab was anzugeben.

*Sie zieht ihn gegen die Schlafzimmertür; sie redet dicht an ihm, so nah, daß er ihren Atem fühlen muß, daß sein Arm, den sie hält, ihre Brüste durch das dünne Nachtgewand fühlen muß; sie redet sehr schnell, sehr leise*

Ich sehe, du verschlingst mich mit den Augen.
Willst du mich haben? nicht für eine Nacht,
für immer, bis du meiner satt geworden?
Soll ich das Kissen deiner Füße sein?
Ich will es, ich, die Aquilina, hörst du?

*Offizier kehrt ihr den Rücken, tritt nach vorne.*

AQUILINA *dicht hinter ihm, an seinem Ohr*

Mein armer Bursche, deinesgleichen pflegt
zu darben. Ihr seid Hunde an der Kette
und jämmerlich gefüttert. Willst du reich sein?
Du sollst mein Herr sein und mit meinem Leib
auf Zinsen wuchern.
Ich will in einer Nacht für dich verdienen,
was jetzt dein Sold von einem Jahr. Du sollst
bestimmen, wer mich hat, und tot mich prügeln
die Nacht, wo ich das kleinste vom Gewinn
dir unterschlage. Geh mit mir hinein.
Das Haus hat eine Hintertür, ich schaff dir,
mein Engel, fremde Kleider. Und dafür
begehr ich nichts, als daß du diesen Menschen
entspringen läßt. Ich will mein ganzes Leben
ihn nicht mehr sehn, mit dieser seidnen Schnur,
die dein wird mit dem Nachtkleid, das ich anhab,
sollst du mich würgen dürfen, wenn ich je
vergesse, daß er tot sein muß für mich!

*Offizier tritt von ihr weg nach rechts; sie will ihm nach.*

PIERRE

Laß gut sein, Kind, du findst den Schlüssel nicht
und nicht das Schloß, in das er paßt. Ich wills nicht.
Hör auf! Der Strick, der mich am Halse würgt,
ist aus dem feinen blonden Haar gedreht,
darin die Fingerspitzen da so sehr
geliebt zu spielen, wenn ich meinen Arm
auf meines einzigen Freundes Nacken legte
und fühlte – mit so was wie Ehrfurcht fühlte! –

wie da in einem stolz und zarten Beben
und jungen leichten Atmen Kopf und Herz
einander wechselweise Botschaft sandten
von ihres Wesens Adel, Glanz und Keuschheit.
Ah! alles Kot! mein Herz beschmutzt auf ewig!
*Es schüttelt ihn*
Hier ziehts. Du tätest gut, nicht hier herum
zu stehn im dünnen Nachtgewand.
*Zum Offizier* Was mich
betrifft, so bin ich fertig, Euch zu folgen,
und freue mich des baldigen Tages, da
es mir vergönnt sein wird, vor dem Senat,
so wie es mich gelüsten mag, zu reden.
Mit Auskunft, mit Rechtfertigung und Gewinsel
geb ich mich dann nicht ab: doch ein paar Wörter
in ihre hochgebietenden Gesichter
zu streichen, wird mich freuen. Ja, mein Bursche,
so zahm du bist, so viel auch vom Lakaien
und wenig vom Soldaten in dir sein mag,
doch wirst du deine Ohren spitzen, wenn du
vor mir, vor dem gebundnen Lumpen Pierre
sie schwitzen sehen wirst und Farbe wechseln
und ängstlich wetzen auf den Purpurstühlen
wie auf des Zahnarzts Sessel. Nein, ihr Memmen,
ich bin kein Zungenfechter, doch die Worte
werd ich schon finden, auch die Lust zu sagen,
wie ich auf eurem Turme droben stand,
umflattert von den Raben meines Schicksals,
und euer üppiges Venedig da
halbnackt und wehrlos unter meinem Blick
sich wälzte – Senatoren! Henker! Schufte!
da hab ich was gefühlt, was euer keiner
gespürt hat oder jemals spüren wird
bei seinem Weib, noch bei bezahlten Dirnen,
noch auch auf eurem Dogenthron – denn ihr
seid welk geboren, vor der Zeit verderbt,
und was ich da gespürt, darin war etwas
vom königlichen Adler und vom jungen

gewaltgen Stier, den seiner Kräfte Schwellung
dumpf brüllen macht und mit gesenktem Kopf
losgehen auf die Welt. Was schneidet Ihr
für ein Gesicht?

OFFIZIER Kapitän Pierre, Ihr werdet
das alles nicht vor dem Senate sagen.

PIERRE
Ich werd es sagen, das und mehr! Ich werde,
verlaßt Euch drauf!
Ihr Herren von Venedig, werd ich sagen,
so bleibt denn eure aufgeputzte Puppe
von Staat für diesmal unversehrt, behält
die Flitterkrone auf dem Haupt und fristet
ein schandvoll Leben hin, indes sein schönes
ihm angetrautes adriatisches Weib,
schamlos vor seinen welken Augen buhlend,
von jedem frechen kräftigen Korsaren,
von jedem Spanier, Franzos und Türken
sich pflügen läßt.
Gerettet habt ihr den erlauchten Staat
und könnt die greisen kalten Füße ihm
beflissen in dem roten Safte baden,
der rauchend schießen wird aus meinem Rumpf.
Doch brüsten soll der alte Pantalon
sich nicht mit diesem Fußbad. Seinesgleichen
ist nur ein Popanz, nichtiger als ein Strohwisch,
der Vögel schreckt, unwirklich wie ein Schatten,
ein hohles Wort, ein Nichts! Stach dies Gewürm
mich in die Ferse nicht, so wars vollbracht,
so muß ein andrer kommen, ein Soldat
wie ich, vor dessen Augen wie vor meinen
die Welt so daliegt wie sie ist, der so
auf sie herunterschaut, wie ich vom Turm
auf dies Phantom von glorreichem Venedig
herabgesehen hab. Der schmeißt euchs nieder
in einer Nacht, zerreißt das Goldne Buch,
verbrennt zum Feuerwerk den goldnen Bucentoro
und tritt den Flügellöwen unterm Hufe

von seinem Pferde – und er wird euch kommen,
so wahr ich ein Soldat bin und ein Mann!

OFFIZIER
Ihr werdet alle diese Reden nicht
vor dem Senate führen.

PIERRE Nein, warum nicht?
Doch vor dem Rat der Zehn?

OFFIZIER Auch nicht vor diesem.

PIERRE
Vor den Inquisitoren –

OFFIZIER Gleichfalls nicht.

PIERRE
Zum Teufel denn, vor dem, der zu Gerichte
wird sitzen über mich.

OFFIZIER Doch es wird niemand,
Kapitän Pierre, begreift mich! – über Euch
je zu Gerichte sitzen.

PIERRE Aus dem Kerker
aufs Blutgerüste? ohne ein Verhör?

OFFIZIER
Nicht auf das Blutgerüste.

PIERRE Höll und Teufel,
wie denn! Ihr Schurke, Ihr verdammter Schlucker,
wie denn?

OFFIZIER *sieht auf seine Uhr*
Ich hab gemessenen Befehl,
Kapitän Pierre, Euch binnen jetzt und zwanzig
Minuten im Kanal, der hier zunächst
mit Meidung jedes Aufsehns zu ertränken.
*Aquilina stöhnt auf.*

PIERRE *taumelt, als wenn er einen Schlag auf den Kopf bekommen hätte*
Was? mich, der ihre Schlachten schlug, ertränken?
mich? der zwei Schiffe nahm, der eine Festung
erstürmte, den die spanische Eskadre
mit Flaggengala grüßte, dem Gefangene
mit Fraun und Kindern, fünfzehnhundert Christen,
auf ihren Knien die Händ und Füße küßten –

ertränken im Kanal wie einen Hund?
wie eine Katze, in dem schmutzigen Wasser?
Ihr müßt sie falsch verstanden haben, Herr,
Ihr wißt nicht, wer ich bin.
*Die Stimme versagt ihm.*

JAFFIER *nähert sich ihm, gebückt*
Pierre! wein nicht! wein nicht! Pierre, du darfst nicht weinen!
Ich will vor den Senat!

PIERRE *wieder fest* Herr, schafft mir Ruhe.
*Offizier winkt den Sbirren, Jaffier abzuführen; sie fassen ihn an.*

JAFFIER *indem er nach rückwärts gezerrt wird*
Die Welt ist voller Teufel! wie sie grinsen
und meiner Schwäche spotten!

PIERRE *zu Aquilina* Nimm ein Tuch
und wisch den Schweiß mir ab.
*Aquilina wischt ihm die Stirne ab.*

JAFFIER *den sie hinausschleppen wollen, klammert sich an die Türpfosten, schreit durchdringend* Pierre! hilf mir, Pierre!
*Er wird abgeführt. Eine Stille*
*Pierre stiert vor sich hin.*
*Aquilina starrt angstvoll auf ihn.*

OFFIZIER
Ich seh Euch heute nicht zum erstenmal,
Kapitän Pierre.
*Eine kleine Stille*
Ich war bei der Aktion
von Zante, auf dem Schiff, das Bord an Bord
mit Eurem lag, als Ihr befahlt, den Türken
zu entern. Laut schrie't Ihr nach einer Axt,
ich warf ein Handbeil Euch hinüber, Ihr
fingt es am Stiele auf und rieft herüber:
Ich dank dir, Kamerad. Ich duckte mich
und sah das Loch, das von der Türkenkugel
gerissen war in Eures Schiffes Bauch,
so groß wie eine Tür, und drinnen wälzten
in Flammen sich zerfetzte nackte Menschen
wie in der Hölle, aber Ihr, die Axt
erhoben, sprungbereit, Ihr wolltet nur

den dicksten Qualm verziehen lassen, der
das Aug Euch beizte – alles glühte an Euch,
die Axt bestrahlt vom Feuer leuchtete
im voraus schon wie Blut, da fiel Eur Blick
auf mein Gesicht – ich war ein junger Bursch,
vielleicht gefiel Euch, daß ich nichts als Euch
mit aufgerißnen Augen in mich schlang,
indessen splitternd Holz und blutige Fetzen
von Leibern um mich flogen – und da lachtet
Ihr auf mich her. Ich sah durch Blut und Flammen
das Weiß von Euren Zähnen, wie Ihr mir
zurieft: Das ist das Schöne auf der Welt! –
Ich hab Euch seitdem nicht gesehen, Kapitän.
*Eine kleine Stille*
Ich weiß, es kann mein Brot mich kosten, ja
sie können mir den peinlichen Prozeß
um ein Vergehn im Dienste machen, aber
was nicht sein soll, das soll nicht sein: ich tus
und nehms auf meine Kappe. Kapitän,
Ihr müßt des schleunigen Todes sterben, aber
von keiner schlechtern Hand als Eurer eignen
sollt Ihr ihn leiden. Wenn Ihr mir das Wort gebt,
nicht anderen Gebrauch davon zu machen,
als einem schimpflichen unwürdigen Tod
mit rascher Hand Euch mutig zu entziehn:
so will ich eine Euerer Pistolen
auf Eur Soldatenwort Euch übergeben.
*Eine Stille*

PIERRE

Ich dank dir, Kamerad. Ich geb mein Wort.
*Eine kleine Stille*
Wenn noch ein paar Minuten übrig sind,
möcht ich den Menschen, meinen frühern Freund,
diesen Antonio Jaffier, noch einmal
für wenige Augenblicke sprechen: Weil
ich jetzt versöhnt mit meinem Schicksal bin,
und michs verlangt, von ihm, der früher einmal
das beste Teil von meinem Leben war,

nicht mit dem Wort des Fluchs zu scheiden. Nein?
Ihr könnt es nicht? Ich darf ihn nicht mehr sehen?

OFFIZIER
Er ist nicht mehr am Leben.

PIERRE
Wie?

OFFIZIER
Ich hatte
Befehl, sobald man seiner zur Erkennung
des Orts und der Person nicht mehr bedurfte,
sofort und ohne ihm auch nur die Zeit
zu einem Vaterunser zu gewähren,
den Denunzianten durch drei sichre Leute
töten zu lassen.

*Pierre zittert.*

OFFIZIER
Habt Ihr andre Wünsche?

PIERRE
Er ist nicht mehr am Leben! armer Jaffier!
armes, armes Geschöpf! Nicht so viel Zeit,
als Euch vonnöten war, um mir die alte
Geschichte ins Gedächtnis frisch zu bringen,
und für ihn Zeit genug, den ganzen Weg,
den ganzen dort hinüber – unbegleitet!
Er hatte niemand, von der armen Stirn
den kalten Schweiß ihm abzuwischen! niemand
um ihn als seine Mörder! keine Seele
zu hören, was er schrie! sein ganzes Leben
auf einmal in so grauenvolles Dunkel
verloschen! alles was sein Hirn noch träumen,
sein hübscher Mund noch Muntres reden wollte –
denn er war voller Einfall, voller Klugheit –
erdrosselt alles!
Dieser Mensch, glaubt mir,
war schlimmer nicht als alle, alle andern.
Sein unglückseliges Schicksal suchte ihn
hervor aus Tausenden, mein Freund zu werden.
Und ich war sein Verderben, er nicht meines.
– – – – – – – – – – – – – – – – – – – – – – –
Um seiner Schwäche willen hab ich ihn
geliebt – und hab ihn doch geschlagen, oh!
gespieen in sein sterbendes Gesicht

und werd ihn nie mehr wiedersehn!
*Aquilina kniet hinter ihm, küßt seine gebundenen Hände.*

PIERRE *rüttelt sich auf*
Wie stehts mit meinen Freunden,
wo sind sie?

OFFIZIER
Zu dieser Stunde tot. In aller Stille
und jeglicher, wo man ihn aufgegriffen
in seinem Nachtquartier.

PIERRE Die braven Bursche!
Und ich! ich hörs! und spür im Herzen nichts,
nichts als Jaffier!
*Der Offizier hat Aquilina ein kleines Messer gereicht und sie die Fesseln um Pierres Hände durchgeschnitten*

PIERRE – und er ist tot, und ich
hab meine Hände frei und darf vom Bord
mich werfen und nach einem andern Ufer
im Dunkel schwimmen.
Ich bin ungeduldig,
den Sprung zu tun.
*Er will nach der Pistole greifen.*
*Aquilina weint heftig.*

PIERRE *sieht sie an* Verzeih mir das von früher,
so wie ich alles dir verzeihe.
Ich hab dich liebgehabt. Siehst du, jetzt komm ich
doch in dein Bett. Du aber darfst nicht mit.
*Er nimmt die Pistole*
Komm dann hinein zu mir, und wenn die Augen
mir offen stehn, so drück sie zu.
*Er geht ins Schlafzimmer. Der Offizier, an der Tür, lüftet den Hut vor ihm. Gleich darauf fällt der Schuß. Aquilina stöhnt auf und geht hinein.*

OFFIZIER
Respekt vor einem, der zu sterben weiß
wie dieser Mann.
*Er geht nach der Tür.*

*Vorhang.*

# ÖDIPUS UND DIE SPHINX

## TRAGÖDIE IN DREI AUFZÜGEN

Des Herzens Woge schäumte nicht so schön
empor und würde Geist, wenn nicht der alte
stumme Fels, das Schicksal, ihr entgegenstände.

*Hölderlin*

*Personen*

ÖDIPUS
PHÖNIX
ERMOS
ELATOS
} die Diener aus Korinth

Die Stimmen der Ahnen
LAÏOS
Der Herold
Der Wagenlenker
Der Eine
Der Andere
Der Dritte
} Diener

Die Königin JOKASTE
KREON, ihr Bruder
Die Königin ANTIOPE, des Laïos Mutter
TEIRESIAS
Der Schwertträger des Kreon
Der Magier
Ein Mann aus der Stadt
Ein Kind
Ein Sterbender
Die Boten und Späher in Kreons Dienst
Die Mägde im Palast
Das Volk

## ERSTER AUFZUG

*Der Dreiweg im Lande Phokis. Waldige Gegend im Gebirge. Felsen und Bäume. Platanen, Ahorn. Quer über die Bühne führt eine Straße, von rechts herauf nach links wieder hinab. In der Mitte mündet in diese ein Hohlweg, steil herabführend.*
*Phönix, Ermos, Elatos; andere links hinter Bäumen und Gebüsch. Dort auch ein Wagen und Pferde, unsichtbar.*

STIMME *von oben*
Er ist im Hohlweg, er ist nah, ihr Männer!
ERMOS
Wir wollen uns demütigen.
ELATOS
Wir wollen
mit Staub der Straße unsre Stirn bestreun.
ERMOS
Der Erstling seines Zorns ist fürchterlich,
wie Blitz und Donner. Phönix –
*Zieht ihn nieder.*
PHÖNIX
Nicht sein Zorn
zermalmt mein altes Herz. Allein
ein Etwas, dessen Namen ich nicht weiß.
Ihr Götter, wendet ab – nicht von dem meinen,
vom Haupte dessen, der hier nahen wird –
ihr Götter, wendet ab!
*Stille*
*Ödipus kommt den Hohlweg herab, einen Stock in der Hand, bleich, verwildert, wie ein Flüchtiger, als wollte er rechts hinüber. Die drei neigen ihr Haupt zu Boden. Ödipus, ohne sie zu erkennen, wie schlafwandelnd, taumelt vorbei.*
PHÖNIX *aufspringend, angstvoll*
Sperrt ihm den Weg, werft euch vor seine Füße!
*Ödipus springt dumpf aufschreiend zurück, deckt sich den Rücken, hebt den schweren Stock.*

PHÖNIX *vor ihm niedersinkend*
Hebst du den Arm wider dich selber, Herr,
und schlägst, was dein ist?
ÖDIPUS Ungetreue Diener,
ist dies der Weg von Delphoi gen Korinth?
PHÖNIX
Dies ist ein Weg von Delphoi gen Korinth.
ÖDIPUS
Ein krummer Weg! Und welchen hieß ich euch
durch eines Knaben, meines Boten, Mund
zur Heimkehr wählen?
PHÖNIX Den, der stracks hinab
von Delphoi läuft ans Meer, so wie die Sehne
des Bogens.
ÖDIPUS Und warum denn find ich euch
auf diesem Kreuzweg?
PHÖNIX In des Herzens Angst,
Herr, suchten wir nach dir und zählten nicht
die Berge noch die Täler, achteten die Nacht
wie Tag und Sternenlicht wie Sonnenlicht
und ließen nicht des Suchens ab bis hier,
da wir dich fanden.
ÖDIPUS Schlechte Diener heiß ich,
die Unbefohlnes tuen.
PHÖNIX Ödipus,
ich bin der Älteste und muß vor diese
hintreten, wenn du zürnst, und muß den Mund
auftun und sprechen: Herr, wie du an uns
getan, da wir zu Delphoi lagerten,
so hast du nie zuvor an uns getan.
Uns dünkte, eine fremde Faust zu fühlen
am Zügel und von ungewohnter Hand
das Joch auf uns gelegt. Denn stets warst du
mehr mit der Seele als mit Zaum und Stachel
der Lenker unsres Tuns – doch von Stund an,
da wir in dieser heilgen Stadt herbergten,
wo das Orakel thront, da wurde hart
dein Mund, und deine Rede flackerte

wie Feur im Wind, und zu gehorchen wurde
da schwer, das vordem leicht gewesen war.
Am neunten Tage kamst du nicht mehr heim
zur Herberge. Wir harrten dein zur Nacht
vergeblich, und das Bette, das wir dir
bereiteten, blieb leer.

ÖDIPUS Mein Bote kam.

PHÖNIX *neigt sich*
Er kam. Und da er sprach: Aus meinem Mund
spricht Ödipus, mein Herr und euer Herr,
neigten wir uns. Allein aus seinem Mund
kam eine Rede, die für unser Herz
zu schwer war und zu dunkel. Die wir dein
Gefolge sind, wir sollten uns von dir
abtrennen, und die deine Treuen sind,
allein hinabziehn gen Korinth. Da sprachen
wir unter uns: Dies ist zu fremd, wir wollen
nicht glauben, daß dies seine Rede war.

ÖDIPUS
Der Knabe trug in seiner Hand den Ring
und war bekräftigt.

PHÖNIX *neigt sich* Darum fragten wir:
Was soll uns dieser königliche Ring,
den unser Herr noch nie vom Finger zog?
Da sprach er: Traget ihn hinab und wahrt
ihn gut, bis ihr vor Polybos, den König,
gelangt seid; diesem gebt den Ring und sprecht:
den schickt dir Ödipus, dein Sohn, er grüßt dich
und grüßt die Mutter, unsre Königin,
und grüßt Korinth, die Stadt – denn dich, o König,
und deine Königin und deine Stadt,
die drei, die Vater ihm und Mutter ihm
und Heimat hießen, sieht sein Aug nicht mehr.
Nicht wieder kehrt dir Ödipus, dein Sohn,
des sei der Ring dir Zeichen.

ÖDIPUS Treu und gut
sprach das mein Bote.

PHÖNIX *schmerzvoll* Nein!

ÖDIPUS So heiß denn ich,
ich, Ödipus, ich, eur Herr, dich Phönix,
dich Elatos, dich Ermos, und was noch
an anderm Dienstvolk bei den Pferden dort
und bei dem Wagen lagert, aufzustehn
vom Boden hurtig und die Pferde flink
zu schirren vor den Wagen, und hinab den Weg,
der wie der Pfeil vom Bogen stracks von hier
fliegt nach Korinth! Und wär kein andrer Weg,
als den der Gießbach ausgefressen hat,
hinab, dann durch des Baches Bett und käme
nicht Mann noch Pferd mit heilen Gliedern an –
gleichviel! Wer hieß euch lungern Tag und Nacht
in fremdem Land? wer hieß auf euren Herrn
euch pirschen wie auf Wild und mir den Wind
zu Abend abgewinnen und im Hohlweg
mich stellen? Seis! nun sucht euch euren Weg!
Und wahret mir den Ring und wahret mir
im Hirn die Botschaft.

PHÖNIX Herr!

ÖDIPUS Leg Hand an, Alter!
*Da Phönix ihn am Kleide faßt*
Dort, alter Mann!

PHÖNIX Gebieter!

ÖDIPUS Dort!

PHÖNIX Nein, hier!

ÖDIPUS *stößt ihn fort*
Gehorche, alter Diener!

PHÖNIX Herr, so schlag mir
den alten Kopf an diesem Stein in Stücke!
Denn sieh, wenn du mir auflädst ohne Zucken,
was mir das Herz abdrückt, und mir den Mund
zubindest, daß ich gegen dich mit Stöhnen
dir nicht die Luft soll ekel machen, also
bin ich vor dir nichts anders als ein Tier.

ÖDIPUS *bewegt die Lippen fast lautlos*
Ich muß.

PHÖNIX *kniend*
Wer dieses an mir tun kann,
daß er mich alten Mann hinunterschickt
zum alten Mann, den Knecht zu seinem König,
mit solcher Botschaft, die Tod gibt und Tod
zum Lohn nimmt, der darf mir als Botenlohn
auch einen Mantel nicht verweigern, und
ich heische einen steinernen von dir.
Faß einen schweren Stein mit deiner Rechten
und einen mit der Linken, stein'ge mich
und häufe Steine rings um mich, dann hab ich
mein Grab um meinen Leib und brauche keinen,
ders in Korinth mir gräbt.

ÖDIPUS *fast lautlos* Ich muß.

PHÖNIX *aufstehend* O Kind –
Kind – du weißt nicht, was alt sein heißt.

ÖDIPUS *Bewegung der Abwehr* Mein Vater
ist rüstig, viele Jahre sind vor ihm.

PHÖNIX
Ja, wenn die Götter gut sind, wie ein Baum
steht er und ist gewaltig. Willst du, Kind,
den Sturmwind spielen, der erbarmungslos
ihm in die Krone greift?

ÖDIPUS Erbarmungslos –
so greifts in uns.

PHÖNIX Laß deine Jugend, Herr,
nicht grausam sein, und wenn, so sei es gegen
die Feinde und nicht gegen uns, die Deinigen.
Wär nicht dein Herz so jung, du hättests nie
ersinnen können, über deinen Mund
wärs nie gekommen: denn wie kann das Herz
des Vaters und der Mutter dies ertragen
und nicht darüber bersten?

ÖDIPUS Phönix! Phönix!

PHÖNIX
So schrieest du, wie du ein Knabe warst,
oft aus dem Schlaf. Da weckte ich dich schnell –
dann wars ein Traum.

ÖDIPUS Nun kannst du mich nicht wecken,
denn nun träumt alles mit. Daß ihr mich alle
erkannt habt! Alle rieft ihr meinen Namen...
So hab ich mein Gesicht von damals?

PHÖNIX Herr,
drei Tage bist du fort von uns.

ÖDIPUS *angstvoll* Drei Tage?
drei Tage, Phönix?

PHÖNIX Mein Geliebter, drei!

ÖDIPUS *sieht ihn fremd an*
Im Grund, wer bist du, daß du so vertraulich
mir redest?

PHÖNIX Ich zu dir? wer ich dir bin?

ÖDIPUS
Es ist mir nicht geläufig –

PHÖNIX Ewige Götter!
es ist ihm nicht geläufig, wer ich bin!

ÖDIPUS *zögernd*
Doch wohl –

PHÖNIX Doch wohl? Wer hat dich denn zuerst
gehoben auf den Wagen? dich gelehrt
an deine Füße die Sandalen schnüren?
dein Haar gekämmt? wer hat denn dein Gewand
Abend für Abend an den hohen Nagel
gehängt, und an der Kammertür den Riegel
dann vorgeschoben, und den kennst du nicht?

ÖDIPUS
Die Götter impfen sonderbaren Saft
ins Blut: vor dem besteht nicht dieses Kinderzeug:
ich bin, der gestern war. Verstehst du mich?
*Hart*
Geh. Such du dir den Knaben, den du liebtest.

PHÖNIX
Er steht vor mir.

ÖDIPUS Halt deinen Atem ein.
Mich widert die korinthsche Luft aus deinem Mund.
Doch wenn dir Dienen Lust ist, geh und bring mir
zu trinken.

*Phönix geht links hin. – Ödipus steht wie in wachem Traum. Phönix kommt mit der Trinkschale.*

ÖDIPUS *sieht links hin. In verändertem Ton*

Ah! was haben sie mir dort,
dort! mit dem einen Pferde – an dem Wasser.
Der Schimmel geht ja lahm.

PHÖNIX *nickt* Nyssia, die Stute.

ÖDIPUS *will jäh hin*

Nyssia, mein schöner Schimmel!

*Erstarrt sogleich. Schlägt dem Phönix zornig das Trinkgefäß aus der Hand* Freust du dich?
Was kümmert mich der Gaul! Seht ihr, wie ihr
nach Hause kommt. Mein Weg ist anderswo.

*Wendet sich zu gehen.*

PHÖNIX

Wo ist dein Weg?

ÖDIPUS Was kümmerts dich. Ich geh ihn
allein.

*Geht nach rechts.*

PHÖNIX *ihm nach*

Ich laß dich nicht!

ÖDIPUS Ei, fort!

*Stößt ihn.*

PHÖNIX *in seinem Weg* Dies Haar
ist deines Vaters Haar, hier diese Hände
hebt deine Mutter zu dir auf. Wirst du
jetzt nach mir stoßen?

ÖDIPUS Frei den Weg!

PHÖNIX Hier geht
das Kind, das seinen Vater tritt und Steine
wirft nach der Mutter Herzen. Weicht ihm aus,
ihr Tiere dieses Waldes, auf, verkriecht euch,
die ihr in Höhlen wohnt, in Klüften horstet,
sonst werdet ihr zu Stein.

*Ödipus geht weiter, ungerührt, langsam, gebundenen Schrittes. Schon ist er rechts zwischen den Stämmen. Phönix, ins Herz getroffen, kehrt sich, starr, betender Haltung im Gehen.*

ÖDIPUS *wendet sich, wie aus schwerem Traum heraus*

O Phönix!

*Phönix links; wendet sich, steht bebend.*

ÖDIPUS *mit schwer arbeitender Brust, auf ihn zu, qualvoll*

Hilf mir, Phönix!

*Er taumelt.*

*Phönix fängt ihn auf, küßt ihm Hände und Brust, legt ihn sanft hin. Ödipus richtet sich halb auf.*

PHÖNIX *kauert dicht bei ihm*

Nun bist dus wieder!

ÖDIPUS

Nicht suchen den, der war. Versteh mich doch.
Versteh doch, was mein Mund sich krümmt zu sagen.
Dann geh und laß mich. Faß mich nur! Geredet –
durch seine Priesterin, geredet hat
der Gott mit mir!

*Von der ungeheuren Anstrengung des Geständnisses erschöpft*

Mich dürstet. Bring mir Wasser.

PHÖNIX *will fort um Wasser. Besinnt sich*

Und bis ich wiederkomme, bist du fort.
Ich geh nicht weg. Ich halte dich.

ÖDIPUS *matt* Mich dürstet.

Ich steh nicht auf. Ich rede immerfort
mit dir.

*Phönix nimmt die Schale, geht, mißtrauisch umblickend.*

ÖDIPUS *sich anstrengend*

Ich rede ja mit dir. Hier bin ich.

*Phönix kommt zurück, hält ihm die Schale hin.*

ÖDIPUS *greift gierig nach der Schale, trinkt*

Nie wieder trink ich Wein. Schwarz war der Wein
und schwer wie Blut. Da tranken er und ich
ein jeder seinen Tod.

PHÖNIX Sprichst du von Lykos?

ÖDIPUS

Das war der Anfang.
Mit meinen Händen schlug ich ihn. Sie fielen
wie Hämmer nieder, alle waren blutig
von seinem Blut, dann trugen sie ihn weg.

Warum nahm es den Weg durch seinen Mund!
Der Knabe war nicht schlimm – es wollte kommen:
im Wein verbarg es sich, da glitt es in den Knaben
und kräuselte ihm widerlich die Lippen. ...
Wie nur?

PHÖNIX Du fragst?

ÖDIPUS *heftig* Mir ists entfallen.

PHÖNIX Herr!

ÖDIPUS *faßt ihn*
Ich will, daß du mirs wiederholst.

PHÖNIX Verschon mich!
Er redete zuerst herum, und niemand
im Dunst des Weines gab viel acht.

ÖDIPUS Um was
herum? Ich will es hören.

PHÖNIX Daß so mancher
nicht wisse, was für Blut in seinen Adern –
Du zürnst mir?

ÖDIPUS Weiter!

PHÖNIX Herr, du wirst mir zürnen?

ÖDIPUS
Ich bitte dich. Mir ists entfallen. Weiter!

PHÖNIX
Er hob sich übern Tisch und sah mit Fleiß
nach einer andern Seite.

ÖDIPUS Richtig! – Und...

PHÖNIX
Und sagte, daß man manchmal Findelkindern
auch auf den Stufen eines Thrones könne
begegnen.

ÖDIPUS Und da schlug ich schon auf ihn?

PHÖNIX
Nein; doch du grubst die Nägel deiner Finger
so in den Tisch, daß man es hörte. Alle
verstummten, seine stieren Augen waren
auf dich geheftet, und er schrie: Du selber,
Ödipus, sag mir, bist du denn der Sohn
des Polybos?

ÖDIPUS *steht jäh auf*
Das Wort erschlug ihn schon?
Das bloße Wort? Den ganz lebendgen Lykos?
PHÖNIX
Du kannst dich ja nicht sehen, wenn der Zorn
dich schüttelt, daß du schwarz wirst wie der Tod,
dann weiß wie Schaum. Ich hab dich so gesehn,
mich schauderts in mein Mark.
ÖDIPUS *läßt sich auf einen Stein hin* Das war der Anfang.
Von da an ging es schnell. Ich wusch das Blut
von mir und nahm ein anderes Gewand
und ging hinein – es war nicht Morgen noch,
da ich sie weckte. Wie sie leise schlafen,
die Eltern! Kaum, daß ich dem Bette nah war,
so hoben sie sich auf, der Vater, der
erkannte mich nicht gleich, die Mutter aber,
die Mutter –
*Schaudernd* Nie mehr werde ich sie sehn! –
Dem Vater schwoll die Ader an der Stirn
vor Zorn, die Mutter hatte gleich die Augen
voll Wasser und, in ihrem Ehebette
halb aufgerichtet, schworen sie mirs zu,
daß ich ihr Sohn bin. Und dann sprachen sie
zugleich, die beiden, auf mich ein und tauschten
blitzschnelle angst- und liebevolle Blicke,
und König Polybos, mein Vater, dessen Leib
ich nie berührt, der schlang zum erstenmal
im Leben seine beiden Arme fest
um meinen Hals und drückte meinen Kopf
an seine Brust, und übers Bette hin
ergriff die Mutter meine Hand.
PHÖNIX Da warst du
noch nicht erlöst, Unseliger?
ÖDIPUS Da ging ich
hinaus und fand nicht Ruhe, und ich dachte
an dies, wenn ich auf meinem Wagen fuhr,
an dies, indes ich jagte, und an dies,
indes ich aß und trank.

PHÖNIX So warst du krank?

ÖDIPUS

Ich war nicht krank. Allein in mir war etwas,
das wollte sich nicht geben, bis ich nicht
gekommen wäre auf den Grund des Dinges.
So mußte ich dorthin, wo aus dem Schoß
der Erde Wahrheit bricht in Feuerströmen
und aus dem Mund der Priestrin sich ergießt.
So fuhr ich gegen Delphoi.
*Ihn schauderts.*

PHÖNIX Weh, was haben die
getan an diesem Kinde, diese Priester!

ÖDIPUS

Wie klein ist alles das, wie klein! Als stünd ich
auf einem hohen Berg und säh es tief
dort drunten seine Straße ziehn wie Kinderspielzeug.
Was für ein kleines Leben lebst du, Phönix!

PHÖNIX

Geliebter, welche Antwort gab der Gott
auf deine Frage, Ödipus?

ÖDIPUS Die Götter
antworten weise, wo wir töricht fragen.
Die Frage, die aus unsrem Munde geht,
verschmähen sie, und was im tiefsten Grund
des Wesens schläft und noch zu Fragen nicht
erwachte, dem mit ungeheurem Mund
antworten sie zuvor. Was war ich für ein Knabe,
daß ich hinging und vor mir her mit halb
bekümmertem, halb frechem Herzen meine Frage
wie eine Fahne trug! Da faßte mich
der Gott am Haar und riß mich übern Abgrund
zu sich.

PHÖNIX *angstvoll*

Sag, was sie dir getan im Heiligtum!

ÖDIPUS

Oh, sie sind weise! So wie einen König
hielten sie mich, und wie ein Kind. Sie gaben
mir ein Gemach, in das von obenher
der Schein der Sterne schlug, als wärens Flammen.

PHÖNIX

Hoch ragt der heilige Berg und nah den Sternen.
So nah den Göttern ist nicht gut zu wohnen.

ÖDIPUS

Nicht gut zu wohnen? Wo die Gipfel rings
der Berge blühn im Licht und Nacht und Tag
auf heiligem Nacken tragen, wo aus Säulen
lebendiger Zedern göttlich der Palast
in goldnem Rauch sich hebt, wo in dem Hain
einander Abend, Nacht und Tag umschlingen,
wo sich der Seele in der Opfernacht
die schwere funkelnde Milchstraße nieder
wie eine Wünschelrute biegt, und sie
die Seele dir, der eignen Kraft erschrocken,
hinuntertauchen in sich selber will
und spürt, hier ist kein Grund: dem Weltmeer ist
ein Grund gesetzt – ihr nicht –

PHÖNIX Die Priester, Knabe,
was sprachen sie zu dir?

ÖDIPUS Zu mir? Der Gott
sprach durch das Weib, in dem er wohnt, zu mir.

PHÖNIX

Sie weihten dich?

ÖDIPUS Sie wußten meine Frage,
und weil ich nach dem Quell zu fragen kam
des Bluts in mir, so weihten sie mein Blut,
auf daß es sich dem Gott entgegenhübe
aus eigner Kraft –

PHÖNIX Wie weihten sie dein Blut?
zum Leben oder für den Tod?

ÖDIPUS Was kümmern
den Knecht die Bräuche! Da war Nacht und Tag
mir abgetan und weggewischt die Grenze
von Schlaf und Wachen, und bald auch die andre,
die zwischen Tod und Leben.

PHÖNIX Ödipus!

ÖDIPUS

Im Tage mitten wurd ich wach aus einem

Traum nach dem andern Traum und hatte immer
vergessen, und mein Innres wurde immer
erneuert. Immer andre waren da
um mich, und ihre herrlichen Gestalten,
in Flammen ging die eine in die andre hin.
Ahnst du? Mit meinen Vätern hauste meine
schlaflose Seele.

PHÖNIX Wie, der Toten, die
du nie gesehen hast, entsannst du dich?

ÖDIPUS
Nein – sie entsannen sich des Enkels und
durchzogen mich, und es war mehr als Lust
und mehr als maßlose Begier, es war
die Lust und Qual von Riesen –

PHÖNIX Könige
und Götter, weißt dus nun!

ÖDIPUS Der Strom des Bluts,
das war die schwere, dunkle Flut, in der
die Seele taucht und findet keinen Grund.
Das war in mir. Nein, das war ich! Ich war
ein wilder König, der erbarmungslos
ein Weib umschlingt in einer Stadt, die brennt,
und war auch der Verbrennende im Turm –
ich war der Priester, der das Messer schwingt,
und ich zugleich war auch das Opfertier.
Und ich verging nicht! Ich brach nicht in Stücke!
Der Blutstrom riß sich auf in seinem Bette
mit mir auf seinem Haupt und hub mich auf
zum Gott. Dann fiel er wiederum zurück –
da lieg ich nun.

PHÖNIX Wie sprach der Gott zu dir?

ÖDIPUS
So sprach der Gott zu mir: ich lag und hatte
die Augen zu und Dunkel war, und rings
im Dunkel regte sich Lebendiges,
die Priester warens, um mein Lager standen
sie schweigend, und im Dunkel stieg ein Duft
von fremden Kräutern auf, und ich sank tiefer
in mich –

PHÖNIX Du träumtest, Kind!

ÖDIPUS Frag nichts! Ich träumte
den Lebenstraum. Wie ein gepeitschtes Wasser
jagte mein Leben in mir hin, – auf einmal
erschlugen meine Hände einen Mann:
und trunken war mein Herz von Lust des Zornes.
Ich wollte sein Gesicht sehn, doch ein Tuch
verhüllte das, und weiter riß mich schon
der Traum und riß mich in ein Bette, wo
ich lag bei einem Weib, in deren Armen
mir war, als wäre ich ein Gott. In meiner Wollust
hob ich mich, ihr Gesicht, die meinen Leib
umrankte, wachzuküssen – Phönix! Phönix!
Da lag ein Tuch auf dem Gesicht, und stöhnend
von der Erinnrung an den toten Mann,
die jäh hereinschoß, krampfte sich mein Herz
und weckte mich. Da war ich ganz allein. Mein Herz
war groß in mir und schlug. Da, in der Mauer
tat eine niegesehne Tür sich auf,
und unten kroch ein Licht herein, und dann
kams auf mich zu, gerade auf mein Lager,
und leise glitt ein schleppendes Gewand
am Boden hin – so wie die Mutter kam es,
wenn sie ans Bett des Kindes tritt, so wie
die Braut zum Bräutigam, so trugen leise
die Füße es heran.

PHÖNIX Bei unsern Göttern –
wer?

ÖDIPUS
Fragst du noch? Das Weib.

PHÖNIX Die Priesterin?

ÖDIPUS
Nenn keinen Namen! Weib und Mann kann sich
in eins verschränken: aus dem Weibe glühte
der Gott, aus den verzerrten Zügen schaute
der Gott, die Zunge bäumte sich im Mund
und lallte, doch es redete der Gott!

PHÖNIX
Zu dir – zu dir –
ÖDIPUS So nah der Mund dem Mund
wie dein Gesicht dem meinen. Wie das Lallen
der Zunge in mein aufgerißnes Herz
hineinschnitt!
PHÖNIX Sag es! sag es! eh dein Blut
aufs neu erstarrt. Du stirbst mir in den Armen!
ÖDIPUS
Ich leb und trag es! Und nun kommts heraus:
so sprach der Gott aus dem verzerrten Mund
des glühnden Weibes: des Erschlagens Lust
hast du gebüßt am Vater, an der Mutter
Umarmens Lust gebüßt, so ists geträumt,
und so wird es geschehen.
PHÖNIX Fürchterlich!
Allein es war die Antwort nicht der Frage!
ÖDIPUS
Wie, wahnsinniger Mensch?
PHÖNIX Du mußtest nun
die Frage tun.
ÖDIPUS Ich lag und sie glitt fort,
ins Dunkle.
PHÖNIX Weh! da mußtest du ihr nach!
ÖDIPUS
Ihr nach? Auf meiner Brust lag ja ein Berg,
ein Berg auf jedem Glied! Ihr nach?
PHÖNIX Unseliger!
Sie gab die Antwort nicht auf deine Frage!
ÖDIPUS
O blöder Phönix, sie tat mehr als das!
Weh, welch ein Mensch du bist! Was war noch offen?
was war noch einer Frage wert? wo war
die Welt! Vom Lallen dieser Zung hinunter
geschlungen! Was nach diesem Wort blieb denn
noch übrig als wir drei: der Vater,
die Mutter und das Kind, mit zuckenden,
mit ewgen Ketten des Geschicks geschmiedet Leib an
Leib.

PHÖNIX
Zweideutig war das Wort!
ÖDIPUS Für eines Knechtes Seele,
nicht für die meinige. Nicht zweimal redet
der Gott. Den er sich wählt, von dem wird er
begriffen. Schau nicht so voll dumpfer Angst,
sonst schweig ich, und dein Aug sieht mich nicht wieder.
Soll ich noch fragen, wie ein Weib beschwätzen
das Ungeheure? Sollt ich noch nicht wissen
am Grausens-abgrund, der in mir sich auftat,
am namenlosen Weh, von welchem Vater
und welcher Mutter da die Rede war?
PHÖNIX
Das gräßliche Wort, du schlangst es hinab?
deine Seele warf es nicht aus?
Graunvoller! Liebster! es sitzt in dir?
ÖDIPUS
Es fraß sich hinab ins Mark meines Lebens.
Da fand es Nahrung – nichts als Nahrung.
PHÖNIX
Du bist rein, du bist gut,
nichts davon ist in deinem Blut –
nichts in deinem Sinn.
Ich kenne dein Atmen bei Tag und Nacht,
ich weiß dein Gesicht, wenn es einschläft und wenn es erwacht.
Siehst du nicht, daß ich ruhig bin
und dir ins Gesicht sehen kann?
ÖDIPUS
Was weißt du von mir? Was wußte ich selber davon,
bis die Stunde kam,
die mich aus meinem Kindertraum nahm?
Ich will dir jetzt etwas sagen:
du sollst es anhören und schweigen.
PHÖNIX
Kind, sag es mir.
ÖDIPUS
Du nennst mich Kind, doch ich denke, ich bin ein Mann.

PHÖNIX

Ein Mann! und ein königlicher! Wer würde es zu leugnen wagen?

ÖDIPUS

Hör es still an, ich will dirs jetzt sagen:
ich habe noch kein Weib berührt.

PHÖNIX

Wie soll ich das verstehn? Hast du nie eine begehrt?

ÖDIPUS

Die Qual, die sie Sehnsucht nennen, kenn ich wohl.
Wie sanft erscheint mir jetzt dies Brennen, denk ich zurück.
Wie klein dies alles: Kinderleid, Kinderglück.
Ach, wenn ich mit meinen Jagdgefährten schlief in ihren Häusern,
meinst du, ich hörte nicht in der stillen Nacht
einen Kammerriegel zurückziehn,
und es war kein Seufzen aus junger Brust unter den Nachtgeräuschen?
Meinst du, mein eigenes Herzklopfen konnte mich täuschen,
daß ich nicht fühlte, wo etwas glühte im Dunkeln
und sich mir hingeben wollte –
aber es war, als läge ein Schwert auf der Schwelle.
Dann kam der Morgen, dann war alles wieder vorbei.

PHÖNIX

Du Kind, was dich hielt, war Scham und Scheu
in deinem jungen Blut.

ÖDIPUS

O nein: es ist ein Schwert dazwischen gelegen.
Und weißt du, warum? Meiner Mutter wegen.

PHÖNIX

Was redest du da; Du bist trunken von einem Leid,
das grausam ein Gott dir angetan.
Deine Seele weiß nichts von dem, was aus deinem Munde geht.

ÖDIPUS

Nicht so, wie du meinst. Ich rede zu dir von meinem Geschick.

Wenn du mich nicht verstehst, muß ich gleich schweigen.
Ich wollte dir zeigen, wie alles sich verknüpft:
damit mich doch einer begreift, wenn ich nicht mehr da bin.
Sieh, ich konnte den Blick der Unberührten nicht ertragen,
seit ich Mann genug war, ihn ganz zu verstehn.
Ich fühlte, sie konnten dem Tiefsten in meinem Verlangen nicht genügen.

PHÖNIX

Wie? die Jungen? Eine wie die andre rings im Land.

ÖDIPUS

Keine. Ich hätte in ihren Armen nicht liegen können
ohne eine geheime tiefe Scham.
Wie soll ich dir das mit Worten sagen?
Wo ein Blick mich nicht bände bis in alle Seelentiefen,
wo nicht die Welt mir schwände,
wo nicht Ehrfurcht und Schauder mich ganz auflöste –
wie könnte ich mich da geben?
und eine nehmen und nicht mich geben,
dies tun, und es wäre nicht ein Wirbel,
der mein ganzes Wesen in sich reißt –
dies Unsagbare tun frech, kalt und dreist,
an eine Brust mich drücken, wühlen in Haaren
und lauernd frech in mir mich bewahren –
wie ein abenteuerndes Tier eine nehmen und eine nehmen –
müßt ich mich da nicht vor dem Anhauch des Meeres zu Tode schämen?
vor dem Schatten, dem Licht, vor den Sternen, dem Wind,
vor der nackten Nähe lebendiger Götter,
deren Augen überall sind?
So hielt ich meinen Blick im Zaum
vor ihrem Leib und ihrem Haar, weil keine eine Königin war...
Verstehst du nun, warum ich sagte: um meiner Mutter willen?

*Phönix sieht ihn an.*

ÖDIPUS

An meiner Mutter hatte ich gesehen, wie Königinnen gehen.

Wenn ich auf meinem Wagen gefahren kam
und sah sie gehn mit ihren Fraun
zu heiligen Festen, hinab zum Fluß,
darin in flutenden Palästen
die Götter wohnen, unsre Ahnen –
und sie trug ihren Leib wundervoll schreitend
wie ein heiliges Gefäß,
da stieg ich vom Wagen und kniete nieder,
zur Erde gebeugt, grüßte ich sie.
Und ich wußte: Kinder zeug ich einst mit einer,
die mit heiligen Händen im dämmernden Hain
darf Bräuche üben, die allen Wesen verboten sind, nur ihr nicht:
denn zu ihr reden aus dunkelnden Wipfeln im Abendwind
Götter, die ihre Väter sind.
Kinder zeug ich in einer solchen heiligem Schoß
oder ich sterbe kinderlos.

PHÖNIX
Du guter Knabe, du reines Kind,
was fürchtest du, wenn so königlich deine Gedanken sind?

ÖDIPUS
Das Gottes Wort! Begreifst du denn nicht? Ist deine Seele so dumpf?
Schaudert dich noch nicht?

PHÖNIX
Kein Hauch des Bösen ist in dir. Was quälst du dich?

ÖDIPUS
Bis du gefeit gegen die Mächte?
Weißt du, was für Mitternächte über uns noch hereinbrechen,
wo wir einander vorübertaumeln und erkennen einander nicht!
Wie in den Tod starrst du in mein Gesicht,
denn es hat eine Schlacht angehoben aus einem Gastmahl, bei dem wir saßen,
und nun rinnt das verwandte Blut in den Straßen
und die Frauen töten sich auf den Dächern,
um nicht zu sehen, wie sie sich würgen,

der Vater den Sohn, der Bruder den Bruder,
in dem Saal, in den Gemächern.

PHÖNIX

Das sind gräßliche Nachtgesichte!

ÖDIPUS

Das alles ist in meinem Blut.
Waren nicht Rasende unter meinen Ahnen?
Ließen sie nicht Ströme Bluts vergießen?
Verschmachteten nicht ganze Völker in ihren Verließen?
Trieben sie nicht Unzucht mit Göttern und Dämonen?
Und wenn ihre Begierden schwollen wie Segel unter dem reißenden Sturm,
konnten da sie ihr eigenes Blut verschonen?
Und wer hat dies Rasen für immer an Ketten gelegt?
Wer hat zu diesen Dingen gesagt:
Ihr seid dahin und kommt nie wieder?

PHÖNIX

Das sind uralte grausige Lieder.

ÖDIPUS

Wer sie hört in seinem Blut, dem bringen sie ferne Dinge nah –
was längst geschah, kann wieder geschehn –
wer weiß durch wen?

PHÖNIX

Du mußt fort! Bereit ist der Wagen, er trägt dich nach Haus!
Siehst du die Eltern, zergeht dein Wahn, zergeht das Grausen,
so wie ein böser Nebel zerfließt.

ÖDIPUS

So wird es geschehen, sprach der Gott, den Weg zeigte er nicht.
Ich spür den Weg.
Durch mein Wesen hindurch bahnt sichs den Weg
wie durch fließendes Wasser.

PHÖNIX

Komm nur zu dir! Hätt ich dich daheim in deinem Bette!

ÖDIPUS

Lieber tot in der Bergschlucht und Geier über mir!

PHÖNIX
Sohn meines Königs!

ÖDIPUS
Ich dachte, meinen Vater zu bitten um einen Turm,
um ein Lager von Stroh und um schwere Ketten –
aber wie könnte das uns retten?
Ich läg in ihrer Näh wie ein Dämon auf der Lauer,
und eines Tags wie fahler Schnee zerschmölze des Turmes Mauer,
oder es flöge ein Pfeil herein und ich würf ihn durchs Fenster zurück,
und er flöge meinem Vater ins Genick.
Da kämen sie zu Hauf und brächen mein Gefängnis auf,
und ich sollte der Mutter die Botschaft bringen,
und meine Arme fingen an, sie zu umschlingen,
meine Lippen auf ihr zu weiden.

PHÖNIX
Das sind wüste Träume! Wach doch auf – wie mußt du leiden!
Nichts davon ist in deinen Gedanken, deine Seele schaudert davor zurück!

ÖDIPUS
Das sind keine Schranken;
es waltet durch uns hindurch wie durch leeren Raum.
Freilich, es klingt wie ein böser Traum!
Auch ist meine Mutter ja keine junge Frau mehr...
Meinst du, daß dies etwas wär, um sich daran zu klammern?
Aber wenn ich die Priesterin denke, ein Weib und doch kein Weib,
und das furchtbare Wohnen des Gottes in ihrem Leib –
dann ist kein Ding auf der Welt, das mein Herz nicht für möglich hielte.
Fort die Hand, die mich hält!
Laß mich los, verloren ist, wer zaudert!

PHÖNIX
Was willst du tun?

ÖDIPUS

Ein einziges Opfer ist, das mir frommt:
es wird dargebracht ohne Aussetzen,
es wird genährt mit allen meinen Schätzen,
unaufhörlich fließt es hin, wie die Zeit von den Sternen rinnt.

PHÖNIX

Was für ein Opfer, Kind?

ÖDIPUS

Mein Leben.
Aber nicht mein Blut darf ich hergeben,
davor warnt mich ein inneres Grausen:
ich muß bleiben, aber ich darf nirgend hausen,
unstet, mit tiefster Einsamkeit umhangen,
ein Gefährte den stummen Tieren –
dann brauch ich mein Selbst nicht zu verlieren
an das Unsagbare, an den lebendigen Tod.

PHÖNIX

Wie kannst du einsam sein?
Das kann ich oder einer von den Knechten:
unser Gesicht kann werden wie der Tiere Gesicht,
wir können eins werden mit einem Stein,
unsere Haare wie Flechten und Moos,
unsere Hände können werden wie Klauen,
wir können, behangen mit Niedrigkeit,
uns in der weiten Welt verlieren
und schweifen mit den Tieren.
Aber du, der du ein König bist,
wo du des Weges fährst, erdröhnt die Erde,
sie drängen sich um deine Pferde,
alle wissen sie deinen Namen,
und deine Väter, wohin du ziehest, wandeln neben dir,
und aus den Flüssen heben die Götter, deine Verwandten, Haupt und Hände, –
steigst du zu Schiffe, rauschen die Wellen und drängen sich üppig, dein Schiff zu tragen.
Du kannst nicht schweifen auf ödem Meer,
dein Segel bläht ein Wind und läuft als Herold vor dir her,

Sterne funkeln dir vertraulich wie dein Haus,
und die Länder heben die Brüste dir entgegen –
nicht Wildnis ist, wo du ziehst auf unbetretnen Wegen,
und der Strand, wo du landest, nicht öde: weil du ein König bist!

ÖDIPUS

Recht sagst du das: dies alles werf ich hin!
Wär es weniger, wie käm es mir in den Sinn,
daß es könnte das andere aufwiegen?
So aber wird es vielleicht genügen.

PHÖNIX

Vergebliches Opfer, wem zur Freude? Deine Eltern versteint das Leid!

ÖDIPUS

Ein grausames Opfer ist es wohl. Wo ist ein König, der so opfert?
Phönix! Nie hab ich dich vor mir stehen sehn, wie du jetzt stehst vor meinem Blick.
Und dort – die andern – wie sie dort um den Wagen geschart sind!
Ich kann tief lesen in ihren Mienen.
O Gott, solche hatte ich, mir zu dienen!
Mit angstvollen Herzen starren sie her,
ihre Hände sind von den Taten schwer,
die sie mit mir tun wollten
und die nun ungetan in den Abgrund rollten.
Siehst du die Pferde? Sie scharren den Grund
und heben die Nüstern und wittern nach mir.
Wie ihre Augen sprechen,
als wollte die dumpfe Seele daraus hervorbrechen.
Es sind keine gewöhnlichen Pferde.
Sie hätten mich wiehernd in Schlachten gerissen
und mitgekämpft und funkelnd nach meinen Feinden gebissen –
sie wären mit mir durch fremde Flüsse geschwommen –
aber nun ist es anders gekommen.
Sie sollen den Pferden in die Zügel greifen und sie den Berg hinab schleifen,

wenn sie zu ihrem Herren drängen,
wenn ihre dumpfen Seelen an dem so hängen,
der nicht mit ihnen fahren darf.
Nun aber fort, nun ist es genug!

PHÖNIX

Das letzte Wort für den Herrn und die Herrin, wenn sie mich fragen um ihr Kind!

ÖDIPUS

Sie sollen sich keine Botschaft von mir erwarten,
nicht von den Fischern am Strand und nicht von den Pilgern, die kommen über Land.
Was nicht sein kann, sollen sie nicht begehren
und nicht mit einem Vielleicht die Luft beschweren.
Mein Haus sollen sie versperren und ausleeren meine Truhen,
meine Hunde sollen sie forttun,
damit sie in der Nacht nicht nach mir heulen.
Ich hab mir einen Stock geschnitten, der bleibt bei mir,
sonst niemand, kein Mensch und kein Tier.
Ich werde kein Bett haben zu Nacht und, wenn es dunkel wird, kein Licht:
davon rede dem Vater und der Mutter nicht.
So allein ist nicht einmal ein Baum, nicht einmal ein Stein,
denn die Steine liegen doch einer beim andern,
immer liegen sie an gleicher Stelle, so heimlich ist ihnen,
so ruhevoll sind ihre Mienen,
als wäre jeder die Schwelle zu einem Vaterhaus.
Und die Bäume – hat jeder seine Gefährten,
sie klimmen zusammen nach oben,
ich fühle, wie sie ihr Leben loben
und mit den lebendigen Kronen
selig sind, daß sie hier wohnen
seit unzähligen Tagen,
die Wurzeln tief in den Felsen schlagen,
sie breiten die zackigen Äste –
ja, das sind unaufhörliche Feste!
Aber wer schlingt seine Zweige in meine,
wer ruht neben mir wie der Stein beim Steine?
*Phönix weint.*

ÖDIPUS

Sag meiner Mutter, und meinem Vater sag: einmal im Tag
zu dieser Stunde, wenn die Erde sich ängstlich regt,
weil die Nacht das schwere Dunkel auf sie legt,
da sollen sie sich erinnern, daß ich noch in der Welt bin,
da werd ich irgendwo niederknien
und, wenn die Hände des Nachtwinds im Walde wühlen
wie Menschenatem schwer und beklommen,
da wird ihr Gesicht zu mir kommen.
Und manchmal, wenn auch nicht jeden Tag,
da werden sie spüren ein Etwas im nächtigen Wind,
das wird sich regen und leise bewegen an dem Fenster, wo sie schlafen:
da sollen sie wissen, das ist ihr Kind.
Denn mein Beten wird mehr sein als ein Denken,
mein Lebensatem wird hier bleiben und das Nest behüten, meinen Leib,
aber meine Seele wird sich über das Nest emporschwingen
und über die Wälder und die Flüsse hindringen
wie ein glänzender Gott, wie ein seliger Schwan –
*Ein Windstoß.*
Es kommt ein Sturm, – fort mit dem Wagen, fort mit den Knechten!
Sie sollen nicht jagen, daß mir die Pferde nicht stürzen.
Sieh du nach dem Rechten! Leb wohl – lebt wohl!
*Er schreitet aufwärts ins Gestein.*

PHÖNIX

Sie werden fragen, was du tatest, als ich dich ließ.

ÖDIPUS

Sag ihnen, der Wind ist mein Gefährte, und das Dunkel ist mein Haus.

PHÖNIX

Mit solcher Botschaft tret ich nicht vor sie!

ÖDIPUS

Bist du, die Worte zu setzen, so blöde?
Sag ihnen, dem Sohn ist so wohl in der Öde,
du sahst ihn niederknien im wüsten Gestein
wie andere in einem heiligen Hain oder im seligen Lichten,

und sein Gebet verrichten.
Nun geh!

PHÖNIX
Herr, laß deine Diener bleiben so lange, bis du gebetet hast!

ÖDIPUS
Fort! eure Näh ist mir zu Last!

PHÖNIX
Sohn meines Königs!

ÖDIPUS
Ein Ende! ein Ende!

PHÖNIX
Noch einen Blick!

ÖDIPUS
Willst du mich peinigen?
Seid ihr fort, dann bin ich frei,
dann betet mein Herz für mich und die Meinigen.
*Tiefes Dunkel, starke Windstöße.*
*Phönix links ab, schmerzlich zurückschauend.*
*Ödipus, oben, wo der Hohlweg einschneidet, legt seinen Stab weg, kniet nieder. Die Diener, unten aus dem Gebüsch hervortretend, strecken die Arme nach ihm. Dann gehen sie. Der Wagen rollt ab.*

STIMMEN *aus dem Sturm*
Die wir tote Könige sind,
wir thronen im Wind –
die wir gewaltig waren,
uns schleift der Sturm an den Haaren,
und dieser ist unser Sohn.

ÖDIPUS *das Haupt zur Erde geneigt, die Hände ausgebreitet*
Erde, du mußt nun allein meine Mutter sein.
Die stillen Wolken, die lauten Winde sind meine Geschwister.
Ich hab alles fortgegeben,
nur daß ich dein Kind bin, das ist mein Leben.

DIE STIMMEN
Unser Ringen und Raffen
hat ihn erschaffen.
Herz und Gestalt,

Begierden und Qualen –
er muß uns bezahlen,
daß wir mit Gaben
beladen ihn haben.
Er ist ein König und muß es leiden,
und wär ein nackter Stein sein Thron:
er ist unsres Blutes Sohn.

ÖDIPUS
Es redet nicht, es gibt keinen Schein,
doch irgendwie dringt es in mich hinein,
daß ich Vater und Mutter und Glanz und Welt
und alles, was das Herz erhellt,
nicht ganz vergeblich hingegeben habe.
Ich fühl es um mich weben: ich werde noch leben.
*Stärkerer Sturm.*

DER HEROLD des Laïos *von rechts heraufkommend*
Böser Sturm, tückisches Dunkel, kaum seh ich den Weg vor den Füßen!
Mußt du, fremdes Land, so häßlich den Herrn mir grüßen?
Steil die Straße – da liegt ein Stein, dort sperrt ein Baumstamm den Weg.
*Ödipus hebt betend die Hände.*

HEROLD *ihm näher*
Ein Mensch! Fort aus dem Wege! auf!
Den Weg gib frei! kannst du nicht hören?

ÖDIPUS *aufschauend wie aus dem Traum*
Häßlicher Ton! Zorngeschrei!
Wenn einer betet, sollst du ihn nicht aufstören –
Wenn seine Seele nicht mehr zu ihm zurückkehrt
dann ist er schwer zu heilen.

HEROLD
Hörst du nicht den Wagen rollen, Nachtvogel du?
Du sollst dich trollen!

ÖDIPUS
Einsamkeit, bleib bei mir!

HEROLD
Aus dem Wege du!

Was räkelst du dich auf der Erde?
Bist du ein Hund, greif ich den Stein!

ÖDIPUS *an der Böschung, sich aufrichtend*
Häßliche Gebärde! widerlicher Mund!

HEROLD
Fort aus dem Weg – zum letztenmal!

ÖDIPUS *mit Widerwillen*
Du Tier, nicht so laut!

HEROLD
Willst du, daß ich den Stock brauch?

ÖDIPUS *bückt sich*
Einen Stock hab ich auch!
Ich geh – nur warte – steh, bis ich dort bin!
Komm mir nicht so nah!

HEROLD
Vorwärts da!
Vorwärts oder –

ÖDIPUS
Nicht nach mir schlagen!

HEROLD
Nicht?

ÖDIPUS
Du Tier, da nimm!
*Der Herold fällt dumpf hin.*

ÖDIPUS
Still ist jetzt alles. Bist du tot?
*Es blitzt.*
Nirgends rot – ganz weiß wie der Stein –
mein Stock – meine Hand?
*Der Wagen nahe, hat gehalten. Laïos, der Wagenlenker, die Diener von rechts.*

DER WAGENLENKER *tastend*
Hier ist der Weg.
*Ein Blitz.*
Hier liegt der Herold – erschlagen!
*Ödipus hat den Stock fallenlassen, steht links, auf den Toten schauend.*
*Wütender Sturm.*

DIENER
Herr, es sind Räuber – zurück auf den Wagen!
LAÏOS *in der Hand den Stachelstock*
Mein Herold!
DER HEROLD *erkennt die Stimme, wälzt sich hin*
Mein Herr! bei dir sterben!
LAÏOS
Nicht sterben! Um Wasser!
ÖDIPUS
Ein Quell ist dort.
DER WAGENLENKER
Gebieter, ihrer sind mehr als wir: sie lauern im Dunkel.
ÖDIPUS
Ich bin allein.
*Ein starker Blitz.*
LAÏOS
Ah! faßt mir den Mörder!
DIE DIENER *leise*
Stricke vom Wagen, ihn zu binden!
*Einer weg.*
ÖDIPUS
Was wollt ihr tun? Ihr wißt nicht, wie es geschah.
Er schlug nach mir, er trat mir zu nah!
LAÏOS
Strauchdieb, still!
Mit deinem Atem schändest du noch dem Toten die Ruh!
ÖDIPUS
Wenn er zu dir gehört, so drück ihm doch die Augen zu.
LAÏOS *bückt sich zu dem Toten*
Zu mir hast du gehört;
die Jahre zählen wir nicht mehr – nicht wahr?
ÖDIPUS
Laß mich dein Diener sein anstatt des Toten – ich bin jung!
*Laïos, flüsternd zu den Dienern, die alle hinter ihm geschart sind.*
*Einer geht Ödipus in den Rücken.*
ÖDIPUS
Ich will mich erniedrigen bei Tag und Nacht – ich schlafe vor deinem Bett auf der Erde –
ich betreue dir die Pferde – nimm mich mit!

LAÏOS

Du sollst mitgenommen werden,
aber gebunden an Händen und Füßen – so kommst du mit.

ÖDIPUS

Was wollen die?
*Deckt sich den Rücken an einem Baum.*

LAÏOS

Zugleich! – zu dritt!
*Einer hebt hinter Ödipus' Rücken, wie es blitzt, die Schlinge.*

ÖDIPUS *ergreift blitzschnell den Stock vom Boden*

Ich? gebunden? Was willst du mir tun?

LAÏOS

Das sollst du erfahren: dein Blut ist zu jung
zur Sühne für dieses Blut, das alt und schwer war,
dein Haar ist kein Preis für dieses angegraute Haar,
und schick ich dich hier neben diesem schlafen,
so hieße das zu milde strafen.
So milde straf ich nicht.

ÖDIPUS

Wohin willst du mich bringen?

LAÏOS

Ich will dein freches Gesicht leiden sehen,
aber im Tageslicht.
Deine Stimme soll dir versagen,
wenn sie dich Gebundnen mit Geißeln schlagen,
hinrichten laß ich dich auf einer Richtstätte,
wo Menschen sind: Greis und Mann, Weib und Kind.
Sie sollen im Kreise stehn und es vollstrecken sehn –
die Sonne soll hören dein Schrein.

ÖDIPUS

Mit was für Mörderhänden greifst du in die Welt hinein?
Wer bist du denn?

LAÏOS

Ein alter Mann, der einen alten Mann hat müssen sterben sehn
wie einen Hund unter deinen Händen.
Aber du sollst zahlen!
Ich will dich hinunterschicken, behangen mit Qualen,

und bei den Toten wird er dir begegnen
und wird sich weiden und mich dafür segnen.

ÖDIPUS

Deine Stimme ist Haß und Qual. Du hast nie ein Kind gehabt,
du bist von den Unfruchtbaren,
dein trauriges Weib, mit Staub in den Haaren,
ist Tag und Nacht vor den Göttern gelegen –
in dein Haus kommt kein Segen!
Laß mich vorbei, laß mich fort!

LAÏOS

Er will entspringen!

ÖDIPUS

Wenn du wüßtest, wer ich bin, du hättest Mitleid mit mir.
Mein Leben ist bittrer als sein Tod.
Was weißt du in deinem alten Herzen von meiner gräßlichen Not?

LAÏOS

Willst du noch prahlen? – Faßt ihn doch, schleppt ihn her!
Ich will ihm zu trinken geben aus meinem Herzen den bittern Saft!
Ich trink ihn seit Jahren, ich habe genug –
er soll ihn trinken in einem Zug!
Schnell, ihr drei!

ÖDIPUS

Ich will fort!

LAÏOS

Knechte!

ÖDIPUS *vor sich*

Kein Weg als dort!

LAÏOS

Hier steh ich!
*Er hebt den Stachelstock.*

ÖDIPUS

Du Dämon, gib Raum!
*Schlägt nach ihm.*

LAÏOS *stürzend*

Fahre mein Fluch in dein Herz!
*Ödipus läuft rechts ab.*

DIE DIENER
Dort hinab! Ihn fangen, ihn töten, ihm nach!
*Stürzen ihm nach, ringen. – Sturm.*

DIE STIMMEN aus der Luft
Mich reißt es aus der Luft herab,
mich wirft es aus meinem Königsgrab,
Uralte Wut fällt mich Toten an –
Ai! unser Blut rinnt aus dem toten Mann!

EIN DIENER *hat von rückwärts den oberen Abhang erklettert, eilt hinüber, fliehend*
Ah! Ein Dämon ist über uns – er tötet uns alle!
*Flieht.*

ÖDIPUS *von rechts unten zurückkommend, Stille. Er steht*
Wie gräßlich mir das Wasser half,
wie mit hundert Armen!
*Schaudernd*
Sie faßten mich noch und ertranken schon.
Hier muß er liegen. Ich weiß ja doch,
es ist ein fremder, alter Mann,
warum fällt dieser greuliche Wahnsinn mich an,
zu glauben, daß es mein Vater ist?
Ich muß hinkriechen und ihn berühren!
*Ein Mondstrahl bohrt sich durchs Gewölk.*
Es fällt ein Schein auf sein totes Gesicht!
Nur den Mut, nur die Kraft, hinzusehn,
denn er ist es ja nicht!
*Er schleppt sich hin*
Fremd! fremd! bleich, fremd und bös!
Nicht bös – nur fremd – eiskalt und bleich und fremd.
Gut sind die Götter – gut! Leicht ist mein Herz!
*Hebt die Hände zum Mond*
Bedankt, du Schwanenflügel, aus der Nacht
hervorgebrochen, mich zu trösten! Leicht
die Hände heb ich! Leicht wiegt die getane Tat!
Was war dies alles? Warum ist mir dies
geschehn? Geschick, betastest du mich nur?
Warum ist mir nun wohl? Soll ich dir Taten tun?
Und darf der unbehauste Ödipus

von nun in seinen Taten wohnen – ja?
*Fahles Dämmern rechts unten.*
Der Tag blüht auf. Die Welt blüht auf. Mein Herz
blüht auf! Kein Blut auf meinem Stab,
kein Blut auf mir! Nacht, nimm dir deinen Toten!
*Der Mond verschwindet, Ahnen des Tages, Rauschen in den Zweigen.*

DIE STIMMEN

Seht den Jungen,
dem wir zugesungen:
er fliegt wie gejagt
dorthin, wo es tagt, –
er setzt sich auf des Alten Thron –
er ist unsres Blutes Sohn!

*Der Vorhang.*

## ZWEITER AUFZUG

*Vorhalle in Kreons Haus. Zur Rechten über einer Stufe liegt der Knabe Schwertträger fest eingeschlafen. Türhüter, Wärter der Hunde stehen beisammen.*

KNABE *regt sich im Schlafe* Mein Herr und König, ich will dich sehn in deiner ersten Schlacht.

WÄRTER Wer redet?

TÜRHÜTER Der Knabe.

WÄRTER Träumt der laut wie ein Jagdhund?

TÜRHÜTER Dabei schläft er so fest wie ein Toter.

KNABE

Hörst du denn nicht, mein König! Hör doch rufen!
Ein ganzes Volk, das ruft: Kreon und Theben!

WÄRTER Mit wem redet er?

TÜRHÜTER Mit dem Herrn vermutlich. Laß ihn und heb dich.

WÄRTER Er nennt ihn König.

TÜRHÜTER Kümmerts dich!

WÄRTER Wird unser Herr König sein in Theben? Daß ers werden will, weiß ich schon. Es läuft genug Gered darüber herum.

TÜRHÜTER Redest du mit deinen Hunden auch so viel?

WÄRTER Die wedeln vor Freude, wenn ich nur den Mund auftue.

TÜRHÜTER Ich nicht, wie du siehst.

WÄRTER Gestern ists zum Schlagen gekommen zwischen unseren Leuten und den Leuten der Königin. Weißt dus nicht, oder tust du nur so, als ob dus nicht wüßtest?
*Türhüter sieht ihn bös an.*

WÄRTER Wie du einem von meinen bösen Thessalischen mit gespaltener Nase ähnlich siehst. Du bist der Rechte, um die Tür zu hüten. Sie sagen, wenn sie zehnmal ein Weib ist, so ist sie Königin und darf die Krone und das Königsschwert behalten. Und die Unseren schreien: Für Kreon die Krone! Sind das Sachen!

TÜRHÜTER Vieh!

KNABE *im Schlafe*

Ich will auf deinem Wagen stehn, mein König,
und dir die Pfeile reichen. Ich will schwelgen,
wenn du den Tod ausstreust mit Königshänden.

WÄRTER Hör den, der ist schon mitten drin.

TÜRHÜTER Ich sage, mach, daß du fortkommst.

WÄRTER Warum tut er das? Warum ists ihm so um die Kron? Ist er nicht der reichste Herr im Land und der Bruder der Königin? Hat er nicht einen Hundezwinger wie kein König in Griechenland? Ich verstehs nicht, was ihn treibt, ich ließ' es, wenn ich er wäre.

TÜRHÜTER Er ließ' es auch, wenn er du wäre.

EIN DIENER *kommt gelaufen*

Sie bringen den Magier!
Halb geführt und halb getragen!
Er hat die Augen zu, sie bringen ihn.

*Der Magier Anagyrotidas, von zweien geführt. Ein verstörtes, bleiches Gesicht, die Augen mit schweren Lidern geschlossen. Kreon tritt aus dem Haus hervor, fürstlich gekleidet.*

DIENER *zum Magier*

Du stehst vor Kreon, Mensch.

KREON Du bist der Magier?

MAGIER *mit geschlossenen Augen*

Sein Leib, mit Schwerterhieben blutend aus
dem Mutterschoß der Nacht herausgehaun,
steht hier. Fluch über deine Knechte, die
ihn vor dich schleppten.

KREON Meine Knechte taten,
was ich befahl. Sie packten dich im Schlaf?

MAGIER

Fluch dem, der es befahl. Die Nacht war gut.
Die Nacht war ohnegleichen. Auf dem Leib
des Opfertieres lag ich, zuckend mit
dem Zuckenden. Aus seiner Kehle troff
das Blut. Ich mischte meinen Hauch damit,
da fuhr die Seele mir aus meinem Leib
und schwang sich auf dem Tier hinab zur Herrin Hekate.
Weh, die Gelenke schmerzen!

KREON Laß sie schmerzen.
Ich leg dir Turmalin und Amethyst
herum!
MAGIER Den göttlich Nackten rissen sie
in kalte Finsternis empor.
KREON In Purpur
und Byssos will ich dir die Glieder wickeln.
MAGIER
Verflucht ihr Atem, den ich spüren mußte.
KREON
Wolken von Ambra über dich und Duft
von Myrrhen Tag und Nacht, wenn du mir hilfst!
MAGIER *schlägt die Augen auf*
Was ists, das du begehrst?
KREON Muß ich dem Magier
viel reden? Mach mir meine Seele stark,
Anagyrotidas, dann fordre, was du willst.
MAGIER
Du bist in einen großen Kampf verstrickt
um einen hohen Preis.
KREON Du sagst es.
MAGIER Tag
und Nacht hörst du nicht auf zu ringen.
Du hast mich aus dem Grab gescharrt, darin
ich lebend lag, du kannst nicht länger warten:
denn eine Kraft ist dir entgegen, stärker
als deine Kraft.
KREON Du hast es wiederum
getroffen.
MAGIER Aber nicht im Lichte wird
der Kampf gekämpft: ein Etwas aus dem Dunkel
wirkt seinen Zauber gegen dich.
KREON So scheints.
MAGIER
Von nah Verwandten etwa geht es aus.
KREON
Magier, du bist sehr klug.
MAGIER Für meine Augen ist

ein Menschenleib ein aufgeschlagnes Buch,
und jede Seele trägt die Miene ihres Schicksals
vor meinem Blick.

KREON So kannst du meinen Feind
mir sagen?

MAGIER Groß ist seine Kraft. Das seh ich.
Drum flackert dein Gesicht, wie dessen, der
gemartert wird. Er saugt an deiner Seele.
Er stiehlt dich von dir selber. Wo du bist,
dort bist du nicht. Der Tag, den du betrittst,
ist doch nicht völlig Tag, die Nacht nicht völlig Nacht
und gleicht von fern nur frühren Nächt und Tagen,
stets schweifst du, wie auf einem fremden Stern,
und Fremdes schweift durch dich, die Krongewalt der Seele
der eigenen, ist dir entwendet, und der Welt
Gebirg und Meer und Täler sind die Kissen nur,
die deine Seele qualvoll durcheinander wirft,
um sich zu wälzen aus dem wüsten Fiebertraum.

KREON
Oh, du bist groß, der meine Krankheit kennt
und hat mich nie gesehen! Magier,
befreie mir die Seele, und ich lasse dich
auf einem weißen Roß mit goldnen Zäumen
nach Hause führen!

MAGIER
Der Feind, der mit dir ringt, hat eine mächtige Seele.

KREON
Ich nenn ihn dir, Anagyrotidas!
dann aber hilf mir: es ist meine Schwester.
Versöhne mir die Schwester, daß sie mir
die Seele freigibt und mich König werden läßt!
Sie hat mich einst geliebt, nun haßt sie mich,
die Schwester, hörst du mich? Sie ist der Dämon,
der mir die Seele aus dem Leibe saugt:
denn ich hab fürchterlich an ihr getan,
so tut sie fürchterlich an mir und zahlt.
In ihrer Hochzeitsnacht, verstehst du mich,

am Abend, da sich König Laïos
vermählte mit Jokaste, sandten mich,
den Knaben, der ich war, die hohen Priester
mit einer Botschaft. Willst die Botschaft wissen?
So fahr auch dieses hin! Dies war die Botschaft:
»Nimm, Laïos, dich in acht, eh du das Bett besteigst,
und wahre dich, denn wenn dir je der Schoß
der leuchtenden Jokaste einen Sohn gebiert,
so stirbst du auch von dieses Sohnes Hand.
Nun wähle!« Fürchterliche Botschaft, Magier,
im Mund des Kindes! Magier, es war
die Hochzeitsnacht des Königs. War die Nacht,
da er dem jungfräulichen Weibe nahte. Schwebt da nicht
die Herrin Hekate ganz nah der Erde,
wenn solch ein Königskind gezeugt soll werden?
Verflucht die Priester, die dem Kind das taten.
Aus Kindesmund den giftgen Tod hinein
zu träufeln in die Lebenssaat! Da gings
wie mit der giftgen Salbe, die Medea
zur Hochzeit der Kreusa sandte: die
zerfraß das Salbengefäß.

MAGIER Zerfraß das Gift
des Kindes Seele?

KREON Ja, du fassest mich,
so hilf mir, Magier!

MAGIER Ich seh durch wüsten Nebel
Die Nacktheit deines Herzens glühn, gieß aus
die Seele, wie das schwarze Opferblut!

KREON
Durchdringen dich mit meines innersten
Geschicks unnennbarstem Gefühl, das will ich,
du großer Magier! Verlaß mich nicht,
denn heut entscheidet sich mein Schicksal, Magier.
Von dem Tag an zerfraß mein Herz und Hirn
dies Wissen: Du bist König, bis dahin
bist du das ungeborne Schattenbild
von einem König! Mensch, von Stund an waren
des Lebens Möglichkeiten abgelebt

im voraus. Welche Taten sollt ich tuen?
Sie waren alle unfruchtbar, sie rissen
die Krone nicht von Laïos' Kopf herab.
Da ließ ich meine Hände von den Taten.
Ich wanderte, mich widerte das Land,
ich ging zu Meer, da war das Meer erschöpft.
Des Weibes Lust zu voraus abgeweidet,
als hätt ich jede nackt in meinem Traum
gehabt und wiederum von mir getan.
Ein jedes Ding der Welt, ja auch der Mord,
hörst du mich, Magier, auch der Mord so schal,
als hätte ichs gekostet und dann wieder
von mir gespieen. Magier, die Götter
verglühten mir wie alte Fackeln! Aus-
gesogen war das Weltall, hörst du mich?
Das hat Jokaste mir getan, ihr Blick
hat mich gefeit gegen das Leben: weil
ich ihr das Ungeborene erwürgte,
hat sie mir so gezahlt, entmannt mein Wollen,
in ungeborene kraftlose Träume mich
gejagt. Ich hab zu viel geträumt. Beschneide mir
die Träume, Magier, mit einem Messer:
denn nun ist Laïos tot,
nun müssen meine Kräfte schwellen
zum Reißen, Mensch, nun muß ich greifen können
nach Kron und Schwert, die Träume muß ich abtun:
ein König träumt nicht, eines Königs Träume
gehen aus ihm hervor und werden Taten
und thronen in der Welt. Nun muß ich blühn,
sonst faule ich! Dies ist mein Schicksalsmorgen, Zauberer,
wenn du dran stürbest, reiß mir aus der Nacht
ein Ding hervor, dran ich mich klammern kann,
ein Ding, und wär es eine Qual, nur so viel
als dem, der spielt, das Blinken des noch nicht
geworfnen Würfels ist, daraus der Abgrund
ihm grinst und auch der Himmel lächelt! Magier,
nur einen solchen Lebensblick aus der
versteinten Welt, den zaubre mir hervor,

dann bin ich König, Magier, dann fordre
die Welt von mir! Wo geht dein Auge hin,
sieh mich nicht an, als ob du mich nicht kenntest.
Die Kraft über Jokaste! Soll ich Kräuter
anzünden? Willst du einen Becher trinken,
drin Perlen aufgelöst sind? willst du baden,
und wärs in Menschenblut? Womit bezwing ich
die Schwester?

MAGIER Opfre, Kreon, opfre, Kreon!

KREON

Was opfre ich? Die ganzen Herden, Magier?
Das Haus? Befiel, es geht in Flammen auf,
die Edelsteine, die Gewänder, alles?

MAGIER

O Kreon, was du nicht gekauft hast, Kreon,
ganz unbefleckt von deiner Seele Gier
und dennoch dir gehörig, dieses opfre
geschwinde.

ZWERG *hinzuspringend*

Solch ein Ding
ist nicht auf Erden, Zauberer, du lügst.
Kreon ist solch ein reicher Fürst, die Welt
hat nicht, was Kreon nicht sich kaufen könnte;
hat er nicht mich gekauft, den schönen Zwerg,
mich, den Äthiopien geboren hat?
Die Welt ist feil für Kreon. Kreon opfert
kein ungekauftes Ding.

KREON Leckst du die Lippen
und eiferst Hohn auf mich? Die Peitsche her!

*Zwerg läuft fort.*

KREON *zum Magier zurück*

Was greifen deine Arme in die Luft?

MAGIER

Mein Dämon faßt mich an. Verflucht die Hände,
die mir den heilgen Schlaf zerrissen, Fluch
der Gier in meinem Herzen, daß ich kam.

KREON

Und stürbest du, ich will die Antwort haben!
Was muß ich opfern?

MAGIER Kreon, sei verflucht,
aus meines Todes Schweiß heraus verflucht,
für dein und meine Gier.
Auch wenn ich jetzt nicht sterbe, sei verflucht,
daß ich den Tod vorkosten muß.

KREON Die Antwort.

MAGIER
Ich sterbe.

KREON *packt ihn*
Wie bezwing ich mein Geschick?
*Magier stürzt zu Boden.*

KREON
Ihr Diener!
*Diener kommen.*
Schafft dies fort.

EIN DIENER Er ist nicht tot.
So lag er auch, als wir ihn holten: auf den Knien
bat uns sein Bruder, ihn zu schonen, bis
die Seele ihm von selbst zurückgekehrt.
Du hattest uns befohlen: diesen Morgen!
so schleppten wir ihn her.
*Zwei tragen den Magier weg.*

KREON Ins Haus, mir aus den Augen.
Die Welt ist übertüncht. Ich hab das Glück,
daß unter meinen Augen ihre Risse
aufklaffen und mir scheußliche Geburten
entgegenspringen. Mußt ich noch die Leiche
an meine Brust mir legen? Wie lang schlief ich
heut morgen?

DIENER Herr, du schliefest nicht, du warst
zu Wagen in der Stadt.

KREON Vergeß ich das, du Tier?
Wie lang ich nach dem Bade schlief?

DIENER Nur kaum
geruhet hast du nach dem Bad, die Augen
kaum zugetan.

KREON *kehrt ihm den Rücken. Der Diener geht, sich neigend.*
Die Augen kaum. Und dennoch

so maßlos widerlich geträumt. Mich alt geträumt,
mit einer wüsten Schwere in den Gliedern,
und noch nicht König, immer noch nicht König
in Theben! Was? So etwas wie ein Diener
des neuen Mannes, der dann König war.
Ich glaube, als sein Bote stand ich vor ihm
und wurde ausgescholten. Brächt ich nur
den Ton aus meinem Ohr, mit dem ich ihm
entgegnete, ein ekler Ton, ich glaub
ich habe sein Gewand mit meinen Händen
demütig angerührt. Verfluchter Traum!
Und wie ich das Gesicht des fremden Menschen
in mir nicht wiederfinde. Wenn ich glaub,
da ists, dann nimmts von Laïos Züge an,
ist eine Art von jüngrer Laïos, ist
ein Laïos, der wiederkam! Wer bin ich
wenn ich voll Stoff zu solchen Träumen bin?
O bodenloser Abgrund, wenn das Zeugende
des tief geheimen Denkens mir zu innerst
mit solcher Unkraft mir vergiftet ist
und in so fahlen Träumen seinen Atem
ausläßt, daß mir vor Ekel übel wird.

DER KNABE *schnell aufstehend*
Herr, was befiehlst du mir?

KREON Schlaf fort, das junge Blut
braucht seinen Schlaf.

KNABE Heut nicht. Ich schlief auch nicht.

KREON
Du schliefst nicht?

KNABE Nein, doch Herr, ich lehnte hier:
dein Schritt ist wie des Panthers, und ich habe dich
gehört den Gang herüber aus dem Bade.
Schlief ich im Stehen?

KREON Ei, war niemand hier?

KNABE
Kein Mensch.

KREON Ach!

KNABE Herr, du seufzest?

KREON *vor sich* Eine Nacht
voll solchen Schlafs.
KNABE Wie sollt ich schlafen können
nach einer solchen Nacht! Herr, du bist bleich
nach einer solchen Nacht!
KREON Was weißt du, Knabe,
von meinen Nächten?
KNABE War ich nicht mit dir?
O was für eine Nacht, Herr! Einen König
hat sie gemacht und hats gewußt und funkelnd
und blinkend sich gebrüstet, daß sies wußte.
Und wo du tratest in die Häuser, Herr,
da schlug das Dunkel vor wie eine Mähne,
und aus dem Dunkel hob sich Wind und rauschte
und deckte das Geheimnis zu. Die Sterne wollten
aus ihrer Fassung brechen, um herab
zu stürzen in dein Diadem. Ich lag
bei deinem Wagen vor den Häusern, fliegend
in Fieber.
KREON Knabe, wenn ich König bin,
so laß ich deinen Namen in das Gold
des Weinpokales graben, draus ich trinke
zu Abend.
KNABE Und ich horchte in das Raunen
und Rauschen in der Luft, die königlich
dein Schicksal wob, und wenn ein dumpfer Laut
hervordrang aus den Häusern, wußte ich,
nun fallen Männer, fürstliche, vor dir
zur Erde, ihrem König sich zu weihn.
Mit dieser Nacht hast du vorausbezahlt
den Pfeil, der mich in deiner ersten Schlacht
ins Herz mag treffen, Herr, und wenn er kommt,
sink ich von deinem Wagen in den Tod
und lache, wie der Schwimmer, der vom Kahn
sich gleiten läßt ins Wasser, weil er satt ist
die Lust des Fahrens.
KREON Könnt ich seine Worte
für einen Morgentrunk in meine Seel

mir trinken. Ah, durchlöchert ist der Becher,
nichts kommt in mich.

KNABE Herr, ich hör einen laufen,
ein Bote, Herr. Hierher, hierher!

KREON *vor sich*
Was kann da werden? Hat ein Sieger je
an seinem Königsmorgen so geträumt?

ERSTER BOTE *hereinstürzend*
Wer weist mich zu dem Fürsten? Wo im Hause
find ich den Kreon, der heut König wird?

KREON *hervortretend*
Was bringst du ihm?

BOTE *fällt vor ihm nieder* Ein ungeheures Glück.
Die Worte sind zu arm, du großer Fürst.
Vom flachen Land komm ich hereingeflogen:
es sammeln sich die Hirten deiner Herden,
die Knechte sich im Wein- und Ackerland
und sie ergreifen Winzermesser und
sie binden Sicheln an die Hirtenstäbe:
es sind Sendboten durchgeritten überall.

KREON
Sendboten?

BOTE Weiß auf schaumbedeckten Pferden.

KREON
Geschickt von mir?

BOTE Von dir? Von Göttern scheints
gespornt und ausgespieen von der Erde!
Es heißt, durch eines deiner Dörfer hat man
die Dioskuren selbst jagen sehn
und rufen hören: Waffnet euch, ihr Männer,
für Kreon! Waffnet euch und zieht hinein,
ihm helfen!

ZWEITER BOTE *schnell auftretend*
Botenlohn, mein großer Fürst,
ich bin Agathokles, der Tagesläufer,
und bring die Krone dir von Theben, Kreon,
im Mund getragen.

KREON Laß sie fallen, Freund.

ZWEITER BOTE
Die Stadt ist auf, das Schifferviertel brennt,
und wie mit Nackten und mit Schreienden
der Fluß und Strand sich füllen, von den Brücken
da schreits herab: Laßt eure Häuser brennen,
ihr Schiffer, Kreon wird euch Häuser geben!
Auf, die ihr keine Häuser habt, zu Kreon,
der König sein soll!

KREON Und wie wirkt das Wort?

ZWEITER BOTE
Wie's wirkt? So, daß sich aus dem Löwentor
Zehntausend wälzen, ehe eine Stunde
vergeht, um dort vor jener Königsburg
für dich zu pochen, Herr!

DRITTER BOTE *auftretend*
Was immer diese melden, König Kreon,
heiß sie zur Seite stehn und warten, ich
allein bin wert, gehört zu werden.

KREON Bursche,
du grüßest vorschnell.

DRITTER BOTE Nein, ich grüße richtig,
denn aus der heilgen Straße komm ich keuchend:
da wälzt sich dir ein unerhörter Zug,
ein unabsehbarer von Priestern, Kreon,
und dieses singen sie: Seht euren König,
ihr heiligen Thebaner, der die Sphinx
vertreiben wird aus ihrer Kluft zu Harma,
und Kreon ist sein Name.

KNABE O mein König,
ich fühle wie die Züge sich begegnen!
In meiner Brust, geliebter Herr, begegnen,
einander sich die drei, wie Flüsse dröhnend!
Verfärbst du dich?

KREON Vor Ekel über dich
schmeichelnde Kröte, lügnerische.

KNABE Ich
dir lügen?

KREON Wie soll dies geschehn können

jemals, daß diese glatten Künste, diese
erbärmlich mühsam ausgesonnenen,
Gewalt bekommen, wirkliche, das Volk
empor zu reißen zu der Königsburg,
auf daß sie mich zu ihrem König machen,
mich, dessen Herz sie minder kennen als
die Klüfte des Kythäronbergs da drüben?

KNABE *zu den Boten*
Ich bitt euch, geht, der Herr, ihr seht, ist unwohl.
Im Hause seid so gütig, Freunde, wartet.
Man ruft euch wieder.

ZWEITER BOTE Herr, bei meinem Kopf,
ich hab dir wahr geredet.

KNABE Geht nur, geht,
wer zweifelt!

ERSTER BOTE *in der Tür noch zu Kreon*
Wie ich sagte, Herr, die Deinen
unzählbar wimmeln aus dem flachen Land
gewaffnet.

KREON Auch die Dirnen?

ERSTER BOTE Wie, mein Fürst?

KREON
Ich meine, ob die Dioskuren auch
Kuhdirnen sich bewaffnen hießen, mir
die Krone zu ergattern?

KNABE Geht, man ruft euch.
*Drängt sie ins Haus.*

KREON
Was starrst du so auf mich? Da du ja weißt,
daß ich dies alles ausgesonnen habe,
da du ja weißt, aus welchem Stoff dies alles
gebildet ist! Wie kannst du jubeln, Schlange,
wenn du vernimmst, daß nun die Sonne das
soll sehen, was der bodenlose Abgrund
heraufschickt, der die fahlen Träume mir
gebiert! Dies alles ist die Kreatur
meines Verlangens: Knabe, wo war Kraft in dem
Verlangen?

Verflucht, was da erbärmlich sich hinaufschleppt:
ich wills erwürgen, eh die Sonne es bescheint.
Mich graust, ich will nicht vor den Spiegel treten,
in dem ich ganz mich sehen muß!

KNABE Mein König!

KREON
Ja, wirst du fahl, wird alles fahl, worauf
mein Auge fällt? Muß ich mit jedem Blick
die Leichen sehn in übertünchten Gräbern?
Tritt ab!

KNABE Herr, fürchterlich versuchst du mich,
Doch du versehrst mir meine Seele nicht.
Hör ich dich reden, daß das Blut mir friert,
so denk ich: träumend mußt du nieder, wie
das Niedrige empor sich träumt, und säh ich
dich tun mit den Händen eine Tat
des Grausens, säh ich dich in Schmach und Leiden
dich wälzen, dann noch schriee es in mir:
so müssen Könige ihr Diadem aufwiegen,
und würfe mich vor deine Füße hin.

KREON
Wie klug du lügst.

KNABE Veracht mich nur, was hab ich
vor dir getan!

KREON Ah, schminkst du dich mit Tränen?
Man kann sich auch mit Taten schminken, also
warum mit Tränen nicht? Sag mir, womit
hab ich denn dich gekauft? Ists mit dem Glanz
des Königsschwertes, das du vor mir her
willst tragen? Mit dem Platz an meiner Seite
in meinem Wagen? Füllen die die Seele dir
bis an den Rand?

KNABE Du hast mich nicht gekauft,
es sei denn damit, daß du Kreon bist
und ein geborner König. Sieh, das kann ich
beweisen, Herr, mit einer Schrift, die mir
auf meiner Brust geschrieben ist.

KREON Die Narbe
hier überm Herzen

KNABE Ja! Die ist aus einer Nacht,
da lagen wir auf unsren Knien in Theben,
und in das Dunkel sangen zu den Göttern
die Priester. Trug der Nachtwind dirs herauf?
Denn alles dieses war um deinetwillen.

KREON Wars die Nacht,
da ich die Sphinx bestehn ging?

KNABE Die Nacht.
Mit einem Mal erloschen alle Lichter,
und alles Singen wurde still, und alle beteten für dich,
mir aber schien mein Beten zu gering,
denn es bestand nur aus Gedanken, zwar
aus glühenden, doch haftet auch Gedanken
noch von der Nichtigkeit der Worte an.
So griff ich nach dem kleinen Messer, das ich
im Gürtel trug, und ließ mein Blut hinfließen
für dich.

KREON Und ich, bevor der Morgen graute,
bin ich zurückgekehrt, unfruchtbar war
mein Gang und dein Geopfertes vergeblich.
Ekelt dich nicht?

KNABE Die Götter wolltens nicht
in jener Nacht. Sie gaben dir ein Zeichen:
sie ließen deines Fackelträgers Fuß
ausgleiten und er stürzte in den Abgrund,
so mußtest du zurück. Doch, siehe, ich,
ich wußte nicht, daß ich im Leben noch
die Augen würde auftun, und ich wußte nicht,
daß dein Schwertträger lag, wo nur die Geier
ihn fänden!

KREON Midas bin ich, Midas, Midas,
dem was er anrührt scheußlich sich verwandelt!
Ich hab auch dich gekauft, schwachsinn'ger Knabe,
es waren nicht die Götter, die den Mann,
der mir die Fackel trug, in Abgrund stürzten.

KNABE
Auf einem solchen Wege strauchelt keiner
von ungefähr.

KREON
In seinem Rücken steckt mein Dolch.
KNABE Sag nein!
sag, daß du mich nur prüfst! Wenn du ihn haßtest,
warum dein Schwert ihn tragen lassen?
KREON Knabe,
ich weiß nicht, ob ich ihn gehaßt hab oder
geliebt. Doch wie er damals vor mir herging,
so fühlte ich, daß er in seinem Herzen
nicht glaubte, daß ich siegen würde, hörst du?
Ich fühlte es an seinem Schritt, ich konnte
es seinem Rücken ansehn, – da erstach ich ihn.
*Der Knabe verhüllt sich das Gesicht.*
KREON
Wenn er als Fackelträger vor mir herging
und mich im Innern preisgab, war er da
nicht ein Verräter?
*Der Knabe zittert.*
KREON Schweigst du mir? Du meinst, entscheiden
darüber könnte einer nur, der wüßte,
ob er im Herzen ein Verräter war
an mir – vielleicht in seinem Herzen litt er
an seinem Zweifel. Sieh, ich sage dir,
wer so ist, dem ist besser, nicht zu leben.
Einfache Seelen sollen leben, Knabe.
Nun, Knabe, willst du noch Kreons Schwertträger sein?
KNABE *auf der Erde*
Laß mich.
KREON *über ihn gebeugt*
Hab ich dich Furcht gelehrt, und gingest immer
wie einer, den vom Rücken nichts bedroht,
Beneidenswerter!...
*Eine Stille* Also doch gekauft,
gekauft ums Leben dessen, der vor dir
mein Schwert trug...
*Eine Stille* Und mir ist, als hätte etwas mir
die Hand geführt bei dem lautlosen Stoß:

vielleicht war das dein Dämon, Knabe. Knabe,
hast du nicht ein begehrlich Spiel gespielt,
die Nacht mit deinem Blut?
*Geht weg zur Tür.*

KNABE *sich aufrichtend* Weh, bleib ich nun bei dir,
so denkt dein Herz, du habest mich gekauft
mit deines Schwertes Glanz und mit dem Platz auf deinem Wagen.

KREON *an der Tür*
Hörst du, wie die uralten Totenlieder
um Laïos aus allen Mauern dringen?
Die Königin ist stark, verlaß mich, Knabe,
wer klug ist, läßt ein Schiff, das sinken soll.

KNABE *steht auf, gebrochen*
Dein Blick ist traurig, Herr, wie ich ihn nie
gesehen habe. Über einen Abgrund
von Qualen kommt er mir herüber. Herr,
wie wenig kenne ich dein Herz! ich fühle,
du kannst hier sein und anderswo. Mein König,
wo bist du?

KREON Immer wo ich nicht sein will,
einfache Seele du. Was gäb ich drum,
bei dir zu sein, den ich erkauft mir hab,
und bin, ich glaub, bei dem, der tot ist, der
im Abgrund dort verwest.

KNABE Herr, deine Seele
ist krank, mein König.

KREON Und doch könnt ich dich
mehr lieben, als ich jemals ihn geliebt.
Allein ich glaub, er gab mir größre Kraft,
wenn er bei mir war. Wär er jetzt bei mir,
mir ist, ich stünde nicht von meiner Unkraft
geschüttelt hier, mir ist, wär er bei mir,
ich läg und schliefe jetzt und aus dem Schlaf
mich wecken kämen sie und legten mir
die Krone auf mein Bett.

KNABE Mein Herr und König,
in deiner ersten Schlacht will ich auf deinem Wagen stehn,

mit offnem Hals und unbedecktem Haupt
und mich für dich dem ersten Pfeil hingeben.

KREON
Ist das die Luft, in der ich siegen kann?
Wie sie die unheimlichen Totenlieder mir
herüberjagt zum Hohn!

KNABE Die Lieder sind
um Laïos, der König war vor dir.

KREON
Ganz recht, warum zog Laïos hinaus
und ließ die Lanzenträger hinter sich?
Wem hält das Weib die Burg? Für wen bewahrt sie
Stirnreif und Schwert?

KNABE Das Volk von Theben pocht
ans Tor für dich.

KREON Verdammter Widerhall
kraftloser Wünsche. Nirgends aus der Luft
schwingt sich ein Helfer mir und wär es nur
ein Fächeln, nur ein Hauch. Wie ausgesogen
das Weltall. Zog er nicht hinaus wie einer,
der Platz zu machen geht? Für wen? Ich muß sie fragen.
*Will fort.*

KNABE
In einer Stunde, Kreon, bist du König,
dann frag.

KREON Jetzt muß ichs wissen, blöder Knabe,
jetzt oder nie. Sie thront und ist ein Dämon
voll Kraft und höhnt mich mit den Totenliedern,
sie hält mein nacktes Schicksal in den Händen.

KNABE
In deinen Händen ist dein Schicksal, Kreon.

KREON
Schweig mir! Warum zog Laïos in den Tod?
Es gibt keinen Gedanken auf der Welt, als diesen.

KNABE
Weil Laïos in seinen Tod hinauszog,
um dessentwillen kannst du König sein,
eh diese Sonne sinkt.

KREON Blödsichtger Knabe, eben
weil dies auf meinem Weg so lächelt, darum
atmet es mein Verderben!
*Stürzt hinaus.*

KNABE Kreon! Kreon!
Er hört mich nicht – Ich bin ihm nichts. Das Weltall
stockt rings um ihn. Er glaubt an keinen Menschen.
Kein Weg zu ihm. Ein Weg ist immer: einer –
vor dem mich schaudert, dieser ist der meine,
der einzige, – sonst bin ich nichts, verworfen,
ein Scherben.
*Zieht ein Messer*
Kreon,
du sollst den Dämon haben, der sich dir
herniederschwingt aus leerer Luft und Kraft
in deine Seele fächelt, o mein König!...
Man kann sich auch mit Taten schminken. Gräßlich,
daß mir das einfällt. Fort, das ist ein Wirbel,
der mich nicht packen darf. Ich muß mich haben.
Jetzt darf ich schnell mich geben.
*Geht ins Haus.*

VIERTER BOTE *kommt eilig* Kreon! Kreon!

FÜNFTER *kommt*
Die Schiffervorstadt brennt, zehntausend schreien
nach einem König. Wo ist Kreon?

VIERTER Kreon!

FÜNFTER
Ins Haus, dies hat nicht Zeit!

VIERTER *in der Tür* Hier liegt ein Mensch.

FÜNFTER *bei ihm*
Sein Knabe? Schläft der hier?

VIERTER Ich bin voll Blut.

FÜNFTER
Der Knab ist tot!

VIERTER Er ist noch warm, doch jetzt
ist nicht die Stunde, dies zu melden.

SECHSTER *kommt eilig* Kreon!

*Verhangenes Gemach im Palast. Halbdunkel. Links führen Stufen zu einer türlosen Öffnung in ein anderes, höher gelegenes Gemach.*
*Jokaste tritt herein. Im gleichen Augenblick tritt oben auf der Schwelle des Nebengemachs Antiope hervor. Ihr greises Gesicht ist blutlos weiß; ihr dunkles Gewand verfließt in der Dämmerung des Raumes. Sie stützt sich auf einen Stab.*
*Im Augenblick, da Jokaste hereintritt, hört man sehr stark den Gesang der Totenklägerinnen im Hause. Dann dämpft er sich sogleich, als wären Türen zugefallen.*

JOKASTE
Schläfst du, Mutter?
ANTIOPE *von oben, wo sie bleibt*
Meine Augen schlafen, aber mein Herz ist wach.
Was singen die?
JOKASTE Die Totenlieder, Mutter,
um Laïos, deinen Sohn.
ANTIOPE Und du klagst nicht?
Du liegst nicht an der Erde? Dein Gewand
ist nicht zerrissen?
JOKASTE Meine Frauen haben
die Brüste sich zerschlagen. Hörst du nicht,
wie das Gewölbe schallt von ihren Klagen?
Sie wälzen für mich ihren traurigen Leib auf der Erde,
in mir ist alles auf Tod und Trauer gestellt –
was brauch ich die Zeichen?
Was frommt mir die Gebärde?
ANTIOPE *böse*
So große Kräfte sind in deinem Blut,
du Königin, die große Priesterin –
wer ergründet deinen königlichen Sinn!
was brauchst du die Toten zu ehren!
JOKASTE
Was willst du, Mutter, von mir?
ANTIOPE
Wehe denen, die unfruchtbar sind!

JOKASTE

Mutter, du hast zu lange gelebt –
so warst du fruchtbar und bist es nicht mehr,
deine gesegneten Hände sind heute wieder leer,
kinderlos ist wieder dein Schoß.
Und der Wind gehet um dich herum
so wie um mich.

ANTIOPE

Wehe über dich, daß es so ist!
Dein Wort kehrt sich wider dich,
indem es aus deinem Munde geht.

JOKASTE

Mutter, was willst du von mir?

ANTIOPE

Laïos, meinen Sohn, will ich von dir!
Gib mir ihn wieder!

JOKASTE

Mutter, er war mein Mann. Wer hilft mir?

ANTIOPE

Ich stand aufrecht, als sie aus Königsschlachten
meinen Mann und meine Brüder brachten.
So wie Laïos starb, dürfen Könige nicht sterben:
vor der Zeit bleichte sein Haar,
mit Netzen umstellte ihn, daß ich es sah,
ein langsames Verderben.
Gib mir ihn wieder!

JOKASTE

Mutter, komm zu dir! Ich bin seine Frau.

ANTIOPE

Wer die Unfruchtbare zu sich nimmt,
auf den blicken die Götter ergrimmt.
Er schläft mit ihr, er teilt mit ihr sein Brot, –
so ißt er sich den langsamen Tod.
Er atmet den Fluch in sein eigenes Blut,
er wird des Lebens nimmer froh –
wehe!

JOKASTE

Mutter, von wem redest du so?

ANTIOPE
Du warst seine Frau? So höre mich an,
die ich auch eine Königin bin.
Ich weiß die Gesetze und die Gebräuche und ihren Sinn.
Königen sind ihre Frauen gegeben,
damit das, was königlich war an ihnen,
an ihren Seelen und ihren Mienen,
ihre Königsgedanken und Königsgebärden,
unter den Völkern weiterlebe:
wo ist das Ebenbild, geprägt in deinem Schoß,
darin ich königlich und groß
meinen Sohn wiedersehe?
Bring ihn doch, daß ich mich freue seiner Nähe!

JOKASTE
Mutter, laß uns jede in ihre Kammer gehn
und um die Toten weinen.
Aber es sind nicht alle Dinge auf Erden
so wie sie scheinen.

*Antiope schweigt haßvoll, wendet sich aufgestützt halb ab*

JOKASTE *die Hände zu ihr hebend*
O Mutter meines Königs und Erlauchte,
wie glich mein Gatte dir an Stirn und Aug.
Ich neige mich vor dir, die du ihn mir
geboren hast.

ANTIOPE Warum zog Laïos,
mein Sohn, hinaus? Ich weiß, du kannst nicht lügen,
so sag es mir. Ertrug er nicht das Haus,
das ohne Kinder war, und widerte
dein unfruchtbares Bette seinem Herzen,
daß er hinzog mit wenig Knechten, so
wie einer, der den Tod nicht meiden will?

JOKASTE
Wer meidet seinen Tod? Nach Delphoi zog
dein Sohn zum Gott –

ANTIOPE Im Herzen welche Bitte,
die, ehe sie ans Licht kam, ungesprochen,
ermordet ist mit ihm zugleich?

JOKASTE Du fragst?
Die Sphinx! Erträgt ein König das?

ANTIOPE
Du teilst sein Bett; du sagst, das war der Grund?
JOKASTE
Seitdem der Dämon sich zum Nest gewählt
die Höhle dort und singend Männer würgte,
kam Nacht für Nacht kein Schlaf in unsre Augen,
wir saßen aufrecht da und lauerten,
und gräßlich wars zu hören – gräßlicher
die Stille. Unsre Blicke mieden sich
und unsre Lippen blieben zu – allein
wir dachten nur das Eine.
ANTIOPE Warum zog
der König nie hinaus und brachte Opfer
und übte heilge Bräuche vor der Höhle,
darin sie haust?
JOKASTE Dies ist – vielleicht geschehn –
vielleicht hat Laïos ein sehr großes Opfer
gebracht in einer finstern Opfernacht.
ANTIOPE
An welchem Ort?
JOKASTE Die Götter selber wählen
den Ort.
ANTIOPE Allein der Dämon lebt und mordet!
So war dies Opfer nicht genug.
JOKASTE So scheints.
*Für sich*
Ich sag mirs selbst – nun sagt sies auch. Leb wohl.
ANTIOPE
Leb wohl? Du bleibst ja hier. Und ich – auch ich –
Meinst du, ich stürbe schnell dem Sohne nach,
und sagst mir Lebewohl? Allein ich lebe.
Und wenn mich dies nicht in die Grube warf,
so steh ich fest: uralte Götter nähren
mein altes Blut, die Nacht und andere,
zu denen ihr zu wenig betet. Ich
bedarf nicht Schlafes. Meine Augen sehen
die Nacht, auch wenn es tagt, so wie wer tief
genug in einen alten Brunnen stieg,

die Sterne auch am hellen Mittag schaut.
Ich lebe halb im Leben, halb im Tod.
Die ich geboren habe, sind dahin.
Der erste war ein schönes Kind: ihn zog
ein glitzernd helles unschuldsvolles Wasser,
ein liebliches hinab, – da war er tot.
Der zweite war ein kühner, wilder Knabe:
er legte Feur an seiner Feinde Stadt,
und Feur verbrannte seinen Leib. Der dritte –
*Sinnt nach*
der dritte war dein Mann, er fuhr die Straße
durch fremdes Berggeklüft in Nacht und Wind
und kam nicht mehr zurück. Ich aber lebe.
Was ich dahingab an den offnen Tag,
ist mir zur Nacht geheim zurückgekommen.
Mir ist, ich überlebe auch noch dich.

JOKASTE *vor sich*
Das kann leicht sein.

ANTIOPE Obwohl du dastehst funkelnd
von innen und bezeichnet bist mit Zeichen
des Lebens – so wie Laïos für mein Aug
die Todeszeichen trug. – Doch was mich hält,
ist gleich geheimnisvoll wie das, was lebt
in dem Rubin, dem einzigen, der mitten
im königlichen Stirnreif stizt und nachts
viel stärker als am Tage glüht, und stoß ich
einmal die Nahrung und den Trunk zurück,
so leb ich dann vielleicht noch Jahr und Tag,
im Dunkel kauernd, von den matten Blitzen
des Königsschwerts, das dort am Nagel hängt.
Von diesem Stab löst meine Hände nicht
der Tod: es muß ein Gott und ein Geschick
des Weges kommen und mir aus den Händen
ihn winden.

JOKASTE Ja, du redest zu den Göttern
wie zu verwandtem Blut. Du ringst mit ihnen
wie eine Riesenfackel mit dem Sturm.
*Für sich*

Ich brenne mit so schwacher Flamme, käme
ein Kind, das irgendwo im Schatten steht,
es könnte sie ausatmen. Mutter – Mutter –
wie gleichen deine Hände, wenn sie so
den Stab umklammern, Laïos' Händen! Mutter –
er war fürwahr dein Sohn. Mit solchen Händen
hielt er das Königsschwert, mit solchen faßt' er
das Diadem – umschlang er meinen Leib – –
*Vor sich, halb unbewußt*
mit solchen Händen griff er nach dem Kinde – –
Weh, Mutter, hörst du mich?

ANTIOPE Ich höre dich –
du sprachst von Laïos, meinem Kind.

JOKASTE Ich sprach
von Laïos und einem Kind!

ANTIOPE Du hast ihm
kein Kind geboren. Weh den Unfruchtbaren!
Sie tragen einen Fluch!

JOKASTE Dich schaudert nicht,
wenn du bedenkst, was du geboren hast?

ANTIOPE
Ich trug von einem König Könige!
Fort mit der Kinderlosen, aus dem Bette!

JOKASTE
Mich würde schaudern bis ins Mark, zu denken,
daß ich die Mutter eines Menschen bin.
Weh, Mutter von Dämonen! Schuld und Qual
aufhäufend maßlos! Wo sind Grenzen? Wie
entsühnst du dich? Wie legst du an die Kette
das rasende Begehren? Wann erlischt
der Brand, der springt und springt und was er anfällt,
verzehren will! So fleh doch um ein Ende!
Was einer leiden kann, ist ohne Maß!
So segne doch die Götter, daß sie gnädig
mit ihren Füßen ausgetreten haben
das Feuer rings um dich, das fressende
aus deinem Leib, und dich mir gleich gemacht.
Nun atmet reine Luft um dich herum,

und stirbst du nun, so kommst du ganz zur Ruh.
Wohl dir und mir!

ANTIOPE Fluch über deine Zunge!
Auf, meine Söhne! Auf, du aus dem Wasser –
du aus dem Feuer – du aus frischem Grab!
Auf! Her zu mir! Und treibt das Weib hinaus!
Sie höhnt mich, daß ich fruchtbar war, und prahlt,
die nichts geboren hat.

JOKASTE Ich hab geboren.

ANTIOPE *böse*
Beinahe hättest du. Allein den Atem
ihm mitzugeben, das hast du vergessen.
So kam es tot zur Welt und tauschte nur
ein Grab mit einem Grab.

JOKASTE *finster* Es hat gelebt.

ANTIOPE
Das stolze Kind! Wie viele Augenblicke?
Denn Stunden warens nicht.

JOKASTE Es hat gelebt,
solang, als diese Hände da zu leben
ihm gönnen wollten.

ANTIOPE Diese?

JOKASTE Oder die
des Sohnes. Denn es sind die gleichen.

ANTIOPE Was
für Reden sind das? – Dunkle jedenfalls.

JOKASTE
Die Tat war mehr als dunkel. Sie hat Nacht
für immer ausgeschüttet über mich
und über ihn.

ANTIOPE Ich höre, wenn du willst,
oder ich lasse dich und gehe fort.
Für Rätselreden ist mein Kopf zu alt.

JOKASTE
Stammutter alles dieses Unheils du,
so hast du nicht zur Grube fahren dürfen,
bevor auch dieses Letzte, Tiefverborgne
noch, wo es lag und über ihm, gewälzt,

die Qual von Jahren, unaufhaltsam sich
ans Freie windet und hinüberkriecht
in deinen Leib, wie, wenn es Abend wird,
die Schlangen zu der alten Höhle kehren.
Denn ohne daß ich mich bezwingen kann,
tritt es aus mir hervor – als stiege unten
in meine Seele unaufhaltsam, lautlos
wie dunkles Wasser schon der Tod und jagte
ans Freie, was da wohnt.

ANTIOPE Ich steh und höre.

JOKASTE
Aus meinem Schoß das Kind, das schöne Kind,
mit Augen tief und strahlend, mit dem Hauch
des Lebens rings um seinen Leib – das starke,
lebendige Kind – mit seinen beiden Händen
hat Laïos es erwürgt!

ANTIOPE Sie ist von Sinnen!
Jokaste, komm zu dir!

JOKASTE Ich bin bei mir.
Erwürgt mit eignen Händen oder fort
getragen und dem Knecht gegeben, der
es töten mußte. Ist nicht dies wie jenes?
Weh mir! Wie er es griff, das sehen noch
die Augen da – dann wurde Dunkel – Dunkel!
Und als ich zu mir kam, da stand er da
an meinem Bette, Laïos, – da wars
vorbei.

*Antiope schweigt.*

JOKASTE Hörst du mich, Mutter? Tot
war mein lebendiges Kind!

*Antiope schweigt.*

JOKASTE Bist du von Stein?

*Nach einer Stille*

ANTIOPE
Warum hat Laïos, mein Sohn, der König,
das Kind aus deinem Schoß mit eigner Hand
hinrichten müssen? War es nicht sein Blut,
er hätte dich gerichtet mit dem Kinde.
Ich kann nicht sehn im Finstern. Rede du.

JOKASTE
Willst du es bis zur Neige trinken? Du
bist stark. Als ich vermählt mit Laïos war,
des Tages ward mein Leib gesegnet – oder
vielmehr verflucht – mit einem Kind. Da sandte
der König diese Botschaft an die Priester:
sie sollten kommen und die Bräuche üben
und weihn in meinem Leib das Ungeborne.
Sie kamen nicht. Sie sandten eine Botschaft
zurück, und nicht durch einen Herold – nein!
Kreon, dem Kinde, meinem Bruder, legten
die Gräßlichen in seinen Mund, zu melden,
was gräßlich war: Der König hüte sich
und stehe an dem Bette seiner Frau,
gewappnet und mit einem nackten Schwert,
wie vor der Höhle, draus sein schlimmster Feind
hervorzubrechen lauert. Ists ein Knabe,
den ihm die Königin gebiert, und wird
der Knabe Mann, erschlägt er seinen Vater
und setzt sich auf den Thron.

ANTIOPE
Du standest nah,
als Kreon, der ein Kind war, deinem Mann
die Botschaft brachte?

JOKASTE
Nein. Ich war so selig
in dem, was mich erwartete, ich lebte
und wusch mich in den heiligen Gewässern,
und daß der König bleich und finster wurde,
ich sah es kaum. Bis einmal, eine Nacht,
da trat er an mein Bette, und sein Atem
ging wie der Atem eines fremden Mannes,
daß ich erschreckt ihn rief bei seinem Namen:
da sagte er es mir.

ANTIOPE
Was dann?

JOKASTE
Ich betete,
daß es ein Mädchen würde. Tag und Nacht
rang ich in mir mit dem, was dunkel ist,
mit dem, was keinen Namen hat. Es waren
die Qualen alle ganz vergeblich. Einsam

im Berggeklüfte steht ein Turm – dort bracht ich
ans Licht, was nicht im Lichte bleiben durfte.

ANTIOPE

Du sagst, zu töten gab ers einem Knecht?
Mitwisser war der Knecht. Er durfte schwerlich
am Leben bleiben. Was geschah mit ihm?

JOKASTE

Das weiß ich nicht. Doch hätte ich gehört,
er habe diesem einen andern nach-
geschickt, der stärker war, ihn zu erwürgen
und irgendwo geheim ihn zu verscharren,
ich glaubte es. Wer dieses Eine tat,
tut vieles und schreckt nicht zurück vor Blut.

ANTIOPE

Recht war und klug und so, wie sichs geziemt
für einen König, war, was Laïos tat.
Auch mit dem Schicksal ringt ein König noch
Brust gegen Brust.

JOKASTE

Nein! nein! nein! Ihr – ihr wohl.
Ihr tuts! Mit fürchterlichen Händen greift
ihr in die Welt. Allein was frommt es denn?
Nützt denn das blutge Opfer? Haben wir –
wir zwei, er, der mein Herr und König war,
und ich, ein halbes Kind, und alle beide
vom Blut der Götter, haben wir nicht da
dem Leben so geopfert, wie niemals
zuvor geopfert wurde? – Und dafür
hat uns das Leben angeschaut, als wäre
es über unsrer Tat erstarrt und müßte
mit Blicken, unter denen unser Mark
gefror, uns zahlen, daß wir ihm zu wild
gedient. Oh, hätte Laïos mich gehört
und mich und sich dem Tod geweiht, anstatt
des Kindes – oh, ich hätt ihm geben können,
was nun vergraben blieb! – die Sterne hätten
in uns gebebt, die dunklen heilgen Flüsse
in uns hineingerauscht, wir wären ganz
allein gewesen auf der stummen Welt –

allein! – wie hätte ich mich geben können!
Wie eine Göttin einem Gott! – Er aber,
er war dein Sohn und rang mit seinem Leben
und rang und rang, ich sah ihn bleicher werden
und finstrer, sah ihn leiden – litt ich denn
nicht auch? Ich weiß es kaum. Ich zog mich so –
so aus dem Leben, wie man seinen Leib
aus einem Bade zieht, kaum daß der Fuß
noch drinnen ist – ich war ganz abgelöst,
und in mir dacht es nicht: dies muß ich leiden,
nein: solche Leiden gibt es in der Welt,
so leiden Königinnen, dachte ich,
als säng es einer, und ich hörte zu.

ANTIOPE
Dies ist ein Zeichen, daß die Götter dich
umgeben haben wie mit einer Wolke
und aufgespart für was noch kommen soll.
Jokaste, wie ich nie dich sah, so seh ich
dich nun.

JOKASTE Nun kommt nichts mehr. Nein, Mutter, sie
betrügen nicht, die Götter! Nun ists doch
das Kind, das seinem Vater hat den Tod
gegeben. Freilich nicht mit eigner Hand,
das arme Kind – es wohnt ja nicht im Licht.
Doch einen Herold hats zuerst geschickt,
der nistete sich ein, von wo sein Singen
zum Vater und zur Mutter drang, sooft
sie schlafengehen wollten.

ANTIOPE Redest du
dies von der Sphinx?

JOKASTE Ich rede von der Sphinx.
Die Mutter kennt die Boten, die das Kind
heraufschickt aus der finstern Welt da drunten.

ANTIOPE
Es waren Räuber, die den König schlugen,
und nicht die Sphinx.

JOKASTE Doch wars die Sphinx, die trieb
ihn hin, dort in das fremde Berggeklüft,

und dort sprang sein Geschick ihn an. Der Räuber
war nur der mißgestalte niedre Sklav
für einen, der im Dunkel stand. So schlug
das Kind den Vater. Doch sein Bote wartet
noch immer dort. Ihm fehlt noch immer etwas
zu seiner Botschaft, die er melden soll
dort drunten.

ANTIOPE Wie sie alle Zeichen deutet –
wie richtig und wie falsch!

JOKASTE Hörst du mich, Mutter?
Wo bist du?

ANTIOPE Wie das Dämmernde erglüht
von ihrem Blut! wie stark die Lebensflamme
sich hebt!

JOKASTE Was sagst du, Mutter?

ANTIOPE Wie du strahlst!
wie du den Gott herbeiziehst!

JOKASTE Welchen Gott?
Wen siehst du, Mutter, aus dem Dunkel treten?

ANTIOPE
Den Gott, der sich mit dir vermählen soll
und Laïos, dem Toten, einen Erben
erwecken soll aus deinem Schoß.

JOKASTE Schweig, Mutter!
Du stehst nicht dort, wo Menschen atmen dürfen –
ich höre nicht auf dich.

ANTIOPE Ich fühl ihn nahn,
aus einem Walde windet er sich los.
Trägt ihn ein Adlerfittig? Jagt ein dunkles
Gewölk mit ihm daher? Ich hör ein Rauschen –
ist das sein Mantel?

JOKASTE Mutter, was dich schüttelt
wie Sturm die Flamme, ist mein naher Tod.

ANTIOPE
Dein Leben ists, dein kommendes, es haucht
herüber grenzenlos, wie feuchter Atem
von stürzendem Gewässer auf mein altes
Gebein!

JOKASTE Des Todes Zeichen sind um mich –
meinst du, ich fühl es nicht? Mein Leben starrt
nicht mehr versteinert auf mich her, ich sehe
die Dinge alle so, als hätte ich
sie liebgehabt und müßte um sie weinen:
mir ist, als wäre hinter ihnen allen
mein totes Kind versteckt.

ANTIOPE Die Ungebornen
verbergen sich im Busch und Strauch, sie winken
aus Luft und Wasser.

JOKASTE Laïos, mein Mann,
wo bist du denn? Ich kann dich ja nicht finden –
nicht hier in meiner Brust und nicht im Haus!
Ich kann den Klang von deiner Stimme nicht
mehr finden! Geh mir nicht so schnell voraus –
so warte doch auf mich! – Hilf mir doch, Mutter!
Ich kann seit dreien Tagen meinen Mann
nicht denken, wie ein fahler fremder Schatten
sinkt er zurück, so tief hinab, er läßt mich
so ganz allein!

ANTIOPE Den Toten laß die Toten,
Du Selige, die du lebendig bist!
Sieh, die Geräte leuchten, und das Haus
kann seine Lust nicht halten, und die Luft
ist voll davon.

JOKASTE Nein, nein, so grüßt der Tod.
Bald kommt ein Zeichen. So wie nie im Leben,
so fühl ich meinen Leib: nicht schwer noch leicht –
ich fühl ihn so, als wär ich selbst die Luft,
die ihn umfließt und von ihm Abschied nimmt.

ANTIOPE *steigt die Stufen herab*
Vergib dem Mund, der dich unfruchtbar nannte,
er hat gefrevelt. Sieh, die Hände machen
es gut und weihen dich. Leib meiner Tochter,
gesegnet sei!
*Rührt Jokaste an, weihend, umschreitet sie feierlich.*

JOKASTE Was tust du, Mutter? – Mutter –
Ich bin des toten Laïos Weib! Für wen
segnest du mich?

ANTIOPE Für den, der kommen wird.

JOKASTE

Der Tod – der Tod!

ANTIOPE Du Blut vom Blut der Götter,
ich habe dich geweiht für Laïos' Bette,
nun weih ich dich für ihn, dem Platz zu machen
Laïos hat sterben müssen.

JOKASTE Auf die Tür!
Ihr Totenlieder, hüllt mich ein!

ANTIOPE *schreitend und weihend* Die Götter
vergessen nicht ihr Blut, sie senden einen:
er schwingt sich aus der Luft, er tritt aus Flammen
hervor, das Wasser gibt ihn her, er kommt –
sein ist das Schwert, sein ist der Stirnreif, sein
ist König Laïos' Bette.

JOKASTE Schweig und steh!
*Mächtiges, dumpfes Getöse außen.*
Ich hör ein Brausen. Schwillt der Fluß herauf,
der alte heilige, über diesen Berg
und spült dies Haus hinweg und mich mit ihm?
Dann segne ich den Fluß: er ist mein Ahn
und kommt mich holen.
*Sie stehen beide horchend. Das Totenlied ist plötzlich abgebrochen. Das Getöse schwillt an.*

JOKASTE

Nun werden alle Träume wahr: das ist
das Ende.

ANTIOPE Was für Träume?

JOKASTE Wenn ich lag
und schlief nur halb, da kamen sie gezogen,
die Tritte schlürften – viele waren sie –
mit nackten Händen schlugen sie die Mauer.

ANTIOPE

Wer kam? wer schlug ans Haus?

JOKASTE Die Mütter.

ANTIOPE Mütter?

JOKASTE

Die, deren Kinder tot und unbegraben
da drüben liegen.

ANTIOPE Bei der Sphinx?
*Jokaste nickt.*
ANTIOPE Die Toten
laß tot sein.
JOKASTE Doch die Mütter – zu der Mutter –
die Mütter ziehen alles hinter sich,
das Blut ist stark, die Welt hängt an den Müttern.
*Dumpfe Schläge ans Tor.*
ANTIOPE
Was haben wir zu schaffen mit dem Volk?
JOKASTE
Der Tod kam über sie aus meinem Leib!
ANTIOPE
Aus deinem Leib?
JOKASTE *angstvoll* Die Sphinx – ich weiß es, Mutter,
ich weiß es – Laïos hat es auch gewußt –
er zog hinaus – doch an dem einen Opfer
war nicht genug.
*Schläge.* Ich will hinaus!
ANTIOPE *hinausrufend* Verrammelt
das Tor mit Steinen!
JOKASTE Nein, ich will hinaus!
ANTIOPE
Wer wirft sich einem Wildbach in den Weg?
Ihn bändigt eine Mauer, nicht ein Mensch.
JOKASTE
Sie wollen mich!
ANTIOPE Wer sind sie, daß sie dürfen
die Hände recken und dein Blut begehren?
Du bist die Königin.
JOKASTE Sie fordern mich!
ANTIOPE
Ihr Schreien ist wie Wasser, wenn es brüllt.
JOKASTE
Ich will zu ihnen gehn!
*Stärkere Schläge. Die Mägde schreien auf, draußen.*
ANTIOPE Schreit zu den Göttern.
So hat es kommen müssen. Mit dem Blitz

in Fäusten fährt ein Gott in Flammen nieder
und mit der einen Hand umschlingt er dich
und mit der andern schleudert er den Tod.
Bacchos, wir schreien zu dir auf, wir sind
von deinem goldnen Blut! Jokaste, her!
Herab dies Kleid! Wer hüllt den Leib in Jammer,
wenn sich ein Gott mit dir vermählen kommt?

JOKASTE

Ja, Mutter, einem Gott vermähl ich mich
nun bald. Her mit dem Kleid, her mit der Binde
der Opferpriesterin!
*Sie geht hinauf, bleibt oben stehen, ruft zurück*
Wer hieß
die Totenlieder schweigen? Hier im Haus
ist noch das Fest des Todes nicht am Ende!

*Vor dem Palast. Das Volk drängt gegen das Tor. Kreon steht im heiligen Hain halb verborgen.*

DAS VOLK

Auf das Tor! Heraus das Schwert! Heraus die Krone!
Kreon ist König! Öffnet dem König! Öffnet das Haus!
Kreon! Kreon!

DIE FRAUEN

Auf das Tor! Seid wie der Blitz, Söhne der Stadt!
Auf das Tor!

DAS VOLK Für Kreon! Für Kreon!
*Sie drängen stärker.*

DIE VORDERSTEN

Sie kommen von drinnen. Sie heben die Riegel.

DIE RÜCKWÄRTIGEN

Hinauf! Hinein! Kreon! Kreon!

DIE VORDERSTEN

Lanzen und Schwerter! Sie brechen hervor!
*Weichen zurück, alle schreien auf.*
*Das Tor öffnet sich langsam, heraus tritt Jokaste, hinter ihr Antiope. Das Totenlied erschallt im Augenblick sehr stark, dann gedämpft.*

DAS VOLK *leise* Die Königinnen!

ANTIOPE

Was willst du, Volk, was schnaubst du so und heulst
vor diesem Königshaus. Gib Antwort, Volk.

DAS VOLK

Ich will nicht länger ohne König sein.
Die Erde gibt das Schwert, die Götter geben
das Königsblut. Ich will das Königsschwert
aufblitzen sehn in eines Königs Hand.
Laïos ist tot. So gib das Schwert dem Kreon.
Kreon sei König: ein geweihter König
soll zwischen mir sein und der Sphinx. Ich will nicht
nackt sein und bloß und ohne einen Schutz,
wenn von dem Berg ins platte Land der Dämon
herniederhängt gleich einer Totenwolke.
Kreon soll König sein!

ANTIOPE Den willst du haben,
den Schattenmann, den Unhold ohne Kraft?
Schmach über dich! Dein eigner Wunsch bespeit dich
so wie ein mißgebornes krankes Kind.

VOLK

Nicht böse Worte gib, gib einen König!
Um dessen willen steh ich hier.

ANTIOPE

Aus diesem Leib? Er ist zu alt.

VOLK

Die Junge, die bei dir steht, frag doch die,
warum sie keinen König mehr gebiert.

JOKASTE

Schweig, Volk! Mich rührt nichts Sterbliches mehr an.

VOLK

Dann her die Krone, her das Schwert, und Kreon
ist König, den die Götter wollen!

ANTIOPE Den?

VOLK

Ja, Weib, die Priester haben mirs gesagt.

ANTIOPE

Die Priester! Was sind Priester, daß sie mir

von Göttern reden! Hockt ihr an der Erde
und atmet Dämpfe, bis die Glieder zucken;
wenn Vögel krächzen, lallt die Botschaft nach,
doch redet nicht zu einer Königin
von Göttern, denn wir sind zu Tisch und Bett
Genossen derer, die zu euch nicht reden
als aus der Sturmflut oder aus dem Blitz.
Habt ihr ein Lied von Tantalos gehört,
von Niobe?

DIE GREISE Sie redet Zauberworte,
Weh uns, die Frau ist stark!

ANTIOPE
Wie Hunde seid ihr niedrig und voll Furcht.
Kriecht hin, wo eure Häuser stehn, macht
das Land voll Kinder, daß sie über Meer
so wimmeln wie auf festem Grund, es wird
nichts anderes von euch begehrt.

VOLK Was schmähst du mich?
Du bist ein Weib, und ich will einen König.

ANTIOPE
Den willst du, der sich dort ins Dunkel drückt?
Hat er sich eine Königsprophezeiung
gekauft? Denn feil ist alles wie der Mord.

KREON
Dich schmäht sie so wie mich, hörst du sie, Volk?

VOLK
Ich höre, was sie spricht, sie spricht von Mord.
Von wessen Mord?

KREON Wahnsinnig ist das Weib:
ich hätte Laïos ermordet, schreit sie.

ANTIOPE
Ermordet nicht, du warst ja immer hier,
nicht dort im Wald. Allein, vielleicht, wer weiß?
gekauft, die ihn erwürgten.

KREON Weib, du lügst.

VOLK
Bei wem ist Wahrheit? Ich will einen König
mit reinen Händen. Auf, rechtfertige dich,
auf, Kreon! Kreon!

STIMMEN *auf dem flachen Dach über dem Tor*
Dort! Dort! Er tritt aus dem Wald heraus.
Ihn führt ein Kind, er kommt, er kommt!
Teiresias! Teiresias!

DAS VOLK
Teiresias! – Was meinem Aug verborgen,
Der Seher siehts. Er kommt! er tritt zu mir:
so bin ich ja schon halb erlöst! er reißt
die Binde mir vom Aug, daß ich nicht länger
dastehe wie der Opferstier: er sagt mir,
wer dich von deinem Thron des Grausens treibt,
du Sphinx! er zeigt mir deutlich wie im Spiegel
den Retter, der mir kommen soll! er sagt mir,
welch einen König mir die Götter wählen!
Ich grüße dich, du heiliger, du Seher
Teiresias!
*Teiresias von rechts hereingeführt von dem Kinde. Das Volk weicht in Ehrfurcht zurück.*

TEIRESIAS
Wo steh ich?

DAS KIND
Wohin du wolltest geführt sein.
Ich weiß nicht, wer die sind.
Ein großes Haus ist hier.

DAS VOLK
Das Haus des Laïos. Laïos ist tot.
Auf der Schwelle stehen zwei Königinnen.

TEIRESIAS
Um mich sind viele.

DAS VOLK
Alle sind wir hier, die Kinder der Stadt.

ANTIOPE
Wir grüßen dich, Teiresias.

DAS VOLK
Die Königinnen grüßen dich.
*Teiresias schweigt.*

DAS VOLK
Er hört sie nicht, er achtet nicht der Rede.

DAS KIND
Er ist in einem Schlaf und schläft doch nicht.
Er hat nichts gegessen, nicht getrunken seit dem letzten Mond,
Er sitzt vor der Höhle und sieht, was nicht da ist.
Vögel nisten auf seinem Haupt, die Schlange schlaff in seinem Schoß: er achtet es nicht.
Heute stand er auf und sagt: führ mich hinunter,
da führte ich ihn. Er wies mir den Weg.

DAS VOLK
Heilig ist sein Schlaf. Er schaut ins Innere der Welt.

KREON
Teiresias, hier steht ein unschuldig
Verklagter, hilf mir, großer Seher, hilf!

ANTIOPE
Teiresias, hier steht die Königsmutter
und klagt um einen König. Hilf mir, Seher!

DAS VOLK
Teiresias, hier steh ich, das Lebendige
von Theben! aus den Mauern meiner Stadt
bin ich hervorgelaufen in der Angst
des Herzens, und ich schreie meine Not
zu dir: die Sphinx, die Sphinx ist über mir!
Hilf mir, Teiresias!

TEIRESIAS
Hier schreit ein großes Leiden auf zum Himmel.

DAS VOLK
Er wendet sich, er hat den Schrei gehört.

DER KNABE
Dort rief es um dich.

TEIRESIAS Nein hier, nicht dort.
*Gegen die Richtung deutend, wo Jokaste steht.*

DAS VOLK
Da steht die Königin.

TEIRESIAS
Zu tief der Schlaf. Zu weit vom Schläfer
die äußere Tür, an der sie rufen.
Ists einer? Sinds viele? »Königin«!
Einst hatt es Sinn. Nun ists ohne Wesen.

DAS VOLK
Er spricht zu sich selber.

TEIRESIAS
So helft mir doch, wenn ihr mich braucht!
Eure Angst zog mich her,
so helft mir doch herauf aus der Tiefe.

ANTIOPE
Bringt das Gewand des Toten!

JOKASTE
Mutter, was willst du von ihm?
*Das Gewand wird gebracht. Antiope geht mit denen, die das Gewand tragen, an den Rand der Plattform vor.*

ANTIOPE
Ehrwürdiger Seher, wer erschlug den Mann,
der dies am Leibe trug?

TEIRESIAS *wendet sich ab* Was halten sie
den Duft von Blut vor mir? Vergießen sie
nur Blut und Blut, erschlägt der Sohn den Vater,
erwürgen sie das Leben, wie es frisch
aus ihrem Leib hervorgekrochen kommt!

JOKASTE
Ah, Mutter, laß mich fort!

TEIRESIAS Sie können nicht
mit ihrem Blut in ihrem Leibe hausen:
es wühlt in ihnen, ihre Adern schwellen
wie Schlangen um den Leib, sie sind sich nicht
genug gewaltig, ihre Hände sind
nicht stark genug zu wühlen in der Welt,
ihr Mund kann nicht in alle Früchte beißen,
noch sterbend buhlt ihr Aug umher und wird
nicht satt: so zeugen sie die Kinder, zeugen neu
begierige Lippen, neue wilde Hände
und neue Glieder, die umklammern können,
aus ihrem Blut heraus, bis daß sich Blut
und Blut in dunklem Wald begegnet, Haß
und Haß die Augen schief verschränkt und Glied
in Glied sich krampft.

ANTIOPE Nun kündet er den Mord.

TEIRESIAS

O heiliges Blut!
Sie wissen nicht, was für ein Strom du bist,
sie tauchen nie in deine Lebenstiefen,
wo Weh und Wahn erstorben sind, wo Liebe
und Haß nicht wohnen, Hunger nicht und Durst,
nicht Alter und nicht Tod.

ANTIOPE Wir warten, Seher,
daß du den Mörder uns enthüllst.

FRAUEN Nein! Nein!
Die Toten sind dahin! Wir wollen leben.
Ein ungeheures Grausen liegt auf uns:
die Sphinx! die Sphinx!

TEIRESIAS Du sollst nicht zittern, Kind.
Es ist das Leid der Menschen, das von außen
mit dumpfem Anhauch meinen Leib erschüttert:
In meinem Blute innen blüht die Welt,
und Sterne gehen auf und nieder. Steh,
bald führst du mich nach Haus.

ANTIOPE Den Mörder will ich!

VOLK

Den Retter zeig uns! Zeig uns einen König,
hilf unserer Not!

ANTIOPE *mit dem Gewand*

Wer schlug den Laïos! Steht er etwa nahe?
Hier nahe uns?

TEIRESIAS *weicht zurück*

Der tote König liegt,
die Knechte liegen tot mit offnen Augen.
Die Pferde schnauben, auf dem Wagen funkeln
die goldenen Geschenke für den Gott.

ANTIOPE

Den Mörder! und die andern, die Gesellen!
Wer steht im Dunkel hinter ihnen?

VOLK Schweig,
der Seher achtet deiner nicht.

TEIRESIAS *seinem Gesichte hingegeben*

Der Knabe
ist königlich.

VOLK *jubelnd* Er sieht mit seiner Seele
den, der uns retten wird!
ANTIOPE Wer ist der Knabe?
Auch Knaben können morden.
VOLK Schweig und horch.
Zeig uns den Retter!
ANTIOPE Laß den Mörder nicht
aus deinem Aug.
TEIRESIAS Nun tritt er aus dem Wald,
die Sonne ist auf ihm.
ANTIOPE Und Blut?
DIE RÜCKWÄRTIGEN Er sieht
den, der uns retten kommt.
ANDERE Sieht er den Gott?
DIE VORDEREN
Ein Halbgott ists, die Sonne blitzt auf ihn.
Er sieht ihn immer. Kommt er näher?
ANDERE Weh,
wenn er nicht weiß von uns! Wenn er die Stadt
nicht kennt, die auf ihn wartet.
ANTIOPE Laß den Knaben
nicht aus dem Aug.
VOLK Erbarme dich, wo ist er,
wo ist der Retter hin?
*Teiresias achtet ihrer nicht, sein blindes Auge starrt in die Ferne.*
FRAUEN Er stößt uns wieder
zurück in Nacht und Tod, wir werfen dir
zu Füßen unsre Kinder! Welchen Weg
kommt unser Retter?
TEIRESIAS *wirft die Arme in die Luft, von der Größe seines Gesichtes überwältigt*
Ah, was sich da gebiert! Der Qualen-abgrund,
die Höhle weltengroß getürmt aus Jammer!
Du letzte Nacht, du Höhle! Ah! Und jenseits
ist neuer Tag und eine andre Welt,
darunter ist noch eine Welt verborgen,
sie mündet in die Leidenshöhle, unten
im Schlund des Grausens bricht ihr Glanz hervor,

aus Qualen ohne Maß erhebt ein Halbgott sich!
Schweig, Zunge, neig dich, Leib!
*Er geht auf Jokaste zu und wirft sich vor ihr nieder*
Um deinetwillen
bin ich gekommen.

JOKASTE Weihst du mich?

TEIRESIAS Nein, Mutter,
du bist es, die mich weiht.

DAS VOLK
Der Seher liegt vor der Frau,
nicht vor der alten, die junge ehrt er wie eine Göttin!

TEIRESIAS
Fort, Knabe, nach Haus.

KNABE Zur Höhle?

TEIRESIAS Zur Höhle.

DAS VOLK *wirft sich ihm entgegen*
Wir lassen dich nicht! Den Retter! Welche Straße kommt er? Wann?

TEIRESIAS *durch sie hinschreitend*
Nun schreitet er durchs Tor! Nun ist er in der Stadt.
Fort, Knabe, fort mit uns!

DAS VOLK Weh, wenn er uns
vorüberwandert! Wenn er uns nicht hört!
Wie schreien wir, daß er uns hören muß?
Seher, wie rufen wir ihn?

TEIRESIAS Das fragt die Mutter.
*Er geht.*

DAS VOLK
Die Mutter? Wen meint er? Jokaste meint er.
Jokaste! Mutter!

ANTIOPE
Um ihretwillen kommt der Gott. Mit ihr
vermählt er sich.

JOKASTE Wer spricht von einem Gott?

DAS VOLK
Um deinetwillen kommt er, dem die Krone
gehört.

KREON *von rückwärts*
Ansteckend Gift des Wahnsinns! Wer
soll kommen? Wollt ihr einem fremden Räuber
nachwerfen Kron und Reich?
DAS VOLK Und wärs ein Räuber,
wenn er uns rettet, ists ein Gott, und er
soll König sein. Jokaste, ruf ihn her.
*Gewaltig*
Jokaste, ruf ihn her.
JOKASTE Wie kann ich rufen,
den ich nicht kenne?
DAS VOLK Schwör du bei der Luft,
beim Feuer, bei der Erde, daß der Stirnreif
sein ist, und sein das Schwert.
JOKASTE Das schwöre ich.
DAS VOLK
Und du!
JOKASTE Was noch?
DAS VOLK Die Königin gehört
dem Retter, schwör, du wirst sein Weib.
JOKASTE
Des fremden Mannes Weib?
DAS VOLK Und wärs ein Räuber,
wärs ein verlaufener Knecht, wär es ein Mörder,
schwör, daß du ihm gehörst, wenn er uns rettet.
Weib, schwör!
DIE FRAUEN Geliebte, schwör!
JOKASTE Ich schwor in mir.
KREON
Ihr Bette ist noch warm von Laïos' Leib.
DAS VOLK
Schwör laut!
JOKASTE Ich schwöre, wenn ein fremder Mann
euch von der Sphinx erlöst, so wird das Haus
ihm offenstehn, offen seiner Hand
das Schwert, der Stirnreif und des Laïos Bette –
und mich dann findet er in dem Gemach.

KREON

So wahren Königinnen ihre Treu!

JOKASTE *vor sich*

Daß er mich lebend findet, schwor ich nicht.

ANTIOPE

Nun schreit es aus in die vier Winde. Nahe
war er im Spiegel, den der Seher schaut,
er atmet eine Luft mit uns, so wird
ein Ruf ihn treffen.

JOKASTE Mutter, komm ins Haus.

*Die Königinnen treten in den Palast. Das Tor schließt sich hinter ihnen.*

KREON *nach vorne kommend*

Was willst du, Volk, noch hier? Was soll der Wahnsinn?

DAS VOLK

Wir warten auf den Retter. Laß uns, Kreon.
Wir wissen nichts von dir. Der Seher hat
nicht dich gezeigt; geh fort.

KREON O Volk! Das Wasser

ist stetiger als du. Wer einen Haufen Kot
vom Boden aufnimmt, hält in seiner Hand
doch etwas, wer dich hält, der hält ja nichts.
Geil bist du auf das Neue wie ein Widder!
Mit einem Wort, aus seinem alten Maul
hervorgesprungen, macht ein Gaukler dich
da hüpfen oder dorthin! Wer dich hätte,
und schlüg dich nicht mit Skorpionen, Schmach
und Schande über den! Werd ich dein König,
dir tret ich auf den Nacken!

*Er verschwindet zur Rechten.*

EIN MANN *aus der Stadt, von rückwärts auftretend*

Ein Held ist unter uns! Er kam herein,
sein Gang ist eines Königs Gang, er trägt
in seiner Hand den Stab, er kommt weit her!
Ein Held!

VOLK Nach welchen Zeichen? Läuft ein Einhorn

mit ihm? Steht über seinem Haupt ein Funkelstern?

DER BOTE
In seiner Augen Höhl sind Sterne, Kraft
des Einhorns ist ihm selber um die Lenden
gegürtet! Wo ein Haus in Flammen stand,
dort sprang er hin, trat mit gewaltigem Fuß
die Tür ein, riß aus brennendem Gebälk
Lebendige hervor und achtete
die eigene Tat für nichts: vor seine Füße
fällt ihm die halbe Stadt: er stößt sie weg,
er kommt heraufgestiegen, hier herauf,
ihr heiligen Thebaner.
VIELE STIMMEN *von rückwärts*
Seht den Helden.
*Ödipus von rückwärts heraufsteigend.*
ANDERE STIMMEN *murmelnd*
Den Helden seht.
ÖDIPUS Du Volk aus dieser Stadt,
was schnaubst du hier vor dem verschlossenen Tor
und bäumst dich wie ein reiterloses Roß?
Wo ist dein König, daß er dir den Zaum
nicht auflegt?
VOLK Tot ist unser König, Fremdling.
ÖDIPUS
Und warum brennen Häuser in der Stadt?
Und warum starren eure Felder wüst,
was heult das Volk und jammert?
DAS VOLK Weißt du nicht,
daß du in Theben bist? So kommst du denn
herunter aus der Luft? So bist du Perseus?
Bist du denn Perseus?
ÖDIPUS Eine Straße kam ich
vom Berg herab und habe keinen Namen.
VOLK
Kommst du vom Gebirge her? Und hast die Flüchtigen
nicht lagern sehn, und war die Luft nicht voll
mit Wehgeschrei?
ÖDIPUS Ich achte nicht die Stimmen,
die in der Luft sind.

DAS VOLK Also bist du nicht
der Retter, der uns kommt?

ÖDIPUS Wovor ein Retter?

DAS VOLK
So bist du der Erlöser nicht, so willst du
nicht unser König sein? Wer bist du denn?

ÖDIPUS
Volk, rede nicht verwirrt; in welcher Not
schreist du zum Himmel? Denn du dauerst mich,
Volk, weil du keinen König hast.

DAS VOLK Die Sphinx,
er weiß nichts von der Sphinx.

ÖDIPUS Was soll das Wort?

DAS VOLK
Das Wort ist Qual und Tod. Dort drüben wohnts.
Es horstet im Geklüft so wie ein Geier
und äugt herab, wo Theben liegt, und Theben
gleicht dem gefallnen Vieh und zuckt vor Angst,
und seine Flanken fliegen, und die Augen
sind blutig.

ÖDIPUS Ging denn keiner hin und schlug
das Wesen?
*Die Frauen schreien wehklagend auf.*

DIE VORDERSTEN
Vor der Höhle ist ein Abgrund,
da liegen unsre Toten.

DIE FRAUEN Weh!

ÖDIPUS *vor sich* Ihr guten Götter!
Welch eine Tat, ihr Seligen! Baut ihr
dem Heimatlosen solche Taten auf,
so funkelnde Paläste, drin zu hausen
für eine Nacht und wiederum für eine,
wohin sein Fuß ihn trägt? So habt ihr mich
mit eurem Fluch gesegnet? Denn ich fühls,
von grausigen Gliedern, von Polypenarmen
umschlungen sterb ich heute nicht: ich darfs
vollbringen und dann weiterziehen.

DAS VOLK Perseus,
verlaß uns nicht!

ÖDIPUS Auf, zeigt mir diesen Weg.
Wo haust der Dämon? Aber laßt mich dann
allein hinaufgehn und fragt nicht nach mir.

DAS VOLK
Bist du nicht Herakles, bist du nicht Orpheus,
du junger Gott?

ÖDIPUS Den Weg.

DAS VOLK Die Königin,
er soll sie sehn, bevor er hingeht!

ÖDIPUS Sehen,
wen sehn?

DAS VOLK Die Königin, du junger Gott.
Jokaste! Auf das Tor!

JOKASTE *tritt allein hervor* Was ruft ihr mich?

DAS VOLK
Den Retter sieh, den Retter da, den Jungen!

JOKASTE *unwillkürlich*
Laïos!

DAS VOLK
Was sagt die Frau?

JOKASTE Nein, nein, ein Traum.

ÖDIPUS *von ihrem Anblick wie vom Blitz getroffen*
Wer ist die Frau?

JOKASTE *fast gleichzeitig*
Wer ist der Jüngling?

DAS VOLK *jauchzend*
Perseus! Orpheus! Herakles!

ÖDIPUS *wie entgeistert*
Wer ist die Frau?

DAS VOLK Die Königin.

ÖDIPUS Was will
die Königin?

DAS VOLK Dein ist sie, dein, du Gott,
wenn du der Sieger bist! Er glaubt uns nicht.
*Zu Jokaste*
Du hasts geschworen: künde dus.

JOKASTE Du darfst nicht!
Es ist dein Tod! Um deiner Mutter willen
tus nicht.

ÖDIPUS Um meiner Mutter willen, Frau?
O, wohl will ich es tun.

DAS VOLK Den Helden seht,
den Helden! Flehe zu den Göttern, Frau,
so wird er dein Gemahl.

ÖDIPUS *vor sich* Die Königin.

DAS VOLK
Sie hat geschworen!

ÖDIPUS *ungeheuer* Ja?
*Sich bändigend* Ich bin von Sinnen:
der König ist ihr Gatte.

JOKASTE Mein Gemahl
ist tot.

ÖDIPUS Und ich, ihr Götter, steht mir bei,
daß ich jetzt nicht vergehe.

JOKASTE Willst du mich
noch etwas fragen, Jüngling?

ÖDIPUS Ich – mich nimmst du
zum Mann?

JOKASTE Ich bin nur wie das Diadem
und wie das Schwert: wer diese Stadt erlöst,
der greift nach uns.

ÖDIPUS Nicht fortgehn, nicht, noch nicht!
Der König, der dein Gatte war, gewann er,
der Tote, Kinder sich aus diesem Leib?
Ich will sie schützen und Verweser sein
für sie. Die Rechtgeborenen sind heilig.
*Es sind indessen die Mägde hinter Jokaste herausgetreten. Die Totenklagen sind verstummt.*

JOKASTE *mit schwacher Stimme*
Ein Kind war da und war gleich nicht mehr da.

KREON *von rückwärts*
Wie sich der Landstreicher gebärdet! Wie
er schon den König spielt!

ÖDIPUS *königlich* Wenn einer ist,
der von dem frühern König Gold und Gut
und Vieh und Land empfing, der fürchte nichts,
ich fordre nichts zurück.

DAS VOLK Du bist ein König!
Du warst von je ein König!
KREON *zerreißt sein Gewand* Gaukler, sei verflucht!
*Verschwindet zwischen den Bäumen.*
*Es ist Dämmerung hereingebrochen.*
ÖDIPUS
Ich möchte opfern und ich habe nichts
zu opfern, eh ich geh.
JOKASTE *zu ihren Mägden sich umwendend, mit einem maßlos veränderten Ton* Sie sollen opfern,
was lebt ihm Haus. Die Tiere, die mir lieb sind,
sollen sie töten schnell. Die Pferde alle töten,
die heilgen Vögel sollen sie mit Pfeilen schießen
und alle meine Hunde, auch die Hündin,
die, seit sie lebt, vor meiner Kammer schlief,
die auch. Schnell, schnell, nichts braucht am Leben bleiben,
wenn dieser sterben geht.
*Sie jagt mit der Wucht ihrer Befehle alle Mägde ins Haus und steht nun ganz allein da.*
ÖDIPUS Hab ich denn gar nichts?
Bin ich so arm? Doch da, der Wanderstecken,
ich muß ja ohne Waffen zu dem Dämon:
dort ist ein Opferfeuer, nehmt den Stab
und bringt ihn dar.
*Mehrere nehmen den Stab und tragen ihn in den heiligen Hain.*
*Getöse im Palast.*
*Jokaste, die sich nicht umwendet, saugt mit dem Blick Ödipus in sich, der jetzt auf der Stufe zum heiligen Hain steht, plötzlich vom Widerschein starker Flammen übergossen.*
DAS VOLK *drängt gegen den heilgen Hain*
Die Flamme, seht die Flamme!
Wie sich die Götter freun an seinem Opfer!
Der Stock liegt vor dem Altar, wie die Flamme
zum Himmel schlägt.
DIE MÄGDE *aus der Tür des Palastes hervorstürzend*
Die Königin Antiope!
JOKASTE Was ist
mit ihr?

DIE MÄGDE

Sie rührt sich nicht, sie sitzt und hat
den Stab aus ihren Händen fallen lassen.
Wir fürchten uns, wir glauben, sie ist tot.
Hörst du uns, Königin?
*Jokaste schweigt und starrt auf Ödipus.*

ÖDIPUS Nun betet alle
mit mir um Sieg.

JOKASTE *indem sie in die Luft greift, dann mit beiden Händen gegen ihr Herz fährt und jäh zusammensinkt*
Ich habe nie gelebt!
*Die Mägde fangen sie in den Armen auf.*

DAS VOLK

Die Königin fällt hin!

ÖDIPUS Sie ist nicht tot.
*Indes tragen die Mägde die Königin hinein, das Tor schließt sich. Kein Licht mehr als der Widerschein der großen Flamme aus dem Hain*

ÖDIPUS

Ich weiß, sie ist nicht tot. In meinen Adern
halt ich die Welt: es stürzt kein Stern, es taumelt
kein Vogel von der Nestbrut, ohne mich.
Und alle meine Toten liegen gut:
der Vater und die Mutter gut daheim,
die ich nie wiedersehe, gut der Mann
am stillen Kreuzweg, gut das wundervolle Weib
im totengleichen Schlaf. Um meinetwillen
ist alles dies geschehn, damit die Kräfte
der Schlafenden in mir aufsteigen sollen,
wie Wasser in dem Springquell. Auf! Nun weist mir
den steilen Weg. Wo nicht, so wird vom Berg
die riesige Zypresse sich herab
mir neigen, daß ich ihren Wipfel küsse
und meine Glieder ihr verschlinge; auf
wird sie mich reißen zu der Höhle hin:
dort lauerts, unter meiner Hand zu sterben!
Denn meine Hand ist schwer wie eine Welt,

beflügelt ist mein Blut und meine Seele
steigt wie ein Springquell.
*Er wendet sich zum Gehn.*
DAS VOLK *ihm nachdrängend* Perseus bist du! Perseus!

*Vorhang.*

## DRITTER AUFZUG

*Steiles Geklüft. Spärliche Bäume, ins Gestein gewurzelt. Rechts steigts auf, links fällts in den Abgrund: da mündet zwischen Felsen ein eingehauener Pfad.*
*Von unten Schein einer Fackel. Kreon kommt heraufgeklommen, vermummt in einen dunklen Mantel. Er trägt eine Fackel, leuchtet Ödipus voraus.*

KREON
Wir sind am Ziel.
ÖDIPUS *heroben* Wo ists?
KREON Von hier mußt du
allein hinauf. Hier windet sich der Pfad
zur Höhle.
*Stöhnen aus der Dunkelheit. Kreon hebt die Fackel.*
ÖDIPUS Ists der Dämon? Tritt zurück.
Laß mich zu ihm.
KREON Du irrst. Er sendet dir
den Kämmrer, dich zu grüßen.
*Aus dem Gestein schleppt sich ein Mann hervor. Halbnackt, den Tod im Gesicht. Er gleicht kaum mehr einem Menschen, aber man sieht keine Wunde an ihm.*
ÖDIPUS Mensch, wer bist du?
Was willst du?
DER STERBENDE Mensch, ich seh dich nicht. Ich bin
vor Qualen blind geworden. Schlag mich nieder
mit einem Stein! Erwürg mich! Hab Erbarmen,
erwürg mich! Wirf mich in den Abgrund, Mensch.
*Ödipus und Kreon stehen dicht beisammen.*
ÖDIPUS
Er schaudert mich.
KREON Geh deinen Weg, die Nacht ist kurz.
ÖDIPUS
Wer ist der Mensch?

KREON *mit triumphierendem Hohn*

Dein Vorgänger.

ÖDIPUS Hinauf!

DER STERBENDE

Seid ihr nicht Menschen? Gebt mir doch den Tod!
Die anderen sind alle tot, die Seligen!
Auf ihnen sitzen Geier, – warum kann ich
nicht sterben? Über lauter Leichen bin ich
herabgeklettert, und ich lebe noch.
Ist Nacht? ist Tag? ist Sturm? ist grausenhafte Nacht
für immer? Hat die Mörderin das Dach
der Welt hereingerissen und liegt Nacht
auf allem? Redet! oder seid ihr nichts?
Ist nichts mehr in der eingestürzten Welt
als meine Qual! O warum hast du mich
geboren, meine Mutter!

ÖDIPUS Mensch, ich helfe dir
zum Tode. Komm. Ich bin vom Weib geboren,
wie du. Ich kann nicht hören, wie du winselst
um deinen Tod. Umschlinge mich. Ich werf dich
hinab.

KREON Nimm dich in acht, er reißt dich mit.

ÖDIPUS

Mich nicht.

DER STERBENDE *an Ödipus aufgerichtet*

Gesegnet sei die Brust, an der
ich liege.

ÖDIPUS Bist gelegen!

*Wirft ihn schnell hinab. Ein dumpfer Sturz.*

Weh, was ist ein Mensch!
Wer über diesem brütet, stirbt. Hinauf!
Mir ist, als drängen Taten, tausendfach,
unzählbar, mit den Sternen aus der Nacht!

*Er steigt empor*

Noch eines. Mann aus Theben, hörst du mich?

KREON *unter ihm*

Was willst du, Abenteurer?

ÖDIPUS *bleibt stehen, oberhalb, etwas seitlich oder rückwärts*

Laßt mich nicht
so liegen, wie da drunten den. Verbrennt die Leiche,
wenn ihr mich findet. Mensch, ich bin ein Königssohn!
Hörst du mich noch? Bleib in der Nähe. Schnell
ist dies entschieden – leb ich aber dann:
Mensch, siehst du über uns den Baum, der riesig
auf öder Klippe horstet? Mensch, bin ich der Sieger,
dann brauch ich deine Fackel, daß sie mir
aus dem ein Feuerzeichen macht: dann hebt sich
die Königin aus ihrem Schlafe auf,
dann bringen sie die Krone und das Schwert,
dann lohn ich dir den Weg, du Mann aus Theben!
Wahr mir die Fackel gut!

KREON Das will ich tun.

*Er stößt die Fackel gegen den Fels, daß sie verlischt.*

ÖDIPUS *höher gestiegen, nicht mehr sichtbar*
Was machst du, Mensch?

KREON Dein Geier ist so gierig,
du Königssohn, er schlägt mir mit den Schwingen
das Licht aus.

ÖDIPUS *oben, nicht mehr sichtbar*
Weh, da nimm den Lohn!

*Ein schwerer Stein fällt, ohne Kreon zu treffen.*

KREON Mein Lohn
wird mir, wenn ich dich schreien hör im Tod.
Laß mich nicht lange warten, Abenteurer!
Ich spür schon Morgenluft. Nun zeigst du mir,
du alter Jäger in der Finsternis,
du Schicksal, wie du deine Netze stellst.
Der geht hinauf und meint, er hats dir ab-
gekauft, sein freches Blut zu Markt getragen,
sein gieriges, und dir damit die Krone
von Theben abgehandelt, und davon
ist er betrunken, legt die Sterbenden
an seine Brust und meint, er ist ein Gott,
der Tod und Leben gibt, und läßt sich noch
den Hauch des Todes um die Locken triefen,
wie ein geweihtes Öl – und ich steh hier,

von keinem Öl betrieft, vom kalten Tau
der Nacht gefeuchtet, einsam, starr und groß,
und markte nicht mit dir, denn ich bin Kreon,
der weiß von dir und, wie der Leib den Leib,
dein Walten spürt im Dunkeln: zeig mir jetzt,
daß du noch immer um eins tiefer gräbst!
Ich ruf ja nicht den Ahn, der unten tost,
daß er aus seinem Bett sich schäumend hebt
und mir den Abenteurer niederreißt:
ich spreche nicht zum Berg: du alter Thron
des Kadmos, knirsche doch den Dieb hinab
in deine letzte Kluft – zu dir nur red ich,
Schicksal, zu dir: du hast nicht für den Knaben,
den Straßenwandrer, nein du hast für mich
die Nacht da aufgebaut, die rings in Klüften
den Tod trägt und den Tod auf nacktem Gipfel
in sterngekröntem Duft. Der heiße Knabe,
ich weiß es, großes Schicksal, gilt für nichts
in diesem Spiel – der Knab und seine Taten!
War Kreon nicht ein königlicher Knabe?
und hast du nicht sein Herz ihm in der Brust
in eines Greisen Herz verkehrt und von den Händen
die Taten abgesengt mit glüher Luft,
daß sie wie Zunder an die Erde fielen,
die unvollbrachten! Dir ist nichts für Taten feil,
die ganze Seele willst du, Taten lässest
du fallen und verfaulen auf der Erde
und höhnest, die mit Taten um dich buhlen!

STIMME DES KNABEN SCHWERTTRÄGERS

So hab ich ganz umsonst mein junges Blut
hingeben müssen, weh!

KREON *vor der Stimme nach rechts hin zurückweichend:*

Was, spinnen sich von überall
die Fäden her, die mich erwürgen sollen?
Ich will nicht hören was im Nachtwind redet,
ich will den Todesschrei des Menschen hören,
sonst nichts auf dieser Welt!

*Er tastet sich nach rechts hinüber, im Gestein klimmend. Die Szene verwandelt sich sogleich.*

*Eine andere Stelle des Berges. Offene Plattform, nach allen Seiten abstürzend, nur links Geröll und Geklüft. Kein Baum, kein Strauch, Dunkel. Am Himmel einzelne funkelnde Sterne. Nur die großen Formen sind dem Auge wahrnehmbar.*
*Von links, das Geröll überkletternd, kommt Kreon herüber, nach oben horchend, getrieben von verzehrender Ungeduld. Er steht.*

KREON
Den Todesschrei des Fremden will ich hören
und König sein in Theben!
*Stille* Höhnt ihr mich,
ihr Götter? Ich bin stark, ich bin jetzt wie das Tier,
wenn es im letzten Winkel seiner Höhle
standhält! Drängt mich nicht aus der Welt hinaus!
*Stille*
Nein? alles still? oh, ihr wollt nicht, ihr verbündet euch
mit einem Dieb? verflucht die Opfernächte,
in denen ich die Blüte meines Leibes
euch weihte! Fluch dem Wasser, das mich wusch,
verflucht die Schauder meiner jungen Seele!
*Er streckt verzweifelt betend die Hände aus*
Dich ruf ich, Mörderin, dich, große Sphinx,
hier krümm ich mich vor dir, so wie noch keiner
je vor dir lag, auf nacktem Lebensgipfel:
wirf mir den Schrei herab, du Ewige,
den Schrei des Fremden! daß dir meine Seele
wie ein Brandopfer steigt!
*Von oben, von seitwärts, aus unbestimmbarer Nähe ertönt ein gräßlicher Todesschrei.*
*Kreon trinkt zuerst den Schrei mit Wollust in sich, dann – im grauenvollen Anschwellen des Schreies – entsetzt*
So schreit kein Sterblicher!
Vernichtung! das war nicht des Fremden Schrei!
*Ödipus kommt von links den steilen Felspfad herabgetaumelt. Kreon birgt sich links vorne im tiefsten Dunkel eines Riesenblocks.*

ÖDIPUS *verstörten Gesichtes, seiner selbst nicht mächtig, sich an Steinen haltend, bald zu Boden taumelnd*

Es nannte mich beim Namen! »Ödipus«,
sprach es zu mir! »sei, Ödipus, gegrüßt,
der du die tiefen Träume träumst«! Gekannt!
Auch hier gekannt! Die Welt hat keine Schluft,
die nicht voll meiner Flüche ist. Ich kann
mich nirgends bergen. Hier dies fremde Theben
ist eine Höhle, die mich kennt.
*Von Grausen geschüttelt* Der Dämon,
der grauenhafte Dämon hat mit mir
Gemeinschaft! mit dem Todesatem lüftet
es den verschloßnen Deckel meiner Brust.
Er weiß von meinen Träumen – ah, es gibt nur einen,
den Traum von Delphoi, weh, den Traum vom Vater
und von der Mutter und dem Kind!
*Er kauert auf der Erde.* Warum
zerbrach ich nicht in Stücke, als das Weib
in Delphoi an mein Bette trat? Wozu
noch dieser letzten Tage wüster Traum?
Die Welt zerbricht. Mein Aug ist krampfverdreht. Ich hasse,
die mich geboren haben. Eltern! Eltern!
wohl euch, daß ihrs nicht wißt.
*Sein irr schweifender Blick sieht die Sterne*
Ihr Götter, Götter!
Sitzt ihr auf goldenem Gestühl da droben
und weidet euch, daß der im Netz nun liegt,
den ihr mit Hunden hetzt von Tag zu Nacht!
*Finster, groß*
Die ganze Welt ist euer Netz, das Leben
ist euer Netz, und unsre Taten machen
uns nackt vor euren schlummerlosen Augen,
die auf uns schauen durch das Netz: – da lieg ich
und wollte Taten tun und habe nichts
getan als mich verraten an den Tod!
Nun macht ein Ende! Habt ihr keinen Blitz?
bin ich den Fels nicht wert, der niederrollt
und mich zermalmt – da unten schäumt ein Fluß:
herauf mit ihm! Habt ihr so säumige Diener?
Ganz still, ihr Gräßlichen, wenn Ödipus

um seinen Tod zu euch die Hände hebt?
Ich soll es selber tun? der Priester sein
und auch zugleich das Opfertier? Mir graut.
Mir graut vor euch, ihr Götter, ich will euch
nicht länger in die Augen schauen, werft
die Finsternis auf mich, werft mir den Tod
übers Gesicht wie einen Mantel, Götter!
*Die Arme ausreckend*
Ich will nichts als den Tod!

KREON *springt aus dem Dunkel vor, mit gezücktem Dolch*
Der kann dir werden!

ÖDIPUS *wirft sich zurück, faßt den Kreon*
Hat das Dunkel Arme?

KREON *ringt, den Arm mit dem Dolch zum Stoß frei zu bekommen*
In Theben ja, und Dolche auch!

ÖDIPUS *im Ringen* Her mit dem Dolch.
Ich brauch ihn selber.
*Hat die Oberhand, drückt Kreon an den Boden*
Doch zuvor stirbst du.
Das Opfer, das ich bringen will, verträgt nicht,
daß einer nahe steht.
*Er hebt den Dolch zum Stoß*
Hinab und melde
mich drunten an.

KREON Du weißt nicht, Abenteurer,
wen du erschlägst!

ÖDIPUS *hebt abermals den Dolch*
Die Welt ist ausgelöscht,
kein Ding braucht einen Namen!

KREON *unter ihm liegend* Mensch, ich bin der Bruder
der Königin.

ÖDIPUS *starrt ihn von oben an*
Was redet aus der Nacht?
Wer bist du, der mit mir sich auf der Schwelle
des ewigen Todes wälzt?

KREON Ich bin der Bruder
der Königin, du Königssohn.

ÖDIPUS *ohne ihn loszulassen* Der Bruder

des wundervollen Weibes, das zu Tod
erstarrte, als sie mein Gesicht erblickte?
*Er zieht ihn aus dem tiefsten Dunkel nach vorne, dort wo der Sternenschein eine schwache Dämmerung erzeugt. Er sieht ihm ins Gesicht*
Und bist du nicht der Führer auch, der durch die Nacht
mit mir hinaufstieg? Hast du nicht die Fackel
gelöscht? im voraus mich dem Tod geweiht?
*Er läßt ihn ganz los. Kreon ist schnell wieder aufgerichtet.*

ÖDIPUS *einen Schritt zurücktretend*
Der Bruder! ungeheuer kettet ihr
die Sterblichen, ihr Götter, aneinander
mit Nacht und Tod und Wollust, ungeheuer!
*Er hält dem Kreon den Dolch hin*
Da nimm das Opfermesser! Töte mich,
dir kommt es zu!

KREON *vor ihm zurückweichend, ohne den Dolch zu nehmen*
Wer bist du, un-
geheurer Fremdling, der so finstre Spiele spielt
mit sein und meinem Leben?

ÖDIPUS Der Verfluchte
von Vaters Samen her! Da nimm das Messer
und opfre!
*Drängt ihm wieder den Dolch auf, wieder weicht Kreon zurück.*
Schnell! das fremde fluchbeladne Tier
hat deiner Schwester Bett besteigen wollen.
*Stark*
Mensch, reinige die Königin!

KREON *die Hände zurücknehmend, starke Gebärde des Schweigens*
Du bist
der Sieger! Du hast nicht geschrien, es war
der Dämon, der im Tode schrie! Du bist
der Sieger!

ÖDIPUS Nein, ich bin verflucht
daheim und in der Fremde.

KREON *unfähig ihn zu begreifen* Mensch, trägst du den Tod
im Leib? was stehst du aufrecht, wälze dich
vor meinen Füßen hin! Laß mich die Hände
in deine Wunden legen! schnell!

ÖDIPUS Mein Leib ist heil
und starrt von Kräften, unverwüsteten.
Ich habe meine Tat nicht tuen können:
das Wesen floh vor mir!

KREON Was marterst du mich noch,
verlarvter Gott, wenn du der Sieger bist?

ÖDIPUS *in jagender Hast*
Der Sieger! auf mir liegt das Chaos und
zernagt mich.

KREON Mensch, wie Rätsel unbegreiflich,
was hat die Sphinx an dir getan?

ÖDIPUS *in fliehender Hast* Vor seiner Höhle
auf stand das Weib und neigte sich zur Erde
vor mir, und als ich nahe kam, so trat es
demütig hinter sich und bog sich nieder
bis an die Erde, als wär ich der Gast,
auf den sie hundert Jahre wartete.
Und dann nach rückwärts taumelnd, ohne Laut,
da hob es sein Gesicht und sah mich an,
da sah ich das Gesicht, da traten mir
die Augen aus den Höhlen, von den Knochen,
wie Zunder fühlte ich mein Fleisch sich lösen
vor Graun und Angst: mein Herz schlug wie im Tod,
die ganze Brust schlug mir, da gab es von den fahlen
gräßlichen Lippen seinen Gruß in meine
schlagende Brust hinein: »Da bist du ja«,
das Wort legt' es in mich hinein, »auf den ich
gewartet habe, heil dir, Ödipus!
Heil, der die tiefen Träume träumt« – und da
zerschnitten meine Brust, wirft sichs nach rückwärts,
den Blick auf mir, den schon verendenden,
mit einer grauenhaften Zärtlichkeit
durchtränkten, rücklings in den Abgrund, den
das Aug nicht mißt, den steinernen, und schreit
im Todessturz den namenlosesten,
furchtbarsten Schrei, in dem sich ein Triumph
mit einem Todeskampf vermählt, und stürzt
vor meinem Fuß hinab und schlägt tief unten

dumpf auf. Versteinerst du? Den du im Finstern
hast schlachten wollen, opfre mich im Licht!
*Hält ihm den Dolch hin.*

KREON *von einem geheimen Grauen überwältigt*
Ich hebe meine Hand nicht wider sich!
Du bist ein Gott und Sohn von Göttern!

ÖDIPUS *dringend* Töte mich!
Ich bin der Sohn des Königs von Korinth
und habe einen Traum geträumt, der aufsteht
und mich erwürgt, wenn ich auch die Gebirge
der halben Welt, ihn zuzudecken, wälze!

KREON
Du bist der Sieger, Ödipus, du bist
der Sieger, König bist du jetzt in Theben!
*Bereit, vor ihm zu fliehen, angstvoll vor seiner Unbegreiflichkeit, halb zur Flucht gewandt.*

ÖDIPUS *noch dringender*
So töte mich! Spürst du denn nicht, wie ich
behängt mit Flüchen bin, gefleckt mit Unheil
wie eines Panthers Haut! Das Messer nimm
und opfre mich, solang ich selbst mich feßle:
denn ich will leben, ich will König sein,
ich will die Königin auf diesem Thron
aus nacktem Stein zu meinem Weibe machen!
Ich bin ein König und ein Ungeheuer
in e i n e m Leib, erwürge beide schnell:
Kein Gott trennt eins vom andern, töte mich!
Ich könnte wähnen, daß ich diese Nacht
die Tat getan hab, die vom zuckenden
Gefild des Himmels sich mit seliger Hand
die Lebensblume reißt! ich könnte wähnen,
daß ich der größte aller Menschen bin,
der auserwählte Sohn des Glücks. Da nimm!
schnell! töte mich!
*Er läßt sich vor Kreon nieder in der Haltung dessen, der sich opfert.*

KREON *trunken von der unbegreiflichen Wendung des Schicksals, schwingt den Dolch über den, der wie das gebundene Opfertier vor ihm kauert*

Ihr Götter, seid bedankt!

*Wie er zustoßen will, lähmt ein Etwas von innen heraus seinen Arm* Ich kann ja nicht!

*Er hebt nochmals den Dolch, mit dem Schicksal ringend*

Was macht ihn jetzt noch stärker? Er ist nichts.
Mein Traum ists, der ihn stärker macht. Mein Traum
setzt mir den Fuß auf meinen Nacken!

*Er wirft, von Grausen gepackt, den Dolch weg, daß er klirrend fällt. In diesem Augenblick fällt ein Blitz. Sogleich entzündet sich, unsichtbar, der Baum auf der Felsklippe, und es fällt starkes Licht von oben links herein.*

KREON *vom Blitz geblendet, schreit auf* Ah!

*Er flüchtet, sich mit dem Mantel das Gesicht verhüllend, von Ödipus weg. Ödipus springt auf.*

KREON *fünf Schritte von ihm, voll Angst vor ihm*

Du bist ein Gott! verschone mich!

ÖDIPUS *wie aus tiefem Traume erwachend*

Das Licht der Götter!
Was willst du mir?

KREON *gebeugt, jeden Augenblick bereit, ihn anzubeten*

Du bist ein Gott! es schwebte
der ungeheure Blitz aus blauer Nacht
hernieder wie ein goldner Adler hinter dir!

ÖDIPUS *in Staunen verloren*

Das Licht!

KREON Der tausendjährige Baum, der droben
auf kahler Klippe horstet, steht in Flammen!
Du bist ein Gott! ich küsse das Gestein
vor deinem Fuß. Die Götter zünden dir
mit eigner Hand die Hochzeitsfackel an.

ÖDIPUS *wie oben*

Mit ihrer eignen Hand!

KREON Die Adler kreisen
als deine Feuerboten um den Berg!
Mein König, laß mich dein Gewand anrühren

*Er wirft sich vor ihm nieder*

und heb mich auf!

ÖDIPUS *reckt beide Arme in die Luft*
O meine Eltern, Phönix!
Korinth! herab mit euch!... Steh auf und sag mir
den Namen!

KREON Kreon bin ich.

ÖDIPUS Du? wer fragt nach dir!
Ich frag nach einem Namen auf der Welt:
den Namen nenne mir!

KREON Jokaste heißt
die Königin.

*Der Baum ist abgebrannt. Fahles Dämmerlicht geht bald in den ersten grünlichen Schimmer des Morgens über.*

ÖDIPUS *den Namen in sich saugend*
Wie seicht sind Träume: nie
hab ich den Klang geträumt.
*Von unten, aus großer Ferne dumpfrollende Pauken. Allmählich näher. Allmählich auch leise, wie man es von der Spitze eines hohen Berges aus dem Tal heraufklingen hört, ein feierliches Singen. Auch dieses allmählich nahend, immer aber tief unten, weit, fern heraufdringend.* Doch seit ich ihn
gehört hab, ist es mir als ob dumpf donnernd
der Puls der Welt, das ruhelose Meer
sich hüb und senkte, lustvermählt dem Schwellen
und Sinken meiner Adern.

KREON Ödipus,
das sind die heiligen Pauken, die du hörst,
geschlagen dir zu Ehren!

ÖDIPUS Wird der Berg
lebendig?

KREON Das ist Theben, das sich hebt
wie eine Sturmflut, seinen König sich
herabzuholen von der Klippe.

ÖDIPUS *läuft nach rückwärts an den Rand des Felsens, winkt Kreon zu sich. Sie spähen beide hinab* Dort,
der ungeheure Zug?

KREON Das Volk, die Priester,
die Heiligtümer!

ÖDIPUS Dort, das dumpfe Blitzen

aus eignem Licht, von keinem Strahl des Tags
getroffen! Mensch, was blitzt so aus der Nacht?

KREON
Das ist das Königsschwert. Das ist das Schwert
des Kadmos.

ÖDIPUS *in ungeheuerer Erregung, erträgt es nicht, rückwärts zu stehen und zu warten. Er stürmt nach vorne, Kreon mit sich schleifend* Bleib bei mir und sei mein Bruder!
Den Sturm, der durch mich geht, kann keine Seele
ertragen, ohne einen Bruder!
*Wieder zurück, mit Kreon, an den Felsenrand*
Dort,
das auf dem Wagen, den sechs Pferde ziehn,
das, eingehüllt in dunkle Schleier, Kreon,
ist das ein Götterbild?

KREON Das ist Jokaste!

ÖDIPUS *vom Rande weg nach vorne sich jäh werfend*
Gehüllt in dunklen Glanz, so wie ein Stern
in eine Wolke! es sind Schleier: meine
ah! meine Hände heben euch – dann schlägt
die Flamme in die Flamme!
*Trunken, eilt er wieder zurück an den Rand, beugt sich über, ruft hinab, königlich ungeduldig* Schneller, schneller!
*Dann tritt er wieder zurück vom Rand.*

KREON *hat noch hinabgespäht, springt jetzt zu Ödipus*
Sie haben dich gesehn! sie grüßen dich
wie einen Gott, sie recken heilige Zweige
zu dir empor! Ha, siehst du den Rubin
im königlichen Reif? Er hat das Blut
getrunken von Giganten. Ödipus!
er wird auf deiner Stirne glühn!
*Plötzlich überwältigt ihn das Gefühl des eigenen Schicksals, und jäh wirft er sich auf den Boden, schlägt die Hände ins Gestein, voll Wut und Schmerz.*

ÖDIPUS *in seiner Trunkenheit dessen, was in Kreon vorgeht, nicht achtend, reißt ihn stürmisch empor, an sich*
Du Fürst,
mein Bruder Kreon, wie du vor mir stehst!
wie schön du bist! was wirst du bleich und dunkel

wie das Olivenlaub im Wind! Kreon, wir wollen leben
wie ein Geschlecht von Seligen! Dies Theben
soll blühn wie eine Feuerblume! Kadmos,
dein Blut soll blühn in einer Brut von Adlern,
aus Feur geboren!

KREON *indessen wieder an den Rand gebeugt*
Ödipus, sie steigt
vom Wagen!

ÖDIPUS *vorne stehend, jubelnd, indes Kreon fern von ihm steht, dort am Felsenrand*
Kreon, herrsch ich hundert Jahr
zu Theben, das vergeß ich nicht, daß du
der Bote warst, der dies mir zurief!

KREON *am Felsenrand* König,
sie kommt allein herauf.

*Kreon tritt links zurück.*
*Ödipus steht vorne, starrend in Erwartung.*
*Jokaste steigt herauf, eine Krone auf dem Kopf.*
*Das Volk, unsichtbar, ist dem Gipfel nahe gekommen. Die Unruhe einer Menge, die still sein will, wogt dann und wann herauf.*

JOKASTE Was suchst du, Kreon,
wo eine Königin zu einem König kommt?
Tritt hinter dich.

*Kreon tritt noch weiter zurück.*

JOKASTE *erblickt Ödipus. Sie steht noch rückwärts, nah dem Rande. Sie ruft, über die Schulter, gebietend zurück*
Zurück auch ihr und trete keiner nah.
*Sie geht auf Ödipus zu, bleibt zehn Schritte vor ihm stehen*
Du bist ein Gott. Nur Götter schaffen um,
was sie berühren. Ich bin dein Geschöpf:
in einen Schlaf hast du mich wie in Feuer
hinabgeworfen und mir drin erneut
die Seele und die Glieder. Sprich: soll dein
Geschöpf hinknieen zwischen deine Hände?
*Ödipus schweigt.*

JOKASTE
Ich habe nie mit einem Gott geredet:
sag selber mir, wie ich dich grüßen soll.

ÖDIPUS
Ich bin ein Mensch wie du, Jokaste!
JOKASTE Selig,
die dich getragen hat. Sag mir den Namen
der Mutter, die dich trug! Ich will sie ehren
wie keine Göttin.
ÖDIPUS Nichts von meiner Mutter!
Dies alles hängt nicht mehr an mir. Ich hab mich
mit Schwerteshieben losgelöst. Der Ödipus,
der vor dir steht, ist seiner Taten Kind
und diese Nacht geboren. Kommst du mir
nicht näher, Königin?
*Jokaste tritt heran. Drei Schritte vor ihm bleibt sie stehen. Sie hebt die Hände gegen ihn wie gegen ein Götterbild.*
ÖDIPUS Ist dies dein Herz,
das deine Hand so glänzen macht?
*Jokaste läßt die Hände sinken*
ÖDIPUS *leiser, vorgeneigt* Um dich,
die mir kein Traum gezeigt, hab ich die Jungfraun
verschmäht in meiner Jugend Land.
JOKASTE *leise, zart, alle Gewalt der geheimsten Sehnsucht in ihren Augen* O Knabe,
bist dus, um den ich sterben wollte, wenns mich
hinunterzog zu meinem Kind? Kein Traum
hat mir es zeigen wollen – wars, damit
dein Dastehn, dein Lebendiges, in mich
mit solchem Strahl hat stechen sollen?
ÖDIPUS Du
hast sterben wollen, du, Jokaste?
JOKASTE Ich.
Nicht einmal, hundertmal. Mein Leben war
nur mehr ein Schatten. Bin ich denn Jokaste,
hab ich nicht ihren Leib geborgt und bin
ein Gast von drunten aus der finstern Welt
und will das Blut aus deiner Brust? O Knabe,
nimm dich in acht vor mir.
ÖDIPUS Mit deiner Stimme
bewegst du in der Schlucht die Nacht und wirfst
auf alle Gipfel Licht.

JOKASTE Mach deinen Blick
von meinen Händen los. Die Adern waren
dem selbstgeführten Messer allzunah.
Das Blut in ihnen, das du schimmern siehst,
muß finster sein für alle Zeit. Was will
das traurige Weib beim jungen Knaben. Laß mich.
*Er nimmt ihre Hand, läßt sie gleich wieder.*

ÖDIPUS
Mir ist, als wüßt ich Dinge, deren Namen
das Blut gefrieren machen. Doch, Jokaste,
ich hab sie nur gelernt, in deinen Armen
sie zu vergessen.

JOKASTE *kreuzt ihre Arme über der Brust*
Jeder Mutterschaft
hab ich geflucht, gepriesen hab ich laut
den kinderlosen Schoß.

ÖDIPUS Jokaste, ich
hab mit gebäumter Seele in den Tod
verflucht mein Leben.

JOKASTE *alle Finsternis hinweglächelnd*
Weh, wie wir einander
im Schlimmen gleichen.

ÖDIPUS Wie wir sind und nicht sind!
Jokaste! Wie dies alles schnaubt und zuckt
und vor dem Feuer weicht, das aus der Tiefe
des seligen Blutes bricht.
*Er will sie an sich ziehen.*

JOKASTE Oh, wie mir wird,
wie schwach und leicht –
*Sie hält sich an den Fels* Ich müßt in deinen Armen
des Todes sein!

ÖDIPUS *dicht bei ihr, ohne sie zu umfassen*
Um dieses Todes willen,
durch den du dich getragen hast, Jokaste,
muß ich dich lieben, wie kein Mann auf Erden
sein jungfräuliches Weib. Um deinen Gürtel,
in düstrem Feuer glänzend, sitzen die
Geheimnisse des Todes: aber ich –
ich sage dir: so wahr der nackte Stein,

der meine Gruft hat werden sollen, nun
zum Thron sich baut für mich und dich – und weiß
um nichts und ist behängt mit Glanz
und heiliger Vergessenheit – so wahr
als dies, was dort von Klippe springt zu Klippe,
geflügelt, rasend, sich herüberschwingt –

JOKASTE *dem plötzlichen Glanze zugewandt, ehrfürchtig schaudernd*
Das heilige Licht!

ÖDIPUS So wahr als dies der Bote
der ungeheuren Götter ist, so wahr
sind du und ich nur Rauch, daraus sich funkelnd
gebären will ein Neues, Heiliges,
Lebendiges!

JOKASTE *hauchend, von der Erinnerung überflogen*
Ich habe einem Manne
gehört.

ÖDIPUS *reißt sie an sich*
Vorbei! Vergessend leben wir!
Jokaste!

JOKASTE *sinkt über seinen Arm wie eine geknickte Blume*
Ah, was ist es, das wir tun?

ÖDIPUS
Die blinde Tat der Götter.

DAS VOLK Heil dem König!
Dem unbekannten König Heil!

KREON *vortretend* Heil König Ödipus!

JOKASTE *leicht sich entwindend, mit trunkenem Blick*
Der Mensch dort weiß den Namen, den du hast –
und ich – ich häng an dir und weiß ihn nicht.
*Sie lacht ein kurzes unbeschreiblich leichtes, flüchtiges Lachen*
Du – ich – nicht blind! – was sagst du – nein, nicht blind!
sehend wir beide! du kein Gott und ich,
du Knabe, keine Göttin! Knabe, Knabe,
arm sind sie gegen uns, die Götter, die
nicht sterben können, arm! Doch du – und ich:
dein Dastehn, da auf diesem heiligen Berg,
dein Blut, das dich getrieben hat, dein Leid,
das dich gejagt hat – meine Tag und Nächte,

mein Blut, das leben nicht noch sterben konnte:
und heute, dieses Heute, du und ich!
Die Tage, die nun kommen, Tage, Tage,
das Namenlose, das noch kommt und doch
schon da ist, Tag und Nächte, Nächt und Tage,
das Dunkel, das wir wissen, und doch lachen wir –
und du mich weihend, ich dich weihend, dein
Gesicht bei mir und mein Gesicht bei dir!
Wo sind die Götter, wo ist denn der Tod,
mit dem sie immer unser Herz zerdrücken?
er war doch immerfort um mich, er war
vor meinem Aug, in meinem Haar, er hing ja
an mir so wie ein Rauch, wo ist er hin?
er ist in meinen Leib hineingesunken,
wie eine namenlose Lust, ein un-
geheueres Versprechen: o mein König,
o du: wir sind mehr als die Götter, wir,
Priester und Opfer sind wir, unsere Hände
heiligen alles, wir sind ganz allein
die Welt!

*Sie hängt an seiner Brust.*

ÖDIPUS Jokaste, stirb mir nie!

JOKASTE *schwach*
Trag mich hinab; ich glaub, es steht ein Haus,
darin zu ruhen.

ÖDIPUS Meine Königin!

*Das Volk unsichtbar, schreit den gleichen Ruf gewaltig herauf, donnernd wie eine brandende Woge.*

JOKASTE *indem sie beide schon zum Hinabsteigen gewandt sind, er sie führend, fast tragend, löst sie sich von ihm, hält nun seine Hand in ihrer Hand* Ja Volk!
Du schreist nach deinem König. Dieser ists,
an dem ich hange.

DAS VOLK *mächtig* König Ödipus!

*Kreon springt vor, wirft den Mantel ab, breitet ihn Ödipus und Jokaste vor die Füße. Er selbst, im purpurnen Gewand, fürstlich, fällt vor ihnen nieder, wie sie an ihm vorbeischreiten, hinabzusteigen.*

*Vorhang.*

# ZU ›ÖDIPUS UND DIE SPHINX‹

## ÖDIPUS
## BRUCHSTÜCK DER ERSTEN FASSUNG VON AKT I
## (1904)

DER DIENER

Was soll ich deinem Vater, meinem König,
ansagen, wenn er fragt: Wo ist mein Sohn?

ÖDIPUS

Sag ihm, ein Gießbach hat mich hingeschmettert
und treibt nun meinen Rumpf wie ein Stück Holz
ins Meer hinaus. Sag ihm, ich haus im Walde –
sag ihm, die Hunde des Geschicks, die niemals
ihr Auge schließen, sind mir auf den Fersen.
Sag, was du willst, mich aber frage nicht,
frag nicht! und weich mir aus! entspring! entspring!
Ich sehe einen Stein des Feldes, flieh,
flieh, wenn du leben willst –
*Der Diener entspringt.*

ÖDIPUS

Allein! Allein!
Allein mit dem Geschick. Und dort herauf
aus flachem Land kommt schon die Nacht gestiegen,
so sind wir denn zu dritt. Da flieht er hin
wie ein gescheuchter Hase. Mir ist wohl.
Wie ein verfluchtes Schiff auf totem Meer,
so lag mein Herz im eignen Blut erstickend,
die Füße waren mir von Blei, die Arme
gelähmt, da kamst du mir zurück, mein Zorn,
freundliche Gottheit! Wie du in den Adern
mir Leben wecktest, wie du Zauberkräfte
ins Blut mir flößtest – nein, ich bin kein Tier,
das vor dem Altar liegt und nach dem Messer
des Opferpriesters stiert, nein, ich bin frei,
ich kann hierhin und dorthin, denn ich bin
das Schiff und bin der Wind zugleich, ich bin
das Segel und ich bin der Steuermann,
ich tu, ich lasse, was ich will – dies Wort
blitzt auf den fernsten Gipfeln meines Lebens

wie Morgenlicht die schwere Nacht hinweg
und kühn, wie junges Meer im ersten Glanz,
wie Abgründe, die voll der Gärten sind,
rollt sich die Welt vor meinen Füßen auf.

Ihr Hunde des Geschicks, ob eure Augen
sich schließen oder nicht – vernehmts: auch meine
sind offen Tag und Nacht, auch mir sind Hunde
zu Dienst von treuem Blut, auch mich umgeben
Dämonen, und der herrlichste von ihnen,
gerüstet wie ein junger Todesgott,
er, dem mein Zorn und meine Liebe nur
die Waffenträger sind: er heißt mein Wille.

Uralte Nacht, die du den schweren Leib
herauf die Hügel wetterleuchtend schleppst,
hör mich, denn du warst vor den Göttern, du
wirst sein, wenn keine Götter sind: niemals
wird diese Hand sich wider meinen Vater
erheben und ihn töten, und niemals
wird sie die Mutter mir umschlingen, sie
zu ziehen in mein Bett, auf daß ich ihr
den Leib befruchte, der mich trug, und Söhne
erzeuge, die auch meine Brüder sind.
Denn diese Hand gehört dem Ödipus,
dem vor dem bloßen Klange dieser Worte,
die niemand hier vernahm als du, die Seele
aufschäumt vor Graun. O müßt ich in den Klüften
Kimmeriens mich bergen, mit dem Bären
um eine Liegestätte ringen, nackt
Berg auf und ab, Land aus und ein, von Klippen
zu Klippen hingeworfen, müßte ich
hinab zum Hades – ich will rein mich halten
von diesem Fürchterlichen, das kein Hirn
ausdenkt, das niemand je gehört hat, niemand
je hören wird, denn ungeboren wird es
erwürgt in mir, und tritt nie an dies Licht.

Ich will mir einen Wanderstecken schneiden
für diese Hand anstatt des Szepters von
Korinth.
*Er tuts* Drei Straßen, alte heilige
berühmte Straßen laufen hier zusammen:
die führt nach Delphoi, diese hier gen Theben,
nach Daulis diese. Welche ich betrete
ist gleich, auf jeder bin ich fremd, auf jeder
der ohne Haus, der ohne Freunde, der,
ob dem der Zorn der Götter wetterleuchtend
und nächtig hängt. Dort rollt ein Wagen hin,
und ich
*Er setzt sich*
sitz hier im Staub, und dennoch, dennoch
der Königsmantel meines freien Willens
umfließt mir meine Schulter, und mir ist
als hätte ich die ganze Welt um mich
geschlagen und empfinge in mein Blut
davon die Wärme.

## DIE KÖNIGIN JOKASTE
## SZENE DER ERSTEN FASSUNG VON AKT II
## (1904)

*Vor dem Palast zu Theben.*
*Die Königin Jokaste mit ihren Frauen kommt von außen geschritten. Die Königin geht starr, auf den Boden blickend, in der Mitte. Bleibt stehen. Die Frauen gegen den Palast gewandt.*

ERSTE
O Haus des Toten: O verwaistes Haus!
Wir füllen dich mit Jammer. Unser Stöhnen
hallt vom Gewölbe nieder, vom Gewölbe
hallt, wie wir unsre Brüste schlagen.

ALLE
Ach!

ZWEITE
Weh, unglückselige Schwelle, wir allein,
wir kehren wiederum allein zurück,
ohnmächtige, wir Frauen. Doch der Herr
kehrt nicht zurück. Der Herr liegt draußen, weh,
in seinem Grab liegt Laïos, und wir kehren
ins Haus zurück!

DRITTE *gegen die Stadt*
Weh, Theben, über dich:
um deinetwillen zog er hin, der Herr,
auf seinem Wagen. Deiner Qual zu setzen
ein Ende, und die Grenze deiner Schmach.
Er wollte für dich bitten vor dem Thron
Apollons und mit deinem Heil in Händen
wär er zurückgekehrt.

VIERTE
Auch ihn erwürgte
die Sphinx. Sie tötet mit dem Blick, sie tötet
von weitem mit dem Hauch, sie tötet den,
der vor ihr steht, und tötet den, der ferne
von ihr auf seinem Wagen fährt, die Hände
erhoben zu den Göttern.

ALLE Ach!

ERSTE Hin fuhr er
um unsertwillen! Da sprang aus dem Dickicht
der mißgestalte Sklave des Geschicks,
der Räuber, der dreimal verfluchte, hob
die Keule wider ihn und schlug ihn nieder.

ALLE
Laïos! Laïos! Laïos!

DIE KÖNIGIN *vor sich*
Althaea! Rhodope! Kallirrhoë!
Oenone! Atalanta! Pannychis!
Wo soll ich hin?

MEHRERE (DIE JÜNGEREN)
Die Herrin fragt.

ALTHAEA *zu der Königin tretend* Die Herrin
weiß wohl: es ziehmt sich, daß die Königin
vom Grab des Königs heimgekehrt sich berge
in dem verfinsterten Gemach.

JOKASTE Im Haus? In welchem
verfinsterten Gemach?

MEHRERE Die Herrin fragt.
*Eine Stille*

ALTHAEA
Im Ehgemach. Dort, wo das Lager ist,
das du geteilt hast, Herrin, mit dem Toten,
mit Laïos dem Herrn.

JOKASTE Dort kann ich mich
nicht bergen. Dort ist Nacht, und Nacht gebiert,
gebiert das Leben, hört nicht auf, das Leben
rings lautlos zu gebären. Dort kann ich
dem Tod nicht dienen, dem zu dienen mir
geziemt.

MEHRERE Die Herrin will nicht in das Haus.

JOKASTE
Ich will die Götter anschaun und verlangen,
daß sie mein Innres ruhig machen, wie
ihr eignes Antlitz ist.

MEHRERE

Die Königin will vor die Götter treten.
Sie ist vom Stamm der Götter. Sie geht hin
wie zu verwandtem Blut.

JOKASTE *vor dem Eingang zum heiligen Hain stehenbleibend*

Ich will nicht vor den Götterbildern liegen.
Sie tragen eine namenlose Lockung
in ihren stummen Mienen. Wie sie schauen
und schweigen, sind sie nur wie Masken, die
das Leben vor sein fieberndes Gesicht
genommen hat, aus ihren Augenhöhlen
auf mich zu starren.

DIE FRAUEN

Die Herrin spricht, und niemand ist bei ihr,
zu dem sie spricht. Der Hauch des Toten wühlt
an ihr, so wie ein Sturmwind in den Zweigen
des Ölbaums. Ihre bleichen Wangen schimmern
wie solches Laub im starken Wind. Die Herrin
befehle, daß wir noch im Staube liegen
und klagen um den Toten, unsern Herrn.

JOKASTE

In Schweigen!
*Für sich*
Welche wars die sprach? Was sprach sie?
Die Worte aus der Menschen Mund sind Lust,
Lust und Verlangen. Zwar, sie reden von
dem Toten, aber aus dem Munde stürzt
der Hauch des Lebens. Jedes Wort ist voll
sehnsüchtgen Schwellens, alle Worte sind
wie Wellen, die nach vorwärts wollen, alle
sind voller Fieber, alle jagen, alle
ergreifen ihre Beute, alle fassen
ein Lebendes um seinen Hals, sie schlagen
die Zähne in ein Lebendes, das flieht
und fliehend doch sich gibt...
*Plötzlich sich besinnend* Sie schweigen alle.
Oenone!
*Oenone tritt zu ihr.*

JOKASTE *nachdem sie Oenone starr ins Gesicht gesehen hat*
Geh. Dein Aug ist nicht als Frage,
Dein Mund ist nichts als Fieber, in den Schläfen
die Schatten wissen nicht, wie sie das Leben
des trunknen Bluts nur einen Augenblick
verbergen sollen – Pannychis!
*Pannychis tritt zu ihr.*

JOKASTE *sieht ihr ins Gesicht* Dein Atem
geht wie bei einem Kind. Dein unberührtes
erschrockenes Gesicht ist so beladen –
beladen so! – mit ungelebtem Leben.
Wein nicht, du weinst es nicht hinweg, du weinst es
herbei. Geh Fort. Wein nicht. – Althaea!
*Althaea tritt zu ihr.*

JOKASTE Dich
will ich nicht ansehn, denn ich will nicht wissen,
mit was für Zeichen es in dein Gesicht
seinen Triumph geschrieben hat, das Leben.
Ich wills nicht wissen, denn du bist so alt
wie ich, du Tochter meiner Amme. Geh
ins Haus: befiehl der Schaffnerin von mir,
sie soll die Kammern auftun, die mit meinen
Gewändern angefüllt sind. Heute abend
will ich die Kammern leer.

ALTHAEA Die Königin
befiehlt, daß die Gewänder aus den Kammern
ans Licht getragen werden?

JOKASTE Manche sind
so schwer von edlen Steinen und von Perlen,
daß sie von selber stehn: die sollen sie
als Weihgeschenke vor die Füße legen
den Göttinnen. Die andern sind so leicht
wie Schleier: diese sollen sie zuoberst
ins Feuer werfen auf den Scheiterhaufen,
der brennt für Laïos. Geh. Für mich ist dies
Gewand genug. – Kallirrhoë!
*Althaea geht in den Palast.*
*Kallirrhoë tritt zur Königin.*

JOKASTE Sie sollen die
Gewebe von den Wänden abtun und
sie in das große Feuer werfen, das
für Laïos brennt. Sie sollen von dem Flur
die schönen Matten reißen und verbrennen.
Sie sollen alle silbernen Geräte
und die Dreifüße aus getriebnem Erz
inmitten dieses großen Feuers werfen,
daß sie zergehen. – Rhodope!
*Kallirrhoë geht in den Palast.*
*Rhodope tritt zur Königin.*

JOKASTE Sie sollen
die Tiere, die mir lieb sind, töten. Geh.
*Rhodope steht zögernd.*

JOKASTE
Die Pferde sollen sie mit Pfeilen töten,
die Tauben sollen sie im Netz erschlagen,
die Hunde alle töten. Chtonia,
die schwarze Hündin, die zur Nacht seitdem sie lebt
vor meiner Kammer schlief – die auch. Und alle
die toten Tiere sollen sie verbrennen
in einem neuen großen Feuer auf
dem Hügel dort, zu Ehren Laïos',
des Toten. Geh.
*Rhodope geht in den Palast.*

JOKASTE *vor sich* Mein Mann, ich will mein Haus
gleichmachen deinem Haus. Wer von mir kommt
und zu dir geht, der soll nicht wissen, wo
das Leben wohnt, und wo der Tod.

## INSTRUKTION ÜBER TONSTÄRKE UND TEMPO
## (1905)

*Akt 1 drei Haupttöne:*

1. bis nach der Erzählung vom delphischen Orakel.
2. vom Anfang der gereimten Reden bis nach dem Gebet des Ödipus.
3. Mordszene.

(1) Phönix trägt den ruhig-starken Ton dieser reinen Expositionsszene. Jede Replik fällt eindringlich, mit beherrschtem Pathos. Nirgends ist zu schreien. Der Ton des Ödipus ist von krampfhafter Härte, unter der Wucht des qualvollen Geheimnisses. Man muß fühlen, daß diese Härte ihm durch die Qual aufgezwungen ist.

(2) Ödipus' Krampf löst sich. Er geht aus sich heraus, wie ein plauderndes Kind. (Nicht umsonst ist der Rhythmus hier den naiven Gretchenszenen des Faust angenähert.) Immerfort bleibt der Ton gleich zutraulich; immerfort parlando, auch in der Abschiedsszene. Ödipus' Gebet kindlich einfach. Die ersten Wechselreden mit dem Herold noch in diesem Ton, leise abwehrend.

(3) Der Herold hart, undurchdringlich im Ton. Nicht schreiend. Sehr stark im Ton nur die letzten Zeilen (beider Figuren) knapp vor dem Totschlag. Dann sogleich Stille. (Ödipus' Jähzorn ist völlig verraucht.)

Laïos schreit niemals, an keiner Stelle. Je böser er wird, je grauenvoller er droht, desto leiser muß er werden. Ödipus darf um so mehr laut werden, je mehr er in verzweifelte Angst und Not gerät. Die ganze Szene steht auf diesem Gegensatz. Wenn beide schreien, steht die Szene auf dem Kopf. Laïos leise, die Diener schleichend wie Katzen, den Ödipus zu umzingeln, der Sturm tobend, Ödipus abwechselnd leise wie ein ratloses Kind, dann schreiend in seiner Angst, aus diesen Tönen ist die Szene aufzubauen.

*Kreonszene.*

Hier setzt ein Ton ein, den der erste Akt nicht kannte: fliegende, nervöse fieberhafte Hast. Kreon schreit nie (er ist ein Prinz): aber er spricht manchmal laut. Bis zum Hinstürzen des Magiers ist ein sehr schnelles Tempo zu halten. Dann gibt der naive, seelenhafte, niemals hastende Ton des Knaben die Grundlage. Die Szene der Boten hastet abermals fieberhaft hin und von da an steht die Szene auf der Feinheit der seelischen Töne im Dialog, der Verwebung des offenen Knabentones (der Ton des Ödipus gleichsam, auf einem anderen Instrument gespielt) mit dem nervösen, an sich selbst nagenden Ton des Kreon. Die ganze Szene wird um so stärker herauskommen, je weniger laut sie gespielt wird. (Der lauteste Moment ist die Botenszene.)

*Szene im verhangenen Gemach.*

Die Szene der Königinnen ist die getragenste, besser gesagt die einzige getragene des Stückes. Sie verlangt eine feierlich große Behandlung des Verses (besonders bei Antiope, die durchaus lauter spricht als Jokaste), sparsame große Gebärden. Innere Steigerung äußert sich bei Antiope durch mächtiges, markiges Anschwellen des Tones, bei Jokaste im Gegenteil durch Leiser-werden, Beben, Verhauchen der Stimme. Die Steigerung kontinuierlich vom Anfang zum Ende. (relativer Ruhepunkt die Erzählung der Jokaste vom Kindesmord.)

*Volksszene.*

Das Volk durchaus zu behandeln wie eine Orgel. Im übrigen Festhalten der relativ ruhigen Töne (Grundtöne). Diese sind: die Wechselreden der Antiope mit dem Sprecher, dann der Antiope mit Teiresias. (Wenn diese Stellen zu aufgeregt gehalten werden, bleibt keine Steigerung übrig.)

Der Bote (Mann aus der Stadt), welcher dem Kommen des Ödipus unmittelbar voraufgeht, hat den hellsten Ton in der Szene. Sein Kommen veranlaßt eine Frontveränderung für alle Gruppen auf der Szene, ebenso setzt hier ein Ton-

wechsel ein. (von da an immer stärkeres Hervorbrechen eines jubelnden Tones.)
Die große Schlußrede des Ödipus würde an innerer Kraft leiden, wenn er gezwungen wäre zu schreien: daher muß ein sehr markiertes Toten-stillwerden aller den Einsatz der Rede vorbereiten und erleichtern.

# BIBLIOGRAPHIE

ASCANIO UND GIOCONDA (1892). Aus dem Nachlaß. Hier zum erstenmal veröffentlicht. Zwei Aufzüge einer auf fünf Akte hin geplanten »Renaissancetragödie« für die »wirkliche brutale Bühne« wurden vollendet. Erscheint innerhalb der vom Freien Deutschen Hochstift veranstalteten ›Kritischen Ausgabe Sämtlicher Werke Hugo von Hofmannsthals‹ in Band XVIII, Dramen 16, herausgegeben von Ellen Ritter.

ALKESTIS (1893/94). Erstdruck: Hesperus, Insel 1909; Erste Buchausgabe: Insel Verlag, Leipzig 1911. Teildrucke: Für Laibach. Zum Besten der durch die Erdbeben-Katastrophe im Frühjahr 1895 schwer betroffenen Einwohner von Laibach und Umgebung. 1895; Wiener Rundschau 15. 12. 1898. Erstaufführung: Kammerspiele, München 14. 4. 1916. Bearbeitung für die Oper von Egon Wellesz (1921), Universal-Edition, Wien 1923.

DAS BERGWERK ZU FALUN (1899). Teildrucke: Erster Akt = Vorspiel. Insel II. 1. 10. 1900; Zweiter Akt: Rodauner Nachträge, Band I, Amalthea Verlag Wien, Zürich, Leipzig 1918; Dritter Akt: Corona III 1932; Vierter Akt: Almanach der Wiener Werkstätte. Wien, Leipzig 1911; Fünfter Akt: Hyperion I 1, München 1908. Erste vollständige Buchausgabe: Wiener Bibliophilen-Gesellschaft 1933. Erstaufführung des Vorspiels Akademietheater, Wien 20. 12. 1932; des vollständigen Dramas Deutsches Theater, Konstanz 4. 3. 1949.

ZU ›DAS BERGWERK ZU FALUN‹

*Frühe Fassung einer Szene.* Erstdruck: Neue Rundschau 61, 2, 1950, hrsg. v. Herbert Steiner. Es handelt sich um die zweite Szene im ersten Akt, die später in dieser Form verworfen wurde.

ELEKTRA (1903). Erstdruck: S. Fischer Verlag, Berlin 1904. Teildruck: Blätter für die Kunst, VII. Folge 1904. Erstaufführung: Kleines Theater Berlin 30. 10. 1903. Als Oper: Adolph Fürstner 1908. Erstaufführung: Königliches Opernhaus Dresden 25. 1. 1909.

ZU ›ELEKTRA‹

*Texterweiterung im Opernbuch.* Erstdruck: im Libretto Fürstner 1908.

*Szenische Vorschriften zu ›Elektra‹* (1903). Erstdruck: Das Theater I 3, Bruno Cassirer, Berlin 7. 11. 1903.

DAS GERETTETE VENEDIG (1904). Erstdruck: S. Fischer Verlag, Berlin 1905. Die erste Auflage enthielt die Widmung: Dem Dichter Stefan George in Bewunderung und Freundschaft. Teildrucke: Blätter für die Kunst Siebente Folge; Neue Rundschau November 1904. Erstaufführung: Lessingtheater, Berlin 21. 1. 1905.

ÖDIPUS UND DIE SPHINX (1905). Erstdruck: S. Fischer Verlag, Berlin 1906. Teildrucke: Der Tag 24. 7. 1905; Neue Rundschau, Januar 1906. Erstaufführung: Deutsches Theater, Berlin 2. 2. 1906.

ZU ›ÖDIPUS UND DIE SPHINX‹

*Ödipus.* Bruchstück der ersten Fassung von Akt I (1904). Erstdruck: Die Schaubühne, I. Jahrgang Nr. 1, 7. 9. 1905, Berlin.

*Die Königin Jokaste.* Szene der ersten Fassung von Akt II (1904). Erstdruck: Arena, 1. Band, Aprilheft 1906, Berlin.

*Instruktion über Tonstärke und Tempo* (1905). Erstdruck: Euphorion 71, 2, 1977, Heidelberg.

# LEBENSDATEN

Die in Klammern gesetzten Daten hinter den Bühnendichtungen geben die Zeit von den frühesten Einfällen bis zur Vollendung eines Werks an, bzw. Ort und Tag der Uraufführung.

1874 Am 1. Februar wird Hugo Laurenz August Hofmann, Edler von Hofmannsthal in Wien, Salesianergasse 12 geboren. Als einziger Sohn des Hugo August Peter Hofmann, Edler von Hofmannsthal (1841–1915) und der Anna Maria Josefa von Hofmannsthal, geborene Fohleutner (1852–1904).

1884–1892 Nach gründlicher Vorbereitung durch Privatlehrer Besuch des Akademischen Gymnasiums in Wien (Maturitätszeugnis ›mit Auszeichnung‹ vom 6. 7. 1892).
Mit achtzehn Jahren hatte er alles gelesen, was der großen antiken, französischen, englischen, italienischen, spanischen und deutschen Literatur entstammt – auch kannte er die Russen schon als halbes Kind.

1890 Veröffentlichung des ersten Gedichts, des Sonetts:
FRAGE Weitere Gedichte desselben Jahres:
SIEHST DU DIE STADT?, die Sonette:
WAS IST DIE WELT?
FRONLEICHNAM, die Ghasele:
FÜR MICH, GÜLNARE;
Erste Begegnung mit Richard Beer-Hofmann und Arthur Schnitzler.

1891 Bekanntschaft mit Henrik Ibsen; im Literatencafé Griensteidl mit Hermann Bahr und, am gleichen Ort, mit Stefan George.

Hofmannsthal veröffentlicht unter den Pseudonymen Loris Melikow, Loris, Theophil Morren. Erste dramatische Arbeit in Versen, ein fertiger Einakter (»beinah ein Lustspiel«):

GESTERN (Wien, Die Komödie, 25. 3. 1928). Früheste Prosaarbeiten, vor allem Buchbesprechungen zeitgenössischer Autoren wie Bourget, Bahr, Amiel, Barrès. Zum Beispiel:

ZUR PHYSIOLOGIE DER MODERNEN LIEBE

DAS TAGEBUCH EINES WILLENSKRANKEN

Gedichte u. a.:

SÜNDE DES LEBENS

DER SCHATTEN EINES TOTEN

1892 DER TOD DES TIZIAN. Erstdruck in Georges ›Blätter für die Kunst‹, Heft 1, Oktober 1892. (München, Künstlerhaus, 14. 2. 1901, mit einem provisorischen Schluß und neugeschriebenen Prolog: ›Zu einer Totenfeier von Arnold Böcklin‹).

ASCANIO UND GIOCONDA (Vollendung der beiden ersten Akte einer Fragment gebliebenen »Renaissancetragödie«).

Reise durch die Schweiz nach Südfrankreich, zurück über Marseille, Genua, Venedig.

ELEONORA DUSE (I, II)

SÜDFRANZÖSISCHE EINDRÜCKE. Gedichte:

VORFRÜHLING

ERLEBNIS

LEBEN

PROLOG ZU DEM BUCH ›ANATOL‹

Bekanntschaft mit Marie Herzfeld und Edgar Karg.

1893 ALKESTIS (München, Kammerspiele, 14. 4. 1916).
DER TOR UND DER TOD (München, Theater am Gärtnerplatz, 13. 11. 1898).
IDYLLE
DAS GLÜCK AM WEG – AGE OF INNOCENCE (eine stark autobiographische, unveröffentlicht gebliebene Studie). Gedichte:
WELT UND ICH
ICH GING HERNIEDER
Freundschaft mit Leopold von Andrian.
Plan eines »ägyptischen Stücks... mit recht tüchtigen, lebendigen kleinen Puppen« (Das Urteil des Bocchoris).

1894 Tod der mütterlichen Freundin Josephine von Wertheimstein.
Gedichte:
TERZINEN I – IV
WELTGEHEIMNIS
Arbeit an einer freien Übertragung der ›Alkestis‹ des Euripides.
Erstes juristisches Staatsexamen.
Ab Oktober Freiwilligenjahr beim k. u. k. Dragonerregiment 6 zunächst in Brünn, dann in Göding.

1895 DAS MÄRCHEN DER 672. NACHT
SOLDATENGESCHICHTE. Gedichte:
EIN TRAUM VON GROSSER MAGIE
BALLADE DES ÄUSSEREN LEBENS
Reise nach Venedig.
Beginn des Studiums der romanischen Philologie.

1896 GESCHICHTE DER BEIDEN LIEBESPAARE
DAS DORF IM GEBIRGE. Gedichte:
LEBENSLIED
DIE BEIDEN
DEIN ANTLITZ...
MANCHE FREILICH...

1897 Erste Begegnung mit Eberhard von Bodenhausen, dem engsten lebenslangen Freund des Dichters.

Im August Radtour über Salzburg, Innsbruck, Dolomiten, Verona, Brescia nach Varese. Hier Aufenthalt von drei Wochen, eine glückliche ungemein produktive Zeit.

DIE FRAU IM FENSTER

DIE HOCHZEIT DER SOBEIDE

DAS KLEINE WELTTHEATER

DER WEISSE FÄCHER

DER KAISER UND DIE HEXE

DER GOLDENE APFEL

1898 Erste Theateraufführung eines Stücks von Hofmannsthal. DIE FRAU IM FENSTER in einer Matinée-Vorstellung der ›Freien Bühne‹ des Deutschen Theaters in Berlin, 15. Mai (Otto Brahm).

Bekanntschaft mit Harry Graf Kessler und erste Begegnung mit Richard Strauss.

Abschluß seiner Dissertation »Über den Sprachgebrauch bei den Dichtern der Pléjade« und Rigorosum im Hauptfach Romanische Philologie.

Radtour mit Schnitzler in die Schweiz, dann allein nach Lugano, später über Bologna und Florenz (Besuch bei D'Annunzio) nach Venedig.

DER ABENTEURER UND DIE SÄNGERIN (zusammen mit der HOCHZEIT DER SOBEIDE, gleichzeitig: Berlin, Deutsches Theater, Otto Brahm, und Wien, Burgtheater, 18. 3. 1899).

REITERGESCHICHTE.

1899 Reisen nach Florenz und Venedig.

DAS BERGWERK ZU FALUN.

Bekanntschaft mit Rilke.

1900 In München erste Begegnung mit Rudolf Alexander Schröder und Heymel, den Herausgebern der ›Insel‹, in Paris mit Maeterlinck, Rodin, Meier-Graefe u. a.

DAS ERLEBNIS DES MARSCHALLS VON BASSOMPIERRE

VORSPIEL ZUR ANTIGONE DES SOPHOKLES

1901 DIE »STUDIE ÜBER DIE ENTWICKELUNG DES DICHTERS VICTOR HUGO« legt Hofmannsthal der Wiener Universität als Habilitationsschrift vor, verbunden mit dem Gesuch um die venia docendi.

DER TRIUMPH DER ZEIT (Ballett; März 1900 bis Juli 1901, für Richard Strauss bestimmt, der aber wegen einer anderen Arbeit absagt).

Am 1. Juni Eheschließung mit Gertrud Maria Laurenzia Petronilla Schlesinger. Am 1. Juli Übersiedlung nach Rodaun bei Wien, wo Hofmannsthal bis zu seinem Lebensende wohnte.

Beginn der Arbeit an POMPILIA (dem ersten »großen Trauerspiel... von solchen Dimensionen und von solchen Anforderungen, wie ich sie noch nie gekannt habe«). Das Problem des Ehebruchs, die Geschichte des Guido von Arezzo und seiner Frau Pompilia, findet Hofmannsthal in Robert Brownings ›The Ring and The Book‹.

Erste Pläne einer Bearbeitung von Sophokles' ›Elektra‹ und Calderons ›Das Leben ein Traum‹.

Zum Jahresende zieht Hofmannsthal sein Gesuch um eine Dozentur zurück.

1902 EIN BRIEF (Chandos-Brief)

In Rom und Venedig Vollendung der ersten Fassung des GERETTETEN VENEDIG.

ÜBER CHARAKTERE IM ROMAN UND IM DRAMA

Geburt der Tochter Christiane.

Erste Begegnung mit Rudolf Borchardt.

1903 DAS GESPRÄCH ÜBER GEDICHTE.
Erste Begegnung mit Max Reinhardt. Von ihm angeregt schreibt er
ELEKTRA (September 1901 bis September 1903; Berlin, Kleines Theater, 30. 10. 1903, Reinhardt).
Erste Sammlung AUSGEWÄHLTE GEDICHTE im Verlag ›Blätter für die Kunst‹.
Geburt des Sohnes Franz.

1904 Tod der Mutter (22. März).
DAS GERETTETE VENEDIG (August 1902 bis Juli 1904; Berlin, Lessing-Theater, 21. 1. 1905, Brahm).

1905 ÖDIPUS UND DIE SPHINX (Juli 1903 bis Dezember 1905; Berlin, Deutsches Theater, 2. 2. 1906, Reinhardt).
KÖNIG ÖDIPUS (Übersetzung des Sophokles; München, Neue Musikfesthalle, 25. 9. 1910, Reinhardt).
SHAKESPEARES KÖNIGE UND GROSSE HERREN (Festvortrag in Weimar).
SEBASTIAN MELMOTH

1906 Folgenreiche Begegnung mit Richard Strauss, der die ELEKTRA vertonen will.
UNTERHALTUNG ÜBER DEN ›TASSO‹ VON GOETHE
UNTERHALTUNG ÜBER DIE SCHRIFTEN VON GOTTFRIED KELLER
DER DICHTER UND DIESE ZEIT (Vortragsreise München, Frankfurt, Göttingen, Berlin).
Geburt des Sohnes Raimund.

1907 Reise nach Venedig.
Früheste Beschäftigung mit dem ANDREAS-Romanfragment und den Komödien SILVIA IM ›STERN‹ und CRISTINAS HEIMREISE.
DIE BRIEFE DES ZURÜCKGEKEHRTEN (Juni bis August 1907).
»TAUSENDUNDEINE NACHT«

1907 SILVIA IM ›STERN‹ (Abschluß des Fragments).
Mitherausgeber der Zeitschrift ›Morgen‹ (Abteilung Lyrik). Bis 1908.

1908 Reise nach Griechenland (Athen, Delphi) mit Graf Kessler und Maillol.
Scheitern der Arbeit am FLORINDO, der erste Fassung von CRISTINAS HEIMREISE. Davon erschienen 1909 revidiert im Druck:
FLORINDO UND DIE UNBEKANNTE und
DIE BEGEGNUNG MIT CARLO.

1909 Uraufführung der Oper ELEKTRA in Dresden.
CRISTINAS HEIMREISE (Juli 1907 bis Dezember 1909; Berlin, Deutsches Theater, 11. 2. 1910, Reinhardt).
DIE HEIRAT WIDER WILLEN (Übersetzung des Molière; München, Künstler-Theater, 20. 9. 1910, Reinhardt).
Herausgeber des Jahrbuchs ›Hesperus‹, gemeinsam mit Schröder und Borchardt.

1910 Aufführungen der neuen, gekürzten Fassung von CRISTINAS HEIMREISE in Budapest und – mit großem Erfolg – in Wien.
Als Variation eines Komödien-Szenariums entsteht die Erzählung
LUCIDOR (September 1909 bis März 1910).
DER ROSENKAVALIER (Februar 1909 bis Juni 1910; Dresden, Königliches Opernhaus, 26. 1. 1911, Reinhardt).

1911 ARIADNE AUF NAXOS (Februar bis April 1911; Stuttgart, Königliches Hoftheater, 25. 10. 1912, Reinhardt, in Verbindung mit Molières Komödie DER BÜRGER ALS EDELMANN, von Hofmannsthal bearbeitet).
JEDERMANN (April 1903 bis August 1911; Berlin, Zirkus Schumann, 1. 12. 1911, Reinhardt;

1911 Erstaufführung auf dem Salzburger Domplatz unter Reinhardt am 12. 8. 1920).

1912 JOSEPHSLEGENDE (Pantomime für Diaghilews ›Russisches Ballett‹; von diesem uraufgeführt in der Pariser Oper am 14. 5. 1914).

Aufzeichnung einer Übersicht zum ANDREAS-Roman und Niederschrift des Anfangskapitels.

Zusammenstellung und Einleitung des Bandes

DEUTSCHE ERZÄHLER

1913 Ausführliches Szenarium und Ausarbeitung des ersten Akts zur Oper DIE FRAU OHNE SCHATTEN. Beginnende Arbeit an der gleichnamigen Erzählung. Neues Vorspiel zur ARIADNE und Weiterarbeit am ANDREAS-Roman.

1914 Kriegsausbruch. Einberufung Hofmannsthals als Landsturmoffizier nach Istrien (26. 7. 1914). Durch Vermittlung Josef Redlichs beurlaubt und dem Kriegsfürsorgeamt im Kriegsministerium zugewiesen.

Veröffentlichungen in der ›Wiener Neuen Presse‹ zum geschichtlichen Augenblick:

APPELL AN DIE OBEREN STÄNDE

BOYKOTT FREMDER SPRACHEN

DIE BEJAHUNG ÖSTERREICHS

WORTE ZUM GEDÄCHTNIS DES PRINZEN EUGEN

BÜCHER FÜR DIESE ZEIT

1915 Intensiver Gedankenaustausch mit dem Freund und Politiker Josef Redlich. In politischer Mission Dienstreisen in die besetzten Gebiete, nach Südpolen (Krakau), Brüssel und Berlin. Weitere Äußerungen zur Zeit:

1915 WIR ÖSTERREICHER UND DEUTSCHLAND
GRILLPARZERS POLITISCHES VERMÄCHTNIS
DIE TATEN UND DER RUHM
GEIST DER KARPATHEN
UNSERE MILITÄRVERWALTUNG IN POLEN
ANTWORT AUF DIE UMFRAGE DES ›SVENSKA DAGBLADET‹
Die ›Österreichische Bibliothek‹, mitherausgegeben von Hofmannsthal, beginnt zu erscheinen.
DIE FRAU OHNE SCHATTEN (Februar 1911 bis September 1915; Wien, Staatsoper 10. 10. 1919, Franz Schalk).
Tod des Vaters (10. Dezember).
1916 DIE LÄSTIGEN (Frei nach Molière) und
DIE GRÜNE FLÖTE (Ballett. Beide Stücke zusammen uraufgeführt: Berlin, Deutsches Theater, 26. 4. 1916, Reinhardt).
AD ME IPSUM (Aufzeichnungen zum eigenen Dichten).
ARIADNE AUF NAXOS (neu bearbeitet, uraufgeführt an der Wiener Oper, 4. 10. 1916).
Arbeit am SOHN DES GEISTERKÖNIGS.
Dienstreise nach Warschau.
Vortragsreise nach Oslo und Stockholm.
Vergleiche dazu
AUFZEICHNUNGEN ZU REDEN IN SKANDINAVIEN.
1917 DER BÜRGER ALS EDELMANN (erneute freie Bearbeitung des Molière; Berlin, Deutsches Theater, 9. 4. 1918, Reinhardt).
Intensive Arbeit an dem Lustspiel DER SCHWIERIGE; zwei Akte bereits vollendet.
Beginn des Briefwechsels mit Rudolf Pannwitz, den Hofmannsthal »als schicksalhaft für sein Leben bezeichnet«.
1918 Hofmannsthal »beschäftigen fast pausenlos« folgende Arbeiten: das Märchen DIE FRAU OHNE SCHATTEN, der ANDREAS-

1918 Roman, DER SCHWIERIGE, SILVIA IM ›STERN‹, LUCIDOR (als Lustspiel) und eine SEMIRAMIS-NINYAS-TRAGÖDIE. Außerdem systematische Lektüre Calderons im Hinblick auf mögliche Bearbeitungen.

DAME KOBOLD (freie Übersetzung des Calderon; Berlin, Deutsches Theater, 3.4. 1920, Reinhardt).

Tod seines besten Freundes: Eberhard von Bodenhausen.

Erste Begegnung mit Carl Jakob Burckhardt.

1919 DIE FRAU OHNE SCHATTEN (Erzählung, Dezember 1913 bis August 1919).

DER SCHWIERIGE (Juni 1910 bis November 1919; München, Residenztheater, 8. 11. 1921).

1920 Beginn der intensiven Arbeit am TURM.

BEETHOVEN-REDE in Zürich.

1921 Intensive Arbeit am TURM (bis an den 5. Akt) und am SALZBURGER GROSSEN WELTTHEATER.

1922 BUCH DER FREUNDE (Sammlung von Aphorismen und Anekdoten, eigene und anderer).

DAS GROSSE SALZBURGER WELTTHEATER (September 1919 bis Juni 1922; Salzburg, Kollegienkirche, 12. 8. 1922, Reinhardt).

DER UNBESTECHLICHE (Mai bis Oktober 1922; Wien, Raimundtheater, 16. 3. 1923).

Als Herausgeber der ›Neuen deutschen Beiträge‹ (1922–1927) schreibt Hofmannsthal ein Vorwort und eine Anmerkung zum ersten Heft.

DEUTSCHES LESEBUCH, eingeleitet und herausgegeben von Hugo von Hofmannsthal.

1923 Der fünfte Akt des TURM wird auf eine »vorletzte« Fassung gebracht, dann aber die Arbeit abgebrochen.

Filmbuch für den ROSENKAVALIER (Ur-

1923 aufführung des Films am 10. 1. 1926 in Dresden).

1924 DIE ÄGYPTISCHE HELENA (Dezember 1919 bis März 1924; Dresden, Oper, 6. 6. 1928).
Italienreise, mit Burckhardt in Sizilien.
Beschäftigung mit dem Lustspiel TIMON DER REDNER.
DER TURM, 1. Fassung (Oktober 1918 bis Oktober 1924).

1925 Reise über Paris nach Marseille, von dort mit dem Schiff nach Marokko (Fès, Salé, Marrakesch):
REISE IM NÖRDLICHEN AFRIKA.
Beschäftigung mit dem ANDREAS-Roman und Vollendung des ersten Akts von TIMON DER REDNER.

1926 DER TURM (Ausarbeitung und Fertigstellung der neuen, fürs Theater bestimmten Fassung; München, Prinzregententheater, 4. 2. 1928, Kurt Stieler).
DAS SCHRIFTTUM ALS GEISTIGER RAUM DER NATION (am 10. 1. 1927 in der Münchener Universität gehaltene Rede).

1927 Reise nach Sizilien.
Fortführung der Notizen AD ME IPSUM und ANDENKEN EBERHARD VON BODENHAUSENS.
Szenarium zur ARABELLA und Niederschrift des ersten Akts der ersten Fassung.

1928 ARABELLA (Nach der Niederschrift der dreiaktigen lyrischen Oper von April bis November 1928 entschließt sich Hofmannsthal, den ersten Akt zu ändern).

1929 Neufassung des ersten Akts der ARABELLA und Übersendung an Strauss. Dessen Antwort-Telegramm: »Erster Akt ausgezeichnet. Herzlichen Dank und

1929 Glückwünsche«, erlebte Hofmannsthal nicht mehr. (Uraufführung der ARABELLA am 1. 7. 1933 in Dresden.)
Am 13. Juli nimmt sich sein ältester Sohn Franz, zuhause in Rodaun, das Leben. Am 15. Juli, beim Aufbruch zur Beerdigung, erleidet Hofmannsthal einen Schlaganfall, an dem er wenige Stunden später stirbt. Er wird beigesetzt auf dem nahen Kalksburger Friedhof.

HUGO VON HOFMANNSTHAL

TASCHENBUCHAUSGABEN

Jedermann

*Band 7021*

Das Märchen der 672. Nacht
Reitergeschichte
Das Erlebnis des Marschalls von Bassompierre

Mit Nachworten von
Margaret Jacobs und Richard Alewyn

*Band 1357*

Der Schwierige

Lustspiel in drei Akten

---

Der Unbestechliche

Lustspiel in fünf Akten

*Band 7016*

Deutsches Lesebuch

Eine Auswahl deutscher Prosa
aus dem Jahrhundert 1750 bis 1850

*Band 1930*

FISCHER TASCHENBUCH VERLAG

HUGO VON HOFMANNSTHAL

GESAMMELTE WERKE
IN ZEHN EINZELBÄNDEN

Herausgegeben von Bernd Schoeller
in Beratung mit Rudolf Hirsch

GEDICHTE
DRAMEN I (1891–1898)

Gedichte. Gestalten. Prologe und Trauerreden.
Idylle. Gestern. Der Tod des Tizian.
Der Tor und der Tod. Die Frau im Fenster.
Die Hochzeit der Sobeide. Das Kleine Welttheater.
Der Weiße Fächer. Der Kaiser und die Hexe.
Der Abenteurer und die Sängerin
*Band 2159*

DRAMEN II (1892–1905)

Ascanio und Gioconda. Alkestis.
Das Bergwerk zu Falun. Elektra.
Das gerettete Venedig. Ödipus und die Sphinx
*Band 2160*

DRAMEN III (1906–1929)

Jedermann. Das Große Welttheater.
Der Turm. Vorspiele.
Dramatische Fragmente
*Band 2161*

DRAMEN IV (LUSTSPIELE)

Silvia im »Stern«. Cristinas Heimreise.
Der Schwierige. Der Unbestechliche.
Timon der Redner. Mutter und Tochter
*Band 2162*

DRAMEN V (OPERNDICHTUNGEN)

Der Rosenkavalier. Ariadne auf Naxos.
Die Frau ohne Schatten. Danae.
Die Ägyptische Helena. Arabella
*Band 2163*

DRAMEN VI
(BALLETTE, PANTOMIMEN, BEARBEITUNGEN, ÜBERSETZUNGEN)

Pantomime zum »Großen Welttheater«.
Sophokles »König Ödipus«.
Molière »Die Lästigen«. »Der Bürger als Edelmann«.
Raimund »Der Sohn des Geisterkönigs«.
Calderon »Dame Kobold«
*Band 2164*

ERZÄHLUNGEN
ERFUNDENE GESPRÄCHE UND BRIEFE. REISEN

Märchen der 672. Nacht.
Die Wege und die Begegnungen. Lucidor.
Andreas und die Vereinigten. Die Frau ohne Schatten.
Brief des Lord Chandos. Das Gespräch über Gedichte.
Augenblicke in Griechenland
*Band 2165*

REDEN UND AUFSÄTZE I (1891–1913)

Poesie und Leben.
Shakespeares Könige und große Herren.
Der Dichter und diese Zeit. Eleonora Duse.
Schiller. Balzac. Deutsche Erzähler.
Goethes »West-östlicher Divan«. Raoul Richter
*Band 2166*

REDEN UND AUFSÄTZE II (1914–1924)

Beethoven. Rede auf Grillparzer.
Shakespeare und wir. Ferdinand Raimund.
Deutsches Lesebuch. Max Reinhardt.
Appell an die oberen Stände. Preuße und Österreicher
*Band 2167*

REDEN UND AUFSÄTZE III (1925–1929)
AUFZEICHNUNGEN

Das Schrifttum als geistiger Raum der Nation.
Wert und Ehre deutscher Sprache.
Gotthold Ephraim Lessing. Der Freiherr vom Stein.
Maria Theresia. Buch der Freunde. Ad me ipsum
*Band 2168*

FISCHER TASCHENBUCH VERLAG

HUGO VON HOFMANNSTHAL

SÄMTLICHE WERKE
KRITISCHE AUSGABE IN 38 BÄNDEN

Veranstaltet vom
Freien Deutschen Hochstift
Herausgegeben von
Heinz Otto Burger, Rudolf Hirsch,
Detlev Lüders, Heinz Rölleke, Ernst Zinn

In jahrelanger Arbeit wurde die Kritische Ausgabe der Sämtlichen Werke Hofmannsthals vom Freien Deutschen Hochstift in Frankfurt am Main vorbereitet. Der unvergleichlich reiche handschriftliche Nachlaß des Dichters, alle Druckfassungen sowie die Briefe von Hofmannsthal und an ihn wurden ermittelt, zusammengetragen und gesichtet. Von der neuen Ausgabe ist eine wesentliche Bereicherung des Hofmannsthal-Bildes zu erwarten, da sie viele noch gänzlich unbekannte Werke, neue Lesungen bislang noch unzulänglich edierter Texte sowie einen kaum abschätzbaren Zuwachs an bedeutsamen Varianten und Vorstufen bieten wird.

Die 38 Bände sind in neun Gruppen gegliedert:

Gedichte (2 Bände)
Dramen (20 Bände)
Operndichtungen (4 Bände)
Ballette/Pantomimen/Filmszenarien (1 Band)
Erzählungen (2 Bände)
Roman/Biographie (1 Band)
Erfundene Gespräche und Briefe (1 Band)
Reden und Aufsätze (5 Bände)
Aufzeichnungen und Tagebücher (2 Bände)

Band X: *Dramen 8*
Das Salzburger Große Welttheater
Pantomimen zum Großen Welttheater
Herausgegeben von Hans-Harro Lendner und Hans-Georg Dewitz
1977. 336 Seiten. Leinen im Schuber

Band XIV: *Dramen 12*
Timon der Redner
Herausgegeben von Jürgen Fackert
1976. 664 Seiten. Leinen im Schuber

Band XXVI: *Operndichtungen 4*
Arabella. Lucidor. Der Fiaker als Graf
Herausgegeben von Hans-Albrecht Koch
1976. 356 Seiten. Leinen im Schuber

Band XXVIII: *Erzählungen 1*
Das Glück am Weg. Das Märchen der 672. Nacht.
Das Dorf im Gebirge. Reitergeschichte.
Erlebnis des Marschalls von Bassompierre.
Erinnerung schöner Tage.
Lucidor, Figuren zu einer ungeschriebenen Komödie.
Prinz Eugen der edle Ritter.
Sein Leben in Bildern. Die Frau ohne Schatten.
Herausgegeben von Ellen Ritter
1976. 462 Seiten. Leinen im Schuber

Band XXIX: *Erzählungen 2*
Age of Innocence. Delio und Dafne. Amgiad und Assad.
Soldatengeschichte. Geschichte der beiden Liebespaare.
Der goldene Apfel. Die Verwandten.
Das Märchen von der verschleierten Frau. Knabengeschichte.
Prosagedichte. Übersetzungen.
Herausgegeben von Ellen Ritter
1978. 424 Seiten. Leinen im Schuber

S. FISCHER VERLAG

HUGO VON HOFMANNSTHAL

BRIEFWECHSEL

Hugo von Hofmannsthal – Leopold von Andrian
Herausgegeben von Walter H. Perl
*1968. 527 Seiten. Leinen*

Hugo von Hofmannsthal – Richard Beer-Hofmann
Herausgegeben von Eugene Weber
*1972. XXIII, 264 Seiten. Leinen*

Hugo von Hofmannsthal – Rudolf Borchardt
Herausgegeben von
Marie Luise Borchardt und Herbert Steiner
*1954. 242 Seiten. Leinen*

Hugo von Hofmannsthal – Ottonie Gräfin Degenfeld
Herausgegeben von Marie Thérèse Miller-Degenfeld
unter Mitwirkung von Eugene Weber
Eingeleitet von Theodora von der Mühll
*1974. 580 Seiten. Leinen*

Hugo von Hofmannsthal – Edgar Karg von Bebenburg
Herausgegeben von Mary E. Gilbert
*1966. 255 Seiten. Leinen*

Hugo von Hofmannsthal – Helene von Nostitz
Herausgegeben von Oswalt von Nostitz
*1965. 212 Seiten. Leinen*

Hugo von Hofmannsthal – Josef Redlich
Herausgegeben von Helga Fußgänger
*1971. XVI, 261 Seiten. Leinen*

S. FISCHER VERLAG

DEUTSCHES LESEBUCH

Eine Auswahl deutscher Prosa
aus dem Jahrhundert 1750 bis 1850
Herausgegeben von Hugo von Hofmannsthal
*Band 1930*

Hugo von Hofmannsthals DEUTSCHES LESEBUCH erschien zum ersten Mal 1922 in zwei Bänden in dem kleinen, von Hofmannsthal mit mehreren Editionen geförderten Münchner Verlag der Bremer Presse. Eine zweite vermehrte Auflage kam im gleichen Verlag 1926 heraus, drei Jahre vor Hofmannsthals Tod. Dann legte sich Vergessen über diese Sammlung, deren geistige Konzeption bedeutende Zeitgenossen wie Wiegand, Brecht, Mell, Nadler, Schröder und Burckhardt zu mithelfenden Anregungen veranlaßte und die Ernst Robert Curtius, Hermann Hesse und Thomas Mann bei ihrem Erscheinen enthusiastisch begrüßt hatten. Nach dem Krieg, 1952, erschien im S. Fischer Verlag, dem ›Hausverlag‹ Hofmannsthals, der noch zu seinen Lebzeiten, 1922, die erste Gesamtausgabe seiner Werke wagte, eine Neuausgabe, die jedoch ohne lang anhaltende Wirkung blieb. Nun legt der Verlag eine preiswerte Taschenbuchausgabe vor und zwar nicht nur aus verlegerischer Verpflichtung gegenüber einem großen Autor, sondern vor allem aus der Überzeugung, daß die Zeit für eine Rückbesinnung auf das »Jahrhundert deutschen Geistes« im Sinne Hofmannsthals gekommen ist.

Diese Taschenbuchausgabe enthält die zweibändige Originalausgabe in einem Band. Sie ist ein Nachdruck der im Verlag der Bremer Presse 1926 erschienenen zweiten vermehrten Auflage – ein Nachdruck deshalb, weil der Verlag dem Leser von heute, der im allgemeinen mit allzu schnell produzierten Büchern leben muß, die Schönheit der Schrift und des Druckbildes, die Eleganz der Initialen von damals nicht vorenthalten wollte.

FISCHER TASCHENBUCH VERLAG